COLECCIÓN DORADA

INTERÉS GENERAL

El penúltimo *sueño*

ÁNGELA BECERRA

El penúltimo *sueño*

Villegas
editores

Libro diseñado y editado en Colombia por
VILLEGAS EDITORES S. A.
Avenida 82 No. 11-50, Interior 3
Bogotá, D. C., Colombia
Conmutador (57-1) 616 1788
Fax (57-1) 616 0020
E-mail: informacion@VillegasEditores.com

Editores
BENJAMÍN VILLEGAS
MARÍA VILLEGAS

Departamento de Arte
ANDREA VÉLEZ
DAVID RENDÓN

Primera edición, abril 2005
Primera reimpresión, abril 2005
Segunda reimpresión, abril 2005
Tercera reimpresión, mayo 2005
Cuarta reimpresión, mayo 2005
Quinta reimpresión, mayo 2005
Sexta reimpresión, mayo 2005
Séptima reimpresión, junio 2005
Octava reimpresión, agosto 2005
Novena reimpresión, septiembre 2005
Décima reimpresión, octubre 2005
Undécima reimpresión, diciembre 2005
Duodécima reimpresión, enero 2006
Décimatercera reimpresión, febrero 2006
Décimacuarta reimpresión, marzo 2006

ISBN, 958-8160-89-8

Impreso en Colombia por
PANAMERICANA FORMAS E IMPRESOS S. A.

VillegasEditores.com

A Joaquín Lorente,
porque lo amo

Yacían en el suelo con la inequívoca sonrisa del amor en sus labios; entrelazados en un abrazo solemne y silencioso; con sus trajes inmaculados de novios primerizos, de blanco hasta los pies vestidos.

Tuvieron que derribar la puerta a golpes, alertados por las voces que dieron los vecinos al extrañarse del silencio y la inactividad del recinto. Hacía algunos días que Joan Dolgut no bajaba a comprar el pan, ni se escuchaban las notas de su lánguido piano, a las que ya todos vivían acostumbrados. Debían llevar tendidos en el suelo de la oscura cocina dos o tres días, pero sus cuerpos aún conservaban el calor frío del amor perdido.

Con el enarbolado atardecer que se filtraba por las persianas del pequeño apartamento, toda la atmósfera era un manto rojo ahumado.

El inspector Ullada y su ayudante empezaron a hacer las fotos de rigor, y la paz de los muertos fue perturbada por los *flashes* que a diestra y siniestra los fueron invadiendo; para el fotógrafo ocasional de homicidios eran sus primeras fotos de novios. Una marcha nupcial se repetía ad infínitum en un viejísimo tocadiscos. Conchita Marededeu, que había sido la vecina de toda la vida, fue la única que habló desde la puerta, pues la policía ya había sellado el paso con cintas adhesivas mientras avisaban a los familiares.

La mano pétrea de la novia aún sostenía el ramo marchito de rosas virginias que Joan había encargado para ella, en riguroso secreto, a su amigo florista de las Ramblas. Todavía se podía sentir el olor inconfundible a gas que había emanado a chorros del horno abierto. Lo único que tocó Ullada fueron las ventanas, cerradas a cal y canto con todos los pestillos; al abrirlas, una ráfaga de viento liberador limpió el lugar de vahos de muerte, despeinando la melena blanca de la novia, desteñida por la vejez y la tristeza de tantos años perdidos.

Conchita afirmaba contundente no haber visto nunca a nadie visitando a Joan Dolgut, y eso que el ojo de su puerta estaba gastado de tanta chafardería, pues si de algo se vanagloriaba era de saberlo todo de todos; era conocida como la Sherlock del barrio.

Nunca había visto a la muerta ni sabía de su existencia. No pertenecía al barrio, ni a la parroquia, ni a ninguna cercanía del Born.

Una vez que terminó de repetir el mismo cuento, el inspector, cansado de tratar de contener su desaforada curiosidad, la mandó a su casa entregándole una tarjeta para que lo llamara si recordaba algo.

Cuando estaba a punto de emprender la gran pesquisa por el apartamento, un Mercedes gris plomo conducido por un chofer con gorra y guantes se detuvo enfrente del edificio, dejando a un hombre elegantísimo que bajó con cara contrariada mirando el reloj; el percance lo había hecho suspender la asamblea de accionistas. Ullada alcanzó a verlo desde la ventana y entendió que en pocos segundos lo tendría delante. "Éste debe de ser el hijo del finado —pensó—. Vaya si tiene pasta... y de la dura".

La opulencia ostentosa del hijo no le cuadraba con el humilde piso que se disponía a investigar.

El inspector recibió a Andreu Dolgut, y antes de llevarlo a la cocina, lo preparó para lo que iba a ver.

El largo velo de la novia salía de la cocina y se extendía por la sala, cubriendo íntegramente el piso. Metros y metros de tul finísimo, bordado con maestría, parecían cascadas de ilusiones derramadas sobre el *parquet*. Había sido la misma Soledad Urdaneta quien había decidido bordarse su propio velo en las largas noches de insomnio, desempolvando sentires mientras hilvanaba agujas que luego florecían en margaritas.

La estancia estaba impecable; todo en su sitio y preparado para un pequeño agasajo. Sobre la mesa del comedor encontró una bandeja con copas de champán aún por llenar; en la cubitera, flotando en agua, una botella sin descorchar de Codorníu; y una tarta de tres pisos vestida en pastillaje blanco, tal como quería Soledad, con sus novios de azúcar coronando la cúspide.

Era la primera vez, en muchos años, que Andreu Dolgut ponía los pies en aquel piso y se dignaba ver el solitario refugio de su anciano padre. Tanto había repudiado la pobreza que había soportado en su niñez, que cuando empezó a ganarse bien la vida abandonó todo lo que le recordaba a aquello, incluso a su propio padre. Sentía vergüenza hasta de su apellido; había llegado a fantasear con un ilustre Bertran i Montoliu, pero terminó por entender a regañadientes que el apellido no tenía nada que ver con la dignidad y, sin hacer nada, acabó convertido en Andreu a secas.

Ahora, volvía a encontrarse con su pasado. De la pared colgaba aquel viejo reloj de cuco que en su infancia le marcaba las horas de la cena, el recreo y el sueño. A pesar de haber estado hasta los catorce años con su padre, lo desconocía todo de él. Habían vivido en un respetuoso silencio que nunca les había permitido comunicarse con sinceridad. Cuando su madre murió, al dar a luz a una hermanita que duró lo que el parto, la casa dejó de estar viva; era ella quien de vez en cuando cantaba y lo hacía reír; quien lo hacía soñar con ser un gran empresario de coche fino, modales pausados y hoteles de lujo. Lo llevaba al Liceu, a escondidas del padre, sólo para que observara los abrigos de visón, las pajaritas y la parafernalia de la aristocracia, aupándole aún más sus desmesurados sueños. Al morir ella, su obsesión lo convirtió en botones del hotel Ritz y en estudiante nocturno de cuanto curso había; se hizo lector insaciable y autodidacta brillante. Allí fue conociendo los tejemanejes de las altas esferas, y con maestría fue colándose en los sentimientos de los solitarios magnates hasta introducirse en el mundo de los negocios, primero como aprendiz y luego como mandamás. Ahora era presidente de una gran multinacional de perfumería, y aunque lo tenía todo, su expresión agria y ceñuda lo delataba.

Fue apartando el velo, cuidando de no pisarlo, y recorrió el largo pasillo hasta llegar a la cocina. Una vez allí, se le revolvieron las entrañas; ver a su padre tendido en el suelo, vestido con chaqué impecablemente blanco, flor en el ojal y zapatos de charol inmaculado era lo de menos. Lo que hizo que se le saltaran las lágrimas era que nunca en su vida le había visto aquella expresión de felicidad plena, de amor entregado, de juvenil lozanía. Por primera y única vez, lo había visto como él había soñado verlo en su infancia: feliz. La mujer que descansaba abrazada a él era una viejecita de facciones delicadas y arrugas marcadas de sinsabores, que revelaban sufrimientos ahora imposibles de descubrir. Su tenue sonrisa había sellado de amor la comisura de sus labios. Sí, también aquella desconocida anciana irradiaba eso: felicidad. Por primera vez, Andreu Dolgut se dio cuenta de que su padre había tenido sentimientos. Se quedó mudo, desnudo frente a los cadáveres, sin modular más que lágrimas. El inspector Ullada, respetando el amargo trago por el que pasaba el hombre, se alejó algunos pasos dejando claro con un gesto que no tenía prisa, que se tomara su tiempo. A fin de cuentas, pensó, no todos los días encuentran al padre de uno, muerto en ese estado tan lamentable.

—Estaban como una regadera —le dijo el inspector a su ayudante para matar el tiempo.

—El amor, hasta a los viejos enloquece —le contestó Bonifasi.

Pero Andreu no lloraba de dolor, sino de rabia; cólera contenida de ver felicidad en el rostro de su padre, algo que él aún no había experimentado, ni siquiera cuando en su juventud empezó a ganar los primeros dineros.

Aunque había llegado a ser el soltero más cotizado de los clubes de Barcelona y se había casado tardíamente, casi rozando los cuarenta, el amor no le llegó de golpe. Se lo buscó a la medida de sus intereses, planificando hasta el último detalle, seleccionando de entre lo más distinguido de la aristocracia barcelonesa a la hija menor de un gran banquero; la pieza más valiosa y apetecible para sus fines, que no eran otros que rodearse por fuera de lo que en su niñez había carecido: el respeto del tener.

Hubo boda por todo lo alto. El Círculo del Liceu, el Ecuestre, la realeza, la banca y hasta el obispo de la Seu d'Urgell acabó por oficiar la misa a coros en la catedral de Barcelona.

Vivía en una espléndida torre de principios de siglo, magníficamente restaurada por Cinnamond, el mejor arquitecto del momento, en plena avenida Pearson. Tenía un hijo adolescente, tres perros dálmatas, cuatro sirvientes y una mujer que gastaba todas las horas en el gimnasio, la peluquería y en la rue de Saint-Honoré de París, de donde se traía el vestuario de toda la familia.

A Andreu, la muerte de su padre, casi inexistente para el resto de la sociedad, lo ponía en un incómodo trance.

Pasado un buen rato, y viendo que no pronunciaba sílaba, el inspector Ullada lo interrumpió.

—Usted dirá qué hago con los difuntos…

La música continuaba sonando. Andreu, acostumbrado a mandar, le señaló el tocadiscos.

—Apague ese esperpento. No me deja pensar. ¿Ha indagado quién es... ella? —preguntó, señalando a la novia.

—Si no lo sabe usted, que es el hijo del novio... —le contestó Ullada con un punto de sarcasmo; empezaban a caerle gordas las ínfulas de aquel hombre.

El inspector ya había localizado, en el pequeño bolso de cocodrilo que había descubierto en la mesita de noche de la sombría habitación, la cartera con el carnet de identidad de la muerta, y había llamado insistentemente a un teléfono que encontró garabateado, sin obtener respuesta. Finalmente había dejado un mensaje con su número de móvil y la urgencia de ponerse en contacto con él, pero no le dio la gana de decírselo a Andreu. "Que se joda", pensó.

Soledad Urdaneta vivía sola en su piso del paseo de Colom, en un magnífico ático que había sido una lujosa vivienda cuando ella llegó de Colombia, en los años cincuenta, con olor a recién casada y con marido. Se había ido deteriorando con los años, y la falta de dinero había oscurecido los cobres imponentes de la puerta, las manijas modernistas y el finísimo trabajo de carpintería de caoba. Había ido vendiendo a anticuarios todos los muebles de valor, y ahora sólo le quedaban unas lámparas *déco* que conservaba como reliquias y una cabeza de niña en mármol, el rostro de ella esculpido por Maillol, que su padre encargó desde Bogotá como regalo de primera comunión, y del que le dolía demasiado desprenderse.

Toda su vida habían sido mieles y hieles. Las amarguras del destierro forzoso, la lejanía de su patria y el acomodarse a una tierra de estaciones, a fríos y a soledades, y a un idioma que no era el suyo, no hacían más que vaciarle el alma, aún más de lo que se la habían vaciado los amores. A pesar de tener aquel Mediterráneo encrespado de muselina azul frente a sus inmensos ventanales, Soledad Urdaneta no podía alegrarse, pues éste sólo le traía, con las olas, los murmullos de la negación de toda su vida.

Al casarse su hija, quiso llevársela consigo, rogándole que vendiera el piso y fuera a vivir con ellos, pero sabía que sería un incordio para una pareja con ganas de arrumacos; ella no era más que una vieja con los ojos idos y muertos de tristeza. Así que decidió permanecer en su silla, meciéndose y bordando, mirando al mar día y noche... Soñando.

La voz estridente de Conchita Marededeu interrumpió el silencio del piso de Dolgut; volvía a husmear desde la puerta tratando de pescar algún chisme gordo para el vecindario. Con la disculpa de haber recordado un dato de importancia, logró captar la atención de los policías.

—Hace algo más de un mes vi al señor Joan hablando con el butanero —mientras lo decía, desvistió de un tirón con la mirada a Andreu, que se encontraba al final del pasillo. Por aquellos barrios no se veía gente tan acicalada y de tan buen porte.

—¿Algo más? —la increpó Ullada.

—Ah... Montsita, la panadera, lo vio hablando muy animado con una mujer, y eso que él era de pocas palabras, porque ni los buenos días daba. Hay que ver qué poca urbanidad. Se subía al ascensor sin mirar, y una no es de las que necesita del saludo, pero un "hola" se agradece, sobre todo cuando se está tan sola… —con la última palabra miró a Andreu, entornando los ojos.

A Ullada le dieron ganas de cerrarle la puerta en las narices, pero se detuvo al ver que se abría la vieja reja del ascensor.

Vistiendo falda gris y camisa de popelina blanca, arrugada por el intenso bochorno de ese 24 de julio, una hermosa mujer de rasgos serenos y profundos preguntó a Conchita Marededeu por el inspector Ullada. Apretaba contra su pecho unos viejos libros descuajaringados.

—Yo mismo, señora, pase —con la mano, Ullada la invitó a seguirlo, mientras con los ojos ordenaba a la vecina metiche que se esfumara.

Aun cuando la austeridad de la mujer era evidente, su porte tenía una gracia y una elegancia innatas. Sus ademanes suavísimos, su delicadeza al andar, al ofrecer la mano, la manera como se acomodó el mechón de pelo detrás de la oreja, todo la hacía parecer liviana; una mujer hecha de viento y brisa.

Andreu le pegó un repasón despectivo y se situó al fondo, distrayéndose con los adustos objetos de una repisa, mientras Bonifasi recogía huellas dactilares. Ullada comprobó lo que la dulce voz de la mujer le confirmaba: se trataba de la hija de Soledad Urdaneta. El policía la hizo sentarse antes de que recibiera el golpe.

Aurora Villamarí dejó sobre el viejo sofá los libros con sus fauces abiertas, hambrientos de descanso. Para ella, esos cuadernos eran las extensiones de sus dedos.

—Es sobre su madre... —le dijo el inspector, tratando de evitar una cascada de llanto incontenible que corría el riesgo de caerle encima.

La mujer reconoció en el suelo los metros y metros de vaporoso tul que durante tanto tiempo había visto bordar a su madre con tanta dedicación, y que ésta le había vendido como el encargo de bodas de una novia de Pedralbes.

Intuyó por los ojos lívidos del inspector que lo que le diría sería terrible, pero decidió descubrirlo por sí misma. Corrió desenfrenada por el largo pasillo, levantando y abrazando el infinito velo, que terminó por llevarla a la corona de azahares, marchita en la cabeza de la mujer que se lo había dado todo en la vida. Entonces se abalanzó, a golpe de corazón roto, sobre su cadáver y la inundó de besos y llantos, mientras la abrazaba y arrullaba. La acarició, bañada en lágrimas, componiéndole de nuevo la corona, peinándola con sus dedos, como si se tratara de una madre que arregla a su niña para la primera comunión; con una ternura soplada desde el alma. Así permaneció unos minutos eternos. Cuando se serenó, acarició el rostro gélido del pobre viejo que permanecía agarrado, por la rigidez de la muerte, al cuerpo de ella. Le compuso la rosa del ojal y le besó con suavidad la calva rasa.

Ullada se emocionó con la escena y se prometió pasar más tiempo con su madre.

Aurora Villamarí no entendía nada de nada; arrodillada sobre el suelo de aquella cocina, no digería lo que veían sus ojos. ¿Qué hacía su madre allí, vestida de novia y muerta? ¿Cómo era posible que ella no supiera nada? ¿Quién era ese hombre anónimo que la abrazaba?

Descompuesta de alma y perdida en incertidumbres, fue incorporándose lentamente, tratando de ordenar su honda pena, sin abrazo ni hombro en el que llorar su desgracia. Viéndola tan deshilachada, el inspector Ullada no sabía cómo empezar la indagatoria. Carraspeó, nervioso, y dijo:

—¿Conoce al finado…? —y sin esperar respuesta, continuó—: Aunque todo parece indicar que decidieron de común acuerdo pasar a la otra vida… ¿Sabe si tenía enemigos?

Aurora negaba con la cabeza mientras buscaba un kleenex en su cartera. Un pañuelo perfumado le llegó de la mano de Andreu, pero ella lo rechazó; le daba vergüenza manchar con sus mocos aquel algodón tan fino.

—¿Enemigos? —repitió Aurora con voz entrecortada—. A veces la propia vida es enemiga de la vida…

Andreu miraba el reloj sin pestañear, tratando de dar término a ese interrogatorio sin sentido. Si llegaba a tiempo, alcanzaría a llamar a Nueva York. No quería que se le escapara el *broker* al que había citado en videoconferencia.

—¿Autopsia?… —Andreu señaló con su dedo acusador al inspector mientras continuaba—: No quiero que le den largas al entierro. No quiero autopsias ni papeleos. Cuanto más rápido acabemos con esto, mejor.

Aurora lo fulminó con sus ojos color tierra y su dulce voz sonó rotunda:

—Quiero saber por qué murió mi madre.

El levantamiento de los cadáveres se hizo con todas las precauciones posibles. Hubo que traer camilla doble, pues fue imposible separar a los muertos; el abrazo los había convertido en un solo ser. Una escultura doble de amor blanco. Por petición de la hija de Soledad, el velo no fue cortado, ni el ramo de novia quitado. Así, tal y como los encontraron, fueron directos a la morgue para la autopsia. Andreu salió furioso del piso, amenazando con su bufete de abogados al inspector, que sólo cumplía con su deber.

Aurora pidió permanecer un largo rato en el apartamento, tratando de hallar en aquel lugar el eco de la voz de su madre, aclarándole los espesos nubarrones de sus penas y desconciertos.

En la diminuta sala de Dolgut, el gran piano de cola abierto —la única pieza de valor que había en la casa— aguardaba las caricias de su dueño. El instinto de pianista enamorada fue llevando a Aurora a tocarlo, primero con timidez y luego con pasión desbocada. Interpretaba magistralmente la melodía que de niña tantas veces había oído tararear a su madre. Cada compás arañaba el corazón del inspector Ullada, que había decidido concederle aquel último deseo de hija huérfana. Aurora tocó y tocó, hasta que se le agotó el dolor, hasta que el espíritu de su madre terminó de salírsele por los dedos. Los vecinos del edificio que la oyeron creyeron que aquella melodía era el alma en pena de Dolgut, que nunca descansaría en paz por no haber acatado los designios de Dios de llevárselo cuando lo necesitara, desafiando su deseo con el pecado del suicidio.

Sin saber por qué, Aurora Villamarí no llamó a su marido para contarle lo que acababa de saber; se fue directamente a casa de su madre, después de despedirse con amabilidad de Ullada, quien insistió hasta el final en acompañarla donde fuera.

El anochecer no llegaba sobre el paseo del Born. Los ocres se habían quedado suspendidos en las viejas fachadas, y los pies de Aurora la llevaban como autómata al viejo piso de su niñez. La turistada veraniega llenaba la calle Montcada de júbilo. Los músicos callejeros desempolvaban en cada portal repertorios sudamericanos, mozartianos y vivaldianos, preparando una noche de fiestas pobres.

Aurora cruzó el Palau Dalmases y la casualidad la hizo escuchar de nuevo la melodía que acababa de interpretar para su madre; salía del interior de un bar barroco. Aun sabiendo que daría más vueltas, había preferido tomar ese camino para acompañarse de extraños en aquella soledad recién estrenada. Sus interrogantes se mezclaban confusos con sus recuerdos. Bajó por Via Laietana sin darse cuenta de que Ullada la seguía a prudente distancia.

Al llegar, el viejo piso le regaló los olores de su infancia. Esta vez su madre no salía a recibirla, pero el anochecer ya se había abierto paso por entre los muebles.

¿Dónde empezar a buscar lo que no sabía que tenía que encontrar? Sobre la mesa del comedor descubrió un recorte de periódico, con una entrevista a un médico especializado en contaminación de barcos, que hablaba de muertes por inhalación de gas; el artículo enumeraba alrededor de veinte casos distintos. Aurora no se atrevió a leerlo completo, pero lo guardó en el bolso para estudiarlo con calma. El dolor que le producía el que su madre no hubiese pensado en ella a la hora de hacer lo que hizo, acababa de nacerle. Se metió en su habitación, sintiendo que profanaba un lugar sagrado, y fue abriendo cajones, cajitas y cuanto baúl halló sin encontrar nada. En el espaldar de la cama de su madre colgaba un rosario de Murano, comprado en el Vaticano en su viaje de novia, que siempre había visto en sus manos. Sobre la mesita de noche descansaba la foto de su padre, con mirada de artista de cine: *Para Solita, que marca el camino de mis sueños iluminando mis días de esperanza. Con profundo respeto y ardiente anhelo. Siempre, tu Jaume.* Estaba fechada el 24 de julio de 1949, la fecha del cumpleaños de su madre. Ese día, precisamente, hacía cincuenta y seis años que la había escrito, pensó Aurora mientras la colocaba de nuevo en su sitio.

En ese instante fue consciente por primera vez de la cantidad de años que se llevaban sus padres. Se puso a hacer cálculos y le salió una diferencia de veinticuatro años. "Demasiados", pensó en voz alta.

Junto al armario, el mueble de persianas que siempre se había mantenido rigurosamente cerrado llamó su atención. Trató de abrirlo, pero no pudo. Buscó en el manojo de llaves que cargaba su madre y probó cada una de éstas en la cerradura, sin resultado. Sintió que allí podría encontrar una pista, y se empeñó en abrirlo. Cuando llevaba un rato tratando de hacerlo con dos horquillas del pelo, le pareció oír ruidos dentro del piso. Salió al pasillo pero todo parecía estar en orden; aquella distracción le sirvió para abandonar su tarea y darse cuenta de lo tarde que era.

La noche se había convertido en un manto negro sin luna. Miró el reloj: iban a dar las diez y aún no había aparecido por casa. Decidió llamar entonces a su marido y contarle lo ocurrido.

Esa noche, Andreu Dolgut se preparaba para asistir a una cena. Había llegado justo a tiempo para darse una ducha rápida y preparar la cabeza para charlas frivolonas y carcajadas medidas. Mientras se vestía, le llegó la imagen de su padre muerto en chaqué de lino, pero la espantó eligiendo la corbata. Se quedó con una de Versace, de las cuarenta que aún le quedaban por estrenar. Tita Sardá, su mujer, salió en vaporosas sedas y luciendo un bronceado escote que desbordaba dos siliconas maduras. Tenía un cuerpo firme y fibroso, moldeado a punta de días enteros de spinning y maquinitas, y aunque no necesitaba de acicales para estar bella, iba impecablemente maquillada con todos los potingues de Chanel.

—¿Cómo estoy? —abrió los brazos, girando delante de su marido.

—Serás la envidia de la cena —le dijo Andreu sin siquiera mirarla, sabiendo que con esa respuesta no lo marearía más.

Acabaron de arreglarse y Tita, evitando despintarse los labios, lanzó un beso al aire a su hijo, que jugaba robotizado con la Play Station, y otros tres a sus amados dálmatas.

Llegaron envueltos en halos refinados a encontrarse con los de su misma especie. Allí, entre bocados de *foie-gras* y sorbos de Sauternes, comenzaron a planear las vacaciones que estaban a punto de empezar. Quedaron de recorrerse las costas de Croacia, fondeando en lugares de la *jet*, donde entre otros estaría el *Pachá III* de Carolina de Mónaco. Mientras las risas de su mujer envolvían la reunión de coqueteos, y los viejos más jadeantes y babosos jugaban a flirtear con su joven esposa, envidiándole su condición de marido, Andreu decidió ocultar del todo la muerte de su padre. Ni loco quería desentrañar su pasado, y menos ahora, que hacía parte de tan altos linajes. Le quedaba por resolver qué haría con el cadáver y cómo se las arreglaría para tapar con aserrín su pasado gris.

—Dicen que los *paparazzi* los descubrieron en pleno yate haciendo un trío —comentó uno de los asistentes.

—Como si hacían un quinteto —contestó el más viejo—. La pena no es que lo hicieran, sino no haber estado allí.

La esposa de éste entró en un paroxismo de muecas reprimidas, tratando de ocultar su enojo.

—Cariño… ¿te pasa algo? —le dijo Tita a Andreu.

—Estoy un poco cansado —le contestó él, ausente.

—Lo exprimes demasiado… —dijo el viejo con voz socarrona a Tita—. Ya sabes, Andreu, si necesitas ayuda… aquí un amigo.

Una hora después se despedían con abrazos; la próxima reunión la celebrarían en Llavaneres, en la mansión de Andreu y Tita.

Cuando Aurora Villamarí llegó a su casa ensopada de tristeza, su hija la recibió con los brazos abiertos y las congojas florecidas. Su abuela era el ser más maravilloso que había conocido nunca, y no podía digerir su absurda muerte. A través de sus relatos fantásticos había aprendido a acariciar la piel y el alma de un país esmeralda, de nubes de algodón y cerros indestronables, del cual ella se sentía hija adoptiva. Muchas veces, en el colegio, fantaseaba diciendo que era colombiana, y lo hacía sobre todo porque sentía que de corazón lo era. Sus ojos color tierra, de pestañas enredadas, hablaban de un origen canela. Solía endulzar las zetas y las ces, buscando imitar el acento de su abuela, mantenido a pesar de los años como rango jubiloso y signo de identidad.

Aunque Aurora ardía en deseos de llevar a su hija a conocer la tierra verde de la que tanto le hablaba su abuela, nunca habían pisado suelo colombiano por falta de recursos, pues la familia vivía del escueto sueldo que ganaban: su marido, como encargado de producto de una empresita de garrapaticidas y pulguicidas, y ella como profesora de clases de piano a domicilio. El fin de mes lo acababa siempre a saltos de mata, con horas extras de sonatas a niños pijos y resabiados.

Del rancio abolengo de su madre le quedaban en herencia la dignidad, los buenos modales y la sangre intachable de los Urdaneta. Lo demás se había ido perdiendo con los años; por lo menos, eso era lo que le había contado su madre, y debía ser verdad, pues las fotos de sus antepasados exudaban clase y prestancia.

Había crecido pasando páginas de álbumes que la hacían soñar con lujos y fiestas en clubes distinguidos. Para ella, lo único que contaba era que un abuelo lejano pagaba sus clases de piano, y eso era suficiente para ser feliz. Todas las noches le pedía a Dios que el abuelo viviera para siempre, pues sin piano ella no podría vivir. Al morir éste, ya tocaba el instrumento como los ángeles; con una delicadeza etérea que hacía llorar al más insensible de los mortales.

Por eso, cuando el inspector Ullada la escuchó tocar en el piso de Dolgut, sintió que aquellos dedos no sólo habían reblandecido todas sus durezas; también le habían acariciado el alma, y no sabía por qué, necesitaba escucharla de nuevo.

Mariano Pla trataba de consolar a su mujer y a su hija cuando sonó el teléfono. Eran las dos y media de la madrugada, y Ullada necesitaba hablar con Aurora.

—Con todos mis respetos, señora, perdone por llamarla a estas horas... Mañana quedan libres de análisis los interfectos. En la morgue me han dicho que no han podido separar los cuerpos… ¿Quiere que lo hagan a la fuerza?… Ya sabe… —dejó entender que cortarían los brazos.

—No los toquen más. Diga que los dejen en paz de una vez.

Aurora había tomado una determinación que no sabía aún cómo resolvería; todavía le quedaba la noche para pensar. Llamó a la funeraria y puso en marcha algo que no contó ni a su marido ni a su hija.

Dada la singularidad del caso, tardaron dos días más entre papeleos de pompas fúnebres, permisos y registros de defunción. Aurora Villamarí se gastó todos sus ahorros en llevar a cabo la ceremonia más bella y sui géneris que se había visto jamás.

Habló con el mosén de la basílica de Santa María del Mar; un misionero jesuita de sensibilidad y comprensión únicas que había sido su amigo íntimo de infancia y a quien solía deleitar todos los domingos con su piano, acompañándolo en la misa de las doce. Le pidió que oficiara una boda in extremis morten, y su maravilloso amigo aceptó.

La mañana de la boda-entierro, Aurora bajó al sótano de la funeraria y ayudó al encargado a poner los trajes en los cuerpos embalsamados de Joan Dolgut y Soledad Urdaneta, maquillando con suavidad y esmero el rostro ajado de su madre, que permanecía con aquella amorosa sonrisa en los labios. Con una sangre fría que sólo le venía del infinito amor que sentía por ella, la perfumó con su colonia favorita, Air de Roses, preparándola para la ceremonia. Al novio volvió a colocarle la flor en el ojal y le ajustó el chaqué.

Había corrido como loca y al final había encontrado en Poble Nou, en la esquina de la calle Pallars, un viejo taller de carpintería que en dos días le fabricó una caja doble de cedro; un féretro de enamorados.

El inspector Ullada la puso en contacto con Andreu Dolgut, quien sintió un gran alivio al oír lo que Aurora le proponía. Ya no tenía que preocuparse del cadáver de su padre, pues una chiflada quería enterrarlo con su madre. Sin ningún tipo de remordimientos, cedió el cuerpo, con la condición de que no se hablara de él para nada. Quiso pagar lo referente al cementerio, pero Aurora no aceptó ni un céntimo. Un ser que se comportaba de esa manera con un padre no era digno siquiera de existir.

En el funeral, Aurora Villamarí reunió a sus condiscípulos del Conservatorio Nacional de Música de la calle Bruc e improvisó una orquesta que tocó solemnemente la *Marcha nupcial* de Mendelssohn, mientras los cuerpos entraban y eran colocados frente al altar mayor. El interminable velo salía del ataúd y se desbordaba en ríos, formando cataratas de espuma sobre el suelo.

El párroco, tal y como había quedado con Aurora, ofició la ceremonia de boda derramando humanidad. Habló sobre la fuerza del amor sin arrugas ni tiempo. De la eternidad sin edad del alma. De la vida que no muere. Del amor profundo, ese sentimiento espiritual que no necesita de hechos para nutrirse, porque él mismo es alimento. Frente al féretro, el corazón del sacerdote hizo una profunda reverencia.

—El verdadero amor no muere —dijo.

Joan Dolgut y Soledad Urdaneta lo sabían. Las sonrisas talladas en sus labios lo confirmaban. Su amor era inmune a los cuervos de la muerte. A la tenue luz de los cirios, sus caras irradiaban luz del alma.

—Los momentos de auténtico amor son siempre sin palabras —concluyó el sacerdote, cerrando así la ceremonia nupcial.

Un silencio de pétalos blancos se pegó a las paredes de piedra. Parecía que la respiración del mundo había cesado. Durante muchos minutos nadie habló. Aun cuando la iglesia estaba llena, el eco del silencio la había vaciado. Allí estaban todos ungidos de respeto: el gremio de floristas de las Ramblas, que tapizaron la basílica de flores inmaculadas en homenaje al amigo Dolgut; el carnicero del barrio, los tenderos de La Boquería, las dueñas de mercerías, amigas de costuras y tertulias de Soledad; los vecinos de ella y de él, con sus hijos, nietos y ahijados, la panadera Montsita, el librero de La Hormiga de Oro, donde Joan Dolgut solía pasarse las horas leyendo libros que nunca compraba, el del bar La Gloria, las de los rosarios de iglesia… Todos habían desempolvado el alma de recuerdos para darles el último adiós. Soledad y Joan nunca habrían imaginado tener a tanta gente que los quisiera.

Un *Aleluya* de Haendel cantado a coro por los amigos de Aurora del Orfeó Català dio paso a la segunda parte: el funeral.

No podía creerlo. Al fondo, escondido entre las columnas, junto a la puerta, Andreu Dolgut no daba crédito a lo que veía. Presenciaba la escena con gafas oscuras. Por una vez había colgado el traje y la corbata, vistiéndose con la camisa y el pantalón más gastados que encontró. Había acudido a la ceremonia movido por una curiosidad sin adjetivos que lo había hecho anular todas las citas de la mañana.

Había visto la entrada de su padre a la iglesia, y observado a cada uno de los asistentes, reconociendo entre ellos viejas caras; muchas eran de niños con los que había compartido travesuras de infancia y sueños adolescentes. Todos lloraban compungidos la muerte de su padre y él no entendía por qué.

Bajar de estrato social, aunque sólo fuera para ver aquello, había provocado en Andreu un pánico sudoroso a perder lo que tenía. Por nada del mundo quería volver a pertenecer a esa gente que olía a colonias baratas, naftalinas y telas rancias. Palpar tan de cerca la ramplona vida de su barrio fue dejándole un poso de sentimientos enmarañados. Aun en esa incomodidad de clase media baja, resistió hasta el final la ceremonia de los funerales.

El inspector Ullada lo descubrió cuando entraba, pero al pasar junto a él hizo ver que no lo veía, aunque le dieron ganas de vomitarle encima; ahora la pena de Aurora había pasado a ser su propia pena. Se sentía solidario y orgulloso de lo que estaba haciendo aquella mujer. Aunque quiso colocarse en los primeros bancos con los deudos, compenetrado por aquellos intensos días de convivencias con los muertos, se mantuvo discretamente alejado y aprovechó para analizar el comportamiento de Andreu.

Todavía quedaba por comunicarle a Aurora Villamarí lo que había descubierto esa mañana leyendo el informe del forense. De momento, se lo reservaba; quería investigar más por su cuenta.

Pasaron muchos días en los que Aurora se refugió en el piano y el cementerio. Todos los miércoles, después de las clases, subía a pie la montaña de Montjuïc, con un ramo de lirios blancos que colocaba siempre en la tumba de su madre. Hablaba en silencio con ella, mientras brillaba la lápida de mármol negro.

Le había costado mucho enterrarlos en el lugar que tenía las vistas más bellas del Mediterráneo, pero finalmente lo había conseguido. Allí, mirando el mar, Aurora un día tomó la determinación de llegar al fondo de aquella historia de amor. Necesitaba saber quién había sido Joan Dolgut y por qué su madre nunca le había hablado de él.

Empezó por volver al piso de su madre.

Desde el día de su muerte, no se había sentido con ánimos de regresar a enfrentar ausencias mezcladas de pasados, pues allí también estaban los recuerdos de su infancia, que sólo al desaparecer su madre empezaron a brotarle.

El pasillo, donde solía deslizar sus calcetines tratando de sentirse patinadora de suelos mientras ayudaba a encerar las baldosas a su madre, ya no brillaba. El viejo piano Steinway, enviado en barco desde Colombia por su abuelo como regalo en el día de su comunión, ya no sonaba; abandonado el día de su boda por no caber en su pisito de recién casada de Les Corts, se había quedado mudo a pesar de que decenas de afinadores le habían manoseado las entrañas. En sus teclas muertas permanecían atrapadas sus alegres clases y progresos. Del baño salían, por obra y gracia de la memoria, las canciones que cantaba a dúo con su madre mientras se bañaban. Paseando entre soledades la saludaba el olor de las arepas con queso y el chocolate espumoso de cada desayuno, ritual de ancestro colombiano; la seriedad áspera de su padre sentado siempre en el escritorio, escribiendo a parientes cartas que nunca enviaba; los deberes del colegio y el miedo a las monjas de Bellavista. Todo estaba allí, dándole la bienvenida.

Al llegar a la habitación de su madre intentó abrir el armario de persianas que había estado forzando la última vez y éste cedió sin dificultad. Estaba convencida de que el seguro estaba puesto; ella misma había luchado por abrirlo. Sin entender nada, empezó a explorarlo. El antiguo escritorio rebosaba de papeles clasificados por orden alfabético y cronológico.

En una pila encontró las cartas de su abuelo Benjamín, escritas en modelada caligrafía inglesa. El árbol genealógico de la familia Urdaneta Mallarino y fotos de la fábrica. El abuelo, impecable, de traje y sombrero, sentado entremedio de obreros y obreras, todos con cara de circunstancias, y al fondo, el gran letrero: Jabonerías y Cererías Urdaneta. ¡Por fin podía ver todo aquello!

Halló diversos diarios del padre de su madre que narraban los viajes de placer y cruceros hechos en la juventud; la oticia amarillenta en la portada de *El Tiempo*, manchada con el asesinato de Jorge Eliécer Gaitán y muchos recortes de periódico que recogían la convulsa vida bogotana de aquellos días.

Las gafas de la bisabuela, un cofre con miniaturas de rosarios hechos con rubíes y esmeraldas, la colección de cuentos de Rafael Pombo y una viejísima corteza de tronco, arrancada a navajazos, con un corazón tallado y las iniciales J y S en su interior. Aurora se quedó con aquello que tanto podía ser de su padre y de su madre (Jaume y Soledad), como de Joan Dolgut y su madre (Joan y Soledad).

Iba colocándolo todo sobre la cama, vaciando rincones y cajoncitos. Envuelta en una carta, encontró una larga trenza de pelo negro con un lazo azul, y en una bolsa plástica, un vestido a flores, de cintura marcada y ancha falda, muy juvenil y veraniego, casi sin estrenar. En la misma bolsa, un pequeño estuche de terciopelo rojo la intrigó; dentro encontró una especie de anillo, que en verdad era un amasijo de alambres oxidados, una foto agüita desteñida de la que sólo quedaba visible la parte de los zapatos de un hombre y de una mujer, y un negativo en mal estado.

Aurora Villamarí nunca había visto tantos años viejos desparramados sobre la cama. Eran decenas de piezas sueltas que hablaban mudas. Si nada de eso hubiese estado allí, se habría dicho que su madre muerta no había existido. "Sólo quedamos vivos en las cosas que dejamos", pensó mientras acariciaba el amasijo de filigrana enmohecida que permanecía en el estuche rojo.

Cuando acabó de vaciar todo lo que quedaba, comprobó que lo que andaba buscando no estaba.

Pero Soledad Urdaneta había existido. Era la hija única de Benjamín Urdaneta Lozano y Soledad Mallarino Holguín, bogotanos de pura cepa y católicos convencidos. Desde su nacimiento se ganó a su padre a fuerza de ojos y dulzura; pasada la decepción de no haber coronado su hombría con un primogénito varón, su padre había enloquecido de amor por ella. Solita era la niña de sus ojos: amada, consentida y educada desde la cuna para ser una gran dama de la alta sociedad bogotana.

Sus primeros años transcurrieron entre algodones y los cuidados de su madre y sus niñeras. Tuvo profesora exclusiva de *glamour* y buenos modales; de dicción, música y canto; de bordados y costura; de danza clásica y ritmos modernos; de inglés y francés.

Desde que tuvo uso de razón y durante siete interminables años, su madre la había obligado cada domingo a vestir los hábitos de la Virgen de Lourdes para asistir a la misa de las doce en pago de una promesa. Cuando no había cumplido aún los dos meses de nacida, una epidemia de tos ferina había azotado Bogotá, y Solita se había contagiado. Su madre, que era ferviente devota, en un intento desesperado por salvarla, había recurrido a un remedio taumatúrgico prometiendo a la Virgen que, si la curaba, su hija a partir de la primera comunión vestiría sus hábitos en

agradecimiento. Salvo por aquella promesa domingue-
ra que la avergonzaba en público, la niñez de Soledad
Urdaneta había sido feliz.

Vivía en una quinta de ensueño, pintada de azul
índigo, que su padre se había empeñado en construir
en Chapinero, en pleno norte de Bogotá, donde se
encontraban las casas quintas más aristocráticas de
la ciudad. Allí, en el centro del descomunal patio,
y rodeado de eucaliptos, aves del paraíso y rosas,
su padre, para darle gusto, había hecho plantar un
molino de viento, de recia armazón de hierro, del
cual ella se había enamorado en una travesía veraniega. Aquel molino en movimiento esparcía todas
las fragancias, perfumando con sus vapores sus días
y sus noches.

Comía en vajilla y manteles traídos de Italia. Vestía
con etaminas suizas y cintas de satén. Dormía en cama
de bronce con doseles de princesa; tenía una cómoda
enchapada en nácar y un espejo historiado con rosas
de cristal, que cada mañana le devolvía un rostro de
óvalo blanquísimo, de líneas puras, enmarcado por
una cascada de pelo azabache que le rozaba la cintura
y que su niñera peinaba cada noche, con cepillo de
plata, cien veces, mientras ella recitaba las lecciones
del día siguiente. Sus ojos eran dos lágrimas de ónix
profundo llenas de luz. Era bella, y aunque lo sabía,
aprendió desde pequeña a no creérselo.

Su padre, que había heredado una antigua fábrica
de velas y glicerinas, era el dueño y señor de una
próspera industria de jabones que les había permitido
rodearse de todos los lujos. Era socio de los clubes

más prestantes de la ciudad, y no había espectáculo digno al que no asistiera en el Teatro Colón.

Su madre, dama de altos linajes, ejercía de dueña y señora de la casa, combinando sus dotes de mando con los juegos de canasta y *bridge*, la vida social y las costumbres europeas que empezaban a imponerse en los clubes bogotanos.

Su vida de adolescente prematura había transcurrido entre el Sagrado Corazón, el Country Club, las misas del domingo en la iglesia de Nuestra Señora de Lourdes, sus clases particulares, sus amigas de confidencias y los maravillosos viajes que todos los veranos organizaba su padre y que la sacaban del frío de la sabana y la bruma de los cerros.

Hasta los catorce años, la vida de Soledad Urdaneta había sido un sueño… Hasta que conoció el amor.

Habían pasado quince días desde la muerte de su padre, y Andreu Dolgut andaba en los últimos preparativos del crucero con Tita y su hijo. Esa noche, la reunión tocaba en su espléndida mansión de Llavaneres, entre las palmeras de dátiles que había hecho traer de Marrakech y las sobrias fuentes que rodeaban el jardín; inauguraban la gran pérgola tailandesa construida sólo para deleite veraniego.

Aquella casa le daba seguridad, allí había invertido horas de ferias de anticuarios, pagando verdaderas fortunas en interiorismos y reformas para conseguir una auténtica joya de revista. Cobijado en sus bienes, Andreu se movía de igual a igual entre apellidos ilustres.

—Se me harán eternas las vacaciones sin ti —susurró Tita Sardá con voz melosa a su móvil—. Sssst… calla, loco, ahora no puedo hablar.

Cuando Andreu entró en la habitación, Tita ya había colgado. Temiendo que su marido la hubiera escuchado, se acercó a él y terminó por darle un beso despistón mientras le abrochaba uno de los botones de la camisa.

Para Tita, las vacaciones se le estaban convirtiendo, antes de empezar, en un calvario. En el gimnasio, aparte de quemar calorías, se había quemado la entrepierna enamorándose de su profesor de *spinning*; un rubio de campeonato a quien veía en todos los anuncios de yogur y desnatados. Y aunque siempre se repetía que era sólo un *affaire*, la cosa ya iba para un año largo. Con el despilfarro de horas por llenar, había ido alargando los encuentros con su amante, y hasta le había montado un dúplex en la zona alta de Pedralbes, donde pasaba tardes enteras de sudores.

Nunca se enteraba de lo que hacía su marido, pero tanto le daba... mientras no la hiciera quedar en ridículo. Sabía que él se había casado por pura conveniencia y le había seguido el juego, demostrándoles a todas sus amigas, jadeantes como ella por Andreu, que lo sacaría de las profundidades de la soltería; una vez pasada la luna de miel, sus encuentros habían pasado a ser un intercambio de formalismos aparentes bien avenidos.

El móvil de Andreu sonó y éste se retiró al estudio para que Tita no oyera la conversación.

—¿Señor Andreu? —dijo el detective.

—Dígame.

—Quiero decirle que la señora Aurora ha estado yendo al cementerio todos los miércoles y últimamente pasa muchas horas en la casa del paseo de Colom.

Después del entierro de su padre, a Andreu Dolgut se le había clavado una espina de curiosidad que no lo dejaba en paz. ¿Por qué había llorado tanta gente la muerte de su padre? ¿Por qué una mujer había decidido morir con él? ¿Qué tenía su padre que él nunca vio? ¿Lo llorarían a él así cuando muriera?

Decidió poner en marcha una investigación lenta y discreta que lo llevara al fondo del misterio, contratando a un detective privado.

Le entregó las llaves del piso de su padre para que reconstruyera con objetos y cachivaches su pasado, sólo para él, dándole además los datos de Aurora Villamarí, por si ella podía conducirlo a alguna pista. Quería saberlo todo. A sus cincuenta y seis años, nunca había sentido tanta curiosidad por algo tan poco valioso para él: su propio pasado.

—Me gustaría enseñarle algunos efectos personales del difunto, por si le sugieren algo —le dijo el detective.

—Mire, Gómez, cuando me llame quiero cosas concretas, que el trabajo tiene que hacerlo usted, no yo. ¿Le queda claro?

—Como el agua, señor Andreu. Perdone usted.

Cuando colgó, Andreu ya tenía preparada la sonrisa de bienvenida para los invitados que llegaban. Tita, que había escuchado parte de la conversación, se quedó preocupada por aquella extraña llamada, y empezó a pensar que su marido sospechaba algo. Esa noche estuvo especialmente delicada y coquetamente discreta.

El detective Gómez había encontrado en el piso de Joan Dolgut muchas cosas, todas viejas y sin valor aparente.

Era el hogar de un viejo solitario, metódico, parco y sensible. Sus armarios eran verdaderas estanterías de recuerdos y evocaciones. Allí podría pasarse días enteros reconstruyendo su vida y hallar muchas vidas. Por eso había llamado a Andreu, porque necesitaba un mínimo de ayuda.

Ya habían aparecido enmohecidos los años de la posguerra, y eso era a lo más lejano que había llegado en su exploración.

Cuando Joan Dolgut abandonó España aquel 28 de julio de 1936, su padre le prometió que mandaría por él pronto; que serían pocas semanas con las parientas francesas. A sus escasos catorce años, obedeció sin rechistar, cuando en realidad no quería por nada del mundo separarse de él. Había entendido que la situación de incertidumbre y pánico generada por la guerra empujaba a su padre a exiliarlo con aquella premura angustiosa, y aunque lo adoraba —o tal vez precisamente por eso—, había obedecido.

Siempre habían estado juntos, en las buenas y en las malas. Cuando su madre murió de una tuberculosis sin diagnosticar, la desgracia los unió con fuerza bruta. Todo o prácticamente todo lo hacían juntos. Su padre se había convertido en madre, padre y lo que hiciera falta, a pesar de que su trabajo en la fábrica y las reuniones con el sindicato le ocupaban prácticamente todas las horas.

Joan Dolgut era republicano por herencia paterna y pianista por herencia materna. Antes que a hablar, aprendió la escala musical, aporreando las teclas de un piano prestado y desafinado que su madre le ponía delante. La música la llevaba escrita en el alma desde antes de nacer. Aunque nunca había tenido el instrumento en casa, lujo del todo imposible, eso no le impidió ser un pianista consumado. Había crecido entre el olor a pescado de la Barceloneta y los atardeceres que perseguía por encima de los tinglados del puerto, aquellos almacenes lúgubres ladrones del azul del mar, repletos de fardos y sacos. Todo su patrimonio eran sus tardes doradas en el espolón, con las olas rompiendo a sus pies, el cielo abierto a sus sueños y el sol a sus espaldas. Era un niño sensible, capaz de mantener silencios largos sólo para escuchar los sonidos de su mundo interior. Con su padre nunca faltó a los conciertos que la orquesta de Pau Casals daba a los obreros; allí jugaba a ser alumno de aquel genio de la música. Pau Casals era su ídolo, y todo cuanto veía, leía o escuchaba de él lo anotaba en su cuaderno gris de rayas; aquel hombre le transmitía sentires serenos con los cuales se identificaba y de los cuales era muy difícil hablar con sus amigos de barrio.

Asistió todos los días al colegio La Salle-Condal, con grandes esfuerzos que su padre hizo, pues si algo tenía claro éste era que su Joan llegaría más lejos que él.

Cada día hacía el mismo recorrido con el ritmo de una sonata de Chopin en la cabeza, subiendo por Via Laietana hasta coronar el Palau de la Música, a cuya puerta hacía siempre una reverencia, imitando el día en que sería ovacionado como Casals. En el colegio se burlaban de su delicadeza para expresarse y de su poca destreza en los deportes, pero siempre contó con el apoyo incondicional del hermano encargado del coro.

La tarde en que partió, la ciudad era una masa de edificaciones, ojos, piernas y desolaciones aguantando furias e injusticias. Una polvareda de espanto había invadido el centro de Barcelona viciando el aire de muertos y desesperanzas; el amasijo de destrucción había aterrizado tratando de pulverizar banderas rojas que se alzaban en todas direcciones.

Su padre había conseguido a través del vicesecretario del sindicato de maderas, gremio al que pertenecía, un salvoconducto que le permitía llegar a la frontera francesa sin grandes problemas; contaba con la esperanza de las escuetas facilidades que Francia estaba brindando al movimiento republicano. Había hablado con sus primas solteronas de Cagnes-sur-Mer, y éstas habían aceptado de mala manera recibir al chico, siempre y cuando les fuera útil. La cadena creada por los amigos sindicalistas apoyaría a Joan en su camino. Así, con dos mudas de ropa, tres bocadillos de sobrasada hechos a la carrera, algunos francos conseguidos a última hora y un abrazo inundado de lágrimas, Joan Dolgut se había despedido de su padre tomando el tren que lo llevaría a Portbou.

Escondida en el último cajón del armario de Dolgut, el detective Gómez encontró una mochila raída que conservaba en su interior el viejo salvoconducto de sellos republicanos, un cuaderno gris con anotaciones y recortes que databan de antes de la guerra, y algunas cartas sueltas de su padre fechadas en los años 36 y 37, donde narraba los sangrientos bombardeos de aviones italianos y alemanes y el caos reinante en Barcelona por aquellos días, y aconsejaba a su hijo paciencia y buen comportamiento con sus tías. Asimismo, halló la foto de primera comunión de un niño vestido de marinerito acompañado de sus padres; ella, una mujer de aspecto dulce y sencillo, junto a un hombre de semblante rudo y mirada diáfana.

Gómez fue ojeando página por página el viejo cuaderno, anotando todo lo que podía servirle, hasta llegar al final, donde éste se convertía en un diario improvisado de dolores. Allí estaban narradas las noches solitarias del adolescente Dolgut en tierra extraña, las primeras impresiones de su paso por la frontera francesa, las miradas de asco de sus viejas y desconocidas tías, que lo recibieron en una algarabía francesa, entre *très bien* mentirosos y besos repintados de falsedad, y... los primeros bocetos de amor.

Un texto enamorado, escrito seguramente con el rojo enarbolado en las mejillas, describía con pasión el primer beso de aquel niño-hombre. Aquellas páginas manchadas de tiempo y penurias empezaban a delinear la silueta del alma de Joan Dolgut.

En esas andaba Gómez cuando oyó voces en el rellano de la escalera. Mirando por el ojo de la puerta descubrió a Aurora Villamarí hablando con la vecina de Dolgut.

—¿Hacía mucho tiempo que el señor Dolgut vivía aquí?

—Toda la vida… Bueno, desde que se casó con Trini, aunque, la verdad, no sé si ya llevaban tiempo viviendo juntos. ¡Ay! La pobre Trini nunca fue feliz con él… y ella era una campanita, porque había que verla cantando *La zarzamora*, con qué sentimiento…

—Su mujer, ¿qué pasó con ella?

—La pobrecita murió de pura penita, del silencio al que la tuvo sometida ese hombre. Él enviudó muy joven, con el chavalín de escasos añitos, que hubiera necesitado una madre, pero ni modo. Y mire que enfrente me tenía a mí, solterita y sin compromiso, pero no daba ni la hora.

—¿Vio alguna vez a mi madre con él, en los últimos días?

—Si se refiere a la señora con la que lo encontraron, no. Nunca la vi.

—¿… y a otras?

—Menos. Mire, al señor Joan no se lo veía, se lo escuchaba. Todo el día le daba al piano; hay que reconocer que era un pianista de los de verdad. No sé a qué horas comía o dormía, parecía que se alimentaba de la música. A menudo comentábamos en el barrio que estaba trastornado. No le interesaba nada de lo que les interesa a las personas normales... Ya sabe: el fútbol, el bingo, el dominó, los nietos, los vecinos... Nada. Sólo el tatatatatá... del bendito piano. Pero en el fondo lo queríamos. Nos daba penita ver que nadie venía a verlo. Que llegaba el Día del Padre, las Navidades y Sant Joan sin verbenas, ni celebraciones...

—¿Y su hijo?

—No volvimos a verlo nunca más. Se fue cuando aún era un crío, y zas... se lo tragó la tierra. Dicen que tiene mucho dinero, pero lo que es a su padre, ni un duro le dio. Mal hijo.

Aurora se dio cuenta de que el día del hallazgo de los cadáveres la vecina no había reconocido a Andreu Dolgut, y decidió no desvelarle nada. Conchita Marededeu continuó:

—Lo que sí le dije al inspector es que Montsita lo vio un día hablando con una mujer mayor. Lo comentamos como algo muy especial, por lo que le digo, que él no hablaba con nadie.

—¿Y me podría decir, si no es molestia, dónde puedo encontrar a la señorita...?

—¿Señorita? Bueno, señorita no es desde hace mucho —al decirlo hizo una mueca de picardía—. Montsita es la panadera del barrio, hace unos panes, hummm... tiene uno de tomillo...

Conchita se quedó mirando a Aurora, y al ver que ésta sólo quería saber dónde encontrarla, se ofreció a acompañarla, sobre todo, para enterarse de más chismes.

—Y su madre, ¿era viuda? Perdone la intromisión. No es que quiera hablar de la difunta...

Aurora pensó en su madre y se le humedecieron los ojos. No sabía por qué motivo había hecho lo que había hecho; buscaba alguna razón, una carta, un indicio, algo que le explicara todo aquello. Le contestó como una autómata.

—Enviudó de mi padre hace treinta años.

—Lo siento, pobrecita mía —mientras lo decía, le pasó la mano por el hombro.

Bajaron por el ascensor y en dos minutos llegaron a La Espiga del Sol; dentro, Montsita atendía a la clientela de siempre.

Aurora le agradeció a la vecina, sugiriéndole de forma velada que la dejase a solas con la panadera, pero Conchita Marededeu, oliendo el chisme fresco, ni se inmutó. Sin dejar de servir las barras de cuarto que acababan de salir humeantes del horno, la panadera fue contando con detalles la vez que vio a Joan Dolgut con la mujer.

—Lo recuerdo perfectamente. Él estaba pagándome el pan y, a su lado, una mujer muy entrada en años, una anciana, para ser más exactos, lo observaba. Yo pensaba que la mujer me pediría algo, pero ella sólo había entrado para observar al señor Joan. Lo miraba fijo, como si estuviera viéndolo por detrás de la memoria... ya me entiende. Era una señora muy distinguida, no vaya a creer que era una mendiga o algo así, no...

Cuando Soledad Urdaneta decidió ir en busca de Joan Dolgut, ya hacía muchos años que soñaba con su encuentro. Su aislamiento íntimo la había llevado a caminar sin pasos, cientos de amaneceres, crepúsculos e insomnios de recuerdos. La edad sin tiempo del amor, le había ido resucitando milagrosamente el alma cada día, despertándola al filo de una alegría incierta: encontrar a Joan para seguir viviendo.

Sin decir nada a nadie, fue tejiendo su ilusión entre los bordados diarios y el punto de cruz de sus carpetas. Su imaginación volaba por encima de su presente plano y gris y lo teñía de besos sentidos que todavía le hacían sonrojar las arrugas. Su pecho enjuto se agitaba en presencia de alguna evocación que sólo ella vivía en sus rumiadas de pensamientos, cuando estaba en medio de sus viejas amigas de costuras. Se había propuesto reavivar su corazón a punta de pasados, y a veces se sorprendía de lo frescas que llegaban a estar aquellas tardes de amor dorado. Todo seguía intacto en aquella memoria, la del obligado olvido.

Aunque tenía claro que quería buscar a Joan, no sabía por dónde empezar. Imaginaba que seguía viviendo en Barcelona, y presentía que seguía vivo, y aunque fantaseaba con encontrárselo al volver una esquina, eso no había sucedido.

La mañana que decidió por fin ir en su búsqueda, se duchó tarareando *Tristesse*, la vieja canción que siempre la acercaba a Joan, y se acicaló con el perfume de las ocasiones especiales, Air de Roses. Cogió el listín telefónico y empezó a buscar su nombre, pero la decepción fue inmensa al encontrar no uno sino cientos de Joans Dolguts, llenando de arriba abajo tres páginas enteras. Ese percance, en lugar de desanimarla, le hizo renacer una tenacidad de adolescente impetuosa.

Arrancó las hojas y se dedicó a analizar una a una las direcciones, descartando aquellas que consideró imposibles.

Su rutina diaria consistía en organizar antes del desayuno su recorrido del día, con mapa y puntos marcados. Tomaba el metro o el autobús, dependiendo del lugar, y merodeaba por la zona hasta sacar las fuerzas necesarias para tocar timbres y hacer averiguaciones.

La primera llamada que hizo a una puerta casi le revienta el corazón. Pronto aprendió que eso de tener el alma a punto de disparo la mataría antes de hora, y a medida que fueron pasando las semanas de frustración, ésta acabó serenándose por sí sola.

Una mañana, un treintañero soñoliento, lleno de *piercings* y tatuajes, que decía llamarse Joan Dolgut le abrió la puerta desconcertado de encontrarse con una viejita decrépita preguntando por él.

Otra tarde entró en la consulta del Dr. Dolgut, un gastroenterólogo que por los diplomas dedujo podía ser el Joan que ella buscaba, aunque no se explicaba cómo seguía ejerciendo con ochenta y dos años. Cuando la secretaria la hizo pasar, no era el viejo quien atendía, sino un chico joven que había heredado el despacho de su padre, y por respeto aún conservaba sus viejos pergaminos. El médico sintió pena por Soledad y terminó ayudándola en lo que pudo. Le sirvió para salir de dudas. El anciano Dolgut no era el que ella buscaba.

Cierto día asistió a un juicio que presidía el juez Dolgut, pero al verlo comprobó que aquella mirada dura y fría no podía ser de ninguna manera la del hombre que tanto había amado.

Había noches en las que sus pies y su alma se rendían de cansancio y tristeza, pero el sueño le reparaba la esperanza, y al día siguiente volvía a perfumarse y a empezar de nuevo. Aunque su razón a veces la llevaba a dudar, un presentimiento le insistía en que Joan Dolgut seguía vivo. De todas formas, pensaba que ya no tenía nada que perder. Aquel tiempo de búsqueda no era un tiempo perdido, era la medicina que la hacía mantenerse con vida.

A pesar de querer a su hija con delirio, nunca quiso comentarle lo que estaba haciendo. Le daba vergüenza que se enterara de que su vieja madre, de ochenta años, aún soñaba con amar. No sabía en qué momento llegaba el día en que al anciano se le prohibía veladamente sentir amor carnal. Los abuelos terminaban siendo los dadores de experiencias, los cuidadores de nietos, los escuchadores de hijos, los remendadores de calcetines e intercesores de salidas. "Los viejos se hacen invisibles al amor, son repudiados al placer del soñar", había pensado una tarde de parque. A ella le había pasado viendo a sus abuelos; parecía que la edad les hubiera robado el alma. Los viejos sólo tenían fotos y leyendas pasadas de tiempo y moda; era imposible imaginar que unos labios cuarteados y desteñidos hubieran besado nunca con pasión de fruta madura.

Cada mañana, mientras se observaba y descubría en su geografía de arrugas un nuevo río, Soledad sentía que su alma no tenía tiempo. Ahora podía entender lo que de joven no entendía: que sólo se envejece en los espejos, que el espíritu es libre de volar alto por encima de la vida, que el verdadero amor no tiene edad ni muerte.

Después de dos meses de búsqueda infructuosa y noches desoladas, cuando le quedaban por visitar los cinco últimos Dolguts del listín, Soledad Urdaneta tuvo un sueño. Soñó que lo encontraba. Que volvía a tener catorce años y corría por la playa pisando carcajadas de mar, bañándose de besos. Que Joan venía en volandas a abrazarla llevando alas en los pies que los elevaban del mundo y de las piedras. En su vuelo de amor, observaba a su hija que se quedaba en tierra, pero de repente el rostro de ella ya no era el suyo, era el de su madre, que gritaba que volviera, que le ordenaba a voces bajarse de las nubes. Soledad no hacía caso, volaba alto atravesando el cielo.

Ese día supo, con la certeza de un sueño, que lo encontraría.

Se dio cuenta de que era él desde el comienzo. Lo vio cruzando la calle con su andar musical, gastado pero armónico. Aquel cabello blanco ralo, despeinado por la brisa primaveral, lo hacía parecer un pintor de Montmartre despistado en busca de inspiración; su calva manchada a goterones de edad y sus ojos vestidos de tiempo y golpes no le impidieron a Soledad reconocerlo, porque no le había identificado desde los ojos, sino desde el alma. Llevaba la mirada ausente y los pasos cansados de pisar la nada. Al verlo, Soledad no fue capaz de pronunciar su nombre, por miedo a que no fuera, a que no se girara; por miedo a espantarlo con su vejez sin brillo. Aplazó hasta última hora lo que con tanto ahínco había buscado: el encuentro.

Decidió observarlo algunos días antes de acercarse a él. Cada mañana se sentaba en los bancos del paseo del Born, justo enfrente de la portería del edificio donde vivía Joan Dolgut, envuelta en su abrigo de paño azul marino, con su bolsito de cocodrilo descansando en su regazo y su bolsa de migas de pan arremolinando gorriones. Durante días y días fue observando su rutina, hasta aprenderse de memoria no sólo la de él, sino la de todos los vecinos que nunca percibieron su presencia por ir resguardada por el anonimato de la vejez.

Supo que Joan Dolgut nunca bajaba antes del mediodía, ni a la hora de comer. Que cada tarde, a las cuatro y media en punto, salía a dar un paseo con su chaquetilla gris ratón y su pañuelo anudado al cuello. Subía sin afanes por la calle Argenteria, giraba por Via Laietana, atravesando Correos hasta alcanzar al final el rompeolas, donde pasaba la tarde mirando el mar. Allí permanecía entre atardeceres desgarrados hasta que el sol huía. A su regreso se detenía en La Espiga del Sol, donde terminaba comprando su barra de pan, para luego regresar a su refugio hasta el día siguiente.

Una tarde perfumada a pan y vida, Soledad Urdaneta entró en la panadería. El horno humeaba vapores de trigo, y Joan Dolgut había entrado a pedir su baguette. Se quedó paralizada al oírlo. Aquella voz conservaba los acordes templados de la juventud. Las cataratas que padecía no le impidieron a Soledad sumergirse en los ojos de Joan hasta ahogarse en el verde selvático de su mirada sin tiempo. Pero Joan la había visto sin verla, como si fuese una transeúnte más de la vida, una mujer que venía por el pan de la tarde para la soledad de la noche. No la reconoció porque no la esperaba. La Soledad Urdaneta que guardaba la retina de su alma era una niña fresca y cantarina, olorosa a rosas silvestres y a perfumes de alegría, y eso estaba tan en el fondo de sus dolores que ya prácticamente no existía. Por eso, cuando ella lo miró, no supo devolverle la mirada. Había olvidado cómo se acariciaba el alma desde los ojos. Tuvo que buscar y rebuscar en el fondo de sus recuerdos para vestirse de encuentro.

—¿Joan…? —preguntó Soledad con su acento más dulce. Aún conservaba aquella cadencia inconfundible de niña colombiana.

Él la miró con ojos mudos, recorriendo en un instante la distancia de siglos que lo había separado de aquella voz de ángel, saltando por encima de los años, de los veranos muertos, de las sombras del olvido…

—¿Soledad…?

Desde la ventanilla del tren, Joan Dolgut iba despidiéndose de su país contando los postes del telégrafo que el paisaje robaba de uno en uno; los cables eran trapecios donde descansaban los pájaros formando hileras de interrogantes fugados y puntos suspensivos negros. Era la primera vez que abandonaba su tierra, y además, con desgana.

El humo de la máquina incendiaba el horizonte envolviendo de bruma ceniciento lo que quedaba atrás; una huida impuesta por su padre y acatada por él con respeto y obediencia. Hasta ese momento no había tenido tiempo de sentir miedo... hasta ese momento. El ruido mecánico de las vías del tren empezó a ponerle el alma en vilo, aquel tracatrac monocorde parecía preguntarle afónico "adóndevas... adóndevas... adóndevas", y él no sabía qué contestar. Se entretenía repasando caras, adivinando oficios, contando las destartaladas cajas de madera y cartón que llenaban los suelos. A veces el tren se detenía a llenar sus depósitos de agua y él aprovechaba para visitar los vagones de primera clase, paseándose, curioseando sin ambición entre las puertas de cristales ahumados los compartimientos de cómodos cojines con estanterías atiborradas de lujosas maletas de piel que contrastaban con los polvorientos bultos de tercera. En aquellos vagones todo era distinto. Las mujeres, ataviadas con sombreros veraniegos, conversaban y reían despreocupadas como si aquella guerra no existiera o estuviera sucediendo en otro mundo. Hombres circunspectos, trajeados impecables, fumaban sus puros mientras alegaban de todo menos de política. Aquel mundo viajero llevaba destinos incomprensibles para Joan. Aunque la guerra había empezado, él sentía que sólo había comenzado para unos pocos como él. Cuando regresó a su vagón, volvió a encontrarse con la miseria rampante y los ojos de angustia de sus compañeros de viaje.

Volvió a lanzar sus ojos al aire, perdiéndose en el paisaje francés que se abría camino. Intrigado, fue comparando. Nada cambiaba. El verde seguía siendo verde, el cielo era el mismo manto azul que cobijaba a su Barcelona; aquellos árboles frondosos daban la misma sombra ancha de las tardes catalanas; el atardecer manchado de naranjas teñía de dorado campiñas, rebaños y tejados, como en Rupit, donde había pasado algún verano. En el país vecino, todo era igual que en su tierra, salvo los muertos que vendrían. Ahora Francia tenía algo que ellos acababan de perder: la paz.

Su estómago empezaba a protestar. Envolató el hambre bebiendo agua de la cantimplora mientras repasaba los últimos momentos con su padre. Se sentía orgulloso de él, era un hombre humilde y justo que siempre había entendido su sensibilidad y la había potenciado en lo que había podido. Sabía que había amado con locura a su madre, y aunque no habían tenido nada, lo habían tenido todo. Al morir ésta, Joan había encontrado la manera de mantenerla viva en la memoria de su padre y de él, interpretando al piano su sonata favorita: el *Nocturno n.º 2* de Chopin.

En cavilaciones, adormecimientos, cabezadas y recuerdos se le fueron escapando los paisajes, enredándose todos en un nudo de tripas rugientes que se cansaron de clamar a gritos comida, porque a él ya no le quedaban provisiones. Había regalado sus bocadillos a la señora de al lado, que viajaba con un bebé de brazos y dos niños hambrientos.

Cuando Joan Dolgut llegó a Cagnes-sur-Mer aquel 31 de julio de 1936, nunca imaginó que lo más doloroso aún estaba por vivir.

Sus despóticas tías lo habían recibido con sus fauces de hienas hambrientas y su olor rancio a maquillaje barato que las hacía grotescas y asquerosas. La misma noche que llegó le dejaron claras las condiciones de convivencia: ellas le darían un techo a cambio de todos los trabajos domésticos. Lo llevaron a una vieja bodega donde le tocó arrastrar un colchón de paja medio roto, y en una incómoda buhardilla llena de mosquitos y bichos inmundos le asignaron su vivienda.

Se despertaba antes del amanecer para preparar la casa. Aunque el suelo estuviera reluciente, lo obligaban a pasarse el día entero fregando de rodillas con una bayeta y un cubo de zinc. Limpiaba los váteres a mano pelada, se iba con la cesta de la ropa a lavar al lavadero comunal de la plaza del pueblo, donde era el hazmerreír de todos los chicos; planchaba hasta altas horas de la noche y cenaba en un rincón del suelo lo que cocinaba a punta de regaños y gritos.

Sólo tenía su cuaderno gris de rayas y su música en el alma. Para no olvidar que tenía corazón de pianista, mientras hacía los oficios, tarareaba en silencio sonatas, unas veces de Beethoven y otras de Chopin. Era su manera de sobrevivir a la injusticia. Se desahogaba escribiendo cartas a su padre, que nunca enviaba por falta de dinero para el franqueo. Las primeras noticias que tuvo de él le llegaron con tres meses de retraso, luego fueron llegándole a cuentagotas algunas cartas más donde evitaba ilusionarlo con el regreso; en la última, su padre le contaba que muchos artistas empezaban a abandonar el país buscando refugio en el extranjero. Le decía que las personas sensibles debían estar lejos de masacres y guerras para que no se les contaminara de odio el corazón. Después de aquella carta no había vuelto a saber nada más, pero se había enterado de que la guerra dificultaba la comunicación, y guardaba la esperanza de reanudar el contacto epistolar con su padre. En las pocas cartas que llegó a enviarle nunca le comentó sus tristezas, pues sabía que desde allá él no podía hacer nada para evitarlas.

Una mañana, estando en el lavadero comunal, un chico pelirrojo que llevaba días observándolo se le acercó y le habló.

—*Vous parlez français?*

Por fin alguien se dignaba dirigirle la palabra. Alguien lo veía como un ser humano. Joan tenía las palabras resecas de no pronunciarlas, pero el francés le fue fluyendo a borbotones.

Aquel chico le enseñó lo mejor del pueblo. Cagnessur-Mer era algo más que trabajos rastreros. Por sus calles empedradas habían desfilado caballeros de cota y malla. El castillo y la ciudad medieval respiraban pasados pintados por Cézanne, Renoir, Modigliani… Cagnes-sur-Mer tenía también aquel Mediterráneo azul, y él estaba vivo.

—Te presentaré a mi padre. Es el panadero del pueblo. Verás qué panes… —le dijo Pierre.

Joan Dolgut empezó a soñar con otra vida. Sus manos desolladas por la alergia al jabón y a los oficios domésticos hacía ya tiempo que no acariciaban las teclas de un piano. El viejo panadero fue encariñándose con él, primero regalándole panes que saciaban su hambre adolescente, después llevándolo a la iglesia, donde un viejo órgano mudo volvió a cantar sonatas incompletas. Su hijo Pierre necesitaba un compañero de trabajo; no daban abasto haciendo pan, pues aquel horno había cogido fama en la comarca y le llegaban pedidos de los pueblos vecinos.

En los ratos que Joan robaba a sus quehaceres, el panadero fue enseñándole el oficio. Aprendió a preparar el horno, amasar la harina, poner levadura, reposar la masa, todo, cantando.

En la vieja bicicleta que Pierre le dejaba se recorría el pueblo todas las tardes hasta llegar a la playa, donde recuperó su vieja costumbre de escuchar el mar. De su padre no sabía nada, y tal vez esa razón lo hacía seguir viviendo con sus impresentables tías; temía perder el último contacto. Si él le escribía, sería allí donde lo encontraría. No había contestado a sus últimas cartas, y por las noticias que se escuchaban en la radio, se había enterado de que la situación en Barcelona se agravaba por el apoyo incondicional que Hitler y Mussolini estaban ofreciendo a los nacionales.

Una mañana comunicó a sus tías la buena nueva: el panadero del pueblo le proponía ser su ayudante. Por unos escuetos francos pasaría a hornear y a repartir panes.

Las tías pusieron el grito en el cielo amenazándolo con echarlo de casa si aceptaba. Pero Joan logró convencerlas a cambio de darles la mitad de su jornal.

Durante un largo e intenso año vivió entre los humeantes aromas de la harina cocida y los largos trayectos que realizaba repartiendo el pan en su propia bicicleta, una de segunda mano que el panadero le había regalado al cumplir los quince años.

La guerra había obligado a huir a miles de españoles. Las interminables hordas de gentes sin hogar se amontonaban en la frontera, donde los franceses aplicaban la democracia a su antojo, separando a los hombres de las mujeres, algunas veces mandándolas a ellas a Chomerac, en Ardèche, y a ellos al campo de concentración en la playa de Argelès. Los pueblos fronterizos habían ido recibiendo el éxodo de artistas, poetas, maestros, pensadores y políticos de todos los niveles, que buscaban desde allí colaborar con lo que quedaba de la República.

Joan se había enterado de que entre ellos se encontraba su admirado Pau Casals y pensó que en algo se parecían. Los dos vivían un exilio forzoso. Extrañaba a su padre con desesperación y sufría por su destino, sabía que no podía moverse de allí por amor a él; le había prometido que saldría adelante, pasara lo que pasara, y que lucharía por ello. Por un lado, albergaba la esperanza de que su padre hubiera huido y se encontrara entre los miles de refugiados, pero por otro sabía que no abandonaría y se quedaría a luchar hasta el final con sus compañeros. Poco a poco fue acariciando la idea de acercarse a la frontera. Quería reunir un poco de dinero para viajar a Prades y encontrarse con el gran violonchelista, a quien, sin haberle hablado nunca, sentía amigo de penurias e ideales.

Cuanto más tiempo pasaba, más republicano se sentía. Era el signo de identidad que lo ataba a su padre. Quería ayudar a sus compatriotas exiliados, pero no sabía cómo.

A pesar de todos los males, se creía un privilegiado; el suyo era un dolor menor, iba sobreviviendo a trompicones y había días en los que hasta reía y olvidaba sus tristezas.

En casa del panadero, sin darse cuenta, fueron adoptándolo. Cada noche cenaba con ellos y compartía cálidas veladas de familia alrededor de la chimenea. Les cortaba la leña, les preparaba el fuego, se turnaba con Pierre para el lavado de cacharros y platos y el arreglo de la cocina. La madre de Pierre lo adoraba; igual que a su hijo, terminó tejiéndole bufandas y jerséis, y preparándole un día a la semana su tarta favorita: la *tarte tatin*. Él, a cambio, los agasajaba con conciertos de música barroca tocados en el órgano de la iglesia todas las mañanas de sábado.

Entre tanta mezcla de sentimientos, la frustración de no saber nada de su padre, la nostalgia de su tierra, la alegría de cenar caliente rodeado de afecto, sin darse cuenta, a Joan se le fue desarrollando una creatividad efervescente que en sus noches lo fue llevando a componer sonatas. La música la escuchaba dentro, le fluía en cascadas de notas alocadas que se ordenaban sobre el papel rayado. Corcheas, semicorcheas, blancas y negras, colgadas del pentagrama, tensaban su espíritu y le arrancaban alegrías raras; a pesar de no poder escucharlas nada más que en su interior, por falta de piano, estaba convencido de que lo que brotaba tenía el sonido de su alma. Mientras componía, su cabeza era una caja de música vibrante cerrada al mundo y abierta a sus sentires. Su oído no descansaba nunca de la música. Vivía inmerso en sus sueños sonoros.

Si salía al mar, era él quien le marcaba compases de olas contrariadas; si escuchaba a la mañana, los pájaros le hablaban de sinfonías confusas; si sentía el fuego, el crepitar de los leños le sugería acordes contrastados; el agua del aljibe, fugas. El molino, las hojas de los árboles, el silencio apagado de la nieve, sus pasos, el viento, el grifo, las cucharas, hasta las manos amasando la harina le cantaban.

Una mañana, el panadero lo envió con el primer pedido importante:

—A partir de ahora, mi querido Joan, llevarás el pan a los grandes hoteles; ya va siendo hora que tú y Pierre os encarguéis de toda la distribución. Irás a Antibes, Juan-les-Pins y Cannes...

Joan terminó vestido de blanco almidonado, pedaleando por la Riviera francesa con su carga humeante empolvada de harina y sueños.

En los años que llevaba en Cagnes-sur-Mer nunca había ido más allá de sus empedrados límites, salvo una vez que había escapado con Pierre hasta Golfe-Juan y allí, a escondidas, se habían introducido en una gran villa que decían había pertenecido a Francis Picabia y donde la gran Isadora Duncan, antes de morir, había bailado descalza una sonata de Bach, seduciendo con su danza de velos al mundo bohemio parisino.

Ahora iría por encargo a descubrir caminos.

Esos largos trayectos, además de regalarle paisajes de cuadros, lo llevaron a contactar con mundos glamourosos jamás vistos, y poco a poco fue haciéndose familiar para muchos.

Se fue imponiendo una rutina de entregas que hacían esperarlo on alegría. Madrugaba a las cinco con los gallos y salía de puntillas a recoger los panes, envueltos en manteles que colocaba en canastos dentro del sidecar que ahora conducía, pues la bicicleta se le había quedado pequeña para su nuevo oficio. A las diez de la mañana llegaba a Juan-les-Pins, donde *madame* Tetou lo aguardaba con su sonrisa, su cremosa taza de chocolate y su suculenta propina. Le encantaba conversar con ella; siempre tenía historias de famosos dejadas la noche anterior sobre las mesas de su restaurante, cuentos de lentejuelas, risas y llantos de artistas y bohemios de turno.

Surtía de pan los sitios más de moda. La Maison de l'Amour, Le Bistrot d'Angélique, Chez Simone, André Plage, eran clientes habituales. Los encargados le tenían cariño y lo trataban como a uno de los suyos en un momento en que a los españoles los miraban con recelo y pena. Si bien aquella vida no era la que él había soñado, por lo menos le permitía sobrevivir. Sentía que aquel período era un paréntesis obligado dentro de lo que vendría. Ahorraba cuanta propina recibía, porque aún mantenía el deseo de trasladarse a Prades a buscar entre los exiliados a su padre y encontrarse de cara con Pau Casals. Guardaba la esperanza de que algún día aquel músico mirara sus composiciones nocturnas y opinara sobre su humilde obra de solitario desterrado.

Cada viaje le regalaba intensas experiencias de otros; vidas que él tomaba prestadas sólo para soñar. En aquellos lugares se movían los anhelos de muchos y los placeres de pocos. Aunque por dentro mantenía intacto su espíritu de pianista, por fuera había adquirido aires de panadero mozón. Aún le quedaba la sonrisa de niño desvalido, pero sus facciones redondeadas se habían ido alargando, marcando ángulos nuevos muy varoniles. Su pelo alborotado de rizos caobas, quemado de tanto sol recibido, ahora era dorado. Sus verdes ojos habían tomado el rictus de tristeza de su padre. Había crecido mucho, y los pocos pantalones que le quedaban ya no tenían más dobladillo que bajar. Joséphine, la madre de Pierre, hacía malabarismos con sus manos, tratando de adaptar las prendas que su marido había ido dejando al engordar, pero por más que las arreglaba, el cuerpo larguirucho y desgarbado de Joan dejaba claro que aquella ropa no le pertenecía; salvo su uniforme de panadero, lo demás era de otros.

La primera vez que llegó a Cannes, sus ojos se empacharon de lujos ajenos. Allí estaban concentrados los caprichos multimillonarios de los que no tenían nada que perder y todo por gastar. Los barcos se mecían indolentes en el azul rabioso del mar, aguardando a sus huéspedes. Los coches relucían brillantes en filas ordenadas; Bugattis, Mercedes, Rolls Royce... Allí todo olía a perfumes caros, *soufflés*, langostas, *champagnes* y francos. Fue despacio tratando de digerir tanta belleza atragantada. Tenía que llegar al hotel Carlton y en la zona posterior preguntar por *monsieur* Philippe, el encargado de provisiones de la cocina. Le sorprendió ver tanto trajín de lujos y derroche de víveres. Aquella cocina era un salón de baile majestuoso, conducida por una orquesta de cocineros inmaculados con cucharones y sartenes.

—¿*Monsieur* Philippe? —preguntó tímido.

—¿Eres el hijo de Pierre Deloir?

—Soy su ayudante.

—Ah... tú debes ser Joan, ¿verdad?

—Sí señor; Joan Dolgut, para servirle.

—Deja el pan ahí, españolito —le señaló una inmensa alacena con puertas de anjeo.

Joan lo observaba todo con sus ojos como platos. Al darse cuenta, Philippe lo invitó a pasar.

—Nunca habías visto nada igual… Sí, muchacho, aquí podrían refugiarse varias familias, pero así es la vida. Mientras los ricos despilfarran, los pobres se agarran… Si estás metido en esto, nunca compares. Cuando yo llegué aquí, tenía tu misma edad y era el encargado de tirar la basura… Y ¿sabes?, no era capaz de vaciar tanta comida a medio probar, me dolían las tripas de dolor… Ahora ya sabes que la vida se divide entre los que tienen y los que se mueren por no tener… Y tú nunca cambiarás eso.

Monsieur Philippe le entregó unos francos y una moneda.

—Ésta es para ti, españolito.

Joan la recibió tímido.

—Gracias, *monsieur*.

—Dile a Pierre que un día se deje caer por acá; que hay buen vino… a cuenta mía.

—Se lo diré, *monsieur*.

Al salir, lo primero que hizo Joan Dolgut fue pasearse por el *boulevard de La Croisette*. Aún hacía frío, pero la primavera empezaba a desempolvar sus vestidos. Los andenes se vestían de azaleas, amapolas y margaritas. Para él, Cannes era como ir al cine sin pagar, y en primera fila; una ciudad preciosa donde pasaban cosas: las terrazas se llenaban de aperitivos, la música sonaba, la gente reía, las parejas se amaban. Allí la vida se vivía de otra manera, sin campanas, muros, necesidades, ni empedrados. Aquel sitio le gustaba. Su desmesurado amor al mar lo llevó a tomar la acera del paseo marítimo. Por primera vez se fijó en las mujeres: tomaban el sol con sus pamelas, hablaban entre sí mientras se llevaban las boquillas a sus labios pintados y dejaban escapar sensualmente el humo. Las curvas de sus cuerpos se insinuaban voluptuosas, marcando zonas que Joan no se atrevía a mirar de frente por pudor ajeno. En el pueblo nunca había visto nada igual; allí las chicas tenían granos, vestían aún con lazos, y aparte de saludarlas cuando iban por pan, nunca se les había acercado, ya que sin nadie habérselo dicho nunca, sabía que no podría hacerlo, pues para las gentes de Cagnes-sur-Mer él era el sobrino español de las "locas" del pueblo.

Quiso bajar a la playa y verlas más de cerca, pero dos corpulentos vigilantes se lo impidieron. La mirada estaba prohibida a los pobres. Aquellos trozos de mar no eran del pueblo, pertenecían a huéspedes ilustres del hotel.

Antes de marchar resolvió acercarse al puerto, donde encontró atracados en el muelle varios veleros y un inmenso transatlántico cargado de marinos uniformados. Le dieron ganas de embarcarse en él como polizón y regresar a Barcelona, junto a su padre.

La situación en su tierra había empeorado notablemente, y las noticias que de allí llegaban eran prácticamente nulas.

Las tropas de Franco habían roto las líneas republicanas, sembrando de desolación toda Cataluña. Las nuevas autoridades la habían uniformado de acuerdo con las leyes del nuevo Estado, fuertemente influenciadas por el modelo italiano fascista. En pocos meses habían ido desapareciendo sindicatos, asociaciones, cooperativas, ateneos populares, diarios y publicaciones de carácter catalanista o de izquierdas. Se cambiaron nombres de calles; se prohibió el catalán, las canciones patrióticas, las sardanas; se destruyeron monumentos; se retiraron estatuas. La represión, la tortura y los fusilamientos a los leales seguidores de la República se habían ido sucediendo sin descanso, y Joan lo ignoraba. En esos momentos su padre debía estar escondido... pero ¿dónde? Joan era capaz de sobrevivir a todo menos al silencio de su padre; esa era una de las razones por las cuales quería marcharse de Cagnes-sur-Mer.

Al regresar, ya casi era de noche. Pierre Deloir, Joséphine y su hijo lo recibieron preocupados. Joan nunca había tardado tanto en hacer una entrega. Después de contar con lujo de detalles su experiencia en Cannes, el panadero terminó entendiéndolo, y hasta celebró que algo le alegrara la vida a aquel chico.

Un mes después de llevar todos los días el pan al hotel Carlton, Joan Dolgut se había hecho amigo de *monsieur* Philippe.

—Españolito... —siempre lo llamaba así—. ¿Sabes que en verdad me llamo Felipe?... Pero si yo soy tan español como tú, hombre. Lo que pasa es que toda mi vida la he pasado aquí...

—*Monsieur* Philippe... ¿Tiene familia en España?

—¡Ay, hijo! Lo que ha quedado allá mejor ni pensarlo. Yo huí por gusto, cuando nadie se iba. Quería vivir... ya sabes, diferente. Francia era mi sueño. Aquí me di cuenta de que los sueños son sólo eso, sueños... De que se nace como se nace y ya está; aunque cambies de país, tu condición no cambia. Me enamoré de una francesa pobre y terminé viviendo como un francés pobre. Ella lava las sábanas que los ricos ensucian y yo me muevo en las tripas de un hotel, alimentando a quienes no saben lo que es el hambre... Y por la noche, cuando cerramos los ojos, soñamos que vivimos otra vida… Y así, cada día.

—*Monsieur*… la plaza de camarero de la que me habló el otro día…

—Ah… Eso está a punto de caer. No quisiera hacerle daño a mi amigo Pierre, pero estás en tu derecho de querer progresar, muchacho. Vente mañana bien peinado y arreglado. Te presentaré al jefe de camareros; si le gustas, te cogerá al instante. Cruza los dedos.

Philippe le dio una palmada cariñosa en la mejilla y Joan se montó en su sidecar ilusionado y triste a la vez. Si le salía ese trabajo, dejaría a su amigo Pierre, a su familia… a no ser que quisieran darle una habitación que él pagaría con su dinero. Abandonaría de una vez a sus tías. Continuaría viviendo en Cagnes-sur-Mer, y tal vez, más adelante, podría irse a Cannes. Durante todo el recorrido no dejó de ilusionarse con su nueva vida. Fue construyendo castillos con el aire del camino. En Cannes podría volver a acariciar el piano; ganaría un poco de dinero para ir a Prades. En Cannes estaría más cerca de alcanzar la frontera; algún día podría subirse a un barco y, sobre las olas, ser pianista del océano. En Cannes aprendería a leer los signos de la vida que la gente lleva a cuestas; conocería todas las músicas de la tierra. En Cannes sabría de algo más que de panes y suelos… y tal vez aprendería el idioma de las alegrías.

Al llegar a Cagnes-sur-Mer, Joan Dolgut ya había viajado en el tiempo y se sentía más camarero que repartidor de panes. Antes de entrar, arrancó del camino algunas flores para *madame* Joséphine. Aún le quedaba la noche para prepararse.

En casa de sus tías lo esperaba una carta de su padre. La leyó con avidez mientras el corazón le brincaba de gozo. Le hablaba de los vecinos, de las chicas de la Barceloneta y de algunos chismes sin importancia, así como del cansancio del trabajo y de cuánto lo echaba de menos. Mandaba recuerdos y agradecimientos a sus parientas. De la guerra prácticamente no mencionaba nada. La releyó varias veces hasta caer en cuenta de que era una carta fechada hacía dos años y que, por causas desconocidas, sólo había sido recibida ahora.

Toda la euforia se le desinfló de golpe, dejándolo encorvado y niño-viejo. Llegó donde los Deloir encogido, y los puso en antecedentes de la carta y de lo que estaba a punto de pasarle en Cannes. Contrario a lo que él creía, se alegraron con la noticia del posible empleo, y hasta lo ayudaron a elegir la ropa del día siguiente.

Salió enfundado con el finísimo traje de ceremonias especiales que Pierre Deloir había llevado de joven. Trajeado con corbata, Joan Dolgut aparentaba los veinte años. *Madame* Joséphine lo perfumó y lo engominó como si fuera su hijo. Pierre hijo le dejó sus zapatos domingueros, que le iban pequeños, pero el resultado general era maravilloso. No aparentaba ni mucho ni poco. Se lo veía suficientemente refinado como para parecer un camarero de un hotel de lujo.

Al llegar, lo esperaban el encargado de los meseros y *monsieur* Philippe, quien al verlo se sintió orgulloso de aquel chico. Tenía una clase que le faltaba a muchos. Vestido así, con aquel traje *beige* de caída impecable, parecía un actor del Hollywood de los años treinta de los que estaban tan de moda en aquel momento.

Al jefe de camareros le encantó que Joan Dolgut hablara español, aparte de su francés fluido y su catalán nativo.

Todo ello era bueno en un momento en que Cannes recibía huéspedes de todo el mundo. El poco inglés ya lo iría ejercitando con el roce. Las referencias que le habían dado Philippe y el panadero lo dejaban por las nubes. Era un chico amable, educado, callado y responsable.

Lo contrató para empezar en dos semanas. Trabajaría en horario intensivo, de siete de la mañana a doce de la noche. Si en verdad quería ese trabajo tendría que matarse para mantener la plaza. Joan Dolgut salió dando brincos de alegría. Ahora, la tristeza de la noche anterior la cubría la ilusión del nuevo empleo. Le pagarían algunos francos a cambio de vivir aprendiendo de todos. Era más de lo que él podía soñar.

La semana siguiente la empleó en buscarse una habitación en Cannes lo más próxima al hotel, pues sólo tendría siete horas de descanso, siete horas que sólo emplearía en dormir. La encontró a las afueras, en Juan-les-Pins.

Antes de su partida, *madame* Joséphine, como si se tratara de su propio hijo, confeccionó para él en su vieja máquina de coser un escueto ajuar y un macuto para sus pocas cosas, regalándole además el traje que había llevado en la entrevista: "para ocasiones especiales", le dijo, guiñándole el ojo con picardía.

Joan Dolgut se despidió de Cagnes-sur-Mer envuelto en lágrimas y adioses. Aquella familia había sido su familia de destierro, quienes le habían regalado con su sencillez campesina la poca felicidad que había tenido en los últimos años, enseñándole que la bondad y el amor pueden encontrarse en los más ajenos; que la sangre a veces no es la que une, que hay lazos invisibles capaces de levantar a punta de cariño al más caído. Con su ida, Joan dejaba atrás un hermano, Pierre, el único amigo que había tenido en su vida.

Sus mezquinas tías, al enterarse de lo que ganaría, trataron de convencerlo hasta el último momento para que se quedara, ofreciéndole cenas en la mesa; desayunos con huevos, queso y tocineta, y la habitación más amplia e iluminada de la casa a cambio de su sueldo.

Quedó de regresar algún fin de semana y por alguna fiesta, sobre todo tratando de que sus viejas tías le guardaran alguna posible noticia de su padre.

Las mañanas en el hotel eran todo un espectáculo para Joan. Aparte de maravillarse con los olores calientes que vaporizaban la cocina y le dejaban la boca como una piscina, Joan acariciaba los manteles de hilo, hacía sonar las copas de cristal de Bohemia, creando efímeras sinfonías, y se miraba en las cucharas de plata como un niño pequeño; era feliz observando y adivinando. Los millonarios exudaban colonias y perfumes parisinos. Aquellos rostros ungidos de dinero llevaban rictus nunca antes vistos por él. Los futuros de muchos se reflejaban en aquellos presentes fatuos. Jugadores compulsivos en vísperas de perder millones en el casino se codeaban con magnates americanos; actrices venidas a menos acariciaban las bocas de cantantes neoyorquinos, buscando robarles en el último suspiro el último envite; italianos lampiños ronroneaban y acariciaban con sus garras felinas las carteras de cincuentonas decepcionadas. Todo era un mundo de cinema que él disfrutaba maravillado. Aprendió el arte de servir en sólo una mañana. Supo que no debía mirar directamente a los ojos del huésped, que una inclinación de cabeza justa y un deslizar de asiento en el momento adecuado eran fundamentales. Aprendió a crear esculturas de conos con las servilletas y a ser invisible cuando tocaba y muy visible cuando lo requerían. Vertía el vino con maestría, sin derramar ni una gota. Era prudente y solícito.

Una mañana de verano, cuando Joan ya llevaba tres meses de servicio impecable, el encargado le asignó el lugar más anhelado por los meseros: la playa. Al atardecer se celebraba el cumpleaños de la hija de uno de los huéspedes más ilustres y estaba previsto un banquete buffet en la terraza, junto al mar. El ajetreo y el subibaja eran frenéticos. El camión de la floristería había descargado tal cantidad de flores que parecía que con ellas se fuera a tapizar toda la playa.

El séquito de meseros, incluido Joan, iba vistiendo las mesas con linos, adornándolas con festones de seda y rosas frescas, mientras unos transportistas descargaban cuidadosamente con sus poleas un piano de cola, traído expresamente para la fiesta, sobre una plataforma de madera situada frente al inmenso mar. Dos campanas de seda salvaje llenas de pétalos rosas en su interior colgaban a la entrada con dos cintas que Joan y un compañero debían accionar al paso de la cumplimentada. El director del hotel se paseaba dando órdenes, supervisando uno a uno todos los detalles. Aquel huésped quería gastar, y él haría lo imposible por complacerlo.

Durante todo el día se pusieron y se quitaron elementos; se cambiaron de lugar asientos, mesas y tableros; se volvió a afinar el piano, y, por último, se colocaron a lo largo del banquete las cuatro grandiosas esculturas de cisnes hechas en hielo.

Cuando la tarde empezó a pintarse de rojos y naranjas, la playa aguardaba vestida de sueños. Todos los invitados habían hecho una calle para dejar pasar a aquella niña que había venido de tierras tan lejanas a convertirse en mujer. Los violines y el piano rasgaron el silencio de las olas y la espera, dando comienzo al festejo.

La vio descender por la escalera vestida de viento, ingrávida, casi sin pisar el suelo. Era un ángel blanco de cabellos sedosos azabaches y ojos intensos que miraban de lejos y se clavaban en el alma. Joan Dolgut nunca había visto nada igual. Caminaba altiva con aires de princesa lejana entre la gente que a su paso le aplaudía. Al coronar la entrada, a Joan Dolgut se le paralizó el corazón; durante un instante ella le había sonreído con los ojos. Joan, atravesado por aquella mirada, tiró de las cintas tembloroso, y las campanas de seda se abrieron liberando cientos de pétalos que quedaron suspendidos en el aire, convertidos en mariposas sonoras.

Ese día Soledad Urdaneta cumplía catorce años, y sus padres habían decidido celebrarlo con un vals adelantado de Strauss. El cuerpo de Soledad giraba grácil en brazos de su padre. Los velos del vestido liberaban el perfume de su piel y las esencias de sales de baño en las que se había sumergido la tarde entera. Sonreía feliz entre los pétalos, bañada de atardecer dorado y alegrías.

Había llegado a Cannes con sus padres y su prima Pubenza, a bordo de un transatlántico que venía de Nueva York. Llevaban viajando dos meses y ahora se instalaban durante treinta días en una de las *suites* del hotel Carlton. Soledad era feliz con esos viajes de verano que empezaban por planearse en casa una vez había terminado el último.

Los libros del colegio y los helajes de Bogotá quedaban guardados en el olvido, y sólo volvían a despertar en septiembre.

Le había rogado a su padre que sólo por esa vez invitara a su prima, quien a pesar de ser once años mayor que ella era su mejor amiga. Su padre no sólo había aceptado, sino que le había prometido que en adelante siempre sería así, pues sentía pena por la orfandad de aquella sobrina segunda.

En los años que llevaba viajando, era la primera vez que le hacían una celebración como aquélla, y a pesar de estar acostumbrada a todos los lujos, Soledad se había quedado impresionada con aquel agasajo que confirmaba más que nunca que sus padres la veneraban.

La tarde fue transcurriendo entre regalos de camafeos, aretes, sedas y joyeros, y los *merci* de Soledad. A Joan Dolgut le habían asignado la mesa principal, y aun cuando era experto en servicios, ese día el atolondramiento le llevó a cometer errores imperdonables, como el de verter sobre el vestido de Pubenza un vaso de agua que las primas cubrieron con servilletas para salvarlo.

Aquella niña hermosa le había turbado el alma, y él no sabía reconocer un sentimiento que nunca en su vida había sentido. No podía desprenderse de mirarla, sabiendo que le estaba prohibido; aquel imán que le acercaba a ella le impedía actuar con la cordura de siempre. Ella jugaba a no mirarlo, consciente de que él esperaba sus ojos para retenerlos y acariciarlos. La prima Pubenza, que había notado aquel diálogo mudo, prefirió no decir nada, pues nunca antes había visto a su prima mirar a ningún muchacho de aquel modo; ni cuando iban a misa, ni al salir del colegio, ni siquiera cuando una tarde de domingo en el Country la había hecho fijarse por encargo en el hermano de su íntima amiga. Sabía que, si los padres de Soledad llegaban a enterarse, el pobre mesero corría el riesgo de quedarse sin trabajo.

Por pedido expreso de su padre, Soledad Urdaneta se acercó al piano y después de dar el tono al pianista, empezó a cantar con voz virtuosa una canción francesa que hablaba del mar. Joan la fue escuchando, acompañándola desde dentro con su piano interior, que desprendía notas nuevas. ¡Cuánto hubiera dado por tocar para ella! Aquella voz bendita se iba deslizando por su cuerpo, acariciándolo, se columpiaba en su vestido blanco de camarero hasta introducirse de lleno en su alma.

Cuando acabó de cantar, y entre aplausos y vivas de los invitados, Soledad volvió a acariciarlo con los ojos, y él por segunda vez dejó que los suyos hablaran.

Esa noche, cuando todo acabó y el piano aún esperaba ser retirado a la madrugada, Joan Dolgut tocó hasta el amanecer para aquella niña de ojos negros dormidos una infinita sonata de amor que nadie escuchó: *Tristesse* de Chopin.

Volviendo del paseo del Born, Aurora Villamarí sentía que lentamente iba descorriendo las cortinas que cubrían tantas incógnitas. Su delicadeza de brisa fresca se colaba por los resquicios de las gentes que, sólo conocerla, querían ayudarla ofreciéndole los pocos datos que tenían para que fuera armando aquel rompecabezas incompleto. Lo de indagar sobre su madre se le había ido convirtiendo en una obsesión. Ahora que no estaba, Soledad Urdaneta estaba más presente que nunca. La historia de su muerte capturaba todos sus pensamientos, manteniéndola en una vigilia continua. Por eso decidió aprovechar todo el verano en pesquisas. Había terminado sus clases de piano y hasta septiembre tendría todas las horas para ocuparlas, más que en desvelar el misterio de aquel suicidio, en saber qué relación había unido tanto a los dos ancianos como para acabar de aquella manera. Se lo había impuesto como una obligación, y aun sabiendo que probablemente le llevaría años, estaba convencida de que su tenacidad la conduciría a la verdad.

Ahora tenía una pista nueva. Estaba segura de que su madre era la mujer de acento cadencioso que tan prolíficamente había descrito la panadera, quien además había hecho énfasis en afirmar que ese día se había producido sin duda el reencuentro, después de muchos años, por las expresiones de júbilo que se habían prodigado los dos ancianos.

Además, en la conversación que mantuvo con Conchita Marededeu a la salida de la panadería, ésta le había dicho que sí que había notado algo diferente en la rutina de Dolgut: "En los últimos tiempos, su piano sonaba diferente, como si sus teclas rieran, como si estuviera más vivo… Incluso algunas veces, cuando me lo encontraba en la escalera, hasta daba las buenas tardes". Eso coincidía con los meses atareados en que su madre había ido disculpándose para no recibirla. Que si iba a Pronovias a dejar los velos bordados, que si se reunía con sus amigas de costura para tomarse un cafetito, que si tenía cita con el párroco, que si iba a ensayar con los coros de la iglesia de la Mercè… que si esto, que si lo otro… En verdad, hacía tiempo que su madre se mantenía ocupadísima. Atando cabos, Aurora descubrió que hacía meses que no le cogía el teléfono; era ella quien la llamaba por la mañana y le decía todo lo que haría para apartarla de posibles visitas. Sí, ahora estaba segura. Durante cinco meses, Joan Dolgut y su madre habían estado viéndose.

Con el asfalto chamuscado por el sol y los pies ardiendo, llegó a la casa del paseo de Colom, se descalzó, bebió un poco de agua fresca y de nuevo se sumergió en recuerdos. Seguía indagando en los objetos hallados en el armario. Allí encontró una foto de su madre-niña, vestida con velos, entre pétalos volados, riendo confiada abrazada a otra chica;

detrás, una inscripción de su puño y letra rezaba: *Con mi prima Pubenza, el día más feliz de mi vida. Cannes, 24 de julio de 1939.*

Se quedó pensando… La prima Pubenza. Nunca le había hablado de ella y, sin embargo, recordaba haberla visto en muchas de las fotografías familiares; era la morena delgaducha de hoyuelos en las mejillas y cara risueña que siempre estaba al lado de su madre.

Aquella foto había caído de un pequeño libro rojo de piel lleno de dedicatorias masculinas, fechadas en Bogotá entre los años 42 y 47.

Empezó a leer…

Soledad:
> *Para cantarle a usted, yo necesito*
> *un torrente de excelsas armonías,*
> *indispensable y noble requisito,*
> *y pedirle al buen Dios todos los días*
> *le conserve en el cielo un rinconcito*
> *donde pueda colmar sus alegrías.*
>   *Tulio Fernández*

En el álbum de la señorita Soledad:
> *La niña más buena que he visto en mi vida,*
> *que como estrellita del cielo prendido,*
> *todo lo ilumina con su luz divina,*
> *y esta vida alegra su risa argentina.*
>   *Pedro A. Gil*

Decenas de pequeños textos pulcramente escritos alababan los encantos de su madre con un estilo antiguo y protocolario. Los leyó todos, pero ninguno de ellos llevaba la firma de Joan Dolgut, ni la de su padre. Lo dejó y abrió el abultado diario de viajes de su abuelo Benjamín que descansaba sobre la cama. Estaba lleno de mapas, finamente delineados en tinta china con anotaciones que marcaban trayectos y paradas; inscripciones en todos los idiomas y caracteres del mundo se mezclaban con sus impresiones y sentires más personales. De dentro salían desde vírgenes bizantinas hasta tigres de Bengala. Su abuelo era un narrador impresionante de vivencias que la hacían viajar. En sus lecturas se metió en plena selva, habló con aborígenes que salían de las páginas gritando, montó en camellos a la luz de la luna, vivió en jaimas en pleno desierto; con los ojos del abuelo, Aurora podía ver estrellas en el desierto y peces dorados en el fondo del mar; visitar el Nueva York de los años veinte con sus viejas fábricas y sus conciertos de *jazz* naciente, las ruinas griegas con su Partenón y sus cariátides, la Roma caótica, el París de Montparnasse, Londres, Amsterdam, Montecarlo, Niza, Cannes…

Iba a necesitar muchas noches de lectura para poder digerir tantas impresiones. Ese diario era su pasaporte al pasado que la llevaría a otros mundos, donde podría encontrarse con la madre que ella nunca podría conocer: la joven Soledad.

Se le hizo de noche secuestrada por sus páginas; después de mirar la hora, decidió guardarlo en el bolso y continuar leyéndolo en el metro.

Al salir, dos sombras la seguían.

Pasó por la plaza Medinaceli, cruzó de un tajo la calle Anselm Clavé y llegó a las Ramblas. Allí se topó con un río veraniego de turistas de sandalias y pantalón corto que investigaban desconcertados, tratando de encontrar en sus mapas monumentos perdidos.

Barcelona era otra en el mes de agosto, una suculenta Babilonia de razas donde se mezclaban los quehaceres de los barceloneses ociosos y los extranjeros sin destino. Aquella antigua riada seguía arrastrando caudales, ya no de agua, sino de gentes de dudosos oficios y presentes por resolver; sobre su asfalto rodaban chilabas de paso rápido, turbantes que enfundaban metros de barba, moras de pañuelos y mirada esquiva, chinos de axilas al aire vestidos de tatuajes, adolescentes de rastas y *piercings*, abuelitas arrastradas por sus perros, colgados arruinados por la droga y putas del estraperlo en busca del turista inocente. Entre toda esta masa variopinta, Aurora se abrió paso y, buscando la boca del metro, tropezó con las mesas de los echadores de cartas. Una mujer madura, de aspecto egipcio, la llamó por su nombre:

—Aurora... Tengo algo que decirle.

Incomprensiblemente, aquella mujer sabía su nombre. Aurora terminó sentada frente a ella, barajando unas cartas que nunca le habían leído.

—Su madre murió hace poco de manera trágica y usted quiere averiguar sobre su muerte —le dijo con voz grave, mirando las cartas del tarot que descansaban sobre la pequeña mesa improvisada—. Alguien que en estos momentos está muy cerca de aquí, en esta misma calle, tiene datos que a usted le interesan.

Aurora Villamarí miró a su alrededor y sólo vio transeúntes anónimos.

—Si cae en su poder lo que esa persona tiene, usted terminará marchándose. Váyase de aquí. En el extranjero encontrará pistas…

—¿Quién es usted y por qué sabe mi nombre? —preguntó Aurora, intrigada.

—Un golpe de aire me lo trajo y tenía que hablarle —la mujer volvió a entrar en trance y continuó—: Dentro de treinta días se acordará de mí…

Nunca había creído ni en adivinos, ni en brujas, ni en la suerte, y menos aún en las cartas, pero aquello la perturbó. Aquella enigmática mujer no le había dicho mucho más de lo que ella ya sabía, pero le había insistido bastante en que buscara la verdad fuera. Se levantó asustada de la silla plegable y sin esperar a que le dijera más le entregó dos monedas y se fue.

La pitonisa, con voz profética, siguió gritándole lo que veía en las cartas, pero Aurora ya no la escuchaba. Fue el inspector Ullada quien rescató la última frase y se la guardó para sí.

Llevaba días siguiéndola pero no se atrevía a abordarla. Desde que la había escuchado tocando el piano de Dolgut, había quedado prendado de ella. Si bien estaba convencido de que Aurora pertenecía a su misma clase, había algo en ella que la hacía diferente de las demás mujeres; un toque lejano, inalcanzable y próximo. No la quería para sí en el sentido carnal propiamente dicho; lo atraía de otra manera, como si tuviera algo que él necesitara encontrar, una especie de paz levitante. Por un lado quería estar junto a ella sólo para observarla y sentirla cerca; por otro, deseaba continuar investigando sobre aquellas muertes más por lo sorprendente e inaudito de la historia que por la manera como había sucedido. A los ochenta años, ¿qué tipo de amor se podía llegar a sentir para acabar así?

Ullada mantenía a oscuras un romanticismo que le venía de su afición por ver viejas películas de amor a horas imposibles, cuando estaba seguro de que nadie lo observaba. Con tantos muertos vistos, ése era el único pasatiempo vivo que le quedaba y que no lo obligaba ni a desplazarse, ni a ajustarse a un horario. Podía disponer de él cuando quisiera, sólo se trataba de abrir un cajón y elegir de entre los cientos de películas que había ido coleccionando por entregas, y aunque se las sabía todas de memoria, viéndolas, lloraba, suspiraba y soñaba como un adolescente. A sus cincuenta y cinco años compartía con su madre un modesto apartamento en la calle Legalitat, pues aún no había encontrado a la mujer de su vida, que como mínimo debía ser tan bella como Ava Gardner, tan delicada como Grace Kelly y tan desvalida como Audrey Hepburn. Se pasaba la vida en la jefatura del número 43 de la Via Laietana dándoselas de duro, afilando sus garras a la caza del último episodio macabro. Investigar y husmear en la vida de otros era un trabajo que le fascinaba; haciéndolo se sentía el protagonista de la película. A veces jugaba a ser el enigmático inspector, un Humphrey Bogart con gabardina y sombrero de ala caída; otras, el héroe salvador, un Clark Gable apasionado y seductor. Muchas veces había pensado que en verdad tenía que pagar por ello, pues era lo único que lo hacía medianamente feliz.

Después de perseguir a Aurora hasta la casa del paseo de Colom, el mismo día en que se habían encontrado los cadáveres, Ullada había entrado a hurtadillas en el piso aprovechando que la puerta estaba entreabierta, y después de esperar a que Aurora se marchara, había merodeado como Pedro por su casa. Aun sabiendo que no tenía ninguna orden de registro ni nada por el estilo, se había permitido inspeccionarlo todo hasta formarse una idea de la vida de la muerta, y de refilón, de la de su hija. Permaneció varias horas abriendo y cerrando cajones; primero en la cocina, después en la sala, más adelante en la habitación, que inmediatamente dedujo era la de Aurora, y finalmente en la alcoba principal, donde centró toda su investigación. Al lado de la cama descubrió el antiguo mueble de persianas que horas antes Aurora había tratado de abrir; al encontrarlo cerrado, su olfato de sabueso le indicó que algo escondía. Lo abrió meticuloso, forzando la cerradura sin que se notara; allí, aparte de esculcar muchas reliquias pasadas, había encontrado en una vieja caja de galletas un fajo de cartas, atadas con una cinta azul, cuya destinataria era Soledad Urdaneta, y cuyo remitente era Joan Dolgut, y además un negativo fotográfico. Sin pensarlo dos veces, se los había guardado con curiosidad de espectador de película nueva, no sabía muy bien para qué. Ahora pensaba que aquel material podía ser el vehículo que el día menos pensado lo acercaría a Aurora. Mientras eso ocurría, la iba siguiendo dondequiera que iba.

Detrás de él, el detective Gómez también hacía lo suyo. Cumpliendo órdenes de Andreu Dolgut, continuaba siguiendo a sol y a sombra a Aurora. De momento, nada lo había conducido a ninguna parte, pero como Andreu le pagaba tan bien, él iba engordando informes y haciendo fotos de cuanto encuentro veía. Había disparado algunas instantáneas de ella en el cementerio, en la iglesia tocando el piano los domingos, con Conchita Marededeu, con la panadera, con su hija, con su marido... hasta había fotografiado a Aurora sentada con la vidente en la rambla de Santa Mónica. Todo eso lo tendría preparado para cuando Andreu volviera de su crucero por Croacia, lo que sucedería en dos semanas. Mientras tanto, iba agarrándose a cuanta cosa encontraba, pues en todos los años que llevaba como detective no se le había presentado nunca una oportunidad tan suculenta, económicamente hablando.

Aurora había cogido el metro seguida por los dos.

Al llegar a la altura de Les Corts, olvidó bajarse de lo ensimismada que iba leyendo el diario de su abuelo. Gómez se le había sentado al lado y leía a la par que ella, disimulando con un libro que llevaba encima. Aquellos escritos eran una maravilla. Ullada había tenido que sentarse dos asientos más adelante para evitar que Aurora lo reconociera y, escondido tras de un diario, la iba espiando. De repente vio que Aurora hablaba con el hombre que estaba a su lado.

—Bonito escrito —le dijo Gómez, haciéndose el simpático—. Usted perdone, sin querer lo he leído… Si no le importa… ¿me permite? —hizo un ademán de mirarlo con más detenimiento.

—Éstos son los recuerdos de mi abuelo muerto —le dijo Aurora, acariciando sus páginas sin nostalgias. No era habitual que en el metro terminara hablando con nadie, pero alguna vez le había pasado encontrarse con personas que tenían la necesidad imperiosa de hablar.

—Perfecta caligrafía… aristocrática —continuó Gómez.

—Eso es lo de menos. Lo más bello es lo que dice y los lugares que visitó. Mi abuelo era un trotamundos del mar. Viajaba mucho, ¿sabe?

De pronto se dio cuenta de que se había pasado de largo y se levantó de golpe.

—Lo siento, me he despistado; me bajo en la próxima —cerró el libro y se preparó para salir.

—Qué casualidad, yo también —le dijo Gómez, tratando de hacerse más amigo.

El inspector Ullada decidió bajarse, aun cuando había dado por terminado su día de rastreador, para ver en qué terminaba la charla que acababa de empezar.

La masa de gente que concluía su trayecto en aquella parada fue evaporándose, atomizada por el asfalto.

—Perdone, no era mi intención distraerla —Gómez caminaba al lado de Aurora. Trataba de no perder el contacto que acababa de crear; aquella mujer podría proporcionarle algún dato interesante para añadir al informe que preparaba para Andreu—. ¿Sabe que ahora mis chavales me esperan?… He quedado de llevarlos al cine. Uno no sabe cómo distraerlos cuando no hay dinero —le dijo, mientras pensaba que para meterse al bolsillo a las mujeres resultaba infalible hablarles de los hijos.

Aquello surtió efecto: Aurora decidió escucharlo un rato más.

—¿Vive por aquí? —le preguntó.

Gómez hizo como que no la había escuchado y cambió de tema. Quería centrar la conversación en lo que le interesaba.

—Su abuelo debió ser importante. Se le ve. Vaya… por lo que escribía. No pude resistir leerlo.

—No se preocupe. La curiosidad es propia del ser humano. Nos gusta mirar en los demás para descubrirnos a nosotros mismos… Mi abuelo era colombiano, pero nunca lo conocí; leyéndolo es cuando he empezado de verdad a conocerlo.

—¿De Colombia? Eso está muy lejos, ¿no? El mío era andaluz. Más alegre que unas castañuelas calientes… y cómo me mimaba, me trataba como a un señorito.

Gómez fue enredando hábilmente el diálogo hasta extraer de Aurora perlas interesantísimas que adornarían de novedades su informe. Ahora sabía que la muerta era colombiana, que había vivido hasta el año 50 en Bogotá y que venía de muy buena cuna. "Algo es algo", pensó. Cuando faltaba una manzana para llegar a casa de Aurora, se despidió de ésta muy satisfecho, con una galantería propia de un dandi.

Ese viernes el barrio estaba animadísimo. Los bares habían sacado a airear sus mesas a las aceras, y de ellas salían risas perfumadas de cerveza y tapas. Aurora llevaba en la cabeza las palabras de la pitonisa revueltas con las historias que había ido leyendo en el libro de su abuelo Benjamín. La conversación con aquel hombre del metro la había distraído de sus nudos mentales, pero ahora que se disponía a subir al piso todas las conjeturas volvían a asaltarla. ¿Y si Joan Dolgut era un antiguo amante de su madre? Nunca se le había pasado por la cabeza que ella le hubiera sido infiel a su padre, aunque ahora que lo pensaba, jamás los había visto pródigos en caricias. Recordaba que una noche su madre se había trasladado a su habitación, aprovechándose de sus temores infantiles y durante mucho tiempo —¿diez años tal vez?— habían dormido juntas. Esa había sido la disculpa para abandonar el lecho matrimonial. Cuando ya ella se había hecho mayor, su madre había vuelto a la alcoba de casada, a dormir con su padre, pero ya no en la cama matrimonial de los inicios, sino en camas gemelas separadas que dejaban marcado el tipo de relación que mantenían: un "cordial distante". Aquella antigua cama de caoba, de cabezal grabado con flores modernistas y crucifijo tallado a mano, nunca más había vuelto a vivir las alegrías y los retozos de la pareja, si es que alguna vez los había habido; durante mucho tiempo se mantuvo como trofeo antiguo de amor, muda y tendida para siempre, relegada a la habitación de familiares invisibles que algún día tenían que venir del continente americano y que nunca vinieron. Recordaba que, por las épocas en que su padre se reunía con los pocos amigos que tenía para hablar a escondidas de las injusticias de la dictadura, su madre aprovechaba para mostrar orgullosa a las esposas de éstos "la habitación de huéspedes, con su cama de huéspedes". Así debía haberse sentido su madre; una huésped que había ocupado esa cama que no le pertenecía por las implicaciones que había tenido el dormir en ella. Después, al poco tiempo de morir su marido y darse cuenta de que nunca iría nadie a visitarlas, se había trasladado a aquel dormitorio, redimiendo de soledades de una vez por todas a aquella cama sin abandonarla nunca más. Ahora se daba cuenta de que en su casa los silencios habían sido la seña de identidad más pronunciada, aunque nunca se habían notado, porque su piano los había cubierto de sinfonías alegres.

—¡Maaaamaaaaá! —su hija se le abalanzó al cuello—. Te he echado de menos. No te veo nunca —le dijo, mientras le daba un beso cariñoso.

—Es verdad, princesa, ando...

—Con lo de la abuela, ¿verdad? —le retiró un mechón que le caía sobre la frente—. Déjalo estar, mamá. Total... ya no podemos resucitarla, y aquí estoy yo. Hoy he preparado tu cena favorita: las empanadas que me enseñó a hacer la abuela. Papá no ha llegado aún.

Hacía días que Mariano Pla vivía angustiado. En la empresa en que trabajaba estaban a punto de hacer un reajuste de personal y se le había metido en la cabeza que lo despedirían. Siempre vivía atormentado por algo. Era un hombre gris, envuelto en humos, lleno de complejos nunca verbalizados, que recurría al fanatismo futbolero para desfogar sus miedos y a los noticieros de todas las cadenas para evitar los diálogos. Era hincha furibundo del Barça, y no había domingo en que no se vistiera de chándal azul y grana con el escudo de su equipo amado. El único lujo que se permitía era su carnet de socio. Aurora, que odiaba el fútbol, a veces lo acompañaba sólo para presenciar la transformación que sufría su marido en el campo. Allí lo veía gritar, aplaudir, vociferar y hasta mandar al carajo con palabrotas que parecía no podían salir de sus labios.

Lo había conocido en Cadaqués, treinta años atrás, en una excursión de verano hecha con dos amigas, estudiantes de arte que iban locas por la obra de Salvador Dalí, y se les había metido en la cabeza que a lo mejor podrían ver al pintor en su casa de la playa… y hasta conocerlo. En vez de Dalí, cada una había conocido al chico que poco tiempo después se había convertido en el marido. Con la represión de la época y la educación impuesta por las monjas de Bellavista, Aurora tuvo un noviazgo inmaculado, de pocas salidas y muchas visitas a domicilio. Todos los días, a eso de las seis de la tarde, Mariano Pla llegaba y, después de saludar con educación, se sentaba en el sofá de la sala, tomaba la mano de su novia y allí permanecía silencioso hasta que la madre de Aurora terminaba invitándolo a cenar y él se marchaba por vergüenza, salvo los viernes, que acababa cenando con ellas. Después de diez meses de noviazgo, Soledad consideró que aquel muchacho tímido sería un buen marido para su hija. Aurora se casó enamorada y ganosa, sin saber a ciencia cierta si aquello que sentía era en verdad amor; sin haber probado ni una cucharadita de sexo... Su enorme desencanto en esos menesteres había venido a llenar sus horas de arpegios, adagios y recitales solitarios.

Mariano y ella sólo tenían una cosa en común, y en ello coincidían al cien por cien: adoraban a su hija. Les había llegado tarde, cuando Aurora ya había cumplido los treinta y dos y estaban a punto de morir de tedio, pero su nacimiento había actuado como un alfiler, juntando a la carrera las dos piezas de corazón desunidas.

No había peleas, ni conflictos de ningún tipo. Cada uno sabía con quién estaba, y ninguno de los dos esperaba del otro nada más ni nada menos que lo que éste podría darle o no darle. Para la hija, el matrimonio de sus padres era perfecto. Después de cenar, Aurora aprovechaba para dar clases de piano a Mar; luego terminaban conversando hasta las tantas sobre las amigas del colegio, los libros leídos y los conciertos a los que asistirían gratis después de hacer largas colas. Por su lado, Mariano se pegaba al televisor hasta terminar durmiendo, embotado de silencios, documentales de animales, telebasuras y noticieros.

Hacía ya tiempo que Aurora no pensaba en ella misma. Cuando era pequeña había deseado que su vida fuera distinta, pero no se había salvado de su destino plano. No fueron suficientes sus esfuerzos de adolescente por salir de Barcelona en busca de otros vuelos, pues al morir su abuelo la falta de dinero la había castigado a no poder tomar clases, como era su sueño, con Horowitz, el gran pianista vienés; ni a actuar en ningún escenario a pesar de poseer el don glorioso.

Al despuntar el alba, cada amanecer sus dedos de pluma se deslizaban por el piano acariciando teclas, creando un diálogo íntimo de preguntas y respuestas. Frente a él, Aurora conjuraba sus tristezas; se sentía amada. Tocándolo decía adiós a las rabias, a las penas, a las frustraciones; derribaba todas sus infelicidades. Sólo aquel instrumento era capaz de darle el amor que ella deseaba y no tenía. Necesitaba vivir para tocar y tocar para vivir… Aquella pasión sonora desenhebraba de sus días pasiones inconclusas, le abría todas las mañanas el corazón a la vida sin esperar de nadie nada… Viviendo porque sí, porque ella y su piano lo sentían.

Se escuchó la llave de la puerta y Mariano entró arrastrando la cara por el suelo.

—Me despedirán. Lo sé. Hoy ha venido el jefe desde París y me ha mirado con malas pulgas.

—No digas eso, hombre —le contestó Aurora pasándole la mano por el hombro—. Lo que te hace falta es dejar de preocuparte tanto, que al final vas a atraer la mala suerte.

—Por cierto, me pareció ver fuera a aquel hombre… el inspector que llevó el tema de tu madre.

—¿Ullada? Imposible, ¿por estos barrios?

El inspector Ullada se había sentado a una mesa del bar, frente a la casa de los Villamarí, a refrescarse la noche con una cerveza. Había pedido al camarero una tortilla de ajos tiernos, mientras picaba unos trozos de jamón. Esa noche, si no lo llamaban a última hora de la jefatura, vería la película que había comprado en el quiosco, *Los puentes de Madison*, una historia de amor americano entre un fotógrafo del *National Geographic* y una mujer casada. Clint Eastwood y Meryl Streep. Tenía que hablar con Aurora Villamarí algún día.

Habían regresado con el bronceado perfecto de la brisa y el sol croatas, después de asistir a la lujosa cena de despedida que había ofrecido en su yate el famoso diseñador Amore Cuore. Andreu Dolgut y Tita Sardá llevaban aún la efervescencia del champán revuelta con las carcajadas insolentes del despilfarro de langostas, caviar y erizos de mar. Al llegar a su mansión, la calentura de Andreu fue cercando a su mujer.

—Para, bestia. ¿No puedes esperar a que entremos? —Tita retiraba de sus pechos las manos de su marido—. ¡Eres tan ordinario!

—¿Por qué no me dices de una vez que no quieres hacer nada conmigo en lugar de estar nadando en disculpas, *madame* Frígida? Llevas un mes de mírame y no me toques. ¿Es que la hijita de papá ahora quiere otro maridito? —Andreu marcó con un retintín sus últimas palabras.

—Estoy harta de tus idioteces. Bien que te has beneficiado de todo lo que tengo. Si no fuera por mí, ¿quién serías, ah? Contéstame. Un don nadie.

La voz de Tita retumbaba por los salones.

El hijo los escuchaba desde la habitación. Otra vez discutían. Se tapó con la almohada para no oírlos y trató de dormir. Minutos después, la puerta se abrió y entró Andreu. Siempre acudía a su cuarto cuando creía que su hijo estaba dormido, y éste fingía estarlo para evitar cualquier contacto; prefería sentir a su padre así: cercano y lejano. No sabía de qué podrían hablar, si nunca lo habían hecho. Ése era el único momento en que sentía de verdad su afecto, y pensaba que aquellos instantes mágicos podían romperse si terminaban hablando de tonterías. Por primera vez, desde que había dejado de ser niño, su padre se sentó en la cama y acarició sus cabellos dorados, que sobresalían de debajo de la almohada.

—Te vas haciendo mayor, ¿eh? —Andreu hablaba para sí mismo, pero Borja lo escuchaba. No sabía si ya había cumplido los catorce o todavía andaba por los trece. Siempre había tenido problemas para recordar la edad de su único hijo—. Tú y yo tendríamos que hablar un día —le dijo, retirando de la cama el control de la *Play Station*.

Se quedó un rato repasando la habitación. La colección de miniaturas de coches ensamblados estaba colocada ordenadamente sobre la repisa. Andreu cogió el Ferrari... "Debería comprarme uno de éstos", pensó. Después de examinarlo un rato, volvió a dejarlo en su sitio. El computador estaba hirviente con el último juego de los Sims en la pantalla. Su hijo había estado ocupado dándole vida a una familia inventada que se moría de aburrimiento en una casa de sobrelujos desbordados.

Cerró el juego y apagó el equipo. El piano empotrado en la pared le hizo recordar a su padre. Borja lo había querido estudiar cuando era muy niño, pero él terminó impidiéndoselo por temor a que acabara convertido en un don nadie… como su abuelo. Hacía seis años que había dejado de tocarlo. Tendrían que retirarlo de la habitación, se le ocurrió mientras apagaba la luz de la mesilla de noche. Al salir se encontró pensando de nuevo en la muerte de su padre.

Hacía semanas que tenía ganas de hablar con Gómez, pero entremedio se le habían cruzado las vacaciones, y confiaba que el detective las hubiera aprovechado para solidificar sus averiguaciones con noticias más caldosas. ¿Para qué?, se preguntaba. Tal vez para saber más de sí mismo.

"Lo llamaré mañana", pensó, abriendo la puerta de su suntuosa habitación.

Tita Sardá acababa de meterse en la cama con la cara embadurnada de Capture, de Christian Dior, y fingía dormir entre los almohadones de lino. "Mejor", se dijo Andreu al verla. No quería discutir más. Odiaba dormir bajo las mismas sábanas después de una discusión. Siempre que podía, su mujer le sacaba a relucir su desmantelado origen. Todas sus humillaciones eran sibilinas, perfumadas de ácido. Nunca se había molestado en averiguar cómo podía sentirse una persona que no había tenido nada, porque ella había nadado en lujos bancarios desde la infancia. Se dirigió al baño, abrió el grifo y se echó a la cara bofetadas de agua para limpiarse los restos de alcohol que todavía quedaban en sus ojos. Se quedó un largo rato mirándose al espejo. Se estaba llenando de canas y su semblante empezaba a grabarse de amargas arrugas en el entrecejo y en la comisura de los labios; el moreno del verano le enmarcaba los verdes ojos heredados de su padre. Era guapo y triste, todo amalgamado. Odiaba mirarse porque, sin querer, sus propios ojos le devolvían la mirada ida de Joan Dolgut, su progenitor, de la que durante tanto tiempo él había pretendido huir; pero allí estaba. Su padre permanecía en él a través de su mirada y eso sí que no había podido evitarlo, ni siquiera ahora que estaba bajo tierra.

Borja también tenía sus ojos. Era la seña de identidad de los Dolgut que el dinero no había podido borrar. Tal vez por eso evitaba mirar a su hijo, porque en todas partes, y como venganza por el abandono, parecía que su padre había impuesto su presencia de la única manera inevitable: la carga genética.

Nunca le comunicó a su padre que era abuelo para no inmiscuirlo en su vida lujosa, pero Joan Dolgut había seguido su trayectoria profesional y social a través de diarios y noticias. Una de las cosas que Andreu desconocía y el detective Gómez quería enseñarle eran las decenas de recortes que había encontrado en el cajón de la mesilla de noche del difunto anciano, donde aparecían retratados Andreu el día de su boda con Tita; Andreu y Tita con su primogénito; Andreu asumiendo la presidencia de Divinis Fragances; Andreu y Tita ganadores de la regata *Parfum du Vent*; Andreu recibiendo la felicitación de sus majestades... Todo ello lo había anexado a su informe como dato relevante, pues se intuía en el fallecido una obsesión por Andreu y su familia. También adjuntaba un recorte de revista de un niño enmarcado en un portarretrato de plata que Gómez sospechaba debía ser el pequeño Borja a la edad de siete años.

Andreu se metió en la cama cuidando de no despertar a Tita, no tanto para defenderle el sueño como para protegerse de su lengua viperina que, una vez se le alborotaba podía tardar días en domar. Después de dar muchas vueltas tratando de conciliar el sueño, no pudo dormirse. Se sentía cansado y virilmente a punto de reventar; sus genitales estaban cargados de negaciones. Se levantó sigiloso y en la oscuridad del baño se desahogó.

A la mañana siguiente, en lugar de encontrarse con la acritud de Tita, una sonrisa de oreja a oreja le dio los buenos días. Su mujer había amanecido espléndida. Enfundada en chándal de Armani y zapatillas deportivas, se preparaba para ir al gimnasio, vaporizándose en perfume, mientras daba instrucciones a las asistentas.

Andreu la vio como no la había visto en todas las vacaciones: feliz. Corría de aquí para allá sin soltar su móvil, repasando no dejarse nada, metiendo y sacando llaves de su bolsa de deporte.

—Hoy no me esperéis a comer, pasaré el día fuera. Hace tanto que no hago deporte que tengo que ponerme al día. Borja, cielo —le dijo a su hijo, que preparaba silencioso un tazón de cereales—, el profesor de tenis vendrá sobre las once, no lo hagas esperar. ¿De acuerdo? Besito. Muac —les mandó a ambos un beso volado—. Ahhh… me olvidaba —se dirigió desde la puerta a Andreu—. Esta noche tenemos cena con los Domènech.

Una estela de Allure de Chanel quedó flotando en el ambiente. Andreu y Borja se miraron, y por primera vez sus ojos sonrieron cómplices. Se burlaban del acelere de Tita y de sus indicaciones de última hora, siempre iguales.

Mientras desayunaba, Andreu decidió salir a navegar. Todavía le quedaban algunos días para descansar, ya que la empresa estaba de vacaciones y a él no le apetecía estar solo; llamaría a los amigos. Cuando estaba marcando cambió de opinión. Llamaría a Gómez, a ver qué historias le tenía. Buscó en su móvil y apretó el botón…

—¿Gómez?

Una voz servil le contestó al momento.

—¿Señor Andreu? ¿Ya está usted aquí? —continuó sin esperar a que contestara—. Le tengo un informe completísimo. He trabajado a fondo todas las vacaciones, día y noche sin descanso, no sabe lo que he sudado…

—No se enrolle, Gómez, que para eso le pago. Lo llamo para que nos veamos. Quedamos para comer a las dos en La Fonda de los Ilustres, detrás de la catedral. ¿La conoce?…

—¿En la calle Obispo Irurita?

—No, hombre, al lado.

—No se preocupe, señor Andreu, allí estaré.

—¿Alguna novedad, Gómez?

—Ya verá, señor Andreu… Ya verá…

Mientras tanto, Tita abría la puerta del piso de Pedralbes donde la esperaba Massimo di Luca recién duchado y perfumado. "Un muñeco de carne y hueso", pensó Tita al verlo venir hacia ella, chorreando hermosura. El amante, modelo de yogures, se lanzó al encuentro levantándola con sus bíceps trabajados, y mientras la hacía girar enloquecido, fue comiéndosela a besos. Le mordisqueaba los senos con violencia por encima de la ropa, restregando las manos entre sus piernas, buscando atravesar el algodón ajustado de su pantalón para encontrarle el sexo. Sin dejarla respirar, acabó desnudándola hasta dejarla clavada contra la pared, embistiéndola con feroces estocadas. Tita Sardá daba alaridos de gloria y dolor. Después de vaciar la rabia de abandonos, Massimo la fue envolviendo en palabras italianas susurradas al oído, algo que la volvía loca, pues lo encontraba altamente sensual y romántico.

—*Mi fai impazzire di gioia…* —deslizaba su lengua por el lóbulo de la oreja—. *Sei l'amante più passionale del mondo.*

Tita le rogaba que continuara.

—*Ti voglio tanto bene* —mientras lo decía, metía su lengua hasta el fondo de la boca de Tita—. *Sìii. Mi sei mancata così tanto, diavoletta.*

—Yo también, *amore mio.* ¡Te he echado tanto de menos! No sabes lo que he sufrido estos días sin ti. Me moría por verte —respondía Tita, al tiempo que le chupaba el dedo índice con lujuria.

—*Sono stato così geloso di tuo marito…* —le susurraba Massimo mientras pellizcaba la punta de sus pezones como castigo.

—No he dejado que me pusiera las manos encima…
te lo juro —le dijo ella, acariciándole el pecho.

Massimo continuaba lamiéndola, ebrio de pasión.

—*Di quella gente con cui sicuramente ti divertivi…*
—ahora la mordía con lujuria— *geloso del mare che
ti abbracciava… della brezza che ti sfiorava… del sole che
baciava la tua pelle* —sus manos se deslizaban hambrientas por la pelvis hasta quemarse en el volcán
hirviente de Tita—. *Come possiamo fare, amore mio?* —el
italiano introdujo su dedo hasta el fondo del sexo de
su amante, obligándola a gemir—. *Tu già lo sai che io
sono possesivo. Ti voglio tutta per me…* —esperó a que
Tita suplicara para dejar de presionar con su dedo,
entonces acabó—. *Solo per me.*

Al decir esto, rodaron por el suelo envueltos en
apasionadas acrobacias.

Massimo se incorporó de golpe y, tomando de la
mesa del comedor un yogur que estaba a punto de
desayunar, lo vació íntegro sobre el cuerpo de ella,
colocando sobre su piel trozos de melón, fresones y
moras que acabó comiendo mientras la cabalgaba de
aquella manera salvaje que la atrapaba de placer.

El detective Gómez caminaba sudoroso, enfundado
en un traje de rayas diplomáticas que decidió ponerse a
última hora para impresionar a Andreu. La corbata se
le atragantaba, y los zapatos, con el cemento hirviendo
a pleno mediodía, le enllagaban la planta del pie, pero
de aspecto parecía un *broker* de Wall Street. Se había
puesto unos tirantes rojos que, al quitarse la americana, quedarían al descubierto. Había cuidado todos los

detalles para parecer más de lo que era, y tal vez, después de acabar esa investigación, Andreu descubriera que él podría ser una pieza valiosa en la empresa de perfumería, a lo mejor haciendo espionaje industrial a la competencia de Divinis Fragances, que últimamente no paraba de promocionar exitosos lanzamientos. Llevaba orgulloso en su maletín de seudocuero, que por fin estrenaba, el trabajo de todas las vacaciones, que él consideraba excelente.

Subió la escalera de la plaza de la catedral y se comió en dos zancadas la estrecha callejuela lateral hasta llegar a La Fonda de los Ilustres. Miró el reloj: se adelantaba en un minuto a la cita. "Perfecto", pensó limpiándose con el pañuelo las pequeñas esferas salinas que rodaban por su frente. Dentro, Andreu Dolgut lo esperaba en un reservado. No quería dejarse ver con aquel individuo de mediopelo; por eso lo había citado allí, donde sabía que no habría ningún conocido.

—Señor Andreu, qué moreno está usted —le dijo Gómez, estrechándole la mano al verlo.

—Siéntese, Gómez —Andreu le señaló el asiento de enfrente, recreándose en el desfasado vestuario que llevaba el detective en pleno 29 de agosto—. Quítese la americana, hombre, que se va a ahogar.

Pidieron para picar virutas de jamón ibérico, pulpo gallego, unas lonchas de queso manchego y un gran rioja, reserva del 94.

Gómez se sentía rebosante de júbilo. Codearse con un famoso empresario que salía en revistas, bebiendo aquel vino, picando aquel jamón, era como estar en la gloria. Había preparado ese día con esmero, yendo a una copistería donde le habían fotocopiado todos los documentos en papel de fino gramaje, que le daba un toque profesional. Había ordenado toda la historia de Joan Dolgut en carpetas de diferentes colores para distinguirlas: en la azul estaban los retazos que había encontrado de su etapa infantil; en la roja, la de su exilio; en la blanca, la de su vida marital, y en la verde, lo inclasificable, como fotos de Aurora, apuntes sacados de su charla con ella y conclusiones propias. Cuando se disponía a entrar en explicaciones, de entre los papeles cayó una de las fotos en blanco y negro que había tomado a Aurora para engrosar el informe. Andreu la recogió de la mesa y se quedó observándola. "Esta mujer tiene unas facciones bellísimas —pensó—. El hábito no hace al monje… pero sí dice mucho quién es… Si llevaras un Armani serías otra, una dama… vestida barata se te ve tan poquita cosa —con las manos cubrió el cuerpo, dejando visible sólo el rostro—. Así estás mucho mejor".

Gómez guardó de nuevo la fotografía en la carpeta y entró de lleno en materia.

—Señor Andreu, ¿qué le parece si empiezo? —carraspeó nervioso, abriendo uno de los *dossiers*.

—Arranque de una vez, Gómez, que no tengo todo el día.

—¿Sabía usted que… su padre —hizo énfasis en "su"— fue un exiliado de la guerra?

Andreu lo fulminó con la mirada.

—Perdone, señor Andreu, si ha sido violento para usted; lo primero que tendría que haberme dicho es que el anciano en cuestión era su padre. Lo he deducido después de encontrar en su cómoda algunos documentos fehacientes.

—Adelante, Gómez —Andreu esquivó la incomodidad con elegancia—. Ya sabe que todo lo que usted descubra en esta investigación es secreto de sumario. Pero, eso sí, cuando se refiera a él prefiero que lo llame por su nombre, en vez de decir "su padre".

—No faltaba más, señor Andreu. Le decía que… Joan Dolgut —remarcó el nombre mirándolo— partió de Barcelona en el verano del 36 con un salvoconducto republicano, y hasta el año 40 no regresó. Vivió en Francia con unas parientas apestosas que parece que lo trataban como a una rata miserable. Adjunto datos…

Le entregó una tarjeta con la dirección de Cagnessur-Mer.

—Entre el 36 y el 40 tengo poquísima documentación; tendría que investigar más a fondo. Le propongo un viaje mío por la Riviera francesa para reconstruir los pasos, ¿qué le parece?

—Ya veremos, Gómez. Continúe —Andreu se quedó pensando por qué su padre nunca le había hablado de aquel exilio, por qué nunca le había hablado de su pasado… por qué nunca le había hablado prácticamente de nada.

—Aquí tiene el cuaderno de niñez de su… de Joan Dolgut —corrigió—, por si quiere echarle una ojeada. A mí, leyéndolo, se me escurrieron las lágrimas.

Andreu lo cogió sintiendo un remezón de angustia por dentro que nunca antes había sentido. Su polvoriento tacto le produjo aquella "alergia a lo pobre" como había bautizado en burla a todo lo que le olía a pobreza. Por un lado quería abrirlo, pero su condición de alto *standing* no le permitía ojearlo con sencillez. Llevaba una pose de rico que le impedía relajarse y actuar como un ser humano sin complejos. En ese cuaderno estaban escritos los sueños de su padre que él, como hijo, se había negado a admitir que alguna vez había tenido; abriéndolo, podría caer en la trampa de la sensiblería barata. Pero quería hacerlo. Había contratado a ese detective para que le despejara su pasado, sólo para saberlo; sin ningún tipo de compromiso. Él controlaría hasta dónde se dejaría implicar en aquella historia, que en definitiva no era la suya, pues él ya había hecho su propio camino, y de qué manera: triunfando.

Después de tranquilizarse con sus rápidas reflexiones, Andreu abrió el cuaderno por una página cualquiera y empezó a leer a vuelo de pájaro algunas líneas. Esa obsesión por el piano, por la vida de Pau Casals, por hacerse pianista, había inundado a su padre de tristeza. Estaba seguro de que, económicamente hablando, la falta de ambición le había impedido crecer como persona. Aquella laxitud y apatía, sumada a la depresión posguerra, lo había dejado en la cuneta de los marginados, y él, como hijo, había pagado todas las consecuencias teniendo que luchar solo para hacerse un hueco en la sociedad, la de verdad, la que contaba, la que sólo respetaba un único dios: el dinero. Le había tocado lamer con su propia lengua la suela de los zapatos de los más ricos con tal de no convertirse en otro ser invisible, como estaba convencido que había sido su padre. Leyendo las notas grises de Joan Dolgut, Andreu era incapaz de ponerse en los pantalones de aquel muchacho solitario, extranjero a la fuerza, envejecido de alma y víctima de las nostalgias, porque sólo se había programado para pensar en sí mismo; porque sólo estaba preparado para culpar, no para comprender. Si por un solo instante hubiera dejado en su mente un agujero por donde se colara la compasión, se habría dado cuenta de lo próximo que podría haber estado de aquel muchacho, su padre.

—¿Me sigue, señor Andreu? —le dijo el detective al percatarse de que se había quedado ido, con el cuaderno abierto.

—Siga, siga... —aterrizó.

—Le decía que, por lo que aparece en las últimas páginas, Joan Dolgut debió permanecer en Cannes bastante tiempo. Si me permite... —tomó en sus manos el cuaderno, abriéndolo casi al final—. Aquí se nota un cambio de actitud. Por lo que ha escrito, se le percibe otro talante. Vamos, que el chaval, por lo que se lee entre líneas, estaba feliz. Conoce a una chiquilla que describe... vaya, que debía ser un ángel venido de otro mundo... Me ha hecho recordar a cuando conocí a mi Lola. Ya sabe, cuando uno se enamora, oye a los angelitos con trompetas... ve las mil vírgenes en pelotas... uno se siente el único mortal inmortal.

Pero Andreu no sabía qué era eso. Enamorarse era una palabra que había borrado de su vida. Eso de dejar al corazón en libertad de dar bandazos, hacía que perdieras las riendas de tu vida. Todo bajo control, había sido su lema, y nunca le había fallado. Una vez, cuando era portero del hotel Ritz, se había prendado de una andaluza de cuerpo serrano, piel morena y ojos color aceituna que hacía las camas, pero nunca había permitido que esos sentimientos inútiles e incordiantes obstaculizaran lo que se había propuesto y, aun queriendo más, aquello no había pasado de ser una aventurilla en una *suite* a horas impías. Eso era a lo más cerca que había estado de enamorarse. Después había tenido discretos *affaires* para soliviantar sus soledades viriles, pagando con regalitos o en *cash* contante y sonante, que era la mejor manera para no dejar huella. Con eso había ido tirando durante años, hasta que conoció a Tita Sardá, una mujer que lo reunía todo: apellidos, dinero, belleza y poder, y su cabeza por primera vez había coincidido con su corazón. Enamorarse, para Andreu, era una cuestión de mente, y si la mente le decía que convenía, entonces aquello podía convertirse en amor.

—Para mí que este angelito dejó a su... —le costaba corregir— a Joan Dolgut tocado y hundido. Parece ser que ya había abandonado a sus tías y se había situado en Cannes... Aquí sale otro nombre, mire... —le enseñó el documento sin dejar de hablar— Pierre Deloir, lo cita varias veces como su mejor amigo, un chico de Cagnes-sur-Mer. Podría ir allí, como le digo, y preguntar... A lo mejor este Deloir aún vive. En Francia, los ancianos son muy longevos. ¿Qué le parece? —Gómez insistía en el viaje—. La peor diligencia es la que no se hace, señor Andreu; eso me lo decía mi madre con mucha razón. El viajecito podría despejarnos muchas dudas, quién sabe. Tal vez allí encontremos información muy útil.

—Gómez, a ver si me entiende. Las reglas del juego son: usted me cuenta lo que va descubriendo y yo saco las conclusiones. Lo del viaje no me parece mala idea… Ahora, de ahí a que usted lo haga, ya veremos.

Gómez decidió no apretar más. Ahora se trataba de que Andreu depositara toda su confianza en él y, en estos momentos, el pasado del empresario estaba en sus manos. Miró el informe: Andreu estaba literalmente en sus manos.

El detective se había quedado con la garganta seca; de un trago vació la copa de vino con la intención de que el camarero le sirviera más y continuó:

—Hay una cosa que no entiendo muy bien. El padre de Joan Dolgut envía a su hijo a Francia mientras él se queda en Barcelona. ¿Y por qué se queda? Pues porque es republicano y tiene que luchar en el frente, digo yo, aunque no hay datos concretos que lo demuestren. Estas pocas cartas estaban dentro del cuaderno… —saca una fotografía y señala con el índice—. Y éste, deduzco que era el padre de Joan… es decir, su abuelo.

Andreu se quedó mirando aquella foto. Nunca había visto a sus abuelos… Y aquel niño que sostenía el cirio de su primera comunión era idéntico a Borja. Los mismos rizos rubios, la misma sonrisa lejana y el mismo misterio en los ojos.

¡Cómo había podido vivir tantos años sin memoria! Su pasado se iba abriendo espacio entre telarañas de olvido. No era ni bueno ni malo. Simplemente, era su historia, hacía parte de ella a la fuerza, y por más que había tratado de ahogarla, ella se había ido imponiendo, gritando desde atrás que había existido. Era la historia que no sabía de su padre, porque de niño él mismo se había negado a escucharla, tapándose las orejas y gritando cuando éste, colmado de paciencia y pena, había querido contársela. Ahora recordaba el día en que su padre y él habían perdido la palabra para quedarse en aquel mutismo cordial tan hiriente. Su padre le había dicho: "Andreu, un día, el pasado vendrá a por ti, aunque no quieras. No se puede tapar el sol con un dedo." Y eso era lo que había hecho durante años: tapar el sol con un dedo, hasta que el dedo se le había cansado… Hasta que el dedo se le había quemado.

¿Dónde estaba en ese momento la historia que su padre había querido contarle cuando niño? Enterrada en el cementerio de Montjuïc. Se la había llevado consigo, y ahora él pagaba para que un extraño se la contara mal contada, descosida y con agujeros imposibles de llenar.

Andreu soltó la foto y se quedó con las cartas de su desconocido abuelo, leyéndolas por encima, comprobando el amor de padre a hijo que éstas destilaban. Había algunas faltas de ortografía que demostraban el origen humilde y la poca educación recibida, pero eso no desmerecía ni un ápice el contenido amoroso filial de las mismas. Estaban llenas de tachaduras que se podían leer a contraluz; en ellas hablaba del "terror rojo", como se les empezaba a tildar a los defensores de la República, de las barricadas que comenzaban a levantarse en las plazas, del miedo que se dibujaba en la cara de los niños y las mujeres. Parecía que a última hora el padre de Joan había decidido no comentar con su hijo aquellas angustias y finalmente las había tachado con fuerza y poca tinta. Mientras leía, Andreu cayó en la cuenta de que en las cartas no se mencionaba a la madre de Joan. ¿Qué había pasado con la abuela? Otra incógnita más. En menos de una hora se le habían ido pegando al cuerpo todas las lagunas de su vida.

¿Quién era aquel ángel que mencionaba su padre al final del diario?

Andreu nunca llegó a imaginar que con esa investigación se descorcharían sus más sedientas ganas de saber. Ahora, por nada del mundo sería capaz de detener lo que había emprendido.

En la *suite* del hotel Carlton, Soledad Urdaneta y su prima Pubenza no podían dormir. El piano de Joan Dolgut las arrullaba mientras la agitación del día aún las tenía perturbadas. La luna abierta bañaba de azul al pianista de traje inmaculado que, como un poseso, no dejaba de acariciar las teclas de marfil que desprendían amor blanco. Asomadas a la ventana, sin ser vistas, Soledad y Pubenza cuchicheaban sobre la belleza del camarero y sus miradas. El corazón de Soledad, agitado de temores enamorados, le había coloreado las mejillas con el rojo subido del amor; su camisón de holán blanco empezaba a teñirse de alegrías rosas.

Lo primero que le dijo su prima Pubenza era que debían encender y apagar las luces tres veces seguidas para dar por recibida la serenata, pero Soledad, temerosa de ser descubierta por sus padres, decidió permanecer a oscuras observando y sintiendo lo que nunca había pensado que se podía sentir. Inmersa en una mezcla de miedo y alegría amotinados, por un lado rogaba que sus padres por nada del mundo despertaran; por otro, quería que el camarero continuara, pues en las notas que se elevaban en el aire como pájaros dorados, ella descifraba nítidas palabras de amor.

A medida que fueron pasando las horas se dio cuenta de que éste no abandonaría el piano. La prima Pubenza se había quedado dormida pegada a las cortinas, y ella, con el insomnio del amor alborotado, continuaba observando desde las alturas al camarero de su amor, esperando que el cansancio lo hiciera sucumbir en la osadía, temiendo al amanecer. Pero Joan Dolgut había visto nacer el día con las manos adoloridas regalando sonatas de amor. Sentía que con aquella música le declaraba a Soledad todo lo que no había acabado de decirle con los ojos. Por más que pensaba en levantarse, algo lo ataba a aquel instrumento, dejándolo clavado con la mirada puesta en el balcón de la gran *suite*. Quería que su música trepara por la fachada del hotel y se deslizara por los tafetanes de las cortinas hasta colarse de lleno en la almohada de la niña que había embrujado su alma con su mirada de carbón brillante.

Así se lo encontró *monsieur* Philippe.

—¿Te has vuelto loco, españolito? —le dijo, malhumorado—. ¿Es que quieres que te despidan?

—Lo siento, *monsieur*, no sé qué me ha pasado. Me ha resultado imposible dejar de tocarlo.

—Corre a cambiarte, que estás hecho un desastre. En media hora te quiero sirviendo desayunos. Menos mal que sólo te he visto yo… ¿Será posible? ¡Venga!, muévete —fue empujándolo con cariño, haciéndose el enfadado.

Soledad, desde arriba, vio cómo se iba alejando Joan, girándose de vez en cuando para mirar hacia la ventana. Entonces ella, sin pensarlo, sacó la mano de entre las cortinas y le dijo adiós.

Joan saltó de alegría. Aquella mano eran las alas de su dicha. En diez minutos se duchó y se cambió; cuando Soledad, vestida de insomnio y amor, bajó a la terraza a desayunar con sus padres y su prima, él ya estaba preparado para servirlos.

Los *croissants* más esponjosos y crujientes, las confituras más selectas, el zumo de naranja más fresco, el chocolate más cremoso, todo lo mejor era para la niña de los ojos negros. Se esmeraba sirviendo con maestría, luchando porque no se le notara el aturdimiento; tratando de que no le quitaran el servicio de la terraza, que era donde sabía que la encontraría. Se había enterado del número de habitación mirando discretamente la cuenta de la tarde anterior firmada por el padre, y había notado en los ojos de su prima cierta complicidad. Sabía que no podía ni siquiera permitirse el lujo de pensar en aquella niña extranjera, pero su corazón no lo obedecía. Aquel sentimiento era algo que no sabía describir, y no tenía a nadie con quien compartirlo; alguien a quien preguntarle qué era aquello que le había trastornado el alma para siempre.

Volvieron a mirarse mientras los panecillos y el chocolate se enfriaban intactos. A Soledad se le había ido el hambre; iba empachada de música hasta la garganta. Sus padres la notaron un poco ida.

—Solita, hija, no has probado bocado —dijo la madre observando el plato. Pubenza, conocedora de los males de amor, la rescató.

—¡Ay, tía! La pobre comió demasiada torta ayer... No la obligue.

—Vamos a conocer Montecarlo. Verán qué maravilla —dijo el padre, entusiasmado.

—Eso de ver tanto despilfarro de dinero no sé si me gusta para la niña —comentó la madre a su marido, bajando la voz.

—Pensándolo bien, las muchachas ya están mayores. Podrían quedarse aquí, ¿qué te parece? Pubenza ya tiene veinticinco años cumplidos. Podríamos pasar una noche fuera, tú y yo solitos… —Benjamín acompañó la frase guiñándole el ojo a su mujer—. Y ellas que se queden en el hotel. Aquí tienen piscina, sol, mar… Pubenza es muy responsable, además, es como su hermana mayor. La cuidará.

Soledad y Pubenza se hacían las que no escuchaban. ¡Quedarse solas! Nunca les había pasado. Por primera vez, su prima y ella, dueñas absolutas del día y de la noche. Se miraron sin decirse nada, manteniendo la cara de pena y malestar.

—No sé, Benjamín —dijo la madre.

—Va, mujer, no seas así. No ocurrirá nada. Nosotros nos lo pasaremos bien, y ellas, también. ¿Qué van a hacer allá? Aburrirse entre gente mayor.

Pubenza habló:

—Es verdad, tía. Nos quedaremos aquí, juiciosas. ¿Verdad que sí, Soledad? —Pubenza la empujó con el codo, esperando el apoyo de Soledad, quien asintió, haciéndose la desganada—. Lo que le pasa a la prima es que durmió mal anoche, por la torta; ya verá como la repone un buen caldito y una siesta como Dios manda. De eso me encargo yo.

Pubenza y Soledad se miraron y con la mirada se lo dijeron todo.

Joan Dolgut, que se mantenía como una esfinge custodiando la mesa, oyó toda la conversación sin pestañear. Quería mantenerse invisible ante los padres de Soledad; él sólo deseaba estar al lado de ella sin estorbar, sintiendo su presencia, su aroma a niña y a rocío, acariciando con sus ojos aquella seda negra que caía en cascadas sobre sus hombros de porcelana.

Soledad salió de su mutismo.

—Aprovecharé para escribir postales. Se lo prometí a mis amigas, y a las monjas.

Benjamín se levantó de la mesa, decidido.

—Voy a organizarlo todo.

Mientras su marido iba a la recepción, Soledad Mallarino se dedicó a dar consejos a su sobrina y a su hija. Quedaba prohibido hablar con extraños, bañarse sin vigilancia, dar caminatas por la playa en bañador al atardecer, hacerse con chicas que fumaran, quedarse mirando fijamente a alguien, comer demasiadas tortas o panes con mucha mantequilla, chocolate o nata, porque aquello no era bueno para la piel, y por supuesto, irse a dormir más tarde de las nueve.

Llamó al camarero y ordenó un caldo ligero para que lo subieran a la habitación de su hija a las doce del mediodía. Joan salió con el encargo a la cocina, evitando mirar a la madre.

Esa tarde, Soledad y Pubenza salieron a caminar por el *boulevard de La Croisette*, que se encontraba vestido de carteles anunciando la primera edición del festival internacional de cine para septiembre. En la muestra se exhibiría como primicia mundial *El mago de Oz*. El director del hotel les había comentado que se hospedarían allí, para apoyar la película, decenas de artistas hollywoodenses como Gary Cooper, Mae West, Douglas Fairbanks.

Pubenza, cuyo viaje más excitante había sido ir de niña a la hacienda cafetera que uno de sus tíos tenía en Quindío y hacer queso cuajada con leche recién ordeñada, iba excitadísima con todo lo que veía. Era la primera vez que degustaba tanto lujo junto. Se había acostumbrado a ser la pariente pobre de los Urdaneta, y a pesar de ser huérfana desde muy temprana edad, tenía una alegría innata que le había servido para cubrir los sinsabores de su vida. Todo la deslumbraba y todo le parecía bueno. La gente no era ni rica ni pobre, era gente. Los chicos no eran buenos o malos, eran chicos. Las cosas, si se tenían, se disfrutaban... y si no se tenían, no se echaban en falta. Había recibido una educación esmerada en el Sagrado Corazón, pagada por su tío Benjamín, y todas las prebendas de ser pariente lejana de los que tenían.

Después de haber pasado varios desgarros amorosos, el último de los cuales la había ahogado de amargura, decidió cubrir la herida salada de su amor imposible con el velo de novicia. En el convento había estado a punto de sepultarse en plegarias, de no haber sido por las propias monjas que, a última hora y al ver la poca vocación que tenía para vestir los hábitos, optaron por hablar con los tíos, quienes decidieron encargarse de ella para que no se desgraciara entre los muros de clausura. Del amor nunca más quiso saber, a pesar de que sus tíos habían ido buscándole novios entre los conocidos. Ahora estaban convencidos de que con el correr de los años Pubenza sería la solterona de la familia por méritos propios, pues nadie había podido sacarla de su acérrima negativa.

En los últimos meses, sin darse cuenta, se había convertido en la dama de compañía de su prima, a quien adoraba. Las alegrías de Soledad eran sus alegrías; las tristezas, sus tristezas, aunque de éstas pocas o ninguna habían sentido. Y ahora, los primeros secretos de su prima empezarían a ser también los suyos, bajo juramento o lo que hiciera falta. A la hora del desayuno, sus miradas habían sellado el pacto de silencio. Serían cómplices en las lides más emocionantes o desilusionantes, las del amor.

Regresaron del paseo cantarinas y dicharacheras, envueltas en brisas veraniegas y confidencias intrascendentes. Benjamín Urdaneta y Soledad Mallarino ya habían hecho bajar la maleta, con ropa para dos días, y se disponían a marchar en el Jaguar con chofer que los esperaba en la puerta.

Pubenza los tranquilizó de nuevo, prometiendo llamarlos ante cualquier eventualidad.

—Cuida de tu prima —miró a Pubenza—, y tengan en cuenta mis recomendaciones.

—No se preocupe por nada, tía. Nos cuidaremos.

Se abrazaron y besaron; los padres dando consejos hasta el final, y ellas recibiéndolos con un "sí, señora" y "sí, señor" compulsivos. Cuando el coche tomó la *rue d'Antibes*, la pareja finalmente abandonó sus preocupaciones y empezó a disfrutar del viaje.

Joan Dolgut trataba de convencer al pastelero del hotel de que le permitiera preparar una galleta gigante, decorada con un texto y un ángel, para dejarla como regalo en la habitación de la niña de sus sueños, cuando lo llamaron a llevar un servicio. En la *suite* de Soledad querían una copa de fresas con crema y un helado de melón.

A Joan le temblaron las piernas y la bandeja al descubrir a Soledad detrás de la puerta. Sonrojados, ambos se miraron mudos hasta que Pubenza, saliendo del fondo de la habitación, rompió el silencio:

—Gracias, puede ponerlo ahí —le señaló la mesa—. ¿Cómo se llama?

—Joan, señorita. Para servirlas —miró a Soledad, que lo observaba tímida.

—Toca muy bien el piano, Joan. Lo escuchamos toda la noche, ¿verdad, prima? —dijo Pubenza mirando a Soledad.

—Precioso. Lo que usted tocó anoche era precioso —añadió Soledad con voz de viento tímido—. Chopin...

—¿Conoce a Chopin? —preguntó Joan, nervioso.

—Y a Beethoven... y a Mozart... todas sus sonatas. El piano es la lluvia que empapa de amor las almas secas. ¿Quién podría vivir sin música?

Joan sentía que la verdadera música era aquella voz que salía de los labios de Soledad. Sus palabras eran la lluvia de la que ella hablaba. Aquella niña bella se había colado en su alma para humedecerle de alegrías sus penas.

—Me gustaría volver a escucharlo —le dijo Soledad, casi inaudible.

—Y a mí volver a tocar para usted, señorita —Joan no sabía cómo había podido contestarle; trataba de calmar su corazón cabalgante, que buscaba escaparse.

Pubenza descubrió en las voces de los dos el susto del amor y acudió en su auxilio.

—¿Es usted de por aquí? —le preguntó a Joan.

—Soy de Barcelona, señorita.

El timbre del teléfono los interrumpió. Preguntaban si el camarero había entregado el servicio.

—Han preguntado por usted —le dijo Pubenza al colgar.

—Debo irme. Con su permiso —miró a Soledad, rogando una sonrisa para alejarse, pero ella le respondió con una pregunta.

—¿Chopin? —Joan la miró sin comprender. Soledad continuó—. ¿Tocará *Tristesse* la próxima vez?

—... y *Les gouttes de pluie*, señorita. De Chopin, lo que usted quiera.

Con una vergüenza que le agrietaba los sentidos, Joan se alejó sin irse. En la 601 se le había quedado atrapada el alma. Las tareas que siguió realizando fue haciéndolas de cuerpo presente y mente ausente, mientras su espíritu se recreaba en cada palabra escuchada, en cada silencio de ojos, en cada rubor enarbolado. Ahora necesitaba conseguir urgentemente un piano.

Se encontró con *monsieur* Philippe en la alacena y éste percibió su aturdimiento.

—¿Qué te está pasando, españolito? Te noto muy raro... ¿No habrás conocido alguna chiquilla por ahí... eh?

Los ojos de *monsieur* Philippe lo escrutaron directos. Joan bajó la vista, atribulado.

—O sea que es eso. He dado en el clavo. Te has enamorado. Venga, chaval, que eso nos pasa a todos. No te avergüences.

Pero Joan no estaba avergonzado, estaba aterrorizado. Había puesto los ojos donde no debía, y ahora era tarde para sacarlos de ahí. Decidió confiar en el viejo, contándole lo que estaba viviendo.

—¡Estás chiflado, hijo! Mira que echarle la vista a una huésped. Te has vuelto loco de remate. A ti lo que te corresponde es una camarera, una chica de la limpieza, de la Riviera... vaya, sencillita. Lo primero que tienes que hacer es quitarte esa idea disparatada de la cabeza, antes de que sea demasiado tarde.

—No puedo, *monsieur*. Creo que sin ella mi vida ya no tendría sentido —le dijo Joan, angustiado.

—Pero si hace dos días no la conocías, hijo.

—Pero es que creo que hace dos días yo no existía, no era nadie. M*onsieur* Philippe lo miró con ternura. Aquel niño desamparado acababa de probar el dulce martirio del amor.

—Y ella... ¿te corresponde?

—Ella es un ángel, *monsieur*. Me ha mirado con amor.

—No es suficiente. ¿Te ha dicho algo?

—Quiere que toque el piano para ella.

—Ahora sí que la hemos liado. ¿Y de dónde vas a sacar un piano? —se quedó mirando fijamente a Joan—. Ah... no, a mí no me mires con esa cara. ¿De dónde vas a sacar el piano? —repitió.

Joan le suplicó con los ojos y le contestó entre dientes:

—Había pensado en el piano del gran salón... Cuando acaba la cena queda libre.

Monsieur Philippe decidió ayudarlo. Después de todo, a esas horas la gente estaría durmiendo. Conseguiría dejarle la puerta abierta. ¿Quién en su juventud no había cometido alguna locura de amor? Mientras lo decidía, pensó: "*L'amour... l'amour*. Quién fuera joven para volver a sentir esa dulce angustia de dicha amarga".

Fue subiendo la escalera, tratando de no encontrarse con nadie hasta llegar al sexto piso. Con las manos temblorosas y la sangre vaporizada, Joan Dolgut introdujo por debajo de la puerta 601 la nota que acababa de escribir. Pubenza y Soledad, que estaban en el balcón, sintieron el deslizar del papel y corrieron de puntillas a recoger el sobre.

"Para la señorita Soledad", decía la carta. Pubenza la entregó a Soledad, que la recibió con los dedos sudados, empapados de expectación. Al ver a su prima incapaz de rasgar el sobre, Pubenza lo abrió, y con la misma emoción con que Soledad se sonrojó, ella se agitó.

Esa complicidad de lo venidero le había devuelto sus alegrías vividas.

Aquella noche, Joan citaba a Soledad en el gran salón a eso de la una de la madrugada para darle un concierto. Le explicaba el porqué de los inconvenientes de la hora, y se excusaba por no poder hacerlo de la manera que a él le hubiera agradado y de la forma que ella se merecía.

Monsieur Philippe, que quería conocer a la chica, fue personalmente a la habitación y con guantes blancos y en bandeja de plata le entregó una inmensa galleta, recién horneada, con el nombre de Soledad dibujado en vainilla y un ángel arrastrando en sus alas la última letra. Le dijo que aquel presente lo enviaba un caballero llamado Joan Dolgut. Pubenza le sonrió cómplice; había reconocido en Philippe a su igual.

A las ocho de la noche, con el comedor lleno de huéspedes, bajaron al gran salón a cenar. Joan Dolgut vio llegar a su princesa vestida con aquel traje vaporoso y enmudeció de gloria. Llevaba dos días sin dormir, sin comer, y hasta le costaba respirar. Cada vez que la veía quedaba a punto de desmayo. Pero a ella le pasaba igual. En realidad, aparte del caldo que su madre le había obligado a beber, y ella había devuelto a escondidas, la garganta se le había cerrado. Era el signo inequívoco de que lo suyo no se curaría a punta de caldos. "Los síntomas del amor son iguales a los de una indigestión —le había dicho Pubenza cuando la vio salir del baño con la cara verde—, con la diferencia de que los últimos tienen cura". La cena transcurrió lenta, entre los platos intocables de Soledad que otro camarero retiró confundido, ofreciéndole en un francés afectado cambiar de menú, y la monótona música que aporreaba el pianista de

Soledad llegó vestida de luz y pétalos que habían ido siguiéndole los pasos y ahora giraban en torno a su cuerpo, creando una espiral creciente que la convertía en un misterioso ángel terrenal. Empujó con trémula suavidad la puerta y ésta cedió. Al entrar, el salón se iluminó con su presencia.

Joan Dolgut salió a su encuentro, vestido de amor y miedo, haciendo una pequeña reverencia frente a ella, la misma que le había visto hacer a Pau Casals en sus conciertos; por una noche dejaría de ser camarero anónimo para convertirse en virtuoso pianista. Entonces empezó a liberar, nota a nota, la sonata aprendida de memoria. Soledad Urdaneta cerró los ojos y dejó que los sentires rodaran por sus mejillas... aquella música la ataba con cintas invisibles al alma de aquel muchacho, que amaba con el piano. Joan la vio así, estatua virgen, con sus mejillas brillantes empapadas de sal sentida, y rogó que el tiempo no pasara. Tocó para ella, para él, para los dos, para su madre muerta, para su padre ausente, para la vida que ahora le regalaba la gloria de saberse vivo.

En silencio, unidos sólo por la música, sintiendo los latigazos del amor sin futuro que acababa de nacerles, volvieron a quedarse hambrientos de horas. Él, que no se atrevía más que a mirarla, aprendió a amarla rozándole el vestido con arpegios que nacían y morían como olas. Ella, niña viajera de otros mundos, empezó a acariciarlo con palabras. Lo llevó a África, guiándolo con sus historias de aventuras; le presentó guerreros masais, lo paseó entre leones hambrientos y ñus dolientes; le habló de amaneceres en la selva; le dio de comer carne de jirafa, de cebra, de búfalo. Lo llevó a Nueva York a bordo de su barco de sueños. Lo subió a la estatua de la Libertad; lo bajó a los fondos marinos. Le habló de su país, del cabo de la Vela, del desierto y del destino de los muertos.

De las altas montañas tapizadas de palmeras y café. Del verde frío de la sabana de Bogotá. De las flores, del tranvía que la llevaba al colegio todos los días. Del amor de Simón Bolívar y Manuelita Sáenz. Le habló de su casa de viento; del molino azul que su padre había plantado en el centro del patio porque ella, de niña, se había enamorado de uno en un viaje que habían hecho a una pequeña isla desconocida llamada Ibiza. Le contó de su prima Pubenza, de las interminables misas, de su colegio, de los bordados y las monjas. Y cuando se le agotaron las palabras que habían brotado como cascadas por el puro susto de quedarse a solas, sin que los dos supieran más del amor que el que habían visto en sus padres, sus bocas se miraron mientras sus ojos se besaban hasta marcarse las retinas con la tinta del amor indeleble.

Por los ventanales, los luceros trasnochados se colaban y aterrizaban en gotas sobre el suelo de mármol; empezaba a clarear, y una brisa suave los llamaba desde fuera. Joan la invitó a escuchar el último concierto. Salieron a hurtadillas por la puerta del servicio, él con su traje blanco, ella con sus velos, descalzos frente a la agonizante noche.

—Quiero enseñarte algo —le dijo Joan, llevándola de la mano hasta la playa.

Entonces se puso de cara al mar, desafiante, altivo como nunca. Al verlo, las olas se desperezaron agitándose; el mar se revolvía encrespado de espumas confusas que parecían ir cuando debían volver, provocando corrientes encontradas. Joan ya había visto cómo el mar describía sus más íntimos sentires sin equivocarse. De pequeño había jugado a domarlo y lo conseguía. Íntimamente sabía que el mar era el amigo donde lanzar sus tribulaciones y sus anhelos más profundos. Soledad lo vio sujetar las olas con sus ojos salvajes, sometiéndolas, como a las teclas de su piano a cantar sinfonías, a columpiarse entre solfeos… y sintió cómo aquel pianista del océano podía tocar sin piano porque era su alma quien llevaba la música.

El mar amanecía tocando para ellos una sonata más bella que *Tristesse*, la sonata del amor de Joan. Entonces bailaron conducidos por sus olas, con los pies empapados de notas musicales… bailaron hasta que nació, con un grito naranja, el día.

Pubenza había pasado la noche sin pegar el ojo. Un momento después de la marcha de Soledad ella la había seguido hasta el salón y desde la puerta los había escuchado hasta darse cuenta de que esa noche merecía su silencio.

Cuando su prima llegó empapada de mar con su vestido de flores florecidas y su mirada estrellada de alegría, supo que, como a ella, el amor la había bautizado.

Con las palabras atolondradas, Soledad le contó que Joan quería llevarla a elevar cometas esa tarde; que tenían que enviar al cielo sus sueños, pegando papelitos escritos en la piola de la cometa. Que si éstos subían y coronaban la cometa, los deseos se cumplían.

Pubenza se conmovió con el candor de su prima.

—Soledad, los sueños no pueden pender de un hilo —le dijo, preocupada, a su prima—. Tus sueños te pertenecen; son como tus hijos. Tienen que estar contigo; se hacen fuertes con tu fuerza y se debilitan con tu debilidad. No puedes dejarlos al libre albedrío, y menos al del viento, que sopla cuando quiere. ¿Lo entiendes, verdad?

—Pero es que si me voy y no lo vuelvo a ver, me moriré. No tengo tiempo de pensar ni de tener miedo. Tengo que enviar mis temores al cielo. ¿No te das cuenta, Pubenza? Mis padres están a punto de volver.

—El cielo no puede ayudarte. Sólo Dios... —Pubenza corrió a buscar el rosario—. Recemos, prima.

Así se las encontró la madre de Soledad al llamarlas. Cuando éstas le dijeron que llevaban rezando toda la mañana, Soledad Mallarino corrió a contárselo a su marido. Las niñas se comportaban mejor de lo que ella esperaba.

Les quedaba un día más en Montecarlo, donde aparte de haber pasado una noche maravillosa en el hotel París, amenizada por cuatro violinistas que en homenaje a Colombia interpretaron el bambuco más bello jamás oído, se habían encontrado con un selecto grupo de escritores, pintores y bohemios latinoamericanos. Aquella noche habría una gran fiesta en el casino y estaban invitados desde el mundo artístico hasta el empresarial. El comunismo y el capitalismo juntos en un acto benéfico. Benjamín habló con su hija y le prometió que al día siguiente regresarían. Soledad no sabía cómo decirle que se quedara, que no volviera en años, que con su regreso su dicha acabaría. Pero se limitó a asentir y a alegrarse de tristeza.

Esa mañana, Joan Dolgut esperaba ansioso la llegada de *monsieur* Philippe para desahogar sus miedos y preparar sus ansiedades venideras.

—¿Qué tal la noche, españolito? —lo hurgó con la mirada—. Pero si llevas unas ojeras que te las pisas. Vaya, vaya —le dijo, compasivo—. Sí que te ha cogido fuerte... Y me parece que hasta has adelgazado.

—*Monsieur*... Necesito pedirle algo —la voz de Joan se enflaqueció de vergüenza.

—¿Más?

—Necesito tomarme un día libre. Le prometo que luego le repongo el tiempo como haga falta.

—Tú lo que necesitas es comer y dormir. ¡Estás hecho un jumento!

—Eso después, *monsieur*. Ahora no puedo perder tiempo. Sus padres regresan mañana.

Monsieur Philippe dejó atrás sus años y por un instante tuvo la edad de Joan. Claro que lo ayudaría.

—Bueno, lo del permiso habrá que hablarlo con tu supervisor. Ya sabes que aquí yo también soy un mandado. Sácale provecho a esas ojeras, muchacho. Ve y dile que tienes cagarrinas. Es lo único que se me ocurre…

Joan Dolgut salió corriendo con sus angustias donde el jefe, que al verlo tan descompuesto lo envió a casa. Tomó el autobús que lo dejó en Juan-les-Pins; llevaba dos noches sin dormir. Al llegar a su sencilla habitación, se detuvo presa de unos retortijones que amenazaban estropearle la tarde. Corrió por el pasillo con urgencia y al llegar al lavabo la mentira había surtido efecto. El alma se le vaciaba por el estómago. Durante toda la mañana sufrió calenturas, escalofríos y sudoraciones, que lo tuvieron del váter al catre, en un ir y venir castigador, hasta que la bilis le tiñó la cara de amarillo. Pensaba que moriría aquella mañana… Se estaba muriendo de amor.

Soledad resolvió hacerle caso a su prima, que la había amenazado con no dejarla salir si no comía, desayunando a la fuerza un vaso de leche que endulzó con miel. Un momento después de haberla bebido, terminó en el lavabo devolviéndola. Le habían entrado los mismos escalofríos y malestares que a su pianista. Pubenza la envolvió en mantas y la cubrió de cuidados hasta que finalmente el sueño llegó a auxiliarla sumergiéndola en una paz agitada. La mañana transcurrió entre la pesadilla del temor a no volver a verlo y la ilusión del viento elevando cometas. Quería despertar, pero la debilidad se lo impedía. Sólo cuando sintió que si no mejoraba seguramente nunca volvería a verlo, resucitó.

Eran las dos de la tarde y la encargada de la pensión encontró a Joan Dolgut a punto de desfallecer en el pasillo. Apiadándose de su desvalidez, terminó haciéndolo beber una mezcla de hierbas provenzales que decía que curaba, aparte de indigestiones, el mal de amores.

Dos horas después, y con dos kilos menos, Joan Dolgut volvía a las cercanías del hotel enfundado en su palidez de enamorado. Habían quedado en la playa, frente al espolón del puerto.

La vio venir agarrada al brazo de su prima; llevaba una debilidad lívida que la convertía en suspiro transparente, en alma leve. Estaba bella en su indefensión amorosa.

—Mi prima está delicada —le dijo Pubenza al verlo—. Es mejor que lo dejen para otro día.

—Claro, señorita —murmuró pesaroso Joan.

—Estoy bien. Se lo juro, prima.

Era verdad. A Soledad le habían vuelto los colores y los calores al cuerpo. Ver a Joan era el mejor remedio a sus dolencias. Una vitalidad desproporcionada la envolvía de nuevo. Miró a su prima suplicante.

—Bueno, después no diga que no le advertí. Me quedaré con ustedes —Pubenza los miró y sintió una gran ternura—… alejada, por si me necesitan.

Los tres se subieron al autobús que los llevó hasta la playa de Juan-les-Pins. En el camino, Soledad experimentaba los placeres de vivir sensaciones nunca vividas. Eso de coger un autobús y mezclarse con la gente le encantaba. Ir siempre en su coche particular, entre choferes y criadas, le había privado de conocer mundos más sencillos; en aquel autobús, la gente miraba la vida de otra manera. Todo era más natural, hasta las risas. Le fascinaba compartir asiento y paradas con aquellos franceses bullosos. No se atrevía a cruzar palabra con Joan, pues la vergüenza de su amor la enmudecía, pero pensaba como él que el tiempo no acompañaba. Los vientos de julio distaban mucho de ser los que necesitaban para sus menesteres. No había ni una sola hoja que se moviera, pero Joan confiaba en que sus fieles cometas estuvieran preparadas para lo peor. Las guardaba en la bodega de su vieja amiga, *madame* Tetou, a quien solía ver de vez en cuando preparando *bouillabaisses* para la clientela del restaurante.

—¡Joan Dolgut! ¡Qué sorpresa! —lo saludó, dicharachera como siempre—. ¿Qué te trae por aquí —al ver a las chicas continuó—, y tan bien acompañado?

—*Madame* Tetou, ésta es la señorita Soledad, y ella es su prima Pubenza.

Las jóvenes saludaron educadísimas.

—Vengo a buscar mis cometas.

—No hace tiempo de cometas, Joan.

—Lo sé, pero las necesito.

Las dos chicas se quedaron en el restaurante, que a esa hora estaba cerrado, observando el mar desde los rústicos ventanales, mientras Joan bajaba por las cometas con *madame* Tetou.

—¿De dónde has sacado a ese ángel? —le dijo la vieja con cariño.

—¡Ay, *madame*! Me temo que vino del cielo y en pocos días se vuelve a ir.

—Te has enamorado, te lo leo en la mirada, está vidriosa —*madame* Tetou se secó las manos en el delantal y peinó a Joan con los dedos mientras continuaba—: No dejes escapar el amor, pues el verdadero sólo llega una vez en la vida, y si no lo vives, te desgracia para siempre…

Sacó el manojo de llaves y abrió la puerta verde carcomida de mar.

Aquellas cometas las había construido con sus propias manos los fines de semana solitarios. Eran octógonos multicolores hechos con palos de caña adelgazados a punta de navaja y papeles vegetales teñidos por él mismo. Las largas colas arrastraban añadidos de retazos verdes, naranjas, azules, amarillos y rojos, de las telas que *madame* Joséphine le había metido en el macuto para su confección. Estaban anudadas una a una y formaban una estela arcoirisada que al volar las identificaba como únicas. Olían a moho, pero al desempolvarlas, relucían de vida.

Madame Tetou lo ayudó a sacarlas y aprovechó para hacerle una cómplice invitación.

—Esta noche, si quieres, estáis invitados tú y tu ángel a una *bouillabaisse. Très spéciale, mon petit prince. Très romantique… Très jolie…* —le guiñó el ojo con dulzura.

—Gracias, *madame*. Es que hoy no me encuentro muy bien del estómago.

—*Mon petit prince…* —su voz se tornó tierna—. Eso no es el estómago. Eso es amor del bueno, ¿y sabes qué te digo, *mon chérie*? Que el mal de amores sólo se cura amando. Las negaciones acrecientan los síntomas, pero los excesos, también. Deberás aprender a tomar las dosis justas.

—¡Qué cosas dice, *madame*!

—Tú hazle caso a una vieja que ha amado… Más sabe el viejo por amor que por viejo.

Joan subió la escalera cargando las cometas, que arrastraban sus colas perezosas por el suelo. Había quedado con *madame* Tetou que irían, aunque aún no había decidido cuándo decírselo a su niña. Al llegar arriba lo esperaba una solitaria Soledad. Pubenza huía de los fragores enamorados que se avecinaban; había decidido pasar la tarde en la playa, leyendo *Madame Bovary*. Desde el ventanal, Soledad le enseñó a Joan el lugar donde su prima se encontraba; un distante punto lila posado en la orilla del mar.

Se despidieron con un alegre *au revoir* y salieron del restaurante bañados de alegrías, recuperados de sus dolencias mañaneras.

Caminaron por la playa, en sentido contrario a donde se encontraba Pubenza, buscando algún montículo de arena donde subirse a esperar la llegada del viento, pero el aire se había ido por completo.

—¿Dónde estará el viento cuando no sopla? —preguntó Soledad, mirándolo enamorada.

—En tu alma —le contestó Joan, vaciándole su amor en sus ojos.

No se atrevía más que a mirarla, pero empezaba a no soportar no besarla. Mientras esperaban, Joan sacó del bolsillo un lápiz y un pequeño trozo de papel. Lo partió en dos y le entregó una de las partes a Soledad para que escribiera allí el mensaje que quería que subiera por su cometa. Le explicó el arte de elevar los deseos por los hilos.

—Lo que escribas debes escribirlo con el corazón abierto —le advirtió dulcemente.

—Tú primero —le dijo ella, asustada.

Joan tomó el lápiz y, adelgazando las letras para que cupiera todo su sueño en tan reducido espacio, escribió un larguísimo deseo. Después de leerlo y besarlo, dobló en diagonal el trozo de papel, lo rasgó hasta el centro y lo guardó después en su pantalón mientras sentenciaba:

—No te lo puedo leer porque, si no, no se cumple.

Soledad cogió el lápiz y fue mordiéndolo hasta que el alma se le abrió de par en par y empezó a descargar en el papel lo que anhelaba. Al poner las palabras, un viento azul salido de sus letras, como una nube pulverizada de hojas, levantó delicadamente sus cabellos. Era cálido y suave, pero firme. A medida que ella escribía, la presencia del viento se hacía más evidente.

—Corre, Soledad. Que viene el viento —le dijo Joan, emocionado.

Cuanto más escribía ella, más viento había. Al terminar, cuando la brisa estaba a punto de arrebatarle el escrito, lo dobló risueña, imitando lo que había visto hacer a Joan, y lo guardó discretamente en su corpiño.

Aquella nube de aire azul, que empezaba tímidamente en ella, crecía altiva y escapaba por las playas, hinchándose de brisa marina.

Soledad ofreció la cometa al viento y éste se la arrebató de las manos sujetándola con fuerza, empujándola y elevándola; robando en su subida todos los metros de piola que aún estaban enrollados. Ella reía feliz observando las piruetas que Joan efectuaba para mantenerla recta, pues la alegre cometa parecía bailar un loco charlestón, cabeceando de derecha a izquierda, mientras su cola serpenteaba confusa.

Una vez estabilizada, se la entregó a Soledad y se dispuso a elevar la de él, que aún dormía en el suelo. Corrió por la playa con ella hasta que el viento se apiadó y la tomó en sus manos, encumbrándola. En el cielo, las dos cometas bailaban amorosas; se besaban y separaban moviendo sus elegantes colas en una cadencia enamorada. Era el momento de colocar los papeles y hacerlos subir.

Joan puso el suyo en la base, cuidando de introducirlo hasta que el hilo se topó con el centro del papel. El mensaje, con la fuerza del viento, fue subiendo decidido por la piola. Soledad hizo lo mismo.

Cuanto más subían los papeles, más se movían las cometas. Cada vez era más difícil controlar sus cabriolas aéreas. Joan trató de alejarse cuando vio que los hilos estaban a punto de enredarse, pero fue inútil. La cometa de Soledad acababa de dar una vuelta sobre la suya y había quedado unida desde el centro. A partir de ese instante, un viento gris fue envolviéndolas de turbulencias, obligándolas a atarse y a rematarse en desvariados giros sin control.

Las cometas chocaban entre sí, agujereándose. Las colas, mortificadas, buscaban deshacerse de nudos y continuar danzando. Los papeles temblorosos se sujetaban tratando de no caer, mientras la fuerza de los vientos encontrados peleaban por arrebatarlos. Joan y Soledad luchaban, intentando rescatar las cometas, recuperando a la fuerza las cuerdas que las habían llevado a las alturas. Se les había convertido en una batalla salvarlas del inminente naufragio. Al no poder resistir la violencia de la corriente ventiscal, los hilos se rompieron liberando de la tierra las cometas, que en una danza angustiosa y después de elevarse muchos metros abrazadas, terminaron ahogándose en el mar. Joan y Soledad se quedaron mudos observando su muerte y, con ella, el hundimiento de sus sueños.

Andreu dejó la carpeta azul sobre la mesa y tomó la verde, donde Gómez había metido las fotos que había hecho a Aurora durante el verano.

—Antes de que abra esa carpeta, señor Andreu, permítame que le cuente un poco sobre mis hallazgos. Le quiero enseñar primero ésta —tomó la de color blanco, donde estaba la historia marital de Joan Dolgut.

—Gómez... ¿a usted no le enseñaron que el orden de los factores no altera el producto? —se lo dijo con aire prepotente—. Ahora me apetece ver ésta, ¿comprende? —no le gustaba sentirse en manos de aquel detective.

—Donde manda capitán, no manda marinero, señor Andreu —el detective había hecho un reportaje exhaustivo sobre la rutina de Aurora Villamarí, pormenorizando con lujo de detalles sus movimientos—. La susodicha vive en la calle...

Andreu lo interrumpió:

—No me diga que me va a dar la dirección que yo le di. ¿A qué juega, Gómez? Ahórrese obviedades y vaya a lo gordo.

—Bueno, yo nada más quería seguir un orden. Ya sabe... protocolos de la investigación —se aflojó el nudo de la corbata, que lo estaba ahogando—. La señora Villamarí suele pasarse gran parte del día en la casa del paseo de Colom, donde vivía la finada. He logrado hablar con la portera del edificio después de muchos viajes perdidos y esperas sin asientos —aprovechó para venderse—, y me ha suministrado datos interesantes. La señora Soledad se mudó al edificio con su marido en el año 50. Decían que era una mujer guapísima, de una elegancia y refinamientos propios de la aristocracia. Era colombiana, y su marido, aunque catalán, había vivido algunos años en Colombia. Parece ser que con la guerra civil su padre, que era un textil de Terrassa, emigró con su familia al Nuevo Mundo, en busca de paz y seguridad.

—Siga, Gómez, que eso me interesa. O sea, que la vieja tenía dinero.

—Qué va, señor Andreu, la portera dice que vivían con lo justito. El hombre llegó a Barcelona arruinado. Era un tipo raro, de pocas palabras y frío como un témpano; parece que el arruinarse lo desgració. La chiquilla, Aurora, les llegó un poco tarde, pero según cuentan, aquella niña era famosa en el edificio por tocar el piano magníficamente.

—Esta mujer —sacó de la carpeta una de las fotos y se quedó observándola—, ¿toca el piano?

—Ahí voy, señor Andreu… ¿me capta? —Gómez no sabía cómo mantener interesado a su interlocutor—. Dicen que en la vivienda fue todo un acontecimiento el día que su abuelo le envió desde Colombia el piano de cola, un Steinway auténtico, y tuvieron que subirlo con poleas por la fachada del edificio.

También cuentan que, cuando la chiquilla se casó, el instrumento extrañamente dejó de sonar, aunque su madre trató inútilmente de arreglarlo gastándose el dinero de sus costuras en afinadores y técnicos. Soledad, la dama con la que andaba su… —corrigió antes de que Andreu lo fulminara con la mirada—, Joan Dolgut, tenía una voz educada para el canto. Dirigía el coro de la iglesia de la Mercè, y no había vecino que se perdiera aquellos recitales domingueros. Mire… aquí me salen más datos sobre la niñez de su hija. Estudió en el colegio Bellavista con las monjas de la Presentación. Tomó clases de piano en el conservatorio de… —Gómez observó que Andreu pasaba de esa información—. Si quiere me lo salto, pero todo lo tiene detallado por letras. A-nacimiento, B-infancia, C-adolescencia, D-noviazgo… —los ojos de Andreu lo obligaron a cambiar de página—. Y aquí viene un dato extraño: hace unos días, la señora Villamarí se hizo leer las cartas. Adjunto fotografía… —le entregó una foto y Andreu, al verla, sintió que tenía algo intangible que lo obligaba a mirarla. Sin dejar de escuchar, cubrió la cara dejando al descubierto sólo los ojos, que desde la fotografía lo observaban mudos—. Aquella vidente debió decirle algo raro, porque la mujer se levantó espantada, sin espera a que finalizara la lectura.

—Bah… esas son tonterías, Gómez. ¿Quién va a creer en semejantes estafadoras? No me venga con datos tan rastreros.

—No se lo va a creer, pero esas cosas a veces funcionan. En Sevilla había una que lo acertaba todo; con decirle que había una duquesa que iba donde ella disfrazada de lagarterana para que no la reconocieran… Gente de la realeza, señor Andreu. Y hasta presidentes de gobierno a punto de renovar elecciones.

—No se distraiga Gómez, continúe.

—Otro dato interesante: el abuelo de Aurora, o sea, el padre de Soledad, era un incansable viajero que recorrió medio mundo con su familia. Por allá, por los años veinte y treinta, en los que viajar era de lo más costoso. He tenido acceso a su diario de viaje, de manos de la propia Aurora, aunque no adjunto ninguna fotocopia.

—Buen trabajo, Gómez… ¿Y de qué nos sirven los datos del abuelo?

—De mucho. La chica es de buena cuna —Gómez le hizo ojitos; había notado que Andreu no dejaba de mirar las fotos de Aurora.

—Le recuerdo que no estamos investigando a la hija, sino a la madre.

—Por eso mismo, señor Andreu. De tal palo, tal astilla, que en este caso sería al revés.

A Andreu le dieron ganas de dar por terminada la charla y pedir un *whisky* doble con hielo para refrescar su soledad. Todo lo que tenía que ver con su padre le producía un cansancio superior. Algunos temas empezaban a dibujarse con claridad. De momento, los datos de Soledad eran más completos que los de su padre, que presentaban vacíos familiares importantes. Por un día había sido más que suficiente; estaba harto de tratar con aquel personaje ordinario que parecía un surtidor de sudor.

—¿Qué opina, señor Andreu? ¿Está contento con mi trabajo? Si quiere puedo ampliarle información. Usted deme tiempo y ya verá qué historia le traigo. De momento le ofrezco estos retales, pero confíe en mí —y con voz ceremoniosa, Gómez concluyó—: A nadie ha defraudado Rigoberto Gómez. Detective de familia, infidelidades, asuntos legales, sucesiones, plagios y espionaje industrial. Para servirle siempre, aquí y donde haga falta.

—Corte el rollo, Gómez, que ya lo voy conociendo. Usted déjeme este informe y continúe. En unos quince días volvemos a reunirnos… Quiero que afine, que se mate investigando. Quiero concreción. Cómo se conocieron, cuándo, dónde. Ya me entiende. No se vaya tanto por las ramas. En cuanto al tema mío, busque qué pasó con mi abuelo y mi abuela. Y, sobre todo, no le diga a nadie nada de mí. Usted no me conoce. Ni se le ocurra mencionarme.

Andreu le entregó un sobre con la primera paga de la investigación y Gómez, sin ningún pudor, contó el dinero delante de sus narices antes de irse. Cuando el detective se hubo marchado, Andreu permaneció en el reservado toda la tarde leyendo el informe, subrayando, suponiendo, interpretando. Había detalles interesantes que el detective había pasado por alto y eran jugosos.

Frente a la pantalla del televisor, Ullada lloraba la truncada historia de amor de *Los puentes de Madison*. Era la segunda vez que la veía pensando en Aurora Villamarí. Hacía algunos días que su recuerdo acudía a su cabeza sin que obedeciera a nada específico.

Quería escucharla de nuevo tocando el piano con ese estilo tan suave y etéreo que lo llevaba a soñar imposibles. Aunque no sabía cómo, quería proponerle que fuera de nuevo al apartamento de Dolgut y que volviera a tocar el piano antiguo que a ella tanto la había impresionado. Aquel sublime momento de música e intimidad con Aurora se le había quedado grabado en la memoria y empezaba a evocarlo cada vez con más insistencia. Aquella tarde, mientras la escuchaba, su mirada se había clavado sin querer en su nuca de trazos perfectos y por un instante había sentido el deseo fugaz de pasarle los dedos por el cuello. Los últimos días no había podido seguirla, pues una investigación sobre un descomunal alijo de hachís, con muerto incluido, encontrado en el muelle de los pescadores lo había apartado a la fuerza de ella, pero ahora que daba el carpetazo final al asunto, se gratificaba recordándola.

Tenía en sus manos las cartas de Joan Dolgut, sustraídas del piso de Soledad, que aún no había leído, y el negativo que también había encontrado en la antigua caja de galletas y que había estado analizando a contraluz; en él se veían claramente dos figuras. Con tantas movidas había olvidado revelarlo, pero esa mañana, sin falta, lo llevaría a la tienda de fotos.

Se la entregaron en la tarde, ampliada al tamaño de una página. Cientos de pequeñas líneas rayaban la foto en tonalidades grises gastadas, pero los dos jóvenes se identificaban hermosos y felices. Alrededor de la delicada niña adolescente de trenzas negras, un halo blanco cristalino resplandecía de manera celestial, enmarcándola en un aire de virgen enamorada. A su lado, un joven apolíneo, de desordenados rizos que se adivinaban dorados, descansaba tímidamente su brazo sobre los hombros de ella, posando sonriente a la cámara. Era una extraña foto, mezcla de estampita de santo y retrato de boda antiguo.

—Qué bella —se le escapó a Ullada mientras contemplaba a aquella niña. Sin lugar a dudas, era Aurora vestida de otra época. Después de pensarlo, se dijo que no podía ser, pues la foto transpiraba otro tiempo. Seguro que era su madre, o su abuela, o tal vez alguna familiar cercana. Aquella niña parecía una diosa iluminada.

Al chico no lo reconocía en absoluto, pero su porte le sugirió un pintor bohemio de los que aparecían acompañando a Picasso en las fotos parisinas de los años veinte.

—¿Sus padres? —le dijo la dependienta mientras Ullada observaba la foto.

—Más o menos… Familiares.

—Si quiere podemos retocarle estas líneas… —señaló en la foto las rayas que la cruzaban—. Esto es porque el negativo está muy rayado, y encima lleva muchos años mal conservado. Incluso me atrevería a decir que se ha mojado o ha estado mucho tiempo a la intemperie.

Ullada pensó que no sería mala idea regalarle a Aurora aquella foto retocada y en un buen marco.

—De acuerdo. Le dejo el negativo y me llevo ésta. ¿Cuánto me cuesta el capricho?

—Inspector… por ser vecino, y si me dice que son familiares suyos, la mitad. ¿Qué le parece treinta euros? Le quedará impecable.

—¿Cuándo paso a buscarla?

Le daría la sorpresa. La llamaría con esa disculpa y le entregaría la foto diciéndole que la había encontrado entre los objetos que Bonifasi había recogido en el apartamento de Joan Dolgut, y que en la jefatura no sabían qué hacer con ella. Después la invitaría a tomar un café por el Born, y si la cosa se iba ambientando, llevaría la conversación al piano para desembocar en un recital íntimo en casa del viejo Dolgut, donde había comprobado que todo seguía intacto y que, además, alguien desconocido había dado la orden de mantenerlo así.

Por su parte, Aurora Villamarí recogía la foto con lo poco que en la tienda de revelados habían podido salvar del negativo que había encontrado en el mueble de persianas. A partir de las rodillas, todo se desvelaba con perfecta nitidez. Algo había hecho desaparecer los rostros y parte de los cuerpos. Coincidía exactamente con la foto desteñida que había encontrado guardada junto al vestido de flores, dentro del mueble esculcado, con la diferencia de que en la primera alcanzaban a adivinarse los trajes.

Hasta el momento, en lo que llevaba de investigación, no lograba perfilar nada de nada. Sus pistas eran confusas y sin ningún tipo de dirección. No existían pruebas que sugirieran que Joan Dolgut había entrado en la vida de su madre mucho antes de los cinco meses que ella misma había deducido, después de escuchar los testimonios de la panadera y la vecina de Dolgut.

De todo lo que llevaba analizado, unos pocos elementos parecían esconder alguna historia, pero sólo trabajaba sobre supuestos.

Observando una y otra vez los antiguos álbumes, identificaba claramente dos estados de ánimo en el semblante de su madre. Desde su infancia hasta la adolescencia, su rostro sonreía abierto y diáfano. Había fotos maravillosas de su pasado: de princesita montada en carruaje de caballos con sombrilla de encajes y chofer de librea y guantes; de virgen florecida, vestida de hábitos con las manos plegariosas en su pecho; de amazona de temple, montada sobre un majestuoso caballo blanco de crines largas y brillantes; de dama distinguida con traje largo de chifones y sedas en los bailes del Teatro Colón... A partir de no sabía cuándo, sus facciones manifestaban una severidad impropia para la edad. Era como si hubiera madurado de golpe y arrastrara una responsabilidad inquietante. De la carcajada abierta había pasado al esbozo de sonrisa cerrada. Incluso en las fotos del baile donde había conocido a Jaume Villamarí, su padre, aunque se la veía bella, se le advertía lejana. A Aurora aún le faltaba por leer y escudriñar muchas más cosas, pero lo que en esos momentos tenía lo iba desgranando lentamente. Era un pan para comerlo a migajas.

Había llevado a una joyería los hilos enredados a modo de anillo que había encontrado en el estuche rojo, junto al vestido, la foto borrada y el negativo, y allí le habían dicho que aquello no era oro ni nada de valor. Por el análisis del joyero, aquella aleación de metales plebeyos parecía corresponder a una pequeña malla de alambre que se empleaba para cubrir los corchos de las botellas de champán francés. Si su madre lo había guardado durante tanto tiempo era porque debía significar mucho para ella.

De sus lecturas del diario del abuelo se desprendían aventuras en las que su madre había participado activamente, aunque ninguna hacía alusión a amores, amistades o algo por el estilo. El último viaje aparecía fechado en el año 39, y perdía el tono de euforia con que estaban narrados los anteriores.

No había constancia de que su madre hubiera pisado tierras barcelonesas hasta el año 50, y por aquel entonces ya estaba casada.

Los años en que su padre y ella vivieron sin hijos estaban perdidos en la desmemoria de los recuerdos. No había encontrado nada que la ayudara a reconstruir aquella época, lo que para Aurora significaba mucho, pues viviendo en Barcelona, su madre podía haber conocido a Dolgut en cualquier momento. Después de ese tiempo, vacío de historias, había nacido ella, y ahora, asiéndose con fuerza a sus recuerdos infantiles, reconstruía como podía la vida marital de sus padres, donde tampoco tenía cabida Joan Dolgut... o sí. Esa era la gran incógnita. Porque la etapa de viudez de su madre sí que la habían vivido completamente juntas, y en ella podía asegurar que Joan Dolgut no había existido.

Todavía le quedaba por entrevistarse con la mejor amiga de su madre, Clemencia Rivadeneira, una octogenaria bogotana, como ella, que había llegado por los años cuarenta a Barcelona de la mano de un catalán pudiente y, aunque no eran amigas de juventud, durante muchos años habían sido almas inseparables. De la agenda de su madre había rescatado su antiguo número telefónico, pero al marcarlo le comunicaron que la vieja Clemencia estaba en una residencia de ancianos con Alzheimer y otras enfermedades degenerativas del cerebro, aunque podía visitarla, pues aún conservaba parte de sus facultades mentales. Era posible que su madre le hubiera confiado secretos íntimos y ahora quisiera revelárselos.

En esa aridez de información, le habían entrado ganas de volver a las Ramblas y buscar a la extraña pitonisa que tan claramente le había sugerido marcharse de Barcelona si quería esclarecer el misterio. Necesitaba asirse a lo que fuera. Aquella noche de agosto, huyendo de un extraño temor a esas artes ocultas, había renunciado a escuchar el final de sus predicciones, que empezaban a tener algo de sentido. Era posible que aquella mujer tuviera razón cuando le había dicho que se marchara fuera de la ciudad a buscar la respuesta; pero el extranjero era infinito, era todo menos su país. ¿Dónde debía dirigirse?

Puso cita para la mañana siguiente en la residencia de ancianos de Bonanova y se planteó pasarse a última hora de la tarde por los puestos de echadores de cartas y adivinos de la rambla de Santa Mónica.

Al llegar a la residencia, la atendió una mujer de bata blanca, que fue guiándola por un largo pasillo de cristaleras hasta dejarla en el jardín. Allí, una anciana diminuta se mecía sobre sí misma, apretando una rosa con espinas que le hacía sangrar las manos mientras ella parecía no enterarse.

Aurora la observó con dulzura. Era la arrugada caricatura de una niña abandonada en un parque. No la reconoció, aunque sabía que era ella. Le retiró la flor de la mano y todos los pétalos quedaron destrozados sobre su regazo.

—¿Clemencia? —le dijo mientras le acariciaba las pequeñas heridas—. Soy Aurora, la hija de Soledad Urdaneta. ¿Te acuerdas de mí?

Pero la anciana la miraba sin verla. La enfermera, que se encontraba en uno de los bancos, se acercó advirtiéndole: —Tenga paciencia. A veces parece que no oye, pero siempre escucha. Sólo contesta cuando algo le merece la pena abandonar su diaria labor de destruir recuerdos.

Aurora le acarició los cabellos y la tomó de las manos.

—Clemencia —volvió a decirle—. Mi madre murió.

—¿Quién soy? —la vieja miró con angustia a Aurora—. ¿Puedes decirme quién soy? He perdido mi nombre y no lo encuentro.

—Clemencia. Te llamas Clemencia Rivadeneira y vienes de un país verde y vegetal donde las flores nacen hasta en las rocas. Donde las nubes se coleccionan a cientos, amontonadas en el cielo… —Aurora le dijo lo que tantas veces había oído decir a su madre.

—Bogotá… —dijo Clemencia con una sonrisa en los labios —. El tranvía, debo coger el tranvía; llegaré tarde al colegio.

—Clemencia Rivadeneira… ¿Te acuerdas de Soledad Urdaneta?

La anciana le regaló una mirada de otro tiempo que le decía que sí, que se acordaba de su madre.

—¿Por qué no vino Soledad?

—No puede. Murió.

—Soledad me prometió que no se iría sin despedirse…

—¿Cuándo te prometió eso?

—La última vez que la vi —se quedó mirándola fijamente —. ¿Y… Joan?

Aurora se sorprendió al oírla. Aquella mujer sabía de la existencia de aquel hombre.

—¿Te refieres a Joan Dolgut? —preguntó sin perder tiempo—. También murió.

—¿Por qué?… ¿Por qué murieron?… —volvió a repetir la frase—. Me prometió que no se iría sin despedirse…

La anciana empezó a gimotear sin poder llorar. Aurora la abrazó.

—Tal vez lo hizo.

—Yo iba a ser la madrina de su boda. ¡Cuánto llegó a sufrir la pobrecita! —al decirlo, su mirada volvió a colgarse del tiempo. Contemplaba angustiada a la hija de Soledad—. ¿Quién eres?

Aurora le contestó, pero Clemencia ya no la escuchaba.

La enfermera le sugirió que la dejara descansar un rato. Solía pasarle: cuando algo le impactaba mucho, se alejaba a su nada, pero regresaba.

—¿Se casaron? —la voz de la anciana cogió por sorpresa a Aurora.

—Sí, se casaron.

—¡Qué alegría! Se lo merecían.

—Clemencia —Aurora se arriesgó a preguntarle—. ¿Sabes cómo conoció mi madre a Joan?

—Es una historia larga y triste… —su rostro se iluminó—. Pero muy bella. No sé si debes saberla. Ella no te contó nada, y tengo que respetar su voluntad.

—Clemencia, mi madre… se suicidó. Los dos se suicidaron. ¿Entiendes por qué necesito saberlo?

Otra vez los ojos desesperados de la anciana se agarraron a los de Aurora.

—¿Quiénes son ellos? —señalaba a una esquina vacía—. Vienen a por mí. Diles que se vayan —lloraba sin lágrimas—. No quiero ir.

Aurora volvió a abrazarla, meciéndola hasta que se tranquilizó. Los fantasmas de su mente la asediaban de nuevo.

—¿Quién eres? —Clemencia volvió a desconocerla y, atrapada por el pánico, se apartó de ella, gritando—: ¡VETE DE AQUÍ!

La enfermera se aproximó, tranquilizando a Aurora, que había quedado descompuesta con la escena.

—Se acostumbrará. No deje de venir. Usted la ayuda a no perder toda su historia. Los familiares no vienen nunca, o mienten diciendo que vendrán, mientras ella se va escapando de la vida por túneles de olvido. Si viene todos los días, aprenderá a estar con usted. Las dos se acostumbrarán a vivirse… de otra manera. Ya sabe… el Alzheimer es así.

Aurora se acercó a Clemencia, que miraba por detrás de los años y se despidió con un beso prometiéndole regresar al día siguiente.

Salió más aturdida de lo que había entrado, pero con una débil llama de esperanza. Era posible que Clemencia aún recordara lo que su madre le había dicho y quisiera contárselo más adelante. Sabía que no sería fácil, pero estaba dispuesta a esperar para conseguirlo.

Dos horas después se encontró con su hija y comieron juntas el económico menú que ofrecían en una de las fondas del barrio. Las vacaciones estaban a punto de finalizar, y debían ir a mirar libros y útiles para la escuela.

Tita Sardá había ido con Borja a comprar los uniformes del colegio. Era el último año que lo obligaban a llevar aquellos ridículos pantalones de cuadros rojos. Pronto cumpliría los quince y ella se daría el gusto de vestirlo con polos y pantalones Ralph Lauren, para dejar de oírle la eterna cantaleta de cambio de colegio por problemas de vestuario. No veía la hora de que empezaran las clases. Pensaba que, una vez se normalizara la rutina de estudios y trabajo, podría escaparse con mayor tranquilidad sin tener que inventarse tantas idas al gimnasio, que, por otra parte, ya empezaban a preocuparla, pues todas las de su círculo frecuentaban el mismo centro y si por algún motivo una de ellas llegaba a preguntar en presencia de su marido por qué no había vuelto, quedaría en ridículo o, cuando menos, se le notaría a leguas la mentira.

En su casa empezaba a respirarse un ambiente tenso. Hacía días que evitaba los juegos de cama con su marido, pues sus encuentros con Massimo di Luca eran cada vez más volcánicos y salvajes. Desde que había llegado del crucero, su familia no le veía el pelo. Desaparecía en su BMW descapotable a primera hora de la mañana y, salvo cuando tenía algún compromiso social, llegaba justo para cenar y meterse en la cama, exhausta.

Disfrutaba como una leona hambrienta de su presa. Massimo era su bello cachorro a quien lamía y espulgaba de deseo. Se entendían en la cama como si hubieran aprendido en la misma academia. Él sabía darle éxtasis de gozo a precios de beso… y de otras cosas. Aunque nunca le pedía nada, ella le daba de todo. Lo vestía, lo alimentaba, lo perfumaba, lo mimaba con lujos sibaritas. El mayor regalo que acababa de hacerle era un dúplex que, aunque para ella no era excesivamente espacioso —sólo trescientos metros cuadrados—, estaba decorado con un gusto exquisito. Cada uno sabía sacarle al otro el mejor partido… y de qué manera. A pesar de llevarle quince años, a Tita le parecía que esa diferencia de edad no se notaba, pues la tabla de ejercicios que todos los días le ponía a hacer su amante la mantenía con un cuerpo veinteañero y una piel estimulada por la satisfacción; mejor que cualquiera de los antirradicales libres y el tratamiento de algas que aplicaban en las clínicas suizas de las cuales sus amigas hablaban maravillas. Se había hecho algunos "retoquillos menores", como ella solía llamarles a las inyecciones de silicona y Botox, que la habían dejado con una boca voluptuosa y provocativa, unos pómulos templados y unos senos de campeonato estimulados por la boca de Massimo.

Después de ese largo año de encuentros, sin darse cuenta, lo que había comenzado como un juego se había convertido para Tita en una verdadera obsesión pasional. Se había enamorado perdidamente del modelo de yogures, y él parecía suplir sus carencias de *mamma* romana y amante napolitana con ella, pasando a vivir una posesión enfermiza que fascinaba a su *donna sposata*. Su trabajo de gigoló lo había desarrollado a muy temprana edad, aplicándolo con destreza a las turistas ricachonas y solitarias que se paseaban por la vía Condotti de Roma. Después, su físico de escándalo lo había llevado a las pasarelas, y finalmente había terminado en Barcelona contratado como modelo exclusivo de yogures desnatados de la empresa de lácteos más importante del país. Para pasar el tiempo, y como no podía emplearse en otras publicidades, Massimo terminó impartiendo clases en el centro más *in* de Barcelona, donde todas las mujeres suspiraban por su cuerpo. Sabía hablar de arte con fruición, ya que había estudiado bellas artes y restauración en la capital italiana. Era refinado y loco, una mezcla perfecta para Tita.

En vista de los desplantes de cama que últimamente le hacía su mujer, y para cubrir sus mínimos sexuales, Andreu había recuperado su antigua y eficaz fórmula de soltero: la de comprar el amor. Iba satisfecho, corporalmente hablando, y las neuras de los últimos días habían desaparecido gracias al sexo de alto *standing*. Le había ido cogiendo el gusto a la investigación sobre el tema de su padre, y cada vez se sorprendía pasando más tiempo pensando en ella. Como la empresa todavía vivía la resaca del verano, podía darse el lujo de emplear sus horas en curiosidades nuevas.

De su conversación con Gómez había sacado la conclusión de que su padre tenía una historia personal algo menos simple de lo que al principio parecía. Sus vivencias en la Riviera francesa deberían arrojar datos que, como mínimo, tendrían algo que decir. Su abuelo era una nebulosa, y su abuela ni siquiera existía en ningún informe.

La investigación no era, pues, una sola; ahora eran dos claramente definidas: por un lado estaba la investigación de su pasado, y por el otro, la investigación del amor que había llevado a su padre al suicidio a los ochenta y dos años.

Se había quedado con la foto de Aurora sentada con la pitonisa de las Ramblas y, amparándose en unos vaqueros, una camisa anodina y unas gafas de sol, se dirigía sin saber por qué al puesto de los adivinos callejeros.

Estacionó el coche en el *parking* de la plaza Catalunya y decidió caminar las Ramblas mezclándose entre los dispares transeúntes que invadían las aceras. Una bola púrpura había caído sobre el asfalto tiñendo de vino las siluetas que se recortaban negras sobre el telón del cielo; no recordaba haber visto nunca sobre el cemento un atardecer así. Pasó por los puestos de animales y pájaros, donde una niña lloraba abrazada a un conejito blanco que su madre se empeñaba en devolver; cruzó por delante de floristas risueños, quiosqueros malhumorados, ancianos mudos, embaucadores ambulantes, ejecutivos despistados, de un plateado Quijote que movía su lanza a ritmo de euros, de estatuas y más estatuas vivientes, de lolitas riendo y amas de casa que habían esperado hasta última hora de la tarde para comprar marisco a precio de saldo en las pescaderías de La Boquería.

Muchas veces, Andreu había hecho ese paseo aferrado a la mano de su madre, cuando ésta lo llevaba al Liceu a observar desde el frío la ostentación ajena. Nada de lo que se encontraba a su paso había llamado nunca su atención, salvo los paralíticos que desplazaban sus sillas empujando las ruedas con las manos, mientras vendían cigarrillos sueltos, y a los que su madre, a escondidas, compraba un Bisonte para fumarlo religiosamente en su paseo. Ahora le parecía que estaba en una ciudad nueva; se sentía más extranjero que los turistas que iba encontrando a su paso. Se detuvo frente al Gran Teatre del Liceu y fue atrás en el tiempo. Volvió a sentir la mano helada de su madre y sus susurros perfumados de humo: "Tú serás grande, Andreu. Un señor honorable…, más que ése", le había dicho, señalando con el dedo a un individuo con abrigo de visón y reloj de oro que bajaba de un coche negro. Años después reconocería a aquel hombre, ya arrugado por los años; era el abuelo paterno de Tita Sardá, una de las mayores fortunas catalanas. Si su madre hubiera vivido para verlo, se habría sentido orgullosa de sus logros. Aunque en esos momentos, de ella casi no le quedara ni un sueño. Tratando de pescar recuerdos, se sorprendía buceando en una nada espesa. Era curioso que todas sus memorias infantiles se limitaran a una gran puerta: la del Liceu. Y a muchos lujos: los de otros.

Continuó hasta llegar a los tenderetes misteriosos. El monumento a Colón se esculpía nítido sobre la roja bruma marina. Las voces de los adivinos le disparaban a bocajarro invitaciones de porvenires grandiosos. Fue repasando caras, pensando que lo que se disponía a hacer era una extraña locura. Se acercó a un puesto, adornado como un altar, del que colgaban amuletos, rosarios y fotografías, iluminadas por velas e inciensos. Una mujer estrafalaria observó la fotografía que Andreu le tendió y le señaló que la pitonisa que buscaba estaba a dos puestos de allí.

Dudó si hacerse echar las cartas o simplemente ofrecerle dinero a cambio de información. Cuando estaba a punto de llegar, reconoció a la mujer que en ese momento se hacía leer el tarot. El perfil delicado, de óvalo limpio y piel sin tiempo; los tupidos abanicos que limpiaban sus brillantes ojos negros expectantes; la perfecta línea de sus labios entreabiertos esperando... Aurora Villamarí repetía la escena de la fotografía que hacía un instante él había mostrado y aún conservaba en su mano. La vio levantar su brazo y, con un gesto leve, colocar tras de su oreja un mechón negro que caía como tinta manchando su rostro; toda ella parecía hecha de brisa. Era liviana y nítida. Andreu nunca había observado a una mujer de la manera que ahora lo hacía. Decidió no mirar más que su rostro, para no llegar a la decepción del vestido. Sintió vergüenza de estar allí y verse de repente reconocido por ella, quiso huir… pero no pudo. La vio girarse, y aunque por un instante Aurora posó sus ojos de mariposa sobre él, lo miró ausente, sumergida en las palabras de la mujer egipcia.

Se quedó sembrado en el suelo… esperando, tratando de distraerse, a pesar de no saber quitarle los ojos de encima. De pronto vio cómo Aurora abría su cartera y le entregaba unos billetes a la vidente.

Al ponerse de pie, su bolso cayó, desparramando monedas y papeles que Andreu instintivamente corrió a recogerle. Ella iba a agradecérselo cuando reconoció su rostro.

—¿Usted? —lo miró, despectiva.

Andreu se lo entregó, pero ella, con gesto altivo y esta vez adrede, volvió a lanzarlo al suelo, diciéndole:

—De usted no quiero nada… ¿Me ha entendido? ¡Nada!

Lo recogió y se marchó, dejando tras de sí una ráfaga de viento helado.

Había pasado rauda junto al inspector Ullada, que esperaba lanzarse al encuentro imprevisto, largamente estudiado. El policía, al ver que Aurora se le escapaba, adelantó unos pasos y volvió a dirigirse hacia ella, buscando tropezar de frente. Entonces, la llamó por su nombre. Aurora se giró, volátil y sonriente.

—Inspector… ¡Cuánto tiempo!

—Hacía días que quería llamarla… no sé por qué… para saber cómo le iba. A menudo pienso en su madre, ¿sabe?, y en aquel hombre… Dolgut. Jamás en mi vida policial había asistido a una historia tan triste… y tan bella.

Aurora volvía a oír lo mismo que Clemencia Rivadeneira le había dicho esa mañana: era una historia triste y bella… y llena de incógnitas. Lo miró destapando su tristeza.

—No se imagina lo doloroso que puede llegar a ser para una hija perder a su madre de esta manera —lo observó con ojos incrédulos—. Pensaba que ustedes estaban a prueba de sentimientos.

Ullada aprovechó para hundirse en el pozo profundo de su mirada.

—Y lo estamos… salvo cuando el amor sobrepasa los hechos.

Y en este caso el amor se había izado por encima de ellos; aquel piso rebosaba promesas. Por cierto, aquella tarde olvidé decirle algo: toca usted el piano como los ángeles.

La hija de Soledad se ruborizó y aceptó el cumplido con un sencillo "gracias".

—Debería dar conciertos, se lo digo de verdad. Yo no sé mucho de piano, pero de sentimientos sí, y usted toca el alma con ese instrumento… ¿Sabe que el piso de Joan Dolgut sigue intacto? Por mi trabajo he tenido que entrar varias veces, ya me entiende, buscando información para cerrar el caso… Todo gestiones de oficio. Delante de ese extraño piano me he pasado horas pensando…

—¿El piano sigue allí? —preguntó Aurora con sus ojos de estrellas.

—¿Cómo ha podido tocarlo si le falta una tecla? Usted debe ser una profesional, porque yo no lo noté hasta después.

Aurora sonrió.

—Le falta el fa… pero es un piano tan bello, y su sonido es tan hermoso que entiendo que su dueño lo tocara así, estando inválido de una nota… Es posible que él mismo se sintiera así… Que le faltara algo para vibrar entero. Todos llevamos en nuestra alma alguna nota que ha dejado de sonar… o que hemos perdido en nuestro recorrido por la vida. ¿No le parece?

Ullada la observaba con dulzura y admiración; asintiendo con la mirada. Estaba aprendiendo de aquella mujer a apreciar lo invisible.

—Con el piano se crea una relación de amantes… —lo miró avergonzada—. No sé por qué le digo esto. Quienes tocamos el piano tenemos una relación muy íntima con él… Una conversación que va desde el alma hasta las entrañas de sus cuerdas invisibles. Para el pianista, el piano es un amigo que siempre está ahí; puedes acariciarlo a cualquier hora y, a cambio, te devuelve lo que tiene, su alma, su música.

Ullada pensó en sus películas… Para él, sus películas eran su instrumento de compañía, quienes le hacían germinar sus más hondos sentires. La entendía, claro que la entendía.

Se habían sentado en el café de la Ópera, donde habían ido pasando los minutos conversados de café y endulzados de música. Ese día, Aurora necesitaba hablar con alguien, y ese alguien, que podría haber sido cualquiera, pues su soledad en ese momento era infinita, había terminado siendo por las casualidades de la tarde el inspector que tan bien se había portado con ella en los trámites previos al entierro de su madre.

Antes de dar por finalizada la charla, Ullada se atrevió a lanzarle su íntimo deseo de escucharla de nuevo, vistiéndolo de complacencia.

—¿Le gustaría volver a tocar ese piano?

—¿Se refiere a regresar al piso de Joan Dolgut?

—Bueno, aunque no es del todo legal, no sé si me entiende…, podría llevarla allí.

—Tocar ese piano es como un reto para mí; un ejercicio de escucha e improvisación agudas —se quedó pensando, dubitativa—. Sí, me gustaría, ¿por qué no? Creo que al propio piano le encantaría. Hace días que está en silencio… y eso para un piano es doloroso.

—No está lejos de aquí —dijo Ullada—. ¿Le apetecería tocarlo ahora?

Aurora miró el reloj. Iban a ser las ocho. Aunque le pareció un poco tarde, algo la hizo asentir. Tenía ganas de volver a aquel piso y ponerse frente al piano de Dolgut; un antiguo Bösendorfer. Aquel instrumento imponía un respeto solemne; había sido el amigo íntimo de aquel anciano… y tal vez también el de su madre. Seguro que sus teclas escondían secretos silenciados.

Después de que las cometas se ahogaron en el mar, Joan Dolgut y Soledad Urdaneta parecían estatuas dolorosas observando la tromba de nubes negras que aún planeaba en círculos sobre el agua, como gallinazos al acecho de la muerte. Los mensajes escritos habían volado, convertidos en pájaros blancos, desapareciendo del horizonte sabía Dios dónde. Pubenza, desde lejos, había sufrido por ellos la desgracia del naufragio, evitando acercarse; todavía no era el momento. Aquélla era la primera vez que Soledad apoyaba la cabeza sobre el hombro del camarero. La primera vez que lloraba por los dos.

—Alegra esa cara, ángel mío —con un beso recogió la lágrima que resbalaba por su mejilla. Era la primera vez que Joan ponía sus labios en aquella piel de seda. La primera vez que la sentía suya—. ¿Sabes lo que haré? Tocaré para ti toda la noche…

Soledad lo miró con sus lagos encharcados de negruras, sin reparar en lo que él acababa de decirle.

—No se cumplirán —sentenció, mirando al mar.

—Claro que sí… ¿No viste cómo volaban? No se ahogaron. Deben estar llegando al cielo… libres… Nuestros deseos no necesitaban de las cometas para subir.

—Pero tú dijiste que debían coronar las cometas —sollozaba como una niña.

—Yo te dije que debían subir. Y han subido —Joan acarició su rostro limpiándole las gotas de cristal que caían imparables—. ¿Confías en mí?

Soledad asintió, abrazándolo por el cuello. Sus bocas se rozaron y se salaron con la última lágrima. Entonces ella, que jamás había sentido boca alguna, abrió sus labios para decir una palabra que los labios de él acariciaron hasta adelgazarla y silenciarla con el beso más suave y alado que a sus dieciséis años pudo inventar. Besarla a ella era besar el viento huracanado, era besar un soplo mudo.

Unidos en aquella comunión de beso inmaculado, se bañaron de atardecer esperando la noche. Cenarían la *bouillabaisse* en el restaurante de *madame* Tetou.

Acompañaron a Pubenza a tomar el autobús que la conduciría de nuevo al hotel Carlton.

—Joan, cuide a mi prima… —le dijo, sentenciando—. Si mis tíos se llegan a enterar, soy prima muerta.

—Y usted –miró a Soledad suplicante–, no regrese tarde, que anoche me preocupé. Si mi tía llama, le diré que se quedó dormida —a escondidas de Joan le metió un billete de cinco francos en el bolsillo de la falda, diciéndole en secreto—: Por si les hace falta.

—Gracias, primita —Soledad la abrazó y llenó de besos.

Pubenza se subió al autobús inquieta, viendo cómo la pareja le decía adiós. Empezaba a sentirse culpable de lo que estaba ocurriendo; culpable por el ahora, que era lo bueno, y culpable por el después, que era lo malo y que estaba en vísperas de llegar. Al día siguiente regresaban sus tíos y empezaría el sufrimiento de Joan y de Soledad de no poder verse a solas. Ni su tío Benjamín ni su tía Soledad aceptarían de ninguna manera esa relación plebeya. Los conocía demasiado bien. Aquello no podía ni mencionarse. Comenzaba a sentirse angustiada por haber propiciado esa inconciencia sin porvenir.

Al llegar al hotel le entregaron una nota con las llaves. Ella y Soledad debían llamar inmediatamente al hotel París de Montecarlo. A sus tíos, a los padres de Soledad.

No sabía qué hacer. No contaba con que llamaran antes de las diez. Se metió en la habitación con escalofríos de angustia, pensando. Pidió la cena, y lo único que se le ocurrió fue preguntar por *monsieur* Philippe. Él mismo, con cara confundida, llegó con el pedido.

Pubenza, avergonzada, le contó lo de la nota.

—*Mademoiselle* —le dijo *monsieur* Philippe en tono conciliador —, eso tiene arreglo. Una mentira piadosa. A usted nadie le ha entregado ninguna nota —le guiñó el ojo y frente a ella fue rompiendo el papelito hasta hacerlo añicos.

Una hora después sonaba el teléfono.

—Hola, tía.

—¿Por qué no nos han llamado? —preguntó Soledad Mallarino con tono severo.

—¿Teníamos que llamarlos? —Pubenza lo dijo como si nada.

—¿No les dieron el mensaje?

—¿Cuál mensaje, tía?

—Ya veo que no se lo dieron. No te preocupes, mija.

—¡Ay, tía! —Pubenza soltó un suspiro alegre—, nos lo hemos pasado tan bien. Hemos ido a la playa a elevar cometas… Ha sido precioso. ¡Uf! Estamos rendidas; con decirle que Soledad ya lleva dos horas durmiendo.

—O sea, que todo va bien.

—Más que bien, tía. Nos lo pasamos felices —Pubenza se arriesgó—: ¿Quiere que despierte a mi prima para que se lo cuente?

—¡Ni se te ocurra! Déjala... Sigue siendo tan dormilona como cuando era un bebé. Tu tío estaba pensando en alargar el regreso un día, pero no es seguro. Ha conocido a unas personas interesantísimas... ya sabes cómo es él.

—Quédense, tía. No se preocupen por nosotras, de verdad. Mañana podemos ir al cine. Además, tenemos la piscina. De aquí no nos movemos.

—Lo comentaré con Benjamín, que ahora anda abajo, con esos amigos. Volveré a llamarte. Coge el teléfono pronto, para que no se despierte Soledad. Dormir es lo que da más belleza.

Esta vez fue Benjamín Urdaneta quien llamó y habló con Pubenza. Habían decidido ir a pasar el día a Niza, pero regresarían para la cena. Ya había reservado la mejor mesa en el restaurante Belle Époque, junto al mar...

—Pónganse bien lindas para celebrarlo. Tu tía les ha comprado unos vestidos —al fondo se oía la voz de Soledad Mallarino gritando que no desvelara las sorpresas—. Ya la oyes, si sigo, me echará la cantaleta.

Pubenza sonrió sin ganas.

—Hasta mañana, Pubenza.

—Hasta mañana, tío —arrastraba las palabras. De repente, se había entristecido por Soledad. No había nada que hacer. Regresaban al día siguiente.

—Cuídense mucho y dámele un beso a mi bella durmiente. Pubenza colgó, diciendo al aire: "¡Ay, prima! Sácale todo el jugo a esta noche, porque después pasarás sed".

Madame Tetou les había organizado fuera del restaurante, en la arena, una discreta mesa de madera vestida de lino hasta los pies, con una pequeña lámpara de aceite contra vientos que sólo iluminaba los rostros de Joan y Soledad. La vieja estaba feliz de sentirse ángel guardián de amor por una noche. Esa parejita la hacía recordar su primer amor frustrado; aquel marino italiano del que se había enamorado a sus quince años y del que nunca más había vuelto a saber. Llegó ceremoniosa con una cubitera y una botella en las manos.

—Un amor celestial merece ser regado con agua bendita... —enseñó la botella—: *Champagne, le meilleur...*

—*Madame*, ¿quiere que la ayude? —le dijo Joan, tímido.

—Imposible, *monsieur*. Un cliente tan distinguido no debe tocar nunca el género.

—Por favor...

—Está bien, *mon petit prince*. Es toda tuya —le entregó la botella envuelta en una servilleta de lino y Joan con maestría la sumergió en la cubitera, rodeando con la tela la boca aún por descorchar. Nunca había probado el champán y quería hacerlo a solas... con Soledad.

—¿Te has dado cuenta? —Joan le señaló un surco plateado que empezaba a brillar sobre el mar—. He encargado la luna para ti... y está llegando, vestida de fiesta. ¿Ves qué cola trae?

Soledad lo bañó con su sonrisa blanca. Por la ventana del restaurante se escapaban las notas de un piano.

—No sabe tocar. Tú lo haces mejor que él —le dijo Soledad con su voz de azúcar moreno.

—Sí sabe, lo que pasa es que le falta amor, por eso suena pero no acaricia.

Le vació el alma en los ojos, mientras le tocaba con el dedo su mano de rosa húmeda. El rubor abrasaba las mejillas de Soledad, pintándola de amor. Joan pudo ver a su alrededor un halo de virgen majestuosa. Era celestial, como había dicho *madame* Tetou. Se le había aparecido la virgen, por eso se sentía en aquel estado de gracia desvivida.

Cenaron sin saber cómo. Fueron tomando la bouillabaisse a cucharadas, comiendo algunos trozos del pescado que flotaba en ella, dejando para el final la apertura de los crustáceos. Joan no había probado en toda su vida una langosta y ahora tenía que abrir, con aquel instrumento imposible, las pinzas del bicho; en su trabajo de camarero, siempre que colocaba aquellos alicates finos se sentía como si estuviera preparando la mesa para una intervención quirúrgica. En ese momento era a él a quien le tocaba "operar", y no tenía ni idea de cómo hacerlo, a pesar de haberlo visto hacer a sus clientes decenas de veces. Cogió el instrumento con un miedo que Soledad adivinó. Al primer intento, la pata de la langosta voló por los aires y aterrizó en el plato de ella. La joven rio, divertida, y lo contagió hasta hacerle perder la vergüenza. Entonces empezó a darle clases. Soledad sí sabía, y lo hacía con veteranía de cirujana graduada.

Terminaron mezclando el *glamour* bogotano de servilletas almidonadas y cubiertos de plata con el ritual sencillo de dedos limpios y mediterráneos. Se untaron de langosta hasta el apellido, se chuparon los dedos y perdieron los modales aprendidos, riendo hasta llorar de dicha.

—Es la hora del champán, *mademoiselle* —le dijo Joan a Soledad, haciendo una reverencia.

—*S'il vous plaît, m-o-n p-e-t-i-t p-r-i-n-c-e* —le contestó Soledad, imitando la voz de *madame* Tetou.

Joan tomó la botella de la cubitera, desenroscó el alambre dorado que a modo de red retenía el tapón y se lo guardó en el bolsillo. Después hizo el gesto de descorcharla, pero el tapón, al ser liberado, saltó con un estruendo de trueno empapando de oro líquido el rostro de Soledad, que se bebía la risa entre burbujas.

Como el champán no paraba de fluir, Soledad tomó la botella y acabó bañando la cara de Joan de chispas doradas. Así, escarchados de carcajadas y *Veuve Clicquot*, se los encontró *madame* Tetou.

—*Oh, mon dieu!* Mira que vaciarse encima el champán. *C'est péché mortel…* Estáis verdaderamente locos.

—De amor, *madame*, locos de amor —de pronto la miró suplicante—. *Madame…* ¿me dejaría tocar el piano?

—Cuando se vaya el último cliente, hazlo llorar de gloria. Tócalo como tú sabes.

La mujer se llevó los platos, sonriente, dejándolos de nuevo a solas.

La luna había centrado su luz en un viejo olivo de tallo antiguo que parecía brotar de una roca. Aquel retorcido tronco era como un pergamino expectante. A Joan se le acababa de ocurrir "la idea del enamorado", y tomando de la mano a Soledad, corrieron por la playa hasta alcanzar el árbol. Allí sacó su pequeña navaja, y con precisión de leñador curtido hirió el tronco hasta marcar sobre él un corazón cerrado con las iniciales suyas y de Soledad. El árbol dejó escurrir dos lágrimas de savia.

Al acabar, Joan le dijo:

—Cuando seamos viejos, volveremos aquí, y todavía estará. Los olivos nunca mueren. Entonces haremos otro, y otro, y otro… hasta llenar de corazones el árbol entero.

Soledad lo abrazó con tristeza. Cuando fueran viejos, ¿dónde estaría ella?, ¿y él? De pronto la dicha se le había inundado de pesar. ¿Cómo podría hacer para que nunca nadie la separara de aquel príncipe de rizos dorados y corazón de niño? ¿Cómo podría decirle a sus padres que no podría vivir sin su pianista de olas?

—¡Eh! —Joan la tomó por la barbilla, adivinándole en los ojos sus pensamientos—. ¿Qué nube ha pasado por tu mente que ha entristecido tus ojos, princesa? Nadie podrá separarnos nunca. ¿Sabes por qué? Porque estamos unidos de alma, mi niña. Aunque te fueras, estarías conmigo, y yo contigo. Unidos por las olas, por la música, por el viento. Tienes que crecer, acabar de estudiar. Y yo poder mantenerte como lo que eres, una diosa. Mi diosa… No quiero ser un camarero toda la vida. Seré pianista, para ti. Y tocaré cada día para tu alma. Nos escribiremos; iré por ti. Atravesaría todos los océanos de la vida, si fuese preciso, para estar junto a ti. No tengo miedo. No lo tengas tú, Soledad.

La joven asintió; era verdad, no tendría miedo. Su amor sobreviviría hasta más allá del último sueño, de la muerte.

Permanecieron abrazados por el silencio azul, escuchando las olas que tocaban para ellos una sonata de espumas mínimas.

—*Mon petit prince.* —Era *madame* Tetou llamándolos—. El piano espera.

Se sacudieron la tristeza y subieron al restaurante apagado, iluminado sólo por decenas de pequeñas velas que *madame* Tetou había reunido de todas las mesas. Las teclas del antiguo instrumento resplandecían.

—Un día, este piano será mío… y *madame* Tetou lo sabe. Lo toco todos los fines de semana, y sé que me quiere. Un

Bösendorfer auténtico, difícil de domar, pero me quiere —pasó la mano por sus letras doradas—. Con él tocaré para ti todas las sonatas del mundo. Esta noche, tendrá el honor de acompañar tu voz... *mademoiselle*...

—¿Qué quieres que cante para ti, señor pianista?

—Una canción de amor...

La voz de Soledad se alzó, brillante, cantando en francés: *Mon amour bleu... ma vie...*

—*Madame* Tetou la escuchaba desde la cocina con los ojos cerrados, llenos de recuerdos; el amor de Soledad y Joan había regado su reseca pena. Se fue sin despedirse, dejándoles una nota con una gruesa cadena, un candado y una recomendación: al salir debían dejar la llave bajo la maceta de la entrada. Y en letras mayúsculas: "*SED FELICES*".

Y lo fueron.

Parecía como si el mundo hubiera desaparecido a su alrededor. Aquella taberna de madera se había convertido en un templo de amor.

Encerrado en la cocina, con los alambres dorados del tapón del champán, Joan fabricaba a escondidas un delicado anillo para el dedo de Soledad; le había dicho que esperara en el salón, que quería darle una sorpresa. Mientras tanto, a ella se le había ocurrido escribirle en el interior de la tecla central de aquel piano, en la clavija del fa, un mensaje de amor, para que cada vez que Joan la hiciera sonar, su voz escondida en aquellas letras lo acompañara. Había aprendido la técnica de extraer las teclas una tarde de clases de canto, cuando, siendo aún pequeña, se había empeñado en saber qué había detrás. Allí había guardado papelitos con secretos que volvía a encontrar a la semana siguiente, comprobando que aquél era el mejor escondite para guardar pensamientos. Ahora, lo que había decidido venía de la inconciencia del amor. Había escrito sobre la zona interior de la tecla, directamente sobre la madera, su sentir más íntimo, y al final del texto había dibujado un pequeño corazón con los nombres de los dos. Si Joan era tan curioso como ella, era posible que algún día lo descubriera. Si no, sería el secreto más secreto de todos sus secretos. Cuando acabó, sopló hasta que la tinta se secó, colocando de nuevo la tecla en su sitio, sin que se notara, y no le dijo nada a él.

Al regresar de la cocina con el ingenuo regalo escondido en su puño cerrado, Joan encontró a Soledad sentada en la banqueta del piano. Entonces, se sentó junto a ella, tomó su mano derecha y besó una a una las yemas de sus dedos, colocándolas a continuación sobre las teclas del piano para hacer la escala del do. El pulgar apoyado en el do, el índice en el re, el cordial en el mi, el anular se lo hizo dejar en alto sobre el fa, y por último, el meñique en el sol.

—Ésta es la tecla central del piano —Joan le señalaba la misma tecla donde ella acababa de escribirle su mensaje, donde su dedo continuaba extendido sin rozarla.

—Cualquiera de mis sonatas inventadas necesita de ella para vivir. Es el fa.

Hizo sonar cada una de ellas: do, re, mi…, y al llegar a ese punto, Joan cubrió los ojos de Soledad con una mano y con la otra, delicadamente, deslizó en su anular el anillo que acababa de hacerle, diciéndole:

—Si me faltara ésta, mis sonatas se morirían. Este anillo, ángel mío, es para que nunca lo olvides.

Posó su mano encima de la de ella y le hizo tocar la sencilla escala… do-re-mi-fa-sol, con el fa, y sin el fa, para que Soledad notara su ausencia.

—Es precioso. No me lo sacaré nunca. Me lo quitarás tú, cuando nos volvamos a ver.

—Entonces te daré uno de verdad, que brille más que el sol. Irás vestida de luna, y yo, delante de todos, levantaré el velo que cubrirá tu rostro y besaré tus labios infinitos… Sabrán que eres mía para siempre… y yo tuyo hasta más allá del último sueño.

—Del penúltimo sueño —lo corrigió ella—. No me gusta la palabra último, suena a final.

Se abrazaron en un silencio asustado y permanecieron así, acurrucados e indefensos, con la sombra de la despedida acechando con sus fauces de víbora, trepando por sus anhelos hasta estrangularlos con su fuerza de anaconda inmunda.

Amanecieron sin dormir, abrazados frente al grandioso mar, escuchando el temblor de las olas; empapados de frío y tristeza… rotos de amor imposible. El ronquido lejano de una vieja sirena de barco les anunció que había llegado el día. Algunos pescadores volvían en sus barcazas con la carga de la madrugada. Soledad y Joan arrastraron sus pies hasta la primera parada de autobús y regresaron, llevando en su equipaje de sueños una promesa blanca, una noche de luz a medialuz, un corazón tallado en un olivo, el secreto de una nota escrita en la tecla de un piano, muchas sonrisas, una lágrima, un anillo y el dolor infinito de la separación.

No fueron capaces de dejar de besarse hasta que no les sangró la boca, y el beso empezó a saberles a dolor. Era lo único que habían hecho toda la noche; besarse con el alma, con las palabras, con los ojos, con los silencios y con los labios. Se habían entregado sin cuerpos, pero el pacto de amor era un hermoso diamante imposible de rayar. Soledad era de Joan, y Joan era de Soledad para siempre.

Soledad se encontró a Pubenza asfixiada en humos, bebiendo café. Se había fumado la cajetilla entera y estaba poseída de un nerviosismo histérico. Al verla le soltó una retahíla de regaños.

—Le dije que llegara pronto, y mire a las horas que aparece. Dios mío, usted no sabe lo que he sufrido. He pasado la noche en vela esperándola; he estado a punto de quedarme ciega de tanto mirar por esa ventana, a punto de morirme de miedo. Menos mal que sus papás no llegan hasta esta noche. Mis tíos llegan a verla así y no quiero ni pensar lo que hacen conmigo.

Soledad venía con los ojos enrojecidos por el llanto, vestida de pesadumbres. Mientras la escuchaba, miró a su prima a través de la cortina de lágrimas y se derrumbó en un llanto desolador. Pubenza se asustó temiendo lo peor, y abrazando a Soledad, le preguntó:

—¿Qué pasó, Soledad? ¿Ese Joan le faltó al respeto? Dígame la verdad. Porque si ha sido así, le juro que soy capaz de matarlo.

Soledad trataba de hablar entre sollozos.

—No me ha… tocado ni un dedo.

—¡Santo Dios! Menos mal. No sabe cuánto me arrepiento de haberle acolitado todo esto. Nunca me imaginé que les fuera a coger con tanta fuerza. Si usted sufre, yo no me lo perdonaría.

—Usted no tiene la culpa, prima. Ni yo, ni él, ni nadie. Me casaré… —levantó los ojos y los clavó en Pubenza con una determinación de vieja—. Me casaré con Joan.

—¡Virgen santísima!, ni se le ocurra decirle eso a sus papás, que los puede matar de un susto.

La condujo hasta la cama, le sacó las sandalias que aún conservaban restos de arena y, cubriéndola con la manta, la fue acariciando, tratando de mitigar su inconsolable pena.

Joan, con los ojos enrojecidos, terminó siendo calmado en la cocina por *monsieur* Philippe, quien, sin dejar de dar órdenes y colocar croissants en las cestas, le fue hablando.

—Aún está aquí.

Joan levantó la mirada sin entender lo que *monsieur* Philippe decía.

—Sí, no me mires así, españolito. Tu princesa aún está aquí. ¿Sabes lo que eso significa? Que mientras hay vida hay esperanza. ¿Cómo te vas a dejar ver por ella en semejantes condiciones, eh? Alguno de los dos debe ser fuerte. La vida no es de los débiles, jovencito. Vamos, dúchate —lo empujó con cariño y le entregó una llave—. Cuando termines, ven. Le llevarás a tu princesa un desayuno real y le regalarás tu mejor sonrisa. ¡Ah, y un consejo! Mima a su prima, porque ella puede ser tu aliada... para lo que viene —le guiñó un ojo, haciendo que Joan esbozara una desalentada sonrisa.

Diez minutos después vestía de nuevo su uniforme blanco que contrastaba con sus ojeras violetas.

—Gracias, *monsieur*. —Joan le entregó la llave.

—Tómate algo o se espantará al verte.

Después de beberse a regañadientes un chocolate, subió avergonzado a la habitación. Se sentía incómodo vistiendo de nuevo aquel uniforme, después de haber sellado su noviazgo con Soledad.

Pubenza se asomó a la puerta haciendo el gesto de silencio con un dedo en la boca. Soledad se había quedado dormida envuelta en sus lágrimas. Joan dejó el carrito con el desayuno, procurando no despertarla, suplicándole a Pubenza con los ojos que lo dejara verla.

La prima asintió después de adivinarle el dolor en su mirada. Joan quedó frente a la cama, paralizado de emoción. La fue observando, gastando toda una eternidad en un minuto. Quería recordarla así: vestida de sueño. Con su cabello desparramado sobre la almohada, revuelto de noche y luna, y sus mejillas manchadas por surcos de lágrimas secas; sonrosada y serena en aquella intimidad secreta que le otorgaba una belleza de estatua imperturbable. Un ángel dormido, con sus alas cansadas de vuelos. Su ángel.

—Es tan bella —pronunció Joan al contemplarla.

—Sí que lo es. No la vaya a hacer sufrir.

—Señorita Pubenza, yo la amo más que a mi vida. ¿Cómo podría hacerla sufrir?

—Joan, hay amores que duelen más que la muerte. Esta noche me tuvieron muy preocupada.

—Perdóneme, no era mi intención.

—Lo sé —Pubenza miró a su prima dormida—. Trataré de que descanse hasta el mediodía, usted también debería hacer lo mismo, se le ve muy cansado. Y tal vez puedan volver a verse esta tarde —cuando el camarero estaba a punto de irse, dejó escapar—: Mis tíos llegan por la noche.

El corazón de Joan volvió a agitarse. De repente les habían nacido unas horas para amarse; volvía a tener el problema del permiso y ya no era capaz de pedirlo. Se escaparía, pensó.

Fue despidiéndose de la prima de Soledad con la mano, tropezando en la escalera con un huésped americano alcoholizado que ni lo vio, ni lo determinó, a pesar de haberlo saludado. Finalmente se alejó, pensando en lo invisible que llegaba a ser para los demás vistiendo aquel uniforme.

Al cerrar la puerta, Pubenza se quedó cavilando, riñéndose a sí misma por su comportamiento. No sabía por qué se estaba saltando todas las normas. Ese muchacho tenía algo que ella no sabía descifrar. Una imagen tierna de chico abandonado que, sin pedir nada, sabía llegar al alma. Permitirle observar a Soledad mientras dormía se saltaba todas las reglas del buen comportamiento y del decoro. Un hombre mirando dormir a una mujer… a su amada, sin ningún tipo de vínculo eclesiástico, no era correcto. Pensó que si su tío llegaba a enterarse era capaz de echarla de la casa, aunque inmediatamente después se disculpó a sí misma diciéndose que eran sólo unos niños que jugaban a ser mayores; todavía llevaban la niñez en sus miradas. Una cosa sí tenía clara, y era tal vez el motor que la impulsaba a ser tan alcahueta con Soledad: si ella no había podido amar cuando había querido, y ahora que podía…, ya no quería, no sería a su prima a quien le pasara lo mismo.

Cuando Soledad despertó, Pubenza le contó que Joan había ido a verla y que ella lo había mandado a descansar.

—Alegre esa cara, prima. Los tíos no vuelven hasta esta noche. Les queda la tarde, pero eso sí le digo: no vuelva a hacerme lo de anoche.

—¿De verdad, Pubenza? ¿Puedo? Pensé que estaba brava conmigo. Hum, ¡volveré a verlo! —se puso de pie, tomó de las manos a su prima y empezó a bailar con ella cerrando los ojos mientras tarareaba la canción que le había cantado a Joan la noche anterior.

—Deberá comer algo, si quiere salir.

—Me lo comeré todo, se lo prometo… ¡Volveré a verlo!

Quedaron de encontrarse en la playa del hotel. Joan no podía creerse lo que le estaba ocurriendo. Tenía ganas de tener a su padre cerca para contárselo, resucitar a su madre muerta para que le dijera cómo comportarse con una mujer y hablar con Pierre, su amigo de Cagnes-sur-Mer. Tenía ganas de que todos supieran que se había enamorado de un ángel.

Una hilera de mariposas trémulas, colgadas de un hilo de aire perfumado, se fue acercando, y tras ellas, Soledad las seguía, bañada de sonrisa y alegría. Joan corrió a su encuentro y la tomó de las manos; los ojos de ambos escurrían amor. Quería llevarla a lo alto de Cannes, a una pequeña plaza donde un fotógrafo callejero solía plantarse con su vieja cámara y por unos céntimos retrataba a novios tímidos, obsequiándolos después con una predicción de futuro hecha por dos canarios que tomaban en su pico un papelito que él luego les leía con pompa ceremoniosa; y aunque Joan no había estado nunca allí, *monsieur* Philippe se lo había recomendado diciéndole: "Novio que se respete se retrata con su novia en esa plaza".

Subieron a pie el último tramo de la vieja calle hasta toparse de lleno con la empedrada y solariega plazoleta; un precioso tiovivo de caballos sin jinetes giraba, y un fotógrafo silencioso esperaba. Contemplaron la vista más bella de la ciudad y se prepararon para inmortalizar su sueño. Después de discutir el precio, el artista empezó a acomodarlos para la instantánea, probando varias posturas hasta decantarse por un sencillo plano general, sobre un telón pintado a mano de paisaje con volcán lejano, que fue desenroscando tras ellos.

El hombre metió la cabeza dentro de la manta negra que protegía su cámara de la luz, indicándoles con la mano cómo debían colocarse para quedar centrados sin tapar el volcán. A través de la cámara, los pies de los chicos colgaban de la parte superior de la foto, al mismo tiempo que las cabezas parecían rozar el suelo, mientras las trenzas de Soledad se mantenían en su pecho inmóviles frente a aquella ilusoria ley de la gravedad. Antes de disparar, Joan le pidió al fotógrafo que le permitiera a su novia asomarse por la mirilla de la cámara para que pudiera verlo a él al revés; Soledad empezó a reír al ver a Joan hacerse el ahorcado. Finalmente, y agradecidos por la paciencia del fotógrafo, se hicieron no una foto, sino tres. Estuvieron durante muchos minutos con las caras congeladas por la expresión inmóvil, hasta que finalmente recuperaron las facciones. Esperaron, entre foto y foto, el tiempo que hizo falta, y cuando finalmente se vieron, se sintieron más esposos que cualquier pareja bendecida. Los papelitos de Benito, el canario, les auguraban una vida entera juntos y felices, sin adversidades ni infortunios. Decidieron no pensar más en la despedida, excavando manantiales de futuros en la maciza roca de imposibles que se interponía entre ambos.

Sembraron flores en los acantilados de la desesperanza. Pintaron de blanco el cielo, lanzando al vuelo no uno, sino cientos de mensajes, por si alguno decidía perderse en el camino, engatusado por algún contraviento; los volaron desde el monte más alto, sin piolas ni cometas, desafiando la envidia del mal viento. Joan volvió a domar el mar, haciéndolo cantar sólo para ella una interminable sonata. Soledad cantó de nuevo para él la canción que se convertiría en su himno de amor.

Benjamín Urdaneta y Soledad Mallarino regresaban de Niza y Montecarlo después de haber compartido dos maravillosos y descongestionados días entre pintores y escritores libertarios. Artistas del París de Montparnasse de finales de los veinte, que diez años después se reunían para revivir sus locuras, a las que ellos habían terminado asistiendo, invitados por un amigo del pintor mexicano Diego Rivera. Aun cuando el espíritu aventurero que Benjamín escondía tras su fachada de bogotano ilustre lo empujaba a quedarse y disfrutar de aquel mundo bohemio de inteligencia y diversión conjuntas, su responsabilidad de padre estricto lo había hecho desistir. Volvían a Cannes cansados, pero deseosos de abrazar a la niña de sus ojos, por quien ambos enloquecían. Su condición de padres de hija única les había aportado una obsesión de amor filial que hasta ese momento Soledad no había notado, porque hasta ese momento ella no había necesitado la libertad de ser y de elegir.

El Jaguar rojo aparcó en la entrada del hotel a eso de las seis de la tarde, adelantando en una hora el regreso.

Pubenza, que aún aguardaba a su prima, alcanzó a divisar desde el balcón el coche, y a sus tíos descendiendo de él. El corazón se le paró del pánico y le vinieron ganas de morirse lanzándose al vacío desde las balaustradas blancas, pero se contuvo a última hora al imaginarse hecha papilla frente a ellos. La cabeza se le revolcó de angustias, cogió el bolso como pudo y, escondiéndose por entre escaleras y rellanos, desembocó, como un río histérico, a la calle por la salida de emergencia, buscando desde allí a *monsieur* Philippe para que la ayudara a montar guardia en las entradas del hotel y así avisar a Soledad del regreso de sus padres.

Ajena a las zozobras de su prima, Soledad se había quitado sus zapatos de plataforma y caminaba, cogida de la mano de Joan Dolgut, paseándose por la orilla de sus pensamientos. Ya no hablaban; apuraban la última gota de tiempo, sedientos de horas que ya se habían evaporado. Lo que venía serían días de silencios y miradas robadas. Aún podría verlo hasta el último día, pensó Soledad; aún podría, con la ayuda de Pubenza, enviarle algún mensaje. Aún podría...

Se quedó mirando al cielo. El viento había partido en dos la bóveda celeste, creando un camino de humo que venía del mar y acababa en el hotel.

Habían vuelto. Sus padres habían regresado, y ella lo sabía porque el viento nunca le mentía. Después de avisarla, el aire se había ido, dejándolos abandonados a su suerte. Corrieron con sus almas aturdidas, sin perder el caminar pausado. Cuando estaban a punto de separarse, Pubenza los alcanzó con el corazón saliéndosele por la boca.

—¡Ya están aquí! ¡Ay, Dios mío santísimo! —se santiguó dirigiéndose a su prima—. Ojalá no la hayan visto cogida de la mano... ojalá no la hayan visto de ninguna manera.

—Yo no tengo la culpa, Pubenza. Usted me dijo...

—Olvídese de lo que le dije. Se adelantaron. Deben estar buscándonos...

Joan miraba aturdido, separándose de las dos sin saber qué hacer. Las palabras de *monsieur* Philippe cayeron benditas.

—Tú, a trabajar, muchacho. Ya está bien de tantas fiestas —le dijo a Joan.

—Y ustedes, mis queridas señoritas, suban con la cabeza en alto y su mejor sonrisa. En ustedes está que este secreto permanezca mudo o se les escape por los ojos. Así que ánimo y contención. A ver… —Observó cómo lo obedecían—. Así está mejor.

Joan y Soledad no habían tenido tiempo de decirse adiós, ni siquiera de dirigirse la última mirada. El beso de despedida se les había quedado tras la puerta de sus bocas cerradas. El abrazo final se había marchitado en sus brazos caídos.

Cuando Soledad y Pubenza se marcharon, Joan cayó en la cuenta de que las tres fotos se habían ido en el bolso de su ángel.

Asomada a la ventana, Soledad Mallarino había alcanzado a ver a su hija atravesando La Croisette, cogida de la mano de un chico alto y rubio, y no había entendido nada. En ese instante, su marido llamaba a la recepción preguntando por ellas, donde le confirmaron que estaban en el hotel, pues las llaves de su habitación no aparecían en el casillero. Continuó buscándolas sin éxito, llamando a la piscina y a las terrazas, mientras su mujer trataba de digerir lo que había visto.

—¿Dónde se habrán metido estas niñas? —preguntó Benjamín a Soledad, que había quedado con la cabeza ida—. ¿Qué te pasa, mujer? Si te vieras. Estás como si hubieras visto un fantasma…

Y verdaderamente lo había visto, pensó Soledad Mallarino. Si le decía a su marido lo que acababa de ver, posiblemente la paz familiar se despedazaría de un tajo. Conocía muy bien sus arranques de cólera y su sentido del honor. ¿Qué significaba eso de ver a su niña "abrazada" a un desconocido? Benjamín era capaz de encerrarla a cal y canto en el hotel y de no dejarla bajar hasta la partida. Antes de decirle nada primero hablaría con las chicas, a ver si éstas, por las buenas, le confiaban algo; si no era así, tendría que contárselo a su marido, pues nunca, ni en la mejor de las interpretaciones, había podido esconderle nada, ya que al final su sexto sentido o malicia indígena, como él solía llamar a su intuición, acababa por descubrir la mota más ínfima del secreto más íntimo; en eso era un verdadero experto. En la fábrica jamás habían logrado engañarlo, a pesar de haber dado con más de un gánster de los números. Tenía por costumbre controlarlo todo, incluso hasta había terminado organizando el menú diario de la casa, y ella se lo había permitido para que no perturbara su paz familiar, ni su vida social.

—Mujer, ¿me escuchas? Te digo que no las encuentran...

Cuando Soledad estaba a punto de contestarle, llamaron a la puerta.

—Aquí están. Seguro que son ellas —dijo su mujer, sintiéndose salvada.

Benjamín corrió a abrir y, cargando a su hija, como siempre solía hacer, la llenó de besos.

—¿Cómo está mi princesa?

Soledad no había tenido tiempo de componerse el alma, y haciendo de tripas corazón, abrazó a su padre sin mirarlo, mientras su prima saludaba a su madre, que las atravesaba con dos interrogantes afilados.

—Jovencita —le dijo en un susurro Soledad Mallarino a su hija, después de besarla y saludarla como si nada—, usted y yo tenemos que hablar una cosita, y es mejor que no me venga con mentiras porque ya conoce a su papá.

El pánico de Soledad contagió a Pubenza, que trataba de contarle al tío todas las mentiras que no habían tenido tiempo de ensayar. Saltaba inconexa de las cometas a la piscina, de la piscina al *boulevard*, del *boulevard* a una película de cine que no habían ido a ver esa misma tarde y cuyo argumento tenían que inventarse en un segundo. El resultado fue que Benjamín se dio cuenta de que algo raro le ocultaban, y decidió que no saldrían a cenar hasta que no se aclarara todo.

Los regalos que les habían traído del viaje se quedaron aparcados sobre la cama, en paquetes cerrados, a la espera de esclarecer malentendidos. La madre trató de restarle importancia al atolondramiento de Pubenza, pero Benjamín, que en eso de descubrir misterios era un sabueso, fue poniéndoles cascaritas de plátano en su discurso para desentrañar el secreto.

—Ahora díganme, ¿qué han hecho estos días? —volvió a preguntarles Benjamín, cada vez más serio—. Porque lo que está claro es que rezando no han estado.

Una respuesta vino a auxiliarlas, y fue Pubenza la que contestó.

—Soledad estuvo enferma, tío, y no quisimos decírselo para que ustedes pudieran disfrutar. Hemos estado en la habitación prácticamente todo el día. ¿No se acuerda de que estaba mala del estómago?

—Es verdad, Benjamín —dijo la madre, sabiendo que Pubenza mentía—. Después de la fiesta, la niña estuvo muy desganada.

Al tocarle el tema de la salud, Benjamín inmediatamente se ablandó.

—¿Enferma? ¿Y cómo es que no nos dijeron nada? Eso está muy mal, Pubenza. Deberías saberlo, sobre todo tú, que ya eres mayor —señaló a Pubenza con el dedo, mientras le preguntaba a su hija—: ¿Cómo te encuentras, mija?

Soledad puso cara de cansancio y decidió enfermarse. Salió corriendo para el baño y allí le empezaron los verdaderos retortijones del miedo y las náuseas secas del amor. ¿Y si la descubrían, y si nunca más volvía a verlo, y si su prima para salvarse lo contaba todo?

Salió como un papel transparente a refugiarse en el abrazo de su madre, que se la fue llevando disimuladamente con el propósito de aplicarle un exhaustivo interrogatorio, mientras despistaba al marido.

—Eso son cosas de mujeres, Benjamín. Ya sabes que la niña se nos está haciendo mujer. ¿Verdad, mi amor? —miró a Soledad, que asintió sin hablar, atrapada como estaba entre los brazos de su madre.

Pubenza sabía que su tía se traía algo entre manos. Su rápida comprensión y la urgencia en llevarse de allí a Soledad iban más allá de prodigarle cuidados maternales, y ella, intuyéndolo, no sabía qué hacer para proteger o, por lo menos, prevenir a su prima. En un último gesto trató de ir con ellas, pero Soledad Mallarino se lo impidió.

—Déjanos un ratico a solas, mijita.

Benjamín, ya mucho más tranquilo, le fue contando a Pubenza los pormenores del encuentro artístico hecho a oscuras de la prensa, en un momento en que Europa empezaba a complicarse para los europeos. Aquello había sido como una despedida adelantada, pues muchos de ellos se veían obligados con sus países de origen a tomar partido en la guerra que parecía cada vez más cerca. Picasso, que por aquellos días se encontraba en Antibes con la fotógrafa Dora Maar, había asistido en secreto al encuentro, después de haber realizado su gran obra Guernica en protesta por los bombardeos efectuados por los aviones alemanes a esa ciudad, y Dora les había enseñado el testimonio fotográfico que ella misma había realizado durante el tiempo que duró la creación del descomunal y sobrecogedor cuadro. A Pubenza, el relato de su tío le había distraído la preocupación, que de repente volvía a aparecer. Benjamín, que empezaba a impacientarse, decidió suspender la charla enviando a su sobrina a decirles a las dos Soledades que, si no había novedad, se cambiaran para la cena, pues tendrían que salir en media hora si no querían quedarse sin mesa en el restaurante.

Permaneció solo, sentado junto al pequeño bolso que su hija había olvidado en el sofá, y por primera vez le dieron ganas de husmear en su intimidad. Quería ver qué cosas podía guardar una niña de catorce años en su cartera. Lo tomó en sus manos con curiosidad torpemente masculina, vigilando que nadie lo viera. Dentro, las tres fotos de Joan y Soledad aún respiraban la frescura de la tarde.

Había llegado al piso del Born acompañada por Ullada, quien le había amenizado el camino hablándole de películas, actrices y actores de todos los tiempos. Aurora Villamarí había decidido volver al sitio que había sido el escenario de la muerte de su madre, amparándose en las ganas de tocar de nuevo el piano lisiado que tanto le intrigaba, cuando lo que en realidad necesitaba era volver a sentir ese lugar, un poco para exorcizar el sentimiento de incomprensión que desde el fallecimiento de su madre la acompañaba.

Era la segunda vez que ponía los pies allí, y le parecía que con el paso de los días aquel lugar se había convertido en un santuario contenido de silencios y amor. Al entrar, percibió en la atmósfera el olor de un perfume inconfundible, y un escalofrío intenso la recorrió de pies a cabeza. Ella, que como su madre sabía interpretar las fragancias del aire, estaba convencida de que en algún rincón del apartamento aquel intenso aroma quería expresarle algo. Sin decirle nada a Ullada, se fue directa a la cocina buscando encontrar su procedencia, pero allí sólo le esperaba enfrentarse al recuerdo de su madre extendida sobre el suelo. Se quedó evocando su mirada cerrada por el sueño de la muerte y su sonrisa grabada de alegría.

—No se martirice… —le dijo Ullada, adivinando sus pensamientos—. Sus motivos tendrían. A veces no aceptamos los hechos, simplemente porque no los entendemos.

Aurora lo miró con cariño. Ullada tenía razón. Lo único que le faltaba a ella para aceptar la pérdida de su madre era comprenderla, y en eso se basaba su solitaria búsqueda. Quería explicaciones. Frente al horno, ahora cerrado, volvieron a nacerle las congojas convertidas en lágrimas que el inspector quiso enjugar con su pañuelo, y ella, con gesto rápido, se limpió con las manos.

Envueltos en la tenue luz del atardecer volvieron al salón, que aún conservaba intactos los preparativos de la boda. El champán todavía se mantenía en la cubitera, con la etiqueta despegada, nadando en un agua que empezaba a verse estancada. La tarta parecía haberse petrificado en su vestido de azúcar, manteniendo erguida su pareja de novios.

—¿Cómo es posible que ese hombre —Aurora se refería a Andreu— no haya hecho nada por limpiar esto?

Ullada aprovechó para arremeter contra él.

—Andará ocupado comprándose algún yate. Ese tipo de gente no tiene sentimientos, Aurora. He conocido a unos cuantos como él. Son pura basura en bolsa de seda.

Antes de dirigirse al piano, Aurora fue recorriendo el pequeño lugar imaginando a su vieja madre. Si su amor por Dolgut la había llevado a la muerte, ese sentimiento debía ser inmenso. Por un momento se alegró por ella; cuántos a su edad morían de soledad. Su madre, por lo menos a su manera, había encontrado el amor tardío. Llegó hasta la habitación principal, y aunque le costó suponer un encuentro de cuerpos entre ella y el anciano Dolgut, pudo imaginarlos felices.

Ullada la dejó pasearse por todos los rincones. Sabía que una vez hubiera hecho suya toda la estancia, desandando a su manera los pasos de su madre, regresaría y tocaría para él una sonata maravillosa. Entonces sería el hombre más feliz de la tierra. La vio venir por el pasillo con cara serena y le pareció que aquel rostro inmaculado era una Audrey Hepburn mucho más delicada y bella. Ahora no le cabía ninguna duda: se había enamorado de Aurora Villamarí.

La hija de Soledad Urdaneta se sentó en la butaca del piano poseída de música, como siempre le pasaba frente a aquel instrumento. Al levantar la tapa que cubría las teclas, el perfume de su madre besó su rostro con tal fuerza que la cabeza se le fue hacia atrás. Volvió a sentir que estaba con ella; aquello le produjo la primera alegría después de su pérdida. Se quedó aspirando en silencio su aroma, evocando los abrazos infantiles sumergidos en su mullido pecho. Paseó su nariz por el teclado y descubrió que la fragancia provenía del agujero donde faltaba la tecla del fa. Se asomó por el delgado orificio pero no vio nada, y entonces adivinó en aquella perfumada señal que tal vez su madre era feliz sabiéndola allí, tocando el piano de su amado Joan. Comenzó por observar la partitura que descansaba frente a sus ojos. Era una delicada composición escrita a mano directamente sobre el pentagrama, con tachaduras sobre la nota fa que parecían posteriores por el tipo de tinta empleado.

Hizo sonar las primeras notas preparándose para tocarla. Ullada se puso detrás de ella, volviendo a acariciar con sus ojos el interrogante largo y cisneado de su cuello. Imaginó por un segundo que sus labios rozaban aquel espacio de piel desnuda, pero se sacudió el pensamiento; si iba a conquistarla, lo haría de manera delicada. Aurora, ajena a los pensamientos del inspector, se hundió en la música que Joan había compuesto en Cannes para Soledad. Era una canción sobrecogedoramente triste, con un crescendo vibrante y duro. La negación del fa la hacía sonar inconclusa y completa a la vez. Mientras la interpretaba, fue notando una extraña coincidencia. A medida que la melodía crecía en sus manos, el aroma de su madre se expandía en el aire, como si las propias notas estuvieran liberando aquella embriagadora fragancia. Pronto el salón quedó inundado por una cascada de perfume. Ullada lo respiró y su deseo de proximidad se acentuó al punto de llevarlo a acercarse a la pianista hasta casi rozarle el cuello con su aliento. En ese instante se contuvo. Si llegaba a hacerlo, estaba seguro de que nunca más volvería a verla. Aún llevaba el sobre con el antiguo retrato retocado de Joan y Soledad que le habían entregado en la tienda fotográfica y que pensaba darle a Aurora al finalizar la velada, pero cuanto más la escuchaba, más dudaba en dárselo. No sabía qué le estaba ocurriendo; en aquel lugar sus sentidos se turbaban. Parecía como si el ambiente estuviera cargado de amor y fuera inevitable acabar arrastrado en su corriente.

Entretanto, en el apartamento de al lado, y sólo escuchar el piano del difunto, Conchita Marededeu había corrido a prenderle una vela a la Virgen de Montserrat, santiguándose compulsivamente mientras rezaba un avemaría por el alma del viejo, que según ella debía andar penando. Era la segunda vez después de la tragedia que escuchaba nítidamente aquella melodía, la misma que los días previos a su muerte su vecino no había parado de interpretar. Ni se atrevió a asomarse, por temor a encontrarse de cara con el fantasma del muerto.

Esa misma tarde, Andreu regresaba en su coche sintiéndose extraño y ridículo, todo a la vez, después de haberse entrevistado con la echadora de cartas; confuso por las predicciones oídas de su boca, y muy humillado por el desplante de Aurora Villamarí. Era la primera vez en toda su vida que una mujer osaba rechazarle algún tipo de galantería, y aquello lo fastidiaba a rabiar. Por más que trataba de olvidar el incidente del bolso, las palabras, y sobre todo su actitud altiva y desafiante, ocupaban su pensamiento. Aunque quería arremeter contra ella, no podía. Tropezaba con aquellos puñales negros que, mirándolo, se le habían clavado no sabía en qué sitio, y le impedían dejar de pensarla sin rabia. Él atribuía el no poder sacarla de su cabeza a la ordinariez del encuentro, pero aquel sentimiento desconocido iba más allá de su racional y metódica conciencia.

Aquella noche el tráfico de la Diagonal era denso; el de su mente también. Sus pensamientos iban y venían sin semáforos. ¿Cuáles eran sus logros? ¿La presidencia de una gran empresa? ¿Sus exitosos movimientos en Bolsa? ¿Sus casas de revista? ¿Su yate de competición? ¿Sus coches de colección? ¿Haberse casado con una de las más grandes fortunas catalanas, una mujer envidiada por todos, menos por él? ¿Haber tenido un hijo que, por debilidad y vergüenza, no llevaba ni su apellido? Su vida empezaba a pesarle de aburrimiento y vacuidad. A pesar de tenerlo todo, últimamente percibía algunas punzadas de soledad que empezaba a diluir en *whiskis* esporádicos.

Al llegar a su casa, ni los perros salieron a su encuentro. Tita aún no había regresado, y la habitación de su hijo estaba, como siempre, cerrada. Se sirvió un *whisky* doble y desde el jardín marcó un número en su móvil; al otro lado de la línea le respondió una voz.

—Señor Andreu, dichosos los oídos... —el detective había reconocido el número de Andreu.

—Gómez, lo llamo por una pregunta concreta. ¿Me pareció oírle decir que Aurora da clases de piano?

—Afirmativo, señor Andreu. Clases de piano a domicilio.

—Gracias, Gómez, es todo.

—¿Sólo eso? Ya sabe, estoy siempre a sus órdenes. Permítame decirle que sigo averiguando temas y le tengo algunos datos de su abuelo muy interesantes. Cuando quiera...

Andreu lo interrumpió y se despidió a las volandas.

Acababa de ocurrírsele una idea para acercarse a Aurora en transversal. Desde niño, su hijo siempre había querido estudiar piano, y él se lo había impedido con todas las negaciones juntas por temor a que se pareciera a su padre. Ahora empezaba a ver que tal vez aquellas clases les beneficiarían a ambos. Sería una grata sorpresa para Borja y un pequeño regalo para él. Entró en la habitación de su hijo y, al comentárselo, Borja le preguntó:

—¿Estás bien, papá?

—¿Por qué no iba a estarlo?

—Como no querías que pusiera mis dedos en las teclas…

—Pero uno cambia, Borja. Pienso que sería bueno para ti. Menos computador y más piano. Qué te parece, ¿ah? ¿Quieres?

—Claro que quiero, papá.

Después de muchos años, Andreu recibió un sentido beso de su hijo. Así se los encontró Tita al llegar.

—¿Me estoy perdiendo algo? —dijo dejando la bolsa de deporte en una silla.

—Mi padre quiere que tome clases de piano.

Tita miró interrogante a su marido.

—Demasiado computador, demasiada *Play Station* —justificó Andreu.

—En eso, tu padre tiene razón.

Andreu le entregó a Tita una tarjeta garabateada con el teléfono de Aurora Villamarí.

—Me han dicho que es una excelente profesora. Llámala. Ya va siendo hora de que Borja cambie de pasatiempos.

Al día siguiente, Tita y Aurora se pusieron de acuerdo por teléfono. Le daría clases dos veces por semana en su propia casa, a las seis de la tarde, y empezaría en quince días; justo al iniciarse el colegio.

Borja resultó ser un alumno ejemplar. Se tomaba las clases con una devoción inusual para un muchacho de su edad. Tenía un oído finísimo y bastaba con marcarle la melodía una vez para que él la repitiera con exactitud y destreza. Nada más verlo, Aurora le había cogido cariño. Nunca sospechó que aquel chico rubio y sensible fuera nada más y nada menos que el hijo de Andreu, el nieto de Joan Dolgut; para ella era simplemente Borja D. Sardá, un pobre niño rico solitario como muchos a los que solía enseñar, con una alma inmensa por verter.

Haciendo caso a las súplicas de su alumno y al pedido expreso de la madre, había pasado a aumentar a tres sus clases semanales. Todos los lunes, miércoles y viernes se encerraba con él en su cuarto, y siempre se le iba volando el tiempo entre escalas y compases, mientras Borja le suplicaba que se quedara un rato más. Algún día Andreu había llegado antes de la hora y desde la puerta, sin ser visto, había observado el hermoso perfil de la profesora y sus alados dedos que sonaban a gloria. Con ella, él también hubiera querido aprender a tocar lo que fuera.

En las últimas semanas se había entrevistado con Gómez, quien había ido ampliándole la información sobre su abuelo. En los pocos archivos que quedaban de la fábrica a la cual éste había prestado sus servicios, constaba la contratación de un tal José Dolgut como encargado de la cadena de corte y pulido de maderas, con una nota al margen aclarando su tendencia política. Siendo republicano, cabía pensar que con seguridad había corrido la suerte de muchos de ellos. Últimamente había leído que se estaba recuperando la memoria histórica de aquella época, y era factible que dentro de esa memoria la suerte de su abuelo estuviera traspapelada por los años injustos. A fuerza de interesarse, su historia familiar había ido cogiendo un impulso inusitado, acrecentándole su deseo de saberlo todo. Era como un pasatiempo secreto que llenaba sus días y de manera inconsciente lo acercaba a un mundo donde podía sentirse más próximo a la única mujer que alguna vez lo había inquietado.

Una tarde, mientras probaba su coche nuevo, acabó deteniéndose frente a la puerta del cementerio de Montjuïc. Llegó hasta allí sin ninguna idea clara, como si su coche lo hubiera llevado sin pedirle permiso. Decidió adentrarse en el solitario paraje. No había una sola alma caminante entre tantas almas dormidas. Condujo su Ferrari nuevo por entre magníficas esculturas modernistas que adornaban los mausoleos de las familias más ilustres; a lado y lado, ángeles y vírgenes de mármoles chorreados de intemperie parecían darle una muda bienvenida. Sabía dónde estaba sepultado su padre por un plano que le había entregado Gómez con el informe, y aunque no se proponía visitarlo, terminó subiendo la montaña de los muertos hasta detenerse en el lugar indicado. Nunca en toda su vida había puesto los pies en un cementerio, pues de los muertos nunca podría haber sacado nada más que silencio, y estaba claro que, hasta el momento, lo que lo había ido moviendo en la vida era sólo aquello de lo que podía sacar algún tipo de beneficio, cuanto más grande, mejor.

Antes de bajar, miró a lado y lado por si acaso lo observaba alguien que para él contara. Subida a una escalera, una vieja sacudía el polvo a uno de los nichos, ignorando su presencia. El silencio de los muertos lo sobrecogió. Caminó entre tumbas, guiado por el pequeño plano, hasta que sus pies se toparon con la doble losa negra grabada con el nombre de su padre y el de Soledad Urdaneta. Sobre el mármol brillante descansaba la última docena de lirios dejada por Aurora en su visita de los miércoles; salvo dos lirios que incomprensiblemente rezumaban frescura, todos estaban calcinados por el sol. Una sola fecha acompañaba a los nombres: 24 de julio de 2005. El día de su muerte. Andreu no sabía qué hacer; de pronto la tristeza se le había enredado al cuello, estrangulándole las lágrimas que se resistían a brotar.

Había amado a su padre, claro que lo había amado, y en ese preciso instante se estaba dando cuenta de ello. Se sentó sobre la tumba y empezó a llorar como un niño chiquito; lloró y lloró hasta que los recuerdos acudieron a auxiliarlo. Su memoria aún guardaba momentos deshidratados. Se encogió en el tiempo y se vio a sí mismo, niño, de la mano de su padre, un domingo de otoño cogiendo el autobús de dos pisos; le encantaba subir por la escalera trasera de caracol y plantarse en primera fila a esperar al cobrador, que con su vestido de pana marrón y su cartera cruzada terminaba arrebatándole el *ticket* de la mano mientras su excitación infantil crecía a medida que avanzaban por la calle Balmes. Cuando el autobús coronaba la pérgola, sabía que minutos después de tomar el tranvía azul llegaría a la antesala de la felicidad: el viejo bar de mostrador de madera alto, que por más que se empinara él nunca alcanzaba; donde su padre, vestido de rigurosa parsimonia, se bebería el jarabe de grosellas de la Viuda de Esplugas, y él despacharía con hambre un bocadillo de sobrasada, que siempre le sabía a gloria, y un Cacaolat calentito que le cortaba el frío.

Lo siguiente era lo mejor: volar en el funicular hasta alcanzar la cima de la montaña mágica, el Tibidabo. Aquel parque de atracciones era algo más que distracciones infantiles; era el lugar donde su padre y él jugaban a ser padre e hijo de verdad, compartiendo un día sin risas, pero unidos; en silencio, pero entrelazadas las manos. Visitando el salón de los autómatas; haciendo mover aquellos personajes sin cuerpo, atrapados en vitrinas a la espera de la moneda para jugar a estar vivos treinta segundos; la Moños, el payaso… Aquel trenecito eterno, que subía y bajaba escarpadas colinas atravesando nevados valles en miniatura, con el cual él soñó todas las noches de Reyes hasta que se hizo mayor y pudo comprarlo, tarde, cuando el sueño ya había muerto y los trenes ya no le hacían viajar… Aquel subir a la atalaya con el miedo en el cuerpo y la seguridad pendiendo de una mano, la de su padre… Mirarse a los espejos que siempre le devolvían distintos padres y distintos Andreus, a cual más deforme. Montarse en el pequeño avión y, en vuelos de mentiras, imaginar una Barcelona a sus pies.

Sí, ahora entendía por qué le gustaba tanto el Tibidabo. Por un día lo hacía sentirse unido a su padre y alcanzar felicidades de cómic. Ni siquiera el peso de la vieja congoja que su padre arrastraba lograba aplastarle esas horas, ya que hasta en ese lugar de alegría su sensibilidad de niño percibía la tristeza de sus suspiros. Lo único era la culpabilidad; con sus ocho años, ya se culpabilizaba de no darle las suficientes alegrías como para que su semblante, por una sola vez en su vida, cambiara. Al regresar del parque todo volvía a ser igual de lúgubre. Odiaba oírlo tocar aquellas sonatas dolorosas que impregnaban la casa de nostalgias.

Cuando su madre vivía, el ajetreo femenino y la radio a todo volumen escupiendo zarzuelas habían mantenido el piano en un mutismo castigoso. Esa había sido la época más feliz de su vida… cuando oía cantar a su madre. Una vez muerta, el maldito piano había resucitado, y con él, la melancolía se había instalado de forma permanente. Por eso había huido, para alejarse de la tristeza que envolvía a su padre, porque tristeza y mediocridad habían terminado siendo para él la misma cosa. Pero lo había querido, tanto que ahora, por más que luchaba por llorar mudo, sus roncos aullidos terminaron compadeciendo a la sencilla mujer que se encontraba lejana, quien, maternal y dulce, acabó acercándose a él.

—Hijo… ¿por qué lloras? A los muertos no les sirven nuestras lágrimas, ¿sabes? Les sirve nuestra alegría, nuestra plenitud. Sabernos felices…, ése es el mejor regalo que podemos ofrecerles… ¿Eran tus padres? —miró la tumba—. Yo tengo a mi hijo aquí, ya ves, eso sí que es duro… No le tocaba morir, dieciocho añitos… Hoy sería un hombre como tú.

Andreu estaba roto y el pecho anónimo de aquella desconocida terminó recibiendo su dolor de hijo viejo, hasta que las lágrimas se le agotaron y la vergüenza se le desbocó obligándolo a huir sin agradecer ni despedirse. La vieja terminó retirando las flores marchitas del ramo de la tumba de Joan y Soledad, dejando los frescos lirios, de cuyo centro ahora brotaban imparables gotas de rocío que, en diminutos ríos, rodaron por la gran lápida hasta empaparla de frescura. La mujer, antes de desaparecer, observó cómo se alejaba en su rojo y deslumbrante coche aquel triste hombre rico.

Aurora acababa de entrar a la residencia de ancianos. Llevaba semanas visitando todos los días, y sin frutos, a Clemencia Rivadeneira en las pocas horas que le quedaban libres, pues su actividad como profesora le ocupaba la totalidad del día. A pesar de que las breves frases que lograba capturar en sus extravíos arrojaban pocas luces respecto a la relación de su madre y Joan, ella seguía insistiendo. Una de sus mayores virtudes era la perseverancia; de ahí que la relación con su marido continuara muy a pesar del desencuentro de sus cuerpos y sus almas. Las enfermeras, de tanto verla, se habían acostumbrado a sus visitas, y se alegraban cada vez que venía, pues siempre aparecía con alguna delicia exótica; ese día era una bolsa llena de almojábanas que ella misma había horneado siguiendo al pie de la letra las instrucciones del viejo cuaderno de recetas de su madre. Ofreció a las enfermeras algunas, cuidando de guardarle a Clemencia unas pocas, a ver si el gusto a comida colombiana despertaba en la anciana sus sentidos y, en especial, sus recuerdos. Ignoraba que otra persona también hacía averiguaciones y visitaba asiduamente a aquella mujer haciéndose pasar por un sobrino lejano. Con aquel hombre, Clemencia había recordado a Joan Dolgut.

Esa mañana, Aurora, vestida de paciencia y amor, volvía a interrogarla con delicadeza.

—Soledad te manda recuerdos, dice que pronto vendrá a verte. Te manda estas almojábanas para que las tomes con un cafecito —se lo dijo pensando que, tal vez devolviéndole la vida a su madre, Clemencia reaccionaría sin los dolores de las últimas visitas. El olor que desprendía la bolsa la llevó a reconocer en Aurora a Soledad.

—Te quedaron muy buenas, mija. ¿Has venido con Joan?

—Se ha quedado tocando el piano. Dice que pronto vendrá a verte.

—Ya vino, el otro día… y estuvo toda la tarde conmigo.

Aurora se sorprendió y continuó llevándole la idea.

—Qué bien. ¿Y qué te dijo…?

—Le pregunté por ti… y por tu hija. Ya le dije que la próxima vez toque para mí una sonata de las buenas… ¿Ya le ha dicho a su hijo que se casa contigo? Olvidé preguntárselo.

—No, aún no.

—No me extraña. Ha vivido tan despegado de su padre... ¿Y tú? ¿Se lo has dicho a Aurora?

—No me atrevo.

—Debes hacerlo, es buena hija.

Con el último mordisco a su almojábana, su identidad se evaporó adentrándose en su túnel de nada. Aurora miró la bolsa y se arrepintió de haber repartido aquellos panecillos tan especiales entre las enfermeras. Se despidió de la anciana con un beso, acariciándole el cabello. Volvería con otras ricuras colombianas. De momento, las almojábanas habían sido milagrosas; le habían abierto los recuerdos a la entrañable octogenaria; ahora había quedado intrigada. ¿Sería verdad que alguien había visitado a Clemencia? Y ese alguien, ¿quién podría ser? A la salida preguntó como si nada a la encargada, que buscó en el libro de registros, confirmando no una, sino varias visitas, cada una de ellas realizada con intervalos de una semana. Al pedirle el nombre del visitante, la recepcionista se negó a dárselo. Por respeto a los ancianos, y salvo a familiares directos, le estaba prohibido desvelar la identidad de las personas que iban a ver a los pacientes. Aquello no era una cárcel, sino una casa respetable, le dijo, una especie de hotel de lujo donde acudían a pasar los últimos años de olvido los mayores, ya ignorados por la sociedad y con fortunas aún por gastar. La mujer se había guardado bien de preservar el dinero que todas las semanas recibía de manos del elegante visitante.

Andreu había empezado a ir cuando Gómez le había revelado la existencia de la anciana y su condición de amiga íntima de Soledad; era un tema que quería llevar él solo, personalmente..., como lo estaba llevando Aurora. Desde el primer momento, y dada su pinta de hombre adinerado, la sebosa recepcionista de la residencia lo había recibido prácticamente con honores. Se creyó todo lo que él le dijo apenas le vio el billete doblado de quinientos euros que le extendió mientras la saludaba. Contestó a todas sus preguntas y hasta le facilitó datos que no le había pedido, como el ritmo de visitas que llevaba Aurora y sus horarios. La primera vez lo acompañó servil hasta el salón de visitas más exclusivo, instruyéndolo en el manejo de la enfermedad y en la manera como debía abordarla. No tuvo necesidad de aplicar ninguna técnica. Nada más verlo, Clemencia Rivadeneira lo reconoció y lo llamó Joan. Sus intensos ojos selváticos le jugaban una mala pasada, volvían a levantar de la tumba a su padre. Aunque siempre lo hubiera negado y hubiera luchado por no parecerse físicamente a él, sus genes paternos habían ganado la batalla; cuanto mayor se hacía, más se le parecía. Ahora aquello le servía para seguirle la corriente a aquella viejecita chupada que parecía abarcar todos los recuerdos en su mirada bañada de lejuras. Casi no tuvo tiempo de prepararse para el diálogo que vendría.

—Joan, me tenías abandonada. ¿Cómo puedes olvidarte de tu madrina de bodas, ah?

Lo abrazó con dulzura, como si lo quisiera mucho. A Andreu le gustó ese contacto casi maternal con olor a jazmines. La viejita era elegante y refinada, y además olía a madre ausente. Después de un largo silencio, cuando se repuso del improvisado abrazo, habló:

—¡Ay, Clemencia! El olvido es una palabra muy pesada. Ni se te ocurra mencionarla porque corremos el riesgo de que nos caiga encima.

—¿Hoy no vino Soledad?

—Tenía ensayo de coro. Ya sabes… —se sabía al derecho y al revés el informe que Gómez le había dado.

—¿Ya has visto a Aurora?

—Es hermosa… —Andreu recordó su rostro de pétalos volados.

—Y toca igual que tú. Yo la he oído desde chiquita acariciar el piano tal como tú lo acaricias… amándolo. En eso es igualita a ti.

En ese preciso instante, un puñado de periquitos bullangueros se posaron en el alféizar de la ventana, con una algarabía roja que chamuscó la memoria de Clemencia hasta convertirla en humo negro. Volvió a mirar a Andreu, esta vez con ojos despepitados.

—¿Quién eres?

—Soy Joan.

—¿Joan? No conozco a ningún Joan… —le gritó asustada—: ¡VETEEE!… ¡VETEEE!

Los gritos alertaron a las enfermeras, quienes terminaron calmando a la anciana y a Andreu, que había quedado petrificado de la impresión. No le habían advertido de esas escenas de desorientación y violencia; sólo le habían hablado de la desmemoria y el silencio. Trató de mantener la calma y finalmente, cuando se serenó del todo, volvió a acercarse a Clemencia, que lo miraba en silencio con sus ojos amnésicos, abiertos pero cerrados… Se había ido. Besó su mano y desapareció con una desazón enfermiza en el cuerpo que lo enmudeció el resto del día.

Esa fue la primera vez. Luego vinieron otras, más seguidas, más jugosas, aunque nunca había logrado que la conversación volviera a sus inicios, que la anciana le hablara de Aurora.

Ahora sabía más cosas de su padre interpretando, en el cariñoso equívoco de Clemencia, los sentimientos que nunca hubiera imaginado que su progenitor pudiera llegar a inspirar. Fue en esas visitas donde su amor de hijo comenzó a revivir a pedacitos, donde, a punta de adoptar el papel del padre, reaprendía a amarlo. Sabía con seguridad que éste había sido feliz los últimos meses de su vida y que había amado intensamente a la mujer muerta. Clemencia se había encargado de desvelarle a trozos episodios de delicado romanticismo. Por lo que intuía, su padre había sido un refinado compositor anónimo de cuyas partituras podrían haber nacido los conciertos más hermosos; una malograda figura de la música que él podría haber patrocinado sobradamente siendo, como era, uno de los grandes benefactores del Gran Teatre del Liceu y del propio Palau de la Música. En uno de sus desvaríos concretos, Clemencia le había contado que existían por lo menos doscientas partituras inéditas que habían ido a parar quién sabía dónde, todas compuestas por su padre e inspiradas en el amor de Soledad. Ella decía haber escuchado algunas, y lo comparaba con Chopin en lo romántico y con Beethoven en lo dramático. También le había hablado de un transatlántico que recorría el mundo con él dentro, pero eso se le había quedado en una nebulosa de difícil ubicación. A veces pensaba que era posible que todo lo que le contaba no hubiera existido nunca, pero como no tenía de qué más agarrarse, prefería seguir creyendo en ella. Además, aquellas visitas se le habían convertido en un compromiso inaplazable; una rutina semanal que lo descomprimía de los avatares empresariales, con sus juntas, cócteles, reuniones y politiqueos. Sentía el afecto de aquella viejecita, y eso, sin saberlo, le encantaba... Se sentía querido.

Ese año, el otoño había entrado temprano, con su aliento naranja, premiando con monedas de oro a quienes aún insistían en buscar el sol en bancos de parques y terrazas voladas. En la residencia de Bonanova pronto clausurarían el patio, y los viejos presenciarían, con las mantas sobre sus reumáticos pies, el escurrir de la vida por los grandes ventanales. Las lluvias lavarían otras soledades, los árboles se desnudarían frente a sus asmáticos ojos, un olvido calentaría otro olvido, y ellos, anhelantes, aguardarían la caricia perdida, como los niños pobres soñaban con reyes que nunca llegaban de Oriente. Las visitas se espaciarían, y la Navidad les dejaría algún regalo inservible que calmaría culpabilidades de familiares desalmados. La única que no notaba el paso del tiempo y seguía recibiendo visitas religiosamente era Clemencia Rivadeneira.

En lo que quedaba de año, Aurora y Andreu, cada uno por su lado, no dejaron de visitarla; ella se les había convertido en fuente de amor, amnesia y datos. Aurora había descubierto la fórmula de despertar sus recuerdos, agasajándola con delicias colombianas que desperezaban sus papilas gustativas, estimulándole las salivas del recuerdo; preciosas anécdotas vividas junto a su madre, algunas de ellas de una confidencialidad juvenil y sonrojante. Un día, mientras bebía el chocolate caliente que le había traído en un termo y saboreaba a cucharaditas el queso derretido del fondo de la taza, Clemencia le dijo:

—Amor sin besos es como chocolate sin queso...

Entonces, Aurora le contestó una frase que le había oído decir a su madre: "Y amor sin sesos es como huevo sin sal".

—¿Sabes, Soledad? Lo que más extraño de mi Eliseo son sus manos ganosas metiéndose por mi falda hasta encontrarme la... flor —al decirlo rio como niña que sabe que ha hecho una pilatuna—. Hum, nos amamos con arrebato hasta que sintió los pasos de Toña la Negra —se refería a la muerte—. Eso sí que era amor, no lo que se ve en esa caja boba —señaló la televisión—. ¿Y tú? ¿Para cuándo vas a dejar el amor? ¿Para cuando te coman los gusanos? ¡Arranca de una vez!, que el tiempo es un gallinazo que nos roba a picotazos la vida. ¿Te queda un poquito más? —dijo, tendiéndole la taza—. Está buenísimo.

Aurora sabía que para mantenerle vivas sus evocaciones lo último que podía faltar era la ñapa; por eso siempre traía doble ración, pues cuando terminaba la degustación, desaparecía inmediatamente la memoria.

Clemencia continuó paladeando y hablando.

—Fíjate cómo lo encontraste y cuánto tardaste. Has esperado toda la vida para tenerlo. Ay, mijita, serías una pendeja si no lo disfrutaras. Por ejemplo, ahora estás perdiendo el tiempo conmigo. ¡Vete! No dejes para mañana lo que puedas amar hoy. ¿La próxima vez me traerás esponjado de curuba? —preguntó, glotona.

—La próxima vez te traeré lo que quieras.

—No les des a ellas —señaló a las enfermeras—, son unas tragonas. Me lo quitan todo.

Así eran sus visitas a la residencia de ancianos. Pedacitos de historias donde faltaba la mejor parte, la parte de Soledad. A pesar de ello, Aurora empezaba a intuir que su madre conocía a Joan de antes… de mucho antes, y eso tenía que ver con las maravillosas sonatas que había compuesto aquel anciano.

Continuaba yendo todas las semanas al apartamento de Dolgut, donde Ullada la esperaba para su exclusivo concierto semanal. Se habían hecho amigos mudos, con una complicidad que los reunía sin citas concertadas. Ella, la pianista, y él, salvo cuando se presentaba algún imprevisto policial, su fiel público. El día del primer concierto a solas, Aurora había encontrado en la butaca del piano un fajo de partituras inéditas que eran una verdadera joya del virtuosismo musical. Estaban realizadas sobre papel corriente con pentagramas trazados a mano en líneas prácticamente evaporadas por el tiempo. Cada nota había sido tejida de manera que el fa se hacía notar en su ausencia premeditada. Cada concierto consistía en resucitar una de ellas y hacerla vivir en el piano.

Había días en que Aurora percibía a su madre tan nítidamente que sólo le faltaba abrazarla. Su perfume había ido capturando toda la estancia; estaba en el piano, en el aire, en la cocina, en las habitaciones, en las notas que volaban en el aire. Era como si esa música estimulara su presencia, como si la llamara. Aquél era el único lugar en que sentía que su madre aún vivía, y así como ella se convencía de que su madre estaba en aquel lugar, los vecinos del Born vivían sugestionados con la idea de que el espíritu de Dolgut rondaba su piso y hacía sonar su piano. Se había creado un grupo de oración para rogar por su eterno descanso, y Conchita Marededeu había mandado decir una novena de misas en su nombre. Eso sí, nadie se atrevía a acercarse a la puerta, ni a husmear, lo cual facilitaba los encuentros entre Ullada y Aurora, quien, fascinada por el descubrimiento de aquellas partituras y la percepción que de su madre tenía en aquella casa, había optado por mantenerlos, por lo menos hasta agotar en el piano las doscientas sonatas y hacerlas sonar completicas.

Por su lado, Ullada seguía llevando en cada una de esas citas el sobre con la foto de Soledad y Joan, y aunque se prometía a sí mismo entregársela al final de la tocata, cuando estaba a punto de hacerlo, el temor a perderla se lo impedía. Aurora le trastornaba la conciencia de una manera respetuosa e irrespetuosa a la vez. Se había ido enamorando como un niño de su vaporosa belleza y bondad interior, y cuanto más cercana la sentía, más lejana la veía. Se creía muy inferior; a pesar de saberla de su misma clase social, estaba a años luz de alcanzarla en profundidades y reflexiones. Iba conformándose en ser el silencioso portador de la llave que la conectaba con su madre y ese espiritual y mágico ambiente. Porque a él también le estaba pasando lo mismo en aquel lugar; percibía no sólo la total presencia de aquellos ancianos enamorados, sino, por encima de todo, la inconfundible omnipresencia del amor absoluto. Cuanto más iba, más quería ir.

Gómez, que seguía con su labor detectivesca, estaba al tanto de aquellas infiltradas de Aurora y Ullada al apartamento de Dolgut, y nada más darse la primera visita clandestina se lo había comunicado a Andreu, quien había hecho caso omiso a la espera de ampliar la información, que poco a poco iba cogiendo consistencia. Sabía a qué iba Aurora al piso de su padre, pues el detective, que lo observaba todo desde una pequeña rendija, no había omitido ningún detalle a la hora de narrárselo. Lo consideró tan bello que, permitirla entrar, aunque fuera de manera tan ilegal, terminó por convertirlo en un regalo tácito a aquella volátil mujer de la que, salvo su ropa barata, todo le parecía perfecto.

Lo único que no acababa de entender de toda esa historia era la presencia del inspector, pero ahora nada le corría prisa. Iba descubriendo que los comportamientos humanos distaban mucho de corresponder con lo que revelaban las apariencias. Desde que había empezado aquella búsqueda de la verdad sobre el pasado de su padre, se sentía disparejo. Su vida había adquirido pinceladas nuevas; no sabía cómo clasificarlas, pues eran sensaciones totalmente diferentes de las establecidas, primero solo y más adelante con su mujer, a quien desconocía por completo salvo en lo referente a citas, clubes y manipuleos de sociedad. Se daba cuenta de que, en realidad, últimamente le importaba un pepino lo que ésta hiciera o dejara de hacer, siempre y cuando no afectara la imagen que proyectaban al exterior. Y cuando decía al exterior se refería sobre todo a su suegro, quien a pesar de la boda y de los años, seguía teniendo la sartén del dinero por el mango. Se había casado –o mejor dicho, lo habían casado– con Tita en estricto régimen de separación de bienes, y eso él lo llevaba inscrito en la mente en letras de molde.

Con su mujer, en los últimos meses prácticamente ni se habían rozado, exceptuando cuando ella lo decidía, y eso ya no ocurría casi nunca. Entre las sábanas, sus cuerpos parecían de cemento helado, pero él hacía como que no se enteraba. Mientras, ella aprovechaba para floretear a su amante con caricias y regalos cada vez más salidos de madre. Las clases de piano que Borja estaba tomando le habían ampliado a Tita el horario de llegada a casa, y si antes se preocupaba un mínimo por regresar, ahora ese mínimo había desaparecido. El pasatiempo de su hijo era su salvoconducto; incluso llegó a ofrecerle más dinero a Aurora con tal de que aquellas clases se alargaran más de lo convenido.

Andreu, que a sus habituales trajines de trabajo y sexo pagado había ido anexando sus periódicas charlas con Clemencia, sus citas con Gómez y sus visitas al cementerio, ahora se le había convertido en un verdadero compromiso llegar a casa, por lo menos una vez a la semana, antes de que terminaran las clases de piano para espiar desde la puerta y a prudente distancia a la mujer de viento alado.

Su hijo progresaba a una velocidad increíble. Desde que había empezado con Aurora a recordar la escala musical, de eso hacía ya casi cuatro meses, había pasado a tocar él solo, sin la ayuda de su profesora, piezas completas. Si bien era cierto que aquellas sonatas eran sencillas, eso no desmerecía el virtuosismo que su hijo demostraba. Se lo veía poseído por aquel instrumento, en un éxtasis de pianista antiguo que contrastaba con la modernidad de su ropa y sus Nike aerodinámicas.

Una tarde de lunes, Andreu había asistido en secreto a una conversación entre profesora y alumno.

—Cuando pongas tus manos sobre el piano —le dijo Aurora a Borja—, piensa que acaricias un pájaro; que sólo tocas sus alas con las que luego ha de volar. Él deberá percibirte lo máximo como para sentirse querido, y lo mínimo para saberse libre. Las yemas de tus dedos deben pulsar las teclas como si fueran puntos de amor a estimular… no a lastimar, ¿comprendes?

—No entiendo tu lenguaje, Aurora…

—Tal vez porque aún no has amado a una mujer. ¿Has tenido alguna vez en tu mano un gorrión? Si lo has hecho, habrás sentido su pequeño corazón agitado por el miedo… y al abrir la mano y liberarlo, el cosquilleo del batir de sus alas impacientes de libertad.

—Pero las teclas no están vivas.

—Claro que lo están. Tus caricias les dan la vida.

—¿Tú crees que uno se puede enamorar de un piano? Porque yo siento que amo este piano. Mis padres no lo saben, pero… ¿Sabes lo que hago en las madrugadas, para no despertarlos cuando duermen? Toco el piano sin sonido.

—¿Quieres un secreto? Yo también lo hago, cuando me entran ataques de amor a mi piano a horas inadmisibles. El truco consiste en cerrar los ojos sobre las teclas e imaginar su sonido cuando pones sobre ellas tus dedos volados… sin tocarlas.

—Es lo que yo hago.

—Serás un pianista de los de verdad. ¿Sabes por qué? Porque incluso en las negaciones lo sabes querer. Y un buen pianista ama a su piano por encima de todos los obstáculos… incluso el más duro: el silencio.

—Anoche sentí que el piano me poseía. Mira… —Borja sacó de su cuaderno de pentagramas una hoja con apuntes de notas musicales y se la dio a su profesora.

—¿Esto lo has hecho tú? —Aurora lo estudió con calma. Era una pequeña pero perfecta composición musical.

—Sí. Cuando lo tocaba sin sonido me salió esta melodía que aún no he probado en el piano por miedo a que no suene como sonaba en mi cabeza. Era… celestial.

—Es fantástica. Si en tu cabeza sonaba celestial era porque tu alma había conectado directamente con las notas… Déjate ir de alma y tócala, te sonará igual… Venga, Borja…

Aurora lo empujó con suavidad. El muchacho cerró los ojos delante de su piano y su alma tocó.

Unas notas lánguidas y puras acariciaron los sentires de la profesora hasta hacer llorar su corazón. Recordó las sonatas de Joan Dolgut. Aquella melodía arrastraba una delicadeza idéntica a la del anciano.

—Es bellísima, Borja —lo besó con dulzura de madre—. El miércoles te traeré un tesoro. Las sonatas compuestas por un ser maravilloso que aún tengo que descubrir.

—¿Chopin?

—No… —Aurora le sonrió—. Un hombre anónimo, con una sensibilidad extraordinaria; alguien que un día será reconocido por el mundo, aunque esté muerto.

—¿Y para qué sirve componer si nadie te escucha?

—Para ser feliz. ¿A que fuiste feliz escribiendo esto? Esa felicidad que ya has tenido no te la quitará nunca nadie.

—¿Y si se burlan de mí?

—Los que se burlan no saben de tu alegría. Son pobres de espíritu porque no tienen su sueño personal. Y tú lo tienes.

—¿Y si los que se burlan son tus padres?

—Aprenderán de ti a descubrir las alegrías verdaderas. Nunca te des por vencido. Es a ti a quien corresponde luchar por tu sueño… Y para luchar por algo, primero tienes que creer en ese algo con mucha fuerza, con mucho amor.

Al oír la última pregunta de su hijo, Andreu sintió una vergüenza inmensa. Desde que había presentido sus dotes de pianista, no había dejado de combatirlo, negándole con alevosía la posibilidad de crecer como músico. Estaba haciendo de su hijo un desdichado jugador de juegos de computador y un triste niño rebosante de inutilidades de moda. Lo había escuchado interpretar en el piano su primera composición, y la piel de su alma por primera vez se había erizado. Había descubierto con su hijo una sensación de no ser sólo cuerpo, de que dentro, había un algo que podía emocionarse sin ningún interés monetario ni de conveniencia.

Desde la ventana, Andreu la observó alejarse. Como si llevara alas en los pies, su ligero cuerpo no dejaba huellas en el césped perfectamente cortado. Su cabello se giró en un gesto sutil que dejó al descubierto dos negros soles brillantes que lo miraron sin verlo. Ella había sentido su mirada y se había vuelto, buscando entre persianas oblicuas la fuerza deseosa que dos vegetales y selváticos ojos le habían enviado.

Soledad Urdaneta salió del baño acalorada de inquisiciones maternales y bañada de vergüenzas y tristezas; había tenido que confesárselo todo a su madre, con pelos y señales, ante la amenaza de verse sometida a la ira paterna, argumento que Soledad Mallarino había blandido a diestra y siniestra. Los ojos se le escurrían, derretidos de abatimiento. Aunque su madre le había prometido que no se lo diría a su padre, siempre y cuando la obedeciera en todo, ella sabía que el mediotono que había empleado no era de fiar. También le había dicho que esos eran amores insensatos, propios de la inmadurez, y que aquella "bobada" se le pasaría cuando encontrara el verdadero amor de su vida. Alguien que fuera digno de ella, de alcurnia, educado en el seno de una buena familia, no un "pobrecito muerto de hambre" a la caza de gente de bien. "Un clavo saca otro clavo, mija", le había dicho como si nada, secándole una lágrima, y a ella le había provocado gritarle con furia a la cara que ése era SU CLAVO; el que Soledad Urdaneta Mallarino había elegido, el que SU HIJA quería, pero no se había atrevido. Era a su madre a quien tenía enfrente, y le debía un respeto. Con sus lloros, y resoplando impotencia, le había suplicado que la entendiera; se había puesto de rodillas, prometiéndole de todo, con tal de que la dejara verse con Joan, pero Soledad Mallarino no había dado su brazo a torcer. A aquel "camarerito aprovechado", se lo había dicho con retintín, no iba a volver a verlo en su vida. Mientras lo decía, además, iba amenazando entre dientes con devolver al convento a Pubenza por alcahueta e inconsciente.

Por su lado, Benjamín Urdaneta, con el bolso de su hija abierto sobre su regazo, examinaba con los ojos desorbitados por la ira las fotos donde aparecía su hija junto a un chico desconocido y en actitud algo más que cariñosa. Una asquerosa mano intrusa sobre el hombro de su pequeña y pura niña. ¿Pero aquello qué quería decir? Un grito energúmeno hizo cimbrar la *suite* como si un terremoto de palabras fuera a despedazar cuadros, mesas, jarros y cortinas.

—¡SOLEDAAAAAAAAAD!

La puerta del baño donde se encontraban las dos Soledades se abrió de golpe por el azotazo del grito. Pubenza, que escuchaba la conversación desde fuera y estaba a punto de hacer sonar sus nudillos sobre la madera, cayó al suelo. De un solo tirón, Benjamín arrebató a su hija de los brazos de su mujer y la fue arrastrando hasta el salón, haciéndola prácticamente levitar en su ira, mientras la madre le gritaba por detrás que se calmara.

La furia de Benjamín Urdaneta había hecho bambolear las lámparas de todo el hotel, cortocircuiteando todas las conexiones y los cables eléctricos. La cocina había quedado a oscuras y los ascensores se habían encallado entre los pisos. En ese instante, Joan Dolgut, vestido de guantes blancos y tristeza negra, servía un poco de champán en la copa de un cliente. Para él, la luz se le había ido desde hacía rato, desde que había dejado de ver a Soledad; ese apagón no venía sino a confirmar su oscuridad interior.

—¿QUIÉN ME VA A EXPLICAR ESTO? —Benjamín le mostraba las fotos repetidas a su hija, mientras lanzaba dos disparos a Pubenza—. ¡RAPIDITO, QUE NO TENGO TIEMPO! ¿QUIÉN ES ESTE MEQUETREFE? ¿CÓMO TE HAS ATREVIDO A DEJARTE TOCAR POR UN ZARRAPASTROSO EXTRANJERO?, ¿DÓNDE ESTÁ ESTE...? —golpeaba la foto con rabia sobre el brazo de su hija—. ¡LO VOY A MATAR CON MIS PROPIAS MANOS!

Frente a cada palabra, Soledad se había ido destiñendo de miedo hasta quedar transparente, espíritu sin cuerpo, suspendida por los dedos de su padre que empezaban a clavarse sobre su brazo haciéndole daño. Del pánico que le produjo verlo vociferando de tan tremebunda manera, no podía hablar; era la primera vez que asistía a aquel espectáculo de terror, y coincidía con las historias que de niña le habían contado las sirvientas de su casa, pero que ella nunca había querido creer.

—HABLA... HABLA... ¡HABLAAAAAAAAAAAAAAAA!

La palabra "habla" se le fue diluyendo en ecos lejanos. Soledad Urdaneta cayó redonda al suelo. Se había desmayado de miedo. A continuación, un charco ambarino la empapó. Acababa de orinarse... también de puro miedo.

Soledad Mallarino, angustiadísima, empezó a vociferarle al marido toda serie de insultos mientras trataba de que su hija volviera en sí. Pubenza salió corriendo al baño y volvió con una toalla mojada y un vaso de agua. Cuando regresó junto a ellos, Soledad ya había abierto los ojos, pero al ver que aquello no era ninguna pesadilla sino la más pura realidad, quiso volver a hundirse en la inconciencia, y esta vez el cuerpo ya no le respondió.

Benjamín se había sentado en un sillón, carcomido por su furia y resoplando agite, mientras la habitación se congelaba en el silencio.

Durante dos días no se dirigieron la palabra. Ninguno se atrevía a romper aquel estado de voto obligado de mudez; durante dos días… hasta que, mientras bebía su café con leche, a Benjamín le pareció reconocer en el camarero con cara de "mosquito muerto", al chico de la foto.

Entonces, antes de volver a la furia, se lo pensó dos veces. Fue urdiendo un plan maquiavélico. De él no se iba a burlar nadie, ¡carajo!, y menos un sarnoso de esos.

Se mordió la lengua. Todos desayunaron en riguroso luto: Pubenza y Soledad, sin levantar los ojos del plato y sin probar prácticamente nada; Soledad, vigilante de su marido, prefería que el desayuno se le helara a descuidar la paz de mentira que había logrado.

Joan no entendía nada, pero lo asumía todo; estaba expectante de alguna señal que Pubenza o Soledad le enviaran, algo definitivamente imposible dadas las circunstancias. Cuando subieron a la habitación, Benjamín bajó. Se le había ocurrido ir de lobo con piel de cordero. Llegó al comedor donde minutos antes había estado con la familia desayunando y, como si hubiera olvidado sus gafas en la mesa, empezó a simular que las buscaba hasta que Joan se le acercó.

—¿Se le ha perdido algo, *monsieur*?

—Se me ha perdido una conversación; un permiso; algo que usted, joven, tendría que haberme pedido. ¿No le parece?

—Perdón, *monsieur*… No lo entiendo.

—Claro que me entiende. Es sobre mi hija. Me lo ha contado todo.

—Lo siento, *monsieur*.

—Eso les pasa a las chicas jóvenes, sin experiencia… y mi hija es aún una niña. No sabe lo que hace. No sabe que no debe permitir que gente como usted se le acerque. A ella la disculpo... Pero, ¿usted? Debería saberlo, trabajando en este hotel. ¿No le dijeron que hay niveles? ¿Que no debe mirar al sol fijamente porque puede quedarse ciego? Me gustaría que tuviera claro que mi hija y usted no son iguales.

—Claro, *monsieur*.

—Claro, *monsieur*... —imitó la voz del camarero—. Pero usted ha tenido la desfachatez de acercársele, y no sólo sin permiso, sino aprovechando la soledad de las muchachas, aprovechando nuestra ausencia. ¡Qué falta de respeto, Dios mío! ¿Entiende que mi hija es de otra clase? Porque salta a la vista que no pertenecemos a la misma —le pegó un repasón humillante a su vestido—. ¿Cómo las llaman ustedes, los camareros, a las clases sociales, a las diferencias? ¿Estratos...? ¿Niveles?

—*Monsieur*, yo le prometo que me haré un gran señor para merecerla.

—Eso es; ahora empezamos a entendernos. ¿Cuántos años tiene la joven promesa de jefe de camareros?

—¿Se refiere a mí?

—Por supuesto.

—Dieciséis, *monsieur*.

—Bien. ¿Cuánto cree usted que tardará en ser... respetable?

—No lo sé, señor.

—Bien. Pues mientras no lo sepa, aléjese de mi hermosa e inalcanzable, obviamente para usted, hija.

—Pero es que nos amamos...

—Eso es un mal menor.

—Yo le prometo que no la molestaré. Ya sé que ustedes se irán. Permítame sólo escribirle... hasta que...

—No deje de hacerlo. Sus cartas, para ella, serán, sin duda, un aliento de alegría —Benjamín dio un quiebro rápido a la conversación para situarla en otro contexto.

—¿De verdad, *monsieur*? ¿Me dejará que le escriba?

—Escríbale, hasta que se haga un lugar en la sociedad, hasta que se haga... un gran señor; entonces hablaremos. ¿Cómo te llamas?

—Pasó a tutearlo, mientras le ponía la mano sobre el hombro en actitud cariñosa.

—Joan Dolgut, *monsieur*. Para servirlo.

—Joan, sólo una cosa más. A cambio de tus cartas, hasta que nos vayamos, no vuelvas a acercarte a ella, ¿me entiendes, verdad? No me gustaría que fuéramos centro de habladurías en este hotel. No me conviene, ni a ti tampoco. Mi amigo Georges Bonnard —mencionó lentamente el nombre del director del Carlton— no lo vería con buenos ojos, ¿estamos? Acuérdate del compromiso. Primero hazte un hombre... respetable, y después volvemos a hablar.

—De acuerdo, *monsieur*. Muchísimas gracias. Es usted muy bueno.

—Aquí tienes la dirección. No dejes de escribirle, seguro que tus cartas la harán muy feliz. Yo le comunicaré nuestra conversación.

Joan recibió la tarjeta que Benjamín le entregó y rápidamente la leyó. La calle, el número, todo coincidía exactamente con la dirección que Soledad le había dado dos días antes.

—¡Eh! No rompas el pacto, Joan... Te estaré vigilando. —Benjamín se lo dijo con un tono divertido.

—No se preocupe, *monsieur*.

Joan se quedó plantado hasta que vio desaparecer en el ascensor al padre de Soledad. Parecía sincero, pensó. Había pasado de la rabia a la comprensión. Era un buen hombre y tenía razón. Debería trabajar muy duro para merecerla.

Cuando Benjamín llegó a la habitación, las tres mujeres lo aguardaban sentadas, cada una por su lado, con cara de velorio. Después de tres días sin modularles palabra, las reunió en el salón y les habló:

—Soledad Urdaneta, te lo voy a decir sólo una vez y espero que sea suficiente. Te queda TERMINANTEMENTE, escucha bien el término que uso, TERMINANTEMENTE prohibido cruzarte algún tipo de palabra, mensaje, mirada, gesto o lo que sea con el camarero Joan Dolgut... a no ser que quieras que él sea despedido fulminantemente y acabe "muerto de hambre" como muchos de sus paisanos que ahora andan rondando las fronteras de este país. No volverás a verlo, ni siquiera en sueños. Porque si yo me llegara a enterar que te lo sueñas, sería capaz de no volver a dejarte dormir. Por lo tanto, hasta que no se te cure esa "infección", quedas en cuarentena. Hasta que nos marchemos, permanecerás en esta habitación. Ya he hablado con el director diciéndole que tienes una pequeña infección, porque has de saber que estás "infectada" de pobreza. ¿Me has entendido, Soledad Urdaneta? Y tú —miró a Pubenza—, contigo seré implacable. Como has permitido todo esto a mis espaldas, también estás "infectada", por lo tanto, quedas también en cuarentena... Con una amenaza bien clarita, no me crean tan pendejo —se las miró a todas, orgulloso de lo que se le acababa de ocurrir—. Si vuelves a colaborar en algo semejante, te meto de paticas al convento, y eso sí te digo, a limpiar suelos y baños. No como una novicia rica... noooo, mijita. Eso ya pasó; como una sirvienta. Me da mucha pena tener que hablarte así, pero tu padre estaría agradecido. Te estoy educando y lo hago por tu bien. El barco zarpa dentro de una semana y no podemos hacer nada... Esperaremos. Este castigo me servirá para ver cómo se comportan... T-O-D-A-S —al decir la última palabra miró a su mujer, que temió contestarle por miedo a alborotarle la rabia.

Mientras hablaba, Soledad Urdaneta no dejaba de llorar, hipando mocos, pero nadie la consolaba.

—Y no quiero una sola lágrima. Esas guárdatelas todas para cuando me muera, que falta voy a hacerles, carajo. Ojalá Dios me dé vida para protegerlas. No se las puede dejar solas porque terminan haciendo disparates. Menos mal que me tienen.

A Soledad empezó a dolerle el cuello de los sollozos contenidos; una cuerda de dolores le iba apretando la garganta hasta ahogarla. Su madre no se atrevía a consolarla, y Pubenza, menos. Aquel hombre que tanto había respetado y amado, su padre, era un ser monstruoso. No podría volver a besarlo, ni abrazarlo. No podría volver a decirle papá. No podría volver a quererlo... Estaba llorando por el amor de Joan y por el amor que había sentido por su padre y que en ese instante él mismo, con sus palabras, le estaba matando. Todo se le estaba derrumbando. Hasta su madre, que no había sido capaz de defenderla. Hasta Pubenza, su prima del alma... Estaba sola. Cuanto más lo pensaba, más lloraba para sus adentros. De pronto, lanzó un sollozo que los empapó a todos... como una gran ola; se estaba inundando por dentro. Se estaba ahogando en sus propias lágrimas. Corrió al baño y vomitó litros de agua salitrada hasta que se escurrió en el suelo, abrazándose a la taza del váter.

Fueron pasando los días encerrados. En la puerta de la gran *suite*, Benjamín hizo colocar un letrero de PROHIBIDO EL PASO y una especie de vigilantes con orden expresa de comunicar cualquier anomalía a la dirección o directamente a él. En el hotel se había silenciado cualquier pregunta al respecto, pero se había regado a susurros la historia de que una de las chicas de la *suite* había cogido la varicela y estaba en cuarentena. Nadie debía pasar, salvo dos mucamas que entraban con mascarillas a limpiar la habitación o a llevar la comida… siempre las mismas. Las había elegido Benjamín ayudado por su amigo Georges, el director.

En los ratos de descuido, pues vivían vigiladas por su madre casi las veinticuatro horas del día, Soledad llegó a adivinar, en los largos ojos de Pubenza, un secreto.

En la arrebatada refriega del primer día, Benjamín había lanzado al váter las fotos de Joan y Soledad, tirando de la cadena mientras vociferaba maldiciones, pero una de ellas se había salvado del desagüe y había quedado pegada a la porcelana del interior de la taza. Cuando Pubenza fue a orinar, la encontró. La rescató del ahogo como pudo, limpiándola y secándola a punta de vahos para después esconderla dentro de uno de sus zapatos. Las miradas que le lanzaba a su prima querían contarle aquello. Quería consolarla diciéndole que todavía le quedaba algo de su Joan. Una foto.

Mientras tanto, el camarero se consumía en la pena de saber que la niña de su alma seguramente era la enferma y él no podía hacer nada para consentirla y cuidarla. Se sembraba en la sexta planta a observar de lejos y a escondidas los ajetreos de la habitación 601, pero poco o nada podía ver. Sentía verdadero pánico de que el padre de Soledad fuera a encontrárselo fisgoneando por los alrededores, y perdiera así el derecho a escribirle. Ni siquiera *monsieur* Philippe, quien había hecho malabares lingüísticos y de seducción con las mucamas para sonsacarles alguna historia, había podido enterarse de otra información diferente de la que se había difundido por todo el hotel.

La única tarde libre que tuvo Joan, pues tantos permisos habían copado sus días de fiesta, la empleó para volver a subir a la plaza donde se habían hecho las fotos. Como sabía que sería imposible recuperar alguna, pues con las angustias de esa desafortunada tarde no sabía adónde habían ido a parar, le había suplicado al fotógrafo que le vendiera los negativos, sabiendo que tal vez ya no existían. Pero éste, meticuloso hasta la médula, llevaba un archivo concienzudo con fecha y hora, y apiadándose del chico, terminó regalándole dos de los tres que conservaba. Después, Joan corrió al puerto, y hasta que no tuvo la información completa del día y la hora en que zarparía rumbo a Nueva York el transatlántico Liberty, como ella le había dicho que se llamaba aquel impresionante barco, no se marchó.

Más tarde, se dirigió a la playa de Juan-les-Pins. Quería arrancar con su navaja la corteza del tronco del olivo donde la noche de la cena en Le Tetou había grabado sus iniciales y las de su ángel, para hacérsela llegar a Soledad, no sabía de qué manera, antes de su partida. Pero al llegar al viejo olivo, se quedó con la boca abierta. Aquel corazón que había dibujado con tanto amor en el centro de su tronco, hacía tan sólo una semana, se había ido multiplicando a lo largo de su grueso tallo alcanzando ramas y raíces. Incluso en cada una de las hojas aparecían como dibujados por un pequeño cincel el corazón y las letras. El anciano olivo parecía un trofeo de amor que se alzaba en medio de la aridez y la negación. Joan, conmovido ante tanta belleza, fue separando del tronco, suavemente y con precisión cirujana, el trozo de corteza marcado por él y lo guardó en su libro de notas para que las lágrimas de savia se secaran.

Llegó el día de la partida y Joan no pudo entregarle a Soledad lo que con tanto amor había preparado. Le había escrito una bellísima carta de amor, que había corregido cien veces, donde a última hora había decidido no mencionarle nada de lo pactado con su padre; la había acompañado del corazón arrancado del árbol, de una sonata con la nota fa, repintada para que recordara su compromiso, y de los negativos. Todo esto lo había metido en un sobre rojo a la espera de poder dárselo como fuera. Con *monsieur* Philippe habían estudiado mil y una formas de hacérselo llegar, pero todas habían fracasado. Se guardaron la más riesgosa para el final.

El servicio del hotel esperaba la salida de la niña convaleciente y de su familia. Era verdad que Soledad parecía haber pasado una terrible enfermedad y no una simple varicela, como se decía, pues su estado de delgadez y palidez eran extremas; un suspiro de penas vestido de organzas. Llevaba en sus pestañas la pesada condena que arrastran los que sufren amores imposibles y que la gente confunde con la peste o el tifus. Su padre, que la custodiaba, le había prohibido levantar la mirada hasta tanto no hubiera pisado el barco, no fuera a ser que el desgraciado del camarero a última hora le robara el alma; lo que no sabía era que el alma hacía ya rato que no estaba con ella. Aquella salida parecía el acompañamiento de un cortejo fúnebre. Con la cabeza gacha, Pubenza seguía a Soledad, acompañada por su tía, que vigilaba hasta su aliento.

Cuando Joan Dolgut vio a su niña del aire arrastrando su conciencia como prisionera condenada al patíbulo, se le cayeron los ojos en saltos de lágrimas. La enfermedad la llevaba encima; se le veía en la sombra que arrastraba por el suelo. No podía entrarle por sus ventanas porque ella no podía verlo; llevaba los ojos clausurados de fiestas, cerrados por dos candados invisibles. Todavía le quedaba regalarle un último adiós que se colara en su alma por otra puerta abierta: el oído. Quería bañarle el alma de sonata... regalarle una serenata de amor.

Madame Tetou, que se había enterado de todas las tristezas a través de Joan, había logrado que uno de sus bohemios y ricachones clientes pusiera en el puerto a disposición del camarero su viejo piano. Joan, adelantándose en su destartalado sidecar, llegó al lugar enfundado en su traje de lino, aquel que con tanto amor le había arreglado *madame* Joséphine, y haciendo de tripas corazón se preparó a despedirla de la misma forma que su alma la había recibido... con *Tristesse* de Chopin.

Al verla descender del Jaguar, sus dedos empezaron a acariciar el piano vestidos de *Tristesse*. Los acarbonados ojos de Soledad se despertaron del castigo rompiendo los candados impuestos, clavando sus últimas negruras, chorreantes de diamantes tallados, en los ojos marítimos de su pianista de olas. Sólo un segundo, pero Joan los inmortalizó en su alma. Las lágrimas y el piano los unían.

Las notas angustiadas empezaron a aletear locas hasta convertirse en diminutas cometas que volaban libres, sin piola, alrededor de Soledad, envolviéndola en delicados giros. Eran el fa, el do, el sol, el re, el la, el mi y el si, multiplicándose; todas acercándose a ella, tocándola, besándola, amándola, embistiéndola... en un *andante maestoso*... en un *allegro vivace*... en un *largo apassionato*... hasta poseerla entera de amor. Joan acababa de hacerle el amor con su música. Los dedos no lo habían obedecido, y la sonata de Chopin se había convertido por la rabia, el dolor, la ausencia adelantada y el amor contrariado en una tromba sinfónica de pieles tocadas, invisibles, que habían unido sus almas delante de todos. Los labios de Soledad se abrieron, dejando escapar un delicado quejido azul que dio nacimiento a un viento nuevo. De pronto, alrededor de ella, brisa y cometas eran una; un bello torbellino de colores que terminó empujando, contra su voluntad, a Benjamín Urdaneta de un solo golpe al interior del barco; Pubenza y Soledad Mallarino acabaron rendidas a los pies de la niña de aire, que ahora poseía la fuerza de los vientos y del amor recién estrenado.

Una cometa blanca como un cisne empezó a elevarse en el cielo, empujada por aquel viento azul. En su templada piola corría un sobre rojo aupado por el viento, recto al cielo, buscando con su mensaje pintar de amor las nubes.

El barco zarpó con Soledad mientras el piano seguía batiendo pañuelos de adiós en sinfonías. *Monsieur* Philippe continuaba largando metros de piola que la cometa se iba tragando voraz. Cuando el transatlántico ya fue un punto blanco en el horizonte, tal como había quedado con Joan, *monsieur* Philippe liberó la cometa, entregando al viento su último asidero.

Soledad siguió escuchando durante toda la travesía el infinito piano de Joan Dolgut. La cometa fue custodiando su viaje enredada en la bandera americana del barco, con el sobre pegado a su piola, hasta que Soledad lo había hecho caer con un golpe de aliento y se lo había escondido en su corpiño durante el resto del viaje. Con su padre había implantado la veda de palabra.

Cuando llegaron empezó la guerra. En Europa, la segunda guerra mundial. En la familia Urdaneta Mallarino, la guerra entre padre e hija.

Soledad se convirtió en una niña remilgada, de ausencias presentes y mutismos rigurosos. Iba al colegio, muñeca de cuerda, y cuando volvía se plantificaba en el porche de la casa a esperar durante todas las horas la llegada de un cartero que nunca aparecía. Se sentaba en la mecedora del patio contando los trinos de los pájaros que faltaban para matar el día, despellejando a punta de recuerdos los momentos que había vivido en Cannes; aquel sueño que la había matado viva. A escondidas, gastaba la foto que Pubenza le había entregado de los dos. El ritual consistía en hacer las tareas del colegio, encerrarse en el baño con todos los seguros puestos y mirar y besar a su pianista hasta agotar los besos. Comía lo justo para no morir de hambre, y vomitaba apenas lo suficiente para no caer en la desnutrición. El silencio de su pianista le iba mordiendo las certezas. Mantenía en el dedo el anillo que le había puesto Joan, que ya negreaba, pero que ella se negaba a guardar a pesar de las súplicas de su madre y de las amenazas del padre.

Desde que habían regresado, Pubenza no había vuelto a hablarle del tema, era como si no lo hubiera vivido. Aquello había ido creando un rencor en Soledad que no le permitía ya ni saludarla. Pubenza sufría lo indecible con la actitud de su prima, pero no podía hacer nada. Se había visto obligada a prometerle a su tío que nunca volvería a hablarle de la historia de Joan Dolgut, ni en familia ni a solas. Que no le daría esperanzas ni fomentaría nunca más esa locura por el bien de su prima y del suyo propio, pues las monjas estaban al corriente de todo y se mostraban dispuestas a recibirla cuando Benjamín Urdaneta, el gran benefactor del centro, lo dijera, de la manera como la había amenazado en Europa: como una vil sirvienta. Todos estaban en manos de su intransigente y, desde Cannes, malvado tío. Hasta la propia Soledad Mallarino. No podían hacer nada.

Benjamín iba recibiendo a un ritmo semanal las cartas del camarero y se las iba guardando en su caja fuerte. Ni siquiera perdía el tiempo leyéndolas. Incluso hubo una dirigida específicamente a él y ni se dignó abrirla.

Había llegado la Navidad y Soledad Urdaneta, apostada en el porche, seguía sin recibir una sola nota de su pianista.

—¿A qué hora llega el cartero? —preguntó Soledad a su vieja niñera.

—A cualquier hora. A todas y a ninguna. Estos parajes de Dios no son como el centro de Bogotá, niña Soledad.

—No me llame más niña. No soy una niña. Estoy comprometida.

—¡Ay, niña Soledad, a usted le falta mucho por vivir!

—Yo ya estoy muerta, Vicenta. Me mató mi papá.

—No diga eso. Él sólo quiere su bien.

—Pues hay bienes que matan, y su bien apuñala. Mató mi amor hacia él, mi respeto, mi amistad con Pubenza. Mató mis días de felicidad en Cannes, imponiéndome el dolor de tener cerca al amor de mi vida y condenándome al suplicio de no poder ni verlo.

—Es un buen hombre… equivocado.

—Es un egoísta.

—No lo diga, que las paredes tienen oídos.

—Pues ojalá me oiga. No le tengo miedo; ese miedo ya lo vomité todo.

—Niña Soledad, no se llene de odio, que se le carga la bilis. Si quiere, yo puedo hacerle un baño de purificación con unas yerbas.

—A quienes debería hacerle ese baño es a ellos, Vicenta. Ellos son los que están podridos.

—¡Ay, madre María santísima! ¿Qué fue lo que se le metió en ese viaje, niña? Debería respetar a sus padres.

—Vicenta, si usted no me escucha, entonces sí que habré perdido la cordura. No tengo a nadie que me entienda… ¿Por qué no me escribirá?

—Ya sabe, niña, allá están en guerra. A lo mejor es eso, no le llegan las cartas porque él no puede ponerlas; porque estoy segura de que he visto al cartero dejando el correo.

—Revise las cartas antes de que las vea mi papá. ¿Me lo promete?

—Segurito, mi niña, que lo haré. Pero trate de mejorar la situación con ellos. Por las malas… ni agua. Su papá, por las malas, no funciona. Se lo digo yo, que lo conozco casi de chiquito. Es muy remachado.

Lo que Vicenta no sabía era que Benjamín había hecho desviar el correo extranjero a la fábrica. Los contactos que tenía en todas partes lo llevaban a que sus deseos fueran órdenes. Se movía entre ministros, plenipotenciarios, representantes y delegados, toda una serie de palancas que llegaban a levantar hasta las voluntades más blindadas.

Los copos de nieve espolvoreaban el alféizar de la ventana de Joan Dolgut, cayendo como azúcar glaseado sobre tarta inexistente. Llegaba otra Navidad de traje blanco y alma helada, y él seguía sin recibir respuesta a las cartas que cada semana, religiosa y amorosamente, enviaba a Soledad Urdaneta. Se consumía masticando recuerdos, sonrisas, besos, miradas y tactos, revueltos y por separado, pues por más que trataba de recordar su rostro, todo parecía esfumársele en el destiempo de la ausencia. Lo único que aún seguía revoloteándole por la cara y sin descanso era aquel viento azul, amorosamente tibio, que parecía besarle los labios. Sabía que Soledad lo visitaba con el viento... ¿Sabía... o se lo imaginaba? Últimamente, no estaba tan seguro. Empezaba a dudar de todo. Aunque el juramento de amor que se habían hecho fuera sellado por la verdad de sus ojos y sus alientos encontrados, el goteo del ácido silencio iba oxidando las bisagras de su corazón. ¿Y si no lo quería? ¿Y si la distancia le hubiera anestesiado el amor? ¿Y si hubiera conocido a alguien en aquel transatlántico? ¿Y si ese alguien fuera de su misma clase y la hubiera enamorado con ademanes refinados? Las dudas se le colaban por las grietas de sus celos.

Se sentía muerto viviente entre bandejas y platos callados. Desde que se había ido su amor, ya no sentía la vida.

La guerra había desempolvado el alma de muchos desalmados; incluso hasta el hotel había descubierto que tenía una alma que lloraba. El comedor se había ido marchitando de sonrisas y el pianista de siempre ya no era el mismo.

La música, a pesar de sonar ya no se oía. Los comensales comían respetando un luto sin muertos presentes.

El 1 de septiembre, diez días después de haber despedido en el puerto a Soledad, las emisoras de radio comunicaban el inicio de la guerra. Cannes, que preparaba su primer festival de cine, se había visto obligado a cancelarlo. Reservas, pancartas, alegrías y preludios, habían caído con la invasión de Polonia por las tropas alemanas. Todo había cambiado de golpe. La solitud que vivía Joan Dolgut lo había obligado los fines de semana a refugiarse más que nunca en casa de su viejo amigo Pierre Deloir, el panadero de Cagnes-sur-Mer, que lo consolaba con panes desabridos. Seguía esperando cartas imposibles de su padre, y ni *madame* Tetou ni *monsieur* Philippe lo ayudaban a paliar sus dolores de amores extraviados. Parecía que sus días pendieran del finísimo hilo de un papel que le trajera palabras resucitadoras, tanto de un lado del océano como del otro. A su padre ya no le escribía, sólo aguardaba. El gobierno instaurado a la fuerza en su querida Barcelona no era de fiar. Con Soledad, se le desbordaban los tinteros; cuanto más triste se encontraba, más sonatas le salían. En cada carta que enviaba a Colombia, anexaba pequeños apuntes de sus composiciones para que ella supiera que su amor estaba más vivo y musical que nunca, convencido de que con sus clases de canto y solfeo su amada haría sonar aquellas melodías de amor.

Continuaba asomado al mar, haciendo batir las olas con la fuerza de sus iris, y con su desesperación desesperada lograba crear marejadas de absoluto desquicio salitral. Levantaba espumantes remolinos de encajes que provocaban sonatas oceánicas escuchadas sólo por sus oídos, observadas sólo por sus ojos lunares, en madrugadas sin rumbo que lo llevaban a caminatas sonámbulas de encuentros marinos.

Conocerla había sido lo mejor que le había pasado… y lo peor. Nacimiento y muerte simultáneos. El amor le había hecho sentir la elevación de la vida; su ausencia, el revolcón de la muerte. Para vivir necesitaba sentirla. Para morir de dicha, verla.

En la bruma de un febrero espeso de desvelos escuchó la llegada del transatlántico, su ronquido inconfundible. Corrió al puerto, descamisado en medio de la nieve. El Liberty parecía un barco fantasma; se acercaba majestuoso con la cometa blanca aún enredada en su bandera. Entonces, Joan Dolgut tuvo la idea. Le llegó nítida como la inspiración de una sonata nueva. Se embarcaría en él e iría a buscarla. No podía esperar a perderla. Vació todos sus ahorros, que no llegaban ni para un tiquete de tercera y tomó la decisión a golpe de alma hambrienta. No le importaba el modo de ir, sino el ir. Si viajaba tendría que hacerlo de otra manera. *Monsieur* Philippe trató de disuadirlo, pero le habían vuelto las fiebres del encuentro, esta vez arrebatadas y sin medicación cercana. Probó asustándolo con las traiciones del mar adentro, con lo desconocido, pero las esperanzas del camarero se irguieron por encima de todos los razonamientos de su viejo amigo. La buscaría y sería ella quien le diría a la cara por qué no le había escrito. Sería ella quien, mirándolo, rompería su pacto sagrado, si era eso lo que pretendía con su evidente silencio. Sería ella quien, tal vez al verlo, se arrojaría en sus brazos hasta fundirse en uno. Porque estaba seguro de que sus abrazos y sus besos no mentían. Hablaría con su padre y con quien hiciera falta. Trataría de que entendieran lo imposible de vivir sin ella. Y si no entendían, se la robaría. Se escaparía con su niña del aire a volar cometas y a quererse hasta el fin de los siglos, quién sabía adónde. No podían estar separados. Tal vez en aquel nuevo mundo la vida fuera diferente, más amable, sin tantos dolores a cuestas. Tal vez un día podría volver a Europa, a Barcelona... con ella, y cuando todo se calmara, llevarla a su viejo rompeolas, pasearla por sus viejos barrios y encontrarse con su tan extrañado padre. Tal vez Pau Casals lo recibiera. Tal vez un día, convertido en pianista consagrado, su padre y su princesa compartieran palco en el Palau de la Música, todos juntos, el padre, la esposa y los hijos de los dos; porque tendrían hijos que aplaudirían orgullosos sus recitales de melodías escritas en su exilio enamorado, del que sólo habían quedado aquellas partituras y el amor sublime de sus padres.

La mañana del 15 de marzo de 1940, Joan Dolgut y su vieja mochila arrancaron rumbo a Nueva York con un único patrimonio: un macuto cargado de ropas ajenas, ajustadas a su nueva e hipotética profesión, la de viajero errante, y un puñado de sueños. En una escueta colecta, pues los tiempos no estaban para despilfarros, *monsieur* Philippe, *madame* Tetou y Pierre Deloir reunieron lo suficiente como para que "su niño" no tuviera que colarse como polizón. Una vez dentro, Joan tendría que buscar ganarse la vida para que el viaje no sólo le llevara a América, sino que le alcanzara para pisar Cartagena de Indias y más tarde Bogotá.

Esa mañana, Aurora Villamarí había madrugado para ir al mercado de La Boquería. Conocía un puesto en el que podía conseguir todos los ingredientes para preparar un delicioso ajiaco bogotano que había prometido llevarle a Clemencia Rivadeneira. Desde que las visitas habían adquirido ese cariz culinario, la memoria de la anciana se había activado de manera extraordinaria; después de la última reunión, en la que le había llevado obleas con arequipe, empezó a llamarla por su nombre, y parecía como si entendiese todo lo que estaba pasando. El único problema era que una vez finalizado el saboreo y deleite del plato, la oscuridad mental volvía a ser de hierro. Pero la tenacidad y paciencia de Aurora eran infinitas.

Llegó con los ingredientes a punto: el pollo, las tres clases de papas, la mazorca, las guascas, el aguacate, la crema de leche y un pote grande de alcaparras, que en ello Clemencia había sido enfática. Sobre todo, le había dicho, que no le faltaran sus alcaparras. La directora del centro le dejó la cocina a cambio de una tacita de prueba para cada enfermera. De tantas visitas, ya se había creado una distendida camaradería.

Cuando el ajiaco espesó lo suficiente, Aurora apagó el fuego. Al oler las guascas, a Clemencia se le esponjaron los recuerdos.

—Qué cosa más deliciosa me traes hoy, Aurorita. Te has lucido, mija.

—Ya ves, Clemencia. A ver si te alegro el corazón. Mi mamá siempre decía: barriga llena, corazón contento… Pero ese dicho no funcionaba con ella, pues por más que se la llenara, nunca le sentí el corazón dicharachero. Después de comer siempre me fijaba a ver si veía el cambio… y no había cambio. Siempre tuvo la mirada triste y el alma flaca.

—¡Ay, chiquita! Tienes que entender. Tu madre nunca fue feliz. La casaron a la fuerza.

—Eso no es verdad. Mi abuelo era bueno.

—Un desalmado. Nunca escuchó las súplicas de tu madre.

—¿Y mi abuela?

—Una miedosa. Jamás se le enfrentó. Le tenía pavor a sus iras.

—¿Y mi madre…?

Clemencia no le contestó. A cambio, le hizo una pregunta.

—¿Y tú? ¿Eres feliz con Mariano? —Aurora pensó que era increíble que recordara el nombre de su marido.

—¿Quién es feliz en esta vida, Clemencia? Tú, que lo has vivido casi todo, ¿crees que existe la felicidad?

—Depende de lo que entiendas tú por felicidad. Mi felicidad fue compartir con mi Eliseo la vida. Yo no pedía nada, sólo vivir con él. Sí, fui feliz. Mi felicidad, como ves, era simplona. ¿Y la tuya?

—Si te refieres al amor, no lo he vivido de la manera que creía que debía ser. Es posible que mis deseos estuvieran equivocados. Ya sabes, vibrar a fondo con todos los sentidos. Tal vez el verdadero amor sea algo tan sencillo y plano como lo que tengo. Lo que sí es cierto es que mi piano interior no ha llegado nunca a sonar con él. A cambio, yo hago sonar el de fuera, y eso me da un trocito de alegría.

—¡Y cómo lo haces, mi niña! Ya te he escuchado. Tocas igualito que Joan Dolgut. Gran pianista… Yo fui una privilegiada; pude escucharle tocar sus sonatas… Componía; la música se le salía por los dedos a chorros. ¿Tu madre te habló alguna vez de él?

—Nunca.

Al saber la respuesta, Clemencia quiso cambiar de tema, pero no pudo. Haciéndose la boba, se metió otra cucharada de sopa mientras Aurora insistía:

—Háblame tú, por favor.

—Se amaban como niños. Cuando ella lo encontró, resucitó. Tendrías que haberlos visto con mis ojos. Los ojos de un viejo no son los mismos que los de un niño. Las arrugas sólo existen en la mente de los más jóvenes, porque las temen. ¿Y sabes por qué las temen? Porque no las entienden —echó más alcaparras en el plato y continuó—: Nosotros podemos ver por encima del tiempo. Algo bueno tenían que tener los años, ¿verdad? No vemos la edad externa, sólo la del alma, y el alma, querida niña, no tiene edad. Así se encontraron Soledad y Joan, con el alma tersa… fresquita. Por eso se amaron tanto.

—¿Se conocían de antes?

—De toda la vida. Desde antes de que nacieran. Quien es tu verdadero amor está destinado para ti de toda la vida. Aunque lo conozcas tarde —hizo especial énfasis en la palabra "tarde"—, porque… ¿Qué quiere decir tarde? Tarde es lo que uno considera tarde. ¿No crees? —Aurora asintió; no quería hablar para que no se le atragantaran los recuerdos—. Fíjate, ahora es tarde para la mañana, son casi las dos; pero es temprano para la noche. Luego, nunca es tarde. Funciona de acuerdo con tus necesidades.

—¿Sabes por qué, queriéndose tanto, se… —le costaba decirlo— suicidaron?

—No lo sé. Tal vez para que ni la vida volviera a separarlos.

—¿Cómo era la relación entre Joan y mi madre?

—Como la de dos amantes de alma. Pusieron el alma por encima de sus cuerpos, por eso se encontraron después de estar perdidos. Cuando sólo te buscas de cuerpo, corres el riesgo de no encontrarte nunca con el verdadero amor. Se disfrutaron cada segundo de vida y creo que la vivieron toda en pocos meses. Los consumió el amor… ese gran leño ardiente.

—¿Por qué no me dijo nada? —le puso un poco más de ajiaco, al ver que la vieja amiga de su madre raspaba el plato con la cuchara.

—Porque su amor era cosa de ellos, ¿no crees? Pero puedo asegurarte que desde que lo vio no volvió ni al coro, ni a la iglesia, ni siquiera a la compra.

Vivía cantando y preparando su boda como una adolescente.

Clemencia acabó de comer y, por más que Aurora le insistió, no quiso más.

—Debo tener el ombligo como un chupo —rio como una niña—. Si como más, reviento.

Aurora insistió en otra pregunta, pero el tiempo del recuerdo se había vaciado del plato.

La quería. Aquella viejecita ya no sólo era la amiga de su madre, ni quien despejaría sus incógnitas, era la tía buena que nunca había tenido. La familia que siempre había quedado lejos… en aquel corazón verde subido.

Se fue pensando en su madre enamorada, y la sonrisa se esbozó en sus labios. Debía ser maravilloso vivir el amor tal como ellos lo habían vivido en sus últimos meses. Consumirse en la alegría de amar y ser amado de manera tan sublime y total. Tan sin tapujos, ni futuro. ¿Cómo debían sentir aquellos dos ancianos el amor? ¿Habrían tenido sexo? ¿Qué plenitud los había llevado a la muerte? ¿Qué significaría para ellos ese acto de renuncia a la vida?

Al abandonar la residencia, el helaje de febrero le azotó la realidad a la cara. Hacía tiempo que iba viviendo la historia de su madre y la suya había pasado a ser la "sinvivida". Su hija era lo único que en realidad le provocaba destellos de vida. Buscarla a la salida del colegio y verla bajar con su alegría desatada, campanas al viento, era el mayor regalo de vida que se daba a la semana. Eso sólo podía hacerlo los martes y jueves, pues el resto de días las clases de piano le bloqueaban cualquier intento de escapada. Entonces se metían al Teleférico, el bar más antiguo del barrio, ella a merendar las palabras y cuentos que su hija Mar soltaba con el hambre de las cinco y la euforia de sus trece, masticando frases y bocados de sándwich de queso derretido, todo a la vez, y pasándolos a tragos de cacao helado a pesar del frío.

Después venía el trayecto a casa; las tres manzanas caminadas en abrazo cerrado jugando al único juego que le quedaba a Aurora de su madre y que había traspasado como legado dinástico a su hija: el chupaté, que consistía en agarrarse de la cintura y al unísono ir saltando a ritmo de una cancioncita pendejísima que las dos recitaban… "La historia de una niña que caminaba en París, tis, tis, y resbaló, lo, lo, y en brazos de un novio cayó".

La repetían y repetían, y saltaban y saltaban, sin importarles las miradas de la gente, hasta que finalmente cruzaban la esquina y entraban al edificio. Aquello no tenía precio. Su hija y ella unidas por dos infancias que ya no estaban, pero que se mantenían vigentes en un viejo juego que siempre sería niño. En Mar veía reflejadas sus alegrías infantiles, muertas quién sabía cuándo, y sin saberlo las tomaba prestadas de ella cuando se compartían. Para eso debían servir las horas, para saborear compañías tan amadas como la de su hija.

Llegó a casa, y con el desgano de haber cocinado toda la mañana para Clemencia, resolvió no comer. Empezó a ojear de nuevo el diario de su abuelo que

hacía días venía estudiando. Algo la intrigaba. Todas
las narraciones de sus viajes tenían su comienzo y
su final. Todas, menos una. La última. La del viaje
a la Costa Azul en julio de 1939. Habían partido, de
ello daban buena cuenta decenas de páginas escritas
minuciosamente en aquel protocolario estilo de su
abuelo, intenso y vital, que se interrumpía después de
un par de días en Montecarlo y Niza. En el cuaderno
parecía como si no hubieran regresado aún de aquel
viaje. La única historia interrumpida. La última. El
diario acababa allí, aunque aún le quedaran un buen
puñado de páginas en blanco. Eso significaba algo.

En su libreta de notas, Aurora anotó Cannes y a
continuación un interrogante. ¿Dónde estaba el final
de esas maravillosas vacaciones? ¿Y las otras? ¿Las
posteriores? ¿No habían hecho más viajes anuales?
¿Dónde estaría Pubenza? ¿Viviría? Anotó otra frase:
"Buscar teléfono de Pubenza en Bogotá".

La lista de dudas había ido creciendo; dos páginas de preguntas sin respuesta. Otras frases que se
sumaban al amasijo mohoso del hipotético anillo
ya analizado, a la foto de los zapatos que debían
pertenecer a una pareja desteñida por el tiempo y al
álbum de fotos de juventud de su madre, con su cara
cubierta de aquella tristeza impenetrable hasta en su
boda. Los comentarios de Clemencia esa mañana sobre el cruel Benjamín Urdaneta, casando a la fuerza
a su única hija, abrían un nuevo frente de desamor
entre su padre y su madre que desembocaba en un
gigantesco interrogante. Un rayo abriéndose en medio de nubarrones de hormigón… El más temido

y difícil de asumir… ¿quién había sido, en realidad, Joan Dolgut? Pensarlo le produjo un retortijón de miedo. ¿De dónde había heredado ella esa pasión tan intensa por el piano? ¿Por qué Clemencia insistía tanto en decirle que ella tocaba el piano igual que aquel hombre? ¿Por qué su madre había insistido en fomentarle aquella pasión que desde la cuna se le salía del alma? Sus ahorros de bordados y costuras y las ayudas del abuelo habían ido a parar, a escondidas de su padre, que lo consideraba superfluo, al conservatorio de música. Ahora caía en la cuenta del entusiasmo con que su madre había seguido sus progresos; era posible que ésta hubiera visto reflejada en ella al amor de su vida… al hombre con el que no había vivido nunca. ¿Al padre de su hija? Pero su madre no había podido engañar a Jaume Villamarí tanto tiempo. Era imposible.

Sintió una llave en la cerradura y, como si temiera que le descubrieran sus pensamientos, se alisó la frente restregándose los miedos por la cara. Era su marido, que venía a comer.

—Hace un frío que pela —le dijo frotándose las manos, y entró directo a la cocina.

—En el horno hay merluza. La he puesto a calentar y al final me…

El sonido de la televisión acalló la voz de Aurora. Mariano se había sentado con el plato y una lata de cerveza frente a la pantalla. Un gesto nocturno que ahora se reproducía al mediodía, desde que había decidido que le salía más barato comer en casa. Vació el plato y volvió a salir corriendo, sin preocuparse de nada; despidiéndose con esa carencia de beso que hacía parte de su austera identidad.

Al verlo desaparecer, Aurora pensó en la pregunta que le había hecho Clemencia: "¿Eres feliz con Mariano?".

Esa noche volvió con Ullada al apartamento del Born. Antes de entrar, montaron como siempre una especie de guardia vigilando los movimientos del vecindario para que nadie los viera. El inspector se le había convertido en una sombra amiga que acompañaba sus vacíos; aquella melancolía que a ratos sentía y de la que esa tarde había tomado conciencia. Traspasando la puerta, un viento cálido y azul la envolvió en un abrazo de olas tranquilas. Era su madre. Estaba allí y la arropaba en una caricia amorosa y plena. A pesar de no verla, la percibía más corporal que nunca, más feliz que nunca. También podía sentir la serena presencia de Joan Dolgut como un sentimiento de protección y amor. Una energía dulce que abrigaba. Aun cuando estaban en pleno invierno y sin calefacción, el lugar conservaba una tibieza uterina. Verdaderamente, el amor de ellos estaba presente, y aunque era invisible a sus ojos, podía sentirlo con nitidez. Desde la desaparición de su madre, su alma había cambiado; ahora lo registraba todo, estaba abierta de par en par. Hasta en su muerte, su madre le había regalado algo... una alma nueva. No sabía si Ullada sentía lo mismo, aunque creía que los dos vivían de manera muy especial y diferente ese lugar. Se admiraba de que aquel hombre fuera feliz sólo escuchándola. Si alguien los hubiera visto, habría pensado que estaban locos; un par de desprogramados introduciéndose en una casa ajena. Ella, para tocar un piano mutilado, y él, para escucharlo. Pero así eran. Dos seres solitarios, dos locos cuerdos que no querían más que dar y recibir música… eso era al menos lo que ella pensaba.

Hacía semanas que el inspector ya no cargaba con la foto de Joan y Soledad, ni se le pasaba por la mente devolverle las cartas que, por respeto a los muertos, aún no había leído. Sabía que algún día tendría que entregarle a Aurora lo que había "tomado prestado" de la casa del paseo de Colom, pero hacerlo era un arma de doble filo; dependiendo de la manera como la empleara, podía encumbrarlo a la gloria o hundirlo en el más asqueroso lodo. La idea de devolverlas al mueble de persianas, aunque se le había pasado por la cabeza, la había aparcado, pues lo que había comenzado como un simple trámite de investigación, pasados los meses, se le había convertido en un asunto de extremo amor. Se había atrapado a sí mismo con unas pruebas que consideraba importantísimas, pero que podían cerrar el caso, y con ello su único y verdadero placer: sentirse importante para Aurora.

Ahora, tuviera lo que tuviera, buscaba la manera de que nada le estropeara su incipiente relación que, de momento, se reducía a un saludo antes de entrar, un café al salir y entremedio, el maravilloso concierto; la única alegría que había pasado a competir con su eterno placer de visionar películas. Desde que se veía con Aurora, sus vagabundeos nocturnos se habían centrado en buscar en los videoclubes trasnochadores los amores más imposibles llevados al cine. A *Los puentes de Madison* y *Lo que el viento se llevó*, había ido sumando *El paciente inglés, Las amistades peligrosas, El hombre que susurraba a los caballos, Moulin Rouge, Titanic, Amor inmortal, Leyendas de pasión*, todas películas en donde la fatalidad del amor lo hacía identificarse con el más sufridor. Porque eso era lo que le estaba sucediendo; estando en su presencia, sufría. Quería tocarla sin manos, besarla sin labios, alcanzarla sin brazos. Que nada la rompiera o la manchara. Que nada, ningún procedimiento inadecuado, lo apartara de ella. No sabía cómo comportarse con las mujeres, y menos con una casada. Salvo lo que había visto en las películas y aprendido de memoria en sus repeticiones, su conocimiento femenino se limitaba al de un hijo abnegado.

Esa noche la encontró más delicada y triste que nunca. Sus ojos apretaban una gota de vacío inconmensurable. La vio avanzar muda hacia el piano, con el cabello ondeando en aquel viento errante, y sacar de la butaca el fajo de textos musicales. Interpretaría como siempre una nueva sonata. Pero esta vez, al tocar el primer compás, las partituras que descansaban inertes sobre el mueble atravesaron el aire enloquecidas, envolviendo en giros al piano y a su intérprete. Cuanto más tocaba, más giraban. Aquel amor invisible se manifestaba. El viento elevaba los papeles en circundas, despeinando las notas del escrito, haciéndolas volar libres, convertidas en diminutos colibríes que entraban y salían del piano desde el fa vacío; notas brillantes haciendo sonar aquel agujero sin tecla. Aurora había elegido la sonata con la que Joan Dolgut había despedido a Soledad Urdaneta en Cannes, cuando el piano aún estaba entero, cuando su amor aún estaba ileso. Una cascada de suspiros musicales se desparramaba en el aire, arrebatando de embriaguez el alma de Aurora, quien, a pesar de que la sinfonía había acabado, volvía a tocarla, sabiendo que al hacerlo escucharía otra melodía más bella, hechizada por aquella mágica música que le resucitaba una piel que jamás había sentido: la de lo venidero.

En el inspector, aquella sonata fantástica había producido un revoltijo de deseos imperiosos que lo empujaban a acercarse a la pianista más de lo debido. Adelantó dos pasos, tres, cinco, hasta que su mano no le obedeció y fue a deslizarse sutil sobre su hombro, rozando adrede con la punta de su dedo meñique el espacio desnudo de su cuello. En un escaso segundo pudo sentir la sedosa piel de un rincón prohibido. Era de aire, leve y cálida como la había presentido y palpitante de vida. Toda su piel debía ser una extensión infinita de sueños a conquistar. Al pensarlo, a Ullada se le atragantó la noche en su garganta seca. Se quedó inmóvil cubriendo con su cuerpo, a mínima distancia, la espalda de aquella mujer que tarde o temprano, haría suya; aprovechando la dirección del viento para tocarle la piel a soplos, con su aliento.

Mientras deslizaba sus manos por las teclas, Aurora había sentido aquel dedo sobre su nuca como un roce fugaz del viento. Después, caricias de aire. Su cuello estaba vivo; podía sentir hasta la brisa. No pudo parar de tocar hasta que la sinfonía se detuvo por sí sola, hasta que el viento dejó de soplar y se escondió en el piano. Sin darse cuenta, aquella tibia brisa había reverdecido sus ganas de amar y ser amada.

Entretanto, los progresos que Borja iba haciendo en el piano eran directamente proporcionales a los retrocesos que se iban sucediendo en las relaciones de sus padres. Tita Sardá andaba enamorada hasta los huesos de su amante. Había empezado a planificar, en italiano susurrado, futuros con Massimo di Luca. Aunque su mejor amiga, la única a quien había confiado su infidelidad, le había prevenido de que esa aventura se le podía complicar, ella no le había hecho caso. Era verdad que aquel hombre, maravilloso según sus propias palabras, le había llegado primero por el cuerpo, pero con el tiempo se le había metido directo en el alma. Massimo no era un italiano cualquiera. Se había enterado por él mismo que pertenecía a una familia de condes venida a menos, pero, en definitiva, a una familia de rancio abolengo. Su título nobiliario, pensaba Tita, le serviría como introducción a un mundo barcelonés donde los apellidos y los orígenes, el *glamour* y las formas y, en el peor de los casos, si se carecía de ellos, el dinero, estaban por encima de todo. Admiraba que, hasta el momento, Massimo no le hubiera hablado de ese pasado de castillos renacentistas y fiestas entre la realeza; eso decía mucho de él; ahí afloraba su verdadero origen. Lo único que en realidad preocupaba a Tita era el tema de su padre, en concreto, los negocios en los que había dado el mando a su marido. Aunque le costara reconocerlo, Andreu había sido impecable en todas las gestiones empresariales, y eso lo había llevado a granjearse su confianza y simpatía. Divorciarse de él podría llegar a crear un verdadero cisma familiar. Por lo demás, su grupo de amigos y cruceros exclusivos estaba segura de que acabarían aceptándolo con curiosidad excitante, pues no dejaba de ser exótico emparentarse con un conde italiano que, además de guapo, dominaba el mundo de las bellas artes. Primero por bello y después por artista. Simplemente tendría que recuperar su título, y con él, lo otro vendría por añadidura.

En el dúplex de Pedralbes, Massimo y Tita bañaban sus ilusiones entre mordiscos de besos lamidos y chorros de agua que salían con fuerza del hidromasaje.

—*Carissima diavoletta*…

—*Amore mio*…

—Me lo has prometido, serás mía —mientras lo decía, Massimo dirigió el chorro del hidromasaje al sexo de Tita hasta provocarle un orgasmo acuático. Después empezaron a amarse como gatos y tigres, todo a la vez, aullando, gritando, jadeando, arañándose y suspirando hasta acabar rendidos de agua y caricias.

Andreu vigilaba desde fuera, aparcado en un Opel de alquiler. Quería comprobarlo con sus propios ojos; había empezado a sospechar de su mujer. Tita Sardá no era la misma. Desde hacía meses, sus desplantes la ponían en evidente estado de infidelidad. El distanciamiento de cuerpos, que a priori él había dado por cansancio a tiempo parcial, se había instalado a tiempo total. Por la cabeza se le había pasado la idea de contratar a Gómez para que la siguiera, pero aquel detective empezaba a tener demasiada información, y el juego podía volverse en su contra. Ese día, respondiendo a una corazonada, la siguió. Había perdido la tarde entera encerrado en el coche, pero también había aprovechado para activar sus temas de Bolsa a punta de móvil. Cuando estaba trasvasando una gran suma de dinero a la compra de acciones de una compañía de informática que, según sus topos, subiría como la espuma, la vio salir airosa, envuelta en su abrigo de piel, meneando su bolso de Chanel, directa a su BMW. Llevaba el cabello húmedo y la sonrisa de satisfacción carnal instalada. Miraba hacia arriba, donde un espectacular hombre, en albornoz blanco, asomado a un gran ventanal le enviaba besos soplados. Andreu tomó los prismáticos y enfocó la cara del amante. Aquel rostro, no sabía por qué, le era muy familiar. Entre dientes masculló: "PUUUTA". Ahora ya tenía la evidencia, pero no le diría nada. Dejaría que aquello adquiriera su propia fuerza, mientras él se preparaba. Continuaría como si no supiera nada… hasta asegurar su futuro. Su suegro tendría que enterarse, y él preparía de qué manera.

Esa noche abrió su vieja agenda y llamó a una de sus despampanantes amigas de consolación. Su soledad era sideral. Después de llevarla a cenar ostras y langosta en el reservado de un restaurante del puerto, se metieron en la *suite* que los aguardaba en el hotel Arts. Hizo descorchar champán para celebrar una noche de lujuria, pero cuando la vio salir del baño, vestida para matar, con ligueros carísimos y tanga transparente, regalos que acababa de hacerle, no pudo ni tocarla. Se le había instalado en la mente el rostro de Aurora.

Le pagó doblemente y la despachó con cariño. Por primera vez, esa noche no durmió ni en su casa, ni en ningún hotel. Se fue al piso de su padre. A su antigua casa del Born, donde Aurora Villamarí hacía tan sólo cuatro horas había estado.

Desde la muerte de su progenitor no ponía los pies en aquel lugar, que lo recibía con una frialdad congelada. Abrió calefacciones, encendió luces, y por más que trató de calentarse, el frío se alzó como bandera de bienvenida. Se fue directo al que había sido su cuarto. Todo continuaba idéntico, aunque entumecido de polvo. Sus soldados enfilados, sus cuadernos apolillados, la foto de su madre y él sonriendo en el viejo marco de plata ennegrecida, sus viejos tebeos de *Hazañas Bélicas* y de *Roberto Alcázar y Pedrín* ordenados en su mesita de noche… Se acostó sobre la antigua cama, y hasta que no gastó todos sus recuerdos esculcando en los cajones del pasado, no se durmió. Acababa de reconciliarse con su rincón de infancia.

Después de cuarenta años volvía a soñar. Su inconsciente deambulaba libre entre sueños dormidos, algo que hacía mucho no degustaba, pues el día que había abandonado su hogar para lanzarse a conquistar el mundo había abandonado también toda su ingenuidad de niño, y con ella, su capacidad de percibir. Era como si en su huida a la vida todos sus sueños hubiesen quedado olvidados, por inservibles, debajo de la cama. Como si fueran aquellos zapatos que después de mucho usarlos acababan descosidos y muertos en el rincón del nunca-jamás. Una vez solo en la jungla del asfalto, había empezado a fabricarse otros más prácticos que lo ayudaban a caminar más veloz y sin tropiezos. Los sueños despiertos, metas y ambiciones marcadas por su consciente. Todo sopesado y estudiado buscando el beneficio final, el apoteósico resultado.

Esa madrugada, después de todos aquellos años, volvía a recuperarlos en un sueño tranquilo y sin beneficio metálico, sólo humanamente placentero. Sintió venir a su padre y abrazarlo cuando lo creía dormido… y le gustó. Era un anciano que arrullaba a un hombre derrotado, que acariciaba sus cabellos con unas manos que sabían amarlo. Se sumergió en aquel abrazo viejo y se dejó querer. No había piano, ni sonidos, sólo la penumbra de la noche, el olor a padre que protege y el contacto cálido de manos viejas acariciando su rostro, amándolo. A las siete en punto de la mañana, la eterna radio de Conchita Marededeu, la vecina de toda la vida, lo despertó.

Caminó por el estrecho pasillo con la resaca del pasado palpitándole en la cabeza. Al llegar al salón, una espada de amanecer cortaba el piano en dos, dejándolo en una semipenumbra fantasmal. Se dirigió hasta él pensando en su padre, en Borja y en Aurora. Allí se sentaba la mujer que le estaba robando el pensamiento. Levantó la tapa que cubría el teclado para acariciarlo, imaginando el gesto de Aurora, y un perfume a rosas le abofeteó la cara con fuerza sobrenatural. Ese piano no era el de su infancia. Éste tenía una elegancia antigua, aristocrática, y a pesar de estar lisiado, sonreía con sus dientes de marfil incompletos. De repente sintió miedo. Un escalofrío lo hizo cerrarlo de golpe. El viento perfumado desapareció.

Por el ojo de su puerta, Conchita lo vio salir. Estaba segura. Era Joan Dolgut, treinta años más joven. El espíritu del viejo, tal como ella pensaba, estaba viviendo en el piso.

Al llegar a casa, Andreu se encontró con los falsos morros de Tita Sardá en las narices. Dado el estado de descomposición del Armani que llevaba su marido, estaba convencida de que la engañaba. Se hacía la ofendida y preguntaba sin parar dónde se había metido y por qué no había avisado, montándole un cínico numerito de celos. La ocasión se la habían servido en bandeja y ella no iba a desaprovecharla de ninguna manera.

—Te duró hasta ahora la juerga, ¿eh? —al ver que Andreu no contestaba, decidió seguir bombardeándolo—: ¿Está buena, tu amante? Seguro que te la chupa como quieres. Sólo hay que ver qué cara traes. Si es lo que siempre he pensado: a ti lo que te van son las putas. Chicas de tu clase, cariño.

Borja entró en la cocina y le gritó a su madre:

—¡Cállate de una vez, mamá! No le hables así a mi padre.

—Déjala, Borja. No sabe lo que dice. Su lengua está enferma.

Tita miró a Andreu, y apuntándolo con el dedo, aseguró:

—De esto se va a enterar mi padre. Ya lo verás.

—Para de amenazarlo —suplicó Borja—. Me avergüenzo de ti, mamá.

—Tú calla y aprende. Si no fuera por mí, quién sabe qué serías ahora; un pequeño don nadie… como tu padre. ¿Sabes por qué llevas mi apellido? Porque ni eso tenía para darte.

—¡BASTA! —Andreu soltó un grito seco—. No vuelvas a tratarme así nunca más, y menos delante de nuestro hijo. ¿Me has entendido?

Borja azotó la puerta. Se había ido sin desayunar y sin despedirse.

Los días siguientes Andreu los empleó en estudiar con un abogado amigo su estado financiero-marital, y lo que pasaría en caso de divorcio. Cómo podría invalidar algunas de las cláusulas que se había visto obligado a firmar antes de la boda. Las demandas de separación; sus derechos en caso de infidelidad por parte de Tita y la variabilidad en caso contrario; custodia de hijo y manutención; acciones de la compañía que dirigía y beneficios; repartición de propiedades, entre ellas, sus más queridas: el yate, su velero, la casa de Llavaneres y la de la avenida Pearson, su colección de descapotables, su palco en el Liceu, sus acciones en todos los clubes, desde el Náutico hasta el Ecuestre… Analizando todo aquello se dio cuenta de que aún no estaba preparado para perder ni un ápice de su patrimonio, y menos, a reducirlo a la mitad. Decidió aparcar sus desavenencias matrimoniales, dejándolas en una muy elegante y tensa compostura.

Con aquella actitud, Tita Sardá se iba impacientando, pero tampoco se sentía capaz de dar el primer paso. Andreu no había vuelto a dar muestras de mantener ningún tipo de relación con ninguna mujer, y a cambio, cada noche, cuando ella llegaba, él ya hacía rato que estaba allí. La familia había vuelto a su ritmo diario de soledades y actividades.

Borja llevaba algunas semanas interpretando feliz las sonatas de su abuelo, sin saber que eran de él. Tita calmaba la impaciencia de su amante con más cama, y Andreu se extasiaba observando de lejos y con muchísima precaución las deliciosas clases que Aurora impartía a su hijo. La música que escapaba de aquella habitación lo conmovía al extremo. Aquello no le había pasado ni con la ópera *Turandot*, que consideraba sensiblemente exquisita. El piano tocado por esa mujer le revolcaba el alma de amor y tristeza. Vibraba en su sonido y caía en una espera ardiente en su silencio. La dulzura con que Aurora trataba a su hijo, cómo lo acariciaba, su voz de brisa suave remangando oquedades, todo lo fascinaba. Empezaba a entender por qué su padre había amado hasta la muerte a la madre de Aurora. Debía ser así, ingrávida, como ella. Cuanto más la observaba, más deseos de ahondar en su pasado le entraban.

Después de la última entrevista con Gómez, su insistencia en ampliar la información fuera de Barcelona, y de algunos cabos sueltos que le había lanzado Clemencia Rivadeneira en sus conversaciones equivocadas, había tomado la decisión de viajar a Cannes y alrededores para investigar a fondo aquellos años nebulosos de la adolescencia de su padre. Allí trataría de indagar sobre *monsieur* Philippe y *madame* Tetou; buscaría en Cagnes-sur-Mer vestigios de la antigua familia en donde éste se había alojado en tiempos de guerra, y a Pierre Deloir hijo, nombre que aparecía escrito a lo largo de su cuaderno de notas y al que hacía referencia como su mejor amigo.

Fueron pasando las semanas hasta que llegó la primavera. Antes de partir a Francia, Andreu visitó la tumba de su padre, que ahora lucía una gran escultura. Había mandado construir un monumento en mármol negro, semejante a un *Balzac* de Rodin, haciéndolo sembrar a un metro escaso de la losa en donde aparecían los nombres de Joan y Soledad, homenajeando con él su recuerdo. Había contratado, pagando por adelantado en una floristería del extrarradio barcelonés, el envío de cuatrocientos lirios blancos semanales que cubrieran en su totalidad la sencilla lápida negra, para que no les faltaran flores a los muertos, pues, a pesar de que siempre que iba encontraba lirios dejados por Aurora, a él aquel pequeño ramo no le parecía suficiente para rendir todo el respeto que ahora merecía su padre. Quería compensar con pétalos el abandono al que lo había sometido durante años, agasajarlo con algo más impresionante, un gran monumento que diera fe de su existencia y cientos de flores que lo honraran. Allí, delante de los muertos, los lirios y la imponente escultura, se prometió a sí mismo volver entero, recuperando el pasado de su padre que era en definitiva su propio pasado.

Cogió su Ferrari rojo y después de cinco ininterrumpidas horas de viaje, que aprovechó intensamente corriendo a destajo por la autopista mientras saboreaba la libertad de aire y pensamientos, llegó rendido al *boulevard de La Croisette*. Se respiraba un orden francés de azaleas amarillas y lilas. Las sombrillas en la playa, haciendo un ajedrezado dibujo azul y blanco, resguardaban de los cánceres las viejas pieles ricachonas. Las mesas sostenían en grandes manteles los mesurados vermuts de la tarde. Todo parecía colocado ex profeso para una gran película en la que sólo faltaba oír la palabra "acción". Allí iban a sepultar sus últimas fantasías los ancianos más respetables, económicamente hablando. Cannes se había convertido, guardadas las distancias espirituales y abismales, en la Vanarasi europea; allí donde la tercera edad, en este caso rica, daba su último suspiro. Hacía muchos años que no iba, y lo notaba cambiado. Al principio de su matrimonio solía visitar anualmente aquella ciudad con Tita y sus amigos, después de darse un libertino paseo por Saint-Tropez. Aprovechaban para bañarse en champanes franceses y burdeos de grandes reservas, atiborrándose finamente de ostras vivas y *coquilles* en restaurantes como La Colombe d'Or en Saint-Paul de Vence, cuyos propietarios, Ives Montand y Simone Signoret, le habían dado aquel toque artístico-glamouroso que todavía conservaba y en el que su mujer nadaba como pez en el agua. Ahora iba solo y en una situación muy diferente.

Cannes era una ciudad en la que serpenteaba un interrogante sagrado: los años de su padre perdidos en la desmemoria.

Estacionó frente al hotel Carlton, donde había reservado una *suite*. Como de costumbre, no tenía que preocuparse por nada. Un chofer le aparcaría el coche y un mozo bajaría su equipaje.

No había pasado el tiempo. El hotel se mantenía fiel a su lujoso estilo interior, que había enamorado de tal forma a Hitchcock que éste había terminado eligiéndolo como escenario de su película *Atrapa a un ladrón*, filmando muchas de sus escenas en sus regios salones.

Al llegar al mostrador de registros, el conserje de siempre lo reconoció, saludándolo con falsa y afrancesada exquisitez. Acababa de hacer su entrada el surtidor de propinas más grande que había conocido nunca, y ahora, en lugar de caerle suculentos billetes de francos, con toda seguridad podrían entrarle unos buenos puñados de euros. Aquel hombre siempre había sido generoso al agradecer. Por eso, al entregarle la llave se despidió, poniéndose a sus enteras órdenes, remarcando sonoramente un *"monsieur Andreu"*.

Al oírlo, Andreu pensó que tal vez ese hombre podría ayudarlo a buscar lo que necesitaba encontrar. Quedaron de reunirse la mañana siguiente, después del desayuno. El viaje lo había dejado agotado.

Cuando entró en la suite se sirvió un *whisky* doble, puso a llenar la bañera y, aunque no tenía hambre, se hizo reservar para esa noche una mesa con vistas en Le Tetou, aquel pintoresco restaurante en Juan-les-

Pins, famoso por sus *bouillabaisses* y por no recibir, ni del magnate más magnate, ninguna tarjeta de crédito. Sería la primera vez que cenaría solo en aquel sitio.

Descansó un rato y releyó algunas páginas de la descuadernada libreta gris de su padre, y con dos *whiskis* en el alma y tres nombres en el bolsillo, se lanzó a la calle a recibir las primeras brisas primaverales. Atravesó la avenida y fue subiendo por el *boulevard*. Una patinadora apergaminada lo esquivó y dos mujeres se apresuraron a recoger en bolsas plásticas los desechos que sus caniches, de collares de brillantes, habían depositado elegantemente en la acera. Por primera vez veía esa ciudad con otra mirada. Los *blazers* azules, de anclas bordadas y botones dorados, parecían el uniforme de los tertulianos de las mesas; el peso de las cadenas y los oros doblaban cuello y orejas de mujeres que reían sin ganas frente a un mar ausente. "¡Qué aburrida llega a ser la vida de los ricos franceses!", pensó.

Deambulaba sin dirección por entre risas y conversaciones, sin saber adónde ir, y antes de llegar al Palacio de Festivales y Congresos, se metió por una estrecha vía a buscar la *rue d'Antibes*, la calle de las tiendas de marca que en sus viajes Tita había vaciado. Los escaparates le parecieron cursis y empalagosos. Todo olía al perfume que las cuarentonas francesas habían adoptado como vestido, y que a él le parecía repulsivamente almibarado: Ángel, de Thierry Mugler.

Escapó de allí, después de haber comprado a la fuerza dos chaquetas que no necesitaba y un regalo para su mujer y su hijo, que con seguridad tampoco usarían, pero que el vendedor de Hermès hábilmente le había colocado.

Al volver al paseo de la playa, se sentó en una terraza y pidió un *whisky* mientras veía atardecer. Comenzaba a alargarse el día, y aquello le fascinaba. Observó cómo avanzaba la luna entre tules de humo negro y empujaba con fuerza al sol hasta despeñarle en el mar sus últimos rojos diluidos. Era un duelo de momentos silenciosos, un cambio de fuerzas. El sol marchaba derrotado; llegaba la hora de la luna. Viéndola, de repente se sintió infinitamente solo. Entonces pensó en su padre. ¿Cómo habría sido su vida en ese mundo de lujos y sin un franco en el bolsillo? ¿Qué pasaría por su mente de exiliado adolescente? ¿En aquel tiempo sería todo igual a esto que ahora contemplaba? ¿Adónde había ido a parar la gente joven? ¿Quién habría sido aquel ángel divino, la bella niña que mencionaba Joan Dolgut en su viejo cuaderno gris? Sacó del bolsillo el papel donde había garabateado los tres nombres franceses y, ayudado por el *whisky*, fue ordenando su investigación. *Monsieur* Philippe era un tema para trabajar con el conserje del hotel. *Madame* Tetou tal vez tuviera algo que ver con el restaurante que llevaba su nombre. Al pensar en éste, decidió que aplazaría la reserva. Estaba muy cansado para coger el coche. Comprobó si su móvil funcionaba, pues durante todo el día había permanecido en silencio. Era increíble; aquel teléfono, que no había parado de sonar durante mucho tiempo, últimamente sufría de afonismo mudo, exceptuando cuando Gómez lo llamaba, Wall Street lo golpeaba o la secretaria lo incordiaba. Estaba solo.

Tal vez más solo que su padre hacía sesenta años. Llamó al móvil de Borja, convencido de que su clase de piano había finalizado, pero su hijo no lo cogió. Se levantó para irse.

A escasos metros y sentada de espaldas a él, en el muro de la barandilla que daba a la playa, una silueta inmóvil se recortaba negra en el azul añejo del horizonte; la elegante sombra observaba la rotunda presencia de la noche. De pronto, un gesto íntimo la convirtió en mujer. Su mano se elevó colocando un mechón de pelo tras su oreja, despacio… como si cada hilo de cabello fuera de cristal y pudiera romperse. Andreu se quedó embelesado observándola; aquel movimiento aéreo sólo podía pertenecer a una mujer.

Pero no podía ser ella, era imposible. Miró el reloj y calculó. En ese preciso instante, Aurora debía estar cruzando el jardín de su casa, con su andar sin pisadas, después de haberle dado la clase del lunes a su hijo. Sus pensamientos le jugaban una mala pasada. Comenzaba a tenerla presente todas las horas del día, y aunque se resistía a darse cuenta de que Aurora Villamarí se le había colado de lleno en su vida, esa era otra evidencia. Acababa de verla en un cuerpo ajeno. Su inconsciente había ido grabando todos sus gestos, y ahora ese deseo interior lo traicionaba.

Pasó muy cerca de la mujer, evitando volver a obsesionarse. Al llegar al hotel cargaba una especie de vacío interior que le pesaba más que los abultados paquetes que lo aguardaban en recepción; la tienda le había hecho llegar toda la compra de la tarde y aún permanecía abajo. Pidió que le subieran todo, pues el ánimo se le había enredado entre el cansancio de la soledad.

A la mañana siguiente, después de tomar un escueto desayuno de café y *croissant*, mientras se dirigía desganado a la conserjería, volvió a ver aquel gesto diáfano en la recepción del hotel y se le despertó el alma. ¿Era o no era ella? De pronto todo se eclipsó, salvo aquel perfil que, irradiando antorchas de luz, iluminó por completo el salón, encandilando todo lo que se hallaba a su alrededor.

El óvalo de su rostro, aquella curva perfecta que ascendía limpia hasta besar el lóbulo de la oreja; ese mechón de pelo, trazo insolente de pintor, dibujado sobre su cara; sus abanicos negros ventilando a leves parpadeos sus ojos infinitamente tristes, cargados de noche y estrellas; aquellos finos dedos suspendidos en el aire, enarbolando altivos el gesto de poner en orden sus cabellos... Su vestuario inapropiado, sus piernas contorneadas, sus diminutos pies calzando unas sandalias que desaparecían ante la perfección de sus dedos. Era Aurora Villamarí.

No pudo resistirse. Lentamente, se fue acercando hasta situarse detrás de ella. Hablaba con una voz de agua clara, deslizando las palabras entre cascadas de enfados contenidos. Insistía en hablar con el director unos minutos. El conserje la invitaba a marchar con un *je suis désolé* cargado de falsedad después de haberle dado un repasón visual, constatando que su atuendo no daba para que pusiera los pies en aquel hotel; quería sacársela de encima cuanto antes. No podía perder el tiempo en ordinarieces, y menos cuando veía acercarse a Andreu, su gran surtidor de propinas.

Andreu la observaba embelesado, pensando cómo era posible tanta belleza celestial en una mujer tan terrenal. Aquella mujer, con cara de niña triste, era un ángel. ¿Cuántos años podía tener? ¿Veinte? ¿Veinticinco? ¿Treinta? Imposible. Su rostro no tenía edad. Por más que se la buscaba en su cara, no podía encontrarla.

Aurora no lo había visto. Estaba tan empeñada en conseguir la cita con el director que no había notado su presencia. Al volverse, una mirada verde mar la empapó.

—Hola… —atinó a decirle Andreu con su voz más profunda.

Al darse cuenta de quién era, quiso huir. Sólo le faltaba encontrarse allí con aquel hombre despreciable.

—No te vayas, por favor —la retuvo, cogiéndola suavemente por el brazo—. Permíteme hablar contigo unos minutos…

¿Qué tenía que decirle a ella una persona incapaz de dar sepultura a su propio padre?

—Lo siento, tengo cosas que hacer.

—Piensas muy mal de mí, ¿verdad?

—Lo que yo piense es asunto mío.

—Déjame invitarte a tomar un café. Creo que los dos tenemos algo muy importante en común: la muerte de nuestros padres.

Aurora se sentía intimidada. Ese hombre. Aquella conversación. Su cálida mano quemándole el brazo.

Su elegancia perfumada. Aquel hotel cargado de lujos que ella no había visto nunca ni en sueños, salvo en las casas de los niños ricos a los que daba clases. Ése no era su territorio. Allí se sentía pobre y ordinaria. Toda ella contrastaba con la suntuosidad de las columnas, la brillantez de los mármoles y los destellos de aquellas lámparas de lágrimas. Sí, ése no podía ser más que el sitio de gente como él. Quería huir.

Andreu, que pareció adivinar sus pensamientos, la interrumpió:

—No te dejes impresionar por estos lujos. Todo es un decorado de película. Nada de esto es la verdad. Quien cree que esto es la vida, algún día la misma vida le enseña cuán equivocado estaba —a Aurora le gustó escucharlo decir eso—. Y lo peor es que a veces se lo enseña a golpes de ruina. He conocido unos cuantos que han preferido enloquecer antes que aceptarlo. A mis dieciséis años yo fui botones de un hotel, ¿sabes?, y limpié muchas suelas y aguanté muchos desprecios —era la primera vez que le contaba a alguien su secreto—. Sé lo que se siente cuando para ellos —señaló con los ojos al conserje— no eres nadie. Cuando simplemente eres invisible. Las apariencias a veces nos confunden; por eso, es mejor aprender a ver con el corazón.

Andreu acabó la frase atrapándola con la mirada. Ella se liberó, lanzando con urgencia sus ojos a la calle, mientras insistía:

—Lo siento, debo marcharme.

—Por favor —suplicó Andreu—. ¿Sabes por qué estoy aquí? Por él, por mi padre. He venido tras sus huellas, tratando de entender muchas cosas que ahora no entiendo.

Al oírlo, Aurora se sobresaltó. Él también buscaba lo mismo, las voces mudas de un pasado enterrado. Joan Dolgut también había estado en Cannes… como su madre, pero… ¿cuándo? ¿Dónde? ¿En qué años? ¿Habrían coincidido? Ahora quería tener la información que tal vez él conocía. Su voz la hizo aterrizar.

—Si no puede ser un café ahora… —se arriesgó—, ¿aceptarías cenar conmigo mañana?

Aurora lo pensó y finalmente, sin tenerlo aún muy claro, aceptó. Se veía sincero, y una cosa parecía cierta: conocía datos que ella desconocía. Quedaron para la noche siguiente. Pasaría a buscarla a la pensión Bell Air, el modesto hotelucho de sábanas rotas y paredes agrietadas que quedaba en el trastero de Cannes, donde ella se alojaba.

La acompañó hasta la salida tratando de retenerla con el pensamiento. No quería que se marchara. Al despedirse, ella evitó el contacto de su mano con su gesto más íntimo: colocando su pelo tras la oreja.

Estaba turbada y sus manos se habían ido helando en su compañía. No quería que Andreu lo notara. Necesitaba digerir ese estado de alteración que le había provocado aquel inusitado encuentro. La garganta se le había quedado como una esponja de mar expandida y seca, sin una gota de saliva para pronunciar ni siquiera un adiós. Se fue huyendo escaleras abajo; el toldo de la entrada del hotel se hinchó como un globo con el viento que desató su andar apremiante. Andreu la observó alejarse. Conocía a la perfección su andar brisado, su espalda erguida y decidida siempre huyendo. Lo había aprendido de memoria cuando la veía partir espiándola desde la ventana de su dormitorio. Era como si siempre hubiese estado condenado a verla partir… Un pañuelo blanco de adiós entre los transeúntes grises. Cuando desapareció de su espacio visual, una pregunta se le colgó del pensamiento y no lo abandonó durante todo el día: ¿Qué hacía Aurora en Cannes?

En la última visita a Clemencia Rivadeneira, mientras la anciana degustaba un delicioso postre de natas, Aurora le contó lo que había ido descubriendo en el diario de viajes de su abuelo. Aquello que, leído a vuelo de pájaro, le había pasado desapercibido y ahora veía con absoluta nitidez: lo del viaje a Cannes sin ningún final escrito, con una página que moría inconclusa entre blancuras ahora teñidas de vejez.

Ese día también había aprovechado para llevarle el álbum juvenil de su madre, pensando que aquellas fotos tal vez le sugerirían algún recuerdo útil. Mientras pasaba sus páginas y la anciana observaba silenciosa, la hizo reparar en la tristeza del rostro de su jovencísima madre. Decenas de fotos iban encadenándose una tras otra en una expresión tristemente hueca que se repetía infinita a partir de sus catorce años. Después de semanas de ojearlo y ojearlo, de atrás para adelante y de adelante para atrás, había llegado a una fulminante conclusión: la última foto en la que su madre resplandecía de alegría había sido tomada en Cannes el 24 de julio de 1939, día en que celebraba sus catorce años. Era una instantánea bellísima donde todo parecía suspendido en una atmósfera de mágica y refinada vitalidad. Bañados de luz y amor, padres, hija y sobrina destilaban felicidad. A partir de ahí, su semblante se ensombrecía. Y esa sombra opaca se extendía y alargaba hasta cubrir el día de su boda. Desde el momento en que Clemencia le había contado que a su madre la habían casado a la fuerza, Aurora había encontrado en el álbum de bodas de sus padres a la novia más triste del mundo.

Entre el diario del abuelo y la foto del cumpleaños de su madre existía, pues, una coincidencia irrefutable: Cannes. En esa ciudad francesa, el abuelo había perdido las palabras, y su madre había perdido para siempre su sonrisa.

"Vete a Cannes, mija" fue lo único que ese día, con el dulce sabor del postre de natas, logró arrancarle a la vieja amiga de su madre.

Y se había ido.

Una corazonada suya, empujada por las palabras de la vidente de las Ramblas y reafirmada por la rotunda recomendación de Clemencia, la había envalentonado. Estaba convencida de que en ese viaje encontraría algo. No eran sólo las predicciones de una vidente desconocida; era su instinto, ese sexto sentido, que le decía que lo que había encontrado después de tantos meses de observación la conduciría a alguna pista. Ahora ya no se trataba sólo de la historia de su madre y Joan Dolgut, también era la historia de su pasado. Quería saber adónde había ido a parar la alegría de Soledad Urdaneta.

Lo organizó todo a la carrera. Cuando alguna idea se le anidaba en la cabeza, se obsesionaba con ella, y hasta que no la llevaba a cabo no volvía a serenarse.

En una mañana preparó todas las comidas de una semana y las congeló. Habló con su marido y con su hija; no creía que fuera a tardar más de cinco días pero, por si acaso, les dejaba en el congelador, gastronómicamente hablando, la semana resuelta. En una lista colgada en la nevera enumeraba los menús y deberes de todos los días para cada uno. Llamó a cancelar sus clases de piano y con los pocos euros que guardaba se compró un billete de autocar, lo más barato que encontró, para llegar hasta allí. Metió tres mudas de ropa sencillas, el diario de su abuelo, las fotos de Cannes y la libreta donde iba acumulando suposiciones.

Llegó a penúltima hora de la tarde, y después de deambular por hoteluchos imposibles, se quedó con el que, manteniendo la decencia, le salía más económico. Allí se instaló en un par de minutos y escapó. Buscando la playa caminó y caminó hasta adentrarse sin querer en la zona de los huéspedes ricos: el *boulevard de La Croisette*. Nunca había puesto los pies en la Riviera francesa y aquel lujoso impacto la había acomplejado. En aquella soledad de extranjera pobre se había sentado en la baranda que daba al mar a observar cómo se arrugaba el cielo. Los atardeceres más bellos siempre le habían salido gratis; una fiesta suntuosa a precio de alma sensible, sin exigencias de vestuario, ni protocolos. Nada podía igualar en belleza aquel concierto de arreboles, dedos de algodón exprimiendo la jugosa fruta hasta arrancarle la última gota. Una puesta de sol en el mar era una puesta de largo, una puesta en escena, una ópera a coros entre soprano y tenor, entre pianos y violines. Un duelo a dúo de hermosuras.

Mientras Aurora pensaba en todo esto, Andreu, detrás de ella, la había observado sin esperarla. Reconociéndola y desconociéndola en un solo instante.

Habían llegado a la misma ciudad, el mismo día, buscando lo mismo: lo que ignoraban. Observaban el mismo atardecer, el mismo sol agonizante, la misma luna naciente, en el mismo *boulevard*, con los mismos pensamientos, él con un *whisky* en la mano… ella con su gesto liviano.

Esa mañana, después de haber huido de los ojos de Andreu, de su conversación turbadora y de los lujos del Carlton, al entrar en la habitación de la pensión donde se alojaba, Aurora acumulaba en su cabeza una mezcla de sentimientos encontrados y de preguntas aladas. Todo ello revoloteaba en su mente produciendo un zumbido de abeja inquieta. Unas ganas de chupar la miel de no sabía cuál flor. Había muchas flores; la aguardaban muchos néctares. Por un lado estaba lo que ella había ido a buscar; por otro, lo que había encontrado por azar. Juntando ambos, las expectativas de respuesta crecían. El panal se llenaría. Entonces, ¿qué temía? ¿Por qué se le habían helado las manos en pleno calor primaveral? ¿Por qué no había podido mantenerle la mirada a aquel hombre? ¿Por qué había sentido tanto su perfume? ¿Por qué se había ido con aquella prisa, si nada urgente la esperaba? ¿Por qué había enmudecido de repente?

Un sentimiento íntegro le erizó la piel del alma. Estaba muerta de miedo. ¿Por qué tanta turbación? Anularía la cena. Llamaría a la recepción y dejaría un mensaje. Una vez lo hubo pensado, cambió de opinión. ¿Y si Andreu tenía algo que contarle? Iría. Empezó a revisar la ropa que había llevado y por primera vez se sintió ridícula. No tenía qué ponerse. De ninguna manera podía ir a cenar con aquella ropa. Pero ¿por qué quería agradarle? ¿Qué más daba cómo se vistiera? Si de verdad quería ir por el simple deseo de averiguar más datos sobre su madre, nada de eso le debía importar. Una vez hubo estudiado las tres mudas que había llevado, reservó para la noche siguiente una blusa blanca, un suéter de algodón y una falda azul marino, lo más neutro que encontró.

Al guardarlas de nuevo en el armario, otra duda le partió en dos el pensamiento. Volvía a clavarse aquella incertidumbre que le había nacido una tarde frente a un comentario de Clemencia Rivadeneira. Si Joan Dolgut, aquel anciano y maravilloso pianista, fuese su padre... entonces Andreu podría ser su hermano. Imposible. No quería ni pensarlo. Tal vez su fantasía había fabricado ese embuste. Se miró en el espejo buscando algún rasgo familiar coincidente con Dolgut, y la imagen que éste le devolvió era el rostro que había repasado en todas las fotografías del álbum de su madre. Ella era igualita a su mamá; su fiel retrato. Mientras su madre vivía, nunca lo notó, tal vez

El PENÚLTIMO SUEÑO 265

porque nunca había buscado con tanta vehemencia parecerse a ella.

Siguió pensando. Pero no todos los rasgos eran visibles a los ojos. Es más, los más importantes a veces se escondían en el alma. ¿Y su amor por el piano? Ese don que desde que era un bebé la había llevado a enloquecer por ese instrumento... ¿De dónde había salido? ¿Por qué Clemencia se empeñaba tanto en repetirle que tocaba idéntico a Joan Dolgut? ¿Por qué tanto misterio a la hora de hablarle de él y de su madre? ¿Se estaría escudando en su Alzheimer para no revelarle verdades ocultas? Al hacerse esta última pregunta se recriminó. No podía pensar mal de la pobre mujer; suficiente le estaba dando en cada visita. Era posible que entre ella y su madre se hubiera sellado un pacto de silencio. Aunque también era posible que no existiera ningún pacto. Trató de espantar esa molesta suposición centrando su escueta investigación en las fotografías.

Con una pequeña lupa volvió a repasar las fotos de la fiesta de cumpleaños. En una de ellas, muy al fondo, alcanzaba a vislumbrarse un trozo de toldo con las letras RLTON. Su abuelo había escrito que llegaban a un gran hotel, pero había olvidado mencionar el nombre. Aurora estaba convencida de que no podía ser otro que el Carlton, pues por aquella época ya era uno de los mejores hoteles de la ciudad. Por eso, esa mañana, se había presentado en la recepción y había pedido una cita con el director. Quería que buscaran en los antiguos registros si allí se había hospedado el abuelo y su familia y, en caso de que así fuera, de qué fecha a qué fecha lo habían hecho. Ahora que sabía que Andreu se alojaba precisamente en ese hotel, se sentía incómoda volviendo a insistir, pero no tenía otro remedio. La investigación empezaba y acababa ahí. Por lo menos tenía que descartar o comprobar la que era su primera y única pista. Dejaría que transcurriera la mañana y a primera hora de la tarde regresaría. Aun intuyendo que podría encontrarse de nuevo con el hijo de Joan Dolgut, ella había ido allí a averiguar sobre su madre, y eso era lo que iba a hacer. Después de decidirlo se sintió un poco mejor.

A la hora de comer no pudo pasar bocado. El estómago se le había llenado de preguntas e incertidumbres cada vez más condimentadas, cada vez menos digeribles. Demasiada mantequilla y nata, demasiadas salsas. No podía dejar de pensar en Andreu. Le agitaba el corazón, y sentía rabia de sí misma. Recordó la primera vez que lo vio. Había sido con su padre muerto en la cocina, junto a su madre; se paseaba por aquel piso, con aquellos humos aristocráticos, como si nada le importara, como si estuviera cerrando un negocio banal, no abriendo una herida dolorosa. Nada parecía interesarle. Su padre, muerto en el suelo, le había importado menos que un pepino. Por más que se esforzaba, Aurora no podía reconocer en este nuevo Andreu, el del Carlton, al mismo del Born. Aquél era un ser pedante y frío; éste, un hombre humilde y cálido. Se le vino a la mente la tarde del encuentro accidental en las Ramblas, cuando él le había recogido el bolso y ella, mirándolo con desprecio, lo había vuelto a tirar al suelo. No, no era el mismo. Este Andreu parecía muchos Andreus. Aunque se resistía a reconocerlo, ese hombre la intrigaba. Tenía algo profundamente enigmático y ella no estaba acostumbrada a tratar con hombres tan así, tan… ambiguos. En realidad, no estaba acostumbrada a tratar con ningún tipo de hombre, pues el único, su marido, era tan plano y llano como su apellido. No había nada que descubrir detrás de Mariano Pla, y eso por lo menos la había mantenido tocando de pies al suelo. En ese sentido, su marido no la había defraudado. Miró por la estrecha ventana… ¿Por qué pensaba ahora en Mariano?

Cuando fueron las tres de la tarde, tras darse un ligero toque de color en los labios, Aurora salió a la calle. Las aceras se habían vaciado y las terrazas estaban a reventar de comensales. Olía a marisco, puros y vino. A medida que sus pies se acercaban al hotel, su corazón se desbocaba. Estaba agitada de imprevistos. Si volvía a encontrarse con Andreu, de ninguna manera quería que le notara aquella extraña turbación. Casi invisible, subió la escalera y de nuevo volvió a plantarse frente al mostrador de recepción. Esta vez, otro hombre, mucho más amable que el de la mañana, la recibió. Después de hacerla esperar unos minutos en una pequeña sala, regresó con el director, un tipo alto y delgado, de sonrisa afable y gestos elaborados, que después de presentarse ceremoniosamente tomó asiento.

—Usted dirá, *mademoiselle*…

—Le agradezco su tiempo, *monsieur* Bonard. Estoy en una búsqueda personal muy importante y pienso que este hotel, de alguna manera, puede ayudarme. Intentaré ser breve. Necesitaría comprobar si en julio de 1939 mi abuelo, Benjamín Urdaneta Lozano, de nacionalidad colombiana, se alojó aquí con su familia. Verá, no es simple curiosidad. He venido desde Barcelona sólo para esto; es muy importante para mí.

El director la observaba detenidamente. Pensó que aquella mujer tenía una clase innata; aunque su vestido no la acompañara, era elegante, bella y refinada, y parecía necesitar de verdad aquel dato.

—Eso sería muy complicado de encontrar. Piense en la cantidad de años que han pasado y en lo cercana a la guerra que está la fecha que me comenta. Es posible que muchos de esos archivos se hayan destruido, o incluso que ni siquiera hayan existido.

—Lo sé.

—Sin embargo, déjeme unos días… —le extendió una tarjeta y añadió—: Llámeme.

—No tengo muchos.

El director se compadeció.

—Uno… ¿le parece bien dejarme un día?

Aurora asintió.

—*Très bien, mademoiselle Villamarí.*

Aurora anotó en un papel las posibles fechas, incluyendo la del día del cumpleaños de su madre, los dos apellidos de su abuelo, los de su abuela, su madre y Pubenza, y al final su número de móvil y el teléfono de la pensión. Al entregárselo, le sonrió.

—Por si llegara a encontrar algo antes de mañana.

Se despidió agradeciéndole y el director, sin saber por qué lo hacía, acabó acompañándola a la puerta.

—No se preocupe. Si descubro lo que me pide, hoy mismo la llamaré.

En aquellas fechas, su abuelo había sido el director del hotel. Quería investigar más por curiosidad familiar que por trabajo profesional. Bonard se sentó frente al computador y empezó a introducir los nombres.

Mientras tanto, Andreu andaba en Cagnes-sur-Mer. Cuando Aurora se había marchado del hotel, después de dejarlo sumergido en ventisqueros, le había costado mucho poner en orden sus pensamientos; se sentía totalmente intimidado. Su presencia lo llevaba a desnudar el alma sin poder parar. Se oía a sí mismo y no reconocía su discurso profundo. Algo en ella le provocaba ese incontenible estado de reflexión. Perdido en desazones, había decidido coger su Ferrari y empezar con desgana sus pesquisas. Condujo sin ver más que su paisaje interior, que en ese instante se teñía de un intenso claroscuro, semejante a uno de los tormentosos cielos pintados por Turner. Se tragó la distancia pisando a fondo el acelerador. Conducir era de las poquísimas cosas que en realidad lo calmaban; sentir la brisa sobre la cara lo ayudaba a despejar los pensamientos, aunque en ese momento su pensar se había clavado en Aurora y ni siquiera el viento de los doscientos kilómetros por hora de su descapotable lograba removerle aquella imagen de pétalomujer.

Sin darse cuenta, el coche lo fue llevando hasta dejarlo en la entrada del pueblo, donde lo detuvo un gran letrero rojo que prohibía el acceso de vehículos.

Aparcó donde quiso y sin prisas fue estudiando geografía y dimensiones, imaginando a su padre en aquel entrañable lugar. Decidió caminarlo hasta hacerlo un poco suyo. Saludó, preguntó y propinó generosamente; los billetes de cincuenta euros se evaporaban entre manos de tenderos, viejas y niños. De pronto se encontró en una rústica panadería de horno antiguo, hablando con un joven pelirrojo y pecoso llamado Pierre Deloir, que después de escucharlo durante largo rato acabó por llevarlo hasta una vieja casa. Caminaron por calles de adoquines gastados, en medio de una algarabía de perros y gatos que se amontonaban a su paso, y se detuvieron frente a una empedrada y sencilla casa payesa. Dentro, un anciano leía en una mecedora.

El chico entró, llamándolo.

—¡ABUELOOOO!… —al reconocerlo en la espesa oscuridad interior, bajó la voz—: Hola, abuelo. Creo que este hombre pregunta por ti. Ha estado en la panadería preguntando por un tal Pierre Deloir y, claro, ya se lo he dicho, que aquí todos somos Pierre Deloir, ¿verdad, abuelo? Desde mi tatarabuelo no hay otro nombre de hombre en esta familia —el joven se acercó al anciano y le besó la calva con ternura—. Bueno, os dejo, que si no se me queman las *baguettes*.

La puerta se cerró tras él dejando a los dos hombres en una penumbra expectante. El viejo empezó a balancearse en la mecedora mientras escuchaba las palabras de Andreu. Durante más de tres horas el anciano estuvo sumido en un silencio incrédulo, que lentamente se convirtió en creyente; se le humedecieron los ojos, se le reblandecieron los recuerdos, se le aguaron las esperanzas viejas... y después habló. Removió, encontró, desarrugó y desempolvó pasados. Volvió a amasar, enharinar, salpimentar y hornear panes redondos, largos y perfumados con sus memorias sin tiempo. De la inmensa alegría desenterrada volvió a nacerle un silencio de duelo, una pena infinita de la que Andreu se sirvió para entender por qué a su padre lo habían amado tanto. Llegó la tarde, con su crepúsculo y sus gallinas corriendo al gallinero, y después la noche. Así, el hijo de Joan Dolgut acabó cenando en la misma mesa en la que su padre, sesenta y siete años atrás, había reído, ya no con una, sino con tres generaciones de Pierre Deloir; saboreando el mágico placer de lo sencillo, en manteles de papel, vino sin marca, pan con aceite y sonrisas sin ortodoncias.

Aurora recibió la llamada del hotel dos horas después de haberse despedido del director. La secretaria le sugería que se pasara por allí cuanto antes, pues éste quería entrevistarse de nuevo con ella; tenía cosas que decirle. Había encontrado elementos claramente relacionados con lo que ella le había pedido.

De aquel encuentro, que le ocupó la tarde entera, salió con información más que satisfactoria. No había perdido el viaje. Ahora tenía valiosos datos que ampliaban sus pesquisas, y se iban mezclando con aquellos sentimientos encontrados de golpe en esa Riviera azul, que de repente cambiaba de tono a medida que sus emociones se hacían más inexplicables e inaplicables.

Ya sólo pensaba en la cena con Andreu. Quería huir a Barcelona, pero también quedarse. Quería hablar con él, pero muda. Quería verlo de nuevo, pero sin que sus ojos se alterasen. Quería contarle todo lo que ahora sabía, pero escuchando primero lo que él tenía para decirle. Quería, no sabía por qué, que llegara la noche siguiente sin pasar por el día, en un segundo.

No durmió.

En su oscuro desvelo, la mirada se le clavó en el desteñido techo del cuarto hasta agujerearlo de preguntas. Estuvo dándole vueltas a la información que ahora tenía y a la que pronto tendría. Anotó y supuso. Estudió posibilidades e imposibles. Entremedio, plantándose de lleno altiva, la imagen de Andreu se le fue colando. Fue recordando su encuentro con él, sus palabras, y al hacerlo sintió un suave cosquilleo en el vientre. Un revoltoso vuelo de libélulas que le impidió conciliar el sueño.

Amaneció.

Lo que había ido a hacer prácticamente ya lo había hecho. El director del hotel la había invitado a desayunar esa mañana, pero ella no iría. Se sentía espesa y confusa. Necesitaba pensar, aclararse las ideas. Llamó a su marido y a su hija creyendo que aquello la ayudaría, pero fue peor. Se sentía sola en aquella lucha por desentrañar un pasado que a nadie más importaba… salvo a Andreu. En eso estaban empatados. Ambos, tal vez por razones diferentes, querían llegar al fondo de la historia.

Si por un segundo se le había pasado por la mente regresar a Barcelona, ahora estaba convencida de que se quedaba. Quería saber más.

Se disculpó del director con una educadísima llamada y después de una ducha rápida decidió lanzarse a la playa, enfundada en un traje de baño que sin saber por qué había metido a última hora en la pequeña maleta; buscando lo que nunca buscaba: caricias... las caricias del sol, las del agua, las del viento... las que hicieran falta. Se coló entre los turistas y fue matando el tiempo a nados y cansancios, cayendo en un sueño imprevisto que la tendió en la playa hasta el atardecer.

Cuando despertó, el sol desaparecía. Corrió como una adolescente hacia la pensión. Le quedaban dos horas para arreglarse y ponerse a punto para la cita. Al abrir la puerta de su cuarto se encontró con una enorme sorpresa. Sobre el desajustado catre la esperaba una inmensa caja roja cerrada con un lazo dorado.

¿Qué podría ser aquello? Se habrían equivocado, pensó. Eso no era para ella. Fue acercándose como si temiera que algo fuese a escapar de allí. En una pequeña tarjeta enredada al lazo se leía su nombre. La cogió y durante algunos minutos estuvo paralizada hasta que finalmente decidió abrirla. Desató el lazo lentamente, temiendo rasgar aquella cinta que en sí misma ya era un bellísimo regalo. Al levantar la tapa, sobre papeles de seda roja, descansaba un elegantísimo traje negro con una tarjeta: *Sobre tu cuerpo, este sencillo trapo alcanzará su dignidad de traje. Vístete de sombras. Esta noche habrá luna.* La firma a dos trazos de Andreu cerraba la nota.

Se quedó turbada. No se atrevía a sacar el vestido ni a reaccionar de ninguna manera. Iba de la alegría a la vergüenza en un vaivén convulso. Olas aquí y allá, bañándola, sacudiéndola hasta hacerla caer. Por un lado, esa seductora galantería le había pellizcado una zona escondida de su cuerpo; por otro, la certeza de saber que aquel hombre la sabía pobre la torturaba. ¿Sentiría vergüenza de llevarla a la cena con su ropa y por eso le había enviado aquel traje de ensueño? ¿Y si sólo fuera un bello regalo y nada más? ¿Por qué le costaba tanto recibir?

La curiosidad venció a la reflexión. Sacó el vestido y corrió al baño, donde un mínimo espejo de lavabo la esperaba. Se lo probó por encima, sin quitarse la ropa, y se miró; era precioso, y además era de su talla. Le quedaba una hora. Abrió la ducha, que sólo dejó escapar un hilo de agua helada. Lo que pagaba en aquella pensión no daba para disfrutar de baños calientes. Se enjabonó de alegría y le nacieron canciones mientras se secaba. Estaba perdida y encontrada, todo al mismo tiempo.

El traje se le ajustaba perfectamente. Era sobrio, pero altamente provocativo. El corpiño aprisionaba sus senos circundando redondeces, sugiriendo desbordes. La cintura marcaba el inicio de sus suaves caderas, que bajaban hasta perderse en largos, y aquel corte central que subía desde el suelo y se metía irreverente hasta el centro de sus muslos, justo a la altura que su recato permitía. Sí, le quedaba perfecto. Parecía que lo hubieran creado sobre su propio cuerpo. Ni un centímetro de más, ni uno de menos. No podía reconocerse. La mujer que asomaba de aquel espejo no podía ser la misma Aurora Villamarí de faldas monjiles y camisas insípidas. Se miró hasta que finalmente aquella que estaba en el espejo decidió reconocerla.

—¿Y ahora, qué, eh? —le dijo a su propia imagen—. ¿Qué zapatos te pones?

Su mirada le contestó. Junto a la puerta, en una silla descansaba otra caja que, por su discreción y tamaño, le había pasado desapercibida. Una caja negra que guardaba en su interior los zapatos más finos que Aurora había visto en su vida y un pequeño bolso, que más que bolso era una delicada joya.

—Dios mío, ¿qué me está pasando? —decía compulsivamente mientras se los probaba. Al calzarlos sintió la caricia de una piel desconocida. *Vero* cuero italiano. Guantes de seda para sus pies…, y eran de su número. ¿Cómo había podido averiguarlo?

Volvió a mirar el reloj. Sólo le quedaban diez minutos, que empleó en maquillarse de forma muy suave. Ninguna joya; no tenía. ¿Qué estaba haciendo? El alma se le salía desbocada. Estaba emocionada como nunca… y atemorizada… ¿Y feliz? ¿Qué era ese sentimiento que no podía dilucidar?

La casera de la pensión llamó a su puerta. Al abrirla, le dio un repasón buscando detrás de ella encontrarse con la mujer a la que había alquilado aquella habitación.

—Fuera la esperan —le dijo en tono impersonal.

—*Merci, madame.*

Cuando salía de la habitación, de pronto se sintió extraña en aquel traje. Quiso cambiarse, y estaba a punto de hacerlo, pero la voz de la mujer la interrumpió:

—*Très jolie*. No lo dude; su vestido es precioso. Está usted muy elegante.

—*Merci*. ¿De veras lo cree?

—Él también está muy guapo —añadió mientras se perdía por el pasillo y la dejaba al borde de la escalera y de su indefensión.

Se le hizo eterna la bajada con aquellos zapatos que aún no dominaba y aquel traje que parecía deslizarse invisible por su cuerpo, haciéndola sentir desnuda en su vestido.

Cuando la vio salir por la puerta, vestida de noche de pies a cabeza, Andreu se quedó sin palabras. Había comprado el vestido esa mañana, imaginándola dentro de él, pero su imaginación se había quedado corta. Era un ángel negro; cenizas iridiscentes sobrevolando el aire; lo más bello que había visto en su vida. Al acercarse a ella sólo sus ojos pronunciaron su nombre; los de Aurora, se diluyeron en sus aguas.

Iban a hablar, pero las voces los habían abandonado dejándolos en un silencio de altos vuelos. Una noche de largo aliento los cubría, y una luna láctea los bañaba de promesas. Subieron al descapotable y acabaron envueltos en sedas nocturnas, como la caja roja del regalo. El Ferrari fue serpenteando la carretera a puntillas, delicadamente conducido por un ballet de emociones silenciadas pero vivas.

El *Nocturno* de Chopin acompañaba el camino. Mientras lo escuchaban, los dedos invisibles de Aurora reseguían la melodía en su interior. De vez en cuando se giraba y el perfil sereno de Andreu despertaba un aleteo de cristal en su alma. Empezaba a comprender por qué su madre se había enamorado de Joan Dolgut. Tenía un magnetismo capaz de arrancar odios inmediatos o pasiones tardías… Lo peor. Del odio al amor sólo hay un paso. Eso era lo que decía su madre. ¿O era al revés? Pero ¿a quién se le parecía? Aquellos rasgos, esos ojos empapados de musgo húmedo, ¿le recordaban a alguien? ¿Qué hacía ella yendo a cenar con el hijo del novio de su madre? Mejor no pensar. ¿Por qué tan silencioso?, ¿habría averiguado algo sobre su padre?, ¿sabría más él que ella de su madre y de Joan? "¡Qué noche más bella! —levantó la mirada y un manto negro la mojó de estrellas—. ¿Qué siento en la garganta? ¿Me palpita el silencio? ¿O son palabras aguantadas? —aspiró profundo—. El aire huele a él —le miró las manos—. Tiene manos de pianista, dedos largos, plumas. ¿Por qué no habrá aprendido a tocar el piano? Tal vez lo hace… ¿Será un pianista furtivo?".

Andreu conducía con el alma en las manos. El volante marcaba los giros de sus pensamientos. La tenía allí… al alcance de sus sueños. Se había puesto el vestido. Miró hacia abajo… y los zapatos. Ningún rechazo. En el encuentro, sus ojos le habían devuelto la mirada; no había sido una mirada de cortesía. Aquellos diamantes negros le habían clavado dos tallas de brillantes en su aliento. Y su cuello desnudo, infinito, perdiéndose en la sombra de su pelo. ¿Qué pensamientos sobrevolaban sus sienes? Observó su íntimo perfil. Un rostro perfecto. De mujer entera, de niña altiva. Así debía ser la Soledad de su padre.

Tantas cosas que ahora sabía y quería contarle. Tantas cosas que ahora entendía… Cuántos sentires revueltos y encontrados. ¿Alguna vez le había fascinado así una mujer? Nunca. ¿Qué maravillosa embriaguez era esa? Silencio. ¡Qué bella estaba vestida de sombras! Soberbia elegancia. ¿Qué pensaría su padre si lo viera? No lo reconocería. ¿Qué hacían con tanto silencio sin cortar? Subió el volumen de la música. Las notas escapaban del descapotable y terminaban muriendo en las olas que lamían la arena.

Chopin acabó de acompañarles sus pensares hasta dejarlos frente al restaurante. Le Tetou los esperaba. Andreu abrió la puerta de Aurora, gesto aprendido en épocas remotas, y aquellas largas piernas rasgaron sus ganas.

Cuando hablaron, los dos lo hicieron al unísono y dijeron lo mismo:

—No hace frío.

—No hace frío.

Entonces rieron. Ella se aventuró a decir:

—Gracias.

—No sé de qué me hablas.

Aurora se miró el vestido.

—Quien debería darte las gracias es él —Andreu señaló el traje— por habértelo puesto. En ti se dignifica —una vez lo dijo, cambió de tema. No quería que aquello trascendiera.

Subieron los tres escalones que los separaban de la entrada. Una señora de delantal blanco y sonrisa abierta acudió a su encuentro y los guio al fondo del salón, dejándolos frente al gran ventanal, en la mesa con las mejores vistas al mar. La luna se había derramado sobre el agua creando un extenso río de luz. Esa noche sólo había dos mesas ocupadas y el ambiente estaba cargado de una semipenumbra envolvente.

Andreu sacó de su bolsillo su Dunhill de oro y con él encendió la vela que descansaba sobre la mesa; un baño de sol sobre aquel rostro de ángel indeciso.

—¡Qué luna más bella!

—¡Qué luna más bella!

Volvieron a sonreír con los ojos. Trataban de romper de nuevo el silencio y les había salido la misma frase.

Esta vez, Aurora se adelantó:

—En una noche como ésta, en el lago Constanza, Beethoven creó su *Claro de luna*. Lágrimas convertidas en notas musicales. La luna prepara el alma para la creación. En su luz está su magia…

—Y en su oscuridad… ¿la tristeza? —Andreu acabó la frase con una pregunta.

—No siempre. A veces la oscuridad es necesaria. Son los períodos del sueño, del descanso, de la reflexión.

—Y de la soledad.

—Será porque nunca has sentido en verdad el silencio. La oscuridad del silencio. La soledad como la noche se precisa. Hace crecer; propicia el encuentro con tu yo más íntimo.

—Que a veces no nos gusta.

—Puede ser, pero no por ello deja de ser valioso.

—Me parece que he vivido muchos años de oscuridad negada.

—No la llames negada. Tal vez, desaprovechada.

—Es verdad. Desaproveché a mi padre. Al no entenderlo, lo negué a mi vida.

—Nunca es tarde.

—Ahora, sí. Él ya no puede verme y nunca se enterará de lo que ahora pienso. La muerte es tan definitiva, y sólo la entendemos cuando ya nos ha visitado.

—¿Vas a su tumba, verdad?

—Desde hace meses. Pero no logro acallar mis reproches internos. Es más doloroso que saberlo muerto.

Aurora sintió su honda pena. ¿Sus ojos parecían a punto de lágrima?

Se quedaron en un silencio necesario. De repente, Andreu se sentía incómodo; cogió la carta, y aclarándose el nudo de sentires que se le había atragantado, dijo:

—Aún no hemos pedido.

Eligió de la carta de vinos un burdeos. Un Château Mouton Rothschild del 98; gran cosecha. Por un instante, Aurora pensó en su abuelo. Así debía comportarse a la hora de seleccionar los mejores vinos. Aquello era todo un ritual sibarita. Una cultura de perfumes, sabores y deleites internos. Acertar en la elección debía aportar una gratificación personal que apenas ahora entendía.

La conversación se había evaporado y ambos volvían a quedar desnudos de palabras. El *sommelier* llegó con la botella, la abrió delante de ellos y sirvió un poco de vino en la gran copa de balón. Después de agitarla ceremonioso dio a catarlo a Andreu. Una vez aprobada la elección, vació la botella en una jarra para que se airease y desapareció. Aurora insistió en el tema del cementerio:

—Ahora, cada vez que voy a Montjuïc, encuentro su tumba llena de flores. Dudo que en el cementerio haya otra pareja tan florecida —lo miró, maternal—. Los padres lo entienden todo de sus hijos, incluso sus desafectos.

—Hasta en eso he fallado. Tengo un hijo al que apenas ahora intento entender.

—Porque te falta entenderte a ti mismo. ¿Cómo puedes entender a los demás, si ni tú mismo sabes cómo eres? ¿Cómo pueden entenderte ellos a ti? ¿Qué reflejas tú?

—Tienes razón.

—¡Fíjate! En la muerte de tu padre hay algo bello. Con ella te has redimido.

—Aurora, escucharte es lo más bello que me ha pasado en la vida. No alcanzas a imaginar el bien que me hacen tus palabras —su mano escapó de su cuerpo y rozó los dedos de Aurora, que sintió un corrientazo interior—. Eres un ser excepcional.

—Soy un ser… muy humano y nada más —la voz le había salido delgada, un hilo de temor enamorado. Su mano no se movía. Los dedos de Andreu conservaban intactos el roce mínimo.

El camarero sirvió el vino y la señora que los había recibido tomó nota de la cena. Habían pedido una *bouillabaisse* para dos. Antes de que partiera, Andreu decidió preguntarle:

—¿Es usted *madame* Tetou?

—*Oui. Absolutement.* En esta casa siempre existirá una *madame* Tetou.

—¿Podría hablar con usted en… otro momento?

—Cuando quiera, *monsieur*. Voy a marchar el pedido, porque si no ésta *bouillabaisse* estará para mañana.

Volvieron a quedarse mudos con la historia de Joan y Soledad planeando sobre ellos, recordándoles el objetivo del viaje a Cannes. Aurora decidió cambiar el rumbo de la conversación.

—Me lo han confirmado —le dijo a Andreu—. Mi madre estuvo en Cannes en 1939. Durante un mes se alojó en el hotel donde tú te hospedas. Daría lo que fuera por encontrar un agujerito en el tiempo y poder verla… Saber qué pensaba, qué sitios frecuentaba…

—Y de quién se enamoró… —Andreu acabó la frase.

Al oírlo decir eso, Aurora levantó la mirada, sorprendida. Sabía muchas más cosas de las que había imaginado. Suavemente, retiró su mano. No quería que la sintiera temblar. Los dedos brujos de él se desparramaron solitarios sobre el mantel; había sentido su huida, pero mantuvo su mano cercana a ella.

—Dicen que tu madre era hermosa. Un ángel como nunca ha existido en la tierra, según palabras textuales de un pianista enamorado. Mi padre la amó con locura.

—¿Cómo lo sabes?

—Yo también he encontrado información sobre él. Tal vez te guste saber que el primer amor de su vida, y empiezo a pensar que el único, fue Soledad Urdaneta.

—¿Se conocieron aquí? —una cascada de alegría salió de la boca de Aurora.

—Se conocieron y se enamoraron aquí. En realidad, pienso que se enamoraron antes de conocerse. Con el verdadero amor debe pasar así.

—Enamorarse y después… ¿conocerse?

—Enamorarse, y después, perderse, perderse en el amor, aunque el amor te pierda.

Sí. Tal vez eso era el amor, pensó Aurora. Otra definición. Eso que hasta ahora había desconocido. Una fuerza imparable capaz de hacerle olvidar todas las reglas. Todas las horas. Todo lo que pasara a su alrededor. Todo… Sintió un escalofrío. Era su miedo lanzándole avisos sordos. Volvió a centrar la conversación.

—¿Se enamoraron?

—Perdidamente. Pierre Deloir da fe de ello.

Ése debía ser el origen de aquella desbordante alegría que rezumaba la vieja foto de su madre en Cannes. Tanto esplendor era amor. Después, había venido la tristeza opaca de su rostro. Aurora sabía que algo le había castrado su alegría; todo encajaba. Sus labios fríos dejaron escapar una reflexión íntima:

—¿Por qué el amor nos marca tanto?

—Posiblemente porque es lo más maravilloso que nos puede pasar. Quien no ha amado… no ha vivido. Y te lo dice alguien que, hasta ahora, desconocía ese sentimiento —un hermoso silencio los bañó de amor—. ¿Sabes qué era mi padre cuando se conocieron? Un simple camarero de hotel.

—Pero su amor se elevó por encima de las diferencias —añadió Aurora.

Se miraron y entrelazaron sus manos con los ojos.

—¿Qué pasó? —preguntó ella con voz de nube blanca.

—Pasó la separación. Dos países. Un mundo convulsionado en aquel entonces… ¡Qué sé yo! La información que tengo, aunque es fantástica, está inundada de lagunas —miró hacia la ventana y continuó—: ¿Qué pensarían ahora ellos si nos vieran aquí?

—Nos ven, no lo dudes. Estoy segura de que esta noche están aquí… con nosotros.

Madame Tetou fue preparando la mesa para lo que vendría. Sin interrumpirlos, dejó una canasta con finísimas rebanadas de pan tostado, un cuenco con alioli y un plato con aceitunas y embutidos, antes de traer la lujuriosa sopa de pescados y mariscos.

Aurora continuó:

—Nos han hecho llegar hasta aquí…

—Teníamos que encontrarnos, Aurora. ¿Te das cuenta?

—Ellos necesitaban que descubriéramos su historia… Y aún no sabemos nada.

—Yo sé algunas cosas. Mi padre llegó a Francia gracias a mi abuelo, que quiso salvarlo de la guerra civil enviándolo aquí.

—¿Qué pasó con tu abuelo?

—Mi padre no volvió a verlo nunca. Murió sin saber qué había sido de él. Pero pienso averiguarlo. Me he enterado hace muy poco de todo esto. ¿Y tu madre?, ¿qué hacía tan lejos de su país?

—Mi madre llegó aquí con mis abuelos en viaje de placer. Solían viajar mucho. Cuando era pequeña vivió como una princesa. El director del hotel encontró entre las notas la narración del cumpleaños más bello jamás celebrado en el hotel, el de mi madre.

—Y allí se conocieron. Mi padre era uno de los camareros que atendió la fiesta. Me lo contó Pierre Deloir, el mejor amigo que tuvo mi padre en aquella época, un viejo entrañable. Me dijo que desde joven mi padre componía sonatas…

—Entonces, mi madre debió enamorarse perdidamente de él.

—Un camarero y una "princesa"… Nada fácil en aquellos tiempos.

—Un pianista y una niña sensible… Hija única.

—Y él, un pobre diablo a los ojos de tu abuelo.

—Dice el director que, antes de partir, mi madre padeció varicela o algo así, y estuvo aislada en la *suite* los últimos días, como si tuviera la peste. Su abuelo era el director del hotel en aquel entonces, y lo dejó por escrito; tomaba nota de todo cuanto le impactaba. Quería escribir una novela… Su sueño era ser escritor.

—¿Y el sueño de ellos? ¿Brindamos por su amor?

Chocaron las copas y brindaron por sus padres. *Madame* Tetou llegó dicharachera a interrumpirlos, trayendo la *bouillabaisse* hirviente.

—La mejor de la región —anunció—. Receta de mi bisabuela, que enamoró así a su marido, pescador de toda la vida.

Sirvió un par de cucharones en cada plato, y al verlos tan silenciosos, los dejó en paz. Cuando se fue, Andreu comentó:

—En su cuaderno de adolescente, mi padre menciona varias veces a una *madame* Tetou. Fue algo así como su ángel protector. Le permitía tocar un piano del cual estaba enamorado.

—No me extraña. Quien ama el piano no puede vivir sin tocarlo.

—¿Sucederá lo mismo con el amor?

Andreu rozó de nuevo con sus dedos la mano de Aurora mientras sus ojos depositaban minúsculas olas de deseo. Esta vez, ella abrió la palma de su mano. Dos calores extendidos se unieron horizontales. Dos hemisferios en llamas.

La luna bajaba ocre, intensa, inmensa. Una infinita esfera rompía la oscuridad creciendo hasta inundar el cielo; imponiendo un día lunar en una noche primaveral. Aquel dorado se había metido dentro, empapándolos de quilates de luz. Todo el mar era oro líquido.

—No sé por qué, de repente se me ha ido el hambre —dijo Andreu, dirigiendo sus ojos al exterior—. El mar me llama… ¿No te pasa lo mismo a ti?

Aurora no pudo contestar. Sabía que la noche sería larga, más larga que el vestido negro que llevaba. Con cola de cometas… de estrellas.

Sobre la mesa, Andreu deslizó discretamente un billete que, en sí mismo, pagaba la cuenta sin pedir y dejaba un generoso margen de propina. Nadie los vio marchar.

Salieron a la playa descalzos, cargados de sentimientos indecisos. No sabían a qué iban, pero tenían que salir. Necesitaban estar solos. Querían preguntar, saber, pero también necesitaban el silencio para sentir.

Al bajar hacia la playa, en un sitio escondido del exterior del restaurante, encontraron una desvencijada mesa de madera y un par de sillas vestidas de musgos salitrados que estaban incrustadas en la arena como rocas. Antigua mesa de enamorados, enteramente florecida de algas y óxidos marinos. Los moluscos habían anidado en aquel extraño monumento. Desde aquel punto, la visión lunar se hacía fastuosa. Era un amanecer en carne viva. Aquella luna era un sol de medianoche.

Los gallos del pueblo empezaron a cantar a la mañana incierta que despuntaba. Los perros enloquecidos aullaban sin parar, un coro de gritos espirituales anunciando un algo sobrenatural.

Bañados de oro, parecían de travertino lustroso. Andreu posó su mano sobre la espalda desnuda de Aurora y ésta volvió a sentir que le quemaba.

—¿Habías visto algo semejante? —le dijo ella observando aquel prodigio de la naturaleza.

—Nunca.

—Te dije que estaban aquí. ¿Sientes su calor? —abrió los brazos hacia el mar y cerró los ojos.

—Lo único que sé es que siento lo que nunca había sentido.

Se puso frente a ella. En el aire volaban partículas doradas que parecían provenir de la inmensa esfera y se adherían a sus cuerpos dejándolos iridiscentes. Dos estatuas de sol.

Los dedos de Andreu acariciaron despacio, indecisos, el perfil de los labios de Aurora, temiendo borrarlos con el gesto. Su boca se acercó húmeda de aliento hasta posarse en los párpados cerrados de la mujer de viento. Una música lenta, de silencios en vuelos. Un beso ingrávido suspendido en un hilo de seda.

Quería sentirla sin romperla. Temía que aquella pasión se le desbocara como caballo nocturno, pero no pudo evitarlo. Por lo menos no sus dedos, que resbalaron desde el cuello blanquísimo, nacimiento de piel palpitante, hasta rozar el centro del escote, metiéndose entre dos montañas de piel que se erguían respondiendo vivas.

Aurora, que no podía abrir los ojos, inmovilizada como estaba de placer, sentía aquellos dedos como diminutos pájaros en fuga dentro de su corpiño; teñían de ansias con sus plumas rojas no sólo las zonas tocadas, sino los lugares más impenetrables de su cuerpo. Aún no se habían besado y ya su piel se le caía en suspiros. No podía detenerlo. Sabía que sólo bastaba una palabra, su propia mano o una mirada abierta para impedir que la tocara, pero su voluntad no la escuchaba; había desplegado por fin sus alas y volaba por encima de ella misma... enseñándole el placer del primer vuelo.

Su cuerpo tocado por encima de su traje de sombras se deshacía en las manos de Andreu. Se sentía sol quemante bajo esa luz lunar, piel hecha de teclas... Piano. Aquellos dedos le arrancaban sinfonías nunca sentidas ni en el mejor concierto.

Sólo después, su boca buscó sedienta los labios de él, que la aguardaban como rosa abierta, húmeda lengua, dulce enredo de pasiones delineando bordes, poseyendo aquel espacio de palabras mudas, de mieles nuevas. ¿Quiénes eran? ¿Andreu y Aurora o Soledad y Joan? En ese beso sólo se identificaba una pasión y amor de siglos retenidos; de instante florecido.

Cuanto más se entrelazaban sus lenguas, más crecía aquella luna. ¿Era una luna? Un viento solar les soplaba corrientes de luz. Aquella esfera inmensa se había refractado en óvalos de aurora llameantes, partículas solares, llamaradas onduladas de colores rojizos. Un Mediterráneo combustionando en fuegos. Una aurora boreal insólita.

Presos en ese campo magnético de amor y en una intensidad lenta, permanecieron besándose; el amor se les vaciaba por las bocas; se lamían el alma con sus lenguas hasta quedar sedientos de más besos. Entonces volvían a empezar, sin hablar. Con sus bocas sangrantes, de besos dados y por dar, que se vaciaban y llenaban insaciables.

Cuando las luces celestiales se quemaron en el cielo y en el mar, y la negrura los vistió de negro, sus bocas cansadas se replegaron en el silencio. Un abrazo los unía en la noche cerrada. El restaurante estaba a oscuras, todo dormía. Todo, menos sus cuerpos y sus almas.

Llegaron al hotel después de conducir abrazados y atados por sus padres. Aurora le pidió que la dejara en la pensión Bell Air, pero Andreu no pudo hacerlo.

Se introdujeron en el Carlton sin mirar a nadie, en un estado de enajenación total. En ese instante, nada ni nadie los habría detenido. Llegaron a la *suite* 601 y delante de la puerta Andreu volvió a besarla, esta vez inventando un beso tenue, delicado. Una promesa.

En aquella misma habitación, sesenta y siete años atrás, su madre había escuchado desde la ventana el piano de Dolgut. Había reído y llorado. Había soñado, siendo feliz e infeliz, todo al mismo tiempo. Pero Aurora no lo sabía. Había olvidado preguntarle al director del hotel en qué habitación se había alojado.

Al cruzar el umbral de la puerta, un sentimiento evocador la envolvió. Sentía que conocía aquella suite. No sabía cuándo ni cómo, pues nunca antes había estado en Cannes. Eran otros muebles, otra decoración, pero aquella habitación, sin duda alguna, la conocía de memoria. Había estado allí sin estar. Se dirigió a la ventana movida por un sentimiento íntimo y le llegaron notas de un piano antiguo.

—¿Lo oyes? —le dijo a Andreu.

Lo oía. Era *Tristesse* de Chopin. Se la había oído tocar muchas veces a su padre.

—¿De dónde vendrá esa música? —preguntó.

—¿Ves alguna luz? —le dijo ella mirando hacia afuera.

—Ninguna.

—Pero está muy cerca…

—¿Verdad que sí? ¿Tú también la sigues oyendo?

—¡Qué bella es!… —Aurora cerró los ojos.

—Algunas veces la he sentido estando solo. Es como si la llevara dentro.

Andreu la acarició y con suavidad acercó la cabeza de Aurora a su pecho.

—Tienes música en tu alma. Suena a *Tristesse* —le dijo Aurora con ternura—. Si ahora tuviera un piano, inventaría para ti una sonata, la llamaría *Alegría*.

—Si fueras piano… —Andreu la miró ansioso—. Quiero acariciarte.

Aurora bajó la mirada. Una capa de vergüenza la cubrió de repente. No estaba preparada, y él lo adivinó.

—Déjame amarte… con los ojos.

Lo dejó.

Sus ojos se convirtieron en sus manos. Nunca lo había hecho así. Empezó a desvestirla con aquel verde húmedo que concentraba todas sus ansias; primero la tomó desde el alma. Palmo a palmo, botón a botón, fue desatando el vestido de su espíritu hasta tocar con sus ojos aquella piel escondida y poseerla. Después, su mirada se hundió en su pensamiento. Entrando y saliendo… entrando y saliendo, despacio, sin prisas. Sintiéndola sin tiempo. Nada lo esperaba y lo esperaba todo. Sus ojos rebuscaron entre los pliegues femeninos de sus miedos y pudores, hasta encontrar la llave y liberarla… Ahora la sentía rotundamente desnuda en su vestido negro. Libre, bella, plena… Una aurora boreal encendida. Sólo con sus ojos. Sí, podía amarla sólo con sus ojos.

Aurora sentía su cuerpo en llamas. Su mirada quemaba, humedecía, esclavizaba, liberaba, hundía, elevaba… elevaba… La hacía sentir viva.

La luz de la lámpara hería.

Andreu apagó el interruptor y una sombra de luna los cubrió. Sobre la cama los aguardaba desparramado el amor.

Le fue quitando el vestido, lentamente, pasando su mano por cada espacio de piel nueva. Sus manos de hombre aguantaban su pasión. Quería poseerla, abalanzarse sobre ella con violencia, violencia de pasión, urgencia de embestirla, arrancarle el vestido, hacerla suya, meterse en ella, un cuerpo atado desde las piernas hasta el alma, un solo cuerpo, desde las lenguas hasta el tuétano, mancharse de sudores y gritos, de quejidos de viento y silencios, reventar de placer, ver las estrellas vaciándose en su cielo, pero el piano no dejaba de sonar, pidiendo un tempo nuevo de lentitudes efímeras y eternas, una sonata para la piel de Aurora. Porque la piel de Aurora tenía las teclas de un piano infinito, de una música de siglos sin sonar.

Tenía que reinventarse de nuevo como hombre para poder vivirla como un ángel.

Amanecieron contemplándose. Se aprendieron de memoria los cuerpos sin tocarse. Se habían hecho el amor sólo mirándose, acariciándose hasta estremecer sus desconciertos. Desnudos, sin poseerse más que las almas. Sí, habían hecho el amor.

Él, por primera vez, había hecho el amor... Ella, también.

En el espectacular transatlántico, Joan Dolgut se sentía ínfimo. Un solitario enamorado en busca de un sueño imposible. En su reducido camarote, cada noche contaba el dinero que tenía sabiendo que, si no hacía algo urgentemente, al desembarcar en Nueva York ya no podría continuar su viaje a Colombia.

Trató de conseguir trabajo como segundo ayudante de chef de cocina, pero las referencias de su amigo Deloir, que lo dejaban como un gran panadero, no eran lo suficientemente notables como para cubrir aquella única plaza que había quedado libre por la repentina enfermedad de quien la ocupaba.

En tercera clase se repartían cervezas, tufos y ordinarieces, y la constante algarabía no le permitía crear ni siquiera una sonata. Sin embargo, la ilusión por volver a ver a Soledad le mantenía vivas las ganas de luchar. En pocos días logró escabullirse, y vestido con su único traje de "ocasiones especiales", terminó codeándose con los camareros de primera clase y, por supuesto, con el pianista de las noches de gala, un habanero de piel y alma morenas que se convirtió en su protector, o por lo menos en el que lo llevaría a otros mundos de la mano de su enloquecido piano. Viajaba en el barco con la recién estrenada Machito and His Afro Cuban Orchestra, que hacía las delicias de un peculiar público, mezcla de exiliados camuflados y turistas despistados, que pese a las vicisitudes de la guerra aún soñaban con embolatar las penas con bailes y alegrías. En el mar se sentían a salvo de la vida y la muerte; aquella inmensa casa flotante era para muchos un sueño cargado de promesas.

El pianista, conocido en el mundo del nuevo jazz como Niño Sulay, arreglista prodigioso, había impuesto en el Liberty su cubanía, derrochando en las noches su singular estilo isleño. Podía saltar del son al *be-bop*, alternativa del *jazz*, en dos compases. Joan Dolgut, acostumbrado a las clásicas sonatas, se maravilló con sus desconocidos ritmos afrocubanos. Durante la travesía iba distrayendo

sus desazones escuchándolo narrar entre rones sus movidas en Broadway, inimaginables para él; los matinés bailables en el Palladium y el Blen Blen Club, que habían desbancado por completo a las *big bands* americanas y al *swing*. Todo lo que el pianista le contaba parecía inventado.

Aquel transatlántico, que se comía el océano a espumarajos, contenía en su intimidad un mundo de vivencias soterradas. Allí viajaban frustraciones, pesadumbres, países desmembrados, familias unidas… o rotas por la guerra, lunas de miel… o de hiel, ilusiones frustradas, sonrisas y lágrimas. Soledad había viajado en él, tal vez, muchas veces; con toda probabilidad, en aquel espacio en el que ahora se movía, sus delicados pies habían bailado. ¿Habría pensado en él? El mensaje pegado a la cometa, finalmente, ¿habría llegado a manos de ella? Como prueba de su envío, la cola de ésta aún permanecía enredada a la bandera americana del Liberty. Pero el sobre… ¿habría sucumbido a los jalonazos del viento?

Iba camino del país de su amada con las manos vacías, sin tener qué ofrecerle y enfermo de amor; remolcando el desconsuelo de no haber recibido ni una carta después de su partida. Eso había sido lo peor. Si le hubiera escrito, seguro que ahora estaría en Cannes. En ese momento, poco o nada podía maniobrar hasta tanto no supiera de ella. Por culpa de aquel silencio incumpliría la promesa que le había hecho a Benjamín Urdaneta de no acercarse a su hija hasta tanto no se hubiera hecho un nombre en la sociedad. Y aquella maldita guerra, que de repente lo había complicado todo. ¿Cómo era posible que no hubiese recibido ni una carta? La situación lo tenía maniatado. Había pensado regresar a España, donde parecía que todo estaba en relativa calma, pero hasta no resolver su tema de amor vital, nada podía hacer.

En ese barco había olvidado cómo se dormía; sus desvelos se suavizaban deslizando sus anhelos por el piano que aquel cubano le permitía tocar a medianoche a cambio de que interpretara sólo lo que él le enseñaba, mientras se emborrachaba. Lo importante era tocar... tocar para olvidar... tocar para que los días escaparan. Los dos tocaban. Uno para olvidar su amor abandonado en La Habana, y el otro para recordar que su amor existía en una ciudad de la que no sabía nada pero que lo tenía todo: Bogotá.

Soledad había vuelto a caminar dormida. Los episodios de sonambulismo, que desde su primera comunión habían remitido, ahora reaparecían con virulencia. Mientras Joan Dolgut se dirigía a Nueva York, sus pies descalzos caminaban el barrio de Chapinero en una noche de luna partida. No recibir ni una carta de su amor desde que había regresado de Cannes, incluso después de que a escondidas había decidido escribirle rompiendo el protocolo aprendido de que era el hombre quien debía dar el primer paso, la tenían fuera de sí. Cada tres días enviaba a Vicenta al correo con cartas que nunca llegaban a su destino, pues el padre se las quedaba todas.

Abría puertas y rejas con el mayor de los sigilos y sin hacer ruido salía de la casa en pleno helaje nocturno, paseando desorientada y sin rumbo, vestida con su bata de holán bordado, llevando en su mano la foto de Joan y de ella que, de tanto besarla, se había ido destiñendo, y ahora el rostro de los dos se diluía.

Lo nombraba seguido como rezando una letanía, y muchas veces era Vicenta quien acababa conduciéndola de nuevo a su cama, evitando que en su casa se enteraran de lo que estaba ocurriendo, protegiéndola de seguros encierros por parte de su padre.

Una noche la había rescatado del pozo del molino de viento cuando estaba a punto de lanzarse al vacío; otra, de una conversación inconexa que había mantenido con una mujer que decía llamarse Margarita e imitaba a la perfección a la famosa loca de vestido rojo, pelo enmarañado y cinta en la cabeza que solía deambular por las calles dando vítores al partido liberal.

Sus desasosiegos y soledades la habían ido enmudeciendo, y aunque la obligaban a llevar una vida social intensa, interiormente se encerraba cada vez más. Ahora, prácticamente no hablaba con nadie. Se había convertido en un ser evanescente que, más que caminar la vida, la vivía suspendida en el destiempo de la ausencia. Nadie parecía darse cuenta de su infinita tristeza, ni siquiera Pubenza, que prefería esconderse en sus lecturas de novelas rosas antes que enterarse. En realidad se culpabilizaba de todo lo que le pasaba a su prima y el temor a acabar de criada en el convento la tenía paralizada.

En las últimas comidas, Benjamín Urdaneta, el único que hablaba en la mesa, había introducido una conversación monotemática de conveniencias: tendrían que organizar cenas con sus amigos más influyentes y sus hijos. Cultivar buenos partidos para el futuro de su hija. Se lo decía únicamente a su mujer, como si no existiera nadie más en la mesa, mientras ella asentía con la cabeza temiendo contrariarlo. Cuando Soledad lo escuchaba, sentía unas ganas enormes de arrojarle la sopa a la cara y correr a su habitación, pero terminaba bebiéndose su propia rabia en los lagrimones que caían dentro de su plato. No paraban de decirle que el trance por el que pasaba era simple y llanamente la adolescencia, y adolescencia venía de adolecer… Era el cambio de niña a mujer, la carencia de criterio. Si no entendía la vida ahora, más temprano que tarde le llegaría aquella comprensión, producto de la madurez, algo que a ellos, como padres, les sobraba.

Llevaba dieciocho días de mar eterno, piano y largas charlas. La última noche, Joan Dolgut decidió preguntar a Niño Sulay, el pianista compañero de desvelos, por sus viajes.

—¿Has viajado en este barco otras veces?

—Durante años, el Liberty ha sido mi casa, chico.

—Habrás visto mucho, ¿verdad?

—Hummm… Si supieras los secretos que guarda un transatlántico… Los mismos que guarda el mar.

—¿Recuerdas los rostros de los viajeros?

—Hay personas sin rostro, chico. ¡Ajá! —al decirlo se bebió de un trago el ron que acababa de servirse—. Pero también hay rostros que acabas viendo ¡en tantos cuerpos! Es la necesidad. Por ejemplo, la cara de mi guajirita que dejé en Cuba… Nunca la olvidé.

—Si te muestro una foto, ¿podrías reconocer si has visto antes esa cara?

—Si es bella, seguro que sí, muchacho. Niño Sulay no olvida nunca una cara bonita —volvió a servirse otro trago.

Joan sacó de su bolsillo una copia de la foto en la que aparecían Soledad y él, y se la entregó. El pianista se quedó un largo rato en silencio, pensando.

—¿Es tu novia? Ay, muchacho. Me da pena decirte lo que voy a decirte.

—¿Ha viajado contigo? ¿La recuerdas?

—Como si la viera ahora. Bailaba sin pisar el suelo. En realidad, volaba. En este salón acabaron envolviéndola en un círculo de aplausos.

—¿Se la veía feliz?

—Radiante… Bueno, radiantes. No estaba sola… —Viajaba con sus padres… y una prima —le aclaró Joan.

—Bailaba con un chico. Alto, buen mozo. ¿Sabes? De esos a los que se les ve el futuro organizado.

El alcohol había hecho que el pianista equivocara la historia, colocando el rostro de Soledad en el cuerpo de otra chica; una que viajaba con su prometido y sus respectivas familias. Al oírlo, una duda negra invadió el alma de Joan.

—¿Estás seguro?

—Pa'qué te voy a mentir, chico. Lo siento —le ofreció un trago—. Toma… bebe. Ése es el problema de las mujeres, que nunca sabes…

—Pero ella es distinta.

—Eso es lo que creemos cuando nos enamoramos. Y después… pasa lo que pasa.

En ese instante, Joan supo lo que eran los celos. Aquel animal se le había metido en el alma. Sospechaba que algo extraño ocurría con Soledad, con su largo silencio, pero imaginar que se hubiera enamorado de otro así, tan rápido, en el mismo viaje de regreso, cuando acababa de despedirla con su amor, el piano y las cometas, no le cabía en la cabeza.

—No puede ser ella —dijo, enseñándole de nuevo la foto—. Fíjate bien.

—Es ella, muchacho. Es ella. Esa carita se me quedó grabadita en mi cabeza.

Joan cayó abatido en un silencio enfermo. El pianista lo rescató.

—Para el mal de amores… ron y piano. Vamos a emborracharnos de música. Anda, toca. Saca esa rabia. Aporrea esas teclas. Pero Joan prefirió emborracharse con ron hasta caer inconsciente en el suelo. Era la primera vez que bebía. Aquel líquido ardiente había acabado por adormecerle todos los sentidos. Había llorado por su padre, por su madre y por su perdida niña del aire. Nunca había sentido tanta soledad apretada. El pianista acabó sobre él; ambos, nadando en sus amores perdidos.

Antes del amanecer, Joan despertó. No sabía qué le dolía más, si el alma o la cabeza. Estaban llegando a Nueva York. Una voz chillona, que no paraba de gritar, lo había despertado.

—¡EH, MIRAD! La estatua de la Libertad. ¡Estamos llegando! La estatua de la Libertad. ¡MIRAD!

Niño Sulay se despertó de golpe.

—Corre, chico. Hemos llegado.

Joan salió a cubierta a observar aquella impresionante vista. Entre la bruma del amanecer, una gran dama con su antorcha en alto les daba la bienvenida. A lo lejos se adivinaba la vida. Chimeneas arrojando nubes de humo.

Fábricas de nubes cenicientas. Aquellos rascacielos... La aguja del Empire State tocando el cielo. Era maravilloso. Lo nunca visto. Para muchos de los viajeros, el trayecto acababa allí. Aquella ciudad significaba la libertad. Escapar de aquella guerra inconsciente que aniquilaba vidas. El barco iba cargado de judíos, intelectuales e inmigrantes obligados que, en el último afán de salvarse, lo habían abandonado todo, y con su dignidad como equipaje, volvían a empezar de nuevo. Tenían lo más preciado: la vida.

Unos gritos generales envueltos en aplausos lo devolvieron a la realidad. Al ver la ciudad, Joan se asustó. Lo que tenía en los bolsillos no le alcanzaba para seguir ni tampoco para quedarse.

Bajó del barco con la angustia anudada al cuello. Niño Sulay se lo encontró a la salida.

—Y ahora, ¿adónde irás?

—A Colombia.

—Vente conmigo un par de días. Verás qué meneo lleva esta ciudad.

—No tengo dinero, ni ganas.

—No puedes quedarte así.

—No me quedo; me voy. Nada me espera, nada tengo.

—Todo pasa.

—¿Y lo dices tú? ¿Crees que no sé que aún te mueres por aquella cubana?

—Ay, mi joven amigo, hay amores que matan. Y a mí, me mató ese amor. Pero tengo mi música, y esa no me la va a quitar nadie. Tú también tienes algo que es tuyo, no lo olvides.

Se despidieron con un largo abrazo. El pianista, antes de partir, le regaló algunos dólares y un número telefónico.

—Por si decides quedarte.

Joan se quedó solo en el puerto, con su reducido equipaje y su pena hinchada, viendo cómo la horda de pasajeros se diluía entre las calles, envuelto en un idioma y un mundo desconocidos.

Fue merodeando por entre barcos pesqueros, bultos y grúas, tratando de encontrar alguna idea que lo aproximara a su objetivo. No entendía ni una palabra de lo que le decían. Algunos se acercaban para sacarlo de la zona, otros parecía como si quisieran ayudarlo. La cabeza le estallaba de ron trasnochado, la garganta le lloraba de sed y el estómago le pedía a gritos comida. Entró en una desvencijada taberna del muelle y por señas acabó haciéndose entender. Se bebió a cucharaditas un vaso aguado de café negro y un roscón de pan duro que le arrancaron un par de céntimos de su mínimo patrimonio. La obsesión por contar el dinero se le hacía insoportable.

Una vez hubo encontrado la oficina de tiquetes, preguntó en español cómo se hacía para llegar a Colombia desde allí. De todo lo que dijo, quien le atendió sólo logró entenderle Columbia, con u, entonces Joan decidió escribírselo en un papel.

—*Ahhh! Colombia. South America. Wednesday at 6.00 o'clock*. La Heroica.

Joan no entendía nada. El encargado le indicó por señas que esperara.

—*Wait a minute, wait a minute, boy*.

Regresó con una mujer de facciones latinas.

—¿Qué pasa contigo, chico?

Por fin alguien hablaba su idioma.

—Señora, necesito ir a Colombia.

La mujer habló con el hombre, que le repitió la información que acababa de darle.

—Hay un buque que zarpa para Cartagena de Indias el miércoles a las seis de la mañana: La Heroica.

—¿Cuánto cuesta un billete? El más barato, por favor.

Después de consultarlo, se lo dijo.

Joan sabía que no le alcanzaba. Además, tendría que sobrevivir dos días en aquel sitio; era lunes. La fría mañana de un lunes de abril.

—Muchas gracias. Volveré luego, con el dinero.

El encargado y la mujer se miraron. Sabían que no volvería. Pero Nueva York también era así. Una ciudad llena de desarraigados perdidos, gentes sin casa ni oficio, merodeadores de infortunios, y desde que había empezado la guerra en Europa, de exiliados hambrientos en busca de futuros por rehacer.

Joan volvió a la calle. Ahora su única misión era encontrar el buque La Heroica. Nunca se hubiera imaginado que tendría que viajar de aquella manera. Había escuchado muchas historias sobre polizones que se deslizaban por entre bultos y mercancías, algunas veces camuflados de paquetes hasta acabar metidos en cualquier cuchitril del barco con tal de conseguir llegar al puerto de sus deseos. Se escondería como fuera. A pesar de sentirse abatido por lo que le había confesado Niño Sulay, ahora más que nunca quería comprobar con sus propios ojos toda la traición.

Decidió no moverse de la zona hasta pasados los dos días, temiendo perderse en aquella metrópoli tan extraña y fría.

Se paseó por el bullicioso mercado de pescados, donde se le fueron los ojos en apetitos sin saciar. Los pescadores lo empujaban, arrastrando sus cajas a gritos, entre hielos chorreantes, moluscos agonizando y peces que daban sus últimos coletazos. Durante la tarde, todo aquel agite fue desapareciendo delante suyo, hasta que, lentamente, el anochecer se cernió implacable en la caliginosa atmósfera del muelle. Silencio impregnado de podridos olores marinos.

Sobrevivió a las dos noches enrollado en una manta que había terminado por robar aprovechando el descuido del operario que trasladaba de un lugar a otro unas inmensas cajas de madera, todas selladas con la palabra FRAGILE.

Acalló a punta de *pretzels* y cafés las protestas de su adolorido estómago, y en pleno amanecer, tiritando de frío y hambre, después de haber vigilado todos y cada uno de los movimientos de los marineros y operarios de La Heroica, terminó embarcándose entre una gran carga de electrodomésticos Westinghouse. Era un buque colombiano que solía aprovechar sus recorridos de exportación de menaje americano para, en una zona de camarotes sencillos, acoger un número reducido de pasajeros.

Acurrucado y jadeante, Joan escuchaba el ir y venir de voces y mandos que se movían por entre las neveras empacadas. Lo revisaban todo, como si estuvieran al tanto de que él se escondía allí. En verdad, tenían por costumbre echar una última ojeada, dejando bultos y cajas bien atadas para las eventuales tormentas de alta mar.

La travesía duraría diez largos días, pero él no lo sabía; tampoco sabía cómo sobreviviría. Necesitaba agua potable y algo de comida, y no tenía ni idea de qué manera conseguirla. Aquello no era el transatlántico ni nada por el estilo. Era un barco roñoso y oxidado que hacía un trayecto rutinario de enseres que poco o nada le darían. Presintió que en aquel viaje podría morir, pero no le importó. Se sentía más solo que nunca, a merced de un futuro negro y de una soledad más larga que su propia muerte. Tenía dieciséis años, pero su alma rozaba los cien.

Durante el día ni se movió. Esperó a que el pesado buque se pusiera en marcha y se enrutara tranquilo en un mar sereno, hasta que el cuerpo le pidió acción. Una vez se sintió seguro, decidió explorar a paso corto el lugar, familiarizándose con todos sus espacios. El barco estaba lleno de marineros que cantaban desafinadas músicas fiesteras que salían de un viejo tocadiscos y que él nunca antes había escuchado. Las carcajadas y el olor a alcohol se respiraban en casi todo el salón. Necesitaba conseguir comida como fuera. Su piano, otra necesidad vital, había quedado archivado con sus deseos imposibles, por lo menos hasta cubrir sus necesidades primordiales de supervivencia.

Se deslizó en el interior de la precaria cocina, y allí, después de abrir y cerrar cajones, encontró algunas frutas y enlatados que fue metiéndose en los bolsillos hasta llenarlos. Se sentía mal haciendo lo que hacía, pero no le quedaba ninguna otra alternativa. Volvió a su encierro forzoso.

Estar en aquel espacio de humedad y ratas lo tenía descompuesto, en un mareo constante. Empezó a echar el estómago por la boca. En aquella tumefacta penumbra le aparecían y desaparecían todos los fantasmas. El de la incertidumbre y el del hambre, el de Soledad acompañada de otro, el del Niño Sulay pronosticándole penas, el de su padre preparando su huida, el de Pau Casals hundido en el silencio del destierro, el de sus amigos perdidos, el de esconder hasta el respiro para no ser hallado, el de su futuro sin futuro.

Dialogaba con las sombras, procurando entretener la cordura, marcando el paso de cada día como si fuese un náufrago, dividiendo sus mínimas provisiones en sorbos y mordiscos, aguantándose el corazón en la garganta para que, en su angustia, no se le precipitase fuera.

Aprovechaba las horas más cerradas de la noche para subir a cubierta y respirar las estrellas. El hambre se le había convertido en una bestia que amenazaba devorarle las tripas.

Después de acabar con la fruta, había luchado inútilmente por abrir las latas robadas, pero sin abridor le había sido imposible. Tenía comida y no podía comerla. Y aunque regresó a la cocina un par de veces tratando de encontrar cualquier herramienta que le sirviera para ese fin, la puerta permanecía cerrada con llave.

Una noche, cuando atravesaban el golfo de México, una tormenta caribeña empezó a sacudir la carga. Su preciado escondite comenzó a adelgazarse con el ligero movimiento del buque. Los guacales que contenían las neveras, a pesar de estar atados, se deslizaban. Aquel pequeño espacio escondido había ido desapareciendo, dando lugar a un inestable rincón donde en cualquier momento podía acabar aplastado. Sin embargo, aunque Joan estaba aterrorizado, tenía la impresión de que los demás pasajeros parecían no darse cuenta. En realidad, estaban completamente familiarizados con aquella situación; correspondía a una climatología típica de la zona; un cruce de corrientes marinas y vientos alisios. Durante dos días aquel malestar de turbulencias se mantuvo, provocándole alucinaciones de naufragios y muerte, hasta que finalmente salió el sol. Habían atravesado la zona de riesgo y la ruta marcaba un horizonte tranquilo y un calor placentero, desconocido. Era el clima tropical, que empezaba a calarle hasta el fondo y lo incitaba a amodorrarse después de dos noches de angustias.

En el puente de mando, el cocinero había armado una gran discusión. De los víveres que tenía bien contados para la travesía habían desaparecido cinco latas de atún, dos de sardinas y algunas frutas. Él, que mantenía un riguroso control sobre las existencias, estaba convencido de que había un ladrón dentro del buque. Les faltaban tres días para llegar al puerto de Cartagena, y en ese lapso de tiempo debían pillarlo. Al capitán aquella pesquisa le encantaba; algo en que entretenerse. Dentro del barco con seguridad viajaba un polizón y cazarlo sería como jugar al gato y al ratón; aquel granuja infiltrado se enteraría de lo que significaba su fechoría, y una vez en tierra firme lo devolvería con "honores" a su país.

Después de organizar un pequeño escuadrón, el capitán se puso manos a la obra. Desde la cubierta hasta la bodega, todo sin excepción, sería meticulosamente investigado. Los pocos camarotes donde viajaban algunos norteamericanos serían los únicos respetados.

—Al extranjero siempre hay que darle el mejor trato, para que se sienta como en su casa, ¡carajo! ¡Y que viva Colombia! —gritaba mientras daba órdenes.

Joan había caído en el sopor profundo de un cansancio falto de comida, cama y afecto. Envuelto hasta la cabeza en la cobija robada, soñaba con una Soledad que al verlo no le reconocía. Detrás, aparecía su rival, un hombre elegantísimo, como aquellos que tantas veces había visto en el Carlton, abrazándola y prodigándole toda suerte de galanterías.

Soledad lo miraba con cinismo, dejándolo tirado en el suelo mientras se cogía a la cintura de su novio.

De pronto, un brazo lo agarró y empezó a sacudirlo con violencia. Cuando finalmente abrió los ojos, un descomunal negro lo apuntaba con su linterna.

—Te voy a dar un patadón que te voy a dejar de tío, so jodido. ¡Conque robando comida, eh! Espera que te vea el capitán… Pagarás escondedero a peso.

Joan Dolgut se encogió como un ovillo mientras las pupilas blancas del negro lo escrutaban.

—¿Qué miras? Te parezco muy negro, ¿verdad? Dilo. Ese negro cochino me ha tocado… ¡Ay, pero si pareces un querubín, mi amor!, con tus cachumbitos rubitos. Un polizón mono. Si no fuera porque me esperan, te haría sentir lo que es un negro de verdad. Por Dios que si —cruzó los dedos en señal de cruz y los besó.

Joan oyó pasos.

—Mira qué angelito me he encontrado aquí. No le faltan sino las alitas… pa'volar.

—Déjalo en paz, morocho. Ese rubito es pa'mí. ¿Y si nos lo rifamos? —sacó una moneda—. ¿Cara o cruz?

—Por favor… —dijo Joan.

—Pero si no es ni gringo ni na. Yo que pensaba que me comería uno bien tiernito…

—Siento mucho haberme colado en el barco. No me hagáis nada, por favor —suplicó Joan, tiritando de miedo.

—Con ese acento hasta parece fino y todo —dijo el mulato con voz amanerada.

—Negro, ¿sabes qué? Mejor llevémoselo al capitán. Si le hacemos algo, los que acabaremos en la cárcel seremos nosotros —se apresuró a sugerir el marinero.

—Claro, claro, gallinita. Se me olvidaba que te cagas en los pañales. El negro tiró del brazo de Joan hasta ponerlo de pie mientras le decía:

—Ahórrate las palabras, monada. Todo lo que quieras decir díselo al jefe.

En la quinta de Chapinero, esa noche había cena de mantel largo, cristal de bohemia y cubertería de plata. Benjamín Urdaneta había invitado al recién nombrado embajador de Colombia en Estados Unidos, a su mujer y a su hijo, que estaba a punto de finalizar estudios en el Gimnasio Moderno y ahora se preparaba para estudiar derecho en Harvard. Aquel chico le encantaba. Había sido educado en el refinamiento y el decoro de una gran familia de larga tradición política, y eso se le notaba. Cada vez que hacía algún comentario, era acertado y justo. Se lo veía inteligente y rápido, además de culto y leído. A sus dieciocho años ya dejaba entrever su fuerza y sus dones oratorios. Cautivaba con ademanes y frases de famosos que no paraba de mencionar, haciendo una mezcla de géneros dispares que iban desde Nietzsche y Rimbaud hasta Tagore y Goethe, pasando por Whitman o Abraham Lincoln. Un gran partido para su hija, a punto de cumplir los quince años. Cuidar los detalles era siempre de inteligentes, pensaba mientras los observaba, haciendo alegres cábalas de futuro. Hacían buena pareja. Cinco años en el extranjero, tiempo más que justo para que el joven se preparara y ella acabara su bachillerato, y tal vez al regreso, un noviazgo largo, como el que él había tenido con su mujer, que los ayudara a conocerse a fondo. Y después, boda por todo lo alto, en la Catedral Primada de Bogotá, ¿por qué no? En esas estaba cuando un sonoro eructo lo hizo aterrizar en la mesa.

¿Quién podía haber hecho ese ruido tan indecente?

Se hizo un silencio seco.

Su hija se estaba comportando como una verdadera mal educada. Aparte de eructar, había decidido comer con la boca abierta, haciendo unos ruidos rumiantes imposibles de aguantar. Sorbía cada cucharada de sopa dejando escurrir parte de ella sobre su vestido. Los invitados se miraban de hito en hito haciendo cara de ascos, abandonando de inmediato los cubiertos. Benjamín tomó del brazo a su hija, la levantó y delante de todos le propinó una sonora cachetada. Frente a aquel espectáculo tan violento, los invitados se levantaron de la mesa y sin más dilaciones abandonaron la casa, mientras Soledad Mallarino pedía mil disculpas, sofocada por la vergüenza.

La hija había huido a su cuarto presa del llanto, seguida por Pubenza, a quien azotó la puerta en la cara, encerrándose con doble llave. Nadie la sacaría de allí. Su encierro era para siempre. Si lo que querían era buscarle novio sin tenerla en cuenta, les iba a costar mucho.

—¡Soledad, abre inmediatamente! —el padre aporreaba la puerta furioso.

—Ni muerta —la voz desafiante de la hija se oyó al otro lado.

—Te lo digo por las buenas. Abre de una vez. La madre se acercó a Benjamín tratando de calmarlo, pero éste seguía descontrolado.

—¡Niña insolente! Nos has dejado a todos en ridículo.

—Te odio.

—No te atrevas a hablarle así a tu padre —le dijo Benjamín en tono amenazante.

—Tú ya no eres mi padre. Mi padre está muerto, ¿me oyes? —gritó con fuerza—. ¡MUERTO!

—No me provoques, que soy capaz de…

—¿De qué? ¿Ah? ¿De qué más eres capaz, don Benjamín Todopoderoso?

Finalmente Soledad Mallarino intervino.

Durante cinco días, Soledad Urdaneta mantuvo un encierro apretado. Había arrastrado cómodas, sillones y cuanto había encontrado, creando una muralla a la entrada de su cuarto para que, en caso de que abrieran la puerta, no pudieran avanzar. Pero no ocurrió nada. Benjamín, calmado a la fuerza por su mujer, había decidido apartarse por temor a perder definitivamente el amor de su hija. Aquellas furias enfermizas, una vez eran desahogadas, lo dejaban exhausto y como un pajarito. Por recomendación de un psiquiatra amigo decidieron darle tiempo a la hija, que parecía haber heredado el mismo temperamento de su padre, para que se calmara y todo volviera a su cauce por puro cansancio. La madre, a espaldas del marido, que hubiera preferido castigarla a pan y agua, encargó a Vicenta para que fuera dejando en el alféizar de su ventana pequeñas bandejas con manjares: galletas, sopas, postres y leche, y aunque al principio la niña no había probado bocado, finalmente había acabado por recibirlas.

Por su parte, Pubenza iba metiéndole notas por debajo de la puerta en las que le contaba lo que ocurría fuera, pero Soledad ni se dignaba abrirlas de lo enfadada que se sentía. Su prima la había defraudado en lo más importante: su complicidad en su historia de amor.

Joan Dolgut daba explicaciones al capitán de La Heroica en el puente de mando. Había decidido contarle toda su historia, a ver si con ello lograba que le perdonara su delito, pero se había encontrado con una pared de cemento armado. El jefe era un cartagenero descreído que hacía mucho había perdido la compasión y ahora vivía al día, aprovechando sus viajes al extranjero para infiltrar contrabando y de esta manera sacarse pesos extras. La ley dentro del buque la había hecho a su medida. Allí, el único que podía delinquir era él, obviamente con su propio beneplácito; los demás, si lo hacían, eran ratas, ladrones o maleantes dignos de castigo. Además, episodios como ése le venían de perlas, pues lo ayudaban a distraer a las autoridades y de esa manera no pagaba por silenciar a nadie, ya que les entregaba una víctima fresca para la sed de autoridad que reinaba entre la policía del puerto.

La hermosa silueta de la bahía de Cartagena surgió entre las sombras de la noche. Aquel perfil dorado de los quince kilómetros de murallas resplandecía en medio de cúpulas de iglesias y antiguos conventos; una especie de Venecia sudamericana. Iban acercándose a la orilla y Joan todavía no lograba convencer con su discurso al capitán, quien al percatarse de la proximidad de la tierra, acababa de gritarle:

—¡Basta! Ahora la justicia se encargará de ti. Vamos a ver a qué te condenan por ladrón y por intruso. ¡Ah!, y agradece que no te dejo en manos de éstos… —señaló al negro y al marinero que lo habían subido a cubierta—. Eso sí sería un verdadero y doloroso castigo. Ja, ja…

—Todavía está a tiempo, patrón —dijo, lascivo, el mulato.

—Largo de aquí, depravados —les gritó sin rabia, mandándolos fuera—. Y tú, quédate quietico hasta que yo te lo ordene.

El capitán se dirigió al tablero de mandos y tomando el radioteléfono anunció a tierra que llevaba un polizón de lo más virulento, para que dieran aviso a las autoridades locales.

Lo bajaron esposado y encogido de miedo entre la bulla alborotada de gritos y músicas. La ropa se le había pegado al cuerpo y sudaba a mares su desgracia. Estaba en Colombia, y nada ni nadie podía ayudarlo a llegar a Bogotá. Aquella gente hablaba su idioma, pero él no podía entenderlos. Tenían un acento rápido, un deje confuso, y utilizaban palabras que jamás había oído.

Permaneció esposado mientras el capitán del buque aumentaba los delitos delante de sus narices y lo describía como un delincuente peligroso, hasta que, finalmente, el sargento y dos agentes con pistolas y bolillos en cintura decidieron meterlo en un viejo coche de patrulla.

Uno de los agentes se conmovió de verlo tan indefenso.

—¿De dónde eres?

—De Barcelona…

—¡Ajá! ¿Y eso dónde'e?

—En Cataluña…

—¿Qué cosa e'eso?

—Un país. Queda en España.

—Ah, eso e'otra cosa. ¡Oleeeeé! Por España y por Concha Piquer.

Joan aprovechó para declararse inocente.

—Yo no hice nada, se lo juro. Lo que el capitán ha dicho es mentira. Sólo me metí en su barco… a escondidas. No tenía dinero para pagarme el tiquete.

—Ya se lo dirá'a quien te interrogue. Yo sólo cumplo órdene', chico.

Pasó la noche en una rancia celda con olor a orines y moho hasta que al día siguiente lo llamaron a declarar. Una vez escucharon todo lo que dijo, decidieron sacárselo de encima, pues no dejaba de ser un extranjero que había cometido un delito menor en alta mar, y aquella infracción no era de su jurisdicción. Lo deportarían en el primer barco que zarpara rumbo a Marsella, el puerto más cercano del lugar donde por primera vez se había embarcado.

Al notificárselo, Joan decidió que tenía que huir; no había hecho toda esa travesía para acabar de nuevo metido en un barco sin haber podido ver a Soledad, ni comprobar su amor.

Pasó cinco días y cinco noches pensando y mortificándose, sabiendo que, aun pisando la tierra de aquel ángel que lo había matado de amor, no podía hacer nada para alcanzarlo.

En medio de un calor infernal, se hizo amigo de las cucarachas y del preso de al lado, y por más que trató de convencer a los carceleros de que debían dejarlo permanecer en el país, la impotencia de la realidad había ido mermándole las fuerzas. Sus pocas pertenencias habían quedado escondidas en el buque La Heroica, y ahora lo único que llevaba consigo era el salvoconducto entregado por su padre, su cuaderno gris y tres dólares en el bolsillo. Con ellos trató de sobornar al vigilante, pero sólo consiguió que se los quitara de un manotazo.

—¿Bogotá está lejos? —preguntó al de la celda contigua.

—Tierra de cachacos malucos… ¿Qué se te ha perdido en ese frío?

—Una mujer.

—Las hembras buenas están aquí. Calientes... Las negras son las mejores... Además, huelen a sexo... Ya me entiendes.

Joan no entendía nada.

Cuando los agentes fueron por él, al despuntar el día, se lo encontraron tendido en el suelo, víctima de temblores y alucinaciones, llamando con gritos desgarrados a su padre. Ante tal panorama, no les quedó otra alternativa que llevarlo al hospital; parecía deshidratado y con síntomas de disentería.

Lo sacaron de mala gana, arrastrándolo hasta meterlo en el furgón. Aquel coche patrulla, más que un coche era una destartalada celda ambulante. La parte delantera estaba separada de la trasera por una gruesa reja donde el recluso iba enjaulado como una bestia. Al ver que Joan no podía tenerse en pie, habían terminado por tumbarlo en el suelo, dejándolo a la deriva de sus delirios, mientras se sentaban delante.

Atravesaron contrariados toda la pobrería de los suburbios con aquel olor a podredumbre marina que se alzaba con los vapores de un sol quemante. Adelantaron burros y coches de caballos, y atravesaron a la fuerza y a punta de sirena destemplada el comercio bullicioso del Portal de los Dulces, donde los detuvo una manifestación improvisada de escribientes desalojados por dulceros que al ver el coche patrulla se dispersaron al instante. Finalmente, después de esquivar los autobuses de racimos humanos colgantes, llegaron a la desvencijada y maloliente sala de urgencias del hospital Santa Clara.

Aparcaron como pudieron y al abrir la puerta trasera y comprobar el estado lívido de Joan fueron a buscar una camilla y un enfermero, alguien que pudiera hacerse cargo del muchacho, pero se encontraron con una encargada parsimoniosa que estaba pintándose las uñas.

Mientras recriminaban a la empleada, Joan Dolgut aprovechó para "resucitar". En verdad, había fingido toda su enfermedad, amparado en la debilidad real que empezaba a sentir con su desnutrición y su malestar hambriento. Era cierto que se sentía descompuesto, pero de ahí al delirio y la inconciencia había un abismo. Quería huir como fuera, y lo único que se le había ocurrido era fingirse moribundo. Y había sido fácil. Desde la noche anterior no había parado de quejarse y provocarse arcadas con el ánimo de que lo encontraran en un estado lamentable.

Se escabulló sigiloso por el agujero semiabierto de la puerta, y después de comprobar que no había nadie, empezó a correr y correr alejándose por entre la algarabía negra que lo observaba impasible. Estuvo huyendo durante horas hasta perderse en una paupérrima barriada. No sabía dónde detenerse, pero lo que sí tenía claro era que no iba a regresar a Europa sin antes haber visto con sus propios ojos lo que Niño Sulay le había asegurado.

Mezclado entre la pobreza más profunda logró por primera vez observar de lejos aquel enorme fuerte de cuatrocientos años que a pesar de las sales marinas se conservaba intacto: el fuerte de San Felipe de Barajas. Era de una magnificencia altiva y no se parecía a nada de lo que hasta el momento conocía.

Volvía a escuchar el mar desde fuera, y ante los ojos incrédulos de dos mulatos, se reconcilió con sus olas. Pasó un largo rato sentado observando sus encajes azotados entre sus pensamientos y su hambre, que empezaba a ser la única compañera cierta de su viaje.

Por una vez, necesitaba que las horas pasaran sin moverse de aquel sitio. Darles tiempo a sus captores de perderlo para siempre. Aquella ciudad ofrecía rincones increíbles y, aunque lo buscaran, estaba seguro de que jamás lo encontrarían. Aquel caos inseguro era perfecto para sus fines.

Al final de la tarde, cuando por cansancio los agentes dieron por cerrado su caso, Joan Dolgut empezó a caminar tratando de orientarse en aquel mar de murallas y callejuelas estrechas. Su apariencia física era deplorable y su condición de mendigo se hacía inminente.

Decidió zambullirse en el mar y lavar en un rincón su ropa, que en menos de una hora y con el calor implacable se secó en su propio cuerpo. Sin darse cuenta, su olfato terminó llevándolo a las afueras de las murallas. Una gran fonda sin techo, con olor a comida humeante, resplandecía en la noche abierta.

Joan recordó su época de camarero, que en nada podía servirle en aquel comedero de mala muerte. Allí, una alma caritativa se apiadó de su hambre y terminó dándole las sobras de un róbalo bañado en leche de coco que devoró con avidez. Después, el comensal le indicó el camino que lo llevaría a la ciudad amurallada.

Era lo único que podía hacer. Volver a la ciudad y tratar de dormir en algún rincón a la luz de una farola que le prometiera por lo menos una hora de seguridad, pues si algo transpiraba aquel lugar era la sensación permanente de hallarse en medio del peligro. Desde su huida estaba inmerso en la zona más depravada de Cartagena; necesitaba de una vez por todas salir de allí y buscar una calle segura, un sitio donde guarecerse de corrompidos como los que se había encontrado en su infortunado viaje.

Caminó y caminó, con la noche echada a sus espaldas, el mar agarrado a su brazo y una soledad cósmica que lo aplastaba, hasta vislumbrar en medio de la oscuridad la puntiaguda torre de la puerta del Reloj. La muralla cerraba la ciudad. Cruzó la entrada decidido a pernoctar bajo las bóvedas dormidas del Portal de los Dulces, lo primero que descubrió en la penumbra de los muros, pero al acercarse encontró el lecho amontonado de mendigos.

De la oscuridad surgió la sombra raquítica de un poeta invitándolo a un cigarrillo, que Joan rechazó con educación. Le sirvió para que éste lo guiara a mejor paraje, situándolo en plena calle de los Santos de Piedra, junto a la catedral. En el zaguán de un viejo palacete y al abrigo de las estrellas pasó su primera noche de libertad. El poeta le había garabateado una dirección donde solía recitar sus rapsodias que nadie oía; allí se dirigió a la mañana siguiente. Era una especie de hotel que conservaba en sus paredes el tiempo de los virreyes. Un piano, situado a la entrada, lo emocionó casi tanto como si hubiera visto un viejo amigo. Se metió al bolsillo el corazón de la dueña y para ganarse algunos pesos acompañó con sus sonatas, durante muchas noches, la voz del poeta vagabundo, hijo hidalgo y medio loco de la alta aristocracia cartagenera. Aprendió a entender que aquella ciudad vivía aún el tiempo de las reliquias y los sueños y hasta llegó a creer que desvariaba en su empeño por cruzar el mundo por amor. Aquel país tenía una magia omnipresente que lo hacía deambular en la irrealidad. Soledad era la esencia, el perfume concentrado de aquella magia; por eso se había enamorado así de ella.

Una vez ahorró lo justo, estudió en un viejo mapa de geografía el camino que debía hacer para encontrar a su niña, y subido a un camión destartalado, en medio de racimos de plátano, bultos de abono y gallinas cacareando, se enrumbó a Barranquilla. Después de doce interminables horas de baches y tumbos inhumanos, entre los que se contó una gran varada en medio de un manglar, llegó al puerto. El río Magdalena lo esperaba con sus aguas achocolatadas y sus caimanes dormidos. Ahora, y a pesar de las recomendaciones que le había hecho el poeta que a punto había estado de acompañarlo en la travesía, volvía a estar solo y sin abrigo. Debía embarcarse en el primer buque fluvial que zarpara rumbo a Puerto Salgar y, una vez allí, coger el ferrocarril hasta Bogotá. La dirección de Soledad la llevaba tallada en la memoria.

Aunque el trayecto estaba destinado a durar cinco días, el viaje se alargó por la sequía. Durante una semana, el buque encalló en un banco de arena y a Joan Dolgut le tocó soportar las pestilencias del río vaporizado de animales muertos y las sinrazones de su silencio. En las terrazas del barco conoció a un joven estudiante, aprendiz de la vida, que pronto lo instruyó en lo que se encontraría. Bogotá era la Atenas sudamericana, le dijo; capital y ciudad de todos los colombianos. Quienes querían progresar en la vida viajaban allí. En aquella ciudad estaba la sapiencia suma. Hizo buenas migas con aquel muchacho, que por su atuendo y sus maneras parecía un escritor en ciernes, y terminaron convirtiendo las horas muertas en un jolgorio de improvisaciones artísticas. En el gran salón del buque no faltó el piano, que le permitió a Joan distraer el alma de estudiantes y viajeros aburridos. Sonatas y boleros llorados se impusieron en el último recorrido, y desde los micos más remilgados hasta las cotorras más silenciosas terminaron imitando las notas voladas de aquel instrumento. Al final, y para sacar sonrisas, acabó tocando para todos las canciones aprendidas de Niño Sulay, y el vapor acabó siendo una sola fiesta.

Llegando a Puerto Salgar, Joan empezó a sentir miedo, y otra vez la angustia de lo desconocido se instaló en su estómago. A pesar de las propinas recibidas, su bolsillo seguía siendo casi tan precario como cuando había embarcado en La Heroica.

Todos los viajeros habían cambiado sus ropas, y ahora vestían paños oscuros, abrigos y sombreros de hongo, como los huéspedes londinenses que alguna vez había visto en los inviernos de Cannes.

Todos menos él, que seguía llevando aquel traje blanco de ocasiones.

El estudiante interrumpió sus tribulaciones:

—¿No vas a cambiarte? —le dijo observando su atuendo.

—No puedo.

—En Bogotá te vas a congelar. Toma —le pasó una bufanda—. Es lo único que puedo dejarte.

Joan se la colgó al cuello.

—¿Adónde vas?

—Donde me lleve el alma. A buscar un amor que perdí.

—¿Ella te espera?

—Creo que ya olvidó hasta que existo. Voy a comprobarlo… a ver si sigo muriendo.

Durante el empinado trayecto en tren, Joan le contó con pelos y señales al amigo temporal todos sus sentires y desgracias. Los pueblos desfilaban tristes ante sus ojos en medio de una gélida niebla que anunciaba el frío. Cuando finalmente apareció aquella alfombra verde escandalosa, la historia ya había sido contada, y Joan reconoció el paisaje que Soledad le había pintado en sus palabras. Rebaños de nubes coronaban el aire azul de la hermosa sabana de Bogotá. Definitivamente, aquella ciudad debía quedar en el cielo, pues semejante altitud no la había alcanzado nunca ni en sueños.

Al llegar a la estación, el viento frío le cortó la cara. Se quedó sombrío observando cómo los viajeros se dispersaban, algunos despidiéndose con abrazos que empezaba a añorar. El estudiante se había encontrado con alguien que parecía un familiar y se había despedido de Joan con ademanes bogotanos recién aprendidos.

—Si no sabes adónde ir, vete a Las Cruces —le gritó, arrastrando su lúgubre equipaje hacia la salida—. He oído decir que por cinco centavos encuentras cama. Yo no puedo llevarte conmigo; estoy interno.

Pero Joan no le hizo caso. No había cruzado el mundo para meterse en una cama a esperar. Con la dirección aprendida de memoria, preguntó a un viejo engominado al que un embolador callejero lustraba sus zapatos, qué tenía que hacer para llegar a un sitio llamado Chapinero. El corazón le latía, y su anhelo, enredado a la bufanda, lo ahogaba de incertidumbre. Le costaba creer que sus pies pisaban Bogotá, que pronto la vería.

De repente, la ciudad se había enlutado. Un cielo encapotado y plomizo empezaba a bañar a transeúntes que habían abierto sus paraguas, como en una coreografía aprendida, difuminándose entre la niebla y la lluvia. Las calles se habían llenado de taxis rojos que eran perseguidos por los peatones frente a la mirada muerta de mendigos que parecían estatuas brillantes adornando el caos de la tarde. Cuando llegó a la parada del tranvía, el intenso frío se había colado en sus huesos ensopándolo y helándolo hasta el tuétano.

Pagó los dos centavos que le pidieron preguntando de nuevo el destino, y se mezcló entre los pasajeros, que observaron con extrañeza su atuendo blanco desfasado.

Una vez atravesaron el barullo de oficinistas, loteros, vendedores ambulantes, oleajes de camiones y tráfico revuelto del centro de la ciudad, que Joan no vio, tan metido como estaba en sus pensamientos, el conductor le avisó que ya estaban en Chapinero.

Una extensión de verdes, rejas y galgos ladrando lo recibió. Deambuló y deambuló entre elegantes casas hasta encontrar el número. Entonces se colocó enfrente de la gran fachada azul y observó deslumbrado la maravillosa lujuria arquitectónica que se alzaba imponente. Aquello no era una casa; era un palacio de columnas dóricas y porche suntuoso, semejante a los que en sus caminatas cartageneras había visto en el barrio de Manga. Delante del portón, escrito en bronce impecablemente pulido, se leía: *Moulin de Rêves* –Molino de Sueños.

Una valla de hierro circundaba el amplio jardín separándolo de la calle. Ocupaba la manzana entera y, como en ninguna otra parte, las rosas salvajes escapaban del jardín reventadas de perfume. Al fondo, empinándose por encima de la construcción azúlea, un molino dormido empapado de hiedra crepuscular cortaba con sus aspas mudas el cielo sin viento.

Metió sus ojos por entre las rendijas imaginándola en aquel verdor, entre las rosas, meciéndose en el columpio solitario, sentada en el porche, atravesando aquella puerta.

De repente, ésta se abrió. Dos mujeres de delantal y cofia habían salido sin más intención que la de observar fuera. Joan aprovechó para clavar la mirada en el interior de la casa, esperando que la suerte le regalara la alegría de descubrir a Soledad, pero no vio nada. Permaneció sembrado en el sitio, tratando inútilmente de robar alguna imagen, hasta que el sonido de un motor lo previno. Frente a la casa, un Cadillac se detenía, esperando a que el mayordomo abriera la puerta. En el asiento trasero, Benjamín Urdaneta regresaba de la fábrica. Al reconocerlo, Joan se escondió avergonzado de verse tan mal vestido. Sus miradas estuvieron a punto de cruzarse. El padre de ella no podía verlo de ninguna manera en estado tan deplorable. Decidió cruzar la calle y, como mendigo de amor, se sentó en el andén a observar de lejos la ilusoria realidad de poder entrar y visitarla como Dios mandaba.

En medio de la lluvia, el sol moría agazapado, pintando de alaridos rojos los cerros, dejando a la deriva cenicienta aquel palacio de princesa triste… sin pájaros ni cantos.

Cuando se hizo de noche, la casa iluminada volvió a la vida, y a través de las cortinas Joan empezó a adivinar los quehaceres nocturnos de los Urdaneta Mallarino. Le pareció soñar que veía la fina sombra de Soledad. No le pareció: era ella. Sí, tenía que ser ella. Un halo de luz dorada la envolvía, como a una diosa; su diosa.

¿Y si todo lo que le había dicho Niño Sulay fuera mentira? ¿Y si todavía lo amaba? ¿Le gritaba para que supiera que estaba allí, empapado de amor y muerto de celos? "Que mire, por Dios… ¡Mírame, Soledad! Estoy aquí —le hablaba desde su pensamiento—. He venido a por ti. Vente conmigo. He cruzado el mundo porque no puedo vivir sin ti." Pero Soledad no sólo no lo había mirado, sino que había cerrado de lleno las cortinas, desapareciendo en la negrura, dejándole su imagen de ángel leve clavada en los ojos.

Tendría que encontrar el camino para acercarse a ella. Necesitaba pensar, pero no podía. Volvían a cabalgarle desbocados sus temores... Le faltaba su piano para hablarle con música; le faltaba acariciarla con arpegios. Estaba frente a su niña del aire, frente a su sueño imposible... y la noche helaba.

Soledad había sentido un corrientazo en el alma. Un escalofrío se le había metido en el cuerpo y la había recorrido de pies a cabeza, hasta helarle el corazón. Esa noche, después de comprobar que la ventana de su dormitorio estaba cerrada, se alejó con la sagrada intención de buscar la foto de Joan y encerrarse en el baño a besarla hasta agotar sus besos. Todas las noches lo hacía, y pensaba seguir haciéndolo mientras viviera. ¿Por qué ese día lo sentía tan cerca? Con la fotografía en sus labios, empezó a soñar sus besos hasta mojarla de lágrimas. Otra vez volvía el llanto. La herida que no quería sanar. ¿Qué le pasaba? Tenía más frío que de costumbre. Quiso volver a mirar la imagen, pero ésta se había diluido por completo entre sus besos; ya casi no quedaba vestigio visual de que Joan había existido. El anillo de alambre con el que habían sellado su promesa de amor lloraba negros oxidados en su dedo, y la foto era un papel gastado en el cual sólo quedaban los zapatos de una pareja inexistente. Hacía diez meses que había marchado de Cannes y, aunque continuaba escribiéndole una carta semanal que entregaba religiosamente a Vicenta, no había obtenido ninguna respuesta. Sentía su presencia recorriéndola por dentro, pero había perdido su cara. Lo buscaba en todas sus memorias, pero lo estaba perdiendo. Llegó a pensar que todo había sido una invención suya, salvo por su corazón, que no dejaba de decirle que todo lo sentido había existido.

Esa noche, la lluvia golpeaba los cristales de una manera distinta; gotas de piano de su pianista interpretando *Tristesse*. Soledad las escuchaba deslizarse sobre el vidrio con nitidez líquida. Sentía a Joan junto a ella, y más imposible que nunca. No pudo cenar... ni dormir. Pasaría todas las horas en blanco, con el corazón agitado y un presentimiento indefinido.

Ese atardecer, desde otra ventana, a Pubenza le había parecido ver a un extraño merodeando por la casa y se lo había comunicado a las sirvientas, quienes al no ver a nadie entre las rejas, le habían restado importancia. Más tarde, no daba crédito a lo que sus ojos reconocían: aquel muchacho desgarbado y de cabellos dorados que llevaba apostado en la acera de enfrente desde el atardecer era nada menos que Joan Dolgut. Lo había comprobado a través de los prismáticos que usaba cuando iban a la zarzuela. El terror se apoderó de ella. ¿Era un fantasma? ¿Cómo había podido llegar hasta allí? ¿No había entendido que si no había recibido respuesta de su prima era porque no había interés? ¿No sabía que si su tío se enteraba era capaz de cualquier cosa? Rezó para que nadie lo viera mientras pensaba en la manera de ayudarlo. Tenía que convencerlo de que se marchara. Las relaciones no podían estar más tensas, y su aparición sólo enturbiaría más las cosas. Sentía miedo por su prima y por ella. El convento era una espada de Damocles que planeaba sobre su cabeza y la de Soledad.

Durante toda la noche estuvo haciendo guardia, vigilando si Joan continuaba allí, pero no lo vio. Con serios síntomas de entumecimiento, éste había decidido caminar por los alrededores y se había encontrado con una mujer vestida de rojo que decía llamarse Margarita.

Compartió con ella su comida —a aquella trastornada nunca le faltaba cena caliente regalada por una de las lujosas quintas—, y terminaron hablando a la luz de una fogata improvisada en un lote baldío.

—¿Así que eres el novio de la niña de la quinta azul? Bienvenido al mundo de los locos.

—No me crees, ¿verdad?

—Claro que te creo; Margarita lo cree todo. Sólo te digo que quien está enamorado del que no debe acaba loco...

—¿Conoces a Soledad?

—Este barrio es soledad. La noche es soledad. La luna es soledad. El hambre es soledad. ¡Claro que conozco la soledad!

Joan continuó. Necesitaba hablar; que la noche se gastara.

—La conocí muy lejos, en Cannes.

—Si me estás hablando de quien yo creo, ya puedes olvidarte. Está comprometida.

—Tiene catorce años.

—Y eso, ¿qué?... A veces estamos comprometidos desde antes de nacer. No dejes que el sol entre en tus ojos, te quemará la retina.

Joan llenó con su silencio el miedo a confirmar lo que acababa de oír.

—¿Quieres un consejo? —le dijo Margarita—. Deja de anidar en tus deseos. No traen más que problemas.

—¿Y si no puedo?

—Entonces, apechuga con el dolor de lo imposible. Vivirás lamiéndote la herida, tragándote las lunas insomnes, yéndote de tus pensamientos sin irte, viendo sin mirar, viviendo prisionero entre las sombras. ¿Qué te crees tú? —Margarita miró a Joan y continuó—: Antes de ser loca, fui enamorada. Aprendí a atravesar la noche con suspiros, puñales de vacío. Me enamoré del que no debía, y empezó a rondarme la locura, hasta instalarse dentro. Ahora soy feliz. He comprobado que en este mundo de diferencias, cuanto más loco, más cuerdo estás. Hazme caso: aprende a vivir con lo que eres. Separa el deseo de la intención.

Joan no pudo seguir hablando. No entendía lo que aquella mujer, que de repente había empezado a lanzar consignas contra el partido conservador, le había dicho. Él amaba a Soledad y moriría en su empeño por conseguirla.

Había dejado de llover y el amanecer estrenaba velos anaranjados remendados de oro. Joan, rendido por el sueño y el frío, dormía encogido a cielo abierto bajo un caucho sabanero cercano a la casa de los Urdaneta. Aunque había hecho enormes esfuerzos por mantenerse despierto, el cansancio del viaje había vencido. Un ventarrón lo despertó de golpe.

Cuando abrió los ojos quiso morir de rabia. A escasos cincuenta metros de él, su ángel de viento se subía a un tranvía que llevaba inscrito el nombre de Sagrado Corazón. Una mujer de delantal la acompañaba despidiéndola con cariño. Al ver que se escapaba sin verla, Joan trató de perseguir el vehículo a zancadas. En su intento se encontró con otro que, como él, hacía lo mismo tras otro tranvía: era el bobo Antoñín, que cada mañana, y para proteger a su hermana, de la que estaba locamente enamorado, corría al pie del tranvía vigilando que ningún muchacho se acercara a ella hasta llegar al colegio, y después regresaba a su casa haciendo el mismo recorrido. Su bobería era famosa entre los viajeros madrugadores.

Después de correr muchas manzanas hasta perder de vista el tranvía que se había llevado a Soledad, Joan regresó a la quinta azul con una idea en la cabeza. ¿Y si se presentaba por las buenas y preguntaba por Pubenza? Al fin y al cabo, había sido ella quien más los había ayudado.

Una vez enfrente de la casa, su valentía se desinfló. ¿Con qué cara iba a preguntar por ella y en semejante facha?

Los dientes le castañeteaban de frío y el alma le crujía de impotencia.

Dentro, el mayordomo ya había dado buena cuenta a Benjamín Urdaneta del extraño trajeado de blanco que parecía vigilar la casa desde la tarde anterior, y éste, prismáticos en mano, había estudiado de cabo a rabo al vagabundo descubriendo en él, para su total desconcierto, al camarero muerto de hambre del Carlton.

—¡Maldita sea! —fue lo único que dijo, y sin dar ninguna explicación, pidió a la servidumbre que se lo dejaran de su cuenta y no comentaran de ello a ninguna de las mujeres de la familia.

Partió a la fábrica en un silencio cosido, decidido a actuar inmediatamente. Al girar la esquina, lo vio agazapado detrás de un árbol. Se quedó mirándolo sin que el chico lo viera, pensando: "Te vas a acordar de este viajecito".

Nada más llegar, puso en marcha todo su arsenal de contactos hasta llegar al máximo responsable de deportaciones.

—Verá, tengo una hija maravillosa… —hablaba por teléfono con el jefe de Inmigración, y después de un largo y ceremonioso saludo, entraba de lleno en materia—, y ha aparecido merodeando por mi casa una rata asquerosa venida de muy lejos, ya sabe, muertos de hambre con ínfulas que a veces se pegan a las señoritas de alta alcurnia, a ver qué sacan.

—Dígamelo a mí, doctor Urdaneta. Yo tengo cinco hijas a cuál más bella, y me toca ir esparciendo raticida alrededor de ellas para espantar… eso, ratas…

—Necesito que actúe cuanto antes. Invéntense lo que sea, pero quiero a ese imbécil bien lejos de mi hija. Y péguele su buen susto, para que no se le ocurra volver a asomar las narices por acá. Que se largue por donde vino.

—No se preocupe, doctor Urdaneta.

—Usted hágame ese favorcito, que yo se lo agradeceré enormemente… Ya me entiende.

Después de unas risas al otro lado del teléfono, se despidieron. El jefe de Inmigración se había quedado con todos los datos, prometiéndole una actuación inmediata.

Mientras tanto, en el colegio del Sagrado Corazón, Soledad no podía concentrarse. Tenía alterados todos los sentidos. No sabiendo qué la preocupaba, había matado la mañana levitando en sus sinestares. Las monjas le habían llamado la atención varias veces, pero ella había continuado muy ida. Le pasaron el álgebra, la geometría, la historia, el recreo y la hora de religión sin inmutarse. Volvió a subir al tranvía como un ente, esta vez para ir a casa a almorzar, y su presentimiento, a medida que avanzaba por la calle 26, fue creciendo hasta producirle palpitaciones y sudoraciones parecidas a una repentina enfermedad. De pronto tenía unas ganas imperiosas de llegar a casa. Una nube bestial empezó a formarse sobre el tranvía, amenazando descargar pedradas de hielo. Durante el resto del recorrido, aquella sombra negra acabó acompañando de presagios el trayecto final.

Cuando estaba a punto de llegar, en el cruce de la esquina donde se detenía el tranvía, alcanzó a ver desde lejos un coche patrulla estacionado delante de su casa. De espaldas, un hombre vestido de blanco, esposado y escoltado por dos policías, era arrastrado a empujones y gritos dentro de la furgoneta. Soledad sintió una punzada en el corazón; una especie de dolor indefinido por aquel extraño vagabundo. El coche partió blandiendo su sirena de eficacia a los cuatro vientos.

Dentro, Joan Dolgut, bañado en lágrimas, alcanzó a ver por última vez a su niña del aire, vestida con su uniforme azul marino, coronada por una nube enlutada que la seguía, implacable; caminando desorientada por la acera con aquel andar liviano que él sabía de memoria, su cabello negro perfumado de rosas, que él llevaba guardado en sus sueños, y su halo de virgen lejana enmarcando su rostro blanquísimo. La vio acercarse mientras él se alejaba, y su llanto se convirtió en un río de sollozos.

Habían pasado las semanas y, después de lo ocurrido en Cannes, Aurora Villamarí había quedado más confundida que nunca. Evitaba contestar las llamadas que Andreu hacía a su móvil con la esperanza y la desesperanza —las dos enfrentadas— de que no volviera a llamarla. Tenía miedo a ese amor.

Esa noche de sueño, en el hotel Carlton, había vivido la confirmación de que, de seguir allí, podía perderse ella misma para siempre; perderse en la locura de quedar sin voluntad, a la deriva de las emociones… unas emociones tan intensas que por no haberlas sentido nunca no las dominaba, y como no las dominaba, les tenía pánico. Por eso, al amanecer había huido de puntillas de su propia sombra, sin despertarlo ni dejar ninguna nota, tomando el primer autocar que la había devuelto a Barcelona, a su cruda y plana realidad, a su seguridad.

Seguía yendo puntualmente a dar clases a Borja, con serias dificultades para concentrarse y desconociendo totalmente su parentesco filial con Andreu. Aquel chico era adorable y se le había ido metiendo poco a poco en el alma. Quería convertirlo en un gran pianista y estaba segura de que lo conseguiría, pues el muchacho se esforzaba en todo; incluso iba camino de ser un gran compositor. Sólo tenía que motivarlo e infundirle un poco de seguridad, y esa labor que le tocaba a los padres la estaba realizando ella con el mayor de los gustos.

De sus encuentros esporádicos con Ullada en el apartamento del Born ahora huía como de la peste. Temía que el inspector, con su olfato de sabueso, pudiera sospechar que ella tenía algún tipo de relación con Andreu, el hombre que tantas veces juntos habían criticado hasta dejarlo en el puro pellejo. No se veía a sí misma justificando sus sentimientos delante de quien le había demostrado una amistad desinteresada y una abnegación total. Tampoco existía tanta confianza como para desvelarle algo que ni siquiera ella lograba entender. Aunque le gustaba ir a aquel lugar y tocar el singular piano, había decidido desaparecer, por lo menos hasta aclarar sus ideas.

La relación con su marido —si es que a aquello se le podía llamar relación— se mantenía en el plano de la comida en el horno al mediodía y la cena a las diez en familia, donde su hija deglutía las palabras que nadie comía.

Desde su regreso había quedado insomne. Andreu ocupaba la totalidad de sus pensamientos con un agravante: una pregunta repetida la obsesionaba día y noche y no la dejaba vivir…

¿Y si Andreu fuera su hermano?

Por su parte, el matrimonio de Andreu se había ido tensando a fuerza de silencios. Tita Sardá no le dirigía la palabra salvo para tratar lo indispensable, como cenas de compromiso y comentarios de rigor, y él había entrado en el mutismo y el desasosiego del amor contenido.

Sus compromisos empresariales no alcanzaban a distraerlo lo suficiente como para olvidar aquella noche mágica de Cannes. No quería de ninguna manera forzar a Aurora a un nuevo encuentro, pero se moría por verla. Confiaba en que lo sentido por ella fuera tan grande como lo sentido por él. Desconocía qué le había hecho aquella mujer, pero se percibía distinto, menos agresivo. Incluso detectaba una desazón que rayaba en la alergia cuando se encontraba entre tanta parafernalia y fatuidad que antes había glorificado. La recordaba vestida sólo por su piel y con sus ojos fijos empantanados de deseo, y no quería que nadie más la viera así. Le había entrado una obsesión por saber quién era su marido, y de repente le había florecido un sentimiento desconocido: los celos.

Había cesado los servicios del detective Gómez en lo referente a la relación de su padre con Soledad, evitando con ello algún tipo de acercamiento a Aurora, pero los mantenía en lo concerniente al pasado de su abuelo; un compromiso jurado a su padre en el cementerio.

Sabía que tarde o temprano tendría que desvelarle a Aurora que aquel muchacho rubio que recibía con tanta alegría sus clases de piano era su hijo, pero de momento eso era lo único que tenía para observarla sin que nadie se diera cuenta.

Y la observaba; ese viernes había llegado antes y se había situado entre el salón y el pasillo para deleitarse. En esas estaba cuando Tita llegó y se lo encontró. Al analizar la escena, se le acercó y le susurró al oído con odio meloso:

—Cariño… no me digas que ahora has bajado de nivel y te gustan las "sin clase" —lo dijo señalándole con la mirada a Aurora—. Esa profesora de medio pelo es apenas para ti.

—Apártate de mí. Si alguien tiene que hablar de gusto por otros, ése soy yo. Ándate con mucho cuidado.

—No sé de qué me hablas.

—Sí que lo sabes. Eres lo suficientemente arpía como para saber a qué me refiero. No vales ni para perder el tiempo en discusiones.

—¿Quieres el divorcio?

—Eso es lo que a ti te gustaría, ¿verdad? Pero no te voy a dar el gusto. Díselo a tu padre.

—Ni hablar, querido. Si quieres la guerra, dispara tú primero.

—Más te vale que calles, porque te recuerdo que tenemos un hijo, y ése sí me importa.

—¡Ja! Eso sí que es nuevo. ¿Y desde cuándo te importa? Andreu, con tal de evitar ser escuchado por Aurora, zanjó la discusión con el silencio. Media hora después, un poco antes de que finalizara la clase, salió al jardín y, atravesando la entrada con su coche, esperó una manzana más abajo hasta que Aurora abandonó la casa. Entonces, sin que se lo hubiera propuesto, justo antes de que entrara a la boca del metro, decidió abordarla.

—Hola… Dejé mi mano abierta y la mariposa que se había posado en ella voló. ¿Qué tendría que haber hecho?… ¿Tendría que haber cerrado la mano?

Sólo oír su voz, Aurora se tensó como un violín. Lo que había vivido, no lo había soñado. Allí estaba él, más cálido que nunca.

—Si hubieras cerrado la mano —le contestó, evitando que la voz le temblara—, tal vez ahora la mariposa sería una pobre larva.

—¡Te he echado tanto de menos! Dios mío, ¿qué has hecho conmigo?

Le abrió la puerta del coche, invitándola a subir. Con un gesto nervioso, Aurora se acomodó el mechón de pelo que caía sobre su cara. No sabía qué hacer, pero su alma ya había decidido: estaba dentro.

Bajaron por la calle Balmes, en un silencio repleto de intenciones y miedos, cruzando la plaza Catalunya hasta doblar por Via Laietana. Ella había intuido el recorrido. Giraría en la calle Princesa y aparcaría en la calle Comerç. El coche los había llevado al Born.

Iban a ser las ocho de la tarde y en las aceras se respiraban las primeras alegrías de mayo, iluminadas aún por un sol sonriente. La gente había colgado el invierno en el armario y exhibía carcajadas coloristas en sus ropas. Otra Barcelona renacía entre las mesas de las terracitas, más juvenil y desnuda, más eufórica y artística.

Habían aparcado en el arcén, donde un coche acababa de marchar. Contagiados por aquel ambiente, de repente se sintieron con ganas de caminar abrazados y sentirse pareja por una tarde, pero se contuvieron. Estaban maduros, pero llevaban un desconcierto de adolescentes novatos. Caminaron por el paseo, con todas las preguntas arrinconadas, hasta detenerse en el número 15. Allí se habían conocido y odiado el día de la muerte de sus padres. Allí volvían enamorados y sin respuestas.

En sus bajos, el bar Mírame Lindo abría sus puertas. Aquel almacén de pesca salada al que tantas veces había acompañado a su madre a comprar bacalao era, desde hacía mucho, lugar de encuentro de mojitos, martinis y tragos largos. Andreu volvía a pisarlo, esta vez, buscando apoyarse en una copa, para acercarse con palabras al alma de Aurora. Después de mirar alrededor, los dos dijeron al unísono:

—Estamos solos.

—Estamos solos.

Entonces rieron. Ya les había pasado antes. Andreu se metió en los ojos de Aurora como había hecho la última vez que la había visto, y ella se sintió penetrada hasta el alma.

—No has contestado a mis llamadas —le dijo él en tono cálido.

—Tengo miedo.

—¿Me tienes miedo?

—A ti, no. A mí.

Andreu le acarició la mano con un dedo, mientras la desnudaba con los ojos. "¿Por qué nos alteramos tanto juntos? ¿Qué pasa con esta agitación que no me deja ni siquiera hablarte de forma normal?".

Aurora lo miraba con el corazón desbocado. Pum-pum, pum-pum, miedo-alegría, miedo-alegría… Y cambió de tema:

—¿Cuánto tiempo viviste en esta casa?

—Hasta que pude irme… Volví el día que te conocí. No me mires así, ya lo sabes. Creo que tú lo sabes todo de mí…

—¿De verdad lo crees? —los ojos de Aurora eran interrogantes.

—En cambio, yo de ti no sé nada.

—Eso sí que no me lo creo. ¿Cómo me encontraste hoy? ¿Cómo sabías que a esa hora yo bajaría por esa calle?… ¿Casualidad?

—Tengo tantas cosas que confesarte…

El camarero llegó con las copas y la frase se perdió entre el olor a menta de los mojitos. Había estado a punto de desvelarle lo de Borja. Aprovechó para contarle las últimas averiguaciones que había hecho en Cannes después de su partida.

Había regresado al restaurante de Juan-les-Pins al día siguiente, motivado por la lectura del viejo cuaderno de su padre que mencionaba con mucho cariño a una tal *madame* Tetou de su época vivida en la Riviera francesa. Preguntando por ella, se había enterado de que la dueña de Le Tetou era nada más y nada menos que su descendiente directa. Ésta acabó contándole con lujo de detalles que un joven camarero llamado Joan Dolgut y una colombiana, bella como un ángel, habían dejado una historia de amor sin final en una mesa que nadie más había tocado… en la arena de la playa donde juntos, él y Aurora, habían visto amanecer. Hermosa coincidencia.

La anciana Tetou había muerto, pero antes le había contado a su nieta aquella historia de amor imposible y ésta, que no sabía si aquello era verdad o producto de la fantasía de su abuela, por si acaso había mantenido la desteñida mesa vestida de años como homenaje a su antecesora. Lo del viejo olivo, incomprensiblemente cargado de hojas y tronco marcados con miles de corazones conteniendo las iniciales J y S, que también le había contado que existía, era verdad. Andreu lo había encontrado en el sitio señalado por *madame* Tetou, y aunque al principio no se lo creyó, después de verlo inundado de iniciales quedó impactado.

Concluyendo el relato, *madame* Tetou le había dicho que lo último que se había sabido del camarero enamorado era que, enloquecido de amor, se había embarcado rumbo a Colombia en busca de su amada en el año 40, en plena guerra, y de él nunca más se había sabido.

—¿Qué debió pasar en Colombia? ¿Puedes imaginarlo? —le dijo Andreu a Aurora.

—En los recuerdos de mi madre no hay rastro de nada. ¿Sabes cuánto tiempo permaneció tu padre en Colombia?

—Debo saber lo mismo que tú. De su pasado más remoto, una gran nebulosa. Ni siquiera sabía de su presente, pero lo averiguaremos —tomó la mano de Aurora, la llevó a sus labios besándola con ternura y continuó—: No sé por qué la vida nos ha juntado, pero de lo que sí estoy seguro es de que hay un motivo… y muy fuerte. Si supieras lo que toda esta historia me ha hecho cambiar…

—Uno sólo cambia cuando se da cuenta de que, tal como es, no avanza… ¿Ahora, avanzas?

Andreu se moría por sentirla entera. No sabía si avanzar era envolverla en sus brazos y detener el tiempo. Si avanzar era olvidarse de todo y refugiarse en ese minúsculo espacio del Born, del cual había huido para avanzar y ser alguien. Ahora el sentido de su vida era tan confuso como cuando había empezado a construir su futuro lejos de su padre.

—¿Quieres subir? —la voz de Andreu suplicó con dignidad elegantísima.

Aurora se quedó mirándolo con la oscura pregunta que ahora la acompañaba a todos lados y que de ninguna manera quería racionalizar en ese instante.

Subieron.

Al abrir la puerta, el piso pareció exhalar un suspiro perfumado de rosas frescas. Aurora y Andreu se quedaron en el pasillo, sobrecogidos ante aquel escenario que se magnificaba en su presencia. Era como si objetos y muebles hubieran despertado de un letargo y volvieran a acoger con cariño al que ahora era su dueño. El piano silencioso esperaba las manos delicadas de Aurora y una luz bañaba de ocre el *parquet* desnudo que el día de la muerte de Joan y Soledad se encontraba vestido con el velo de novia. Había rosas blancas en todos los jarrones, y las ventanas respiraban el aire de la calle, izando las cortinas como velas de un barco que empezaba a navegar. Aurora y Andreu estaban tensos de amor.

—¿Quieres tocar para mí? —le dijo él, conduciéndola hasta el piano.

—¿*Tristesse*? —preguntó ella.

Al verla levantar la tapa que cubría las teclas, Andreu no pudo aguantar sentirla tan cerca. La tomó suavemente por los hombros y la hizo girar hasta dejarla frente a él, llevándola a sentarse sobre el piano abierto, que respondió con un sonoro arpegio. Acompañada por las notas sostenidas, Aurora recibió aquel beso abriendo su alma de par en par.

Las manos de él empezaron a deslizarse por su cuerpo, ávidas y contenidas, creando movimientos musicales nunca vividos; en un *andante ma non troppo*, sus dedos resbalaban nítidos por sus senos, abriendo notas de una sonata… la más dulce y bella sonata jamás sentida por Aurora. De la blusa abierta, del marfil palpitante, en un adagio molto e cantabile, pasó a acariciarle los muslos… el centro de los muslos… el centro más profundo de sus muslos… aquella piel escondida que contenía toda la vida. El piano seguía sosteniendo una melodía creada por el peso de su cuerpo. Sonaba a *L'Aurore* de Beethoven. Sonaba a alegría. Y sus piernas sentían… y su piel respondía… *Allegro… Vivace… Allegro molto vivace…* Los dedos de Andreu se habían metido hasta el fondo de su alma húmeda… mar de placer… *Largo… Apassionato… Largo apassionato…*

Tocaba su cuerpo como nunca nadie lo había tocado. Sabía tocar el piano.

Cuando Aurora volvió de su sonata, una lágrima resbalaba por su mejilla; pura dicha. Andreu acababa de desnudarla sobre el piano dejándola como una diosa viva entre sus teclas, haciéndole olvidar su presagio más negro. Su piel blanquísima contrastaba con el luto brillante del instrumento. Una larga tecla erguida, un fa a la espera de vibrar de nuevo. Las manos del in-

térprete volvían a acercarse, esta vez con violencia...
dulce... atrapando sus manos en las de él... brazos
abiertos... Besándola entera, desde la rosa abierta de
su boca, milímetro a milímetro... cuello... ombligo...
nacimiento del vientre... posando su lengua entre sus
piernas... abiertas... música en fuga... hasta hacerla
llorar de nuevo.

Mientras las lágrimas corrían por su rostro, sus manos de pianista se preparaban para tocar un concierto
de pieles... en la piel de Andreu.

Sin levantar su desnudez del piano, Aurora fue
desvistiéndolo con hambre lenta. Corbata y camisa
cayeron al suelo mientras sus labios caminaban aquel
pecho que olía a deseo y a amor nuevo. De pronto,
él la detuvo y, levantándola del piano, la colocó de
espaldas a él... espalda inmaculada contra pecho
ardiente... La acercó a su cuerpo sentándola sobre
sus piernas, sintiéndole sus pétalos de rosa mojada,
cálida... de cara al piano.

—Toca... —le susurró al oído, envolviendo con
sus manos sus senos.

Las manos de Aurora trataban de concentrarse en
las notas. Las de Andreu volvían a repasarla entera,
abriéndole espacios cerrados al ritmo de *Tristesse* de
Chopin. El piano liberaba cada vez más perfume...
exhalaba con ella sus quejidos... lloraba con ella lágrimas de placer... se abría... teñía de vida el aire...
Aurora, poseída de lujuria, había convertido *Tristesse*
en un canto de alegría, de vida. Las manos de Andreu
levantaban sus caderas, su sexo la embestía... lento...
delicado... profundo... la embestía... fuerte... sua-

ve… fuerte… hasta hacerle daño… un daño que no dolía… que liberaba…

Piano… Grito… Silencio… Llanto… Risa… Piel… Alma.

Todo giraba alrededor de ellos. El piano seguía cantando… Ella, desmadejada sobre sus teclas, recibía los besos de Andreu que cubrían su nuca desnuda. El piano reventaba… ella ya no tocaba… él la abrazaba… lo tenía dentro… estaba dentro… se habían fundido… eran cuerpo doble… sentir multiplicado.

Se había hecho de noche y ambos descansaban abrazados y dormidos sobre el sofá. El murmullo nocturno se colaba por las ventanas vestido de estrellas. Fuera la vida transcurría, para muchos transeúntes, monótona. Para ellos, apenas empezaba.

Cuando Aurora abrió los ojos, las manos de Andreu descansaban relajadas sobre su cuerpo. Aquellas manos mágicas la habían redimido. Aquellos dedos largos…

El corazón le dio un vuelco. ¿Sus manos? Andreu aún dormía, Aurora acercó las suyas a las de él. Eran idénticas. ¿Idénticas? No era posible. Se estaba obsesionando con algo que partía de su imaginación. Se sacudió como pudo aquel presagio. Debía volver donde Clemencia y que la sacara de esa duda que la martirizaba.

Pero a medida que el silencio crecía, más temores le nacían. Y ahora, ¿qué iba a ser de su vida? ¿Y Mariano? ¿Y Mar? Su hija debía estar esperándola, y ella, que tenía que irse y no quería. Y ella, tan triste y feliz al mismo tiempo. Y ella, tan sola y acompañada. Sentía a su madre consigo, sonriéndole amorosa, feliz. Sentía la respiración serena de Andreu; sentía amor, mucho amor, el de ellos y el de sus padres. Toda aquella inmensidad de sentires contenidos en veinte metros de salón, en metro y medio de sofá… en el milímetro que les unía las pieles del alma. El tiempo resbalaba por sus cuerpos como gotas de aire puro. Eran las diez de un viernes que vaticinaba un fin de semana de penurias y pesares.

Mariano Pla se estaba intranquilizando. Su mujer no llegaba, y la cena se estaba retrasando. La habían llamado al móvil, pero no contestaba. Esa noche retransmitían en Canal +, al que se había abonado sólo para no perderse el fútbol, el partido de su amado Barça contra el Atlético de Madrid, y si no cenaba algo pronto después no podría verlo completo, pues si a algo era fiel era a la cena de los tres. Eso era la familia. Mar había bajado donde una vecina a ensayar la última canción que se había inventado, y cuanto más se demorara su madre, más tiempo de probarla tendría. Quería darle una sorpresa cuando llegara. Letra y música compuestas por ella misma. Últimamente, lo de crear en el piano le salía de maravilla. Había heredado la voz nítida de su abuela, y era verdad lo que decían de ella: todo lo expresaba cantando, incluso cuando quería felicitar a su madre por algún guiso, lo hacía entonando alguna frase con su voz suave.

Sus ancestros colombianos se reflejaban en su largo pelo azabache, su dulce acento, que por nada del mundo quería perder, y sus ojos nocturnos incrustados en su óvalo de luna blanquísimo. Una boca de cereza madura jugaba a enseñar y esconder lo más bello que tenía: su alegría. Porque era una niña feliz, feliz y hermosa como la brisa de una tarde de verano. A sus trece años vivía la certeza de saberse muy querida.

Cuando llegó su madre, Mar se extrañó de verla tan silenciosa e ida. Llevaba un rubor en las mejillas que la hacía muy niña, pero en cambio sus ojos vestían una mirada antigua. Ni siquiera en la muerte de su abuela la había percibido tan triste. Aunque quiso investigar qué le pasaba, prefirió callar respetando su silencio, pensando que de todas maneras su madre también tenía derecho a un mal día.

Mientras los macarrones hervían en la olla, en el corazón de Aurora su sentir vespertino seguía en ebullición. No podía creer lo que acababa de vivir. Ella, desnuda, frente al piano de Dolgut, haciendo el amor mientras tocaba una sonata. Se encontraba como fuera de lugar. Cortó tomates y con la cebolla aprovechó para que las lágrimas le corrieran con total naturalidad.

Ya en la mesa, Mariano accionó el control del televisor y el partido cubrió de pases, fueras de línea, córners y algún penalti la cena.

En ese mismo momento, Andreu llegaba con Tita en su Ferrari al club náutico. Celebraban la cena de amigos del mar, en la cual, como cada año, se dedicaban a preparar las vacaciones del verano, y éste, tocaba Cerdeña con alguna parada en Córcega.

Después de la opípara cena y los intercambios de elogios superfluos, la reunión cogió los derroteros de la fatuidad. Andreu, que aún guardaba el regusto de los labios de Aurora, se vio invadido de repente por una boca que le estampaba un beso tan falso como la silicona que la rellenaba. Tita acababa de hacer un comentario cáustico vestido de beso. Instintivamente, Andreu lo esquivó. No sabía cómo iba a hacer, pero de lo que estaba seguro era de que ese viaje podría convertirse en un verdadero calvario, a no ser que le tirara el mismo cinismo que su mujer.

Por una noche, y haciendo grandes esfuerzos, lo logró. Todos rieron. Todos hablaron. Todos tontearon y todos, absolutamente todos, quedaron convencidos de que el matrimonio de Andreu y Tita era de los mejor avenidos y más guapos de su círculo. Una verdadera envidia.

Salieron de allí con cuatro copas de vino encima, algunos *whiskis* de más, todo el amor de menos y muchas críticas que la lengua de Tita enroscaba y desenroscaba a destajo. En todo el trayecto, Andreu procuró mantener la calma, hasta que llegó a casa. Una vez allí le pareció que Tita... ¿le coqueteaba? Por una sola vez, su mujer lo provocaba sexualmente. No entendía nada. O se debía traer algo entre manos, o iba más bebida de la cuenta y eso le había provocado esa excitación repentina. La dejó plantada en la cama y se fue a la sala a beber un último *whisky* con el pensamiento puesto en el piano del Born, en el delicado cuerpo de Aurora. La echaba de menos. ¡Cómo la echaba de menos! Así que eso era el amor.

Aquel sentimiento que lo embargaba, produciéndole aquel levitar de mente y cuerpo.

Tantos años luchando por tener todo lo que ahora le rodeaba, tantos años planeando aquella vida, que él había confundido con l a fel icidad... para nada. Porque ni siquiera había logrado amasar su propia fortuna. Su suegro lo tenía vulgarmente "cogido por los huevos". Si se separaba de Tita lo perdía prácticamente todo. Aquellas capitulaciones que se había visto forzado a firmar antes de la boda, pensando que más adelante podría modificar, se habían quedado infranqueables.

Los Sardá eran el clásico clan familiar que, por voluntad del abuelo, habían sido ampliamente asesorados por el Instituto de la Empresa Familiar, que había diseñado unos estatutos que expresaban, de forma clara y contundente, que las acciones y los beneficios de las empresas sólo correspondían a los ascendientes directos de sangre. Después de diez años de amables presiones, Andreu había logrado modificar una cláusula: una vez él y Tita cumplieran los veinte años de casados, pasaría a ser accionista de Divinis Fragances y de las otras compañías, aunque en estas últimas, en plan minoritario. Para ese momento, faltaban cinco largos años.

Ni siquiera sus coches, aparcados en fila en el inmenso garaje, estaban a su nombre. Ni siquiera el velero Parfum du Vent, con el cual participaba en la regata que él mismo había creado para dar brillo a la empresa. Ni siquiera su casa de Barcelona, ni la de Llavaneres. Ni siquiera su apartamento en la estación de Gstaad, donde tantas veces se había deslizado entre los más grandes del mundo. Por no llevar su nombre... ni siquiera su hijo llevaba su nombre.

Todas "sus pertenencias" pertenecían a Divinis Fragances.

Renunciar a todo le era muy difícil. Renunciar a su hijo, ahora, le resultaría imposible.

No quería perderlo y estaba seguro de que, en caso de divorcio, su mujer haría lo que fuera para separarlos.

Con el *whisky* aún en la mano, se metió en la habitación de Borja. El piano estaba abierto, y sobre él descansaba una amarillenta partitura cargada de tachaduras sobre la nota fa y algunas anotaciones al margen, en letra inconfundible de su padre, con toda seguridad traídas por Aurora. Era impresionante comprobar cómo sus genes habían vencido. Su hijo cada vez se parecía más al abuelo. Tocaba el piano como si en su vida no hubiera hecho otra cosa.

La respiración acompasada envolvía la alcoba de paz. ¿Lo notaba más feliz? Se acercó y lo besó. El muchacho lo sintió; siempre se despertaba, pero prefería no romper la magia del único encuentro con su padre. Lo quería. Claro que lo quería... muchísimo. Su padre le había regalado por fin lo que él siempre había deseado: tocar el piano.

La semana empezó con Aurora Villamarí en la residencia de ancianos, cocinando una bandeja paisa para darle de comer al mediodía a Clemencia Rivadeneira. Desde que había estado en Cannes no había vuelto a cocinarle platos tan elaborados, pero ese día necesitaba de su memoria.

Una vez hechos los fríjoles, molido la carne de ternera, freído el chicharrón y el plátano maduro, lo dispuso todo en una gran bandeja y le añadió el arroz, el hogao, el huevo frito, la arepa y el aguacate.

Cuando se lo presentó a la anciana, ésta empezó a salivar recuerdos. Los progresos, dependiendo del plato, eran evidentes. No había vuelto a confundir a Aurora con su madre.

—Hummm… qué olor más bueno, mija. Me acuerdo de las idas que hacía con tu madre a La Fonda Antioqueña. ¿Quedaba en la calle Diputació?… Creo que sólo íbamos las dos, por eso cerraron.

—A mi madre le encantaba.

—Esta ricura sólo es para colombianos de pura cepa, como nosotras… y para "hijos adoptivos", como Joan. Ya sabes cuánto le encantaba este plato.

Aurora no sabía.

—Clemencia… ¿qué pasó entre ellos? Entre mi madre y Joan.

Pero la anciana siguió hablando, como si no la escuchara.

—Le fascinaba el chicharrón. Así —dio un sonoro mordisco—, bien tostadito. Mira que al principio parecía tímido, pero se fue soltando. Hummm… y cómo se soltó.

—He estado investigando… Estuve en Cannes. Se conocieron allí. ¿Lo sabías, verdad?

—El lugar es lo de menos. Ya te dije que se conocían desde antes de conocerse. En realidad, se reconocieron.

—¿Volvieron a verse?

—Claro. Si no hubiera sido así, tú no estarías aquí.

—¿Qué quieres decir?

—Lo que oyes. ¡Ay! Aurorita, qué preguntona estás. No puede una comer su bandeja en paz.

Aurora decidió cambiar de pregunta:

—¿Antes de nacer yo, mi madre y Joan tuvieron algún tipo de relación?

Una cucharada de fríjoles le atragantó la respuesta.

—¿Sabes de qué época hablas? Era peligrosísimo. Tu madre estaba casada... con otro.

—¿Y qué? ¿Por qué mi madre terminó viviendo en Barcelona, ah? Precisamente en Barcelona. ¿No sería en el fondo porque Joan vivía aquí?

—Hay cosas que por respeto a tu madre no puedo decirte.

—Clemencia, necesito que me ayudes. Necesito saber si...

La vieja amiga de su madre dejó de comer y, mirándola a los ojos, le dijo:

—Si lo que quieres es saber si tu madre le fue infiel a Jaume Villamarí, esa respuesta no te la puedo dar. Su memoria para mí es sagrada.

El interrogante continuaba balanceándose en el alma de Aurora y no había manera de sacárselo de encima. Decidió dejarla descansar un rato, hablándole de las rosas que volvían a florecer en el jardín de la residencia. Ahora los rosales se abrían en arco sobre las pequeñas mesas donde otros ancianos jugaban a ser niños.

Clemencia saboreó el plátano maduro y, percibiendo la necesidad de saber que tenía la hija de su mejor amiga, volvió a hablar:

—Te puedo decir que desde los catorce años Soledad sólo amó a un hombre, y ése fue Joan Dolgut. Lo que hizo o dejó de hacer sólo fue por amor a él. Y tú únicamente deberías preocuparte por aprender a ser feliz... y por seguir haciendo estas delicias. Me tienes muy mal acostumbrada.

Aurora la abrazó. ¿Clemencia le había revelado algo, sin decirlo? "Hay cosas que por respeto a tu madre no puedo decirte", ¿querría decir "eres la hija de Joan, y aquel que tú consideraste tu padre nunca lo supo?". ¿Y si se lo preguntaba directamente? Volvió a insistir con voz muy suave:

—Querida Clemencia, ¿Joan Dolgut era mi padre?

La anciana la miró con sus ojos desvanecidos y en un silencio intenso se fue perdiendo en la desmemoria, en aquella nebulosa donde habitaban ella y sus olvidos.

Se había ido del presente en un segundo.

Aurora la arrulló en sus brazos, sintiendo aquel miedo que la hacía temblar. Podía ver en sus ojos el hueco del vacío, la caída, el agujero negro por donde se perdía toda su existencia. La nada.

La besó y, después de recogerlo todo, se marchó. Clemencia se quedó observando cómo se alejaba. Antes de cruzar por la puerta, Aurora se giró; parecía que la viejita la tranquilizaba con su mirada. Le dijo adiós y ésta levantó la mano automáticamente, imitando el gesto.

¿Qué le había pasado a Tita Sardá la noche de la cena? ¿Por qué lo había buscado en la cama? ¿Qué se traía entre manos? Andreu se durmió arropado en sus preguntas. Ignoraba que esa noche su mujer había recibido una llamada de su padre en la cual éste manifestaba abiertamente su preocupación por el distanciamiento que en los últimos meses notaba entre ambos. Le había recalcado que, si se enteraba de que andaba tonteando por ahí, rumores que le habían llegado, quienes podían pagarlo caro eran los beneficios de la empresa más jugosa que tenían, la cual dependía de la destreza de su marido. Los mutuos intereses estaban pactados. Andreu necesitaba de ellos y ellos necesitaban de su habilidad, aunque nunca se lo hubieran hecho creer, porque la política era tenerlo siempre en vilo. Tita había jurado a su padre que entre ella y su marido no pasaba nada, que eran los lógicos altibajos de pareja. Acababa de darse cuenta de lo difícil que sería separarse de aquel ser que empezaba a odiar. Se había mezclado todo y sabía que para su padre lo primero era el dinero. Nada debía obstaculizar la carrera imparable de éxitos que en los últimos años había cosechado Divinis Fragances; ahora no sólo no se contentaba con ser la mayor empresa de perfumería del país, sino que amenazaba convertirse en la mayor multinacional de perfumes, haciéndose con las marcas más glamourosas del mundo. Y toda esa gran expansión había sido gestionada por Andreu.

Pero ella estaba enamorada, ¡y cómo! Temía que Massimo di Luca no supiera entenderlo y terminara cansándose de tanta espera y escondite. La obsesión de perderlo la tenía fuera de sí. Los regalos iban in crescendo, y las promesas de futuros se desbordaban. Para remate, la paciencia de su amante se agotaba.

El tema se le escapaba de las manos.

Massimo había empezado a colarse en su casa a través del hilo telefónico. Desesperado cuando ella no le cogía el móvil, dejaba mensajes de "dudosa ortografía" con los sirvientes. Si no la veía todos los días, sacaba su vena más italiana y celosa; la misma vena que a Tita la llevaba loca de amor.

El caramelo que le había puesto en la boca para mantenerlo excitado era que, una vez divorciada y viviendo ya juntos, montarían el gimnasio más sibarita de Barcelona; una especie de Museo Guggenheim, diseñado también por Gehry, donde se pudiera llegar hasta a vivir. Con apartaestudios, médicos, masajistas, psicólogos, sofrólogos, acupunturistas, esteticistas y cuantas novedades en bienestares mundiales se presentaran.

Ahora se encontraba entre la espada y la pared. La espada de doble filo: su padre y Andreu; la pared y su refugio: Massimo.

Tan alborotada iba que el tema de su hijo le daba igual. Ni se había planteado dónde quedaría a la hora de dar el paso a la dicha. Lo importante era no perder a Massimo y tener a su padre contento por lo menos hasta asegurar los benditos beneficios por los cuales éste jadeaba. Dos tareas que, en simultáneo, le sacarían la última gota de sueño. Pero había entrado en pie de guerra, y si era necesario, recurriría hasta a la serotonina en vena.

Lo primero que hizo la mañana siguiente a la advertencia de su padre fue correr donde Massimo y venderle la idea de un viaje relámpago a Los Ángeles. Tenía que contactar con Frank Gehry en su casa del *boulevard* de Santa Mónica y hablarle del proyecto del gimnasio. El truco era tenerlo ocupado unos cuantos días para poder pensar. Massimo aceptó encantado. Billete en primera clase, hospedaje en la gran *suite* del hotel Beverly Hills en pleno Sunset Boulevard… El futuro ya empezaba a brillar como el titanio del ondulante museo de Bilbao.

A continuación, se dedicó en cuerpo y alma a demostrarle a su padre que la situación en casa estaba de lo más normalita. Aprovechando su aniversario de bodas, derrochó en cientos de invitados una espectacular cena de trufas blancas y cascadas de champán, que bañaron de risas la mentira de su "ejemplar vida marital".

Durante dos semanas se hizo la santa empleando toda clase de artimañas para que Andreu se sintiera amado. Fue especialmente seductora, maquiavélicamente dulce, ofensivamente coqueta, y hasta logró confundir alguna noche la mente y el cuerpo de su marido, quien terminó cediendo a sus reclamos en medio de muchos vasos de Chivas. Una vez consumido el acto y pasada la borrachera, quedaron sumergidos en silenciosos y mutuos ascos.

A Andreu, esa dedicación repentina de Tita, su constante acoso, la montaña de compromisos sociales adquiridos y la absorción inminente de otra de las grandes empresas del sector no le dejaban ni un segundo para respirar a su Aurora.

Desde su encuentro mágico en el Born no había podido volver a verla. Aunque se deshacía en llamadas y mensajes que dejaba en el contestador, ella no le devolvía ni uno.

Andreu la había utilizado; no cabía duda.

Se había imaginado como romántica estúpida que al día siguiente la llamaría. Durante todo ese eterno fin de semana había esperado algo... y no había obtenido nada. Aurora sumaba a la terrible desazón que le causaban sus pensamientos premonitorios de incesto, la vergüenza de sentirse usada y la terrible sensación de haber metido en su familia el fantasma de la desdicha.

Sólo a ella se le había podido ocurrir que aquel hombre valía algo cuando todo lo que le había demostrado antes de su viaje a Cannes hablaba claramente de su vileza. Pero ya había caído. Lo amaba... muy a su pesar. Lo que había vivido con él era inmenso... ¿Sólo para ella?

Decidió escuchar el último mensaje. Era la envolvente voz de Andreu: "Aurora, por favor, contesta alguna de mis llamadas. Me muero por verte, tengo que explicarte; estos días están siendo muy difíciles para mí —después de un largo silencio—: ¡Te extraño tanto! No sabes bien cuánto".

La última frase le arañó el alma.

Lo llamó.

Andreu estaba en medio de una asamblea de accionistas, pero se levantó y corrió al pasillo, móvil en mano y con el corazón a boca de jarro.

—¿Por qué te escondes de mí? ¿Por qué me haces sufrir? —le dijo él, acariciándola con su voz más íntima.

—No me escondo. Tú te perdiste. ¿No significó nada para ti aquella tarde? ¿Apareces después de una semana y dices que te hago sufrir?

—Aurora, necesitamos vernos, sentirnos; lo dejo todo. Esta estúpida reunión. Ahora.

—No puedo.

—¿Y esta tarde, a última hora?

Al otro lado, respiración femenina, viento hueco y un silencio de piedra.

—No.

Aurora apretó el botón rojo de su Nokia dando por concluida la conversación. Cinco segundos después, la melodía anunciaba llamada de Andreu. Lo dejó timbrar un rato, y cuando estaba a punto de descolgar, dejó de sonar.

"Mejor", pensó mientras lo guardaba en su bolso. "Peor", le dijo su alma demacrada.

Los pasos la llevaron al paseo de Colom. Quería esconderse del mundo en su refugio, sin que nadie la viera. El piso de su madre todavía olía a ella... pero sin ella. Se metió en la habitación matrimonial, como cuando llegaba del colegio con algún malestar. Necesitaba preguntarle, tendida en su regazo y mirándole a los ojos, qué hacer.

Cuando estaba a punto de tumbarse en la solitud de la cama, volvió a sonarle el móvil. Esta vez era el inspector Ullada. Quería saber cómo le iba la vida, pues llevaba algunas semanas sin verla. Aunque él iba contando día a día, y tenía clarísimo que llevaba exactamente cuarenta y ocho días sin saber nada de ella, hizo ver que era la amable llamada de un amigo.

¿Una tarde de piano? No, gracias. Ya no podría volver a entrar a aquel piso del Born nunca más. Allí se había quedado arrinconada su alegría. Se deshizo del inspector prometiéndole después del verano una tertulia en el café de la Ópera. Atravesaba momentos delicados que requerían toda su atención. Ullada no quiso insistir… por el momento.

Observando el techo, ida en sus pesadumbres, se topó con aquella imperceptible trampilla de la que alguna vez había visto a su madre sacar dinero. Parecía clausurada por el desuso y las sucesivas capas de pintura recibidas a lo largo del tiempo. Se puso en pie y corrió a la cocina en busca de una escalera. Un clavo confundido entre el blanco del techo hacía las veces de tirador. Tiró de él, pero la tabla de madera, que hacía de puerta improvisada, estaba pegada al resto de la pared. Insistió con fuerza, y cuando estaba a punto de perder el equilibrio e irse al suelo, cedió. Metió la mano tanteando los alrededores del agujero existente en el falso techo. Nada. Subió otro escalón y volvió a introducir ya no sólo la mano, sino todo el brazo, ampliando el área de búsqueda. Al fondo palpó lo que parecía una caja y la arrastró con fuerza hasta visualizarla. Un polvillo de arena cayó sobre sus ojos y la obligó a cerrarlos. Después de muchos parpadeos y aún con arena en los lagrimales, Aurora se hizo con ella y bajó.

Al abrirla, se encontró con un fajo de antiguas pesetas atadas a un elástico, un cuaderno que parecía llevar la contabilidad familiar y un sobre marrón. Debían haber en total dos mil pesetas en billetes de cinco; posibles ahorros olvidados de su canasta familiar. El cuaderno de cuadrículas, rebosado de sumas y restas, debes y haberes, no tenía ninguna importancia… ¿y el sobre?

No estaba sellado. Lo abrió con avidez y extrajo de su interior una pequeña foto, cuarteada y vieja, muy vieja, pero clara.

La misma fotografía que, meses atrás, ella no había podido ver por completo, pues el mal estado del negativo sólo había revelado los zapatos de una pareja, aparecía ahora ante sus ojos entera, de pies a cabeza. Dos adolescentes. Su madre, bellísima y… ¿Joan Dolgut? Aurora no daba crédito a lo que veía. Aquel niño de cabellos claros y ensortijados no era otro que… ¿quién?… ¿Se estaba volviendo loca?

¡BORJA!

El chico que aparecía al lado de su madre era el vivo retrato del muchacho a quien ella daba clases de piano. Aquel niño que le tenía robada el alma. ¿Qué sentido tenía todo aquello?

Necesitaba la lupa. Corrió con la foto al viejo escritorio de su padre y la encontró, como siempre, sobre la mesa. Entonces, con la punta de su camisa blanca, desempolvó el cristal hasta dejarlo nítido y lo situó delante de la cara del chico.

¡IDÉNTICO!

Sólo el ropaje lo distanciaba de su alumno. Imaginó por un momento a Borja con aquel traje.

Su cabeza empezó a crear hipótesis, ecuaciones, reglas de tres simples y compuestas… Si aquel chico era Joan Dolgut y Joan Dolgut era igual que Borja, el padre de éste no podía ser otro que Andreu.

Se sacudió el pensamiento. ¡Imposible!

¿Cómo podía ser que Andreu no le hubiera dicho nada? ¿Qué se traía entre manos? ¿Sabía que ella daba clases a su hijo?

Claro que lo sabía. Empezó a atar cabos. Aquella tarde, saliendo de dar la clase a Borja, el coche de Andreu la esperaba; ella había pensado que era un encuentro casual, pero estaba claro que de casual no había tenido nada.

¿Qué tramaba aquel hombre? ¿Cómo era posible que se hubiera enredado con alguien tan maquiavélico? ¿No había tenido suficiente con lo que le había demostrado cuando lo conoció?

"¡Idiota! —se dijo a sí misma—. Eres una idiota", volvió a repetirse.

Cogió la foto y la guardó en el bolso.

Quedaron para verse al día siguiente en el Born, a la entrada del Museo Picasso. Comerían en Habana Vieja, un pequeño restaurante cubano escondido en la calle Banys Vells, y después irían al apartamento, por lo menos eso era lo que le había dicho Aurora.

Andreu se había reservado toda la tarde para ella. Suspiraba por volver a verla y sentirla hasta los huesos. Los días transcurridos se le habían hecho eternos. Se había enamorado como un niño y empezaba a distraer todos sus asuntos de manera más que evidente, de momento sólo para él. Había dejado colgado del teléfono a su *broker* neoyorquino, desaprovechando una oferta que a la empresa le hubiera ido como anillo al dedo.

Cuando Aurora lo llamó, todo se había detenido. Se le había pasado el enfado y quería verlo... ¿qué más podía pedir?

Llegó antes de la hora y se entretuvo observando el grupo de turistas que aguardaba frente al museo. La vio aparecer levitando sobre el empedrado derretido de la calle Montcada. Parecía que un viento la llevase en volandas. Sus ojos hambrientos le sacaron la ropa hasta dejarla en una desnudez que gritaba sobre su alma. Así quería verla, toda piel para él.

—Me parece que hace siglos que no te veo —le dijo, acariciándole las mejillas.

Aurora, que llevaba puestos su rabia, sus dudas, sus desconciertos, la foto, su amor, su miedo y sus ganas, se dejó dar un beso rápido.

Bajaron por Barra de Ferro, giraron a la izquierda y se metieron en el restaurante. Hasta ese instante, Aurora no había pronunciado ni una sola palabra. Sus ojos parecían dos relámpagos negros a punto de descargar sus iras. Andreu, tan ansioso como estaba por el encuentro, no había caído en cuenta de su mudez.

—¿No estás feliz de verme? —le dijo, enamorado.

Le costaba contestar, tenía atragantada la rabia del engaño.

—¿A ti qué te parece?

—¿Estás enfadada por algo?

—¿Debería estarlo?

La dueña les trajo dos mojitos y las cartas.

—Dime… ¿he hecho o he dejado de hacer algo que tú esperabas que hiciera?

—Has hecho y has dejado de hacer… sin que yo lo esperara. ¿Te parece poco?

—¿De qué se me acusa?

—De mentir. Pero como eso se te da tan bien; hace parte de tu desconcertante personalidad.

—Aurora, no entiendo nada.

—Yo tampoco entendí nada… al principio. Ahora, por lo menos, tengo clara una cosa de ti: mintiendo eres brillante. Sólo tengo una duda… ¿Cuántas mentiras más me has regalado desde Cannes hasta acá? ¿Qué tramas? ¿Qué quieres de mí?

El bombardeo de acusaciones lo alteró.

—¿Te has vuelto loca?

Aurora sacó de su cartera la foto encontrada de su madre y Joan y se la entregó.

—Ahora entiendes mi… ¿cómo la has llamado?, ¿locura?

Andreu se quedó boquiabierto. ¿Su hijo en una foto de época? No, su padre. Y aquella niña hermosa, ¿Aurora? ¡Se parecía tanto!

—¿No dices nada? —la voz de Aurora era una tijera afilada.

Pasado un momento, a Andreu le resucitaron las palabras. Ese nudo antiguo venía a enredarle la vida.

—Déjame explicarte…

—No hago otra cosa.

—Quise decírtelo… de verdad, Aurora. Aquel día maravilloso, antes de subir al apartamento de mi padre, juro que quise decírtelo… pero me dio miedo. Miedo a estropearlo todo y no poder vivir aquel instante, el único en el que he sido completamente feliz.

Aurora lo escuchaba sin creerlo.

—Sí, Borja es mi hijo. Fui yo el que propuso que fueras tú quien le enseñara a tocar el piano. Era la única manera de tenerte cerca.

La incredulidad de Aurora se había encajonado entre ambos.

—¿Cómo sabías que yo daba clases de piano? No recuerdo que lo supieras.

—Te hice seguir.

—¿A mí? Has gastado el dinero en balde. No soy tan interesante.

—Al principio lo hice por saber de tu madre. Después, quería saber de ti.

—Juegas a controlarlo todo, ¿verdad? ¿Te has divertido?

Aurora lo apuntilló con cinismo. Andreu no quiso escuchar.

—¡He aprendido tanto observándote! Tu amor por el piano, la ternura que despliegas con mi hijo...

—¿Me has espiado... hasta en tu casa?

—Él te adora, como yo. Lo siento —trató de cogerle de las manos, pero ella lo rechazó con una pregunta.

—¿Qué más sabes de mi insípida existencia? ¿Cuánto te durará el juego?

La camarera esperaba con la libreta para tomar el pedido, escuchándolo todo sin inmutarse. Al ver que la discusión iba para largo, carraspeó con fuerza.

—¿Pedimos? —Andreu cortó la charla.

—Yo ya estoy llena.

—Déjame que pida por ti.

Después de unos minutos, la cubana llegó cargada de pequeñas bandejas que fue extendiendo sobre el mantel, observando de reojo a Aurora mientras pensaba: "Ay, chica, ¿serás tonta? Un partidazo como éste no se deja escapar. Dejá de hacerte la digna".

Comieron sin apetito, con el silencio cruzado en la garganta. ¿Se le había fastidiado el día? No, pensó Andreu mientras la observaba amoroso. Enfadada parecía una niña pequeña; hasta así se veía bella. La primera pelea había valido la pena. Estaba más hermosa que nunca destellando rabia por los poros. Se excitó imaginándola desfallecida de amor sobre el piano. ¿Cómo salvar la tarde? ¿Qué hacer para que lo perdonara? Le habló derramando amor:

—Deberíamos irnos —ella lo observó interrogante mientras él continuaba—, irnos de viaje. Tú y yo.

—Ahora el que ha enloquecido es otro.

Aurora rompió su mutismo con un tono de voz suavísimo. A lo largo de la comida se había ido serenando. El silencio de cubiertos había servido de bálsamo. No podía odiarlo; lo amaba como nunca había amado en su vida a un hombre. ¿Parecía sincero? Aunque la hubiera engañado callándoselo todo, ella había sentido su amor. Lo que le proponía era una maravillosa locura… Una locura imposible.

—¿Por qué no? —insistió Andreu.

—¿Tu detective no te dijo que soy una mujer casada?

—Y yo.

—¿Entonces?

—¿Quién en su vida no ha cometido una locura de amor?

Era verdad. Aurora se envalentonó. ¿Por qué no? Le siguió la corriente a ver hasta dónde llegaba.

—¿Y cuál sería el destino de esa locura?

—¿Qué te parecería… Colombia?

¡Colombia! Ir al país de su madre, donde estaban sus raíces más profundas mezcladas entre sauces llorones y ríos rojos, palmeras despeinadas y cafetales cuajados de cosechas. El sueño que se había ido secando a lo largo de sus años, mientras el dinero sólo le daba para comer y las ganas se le marchitaban entre tantas obligaciones, se expandía ahora ante sus ojos. Sería maravilloso. ¿Y Mariano? ¿Y Mar? ¿Cómo dejarlos sin sentirse culpable?

—¡Eh! ¿Me escuchas? —la mano de Andreu se abanicó frente a los ojos pensativos de Aurora.

—No puedo… aunque me encantaría.

—¿Has ido alguna vez?

—Nunca.

—Pues ahí tienes un motivo. No me digas que no tan de prisa —Andreu lanzó un anzuelo dorado—. La pista de nuestros padres se perdió allá, ¿te acuerdas? Juntos podríamos averiguar más cosas.

Era verdad. ¿Qué había sido de toda su familia? ¿Existiría aún alguien?

—¿Te lo pensarás? —le levantó la barbilla con su índice paseándolo por su boca mientras sus ojos se hundían en aquellos iris de humo.

Se lo pensaría.

Salieron abrazados a buscar el paseo del Born, él con su deseo burbujeante, ella con su ansiedad revuelta; queriendo y no queriendo. Sabía que si entraba en aquel apartamento quedaría a merced del amor, una hoja desprendida de una estación sin otoño... No podía seguir. Era absurdo estar con alguien que le mentía, estaba casado, no tenía principios y, además, desconocía casi totalmente. Al detenerse frente al número 15 se le derrumbaron todas las razones.

Volvió a subir.

En el ascensor, sus ojos incrédulos se clavaron en las manos de su amante. Sus dedos eran largos... como los suyos.

El detective Gómez, siguiendo instrucciones de Andreu, continuaba en la búsqueda de datos sobre los desaparecidos de la guerra civil. Lo de espiar a Aurora ya era un caso sobreseído; ahora toda la investigación se centraba en los archivos sobre cadáveres encontrados en aquella época, entre los cuales no había ni rastro de José Dolgut.

En la Asociación para la Recuperación de la Memoria Histórica le hablaron de las últimas exhumaciones que se estaban realizando a todo lo ancho y largo de España, donde todavía debían encontrarse abandonados en montes, cunetas, olivares y cuevas los restos de la vergüenza y la injusticia. Los olvidados sin olvido ¿Más de treinta mil? ¿Cuarenta mil? ¿Sesenta mil? Quién lo sabía.

El tiempo de la memoria del sufrimiento era otro tiempo. Aunque los delitos prescribieran, el derecho a la memoria seguía vigente. Los familiares aún conservaban fresco un dolor heredado. Las nuevas generaciones querían gritar lo que otros habían silenciado por miedo; resucitar sus lenguas entumecidas. Querían algo tan humano como enterrar decentemente a sus muertos, para levantar delante del mundo un testimonio de existencia, porque a esos muertos nadie podía engañarlos, ni siquiera la propia muerte. Habían vivido, seguían vivos, muy a pesar de aquel pacto de amnesia de la transición.

Gómez se encontró con miles de expedientes que seguían sin ser desclasificados; fantasmas que llenaban con sus nombres listas interminables de alaridos. El expediente de José Dolgut no podía entrar en aquellas listas dormidas, pues Andreu le exigía resultados contantes y sonantes.

Llevaba reunidos pocos datos; uno de ellos, el más relevante, había sido que José Dolgut era "rojo" y pertenecía al sindicato anarquista CNT, que había organizado en Barcelona la resistencia.

Aunque había tenido la suerte de que la Guardia Civil de dicha ciudad fuese fuertemente republicana y estuviera con ellos, al final, como muchos, lo más probable era que hubiese acabado sometido a un fusil, a una bomba de mano o aérea, a un posible tiro de gracia... o tal vez, ¿a un exilio? Esto último era casi improbable.

Y eso era lo que tenía que averiguar. Lo imposible. Por suerte, Andreu le había aplazado la cita dos semanas, días que aprovechó para recorrer el antiguo barrio de la Barceloneta, donde habían vivido José y Joan

Dolgut. Se paseó por calles que tiempo atrás fueron escenario de barricadas y cruentos enfrentamientos, pero de la casa que había albergado el domicilio del investigado no quedaba nada. Los primeros bombardeos a la Ciudad Condal se habían ensañado con el puerto y sus alrededores y algunas casas habían quedado seriamente dañadas llegando incluso a desaparecer. A pesar de ello, no se dio por vencido. Le quedaba el vecindario.

Buscando en los planos de la época, resituó el lugar y se dio cuenta, comparando con los actuales, de que el entorno todavía conservaba casi todas las edificaciones. La labor era ardua, pero no imposible. En alguna de aquellas casas debían vivir los restos de la generación masacrada… Una persona no podía esfumarse de la vida sin dejar rastro, por lo menos, no para él, aunque le hubiese pasado toda una guerra por encima.

Consiguió un colaborador y dejó en sus manos la tarea de ir de puerta en puerta preguntando, mientras él viajaba a León, a Priaranza del Bierzo, lugar donde se habían realizado las excavaciones y exhumaciones de la primera fosa común de la guerra civil española. El país entero debía estar sembrado de ellas, y Cataluña no podía ser menos. Allí, el ayuntamiento lo ayudó a localizar el equipo que trabajó en la dura tarea, y con ellos se empapó de todos y cada uno de los pasos a seguir, caso de que fuera esa la búsqueda.

Llegó a sentir el dolor ajeno como propio. Se entrevistó con algunos familiares de los catorce cadáveres sepultados; con antropólogos, arqueólogos y médicos forenses.

Dos días después, la búsqueda de información lo llevó a Andalucía, donde un equipo de genetistas de la Universidad de Granada le enseñó las últimas técnicas de ADN forense.

Regresó con muchas ideas confusas y una clarísima: le pediría mucho más dinero a Andreu. Lo que estaba a punto de emprender era lo más difícil a lo que se había enfrentado en su vida.

Barcelona lloraba todavía las secuelas de los bombardeos. Después de la penosa travesía que lo había llevado de regreso a Europa, solo, humillado y tratado como un perro, con la desilusión de su amor más imposible que siempre, ahora Joan Dolgut se enfrentaba al dolor de ver su ciudad hecha jirones.

Por las aceras se arrastraban los lisiados de la guerra. Una estela de cuerpos mutilados rodaba sobre maderas, tratando de ignorar lo que la evidencia les lanzaba a la cara; hombres partidos literalmente por la mitad aprendían de nuevo a caminar sobre un valle de caídos, con sus muñones escondidos en cuero. Niños arrugados de tanta infancia perdida deambulaban alzando su futuro en muletas, el reemplazo de sus piernas. Un aquelarre de mancos, cojos, ciegos, sordos y mudos mendigaban la caridad a otros que, como ellos, no tenían dónde caerse muertos.

De las fachadas se desprendían gritos de dolores ahogados; puertas que se columpiaban en la nada de hogares vaciados; ventanas descarnadas, sin ojos ni vida. Paredes agujereadas por el espanto de fusilamientos y condenas irrumpían en medio del asfalto triste. Trozos de muros que antes habían albergado alegrías, cenas y discusiones, donde habían dormido su cansancio cientos de familias, todo estaba allí dando testimonio de una pesadilla macabra.

¿Qué había hecho su ciudad para merecer tanta rabia? Su barrio… ¿Qué había sido de su Barceloneta? ¿Y su casa? ¿Se había equivocado de manzana? ¿Dónde estaba su casa? ¿Y SU PADRE?

Joan Dolgut giró en redondo. Delante de la que había sido su casa se levantaba una montaña de escombros negros, como si un rayo hirviente la hubiera fulminado. Los transeúntes pasaban por delante ajenos al desastre que sus ojos apenas descubrían.

¿Qué le había pasado a la gente que miraba sin ver? ¿No se daban cuenta de lo que habían hecho con su casa? ¿Dónde estaba su idioma? ¿Desde cuándo se hablaba en castellano? ¿Por qué lo miraban con tanto recelo? ¿O quizá era miedo?

Los ojos de la gente cargaban un luto sin tiempo. Aunque reían, un llanto sin lágrimas les bañaba la cara.

Su Barcelona estaba infinitamente triste… Y él, que se encontraba más perdido que nunca, perdido hasta de sí mismo, no sabía hacia dónde encaminar su inmensa desolación.

Corrió desorientado, con el pellejo pegado a los huesos y su dolor bramando, hasta llegar al viejo rompeolas, lo único que le quedaba de su pasado. Allí vertió su pena al mar, gritando con todas sus fuerzas:

—¡PADREEEEE!… ¿POR QUEEEEÉ?… ¿POR QUEEEEÉ?

El suave crepitar de las olas le contestó con su silencio salado.

Se acurrucó al filo del precipicio que lo separaba de lanzarse al mar y ahogarse para siempre. Durante horas y horas, acarició la idea de hundirse en el negro profundo de sus aguas. Desaparecer, como había desaparecido todo… Descansar.

No le quedaba ningún motivo para seguir viviendo. Había perdido a su padre, y a lo más hermoso que había tenido en toda su vida: su niña del aire. No tenía madre, ni hermanos, ni tíos, ni abuelos; siempre había sido un solitario de la vida. Nadie lo esperaba y él ya no esperaba de nadie nada. No tenía techo, ni sustento. Todo su patrimonio era su hambre, que de tanto tenerla ya empezaba a ignorar, su cuaderno de notas, su salvoconducto y un traje que apestaba a deterioro, como él.

No había motivos para seguir viviendo. Sin amor era una cáscara hueca, un huevo vacío…

Donde iba ya no necesitaría nada, ni siquiera el salvoconducto que con tanto amor le había entregado su padre en la estación aquel 31 de julio de hacía ya cuatro largos años.

Se sumergiría en la nada líquida. En la nada sin sueños.

Miró al mar, y en él, las sombras de sus seres queridos se proyectaron sinuosas. Las olas lo llamaban con sus manos blancas. Se levantó y extendió los brazos, sus alas, como un pájaro. Se llevaría sus sonatas enredadas entre sus dedos.

Cuando estaba a punto de emprender el vuelo, unas tenues notas de *Tristesse* le llegaron envueltas en la brisa de la tarde; provenían de un piano que era transportado en un viejo carro de caballos. La mudanza se dirigía a Via Laietana y un hombre lo tocaba, ensimismado en sus notas, ignorando que todos los transeúntes lo observaban.

Aquel sonido le devolvió la vida. No estaba solo, todavía le quedaba su música.Volvería a tocar para mantener vivo el recuerdo de Soledad y la promesa que se habían hecho aquella tarde de besos y de playa. Ella seguiría en su alma a través de su piano.

Mientras tocara, Soledad estaría con él.

Huyó del rompeolas y de su idea de muerte con el último aliento que le quedaba, el de su piano.

Volvió al vecindario buscando alguna cara conocida que le echara una mano, pero sólo encontró huidas y miedos. A punto de abandonar la Barceloneta, oyó que lo llamaban.

—¡Psst!… ¡Joan!

Joan buscó entre los portales. La voz salía de una puerta entreabierta.

—Eres el hijo de Dolgut, ¿verdad?

Joan asintió.

—Si aún conservas el salvoconducto que te entregó tu padre, deshazte de él. En estos tiempos ya no sirve para nada, sólo te traerá complicaciones. Ah… y no hables en catalán, por tu bien. Vete, hijo. No puedo decirte nada más.

—¿Y mi padre? ¿Dónde está mi padre?

—Desapareció… Como muchos. Ojalá pudiera ayudarte, pero no tengo ni un duro. Ahora vete.

La puerta se cerró. Volvía a quedar en la intemperie del silencio y sus pensamientos.

"Desaparecido". ¿Qué querría decir esa palabra? ¿Desaparecido sería igual que decir "muerto"? ¿Un ser evaporado? ¿Inexistente? Más adelante se enteraría de que "desaparecido" sería el término más usado del vocabulario de la posguerra.

Caminó hasta que el cansancio le regaló la mejor idea: se presentaría en los hoteles a ver si necesitaban un chico para lavar platos. Su francés era excelente y su castellano perfecto. A lo mejor algún día lograba ser el camarero que antes había sido.

Vio su reflejo en el cristal de una sombrerería y se espantó de su aspecto. Así de andrajoso no lo contrataría nadie.

Se dirigió a su antiguo colegio y pidió por el cura del coro, que lo había apoyado en su empeño de ser pianista, pero también había "desaparecido". Sin embargo, allí le regalaron un par de mudas con tal de que se largara.

Dos semanas después, Joan Dolgut trabajaba como sirviente en un restaurante de medio pelo cerca del puerto, a cambio de pan y cama. Cuando se hubo recuperado y empezaban las primeras lluvias de otoño decidió probar suerte... y la tuvo. En la avenida José Antonio Primo de Rivera encontró su lugar. Su aspecto afable y sus maneras aprendidas en el Carlton le valieron para encontrar trabajo en el mejor hotel de Barcelona: el Ritz. Volvía a ser camarero de hotel de lujo, aunque algo había cambiado: ahora era un hombre triste y mudo, había perdido su alegría de muchacho ingenuo cargado de porvenir, adquiriendo una tristeza vieja que lo acompañaría el resto de su vida. Se había quedado sin ilusiones ni futuro.

El salvoconducto seguiría escondido con su historia de amor y su cuaderno gris en el último rincón de su juventud. Empezaba a vivir una madurez forzosa.

En Bogotá, Soledad Urdaneta también había mudado de vestido. Su adolescencia se había ido sin siquiera tocarla. Su corazón había entrado en una vejez prematura por el golpe de amor imposible que le había fulminado la vida. No se enteró nunca de lo cerca que tuvo a su pianista, ni de las patrañas tejidas por su padre para expulsarlo del país. Los días se sucedían uno tras otro como páginas de un libro ojeado sin leer. Su silencio fue entendido por sus padres como el paso definitivo a una madurez anhelada por toda la familia: volvía a reinar la paz en casa de los Urdaneta Mallarino. Para Soledad, simplemente era la decisión de vegetar en un mundo que no la comprendía. La habían matado todos, incluso Joan, con el peor castigo: dejándola con vida. A pesar de no haber contestado nunca a sus cartas, no podía odiarlo.

Cuando perdió la imagen de la foto que tanto besaba, hizo revelar otra de uno de los negativos que Joan había metido en el sobre y unido a la cometa mientras el barco zarpaba de Cannes. Y para no gastarla, nunca la besó, aunque nunca dejó de mirarla. Decidió guardarla como reliquia con su anillo de alambre oxidado, el vestido que llevaba el día en que Joan la besó por primera vez, el corazón de corteza de olivo con sus iniciales grabadas y su pelo trenzado que, como símbolo de muerte al amor, decidió cortarse una tarde y que sus padres atribuyeron al deseo de verse señorita. Todo quedó guardado en un armario, y todos olvidaron el episodio de Cannes... Todos, menos ella.

Se dedicó al canto con todas sus fuerzas, interpretando en el colegio los avemarías más bellos que jamás se habían oído; desde Schubert hasta Gounod, espantando a cuantos pretendientes le iba colocando Benjamín, quien llegó a pensar que en verdad su hija estaba desarrollando una profunda vocación de monja, algo que no coincidía con sus planes de casarla con un buen partido y que le dieran un heredero para su negocio y fortuna.

De los viajes veraniegos no volvió a hablarse. Decidieron suspenderlos, por un lado, para evitar complicaciones amorosas como las de Cannes, y por otro, porque el mundo no estaba para paseos en momentos en los que la paz mundial estaba en entredicho. Terminaron pasando las vacaciones en sus haciendas repartidas a lo largo de la geografía cundinamarquesa. Allí, los veranos eran largos y lentos para Soledad.

Al cumplir los dieciocho años, su indescifrable belleza, una mezcla de tristeza y perfección de porcelana, la arrastró a ser reina indiscutible de los estudiantes. Su padre se empeñó en que, además, la sociedad bogotana le rindiera tributo a su hermosura. Soledad fue coronada en una fastuosa ceremonia en el Teatro Colón, habilitado especialmente para la ocasión. Los trajes largos y de etiqueta se mezclaban en la platea a ritmo de orquestas, vivas y aplausos, en un mundo que incorporaba a su idiosincrasia el más refinado estilo londinense. A todo esto, Soledad asistía como invitada de hielo; diluyéndose en las risas ajenas, enseñando a los fotógrafos su más bella sonrisa congelada, regalando autógrafos de autómata muda al tropel de enamorados que suspiraban por sus ojos. Benjamín los veía a todos como futuros yernos. Todos le gustaban por pertenecer al más rancio abolengo capitalino.

Pero Soledad se fue librando de ellos, abrazándose con fuerza a una piedad sin límites. Al acabar su reinado, se concentró con pasión en el canto sacro. Sólo quería cantarle al Señor, glorificarlo con su voz hasta el extremo de convertirse en la soprano más ilustre y maravillosa de la Catedral Primada de la ciudad.

Las misas se convirtieron en refinados conciertos dominicales que atiborraban la iglesia de feligreses, la mayoría jóvenes subyugados por sus encantos, que sufrían vahídos y desmayos con sólo verla, provocando con ello las envidias y celos de solteras y casadas que veían en Soledad a una rival imposible de combatir.

Hubo algunos que terminaron alcoholizados al recibir las constantes negativas de Soledad. Se convirtió en la joven más inaccesible que jamás había existido en la sabana de Bogotá.

Aunque su padre era reacio a enviar a su hija al extranjero, terminó haciéndolo cuando ésta llegó a la mayoría de edad, que por aquel entonces se adquiría a los veintiún años. Su hija estaba a punto de quedarse solterona y no quería ser el hazmerreír de la sociedad. Además, la guerra había terminado y París volvía a ser la capital del *glamour*; de nuevo estaba de moda entre los bogotanos más cultos el que sus hijos viajaran a Europa. De todos sus progresos y hazañas alardeaban en los tés, partidas de *bridge*, golf y polo.

Ese año francés, 1946, fue para Soledad tiempo de congoja y recuerdos. Le parecía ver en todos los parisinos a su Joan. Aunque vivía en una residencia de monjas, escudándose en ellas para esquivar el matrimonio, tampoco se sentía con fuerzas para sepultarse en un convento. Perfeccionó su canto a niveles insospechados, dedicándose por entero a sus clases, que tomaba en la Sorbonne. Nunca cruzó palabra con nadie, a pesar de la insistencia de muchos. De sus episodios de sonambulismo, que aún continuaban, se iba salvando milagrosamente. Había noches en que despertaba y se encontraba caminando a la orilla del Sena y sin rumbo, compartiendo silencio con otros vagabundos de la vida que, como ella, buscaban en la oscuridad la luz que habían perdido en su alma. Su corazón era su única compañía; estaba lleno de amor sin derramar, pero ya no le dolía.

Sus padres le escribían y la llamaban semanalmente, y ella contestaba con formas correctas y frías, evitando comprometer con sus palabras sus sentimientos. Las cartas eran periódicas pero idénticas; salvo la fecha y el cambio de estación, que se percibía en sus comentarios sobre el tiempo, nada las diferenciaba.

La petición de regreso de sus padres no la cogió por sorpresa. Lo acató todo con una serenidad imperturbable; era su destino. Regresar a donde había partido: su cárcel de oro.

Pero Benjamín tenía otros planes para ella... y ella también. Antes de volver a Bogotá, iría a Barcelona.

Mientras tanto, en el hotel Ritz, Joan Dolgut se había convertido en una institución para quienes amaban el piano. De ser camarero durante cinco largos años había pasado a ser pianista de salón el día en que el director lo oyó tocar cuando él creía que nadie lo observaba. Empezó reemplazando al pianista en su día libre y terminó desbancándolo. Por la Barcelona franquista desfilaban continuamente militares y falangistas que una vez escuchaban a Joan quedaban seducidos por sus notas. Él procuraba ser sólo eso, un pianista sin opinión ni vida, porque a pesar de estar, ya no vivía en este mundo. En aquella atmósfera creada por él y su instrumento no había opiniones ni bandos políticos. La música no tenía nacionalidad, ni credo; era movimiento, sonidos efímeros. Un fluir que partía del alma y desembocaba en el alma, en una atmósfera repleta de temores y bandos. El salón del Ritz era escenario de encuentros de estraperlistas que desplegaban todas sus artimañas de mercachifles en un ambiente denso cargado de secretismo y doble moral. La posguerra había creado una nueva Barcelona a la que Joan no podía acostumbrarse. Era cierto que su Via Laietana seguía teniendo aquel suave declive que invitaba a deslizarse entre faroles de llamas tenues, que sus calles castigadas guardaban el eco de otros pasos sin botas militares y que las iglesias seguían campaneando el paso de las horas, pero la historia había cambiado.

En esa soledad de huérfano de amor y padres, Joan no pudo evitar seducir. Sin proponérselo, sus notas no sólo habían atraído a los comensales del hotel, sino también a una muchacha humilde y bella, que fregaba los suelos. Trini había llegado desde Huelva en el Sevillano, el tren de los inmigrantes andaluces, y desde que vio la estación de Francia supo que quería morir en esa ciudad; era preciosa, y la miseria era diferente de la de su pueblo. Allí quería echar raíces, casarse y tener hijos, incluso hasta podría aprender a escribir.

De escucharlo mientras sacaba brillo a los mármoles del salón, Trini se había enamorado de aquel chico de aire desvalido y triste, pero como era tímida, tardó mucho tiempo en acercarse a él.

Joan, que por aquel entonces había clausurado definitivamente su corazón, no supo entender la cercanía de Trini, y poco a poco la convirtió en su amiga, sin darse cuenta de que ella ya lo había hecho su novio. Aquella muchacha era, como él, una víctima más de la guerra. Su padre había sido ejecutado por republicano y su madre había muerto de pulmonía un año después.

Empezaron a salir juntos los domingos y a compartir las pocas horas que les quedaban de libertad, pues en verdad el hotel era un presidio de lujo. Les exprimían la vida a cambio de unas pocas pesetas, las que gastaban en comer.

Sin embargo, para Joan, Trini no era más que un amigo de sexo femenino. No sabía verla como mujer, pues su corazón seguía ocupado por su niña del aire. Aunque habían pasado siete años desde su regreso de Colombia, la herida no sólo no había cerrado, sino que aún supuraba. Pero Trini, con su ingenuidad provinciana, lo fue acercando.

Soledad Urdaneta se había apeado del tren que la había traído desde París a Barcelona, asustada y sin tener muy claro dónde dirigirse. La estación de Francia la recibía con sus desvencijados coches de caballos y una humedad salada que venía de los vahos del mar. Sabía que era una locura creer que encontraría a Joan en aquella ciudad, ni siquiera sabía si estaría allí, su viaje sólo obedecía a un pálpito. Pero si la casualidad de la vida un día los había unido, ¿por qué no podía ser que la casualidad quisiera otra vez producir el milagro?

La razón por la cual Joan estaba en Cannes cuando ella lo conoció era porque su padre había querido alejarlo de la guerra civil española; una vez terminadas todas las guerras, lo más lógico era que hubiese vuelto a su ciudad, a reencontrarse con su padre.

Cuando llegó, no pudo soportar evocar a su pianista, y la embargó una ansiedad sin tiempo. Miró a su alrededor pero sólo vio sombreros y abrigos raídos. Debajo de alguno de ellos podía esconderse su rostro.

En ese mismo instante, y a escasos metros de la estación, Joan Dolgut y Trini caminaban por el parque de la Ciutadella, en su paseo dominguero. La chica, que llevaba esperando el día menos pensado en que Joan le pidiera como novia, había gastado parte de la mañana en acicalarse con lo poco que tenía, tratando de llamar su atención. Hoy insistiría en hablar de cosas importantes.

—Nunca me has hablado de tu pasado —le dijo—. ¿Qué cosa peor que la que yo viví ha podido dejarte a ti tan mudo?

—Ya te he dicho que del pasado no quiero hablar —Joan evitó mirarla.

—El dolor que no se habla, no sana.

—¿Y quién ha dicho que quiero sanarme?

—No puedes seguir perdiendo tus días en tanto silencio.

—Tú no sabes lo que regala el silencio. Para ti es tiempo perdido, para mí...

Trini lo interrumpió:

—Para ti es recrearte en el dolor.

Joan se apartó. No quería abrir esa puerta.

—Déjame ayudarte.

—Nadie puede ayudarme, lo que yo necesito no puedes dármelo.

—¿Cómo puedes estar tan seguro? Ya sé que soy una analfabeta, que no sé nada de nada, pero una cosa sí te digo: a ti te hace falta amor. Lo único que puede salvarte es el amor, y yo... —Lo miró con vergüenza—. Ya sé que esto que voy a decirte no debería decírtelo, pero qué más da, si no lo hago yo, ¿quién lo hará, ah? Te amo, Joan. Qué importa que tú no me quieras; aprenderás a quererme. Yo te enseñaré.

Joan la miró y, por primera vez, se percató de su belleza andaluza; un cuerpo recio de mujer moldeado a punta de trabajar el campo. Unas caderas amplias que prometían hijos y lecho tibio. Era lo que él siempre hubiera tenido que mirar; lo que le correspondía. Una mujer hecha de cebolla, pan y aceite, que olía a los frutos de la tierra, no a perfumes franceses ni a baños perfumados en bañeras de hotel. Lo que a él le tocaba.

—No te prometo nada —Joan la cogió tímidamente de la mano.

—¿Esto es un sí?

—Sí.

No se dieron un beso, pues el régimen franquista había prohibido el amor en público; lo que se respiraba en las calles era un amar sin sentir. Pero sí continuaron con las manos entrelazadas. Para Joan era una sensación extraña el que unas manos que no eran las de Soledad lo tuvieran agarrado. Empezaba a sentir que tal vez no estaba tan muerto como había pensado. ¡Hacía tanto que nadie lo quería!

Salieron por la avenida Marquès d'Argentera como dos novios más, pasando por delante de Soledad Urdaneta que en esos momentos se subía a un coche de caballos, en ausencia de un taxi decente. El cochero se quedó extasiado. Nunca en toda su vida había visto un ángel más bello; destilaba elegancia y riqueza extranjeras.

—Al hotel Ritz, por favor —le indicó.

El perfume a rosas que desprendían sus cabellos llegó a la nariz de Joan unos segundos después de que el coche se puso en marcha, recordándole una antigua tarde de Cannes que hacía pocos minutos había decidido sepultar para siempre en su memoria. Por el bien de él… y de su novia. Ahora tendría que luchar contra sus recuerdos para reconstruir lo que le quedaba de vida.

Esa tarde, después de hacer una larga cola, sellaron su noviazgo asistiendo cogidos de la mano al cine.

En Bogotá, Benjamín Urdaneta concertaba con un amigo la posible boda de su hija, a espaldas de ésta. No podía permitir que su única descendiente fuera a dejarlo sin un heredero, ojalá varón. En los círculos más cerrados se empezaba a decir que Soledad Urdaneta tenía una enfermedad psíquica y que por ese motivo sus padres habían optado por esconderla en el extranjero. Se hablaba incluso de que estaba recluida en un sanatorio parisino.

Trayéndola y comprometiéndola con un hombre serio y responsable, esas habladurías desaparecerían.

El elegido no era cualquier perico de los palotes, como le había dicho Benjamín a su mujer; era nada menos que un hombre hecho y derecho. Si bien era cierto que era un poco mayor, exactamente veinte años más que su hija, no por ello dejaba de ser un buen partido. Lo que quedaba más casadero del club.

Catalán de Terrassa, su familia había huido de la guerra invirtiendo en la industria textil todas las pesetas que tenían. Era el propietario de una cadena de tiendas donde las bogotanas adineradas compraban rasos, paños y sedas importadas de Inglaterra. Se habían hecho amigos de hoyos en las tardes soleadas de golf. Era reposado y meticuloso, y como buen catalán, ahorrador y trabajador.

Que podría haber encontrado otro pretendiente, eso estaba claro, pero su hija se había encargado de espantarlos a todos y lo más selecto ya había pasado por la vicaría.

Jaume Villamarí era un hombre a carta cabal. Como muchos, estaba enamorado de Soledad Urdaneta desde hacía varios años, pero nunca se le acercó porque no se sentía merecedor de tan tierna frescura.

Ahora que el posible suegro se la ofrecía prácticamente en bandeja, no iba a desaprovechar la oportunidad.

Benjamín ya le había hablado de lo difícil que sería, pero su temperamento templado se lo tomó como un reto. Un ir escalando posiciones poco a poco.

Lo planearon sin apasionamientos. Aprovecharían un encuentro en el club, que disfrazarían de casual, y a partir de ahí Benjamín confiaba en que las habilidades catalanas hicieran el resto.

Jaume sabía esperar; era una de las cualidades que lo había ido encumbrando en lo social. Aunque en realidad no pertenecía a una estirpe destacada, supo tejerse un nombre entre los más ilustres.

En los campos del Country Club y en el hipódromo se codeaba con la flor y nata de la sociedad bogotana, que pronto lo incluyó en todos sus festejos. No había fiesta ni celebración a la que Jaume Villamarí no fuera invitado; desde bodas y bautizos hasta grados y presentaciones en sociedad. Para muchas familias, era uno de los solteros más cotizados.

Benjamín ya le había comentado que su hija retrasaba su regreso unos pocos días debido a inconvenientes de última hora que ni él mismo sabía. Aquellos días los aprovecharon para preparar una bienvenida como Dios mandaba: con unas empanadas bailables, en la sede del club, amenizadas por la mejor orquesta del momento.

Los inconvenientes no se hacían esperar. Ese domingo, Soledad Urdaneta vivía su primera tarde de frustración barcelonesa. Lo único que podía hacer antes de regresar a América era caminarse las calles de la ciudad en busca de su pianista. Cogió un mapa y, recordando las conversaciones mantenidas con Joan, marcó como zonas a trabajar las inmediaciones del puerto. Le había hablado mucho del rompeolas y de la Barceloneta; este nombre se le había grabado por la similitud que tenía con Barcelona. Unas manzanas no serían tanto, si contaba con que el azar hiciera lo suyo.

Empezaría a primera hora del día siguiente y, si era necesario, haría publicar un anuncio en el diario.

Se levantó temprano y tomó un taxi que la dejó en la oficina de Correos, frente al puerto. Quería caminar y familiarizarse con el entorno. A pesar de las ruinas dejadas por la guerra, Barcelona le fascinó. Tenía mar, algo que ella añoraba en aquella Bogotá de nieblas perpetuas. Si hubiera podido elegir, se habría quedado allí. Pero no podía. Tenía que regresar.

Fue preguntando hasta llegar al rompeolas, donde Joan seis años atrás había estado a punto de saltar. Sabía que él visitaba ese lugar todos los días. Le había dicho que nunca faltaba a su cita con el mar. Aunque por aquel entonces él era un chico… ¿Seguiría manteniendo aquella costumbre? La única manera era averiguarlo.

Se sentó en su vértice y durante todo el día presenció la movida del puerto. Vio entrar y salir barcos, volar gaviotas, cargar y descargar pesqueros. Vio parejas que se acercaban, niños que lanzaban al agua manchada de aceite barcos de papel que, sólo tocar el mar, naufragaban. El olor a cuerdas amarradas, a brea y a decepción la sobrecogió. Sólo a ella podía ocurrírsele que lo encontraría.

Cuando el atardecer se desplomó sobre sus hombros, Soledad decidió marchar. Lo intentaría de nuevo a la mañana siguiente. Había olvidado comer y tenía las tripas pegadas a la espalda.

Era lunes; todavía le quedaban tres días por delante.

Al llegar al hotel pidió que le subieran un poco de cena, y luego se quedó profundamente dormida. Mientras tanto, en La Parrilla del Ritz, algunas parejas bailaban melodías románticas de moda que Joan interpretaba al piano con su especial *swing*.

Después de la decisión tomada la tarde anterior, se encontraba extraño. Debía hacerse a la idea de que ahora tenía novia y que no era la que él había soñado, sino la que el destino le había regalado. Empezó por poner su voluntad al servicio de ese destino.

Sí, a pesar de sí mismo, quería querer. ¿Sería posible un amar sin enamorarse?, ¿un amar sin enloquecer de amor? ¿Dónde estaba el amor de verdad?

Tal vez un día Trini y él bailarían mirándose a los ojos, como ahora lo hacían esas parejas, mientras otro pianista aporreaba un piano… Tal vez.

Durante dos días más, Soledad se instaló en el puerto. Había confirmado que el rompeolas no podía ser otro que ése. Si todavía era fiel a su vieja costumbre, Joan tendría que ir.

Llegaba a primera hora de la mañana, bajo un sol desganado de ese otoño recién nacido, y se sentaba como turista pobre al final del espigón con la bolsa que contenía su sencilla merienda: un bocadillo de jamón y dos manzanas; para pasar el día sin hambre, más que suficiente. Mientras las nubes desfilaban como pañuelos de adiós sobre su cabeza, y las horas le decían que no a cada paso, su infinito amor la hacía continuar. ¿Y si lo encontraba? ¿Y si, al volver la cabeza, lo veía venir vestido de blanco y amor? ¿Y si…? No. El crepúsculo había caído sobre el penúltimo día de su estancia en Barcelona y Joan no había venido.

Su ilusión se iba desinflando lentamente. Ahora empezaba a pensar en el regreso; volvería a París y dos días después marcharía a enfrentarse de nuevo con su muerte viviente.

Aun pudiendo salir a conocer la ciudad, su luto de amor la mantuvo encerrada en su habitación las cuatro noches que pasó en el Ritz.

Le quedaba un solo día.

Se puso en contacto con *La Vanguardia*, el conserje le había dicho que era el diario que leían todos, e hizo publicar un pequeño recuadro en el que hacía énfasis en que Joan Dolgut se comunicara con ella al teléfono del hotel. El anuncio apareció en medio de muchos de desaparecidos de la guerra que todavía se buscaban. Ese día no fue al rompeolas por quedarse sentada aguardando una llamada telefónica que no se produjo. Aplazó un día más su regreso y, movida por la nostalgia y por el deseo de despedirse para siempre de su sueño, volvió al muelle después de haberse paseado por una Barceloneta arisca y taciturna.

Era su última tarde en aquel lugar. Al fondo, una pareja ocupaba el sitio en el que ella había permanecido sentada los días anteriores. Mirándolos se vio a sí misma en un encuentro imposible. Ella y Joan, abrazados delante de un horizonte sin límites. Si lo hubiera encontrado, no habría regreso posible. Lo habría dejado todo por él, desapareciendo para siempre de aquel ambiente acartonado que sus padres insistían en frecuentar. Nadie hubiera vuelto a saber de ella, ni siquiera ella misma, pues hasta el nombre se habría cambiado con tal de que no la localizaran.

Esa tarde, Joan Dolgut le había dicho a Trini que le enseñaría el sitio que más amaba de su ciudad, donde había pasado su infancia y parte de su adolescencia. Empezaba a dejarse ir en el cariño vehemente que ésta le profesaba. Se dejaba querer, y ella lo multiplicaba con creces. Aún no había probado sus labios por temor a no poder corresponderle, por temor a que la sombra de Soledad le arrebatara lo que empezaba a ser un rayo de esperanza.

A pesar de no querer hablar sobre su pasado, Joan no pudo evitar recordar a su padre. Lo de Soledad sería un secreto que nunca desvelaría por respeto a Trini y... a la misma Soledad.

—Aún te duele tu padre, ¿verdad? —le dijo ella, acariciándolo.

—Me duele la vida, Trini.

—Si tan sólo pudieras sentir una gota de este mar de amor que siento por ti.

Antes de hacer lo que ya estaba decidida a hacer, Trini miró alrededor buscando algún centinela de la moral franquista, pero no vio a nadie; sólo la que parecía ser una turista despistada se acercaba despacio, como matando el tiempo. No había moros en la costa.

—Al amor hay que darle tiempo —le dijo él, pasándole la mano por los cabellos.

—Eso es lo mismito que yo pienso, Joan. Y el tiempo es ahora.

Se lanzó con todo el ímpetu de su sangre andaluza y le estampó un beso en plena boca. Los labios de ella se abrieron y buscaron la respuesta en los de él.

La encontró.

Joan cerró los ojos y en su mente no vio a Trini. Volvía a besar a Soledad; la besaba con hambre de siglos. Quería arrancarle la ropa y hacerle el amor delante del mar. Su virilidad era una fruta madura a punto de reventar; nunca había hecho el amor con nadie, y esa urgencia se le manifestaba irrefrenable, como si despertara de un letargo obligado.

Los pasos de una mujer que se alejaba corriendo lo devolvieron al rostro de Trini. No, a quien había besado no era a ella; a quien quería hacer el amor era a un fantasma.

Soledad Urdaneta lo había reconocido. El hombre de cabellos dorados que besaba con tanta pasión a aquella mujer era su Joan. Se había ido acercando despacio, sin dar crédito a lo que veía, y aunque su corazón le rogaba equivocarse, sus ojos lo confirmaron. No podía ser... no debía ser... pero lo era.

¿Y la promesa que se habían hecho? ¿Cómo no se le había ocurrido que él podía estar con otra? ¿Por qué motivos iba a estar esperándola, si nunca le había contestado ni una sola carta? ¿En qué estaría pensando cuando había decidido buscarlo? ¿Qué hacía ella, allí, plantada delante de semejante espectáculo?

Había llegado tarde.

No. No debería haber ido nunca.

¡Qué humillación! Se sentía desnuda, ínfima, con el alma pisoteada y su sueño despedazado. Las lágrimas retenidas durante tantos años empezaron a bañarla en su loca carrera por desaparecer de la vida. Al cruzar la calle, un tranvía había estado a punto de matarla. ¿Y qué más daba? ¿Por qué no la había matado de una vez?

En el hotel la vieron llegar con las rodillas ensangrentadas y la ropa rasgada por la caída, y aunque se ofrecieron a curarla, ella se negó de plano. Hizo la maleta como pudo y con el alma hecha añicos tomó un taxi que la dejó en la estación.

No volvería a pisar aquella ciudad.

Olvidaría hasta que había ido allí. Por fin iba a librarse de aquella sombra que no la había dejado vivir. No había valido la pena tanto dolor. Tantos años perdidos...

Días después, un vecino le leía a Joan el anuncio publicado.

—"¡Urgente! La señorita Soledad Urdaneta busca al señor Joan Dolgut..." ¿Éste no eres tú? —continuó—: "Por favor, llamar al 23894...".

Joan le arrebató el periódico de las manos. El vecino insistió:

—¿Quién es esa mujer, que te necesita con tanta urgencia?

A Joan se le cayó *La Vanguardia* de las manos. Empalideció y volvió a sentir aquellas náuseas vividas en Juan-les-Pins, cuando el amor le había matado el estómago.

Ella había estado en Barcelona y lo había buscado. ¿Por qué no había visto el anuncio? ¿Por qué nunca leía el diario?

Llamó al número y le contestó el recepcionista del Ritz. Ya había partido.

¡No podía ser que la hubiera tenido tan cerca!

Corrió al hotel y fue a hablar directamente con el conserje, quien le describió a Soledad con suspiros y elogios divinos. La señorita se había marchado hacía cinco días, y no, no había dejado dirección donde localizarla. Lo único que había pedido durante su estancia era el número de teléfono de un diario y un plano donde le había marcado, por insistencia de ella, el rompeolas y la Barceloneta. Una mujer hermosa pero muy distante; se le veía que arrastraba una gran pena. Había cerrado el comentario con un "¡Pobres! Gente tan rica y tan infeliz. El mundo está lleno de esos… La felicidad no la da el dinero, Dolgut".

Pero Joan ya no escuchaba. Había corrido al lavabo a devolver todas sus penas. Se sentía morir.

En el aeropuerto de Bogotá, los padres de Soledad esperaban a su hija con los brazos abiertos y un ramo de sus rosas preferidas, las cultivadas en *Moulin de Rêves*, la casa de Chapinero. La encontraron pálida, ojerosa y más silenciosa que nunca. Su madre pensó que venía enferma, pues no paraba de toser; aquella tos no le gustaba, parecía una neumonía. Soledad le insistió en que la dejara en paz, asegurándole que era un simple resfriado por las bajas temperaturas de París y el esfuerzo de sus cuerdas vocales.

Durante veinte días aguantó fiebres altísimas, ahogos y palpitaciones que la dejaron en los huesos. Los médicos no encontraron la causa del mal, y lo atribuyeron a una complicación por la altura de Bogotá, a la cual el corazón de Soledad se había desacostumbrado.

Los cuidados amorosos de Vicenta y las lecturas pausadas de Pubenza la fueron sacando del delirio de las altas temperaturas, donde sólo se oía un nombre: Joan.

Cuando volvió en sí de su gran pena, el secreto que no desvelaría nunca a nadie, los colores regresaron a sus mejillas. Poco a poco volvió a ser aquella hermosa e inalcanzable mujer por la que muchos suspiraban.

Su padre, nada más ver su mejoría, puso en marcha la celebración de bienvenida. Sería una sorpresa de domingo a la que asistirían sus amigos más íntimos y, obviamente, Jaume Villamarí.

Ese día, la terraza del club se llenó de música, y las mujeres se engalanaron más de la cuenta, tratando de que la belleza de la recién llegada no opacara sus encantos; en el fondo, había muchas envidias y celos. No había fiesta en la que los hombres no terminaran hablando de la hermosura de Soledad, ni en la que sus acompañantes no acabaran criticándola, ensañándose hasta dejarla por los suelos mientras le sonreían.

La madre de Soledad había insistido en que esa tarde estrenara un precioso vestido de vuelo, con sombrero de tafetán malva a juego, y ella no quiso contrariarla. Lo primero que haría en esa nueva etapa era recuperar el tiempo perdido con sus padres por culpa de Joan. Recuperar su amistad con Pubenza sería mucho más difícil, pues durante todos esos años no había dejado de humillarla con su silencio.

Por su parte, Pubenza se excusó de asistir al agasajo de su prima, aunque se moría por recuperar su afecto. Estaba harta de que se burlaran de ella a sus espaldas, ya que se había convertido en la solterona del club, y no resistía las caras de compasión con que la miraban.

La fiesta dio comienzo con la llegada de Soledad a la sede del Country, entre aplausos y bienvenidas. Era una tarde en que la sabana lucía sus verdes más vigorosos, y el rebaño de nubes se alejaba dando paso a un sol espléndido. Después de conceder bailes a todos los amigos de su padre, que se morían por tenerla entre sus brazos aunque sólo fuera para soñar que esa hermosura podía ser suya durante tres minutos y medio, lo que solía durar una pieza, Soledad decidió descansar… y con ello, todas las mujeres descansaron. Volvían a tener a sus maridos bajo control.

Jaume Villamarí apareció mucho más tarde, cuando el agasajo ya estaba en su cenit, acercándose a la mesa donde la hija de Benjamín irradiaba su propia luz. Con una galantería propia de hombre maduro, y sin dejar escapar sus deseos, se dedicó a hablarle de arias y óperas, que tanto la fascinaban, evitando piropearla e invitarla a bailar.

Era el primer hombre que no le había dicho lo bella que estaba, ni demostraba interés por lo que ella pensaba del amor, ni se preguntaba por qué no se le conocían novios… ni siquiera la veía como una mujer. Delante de él, Soledad se sintió sólo un ser humano; eso le gustó.

No había por qué preocuparse. Jaume era demasiado mayor, podía ser su padre; esa distancia de años la salvaba. Su conversación era interesante y culta. Conocía perfectamente París y dominaba el francés, así que terminaron paseándose en ese idioma por las calles de Saint-Germain, el Jardin des Tulleries, les Champs Élysées, las orillas del Seine, Montmartre, el Sacré Coeur y Montparnasse, en una charla distendida y llena de anécdotas, mientras Benjamín y su mujer observaban fascinados la sonrisa que Soledad le regalaba a su "futuro esposo".

Antes de finalizar la fiesta, Jaume se retiró, besando la mano de Soledad sin llegar a rozarla con sus labios. Ella lamentó que hubiese marchado tan pronto. Había sido una tarde diferente.

Aquel hombre era perfecto para su prima Pubenza.

Los encuentros secretos en el piso del Born se habían convertido en un ritual sublime de amor y piano. La enigmática atmósfera de aquel lugar producía en Andreu y Aurora un estado de plenitud al cual les era imposible renunciar. Era como si todo junto los invitara a no separarse nunca. Hacían el amor, lo deshacían y volvían a hacer, hasta que el tiempo se borraba de sus memorias y olvidaban sus nombres. Sus cuerpos encajaban como piezas perfectas de un todo. Para Andreu era una nueva forma de perderse en la piel de una mujer, porque lo que acariciaba ahora era algo que nunca antes había acariciado: la piel del amor. Sus almas florecían en cada cita. Eran estallidos de vida. Aunque Aurora mantenía la sombra de su incertidumbre, una fuerza la rompía y la empujaba a amarlo aun a su pesar.

Seguía visitando a Clemencia Rivadeneira a espaldas de Andreu, creyendo que, por encima de su Alzheimer, la única que podía sacarla de la gran duda era ella.

Ese lunes, en la residencia de la Bonanova los ancianos respiraban los aromas a cilantro, yuca y plátano que desprendían los hervores del sancocho de gallina que cocinaba Aurora. Todos querían una pruebita de esa peculiar sopa colombiana.

Clemencia se sentía privilegiada con aquellas visitas que rompían su rutina de la nada y la adentraban en retazos de recuerdos, devolviéndola, aunque sólo fuera por unas pocas horas, al calor de la vida. El sancocho era igualito que el que preparaba su abuela.

—Hum… Este sancocho me recuerda a la hacienda de mi abuela en Buga. ¿Sabes, mija, por qué cada bugueño tiene sembrado un papayo en el patio de su casa? —Aurora estaba acostumbrada a su sentido del humor. Eso quería decir que el sancocho iba por buen camino—. Para amarrar a su bobo… ja, ja, ja. No hay familia que no tenga uno.

Aurora rio con ella.

—Aquí nadie ríe, parecen muertos, por eso me gusta tanto cuando vienes. Me traes la alegría, Aurorita. ¿Cómo te va la vida?

Aurora bajó la mirada.

—¡Uy! Mala seña. Ojos que no miran… algo esconden.

—No quisiera molestarte, Clemencia, pero sólo tú puedes sacarme de mis dudas.

—Ay, mi amor, ¿qué puedo decirte yo, que dudo hasta de que estoy viva? Si no es por ti, no existo.

—Pero tú eres la única que guardas los secretos de mi madre, y si te vas, dime… ¿cómo podré saberlos?

—Si ella hubiese querido que los supieras, me lo habría dicho.

—A lo mejor olvidó hacerlo.

—Lo dudo. Tu madre siempre supo lo que hacía —le entregó el plato—. ¿Me pones otro poquito?

Clemencia se compadeció de Aurora, que acabó llenándole el plato y se lo pasó con tristeza.

—Bueno, no estés triste. Deberías alegrarte de que tu madre tuviera tan buena amiga. Te diré una cosa —volvía a comer—: Soledad y Joan se encontraron en Barcelona una tarde. Ella estaba recién llegada de Bogotá; se cruzaron en los almacenes El Siglo, una tienda que quedaba en la calle Pelai. Ambos iban acompañados. Tu madre con tu padre y Joan con una chica.

—O sea, que se vieron. ¿Y qué pasó?

—Bueno, ¿qué iba a pasar, si siempre se quisieron?

—Pues que volvieron a verse.

—No lo resuelvas tan fácil, mi niña. Eran otros tiempos… hum… ¿Dónde consigues este cilantro? —miró la hoja que nadaba en la sopa—. Sancocho que se respete lleva cilantro cimarrón. En mi casa se daban silvestres.

Aurora vio cómo los ojos de la anciana se iban en lontananzas.

—Ahora, no, por favor, Clemencia. No te me vayas.

Pero la mujer empezó a cantar:

—"¡Ay!, cimarrón, cimarrón, cimaroooón… ¡Corre hasta que se te salga el corazón!…".

—¿Volvieron a verse?… Dime, Clemencia, ¿volvieron a verse?

—Canta conmigo, muchacha… ¿Cómo me dijiste que te llamabas?

Aurora permaneció un largo rato esperando en vano a que la mujer regresara de su viaje al olvido, y finalmente decidió marchar.

De camino a su apartamento tomó la decisión de viajar a Colombia. Le diría que sí a Andreu.

En casa de los Sardá, Tita se había encargado de que todo pareciera normal y armónico, cuidando de que su padre no tuviera ningún motivo para llamarle la atención. Estaba segura de que entre los sirvientes había un topo que lo tenía al tanto de sus movimientos, pero no sabía quién era. Massimo di Luca había regresado eufórico de Estados Unidos; no se entrevistó con Gehry, pues en el avión conoció a un arquitecto barcelonés afincado en Los Ángeles que lo sedujo con su conversación de lujo y su magnífica obra. Llevaba un libro recién publicado que la contenía toda, incluida su espléndida casa a la cual lo invitó; así que decidió demostrarle a su amante que él también tenía iniciativa y buen gusto, desviando el pedido a aquel estudio. El arquitecto quedó fascinado con el proyecto del gimnasio y se comprometió a tener los planos al cabo de treinta días, fecha en la que Tita creía que podría escaparse unos días con su modelo sin levantar sospechas.

Cuando escuchó decir a su marido que tendría que ir en viaje de negocios a Sudamérica, su alegría se disparó. Haría coincidir el suyo, que no dejaba de ser también un viaje de negocios, con el de él. Así no tendría que inventarse coartadas ni mentiras. Desaparecería unos días en su propio e íntimo "balneario del amor". Viajaría a Los Ángeles con Massimo, después de darse una escapada con bronceado incluido por Saint Barth, la pequeña isla de superlujo en la que tantas veces había estado.

Cada vez que Aurora llegaba a casa de Borja, se sentía incómoda. Le había prometido a Andreu que seguiría dando clases a su hijo, sólo por amor al muchacho. Sin embargo, no era capaz de mirarlo a los ojos, pues un sentimiento de culpabilidad la paralizaba. Se sentía fuera de lugar, usurpadora de la paz de esa familia. La sensibilidad del chico había detectado su desazón y pensó que tal vez su profesora quería dejarlo, así que se deshizo en atenciones y en el cumplimiento impecable de las clases, con tal de que no lo hiciera. No quería a otra que no fuera ella; sus únicos momentos de felicidad los obtenía de aquellas clases.

Esa tarde los ojos de Aurora se habían encontrado con los de Tita, y ésta, tratando de hacerse la simpática, le había ofrecido un daiquiri y, desatinando y dándoselas de moderna, también a su hijo, gesto que ambos declinaron volviendo su atención a las teclas.

Por la noche, Tita le comentaba a su marido:

—Hoy he visto a esa insignificante profesora, ¿y sabes?, hasta pena me ha dado. Va tan mal vestidita, la pobre. He pensado regalarle algunos de los trajes que ya no uso.

—Ni se te ocurra. Esa mujer tiene mucha dignidad.

—Pero la dignidad no viste, querido. Por eso hay que simularla. Ja, ja. No me vengas ahora con discursos cursis, que no te van.

—Déjalo estar, Tita. Hoy no quiero pelear.

—Ni yo. ¿Y si jugamos un ratito a que nos queremos, mi "queridísimo" esposo?

—¿Y si nos dormimos y nos dejamos de farsas, "querida" Tita?

Entre las mantas, Andreu empezó a desarrollar una alergia al cuerpo de su mujer y a todo lo que emanaba de ella. El olor ácido de sus cremas faciales, su mareante perfume de Chanel, su respiración profunda, sus saltos de cama asquerosamente provocativos, su artificialidad de quirófano, la montaña de revistas de moda y corazón que se esparcían descaradas por toda su habitación, ya no los aguantaba. Si eso era odio... sí, empezaba a odiarla. De seguir así, pronto no podría ni acostarse en su propia cama.

¿Y si le proponía dormir en habitaciones separadas? O mejor aún, ¿en casas separadas? ¿Y si se separaban de una vez? Aunque no se imaginaba viviendo en otro entorno que no fuera el de la opulencia, comenzó a fantasear con la idea de vivir con Aurora en el piso del Born. ¿Qué pasaría si lo abandonara todo, nombre, dinero, prestigio y profesión, en aras de una fantasía? No, no podía ser tan idiota. Antes, le sacaría todo el dinero que pudiera a su suegro, y después, ya vería.

Emplearía su conocido virtuosismo empresarial, el que había deslumbrado a los Sardá, en montarse una estrategia impecable, de supervivencia abundante, como se merecía. ¿No les había hecho ganar tantos millones? Pues ahora les tocaba repartirlos. Volvería a hablar con su abogado. Le metería todo el cinismo de siempre, ajustando tácticas, marcándose una fecha y unos objetivos concretos, a lo que estaba dispuesto a renunciar y a lo que no, como si el dueño absoluto de la empresa fuera él. ¿Y todo, para qué? Para compartirlo. La vida en solitario no le interesaba nada, ya la había conocido, y de ella los únicos recuerdos que tenía eran los pastosos amaneceres acompañados de conocidas de una noche. Todo muy deprimente. Esa sería su tercera vida. La de verdad. Si iba a vivir con Aurora, lo haría con todas las comodidades, ofreciéndole un futuro al cual ella tenía derecho. No iba a permitir que se consumiera dando clases de piano. La convertiría en una concertista de lujo, a la altura de los mejores del mundo. A pesar de no haberlo hablado, estaba convencido de que ella debía estar pensando lo mismo; que fantaseaba con la idea de vivir juntos. Obviamente, no con las pretensiones de él, en eso eran marcadamente diferentes, pero sí con la ilusión limpia de su amor. Compartir los días, y sobre todo las noches, era ya una verdadera urgencia.

Sin decírselo, habían pactado no hablar nunca de sus vidas maritales en los pocos instantes que compartían; no valía la pena perder aquel maravilloso y restringido tiempo en airear las vergüenzas de sus respectivos desamores. Dos matrimonios iguales, salvando las distancias monetarias, en los que había brillado por su ausencia lo más importante: el verdadero amor. Ahora les había llegado el turno de ser felices, pero lo serían sin sacrificar lo material. Es más, potenciándolo.

Por su parte, Aurora, al igual que había hecho su madre en su día, trasladó temporalmente su dormir a la habitación de su hija con el pretexto de huir de los ronquidos de Mariano, que le impedían conciliar el sueño. De esta forma, los esporádicos y casi obligados encuentros sexuales entre ambos cesaron con el mutuo beneplácito, ya que la apatía de su marido en esos menesteres era bien conocida por ella. De todo esto, lo único que preocupaba a Mariano era que su hija pensara que podía existir algún distanciamiento o conflicto que pudiera llevarlos a una separación; algo que ni se contemplaba ni podía ser, pues la familia era la familia. Si bien era cierto que hablaban muy poco, para ser exactos, prácticamente nada, esto no era un problema; mientras cenaran unidos, la unidad familiar sería indivisible e indisoluble.

A Mar, el hecho de que sus padres no compartieran cuarto la había beneficiado. Tenía a su madre al lado para conversar y confiarle los cambios que, como adolescente, experimentaba. Al ser hija única, nunca había podido disfrutar de la compañía de una hermana, y ahora tenía nada menos que a su madre para hacerlo. Hacía días que ella la trataba de forma diferente, como si la presintiera más madura. Le hablaba del amor, del sexo, de la vida, de los hombres, de la búsqueda de la felicidad, instruyéndola en lo que vendría.

—Hija, antes de amar, vive.

—¿Qué quieres decir con eso, mamá? ¿Amar no es vivir?

—No sé qué contestarte, princesa. A veces creemos que el amor nos da la vida, y muchas veces lo que hace es quitárnosla.

—¿Lo dices por la abuela?

—Tal vez.

—¿Nunca has sabido por qué lo hizo?

—Todavía no, pero pienso averiguarlo.

—¿La extrañas?

—Mucho. No valoramos lo que tenemos hasta que no lo hemos perdido.

—¿Por qué nunca te he visto feliz, mamá?

—Soy feliz, mi vida, a mi manera.

—¿Quieres a papá?… Nunca os besáis, ni habláis, ni reís. ¿Es eso lo que debo aprender del amor? ¿Un silencio inexpresivo?

—No se puede forzar lo que no existe.

—Tú y papá… ¿no os amáis?

Aurora no respondió.

—Entonces, ¿qué hacéis viviendo juntos?

—Mar, aún eres muy joven para entender.

—Mamá, a veces se aprende más observando. No quiero tener un matrimonio como el tuyo. No quiero que mi esposo sea como mi padre. No quiero hacerles creer a mis hijos que soy feliz, cuando estoy más triste que la propia tristeza. No quiero ir golpeando las teclas de un piano en las madrugadas, si puedo abrazarme a quien amo.

Aurora la observaba con tristeza. Mientras ellos pensaban que lo hacían bien, su hija era testigo de todos sus desencuentros.

—¿Todavía sigues pensando que soy demasiado joven para entender, mamá?

La abrazó. Tenía que resolver su vida, por su bien y también por el de su hija.

En el desayuno, y después de algunos titubeos, Aurora les comunicó que al cabo de pocas semanas viajaría a Bogotá a resolver algunos asuntos que habían quedado pendientes tras la muerte de su madre. Sin levantar los ojos del bocadillo, Mariano se ofreció a acompañarla, puro formalismo sin contenido, y Mar le rogó que la llevara a conocer el país de su abuela, algo imposible por todas las razones.

Ya lo había dicho. Le sabía muy mal engañarlos pero, dadas las circunstancias, no tenía más remedio. A su regreso, tomaría la decisión de separarse, así fuera para quedarse sola con su hija y viviendo de sus clases de piano.

De pronto se le vinieron en cascada las reflexiones. ¿Y si Mariano ponía todos los impedimentos? No, no podría retenerla a la fuerza. ¿Y si no podía sostenerse sólo con sus clases? Algo saldría. Algún instituto o colegio que quisiera contratarla a tiempo completo. ¿Cómo sería esa vida en solitario? Igual que la actual, pero sin cocinar para Mariano. ¿Sería un silencio diferente del que ahora vivía acompañada? Sí, sería un silencio libre. ¿Qué pasaría con Andreu? Podía pasar de todo, siempre y cuando no fuera su hermano. ¿Eran hermanos? No, no podían serlo... ¿O sí? ¿Quién la sacaría de esa duda? Parecía que sólo Clemencia tenía la respuesta. Si no lo fueran... ¿Cambiaría en algo la clase de relación establecida o se quedarían en esa clandestinidad que empezaba a ofenderla? ¿Y si Andreu le pedía irse a vivir con él? ¿Sabría aceptarla con su hija? Esas eran preguntas de ingenua con síndrome de utopismo agudo. ¡Imposible! Nunca se lo había sugerido, ni siquiera en los momentos más íntimos en los que se habían sentido más unidos.

¿Cómo sería vivir juntos el resto de sus vidas?

El detective Gómez recibió la llamada de Andreu saliendo de la sede de la Generalitat, donde acababa de terminar sus indagaciones sobre la primera fosa común abierta en Cataluña. Se trataba de seis soldados republicanos y un civil, enterrados en la comarca de Osona. Allí lo pusieron al corriente de que el gobierno tenía localizadas más de ciento cincuenta fosas, fuera y dentro de cementerios, que podían llegar a albergar entre dos y ochocientos cuerpos, la mayoría de ellos de soldados y combatientes caídos en el derrumbe del frente de Cataluña en los meses finales de la guerra civil. Cada vez se convencía más de que el padre de Joan Dolgut podía estar en alguna de ellas. ¿Pero en cuál?

El planteamiento era reunirse con la persona contratada como su ayudante y que, durante su estancia en Priaranza del Bierzo, había ido preguntando casa por casa a todos los vecinos de la Barceloneta por el paradero de José Dolgut. Un anciano del geriátrico del barrio ya había confirmado que tenía algo que decirles, pero muy en secreto, pues aún creía que de eso no debía hablarse; lo único que lo motivaba a hacerlo en ese momento era su inminente muerte. No quería irse con ese secreto a la tumba.

En la conversación que sostuvo con Andreu, Gómez lo puso al corriente de todo, exagerándole como siempre las dificultades que había tenido para llegar hasta donde había llegado; asegurándole que, de todo ello, algo "bueno" saldría. Necesitaría más dinero pero, por lo demás, podía confiar como siempre en él.

Colgaron y quedaron de llamarse una vez el detective se hubiera entrevistado con el anciano, cosa que hizo de inmediato.

Llegó solo a la desvencijada residencia y, cargándose de paciencia, esperó a que la asistenta lo llevara hasta un encogido viejo que aguardaba en una banca, tiritando con los temblores de su avanzado Parkinson.

—Gracias por atenderme, señor Antonio. Verá, vengo de parte del nieto de José Dolgut. Averiguo sobre su paradero. Vamos… sobre el paradero de sus restos, pues a estas alturas…

La voz ronca del anciano pareció raspar las paredes desconchadas.

—Juré que nunca lo diría.

—Eran otros tiempos, hombre. Ahora todo está saliendo a la luz, ¿sabe?

—¿No será usted policía, verdad?

—¿Tengo pinta de eso? —lo miró sonriente, enseñándole una tarjeta que el viejo no quiso mirar—. Soy detective… pero de los buenos.

—En mis tiempos, esos sólo se veían en las películas.

—Cuénteme…

El anciano carraspeó, buscando en su memoria.

—Me cuesta hablar de esto —después de una larga pausa, volvió a hablar—: José Dolgut era republicano, como mi padre. Se conocieron en las reuniones del sindicato y, aunque no trabajaban juntos, se hicieron muy amigos. Creían en la República y lucharon por ella hasta el final. ¡Y cómo lo hicieron! Una madrugada, mientras dormíamos, vinieron por mi padre y por él; hacía poco que se había venido a vivir con nosotros. Los montaron a empujones en un camión... —sus manos empezaron a convulsionar descontroladas —: Se los llevaron a todos, amontonados como cerdos, al matadero... a la Arrabassada —explicó, y comenzó a gemir como un niño.

—Lo siento mucho...

—Siempre he tenido una pesadilla recurrente: aquella oscuridad desgarrada, mi madre gritando, yo agarrado a su pantalón, mi padre mirándome... Esa fue la última vez que lo vi.

—¿Y usted, cómo supo adónde los llevaron?

—Uno de ellos se salvó, aunque después apareció muerto en una esquina, de un tiro en la nuca. Alcanzó a contárnoslo todo, con el horror metido en los huesos.

—Continúe, por favor...

—Esa noche macabra, en la última curva de la carretera que lleva a Sant Cugat, el camión giró a la derecha hasta adentrarse en el bosque, seguido de un coche donde iban los verdugos... —el anciano miró a Gómez con sus ojos desteñidos—. ¿Sabe cuántas veces he hecho ese camino? Todos los domingos de mi vida. Tenían preparada una gran fosa, junto a un enorme cedro. El árbol todavía está vivo. Siempre hay flores, de familiares... otros que, como yo, saben pero callan. Fue lo que nos enseñaron: callar —bajó la voz—. En aquella explanada los hicieron bajar y ponerse de rodillas delante del agujero... ¡Qué humillación! En ese momento algunos trataron de huir, pero el único que logró hacerlo fue quien después nos lo contó. Se ensañaron con ellos... hicieron una carnicería. Los destrozaron a balazos... —el viejo lloraba a sacudidas incontroladas.

—Tranquilícese...

—¿Sabe cuántos años tenía mi padre? Treinta y dos. Un chaval... Me lo quitaron cuando más lo necesitaba.

—Escuche —el detective lo cogió de las manos—, vamos a recuperar esos cuerpos. Es lo único que podemos hacer. Darles una sepultura digna. De eso me voy a encargar yo. Si no le importa, me gustaría hacer un plano siguiendo sus indicaciones.

Gómez sacó su libreta y dibujó la carretera que iba de Barcelona a Sant Cugat. La conocía perfectamente porque algunas veces había subido para asistir con amigos a las romerías que la colonia andaluza de Cerdanyola celebraba en aquellos parajes.

Siguiendo las indicaciones del anciano, debía girar en la rambla Can Bell y continuar recto, hasta doblar en la primera calle de la derecha. Después de una bajada y una curva, se encontraría al fondo con una extensión plana y un cedro. ¡Lo tenía!

Guardó la libreta y abrazó al abuelo, prometiéndole que volvería.

—Ha sido muy valiente, señor Antonio. Ojalá hubiera más confesiones como la suya. Tantos muertos, que merecen todo nuestro respeto, podrían al fin descansar en paz. Este silencio "democrático" de tantos años da asco, ¿no le parece?

—¿Podrá ocuparse también de mi padre?

—Se lo prometo.

—Dígale a Joan que yo era muy joven, pero aún me acuerdo de él... de cómo tocaba el piano.

—Joan murió. Ahora sólo queda su hijo.

—Hemos venido a este mundo a morir, ¿se da cuenta, Gómez? Lo que pasa es que nos enteramos tarde... Dígale que su abuelo era un gran hombre.

Al salir de la residencia, el detective llamó a Andreu para darle la buena noticia. Ya sabía dónde estaba el cuerpo de su abuelo y necesitaba verlo para hablar de presupuestos y hacer las cuentas de lo que vendría. Habría que hacer una excavación de gran envergadura en las afueras de Barcelona. No podía adelantarle nada más por teléfono; el tema era lo suficientemente trascendente como para ponerse una cita. Lo tenía preparado y clasificado en carpetas, como le encantaba presentarlo; desde permisos obligados, gestiones y contactos políticos, personal cualificado, maquinarias que se necesitaban, hasta lo más importante: los costes aproximados, incluidos sus nuevos honorarios que había cuadriplicado con toda desfachatez, para llevar a cabo la exhumación del cuerpo de José Dolgut y de los dieciocho cadáveres enterrados con él. Sería la segunda fosa común de la guerra civil, después de la de Osona, que se exhumaría en Cataluña.

La noticia alegró tanto a Andreu que decidió re-unirse con él inmediatamente. Dejaría en marcha el proyecto, antes de viajar a Colombia.

En la calle Legalitat, una luz se mantenía encen-dida; salía de la habitación del inspector Ullada. En las últimas madrugadas había reemplazado la costumbre de mirar películas, por la de leer. Año-raba los encuentros con Aurora, su nuca de piel blanquísima, reclinada sobre el piano mientras las notas los envolvían; sus suaves cabellos suspendidos en la melodía y sus dedos como plumas sobrevo-lando el ajedrezado de las teclas. La última vez que habían hablado, ella le había pedido un tiempo para resolver temas personales pendientes, y Ullada se ilusionó pensando que tal vez esos asuntos no eran otra cosa que un posible divorcio. Como no podía verla, decidió empezar a leer el fajo de cartas que había tomado "prestadas" de la cómoda de Soledad Urdaneta; hacía más de un año que estaban en su poder, y aunque algún día pensaba devolverlas, creía que todavía no era el momento, ya que para que eso sucediera Aurora tendría que merecerlas. Lo de dejarlo plantado en los últimos meses, al filo de la incertidumbre, le había molestado, y mucho. Antes de desaparecer, podría haberle aclarado algo.

Las iba leyendo una a una, sin prisas, siguiendo el orden cronológico, repasando las frases, robando palabras, sintiendo el amor adolescente de Joan por Soledad; sus dificultades, las promesas, su angustia, la frustración... Esto era mejor que el cine, porque era la verdad verdadera, lo más romántico y triste que había sentido.

Las cartas habían sido escritas en Cannes y recibidas en Bogotá a finales del año 39 y a principios del 40, y de su tinta se desprendía posiblemente buena parte del comienzo de su historia de amor... El amor... Lo que él necesitaba, lo que más le gustaba, porque lo evadía de tanto tufo a muerte. Ahora él era Joan Dolgut, y Soledad se había convertido en Aurora Villamarí. Esas cartas amarillentas, de caligrafía antigua, le daban alas para soñar con su futuro, aparte de regalarle un nuevo oficio. Una cosa era ser inspector-sabueso de hechos malolientes, y otra, más inquietante, ser arqueólogo-espía de un amor perdido. Disfrutaba ocupando el lugar del enamorado, hasta sentir sus penas y alegrías como propias. En su fantasía nocturna se había ido convenciendo de que, tarde o temprano, él y la pianista se amarían. Empezaba a sentir lo mismo que sentía Joan al no ver a Soledad: sufrimiento.

La fotografía que había hecho retocar en la tienda de revelados, y que finalmente no había entregado a Aurora, reposaba aprisionada entre el vidrio y la madera de su mesa de noche; la había puesto allí para observar a "Aurora" mientras leía. Porque Aurora era idéntica a la Soledad del retrato. Porque Aurora se había convertido en su novia secreta.

Junto al montón de cartas, un sobre descansaba sobre la mesa de noche; era la autopsia de los ancianos que el día de su entierro no había entregado a Aurora. Aunque seguía guardando el informe y no había vuelto a repasarlo, en ese momento le interesaba poco; estaba cansado de leer ese tipo de historias. Fenómenos cadavéricos, disecciones, color de la piel, tamaño de los órganos; si había sido homicidio, arma empleada, orificio de entrada y de salida en caso de arma de fuego o profundidad del corte y daños en caso de arma cortopunzante… una lista inagotable de palabras frías que no parecían tener fin. Análisis de fluidos corporales, descomposición de la materia, fealdad nauseabunda… En definitiva, mucho tecnicismo y nada de romanticismo.

La guardaba porque revelaba una información que podría ser interesante para Aurora, y pensaba utilizarla como anzuelo y último recurso, en caso de que ella no quisiera volver a verlo.

Empezaba a impacientarse con tanto amor leído y tan poco practicado, pero algo le decía que tenía que esperar y a ese algo le había puesto una fecha: diciembre. El retorno a Aurora sería su regalo de Navidad. Por ahora le dejaría dos meses más, eso sí, llamándola de vez en cuando, para que no se olvidara de que allí estaba él, con su silencio respetuoso, esperándola.

Esa mañana, el inspector Ullada se durmió con una carta de Joan en la mano, soñando que Aurora corría a su encuentro; abrazándose a él hasta hacerle el amor en plena rambla de les Flors, delante de las estatuas vivientes que representaban el ángel y el demonio… en definitiva, el amor.

Despertó feliz.

A las diez de aquella misma mañana, en el apartamento del número 15 del Born, Andreu y Aurora ya andaban henchidos de piano y piel. Era la primera vez que se citaban tan temprano; después de haber desayunado sonata de amor en la cocina, sin más vestido que sus tazas de café humeante, hacían planes sobre su viaje a Colombia. Faltaban sólo cuatro días y aún debían decidir si de Bogotá irían a Cartagena de Indias, o si elegirían la zona del Quindío, con sus ríos revueltos y su aroma a café tostado. Para Aurora, lo importante era estar juntos; una vez hubieran pasado por Bogotá, donde esperaba encontrar la historia de su madre, lo que Andreu eligiera, seguro que estaría bien.

El día de la partida tuvo que convencer a Mariano de que no la llevara al aeropuerto; no sabría cómo comportarse delante de él, sabiendo que Andreu estaba cerca. Se despidió nerviosa de su marido, abrazó a su hija, sin parar de darle recomendaciones atolondradas sobre comida, mercado, deberes y temas que quedaban pendientes.

—Vete de una vez, mamá. Parece que te vayas para siempre.

—Es verdad, Aurora. Vete de una vez —le dijo Mariano.

El taxi arrancó en medio del tráfico habitual de una mañana de sábado.

Por su parte, Andreu no había tenido ningún problema para marchar. Estaba acostumbrado a que en sus viajes nadie lo despidiera. Tal como habían quedado, la esperaba en la sala VIP del puente aéreo, que a esas horas se encontraba prácticamente vacía.

La vio llegar con cara de adolescente desconcertada. Aurora nunca había puesto los pies en una sala así, y hasta ese momento desconocía que existieran, ya que el tema de las clases sociales nunca le había importado. Aunque se besaron con los ojos, evitaron hacerse juntos, por lo menos hasta llegar a Madrid, por si algún conocido los identificaba.

El viaje largo sería otra cosa; eran demasiadas horas para no compartirlas.

Uno delante del otro, esperaron hasta que finalmente el altavoz comunicó la salida.

Aurora llevaba en su bolsa de mano el diario de su abuelo, la dirección de la casa de Chapinero y de la antigua fábrica de cererías y jabones que había pertenecido a los Urdaneta, y antiguas fotos de la familia; ignoraba qué encontraría, pero sentía una curiosidad y un entusiasmo infantiles. Por fin iba a la tierra con la que tanto había soñado de pequeña; el país de donde le llegaba el dinero para continuar con su alegría, su piano.

El viaje lo hicieron en primera clase y sin más compañía que dos azafatas y un auxiliar de vuelo que se deshicieron en atenciones. Durante las nueve horas que duró el trayecto, hablaron, leyeron, se besaron, trataron de dormir en vano y, aprovechando esa soledad de altos vuelos, se tocaron y amaron entre las mantas, hasta que una voz les informó que en pocos minutos el avión tomaría tierra en el aeropuerto El Dorado de la ciudad de Bogotá.

Desde la ventanilla del avión, el paisaje de un verde imposible les floreció en los ojos. La sabana de Bogotá era una alfombra infinita de retazos esmeraldas que brillaban cobijados por un cielo azul subido, donde pastaban gordos animalitos de algodón, suspendidos en el aire… las nubes de las que Aurora tanto había oído hablar a su madre. Un país de colores vivos, que latía por fuera y recibía con su lujuria vegetal a quienes se atrevían a pisarlo.

Al salir, los sorprendió el barullo de familias aguardando impacientes la llegada de familiares, algunos con pancartas de bienvenida, otros con flores, serpentinas y pitos, y uno con mariachi en vivo y en directo. La destinataria de tan musical recibimiento era una chica morena y esbelta que regresaba de realizar sus estudios en Madrid. Aurora y Andreu terminaron contagiados de euforia extranjera, aprisionados entre trompetas, violines, bajos y charros, y entonces ella supo que las raíces de su alma también pertenecían a aquella tierra espontánea y vital.

Se hospedaron en la *suite* presidencial del hotel Casa Medina, bajo los cerros emblemáticos de la capital de Colombia. El hotel era una antigua casona, conservada con esmero, que olía a leña ardiendo y a rosas recién cortadas.

En la habitación los aguardaba la chimenea encendida, una botella de champán, la cama abierta y cubierta de cientos de pétalos rojos encargados desde Barcelona por Andreu, las cortinas cerradas, las velas encendidas y… *Tristesse* de Chopin, la música que salía como un susurro de los altavoces del equipo de sonido.

La bañera doble los esperaba caliente y perfumada. Sin pedirle permiso, Andreu levantó a Aurora en sus brazos, sumergiéndola entera… sin sacarle la ropa…

Así, como llegaron, vestidos de promesas, se hundieron en el agua a saborear lo que nunca habían saboreado: la delicia de saltarse todas las reglas del mundo. Durante el resto de la tarde, se empaparon de alegría, se amaron y ahogaron de amor entre el champán, el agua y las caricias que los redimían de todas sus culpas y temores.

Bogotá los esperaba… y ¡qué más daba! Primero estaban ellos.

A la mañana siguiente, después de una amante vigilia, repusieron fuerzas tomando un desayuno cien por cien colombiano, de chocolate santafereño, pericos, arepas y almojábanas; para Aurora era volver a la cocina de su madre; para Andreu, recrear sus papilas con manjares desconocidos. Tomaron un taxi y se dirigieron a la casa de Chapinero. En el camino, Aurora no pudo evitar emocionarse; se acercaban al lugar que tanto había anhelado conocer.

El barrio, que en sus historias su madre había descrito como un lugar de quintas de extensos jardines solariegos alejadas del mundanal ruido, donde en siglos anteriores un zapatero gaditano lo había hecho famoso por fabricar y vender chapines —un estilo de zapato cuya suela era de madera, de ahí su nombre, Chapinero—, se había convertido en un montón de calles repletas de vendedores ambulantes, edificios sin ningún estilo arquitectónico, tiendas y caos urbanístico.

¿Y las quintas? ¿Y la casa de su abuelo? En la esquina menos pensada, atrapado entre raíces de hiedras secas, hizo su aparición un viejo molino de viento despidiendo herrumbre y soledad. Algunas paletas torcidas colgaban de su engranaje de hierro, como la cabeza de un decapitado que el tiempo no lograba hacer caer. Despuntaba del interior de un gran jardín, increíblemente florecido de aves del paraíso y rosas salvajes. El taxi se detuvo frente al gran portal oxidado.

—Es aquí —les dijo el chofer.

—¿Está seguro? —preguntó Aurora, incrédula.

—Cómo no, señora.

Un letrero en la entrada rezaba: "Museo de los Sueños Imposibles." Debajo, en una pequeña placa de cobre renegrido, se leía en letras diluidas *Moulin de Rêves*, el nombre con el que Benjamín Urdaneta había bautizado hacía ochenta años, tras un viaje a las campiñas francesas, aquella casaquinta.

La vieja mansión parecía en su vejez implorar clemencia al dios del olvido.

Cruzaron la reja exterior con el corazón en un puño y se fueron acercando por el camino empedrado. Era sobrecogedor ver aquella obra imponente, de estilo puro, columnas dóricas, porche y suelos de mosaicos renacentistas, golpeada por tantos años de abandono. A la entrada de la casa, una pequeña caseta improvisada hacía las veces de taquilla; dentro, una mujer mal vestida vendía *tickets*.

Andreu y Aurora le compraron dos entradas y, sin mediar palabra con ella, entraron. Parecía absurdo que aquello fuese un museo de nada.

El gran pórtico, alfombrado de residuos de pétalos secos, daba paso al ingreso; en su interior, y a modo de altar, Joan y Soledad presidían la entrada. Era una vieja ampliación, magníficamente restaurada, de la fotografía que Aurora había encontrado en la trampilla del techo de la casa de su madre. Debajo de la foto, una inscripción: "Amor imposible. Joan Dolgut y Soledad Urdaneta. Cannes, julio de 1939. Este museo está dedicado a la memoria de cuantos creyeron en el amor, la vida y los sueños".

Aurora y Andreu se abrazaron frente a la imagen, compungidos. ¿Quién estaba detrás de todo aquello? ¿Cómo era posible que sus padres estuvieran expuestos en un museo de tales características?

Continuaron el recorrido, conducidos por la mujer que, una vez los vio entrar, había abandonado la taquilla para seguirlos. Eran los primeros visitantes de la semana… y del último mes.

Los fue llevando al interior del inmenso salón, vacío de vida pero lleno de recuerdos. Sobre una peana de mármol, se imponía la escultura de una hermosa niña en bronce, de cuya espalda nacían dos estilizadas alas. "*Vuelo imposible*. Margarita Luna. Bogotá, agosto de 1904. La niña que soñó volar, pero en su primer y único vuelo no alcanzó a elevarse a más de un metro".

A su lado, en la esquina de la sala, la foto de un niño junto a un caimán enseñando los dientes. "*Mordida imposible*. Alfonsito el Caimancito. El niño que se creyó caimán y, al no mudar sus dientes de leche, murió de hambre. Barranquilla, febrero de 1925".

De los personajes del salón pasaron a los cuartos que rodeaban el patio central; las heliconias se derramaban en cascadas naranjas y rojas sobre el suelo de los pasillos, compitiendo en belleza con los cientos de pájaros que invadían, como amos absolutos, toda la casa.

En cada habitación que entraban, hallaban más y más objetos imposibles, abandonados a la suerte de la inminente intemperie. Bicicletas sin ruedas, vasos sin fondo, libros sin hojas, un automóvil con ruedas cuadradas, velas sin mecha, camas pendiendo del techo, sillones sin sentaderos, mesas sin tabla, escaleras que conducían a una pared, espejos transparentes...

Al llegar casi al final de aquella exposición sin sentido, Aurora le preguntó a la mujer a quién pertenecía tan peculiar museo.

—Al Distrito Especial. La familia que habitó esta casa desapareció. Todos murieron, salvo una anciana que fue quien tuvo la idea de crearlo.

—¿De qué anciana habla? —preguntó inquieta Aurora, pensando por un momento que podría tratarse de su madre.

—Una viejita... solterona de toda la vida; parece que era la sobrina huérfana del dueño.

—¿Aún vive?

—Bueno... ¿si se le puede llamar vivir a mantenerse encerrada en una habitación donde no entra ni la luz... ni la sombra? Sí. Todavía vive, pero no habla con nadie.

—¿Se llama Pubenza...? La mujer de quien me habla, ¿se llama Pubenza?

—¿Cómo lo sabe?... ¡Ave María purísima! —se persignó—. ¿Es usted adivina?

Pubenza estaba VIVA. Aurora no podía creer que alguien de su pasado todavía existiera. Era su familia.

—¿Sabe usted dónde vive esa buena mujer?

—Cerquititica de aquí. Mire no más —les señaló una puerta que cerraba el final del corredor—. Si quiere verla, regáleme unos pesitos... Aquí, entre nos, de todo el museo es lo único interesante.

Andreu sacó varios billetes y se los dio a la mujer, sin siquiera mirar a Aurora. No iba a ser la falta de propina el motivo de no verla.

La taquillera los condujo hasta una estrecha puerta, que transpiraba olor a vejez helada, entre los agujeros del comején y el deterioro. Se detuvo delante tocando fuerte con los nudillos, mientras gritaba:

—¡SEÑORITA PUBENZA!... ¡SEÑORITA PUBENZAAA!... —les aclaró el porqué de los gritos—: Está sorda.

Del interior no se oía ningún ruido.

La mujer volvió a tocar, esta vez aporreando con fuerza la puerta, que desprendió polvillo de todos los orificios.

—¡SEÑORITA PUBENZAAAA!

Al otro lado, una voz cetrina contestó con desgana:

—¡Váyase!

—Vieja maleducada... —replicó bajito la encargada—. ¡TIENE VISITA!

—¿Cuánto les has pedido para mostrarme como si fuera una loca de circo, ah? ¿Crees que no me doy cuenta del negocio que haces conmigo...? ¡Majadera!

—¡QUÉ COSAS DICE, SEÑORITA PUBENZA!... NO SEA REMILGADA Y ABRA.

Pubenza permaneció en silencio un rato y finalmente se oyó el tintineo del manojo de llaves.

El olor decrépito y ácido de la anciana escapó por la puerta que empezaba a abrirse. Una atmósfera turbia de encierro y vahos corporales flotaba en el aire. Aurora y Andreu aguardaron en silencio su aparición entre la espesa niebla.

De repente, un cuerpo esquelético, forrado en traje negro, asomó a la puerta. Las sienes pálidas, chorreantes de venas palpitantes, enmarcaban unos ojillos escondidos entre pliegues de pergamino arrugado. El exiguo cabello enmarañado le daba un aspecto de loca callejera... un fantasma viviente.

Los miró sin verlos y empezó a cerrar. Aurora la detuvo.

—Espere, por favor.

—¿Quién es ésta, ah?... —la anciana entornó los ojos,preguntando a la taquillera por Aurora.

—QUERÍA CONOCERLA.

—Pues ya me vio —trató de cerrar de nuevo, pero Aurora volvió a hablarle.

—No quiero molestarla...

La taquillera la interrumpió:

—Si va a hablarle, hágalo fuerte, para que la oiga.

—DECÍA QUE NO QUIERO MOLESTARLA... SOY LA HIJA DE SOLEDAD, SU PRIMA.

La anciana miró a Andreu. ¿A quién le recordaba esa cara?

—Y éste... ¿a quién te me pareces? ¡Ay! Los años no perdonan —señaló a Andreu—. Tu cara se me hace conocida.

—HEMOS VENIDO DESDE BARCELONA EN BUSCA DEL PASADO.

—¿El pasado? Ése desapareció de esta casa. Aquí ya no hay nada que buscar; todo se lo llevó la tristeza. Lo único que queda es una foto... La de mi prima y su gran amor. Si no fuera por ese retrato, pensaría que ni siquiera existieron. A mi prima la perdí ese día. Lo que quedó de ella después de ese viaje fue su sombra.

Aurora sacó de la cartera la foto de Pubenza y Soledad, hecha en la terraza del hotel Carlton el día del cumpleaños de su joven madre, y se la entregó a la vieja.

—AQUÍ ESTÁS TÚ... —Aurora señalaba a la chica de hoyuelos que sonreía junto a su madre.

—Yo sin gafas no veo... y como no me queda nada por ver, pues no tengo gafas.

—PUBENZA... SOY AURORA. ¿MI ABUELO NUNCA TE HABLÓ DE MÍ?

—De ti no hablaba... Lo único que hacía era enviar dinero... para expiar sus pecados. La culpabilidad lo consumió.

La anciana Pubenza terminó abriendo la habitación, dejando pasar únicamente a Aurora.

—Tú, mala pécora de los demontres, no te atrevas a entrar —apuntó con su huesudo índice a la emplea-da—. Ni tú tampoco... —señaló a Andreu—, por si acaso, vigílala.

Antes de cerrar la puerta, Aurora miró de soslayo a su amante, quien con un gesto la tranquilizó.

La alcoba de Pubenza era un tejido desordenado de objetos rotos esparcidos por el suelo: vírgenes decapitadas, camándulas reventadas, cristos despegados, muñecos sin cabeza, cabezas sin cuerpos, porcelanas inglesas desportilladas, cubiertos de plata ennegrecidos, ropajes en desuso, baúles... Todo, amontonado en rincones, creaba un desconcierto opresivo. Las ventanas con vitrales de colores, que en otras épocas dejaban traspasar luces sonrosadas, ámbares y celestes de geometrías florales, estaban taponadas de cartones resecos. El polvo y las telarañas reinaban en toda la estancia, cobijados bajo una oscuridad reblandecida por dos cirios que amenazaban con incendiarlo todo de un momento a otro.

La anciana hizo sentar a Aurora junto a ella, en la vieja cama de bronce que había pertenecido a Soledad cuando era niña. Las sábanas raídas daban paso al algodón de un colchón que se deshacía.

—¿Conociste a Joan Dolgut? —preguntó Aurora.

—¿Queeé...?

—¿QUE SI CONOCISTE A JOAN DOLGUT? —gritó.

—Por mi culpa, tu madre se desgració. Si no le hubiera alcahueteado aquel capricho en Cannes... Aquel pobre muchacho no tenía la culpa de ser pobre... pero acabaron pagándolo los dos.

Aurora decidió no contarle que Andreu era el hijo de Joan, para no acabar de enredar la historia. Sin atosigarla a preguntas, la prima de su madre podría desvelarle aún más cosas. Dejó que continuara.

—¿Sabes que el muchacho vino desde Cannes a buscarla? En plena guerra y sin plata…, sabe Dios en qué condiciones. ¡Pobre! Mi tío lo mandó echar del país. Lo sacaron como a un delincuente, esposado y entre policías. Mi prima nunca supo que él había venido, yo no podía contárselo. Si lo hubiera hecho, me habrían enterrado con las monjas de clausura. Después me arrepentí, pero ya era demasiado tarde. El daño estaba hecho.

Aurora no quería interrumpirla por temor a que le sucediera lo mismo que pasaba con Clemencia Rivadeneira, así que decidió permanecer en silencio.

—Nunca me atreví a contarle todo lo que pasó en esos años. Ni siquiera cuando murió mi tío; fui una cobarde. Fue ella misma quien acabó encontrando, entre los papeles de Benjamín, las cartas que Joan le escribió en ese tiempo y que mi tío escondió durante toda su vida.

—¿DE QUÉ CARTAS HABLAS?

—Las cartas que Joan le escribió desde Cannes, cuando regresamos del viaje. Se habían conocido en un hotel.

—LO SÉ, PUBENZA —Aurora la cogió de las manos.

—Mi prima también llegó a escribirle algunas, pero mi tío las interceptó antes de que salieran de casa… sin que ella se diera cuenta. Tenía comprados a todos los sirvientes.

—Y… ¿VOLVISTE A HABLAR CON MI MADRE?

—Jamás. Nunca me perdonó. Nuestra amistad acabó en Cannes, el día en que Benjamín se dio cuenta de que Soledad se había enamorado de un pobre camarero de hotel; la peor ofensa que su hija le podía hacer. En parte, yo era la culpable de que hubiera ocurrido. Les di alas, para que fueran todo lo felices que yo no había sido… —escuchándola, Aurora pensó en su madre y en Joan, tendidos en el suelo de la cocina con sus trajes de novios, y una lágrima resbaló por su mejilla—. Mi tío me amenazó y yo caí en la trampa del miedo. Viví toda mi vida aterrorizada por sus gritos y sus continuas miradas vigilantes. Ni siquiera me liberé cuando murió; me había dañado para siempre. Lo que más me ha dolido en esta vida ha sido haber perdido lo único que tuve: el amor de tu madre.

De pronto, la mujer se quedó en silencio. Aurora puso su mano sobre su cabellera enredada y fue peinándola con dulzura. La viejita cerró los ojos para sentir sus manos y empezó a llorar desconsolada.

—Nunca nadie me había hecho esto… acariciarme.

Aurora la miró con los ojos anegados de lágrimas.

—Tienes unos dedos benditos, Aurora, como tu nombre. No tocan; irradian luz.

Continuaron en silencio. Pubenza recibiendo el amor de Aurora, y ésta, dándoselo a través de sus dedos. Cuando dejó de llorar, la viejita cogió las manos de la hija de su prima y las acercó a sus labios.

—Tienes manos de pianista… Joan era un gran pianista. Tendrías que haber escuchado las serenatas tan hermosas que le dio a tu madre. Siendo casi un niño, ya era un virtuoso de ese instrumento —suspiró hondo—.

Una sola semana, para recordar toda una vida. ¿Sabes qué canción le tocó de despedida, en pleno puerto y delante del barco? —Aurora la miró expectante—. *Tristesse*, de Chopin, la favorita de tu madre.

Tristesse, la sonata de Andreu y ella. La sonata que más alegrías le había dado. ¿Por qué tantos malabares del destino? ¿Su madre y Joan estaban vivos a través de ellos? ¿O era el amor de Joan y Soledad el que los había resucitado a ambos, que antes de conocerse vivían la vida sin vivirla?

Pubenza seguía hablando pero Aurora no la escuchaba, absorta en sus reflexiones.

¿Y si le decía que su madre había muerto con Joan? ¿Que a su manera… ahora estaban juntos? ¿Sería más dolor para aquella pobre anciana?

—No debí haber vivido nunca —la voz rugosa de Pubenza la hizo aterrizar de nuevo.

—No digas eso —le dijo Aurora, pero la anciana no la oyó.

—Hay vidas que no valen la pena.

—Todas las vidas valen la pena, aunque muchas se pierdan por el camino.

Pubenza seguía sin oír.

—A veces pienso que, si no me he muerto, es porque ya estoy muerta.

—O porque te queda algo por hacer.

—Ya no queda nada. Hace años que no hay nada…

Un silencio abatido se irguió sobre las dos. Después de intensos minutos de vagar en su memoria muerta, Pubenza volvió a hablar:

—Estoy cansada, muy cansada. Qué oscuro está. ¿Has apagado las velas?

Aurora sabía que, aunque gritara, la anciana no la oiría. Las llamas seguían iluminando la habitación.

—Dame un vasito con agua... o mejor, aflójame el vestido —después de desabrocharle algunos botones, continuaba pidiendo—: La ruana, mija, pásame la ruana, tengo tanto frío... —Aurora volvió a acariciarla. La anciana tiritaba, agarrada a sus brazos—. No te vayas...

—Estoy aquí, preciosa...

Aurora lloraba sobre el cuerpo consumido de Pubenza, que musitaba en un delgado hilo a punto de romperse.

—Ella... ¿Cómo está tu madre?

—Bien... ahora está con Joan.

Pubenza dejó caer su última lágrima y sonrió.

Aurora se quedó con su cuerpo en su regazo. Era su madre, su abuelo, su abuela, su historia... su pasado, lo que acababa de dormirse en sus brazos.

El silencio olía a despedida. No se movía, pero respiraba. Pasada una hora, volvió a escucharla.

—Ahora vete... Quiero estar sola...

Pubenza terminó vertiendo en su voz una nube de palabras, que acabarían por deshacerse en el aire turbio del encierro. Aurora quiso besarla, pero la anciana retiró su mejilla.

—¡Vete! Antes de que sea demasiado tarde para mí y empiece a quererte.

No era lo que esperaba. Desde la muerte de su madre, nada de lo que le sucedía era lo que esperaba.

Aurora se levantó a desgana, con los ojos lluviosos y la pena en el alma de ver una vida desperdiciada; sintiéndose impotente para devolverla.

—No te molestes en decir nada, mija. No te oigo. Cuando salgas, busca los pájaros; si puedes escuchar la libertad de sus aleteos, es que estás viva...

Al abrir la puerta, la brisa de los cerros secó sus lágrimas. Fuera, el aire suspiraba distraído. Buscó con la mirada a Andreu y lo encontró sentado en un destartalado columpio, entre racimos de rosas doblados de perfume. Se fue acercando, esquivando los abejorros que zumbaban excitados, hasta hundirse en su abrazo. No podía hablar, y él no quiso preguntar.

Abandonaron la casa, después de permanecer el tiempo que Aurora necesitó para asimilar la despedida. Lo que le había dicho la prima de su madre era cierto; en *Moulin de Rêves* sólo quedaban libres los pájaros, que en verdad no pertenecían a nadie... ni siquiera a los cielos. Las raíces empezaban a taladrar los suelos y las ramas, dando su abrazo mortal a los muros. Aquella quinta sin sueños agonizaba despacio... al igual que Pubenza.

Después de las intensas emociones de la mañana, Andreu y Aurora se recogieron en el hotel, más enamorados y unidos que nunca. Hablaron, especularon, se entristecieron por sus padres y llegaron a una hermosa conclusión: seguirían investigando, pero si el pasado no les contaba nada más, tenían algo maravilloso por escribir: su futuro. ¿Por qué se desgastaban tanto en algo irremediable y no descargaban sus fuerzas en lo venidero?

Estrenaron el atardecer amándose con ternura, como si temieran romperse entre las sábanas. Con gemidos de cristal, Aurora se abandonó a la lengua volátil de Andreu, que sobrevolaba los pétalos rosas de su sexo entreabierto; a los soplos suaves con los que los labios de su amante acariciaban su piel... tocaban sus diminutos pies... la comisura de sus pantorrillas... el dulce interior de sus muslos... la curva cerrada de su vientre... la punta empinada de sus senos. Un baile húmedo, de entrega lenta y suspiros saciados... regados por el amor de Andreu, que se derramaba líquido sobre su cuerpo sediento... dentro de su alma.

El cielo se había cerrado con una cortina metálica desatando su furia de piedras blancas. Una descomunal granizada golpeaba los cristales de las ventanas, contrastando con la delicada tibieza de los leños, que ardían en un silencio sellado por la plenitud de tanto amor amado.

Cuando salieron a cenar, la luna brillaba sobre una noche de cara lavada. Los suelos habían quedado sembrados de flores heladas que brillaban sobre el asfalto y la hierba. El tráfico denso se había derretido con el hielo, dejando las calles limpias de coches.

El chofer tomó la circunvalar y los dejó a los pies del cerro de Monserrate, donde tres horas más tarde volvería a buscarlos. Cogieron el funicular, que en diez minutos los hizo volar sobre los más de quinientos metros de espesura y vacío, hasta alcanzar los 3160; arriba los esperaban las estrellas y una vista deslumbrante de una Bogotá nunca imaginada. Andreu había reservado una mesa en el restaurante con las mejores vistas de la ciudad, pero antes quería decirle algo. A las puertas del santuario de Monserrate, se detuvieron.

Como si lo hubieran hablado muchas veces, le fue explicando cómo lo haría. Para finales de año, abandonaría su casa de la avenida Pearson y se iría a un hotel, todo bajo la supervisión y consejos de su gabinete de abogados. Estaba convencido de lo que sentía, y no quería perder el tiempo en una relación que no sólo le molestaba, sino que empezaba a detestar. No podía vivir más tiempo alejado de ella, pero necesitaba hacerlo bien. Tenían que romper la desgraciada cadena que había impedido a su padre y a Soledad amarse, y que ahora amenazaba con atarlos a ellos.

No tenía por qué preocuparse por nada, le dijo. Se haría cargo de ella... y de su hija. Al darse cuenta de que ni siquiera había pensado en qué opinaba Aurora, se disculpó y tomándola en sus brazos la colocó delante de la imagen de El Señor Caído, al que estaba consagrada la montaña.

—Esto que voy a hacer, nunca en mi vida lo había hecho; nunca con la certeza de lo que siento ahora.

La miró y un arco de amor los unió desde los ojos.

—Aurora Villamarí, ¿quieres pasar el resto de tu vida conmigo?

—Sí, quiero.

—¿Quieres verme envejecer; acompañarme en mis noches de insomnio; comprender mis silencios, mis enfados, mis alegrías, mis tristezas...; ayudarme a cerrar mis heridas pasadas; tocar para mí las sonatas de mi padre que nunca oí; acompañarme a hacer su duelo que nunca hice; perdonar mis equivocaciones y el no ser mejor persona de lo que soy?

—Sí, quiero.

—¿Quieres enseñarme a ver mi vida con tus ojos, mientras yo te enseño a ver la tuya con los míos?

—Sí, quiero.

—Aurora…, no te prometo felicidad todos los días de tu vida; si así lo hiciera, te estaría engañando. Pero sí te prometo que entre los dos podremos construirla día a día, desmontando nuestros errores para poner en ellos nuestros aciertos.

—No será fácil, ¿sabes? —lo interrumpió ella—. Y no es que quiera ser ave de mal agüero… pero antes tendremos que salvar obstáculos de tiempo; tal vez dificultades e incomprensiones de nuestras respectivas parejas —lo dijo pensando sobre todo en su marido—. Podremos incluso llegar a desesperar porque las cosas no salgan como las hemos planeado, y debamos modificar el camino, aunque no el destino final. ¿Estás preparado para todo ello?

—¿Estás preparada tú?

—Ya has visto que a todo te he contestado "sí, quiero"… Pero ¿podremos?

—El primer paso para poder es querer, mi niña bonita. Yo, en otros aspectos mucho más… llamémoslos triviales, lo he comprobado. Quise dejar de ser botones y convertirme en empresario, y lo logré. A costa de todo, incluso renunciando al amor —bajó la cabeza, avergonzado—. Era otro hombre, mezquino y calculador. Estaba perdido… hasta que me encontraste… Tú me salvaste.

—Yo no te salvé de nada. Te salvó tu padre, con su muerte. Nos salvaron ellos, Andreu.

Aurora pensó que se estaban saltando lo más importante: tener en cuenta lo que la vida ya había escrito. Faltaba comprobar su angustiosa suposición que, de ser cierta, rompería para siempre su sueño; por más que hiciera oídos sordos, esa verdad se levantaría como un impedimento desastroso.

—Te has quedado muy callada.

—Tengo miedo.

—Miedo… ¿de qué?

—De no poder, Andreu. De no poder…

—¿Sabes para qué existen los miedos? Para ser derrotados —Andreu la abrazó y su fino cuerpo desapareció en su pecho—. No te preocupes. Todo, escúchame bien, todo lo resolveremos.

Aurora bajó la mirada. Su mente había vuelto a jugarle otra mala pasada y en el momento menos apropiado, impidiéndole disfrutar de ese instante. Su verdadera preocupación, ese "todo" del que hablaba su amante, se refería a "eso", a lo que él ni imaginaba que, de ser cierto, sería imposible de resolver. Andreu le espantó el pensamiento.

—Si quieres, puedes besar al novio. Espera impaciente… —cerró los ojos y acercó la boca a sus labios.

Sellaron su compromiso con un beso íntimo, bañado de noche y luna, delante del vía crucis que representaba la pasión de Cristo; un recorrido que todos los domingos cientos de bogotanos hacían, tras subir el monte de rodillas, convencidos de que el milagro estaba en llegar a lo más alto, sufriendo.

No podía olvidar lo que había visto en el muelle de la Barceloneta. Por más que se esforzaba, Soledad retenía la dolorosa imagen de Joan Dolgut abrazado a aquella mujer. No lograba odiarlo, aunque quería. Ni siquiera podía serle indiferente el destino que su pianista hubiera tomado. Seguía enamorada, incluso más que antes; aunque lo había enterrado todo, el corazón no podía renunciar a llevarlo escondido. Muy a su pesar, estaba condenada a amarlo para siempre.

Jaume Villamarí empezó a frecuentar la quinta de Chapinero con cierta periodicidad, sin caer en el error de mostrar sus verdaderas intenciones. Siempre había una justificación. A veces eran las partidas de ajedrez con Benjamín, que empezaron como un pasatiempo hasta convertirse en verdaderas batallas donde apostaban lo inimaginable; otras, reuniones baladíes con algunos socios del Country, al calor de *whiskis* y puros, en las que terminaban inventando torneos de golf que nunca llegaban a realizarse. Incluso con sus discos traídos de España, Jaume llegó a aficionar a toda la familia Urdaneta Mallarino a escuchar ópera en casa, a excepción de Pubenza, que desde lo ocurrido en Cannes vivía encerrada en su habitación. Aquellas refinadas audiciones nocturnas, que tenían lugar en el gran salón de la casa, se extendían hasta altas horas de la madrugada, y sus arias de voces transparentes atravesaban paredes y muros haciendo florecer hasta los jardines del vecindario.

Soledad seguía pensando que aquel hombre de ademanes educadísimos era el novio perfecto para Pubenza. Quería que se la llevara de una vez de su casa para no verla nunca más; su prima le recordaba su felicidad y su infelicidad, su cielo y su infierno. Volvía a culparla de su desgracia. Si la hubiera ayudado, ahora Joan seguramente estaría con ella. Pero la había dejado sola en medio de su desamparo. ¿Dónde estaba todo el "amor de hermana" que decía tenerle, si cuando más la había necesitado le había dado la espalda? No pensaba volver a hablarle nunca.

Su madre hacía verdaderos malabares tratando de reconciliarlas, sin ningún resultado. Parecía que cuanto más insistía, más abismos las distanciaban. Un día, Soledad Urdaneta la amenazó:

—No sigas… o me perderás, mamá.

A partir de esa frase, Soledad Mallarino decidió ignorar que las dos muchachas no se dirigían la palabra, y enfiló toda su astucia a tratar de que su hija le viera las gracias al catalán.

—Un clavo saca otro clavo, Soledad.

—¿Otra vez con lo del clavo, mamá?

—Sigues siendo una niña.

—¿Porque no pienso como tú?

—El amor no es lo que ves en las películas. Hay que meterle cabeza, hija.

—Entonces, ¿para qué tengo corazón, ah?

—El corazón no te ha traído más que problemas… ¿No crees que ya es hora de que actúe la razón?

—La razón es fría, mamá. ¿Cómo puedes recomendarme eso? ¿De verdad quieres mi felicidad?

—Jaume Villamarí es una persona seria.

—Y yo también; por eso no quiero engañarlo.

—Te enamorarás de él.

—Imposible, mamá.

—Eso mismo dije yo de tu papá… y míranos.

—No me hagas reír. Si lo de ustedes es amor… prefiero meterme a monja.

—¿Y matarnos de pena?

—Sólo piensas en ti. ¿Alguna vez en la vida, tú y papá han pensado en mí?

Durante el año y medio que siguió, Jaume Villamarí discretamente pasó a ser uno más de la familia. Soledad Mallarino lo adoraba, Benjamín lo veneraba, y hasta los sirvientes empezaron a verlo como el yerno ideal del que tanto hablaba el señor. Siempre había para él un lugar en la mesa y, a pesar de su asiduidad, nunca llegó a hacerse incómodo para nadie. Ni siquiera para Soledad, que fue cogiéndole un auténtico cariño de hermano o tío, aunque eso sí, nunca de novio.

Tuvo que suceder un terremoto histórico, un rugido de odio y descontento que, como lava ardiente, arrastraría a muchos bogotanos, entre ellos a los Urdaneta Mallarino, para que Soledad, contra su voluntad y sin remedio, se enamorara del importador de telas.

Aquella madrugada del viernes 9 de abril de 1948, Soledad se despertó sobresaltada. Una pesadilla de sangre, imposible de recordar con nitidez, la tuvo deambulando entre dormida y despierta por el jardín. No sabía qué sentía, pero el aire premonitorio de desastre flotaba en la helada niebla del amanecer.

No pudo volver a conciliar el sueño, y después de ducharse a la ligera, trató de poner en orden lo que tenía pendiente para ese día.

Seguía haciendo sus recitales de iglesia y ahora ensayaba, con el coro de la de San Francisco, la gran misa de Haydn que estrenarían el primer domingo de mayo, para celebrar el mes de la Virgen.

Había tomado el tranvía contra la voluntad de su madre, que a pesar de saberla mayor, seguía tratándola como una niña y le insistía en que se dejara llevar por el chofer de la casa.

A esas horas, como de costumbre, aquella zona de la ciudad era una masa de bogotanos ilustrados y humildes que trataban, cada uno a su manera, de ganarse el jornal.

Cuando visitaba el centro se sentía parte de aquel bullicio; una más intentando vivir la vida sin ser vista ni juzgada. Le gustaba aquel anonimato de transeúnte perdida; sus omnipresentes padres desaparecían y, por algunos instantes, ella era la dueña de su desapasionada existencia.

Pasó la mañana encerrada dirigiendo el coro, cantando y ultimando detalles y escenografías para el gran día. No volverían a ensayar hasta dentro de dos semanas, y para ese entonces, ya no habría tiempo de modificar nada.

Cuando oyó las campanadas de las doce, las ignoró y no se movió del altar hasta convencer al párroco de cubrirlo todo, sagrario, cristos y santos, con una gran tela blanca para darle énfasis a la imagen de la Virgen la noche del concierto.

Salió de allí al filo de la una y tomó por la Séptima, mezclada entre la gente que a esa hora se dirigía a almorzar. Cuando estaba a punto de cruzar la calle, tres explosiones la aturdieron, dejándola paralizada. Frente al edificio Agustín Nieto, un hombre de abrigo y sombrero caía desplomado. Lo que había oído no eran explosiones, sino tres disparos. Acababan de asesinar enfrente de ella a un desconocido.

Un charco de sangre empezó a empapar el andén y un grito furioso rasgó en dos el aire de Bogotá:

—¡MATARON A GAITÁN!

Al cabo de unos minutos, la calle se había convertido en un hervidero de rabia e indignación. El herido de muerte fue trasladado de inmediato a la Clínica Central, mientras la turba enloquecida trataba de desplomar a golpes la entrada de la farmacia Nueva Granada, buscando alcanzar al asesino, que había sido capturado y se encontraba en el interior custodiado por algunos guardias, para lincharlo.

Lo consiguieron.

Los limpiabotas primero, y después toda la muchedumbre, lo apalearon, los unos con sus cajas de embolar y los demás a puñetazos y patadas, revolcándolo por los suelos. Aquel cuerpo ensangrentado, con la ropa hecha jirones, era conducido a rastras por el suelo de la Séptima, acompañado por el griterío que exigía su muerte.

Como surgidos de la tierra aparecían a diestra y siniestra hombres enardecidos, armados de machetes y sed de venganza, que se sumaban a la marabunta y destruían lo que encontraban a su paso. Soledad, paralizada de terror, había sido empujada por aquel río humano y trataba de alcanzar una salida sin resultados. Cuanto más trataba de alejarse, más dentro de la furia se encontraba.

Delante de sus ojos fue volcado el primer tranvía. A éste, se sumaron muchos más. A partir de ese momento, todo fue un caos. Las calles habían dejado de ser caminos para convertirse en muros humanos infranqueables.

Entre disparos de francotiradores que desde las azoteas trataban de alcanzar sus objetivos, cientos de manifestantes de toda índole prendían fuego a cuanto edificio gubernamental encontraban en su camino. Asaltantes hambrientos reventaban cristaleras y vitrinas, saqueándolo todo. El comercio estaba abierto a las riadas incontrolables que se hacían a joyas suntuosas, trajes ingleses, abrigos de piel, vinos exquisitos, *whiskis* irlandeses y electrodomésticos. El desconcierto era general, y el orden público brillaba por su ausencia.

Soledad, que se sentía perdida en medio de tanta rabia enardecida, trató de refugiarse en la primera iglesia que encontró, pero la halló saqueada, con sus puertas abiertas de par en par y sus cristos y sus santos mutilados, suplicando al cielo.

En medio de su aturdimiento, buscó el almacén de Jaume Villamarí, que se encontraba en plena Octava, y cuando llegó lo descubrió hecho añicos. Los escaparates, reventados a punta de botellazos y martillos, destilaban tufo a aguardiente y desquicio; las estanterías vomitaban retazos arrancados a la fuerza. En el andén, algunos cadáveres parecían dormir envueltos en banderas multicolores: las telas abandonadas. Rollos de sedas chinas yacían por los suelos, pisoteados y arrancados. Un maniquí desnudo colgaba de los cables de la luz.

Confundida entre los escombros y la muerte, Soledad buscó con sus ojos horrorizados en el interior abierto y se encontró con un hombre llorando en el fondo de la tienda: era Jaume Villamarí.

Sin saber si tenía alguna palabra, Soledad abrió la boca, tratando de llamarlo. No pudo. Se había quedado muda ante tanta desgracia presenciada. Su cuerpo temblaba de arriba abajo y por primera vez se dio cuenta de que llevaba el vestido destrozado y había perdido los zapatos en su huida. Se sentía absolutamente indefensa en una ciudad que en pocas horas había desaparecido, víctima de la más loca de las locuras: la rabia. Aquella Bogotá tranquila y perezosa, de chocolates calientes, tertulias y fatuidades, empezaba a llorar lágrimas de sangre.

En la quinta de Chapinero, los terribles acontecimientos del día se vivían con el alma en vilo. Algunas emisoras de radio, que habían sido tomadas por liberales, comunistas y gaitanistas, lanzaban todo tipo de proclamas falsas. En ellas se hablaba del triunfo de la "revolución" que había ajusticiado ejemplarmente a los responsables, empezando por el presidente Ospina Pérez y por Laureano Gómez, conservadores, cuyos cadáveres eran exhibidos en la Plaza de Bolívar. En estos comunicados, además, se incitaba a la gente a asaltar ferreterías para que se armaran de machetes, hachas y garrotes, y vengaran a su líder sacrificado.

Las noticias no podían ser más alarmantes. Se hablaba de una guerra de partidos donde el resentimiento social se había cobrado ya decenas de víctimas.

No habían matado sólo a un hombre. Jorge Eliécer Gaitán era el sueño de todo un pueblo; un liberal infiltrado en el corazón de los más débiles. Habían asesinado la esperanza de las clases obreras, que nunca habían sido tenidas en cuenta y aspiraban a vivir dignamente. Él era el salvador de los que no tenían voz. Loteros, voceadores, limpiabotas, sirvientas, choferes, taxistas, camareros, barrenderos, obreros, la clase de los invisibles, quedaban desorientados y perdidos en la jungla de la incertidumbre. Se les había muerto el padre sin resolverles el futuro.

Él era su caudillo, quien los sacaría de aquel anonimato servil y los encumbraría a la condición de seres humanos.

Se culpaba al gobierno de los conservadores, y la venganza se dirigía a todo aquello que representara el poder y la riqueza.

La anarquía y la violencia se habían instalado en el centro de Bogotá. Habían sido quemados y destruidos el Palacio de Justicia, la Gobernación, numerosos hoteles, edificios, iglesias y centros educativos católicos como el Palacio Arzobispal, la Nunciatura y la Universidad Javeriana Femenina.

En medio del salón, Soledad Mallarino y Pubenza habían encendido velas y rezaban el rosario frente a la imagen de la Virgen para que Benjamín y Soledad regresaran sanos y salvos. Desde que se habían producido los hechos, no habían recibido noticias de ninguno de los dos y ya empezaba a anochecer. A aquellas horas, la servidumbre había abandonado la casa para sumarse al grito de venganza. Se habían quedado solas y desprotegidas.

Los incendios se propagaban descontrolados, vistiendo de luto el cielo; el llanto de la noche empezaba a lavar los ríos de sangre en los que se habían convertido las calles del centro de Bogotá.

Benjamín Urdaneta, que en el momento de los hechos se encontraba en un distendido almuerzo de trabajo, vino a enterarse del asesinato a eso de las tres y media de la tarde. Lo supo porque ya no le fue posible llegar hasta la fábrica.

Una pandilla de maleantes, con botellas de *whisky*, banderas rojas y machetes en mano, se había interpuesto en su camino, impidiendo que su Cadillac continuara avanzando.

Al grito de "Oligarca, oligarca" empezaron a zarandear el coche hasta volcarlo, con él y su chofer dentro.

La chusma, enardecida por el alcohol, lo sacó a rastras de dentro, antes de prender fuego al vehículo. Aprovechando la confusión, el chofer huyó mezclándose entre la muchedumbre.

—¡Muerte al oligarca! —gritó uno de ellos mientras le lanzaba un escupitajo a la cara.

Benjamín había caído al suelo, víctima de una lipotimia acrecentada por el impacto del ataque. Al verlo desplomarse, el populacho enfebrecido lo creyó muerto y acabó rematándolo a patadas, no sin antes haberle robado cartera, reloj y cuanto pudieron arrancarle.

Había quedado gravemente herido; tirado en medio de la calle, indocumentado y desnudo. Sin sus signos externos, Benjamín Urdaneta era uno más dentro del reguero de cuerpos abandonados. A su lado, su Cadillac se había convertido en un amasijo de hierros humeantes.

Algunas horas más tarde, en el desamparo de esa noche lluviosa, su cuerpo fue llevado al anfiteatro, junto con los muchos cuerpos que las autoridades encontraron desparramados por los suelos.

Después de cinco rosarios completos, ni Soledad aparecía ni Benjamín daba muestras de vida. Pubenza y su tía, más que preocupadas, empezaban a estar angustiadísimas. En la sede de Jabonerías y Cererías Urdaneta no contestaban. Se habían cansado de llamar y llamar, sin resultados.

Mientras ellas trataban de comunicarse, dentro de la inmensa fábrica se vivía un espectáculo dantesco. A la luz de los acontecimientos, sus obreros se habían amotinado y destruían enloquecidos cuanto material encontraban. Al cabo de escasos minutos, aquella extensión de muros, maquinaria, parafina, plásticos, aromatizantes, cajas, disolventes, alcoholes y toda clase de material altamente inflamable, ardía.

El incendio se propagaba a una velocidad aterradora, y la manzana, ocupada en su totalidad por la edificación, se había convertido en una masa de fuego que amenazaba destrozar todo el barrio. Delante de los operarios desaparecía lo que había sido, durante largo tiempo, un símbolo de opresión y explotación obreras. Con este acto, vengaban los sueldos miserables que durante años habían recibido de Benjamín Urdaneta, quien, abusando de ellos, se había enriquecido a su costa. La muerte de Gaitán no había sido en vano: los redimía de la opresión de un "cerdo oligarca" a quien detestaban por despótico y cruel.

Jaume Villamarí y Soledad Urdaneta no habían podido llegar hasta Chapinero, pues Soledad se había empeñado en ir hasta la fábrica y buscar a su padre. Las calles empezaban a ser imposibles de transitar sin caer en el peligro de recibir una bala perdida. Desde azoteas y balcones, los francotiradores disparaban a ciegas. El centro estaba en llamas, y entre los escombros de automóviles y tranvías volcados, se improvisaban barricadas. Los muertos en las calles empezaban a ser incontables.

Poco antes de las diez, y en medio de una lluvia torrencial, lograron llegar al lugar.

La mole renegrida todavía ardía, con el letrero agonizante a punto de caer.

—¡Dios mío! —gritó Soledad—. ¡PAPÁ!

Jaume la tranquilizó, ofreciéndole su abrazo cálido. Durante algunos minutos, presenciaron espantados el triste espectáculo.

—Seguro que tu padre está bien... —le dijo Jaume sin tenerlo muy claro—. Deben estar preocupados por ti...Vamos a casa. Se te ve agotada.

Durante horas caminaron abrazados, envueltos en el olor aterrador de la muerte que pisaban y en el silencio que, de cuando en cuando, se rompía por algún disparo suelto. La ciudad humeaba.

Pasada la medianoche, llegaron al portón de *Moulin de Rêves*.

Al verlos, su madre enloqueció de alegría. Ahora, sólo faltaba que regresara Benjamín.

Pero Benjamín no había podido regresar.

A la mañana siguiente, en lugar de en su cama de lino, despertó en calzoncillos rodeado de muertos pestilentes a chicha y a *whisky* robado. Tenía rotas la nariz, las costillas y quién sabía qué más, pero estaba vivo. Se encontraba sin poder moverse, en el anfiteatro de no sabía qué lugar, en medio de cadáveres ensangrentados que iban a ser sepultados en una fosa común.

Se salvó de puro milagro. Cuando estaban a punto de evacuar los cadáveres, lo oyeron gemir.

Durante varios días estuvo luchando entre la vida y la muerte, pues las patadas recibidas le habían destrozado parte del hígado; pero se salvó.

En el largo período de convalecencia, Jaume Villamarí se convirtió en el hijo que tanto había anhelado, encargándose de proteger a su familia y restablecer el orden en la quinta, lo poco que de su fortuna aún se mantenía en pie.

Le quedaban sus fincas, sus ahorros clandestinos, el capital que tenía en el banco, su orgullo pisoteado, pero el desastre le había decapitado la decencia.

Estaba mayor, deprimido, menguado y sin fuerzas para emprender ningún proyecto. Sumando sus haberes podrían vivir dignamente, sin estridencias.

El año después del gran desastre fue para la familia Urdaneta Mallarino una cura de humildad. Lentamente se vieron obligados a prescindir de lujos superfluos, fiestas sin sentido y reuniones pueriles. Los juegos de canasta y *bridge*, a los que Soledad Mallarino era asidua, se acabaron por culpa de las habladurías de las señoras que los compadecían y los trataban como pobres, aun sin serlo. Los partidos de golf dejaron de importarle a Benjamín, ya que su cuerpo había quedado seriamente deteriorado y cualquier caminata lo dejaba exhausto. Las tertulias de *whisky* y puro, dada la delicadeza de su hígado, desaparecieron. Pubenza se encerró definitivamente en su silencio, dedicándose en cuerpo y alma al jardín y a los rezos compulsivos. Soledad, que mantenía su voz nítida, salvada incomprensiblemente de sus penas, siguió cantando y dirigiendo cuanto coro y misa aparecían en su camino, sabiendo que nunca olvidaría a Joan... Sabiéndose ausente de la vida para siempre.

Jaume Villamarí, que había perdido su gran almacén, seguía importando telas para la pequeña tienda que le quedaba. Sin embargo, todo había cambiado. Aquella Bogotá que soñaba convertirse en capital de lujo, a la manera europea, se estancaba en el germen que había florecido aquel 9 de abril: la violencia. Las pompas, los despilfarros, las fiestas suntuosas quedaban opacadas por un ambiente turbio de dudas y politiquería. Su futuro en aquel país, que tan bien lo había acogido, empezaba a dejar de ser un sueño. Todavía tenía una pequeña fortuna, que pensaba emplear en crear la familia con la que siempre había soñado y que el destino se había empeñado en negarle; su nacionalidad española, que podía devolverlo a un continente culto que añoraba; y lo que quedaba de su abuelo en Barcelona: un ático fastuoso en el paseo de Colom. Eso fue lo que le ofreció a Soledad el día que se envalentonó y le pidió en matrimonio.

Pero ella no aceptó a la primera. Tuvieron que interceder su padre, su madre y las circunstancias.

—Por el bien tuyo y el de la familia, debes aceptar, hija. Ahora yo no puedo buscarte un pretendiente mejor. Este hombre cuidará de ti… Es lo máximo que podemos pedir. Nosotros ya no somos lo que éramos.

—Tu padre tiene razón, hija. No te faltará nada —Soledad Mallarino bajó los ojos—. Aunque para nosotros será un sacrificio tu vida en Europa, ahora ya no estamos en condiciones de elegir.

Desde su regreso de París, Soledad se había acostumbrado a la presencia de Jaume Villamarí. Le tenía un cariño y respeto inmensos; era una persona pausada y pacífica que no buscaba otra cosa que hacer felices a cuantos lo rodeaban. Después de lo sucedido el 9 de abril, se había creado una amistad sincera entre ambos. Él entendía sus estados de ánimo y no la atosigaba a preguntas si de repente aparecían sus nostálgicos silencios, que obedecían a su herida de amor incurable. Se sentía más protegida por él que por su propio padre. A pesar de haber notado sus miradas profundas que derramaban amor, de ninguna manera la incomodaban, pues sabía darles la medida exacta. Algunas noches la llevaba al teatro a escuchar zarzuelas, o al cine, sin excederse en sus galanterías. Aunque era verdad que no le provocaba ningún tipo de pasión, empezó a pensar que la vida con Jaume podría ser el discurrir tranquilo de un río sin rápidos. Como estaba mutilada para la pasión y lo único que le quedaba para dar era cariño —tal vez lo que él también sólo sabía dar—, le dijo que sí.

Al enterarse de la noticia, Benjamín Urdaneta y Soledad Mallarino enloquecieron de alegría. Olvidando sus recientes restricciones, empezaron a planear la boda con todos los lujos. Emplearon sus contactos más selectos para que fuera el propio cardenal, acompañado por una corte de sacerdotes cercanos a la familia, quien los casara.

Benjamín recuperaba para la ocasión sus alientos perdidos. Volvería a pertenecer a la sociedad, y les regalaría la mejor fiesta que hubiesen visto en su vida, pues no escatimaría en nada.

El enlace se celebraría en la Catedral Primada de Bogotá, como siempre había deseado. Haría lo que fuera necesario para que aquella ceremonia se convirtiera en todo un acontecimiento social; invitaría a la flor y nata de la sociedad bogotana… hasta al presidente de la república. Contrataría el coro más refinado y la orquesta más virtuosa, para que aquella noche la iglesia fuera un paraíso de cantos celestiales. Arrasaría con los campos de flores de toda la sabana y con ellas haría una alfombra, para que su hija no llegara a pisar el suelo. Aquellos que después de su desgracia le habían girado la cara volverían a mirarlo con admiración y respeto. Las páginas sociales de todos los diarios se harían eco de tan espectacular enlace; incluso la revista *Cromos* publicaría un especial de la boda con fotos a página entera.

La fiesta estaría presidida por un suntuoso banquete en los salones del Hotel Granada, y a ella acudirían no una, sino las tres orquestas más en boga.

Mientras Soledad era agasajada con despedidas de soltera de tés interminables y se preparaba para la boda asistiendo a las pruebas de su traje de novia, Joan Dolgut ya había contraído matrimonio.

Después de enterarse de que Soledad lo había buscado en Barcelona, durante algunos meses le fue escribiendo cartas que daban rienda suelta a sus sentimientos más apasionados, enviándolas a la dirección que se sabía de memoria. Aunque dudaba de que le llegaran, ya que estaba convencido de que serían interceptadas por su padre, quería dejar constancia de cuánto la había amado.

Una vez acabó de frustrarse de nuevo y para no morir de amor, decidió dejarse amar por Trini.

Se casaron en la sacristía de la iglesia de San Cucufate, de la calle Princesa, con dos testigos mudos y sin luna de miel. El sueldo no les daba para más.

Con todo el dolor del alma, Joan se había visto obligado a renunciar a su trabajo de pianista, porque aquel dinero no le alcanzaba para mantener una familia. No quería que su mujer siguiera limpiando los pisos de nadie, y necesitaba comprar una vivienda donde meterse.

Terminó trabajando en un taller de carpintería en la calle Pallars tocando pianos, pero ya no sus teclas, sino las láminas de madera de lo que serían los armazones.

Su vida fue tornándose rutinaria y sin brillo. Sólo la alegría de Trini hacía que de repente recordara que todavía vivía. Se había vuelto de poquísimas palabras, y en el barrio no entendían cómo una mujer tan salerosa podía vivir con alguien tan triste.

Mantenía sus visitas al rompeolas, y allí volvía a revivir lo que se había evaporado de su vida. Algunas veces se arrepentía de no haberse lanzado al mar la tarde en que había estado a punto de hacerlo. No le encontraba sentido a nada. A las pérdidas de su madre, de su padre y de Soledad, ahora sumaba la de su piano. Nada podía ser peor.

Sentía que traicionaba el amor de Trini por no poder amarla como ella merecía, con todos los ímpetus de su juventud, pero no podía. Y lo más grave era que ella así lo percibía. Continuamente le preguntaba si no la encontraba atractiva, si no quería hacer el amor porque no quería tener hijos, si no esto, si no lo otro… Ante tantas preguntas, él prefería huir.

Seguía componiendo sonatas, todas ellas melancólicas, y a pesar de escribirlas, nunca las interpretaba. Creía que si volvía al piano recordaría aún más a Soledad. Todavía mantenía su secreto de amor y no pensaba revelarlo nunca a su mujer, sobre todo para no herirla. Le estaba inmensamente agradecido, pues veía cómo se esforzaba en hacerlo feliz. Lo mimaba cocinándole sus platos favoritos, poniéndole música, peinándole los cabellos, cuidándolo a veces como a un niño… Tratando de resucitarle el alma sin conseguirlo.

La tarde del 7 de mayo de 1950 Joan Dolgut la recordaría para siempre.

Estando frente al rompeolas, con su cuaderno de música, un viento huracanado le estalló en la cara empujándolo al suelo. El mar estaba arrugado como nunca y salivaba aliento de rosas. Hacía años que no sentía aquel perfume. Era el mismo cambio de aire que sólo había experimentado junto a Soledad. Sin embargo, esta vez la brisa llevaba mezclado en su trasfondo el olor nauseabundo de la muerte. Aquel aroma alborotado a rosas estaba avinagrado por la desgracia. Le pareció ver flotar entre las olas una novia de encajes blancos que desaparecía en medio de un vómito espeso de despojos marinos, y una corazonada le apagó de un soplo mortal la última sonata que estaba a punto de acabar. A partir de ese instante, Joan nunca volvería a escribir ninguna más. Se había quedado seco.

Sin entender por qué, supo con la certeza inequívoca del amor perdido que Soledad ya no era de él.

Ese 7 de mayo de 1950 también sería inolvidable para Soledad Urdaneta. El día de su fastuosa boda, un cortejo fúnebre le impidió llegar a tiempo a la iglesia. Mientras los invitados murmuraban especulaciones de último momento y Jaume Villamarí desfallecía en el altar pensando que Soledad se había arrepentido a última hora, el coche de Benjamín Urdaneta aguardaba. El tráfico se había detenido, dando paso al desfile ennegrecido.

El olor a incienso, el murmullo de rezos y camándulas, y los lamentos de la interminable procesión de deudos se habían colado en el coche nupcial, marchitando el ramo de azahares de la novia y su dudosa alegría.

Había muerto una hermosa joven.

La carroza mortuoria, tirada por seis caballos retintos, desprendía a su paso cientos de pavesas; minúsculas flores negras que profetizaban tristezas. Aquel encuentro sería más que un hecho fortuito. Sin poder evitarlo, un presagio de muerte en vida acompañaría a Soledad Urdaneta hasta el altar y le haría decir el "sí" más triste que había pronunciado en su vida.

A la salida del templo, y ya convertidos en marido y mujer, fueron bañados por una nube de cenizas que enlutó el traje blanco de la novia, convirtiéndola en la novia negra de todos los diarios.

Regresaron de Colombia más unidos y enamorados que nunca. Andreu Dolgut y Aurora Villamarí permanecieron en Bogotá sólo lo justo; una vez visitado el lugar que tiempo atrás había albergado la fábrica de Jabonerías y Cererías Urdaneta, donde ahora se levantaba un gran centro comercial, se dieron cuenta de que su tiempo como buscadores de pasado había acabado y empezaba el tiempo de los dos.

En Barcelona los esperaba una realidad que, si no la modificaban ellos, se quedaría como estaba.

Después del viaje, lo primero que hizo Andreu fue reunirse con sus abogados y encargarles formalmente su caso. Su divorcio se había convertido en un objetivo de primer orden.

—Cuando se negocia, tú lo sabes mejor que nadie, hay que tener fuerza, Andreu —le dijo uno de ellos.

—Y tal como están las cosas, con aquellas capitulaciones firmadas, de tu divorcio no sacarás ni un duro —remató el otro abogado—. Necesitas tener un as en la manga.

—¿Y la infidelidad de mi mujer?

—¿Tienes pruebas?

—Ninguna. Pero yo la vi con mis propios ojos salir de un edificio y despedirse de su amante.

—¿Puedes probarlo?

—¿Quieres decir… si tengo fotos o un video, o alguien que pueda atestiguarlo?

Los abogados asintieron.

—No.

—Pues sin pruebas, no tienes nada. Si te vas por las buenas de la empresa, te irás prácticamente con las manos vacías… Y si te despiden…

Andreu lo cortó en seco:

—No me lo digas. Con mi contrato de alta dirección sólo me darían seis días por año trabajado; una miseria. Ni hablar. Quiero las acciones a las que tengo derecho.

—Dadas las circunstancias y con quien te enfrentas, lo mejor que puedes hacer ahora es conseguir unas pruebas contundentes. Se llama chantaje, querido amigo. A los que van de apellido, cuanto más suena más les duele el escándalo.

—¿Crees que podrías conseguirlas? —preguntó uno de ellos—. Podríamos ayudarte. Tenemos…

Andreu lo interrumpió:

—De eso me encargo yo. Conozco un detective que ya me ha hecho algún trabajo y lo hace bien.

Sólo salir del edificio, Andreu llamó a Gómez. Se verían en una reunión de emergencia esa misma tarde.

Se encontraron en el interior del bar Sandor, en la esquina de la plaza de Francesc Macià. En las últimas semanas, el detective había ido avanzando todo lo que concernía a la exhumación de los restos de José

Dolgut. Había visitado varias veces el lugar con los expertos en excavaciones, quienes habiendo analizado el terreno y calculado las dimensiones, le habían hecho un estimado de la operación. Faltaba el permiso del gobierno, pero estaba convencido de que si Andreu lo financiaba todo y hacía la petición personalmente, no tendría por qué haber dificultades.

—Lo del permiso de la Generalitat lo pongo en marcha inmediatamente, Gómez. Quiero felicitarlo por su eficiencia, ¿y qué mejor felicitación que encargarle otro caso?

—Señor Andreu, usted sabe que puede contar conmigo para lo que sea… ¿Algún contratiempo en su empresa? —por un momento, el detective pensó que entraría en el negocio del espionaje industrial.

—No, Gómez. Quiero que con este trabajo se luzca. Si lo hace bien, es posible que empiece a plantearme contratarlo en la empresa. Ahora lo necesito para que me consiga las mejores pruebas… no escatime en gastos. Quiero videos, fotografías… Si tiene que alquilar por días algún piso para situarse en el mejor lugar…

—De verdad, me tiene intrigado, señor Andreu. ¿De qué se trata?

—De infidelidad. Mi mujer… necesito que la coja in fraganti. Quiero que averigüe el nombre de su amante, su ocupación, su estado civil, pero sobre todo que consiga unas imágenes comprometidas… ya me entiende, Gómez —lo miró remarcando la intención—. Si lo hace bien, le compensaré… Usted me conoce…

Andreu le dio la dirección del piso del amante, la de la torre de la avenida Pearson; el modelo del coche de Tita, su matrícula, varias fotos de ella en el último verano y con sus últimos retoques de quirófano, todo para que empezara cuanto antes.

De ninguna manera quería que abandonara los trámites de su abuelo, pero tenía que ponerse en marcha inmediatamente. De su agilidad dependía el recibir un mayor beneficio metálico.

—Concéntrese, Gómez. Y empiece ya. Aquí tiene, para que se le abra el apetito.

Andreu sabía cómo incentivarlo; sacó del bolsillo de su americana un sobre repleto de euros y se lo entregó. Gómez zanjó la conversación, como siempre hacía cuando le encargaban un caso.

—Confíe en mí, señor Andreu. A nadie ha defraudado Rigoberto Gómez. Detective de familia, infidelidades, asuntos legales, sucesiones, plagios…

—Gómez, pare ya. ¿Hasta cuándo me va a soltar el mismo rollo?

El detective se permitió una sonrisa antes de marchar, que Andreu le devolvió.

En el piso de Pedralbes, Massimo di Luca y Tita Sardá revisaban los planos que habían traído de Los Ángeles. Los días en Saint-Barth y luego en California habían sido espléndidos. El proyecto del gimnasio era una auténtica maravilla de lujos y comodidades exquisitos. La fachada de titanio tenía un toque gerhyano, pero se distanciaba del estilo del arquitecto americano en que las formas, en lugar de ser onduladas, eran marcadamente angulosas. La obra tardaría dos años. Ahora faltaba lo más importante: la aprobación del padre de Tita.

—No te preocupes, *amore* —le dijo ella, mordisqueándole la oreja—. Ya verás como todos te aceptarán. Tienes tanto *glamour*... eres tan *cool*...

—*Diavoletta mia*... —Massimo se abalanzó apasionado sobre ella, reventándole la camisa; los botones saltaron por el *parquet*.

—Qué violento eres... Hum... sigue, malvado...

—¿Te gusta así? —el italiano le arrancó el pantalón de un tirón y la arrinconó contra el gran ventanal del salón.

Al otro lado, desde el edificio de enfrente, el primer clic...

Tita jadeaba. Se había quedado en bragas y sujetador. Las manos de Massimo levantaban con fuerza los extremos de su tanga, consiguiendo que ésta se metiera entre su sexo hasta hacerla mojar... Clic...

La tanga se metía y Tita gemía... Zoom y clic...

Hasta que Massimo se quedó con dos jirones negros en las manos... Clic...

El italiano la puso de cara al cristal y desde atrás la fue embistiendo... Enfoque a rostro y clic...

Los senos de Tita se bamboleaban aguantados por el sujetador a punto de caer. Los pezones se desbordaban erectos... Clic...

Cambio de posición.

De estar de pie, ahora Tita era sometida a ponerse de rodillas...

—Bruto... eres un bruto maravilloso...

—De rodillas o te castigo —Massimo sacó un pequeño látigo con empuñadura de cristales que brillaban con los rayos del sol.

—Castígame, demonio —Tita se había puesto a cuatro patas.

Massimo le dio en las nalgas… Clic, clic…

—Así, *amore*. Así… —Tita gritaba enloquecida.

El amante, de rodillas, le introducía toda su fuerza… como un potro salvaje… Clic…

Una y otra vez… Clic, clic…

Hasta quedar exhaustos en el suelo, el cuerpo de él sobre la espalda de Tita. ¡Clic! ¡Clic! ¡Clic!

Las tenía. Gómez había ido capturando toda la secuencia sexual desde su cámara digital, y además la había grabado en un video colocado sobre un trípode. Sólo habían pasado diez días desde el encargo y ya tenía un jugoso material. Había sido facilísimo. Andreu lo felicitaría, y eso significaba más euros en su bolsillo y un porvenir en el espionaje industrial, en una de las mejores empresas catalanas.

Corrió a prepararlo todo, ampliaciones y copias en papel desde su computador y en DVD, por si acaso Andreu quería verlo en pantalla panorámica… y ponerse cachondo, tal como él se había puesto mientras los fotografiaba.

Andreu y Aurora habían pactado no volver a verse hasta tanto no hubieran solucionado sus temas maritales y, aunque se echaban de menos con íntima urgencia, lo cumplían a rajatabla.

A Aurora le estaba resultando muy difícil plantearle a su marido el tema de la separación, y no porque él siguiera enamorado, pues ambos estaban convencidos de que el amor hacía rato que se les había largado, cansado de vivir entre tanta rutina. El tema fundamental era otro. La familia debía permanecer unida a toda costa. Ése era el caballo de batalla de Mariano Pla cuando criticaba los divorcios de otros. "La familia que cena unida permanece unida", era su frase favorita cuando, por algún motivo, alguno de los tres no aparecía a tiempo a la hora de cenar. No había reflexión ni argumento, por más sensato que pareciera, que lograra derrotar su tozudez.

Lo de no dormir con su mujer le daba igual. Ni la deseaba ni no la deseaba; ése no era el tema. Después de tantos años de casados, ¿qué pareja seguía sintiendo los arrebatos que mostraban los culebrones de la tele? Estaba dispuesto a pactar lo que fuera con tal de que no se rompiera aquello de "cenar en familia". Se habían casado para toda la vida, y eso era un compromiso muy serio como para querer romperlo así como así de la noche a la mañana. Una unión bendecida por Dios no podía romperse. "Lo que Dios ha unido que no lo separe el hombre". ¿Adónde habían ido a parar los principios de su mujer?

—Quiero el divorcio, Mariano.

—Aquí no se trata de lo que quieras, sino de lo que puedas. No puedes pedir el divorcio porque te has casado conmigo para toda la vida. ¿No te acuerdas? "Hasta que la muerte nos separe"... —se quedó pensando—. Vete si quieres, con tu mala conciencia, pero a Mar me la quedo yo.

—No metas a la niña en esto.

—La estás metiendo tú. ¿O crees que destrozándole a su familia no te estás metiendo con ella?

—¿Le has preguntado alguna vez a tu hija cómo se siente en esta familia… "modélica"?

—¿Hay que preguntárselo cuando se la ve tan feliz?

—¡Ay, Mariano! ¿En qué mundo vives? Yo he hablado con ella y… ¿sabes qué me ha dicho?

—Te lo advierto, Aurora —Mariano la señaló con el dedo—. No consentiré que inventes mentiras.

—Está claro que no entiendes nada. Nuestra hija ya no es una niña, podrías preguntárselo. Anda, pregúntale qué opina de esta "estupenda" familia…

En ese momento, Mar llegaba con unas vecinas.

—¿Qué os pasa? Tenéis cara de entierro.

Mariano se levantó y encendió la tele mientras preguntaba a su mujer como si nada:

—¿Podemos cenar dentro de una hora? Hoy juega el Barça.

Mientras el padre se pegaba a la pantalla del televisor, alienado con el partido de su amado equipo, Mar escuchaba atentamente a su madre que había decidido sincerarse.

La entendía… ¿Cómo no la iba a entender, si sus almas eran idénticas?

La apoyaría en todo. No había lugar a dudas. De tener que elegir entre los dos, escogería vivir con su madre, aunque prefería que este tema lo resolvieran

ellos, para no verse en la pena de tener que recha-
zar a su padre. Lo amaba y entendía las abismales
diferencias ideológicas que los separaban. Sólo había que observar. Su madre tenía una vida interior
inquieta, inteligente, que ella admiraba. Su padre,
en cambio, estaba hecho para vivir una vida sin
cuestionamientos ni sobresaltos. Era conformista,
si podía llamársele así a alguien que día a día repetía
el mismo esquema metódico y sin deseos. A los dos
los amaba y a los dos los entendía. Él era primario,
un campesino de ciudad sin grandes aspiraciones
y muy tradicional. Ella era culta y refinada, estaba
hecha para ser aplaudida. ¡Tenía tanto que dar! ¡Se
podía aprender tanto de ella!

Esperaron a que acabara el partido, y cuando Mariano estaba a punto de dar las buenas noches y meterse
en el cuarto, su mujer y su hija lo detuvieron.

—Tenemos que hablar, Mariano.

—Sí, papá. Mamá me lo ha contado todo. Quiero
que sepas que, si es por mí, no impidas lo que mamá
quiere hacer.

Mar se acercó a su padre y lo besó.

—Os amo a los dos, papá. Eso está por encima
de todo. No porque sigáis juntos a la fuerza yo voy a
creer que tengo una familia maravillosa. Os prefiero
separados... pero felices.

—¿Cómo te has atrevido a hablar con la niña sin
estar yo presente? ¿Qué le has dicho? —Mariano miró
con rabia a su mujer.

—La verdad, Mariano. Tiene derecho a saberla. Ya
no es una cría, ¿no la ves?

Mariano le pidió a su hija que los dejara a solas. Esa noche, hablaron hasta la madrugada y repasaron sus largos años de vida en común; desde su desapasionado noviazgo hasta el abandono por parte de Aurora del lecho conyugal. Finalmente, Mariano entró en razón.

—Está bien, Aurora. Tú ganas. Si esto significa que lo has destruido todo, cárgatelo en tu conciencia. Tú sabrás. No entiendo tus modernidades. Serás mi mujer toda la vida, a pesar de que no lo quieras. Lo único que te pido es que no dejemos de cenar unidos… aunque sólo sea una vez por semana.

Aurora lo abrazó dándole las gracias. En el abrazo se dio cuenta de cuánto cariño le tenía.

Entretanto, el amor de Ullada por Aurora Villamarí se había avivado después de haberla visto en compañía de Andreu.

Sus lecturas de las cartas escritas por Joan Dolgut a Soledad Urdaneta le sacudieron el corazón de tal forma que, el mismo sábado en que Aurora marchó en el taxi hacia el aeropuerto, no pudo evitar espiarla. No sólo había presenciado desde su coche la despedida que le habían hecho su hija y su marido, sino que la había seguido hasta el aeropuerto. La vio facturar el equipaje, aguardar en la sala de *bussines* y, más tarde, embarcar junto a Andreu hacia Madrid. Lo demás, dada su condición de inspector de policía, había sido muy fácil de averiguar. Tenía los datos del vuelo a Bogotá, la hora de llegada y dónde se habían alojado; incluso lo sabía todo sobre la escapada de cinco días al hotel Santa Clara de Cartagena de Indias donde, después de ver las fotografías de aquella romántica ciudad, estaba convencido de que habían pasado una luna de miel anticipada. Aurora, la novia de sus sueños, le ponía los cuernos con el ser más despreciable que había conocido. Y eso, en lugar de obligarlo a olvidarla, había avivado el amor que sentía por ella. Ahora gastaba las madrugadas escribiendo cartas de enamorado ofendido: misivas dulces, ácidas, de agravio, de desagravio, de ternura, de violencia, de pasión, de celos... Todas las guardaba en sobres, como pruebas irrefutables de que su amor estaba por encima de las equivocaciones de su amada. No podía culparla del todo; el consuelo y el amor que, por excesivo respeto o timidez, él había sido incapaz de darle aquel año, los recibía a manos llenas de aquel pedante perfumado. Era la clase de hombre que poseía las armas para seducir a cualquier mujer, y ella había caído en sus redes. Había desaprovechado la oportunidad de acercársele al alma, consolándola por la dolorosa pérdida, pero encontraría otra manera. Nadie sabía de lo que era capaz de hacer por amor.

Ni los más expertos habrían imaginado lo que pasaba por su corazón. Sólo su anciana madre intuía algo extraño en su rutina nocturna; no había vuelto a oír el sonido de la televisión con sus videos favoritos, y últimamente dejaba la cena sin apenas probarla.

Su carácter de acero helado le había valido para ser reconocido en la jefatura como un perfecto insensible. En los muchos años de servicio nunca se le había conocido novia, ni amante, ni nada por el estilo; todos estaban convencidos de que ello se debía a su notoria incapacidad para amar.

A pesar de dormir tan poco, Ullada seguía moviéndose entre robos, homicidios sin resolver, suicidios, desapariciones y, cuando su trabajo se lo permitía, seguimientos a su amada.

No entendía por qué, al regreso de Colombia, Aurora se había distanciado de Andreu. Estaba a la expectativa de confirmar lo que daba por hecho. Si no se veían era, o porque lo habían dejado, o porque se estaban reestructurando. Prefería pensar lo primero.

Aunque algunas veces había estado a punto de marcar el número de Aurora, finalmente se reprimía, esperando que fuera ella quien lo hiciera. A pesar de todo lo visto, intuido y sabido, decidió mantener como fecha límite la que se había marcado: diciembre. Mientras, tenía que aprender cómo acercarse a ella sin tantos complejos.

Gómez estaba eufórico. Las cosas le iban de maravilla. La entrega casi inmediata del paquete con la flagrante prueba de infidelidad de la mujer de Andreu le había supuesto un buen mordisco al bolsillo de su cliente. Había disfrutado como en ningún caso, y además, cobrando. ¿Qué más podía pedir?

El proyecto de exhumación de los restos de José Dolgut avanzaba. Andreu había hecho su labor, entrevistándose durante semanas con quien había hecho falta hasta lograr lo que necesitaba. Su prestigio y respeto empresarial le habían valido para obtener un sí rotundo, respetando su anonimato a cambio de la financiación de todo el proyecto.

Las excavaciones estaban a punto de empezar, y aunque se llevaban en el más riguroso secreto, la información se había filtrado, y los habitantes de Sant Cugat del Vallès las vivían con gran expectación. Gómez se había convertido en un personaje mediático. Como Andreu quería permanecer en el anonimato, lo había nombrado su vocero y representante legal para la mayoría de las gestiones. El detective concedía entrevistas a la prensa local y se extendía en sus declaraciones, como el erudito en el que se había convertido tras su viaje a Priaranza del Bierzo y sus entrevistas con científicos de la Universidad de Granada. Afirmaba que esta iniciativa era suya desde hacía muchos años, incluso antes de que se dieran las primeras exhumaciones. Algunos viejos del pueblo lo veían como el salvador del honor de los republicanos caídos en esas tierras.

En vista del movimiento de prensa levantado, y por respeto a los muertos, los días previos a la exhumación el ayuntamiento limitó el acceso a la zona, impidiendo con ello que curiosos o fanáticos de última generación pudieran profanar la fosa. Abrirían zanjas en un perímetro de cuatrocientos metros cuadrados.

Al cuarto día de trabajos infructuosos, la pala de la excavadora dejaba al descubierto la primera prueba macabra: la esfera de un reloj y un hueso de lo que debía ser el brazo de uno de los desaparecidos. A partir de ahí, fueron emergiendo de la tierra más huesos... montones de huesos, monedas, suelas de zapatos, peines, broches de tirantes, cremalleras, botones... Durante tres días, las máquinas no descansaron hasta que el terreno no quedó totalmente peinado. Lo que encontraron coincidía exactamente con la información que el anciano de la residencia le había dado a Gómez. Ahora faltaba lo más importante: la identificación.

Con la premura que llevaba Andreu por zanjar ese tema y dedicarse de lleno al que tenía entre manos, su divorcio, no ahorró en nada y trajo desde Granada al mejor especialista en ADN forense y a todo su equipo; el jefe de medicina legal que había trabajado en la academia del FBI en Estados Unidos y que ahora dedicaba su vida a identificar los restos de los exhumados de las fosas comunes.

Los huesos de su abuelo mantenían intacta su huella genética. Esa mañana le habían tomado a él una muestra de saliva, y al cotejarla con uno de los restos, vieron que coincidía. Cuando se lo dijeron, Andreu sintió una alegría nueva. La sensación de pertenecer a algo, de haber tenido unos antecesores que habían luchado a muerte por la libertad. Por primera vez se sintió orgulloso de su apellido. Era un Dolgut... o lo que era lo mismo: un Valiente.

La alegría del descubrimiento lo llevó a llamar a Aurora y a encontrarse con ella en el cementerio de Montjuïc, en la tumba de sus padres.

Llegaron por separado. Aurora, caminando; Andreu, en su Ferrari. Hacía muchos días que no se veían. Antes de abrazarse miraron a su alrededor, pero sólo encontraron el silencio sagrado de los muertos.

—No hay nadie... —le dijo Andreu.

—Están todos... —le contestó Aurora, observando las tumbas—. Creemos que no están porque no los vemos. ¡Cómo acabamos olvidándonos de los muertos!

—Tienes razón. No sabes lo feliz que me hace haber encontrado a mi abuelo. Lo triste fue no haberlo hecho a tiempo, mientras mi padre vivía.

—Éste era el tiempo, Andreu. El tiempo no lo elegimos nosotros; es él quien nos elige. Necesitabas una prueba de la existencia de tu abuelo para sentirlo. ¿Qué habría pasado si sus restos no hubiesen aparecido?

—Era mi deber encontrarlo.

—No lo has hecho por deber. Aunque lo ignores, te ha movido el amor. El deber es obligación, y si hay obligación, no puedes amar lo que estás haciendo. Lo has hecho por amor a tu padre y a ti mismo.

Andreu la besó. Esa era la mujer con quien quería compartir el resto de sus días; era compasiva, honesta y bondadosa, y regalaba amor en todo cuanto hacía o decía. Incluso en el más callado de sus silencios, su sencillez terrenal la elevaba a la categoría de ángel. Sabía encontrar en las profundidades más oscuras de su alma lo mejor de él. Con ella se sentía un buen hombre.

Se habían quedado mudos delante de la tumba de Joan y Soledad. Nunca antes la habían visitado juntos. Los lirios derramaban su belleza inmaculada sobre el mármol negro.

Andreu levantó uno, lo besó y se lo entregó.

—"No puedes tocar una flor, sin molestar a una estrella" —le susurró Aurora al recibirlo.

—¿De dónde sacas tantas frases bellas?

—Lo dijo un filósofo…

—El filósofo desconoce las razones de quien toca la flor —Andreu acarició el hombro de Aurora.

—Mira al cielo… —le dijo ella.

Andreu levantó la mirada.

—¿No ves nada?

—¿Qué tengo que ver?

—Hay luna… en pleno día.

—Es una luna despistada…

—Tal vez… o se ha quedado aquí para presenciar algo. Tengo una sorpresa para ti…

Andreu la miró expectante.

—Lo he conseguido… La próxima semana me iré a vivir con mi hija al piso de mi madre, en el paseo de Colom.

—¿Cómo no me habías dicho nada?

—Quería hacerlo delante de ellos —señaló la tumba—. ¿Crees que se alegrarán?

Se besaron delante del mármol florecido. Un abrazo doble los arropó. Estaban con ellos.

—¿Y tú? —le preguntó Aurora, acariciándolo.

—Espérame… Sólo puedo decirte una cosa: el árbol de esta Navidad lo adornaremos juntos. Será la más bella Navidad que haya tenido en toda mi vida… La primera.

El padre de Tita notó en la llamada que acababa de recibir de su yerno un tono distante. Le había dicho que quería verlo para hablar de un asunto importante, sin adelantarle nada más. Antes de reunirse con él, se citó con su hija a solas.

—Esta tarde me veo con tu marido. ¿Tienes idea de qué quiere hablarme? Hace días que lo noto algo extraño.

—Pues yo no le noto nada raro.

—¿Va todo bien en casa?

Tita lo miró con cara inocente.

—Claro, papá. Estamos más enamorados que nunca...

—Déjate de cinismos... —la observó, inquisitivo—. No seguirás tonteando, ¿verdad?

—¡Qué dices, papá!

—¿Puedo estar seguro?

—Tan seguro como que hoy es lunes.

Andreu llegó al despacho de su suegro con las fotos de Tita Sardá y su amante, y con el DVD que contenía la filmación completa. Nada más despedirse de Gómez había corrido a las oficinas, se había encerrado con llave en la sala de juntas y lo había visto todo. Ver a su mujer con aquel modelo de yogures no le produjo ningún tipo de celos; por el contrario, lo deprimió. El material, más que darle satisfacción por lo que supondría para él, le causó tristeza: vergüenza ajena. Mientras esperaba en el sofá, sintió pena por lo que iba a hacer. Le tenía algo de cariño a su suegro y le sabía mal enseñarle aquella basura.

No tuvo tiempo de pensarlo más. En ese momento, el padre de Tita entraba por la puerta y se acercaba a saludarlo.

—Andreu, hijo, ¿qué te trae por aquí?

—Un asunto, digamos que... delicado.

—Pero si tú eres un maestro en resolver lo delicado… ¿De qué te puedo servir yo?

—Quiero mis acciones.

—¿A qué viene esto? —Pere Sardá lo invitó a sentarse, mientras pensaba rápido—. No te entiendo. Claro que las tendrás. Ya lo sabes… dentro de cinco años.

—Las quiero ahora.

—¿Se puede saber por qué tanta premura?

—Quiero divorciarme de tu hija.

El padre de Tita simuló sorprenderse, estudiando ágilmente cómo afrontar de manera práctica y sibilina lo que se le venía encima.

—Sabes que lo que me pides es imposible, Andreu. Hay unas capitulaciones… ¿te acuerdas?

—Unas capitulaciones redactadas a tu amaño…

—Que tú firmaste, te lo recuerdo. Mira, Andreu, no sé qué está pasando entre vosotros, pero todos los matrimonios atraviesan crisis. No sois los primeros… ni los últimos.

—Esto no es una crisis. Esto es insalvable.

—Bien sabes que no quiero perderte, Andreu. Divinis Fragances eres tú.

—Por eso mismo merezco que se me respete.

—Y te respetamos. Has hecho lo que has querido, y lo has hecho de forma magistral.

—Menos tener acceso a lo que me corresponde.

—Quédate cinco años más. Trabaja para mí… Arréglate tú mismo el sueldo y después hablamos.

—No hay pacto. Quiero las acciones que me corresponden. Las quiero ya, y entonces, tal vez siga trabajando para ti.

—No hay trato —Pere Sardá zanjó la discusión de forma cortante.

Andreu lo miró fijamente antes de hablar.

—Siento decirte que no estás en condiciones de negociar.

—¿Estamos negociando? —le espetó el suegro con rabia contenida—. No quisiera pensar que me estás amenazando, ¿o sí?

Andreu no contestó. Sin decir nada, se acercó a la mesa y pulsó el control del DVD. La imagen de Tita y Massimo llenó la pantalla.

Delante del televisor, Pere Sardá temblaba de ira. Su hija, a cuatro patas, y aquel asqueroso pegándole con un látigo mientras se la follaba. Era humillante, vergonzoso, grotesco, degradante, inmoral. ¡Increíble!

—¡Esto es un sucio montaje! —gritó.

—Bien sabes que no lo es. Y no te imaginas cuánto lo siento.

—¿Quién más ha visto esta porquería?

—Ése es el tema, Pere. Si no me das lo que es mío, esto puede acabar en otras manos… menos discretas… No sé si me explico.

—No eres más que ba… —Pere Sardá no acabó la frase. Necesitaba serenarse. Su apellido no podía verse manchado por semejante escándalo.

—¿Por qué no hacemos una cosa, Pere? Tú te lo piensas, lo vuelves a ver, con tu hija, si quieres. Dudo que, delante de tan flagrante evidencia lo niegue, aunque conociéndola sería capaz de hacerlo.

El suegro miraba al yerno con la impotencia de saberse perdedor por una estúpida negligencia. Durante toda su vida lo había controlado absolutamente todo; por primera vez, las circunstancias lo desbordaban, sacándolo de quicio. Imperdonable. Había subestimado la inteligencia de Andreu, el profesional más audaz que había conocido en el mundo de los negocios, y de nuevo, acababa de demostrárselo. Ahora, el futuro de Divinis Fragances estaba en juego por culpa de la zorra de su hija. ¿En qué había fallado como padre? ¿De qué habían servido los colegios caros y las universidades católicas... la educación esmerada que le había dado? ¿Serían sus otras hijas tan desvergonzadas como ésta? Volvió a escuchar a Andreu, que reclamaba algo más:

—Ah, y otra cosa: quiero a Borja conmigo. Díselo. Eso también es innegociable.

—Veré qué puedo hacer —su voz sonaba entre cínica y derrotada.

—Es muy fácil, Pere. Las acciones y mi hijo... o el escándalo y mi renuncia de la empresa. Tú eliges.

Al marcharse Andreu, el padre de Tita extrajo rápidamente el DVD de las vergüenzas de su hija y recogió asimismo el sobre con las fotos, que terminaron de inundarlo de rabia. Luego salió con el semblante lívido, llevándose por delante a su secretaria, que estaba a punto de entrar en su despacho.

¿Qué había pasado con Clemencia Rivadeneira? ¿Por qué en la residencia de Bonanova eran tan reacios a darle información, siendo ella tan cercana a la anciana?

Aurora Villamarí no entendía el comportamiento de la directora del centro. Allí nunca le habían pedido ningún papel a la hora de visitarla y ahora se los exigían todos. Que no era hija, ni sobrina, ni familiar cercana o lejana eso lo sabían de sobra las enfermeras. Tan sólo hacía un mes y medio que no iba a visitarla, y el personal parecía desconocerla.

Pasados algunos minutos de insistencia inútil, Aurora salió del centro disgustada. Fuera la esperaba la enfermera que se ocupaba de la mujer. Estaba muy inquieta cuando la hija de Soledad le habló.

—¿Qué pasa con Clemencia? ¿Por qué tanto secretismo?

—Clemencia... —la enfermera bajó la mirada—, desapareció. Aún desconocemos cómo ocurrió. Nadie la vio salir, y la recepcionista dice que por la puerta no pasó.

—¿Cómo es eso posible? ¿Han dado parte de su desaparición a la policía?

—Lo hicimos de inmediato. Debía haber pasado menos de una hora desde la última vez que la vimos.

—¿Y eso cuándo fue?

—Hace unas dos semanas.

—¡Dios mío! —Aurora se cogió la cabeza.

—No llevaba nada encima, se lo aseguro. Sus papeles están todos aquí. Ése es uno de los problemas de esta enfermedad. Es posible que se haya equivocado y, por ir a buscar el lavabo, haya terminado en la calle. Después, habrá tratado de regresar y...

—Pero es imposible que no la encuentren.

—¿Sabe cuántos ancianos pueden perderse y no aparecer nunca? Las cifras son alarmantes.

—¿Qué puedo hacer?

—Yo sé que usted es la única persona que la devuelve a la realidad. Tal vez ella la esté buscando. Los días que usted no volvió…

Aurora la interrumpió, desolada:

—Estaba de viaje, por eso no vine. Después tuve otros asuntos…

—No se preocupe. Todos tenemos nuestra vida, habrá tenido que hacer sus cosas. Le decía que la noté más inquieta; no sé… Miraba a la calle, al jardín… como buscando algo o a alguien.

—Pobre Clemencia… ¿y su hijo? ¿Lo sabe su hijo?

—Ése ya se olvidó de que tenía madre. Cree que con pagar ya es suficiente.

—Pero una persona no puede desaparecer así como así.

—Desgraciadamente, sí. Sí que puede.

—¿Si sabe algo me lo comunicará, por favor? —Aurora le anotó su número telefónico en un trozo de papel y se lo entregó—. Lo que sea, ¿lo hará?

—Por supuesto. Ojalá tengamos suerte. Hemos distribuido carteles por todo el barrio. En nuestro centro nunca nos había pasado algo así; estamos consternados… Es un desprestigio para la residencia.

Una vez se hubo despedido, Aurora se quedó frente al edificio durante un largo rato. De repente no sabía adónde ir ni qué hacer. Vio cómo la enfermera se perdía en el interior y la puerta de cristal se cerraba. Permaneció inmóvil, mientras la invadían los recuerdos de las tardes pasadas con Clemencia. Las lágrimas empezaron a rodar por sus mejillas.

¿Dónde estaba aquella hermosa viejita que, sin saberlo, había reemplazado a su madre? ¿Deambularía perdida entre las frías calles de aquella Barcelona sin hojas? ¿Quién la protegería de sus terrores sin memoria? ¿Y ella? ¿Qué sería de Aurora Villamarí con esta otra pérdida?

Ella, que ese día quería celebrarlo y le iba a dar una sorpresa con la noticia de su amor por Andreu y sus planes de alegría; ella, que estaba convencida de que diciéndole esto, la amiga de su madre finalmente le confesaría la verdad sobre los dos... Ella, que hoy la necesitaba más que nunca...

¿Quién iba a sacarla ahora de la duda que condicionaba su futuro?

Aurora acabó helándose entre preguntas, caminando sobre sus pensamientos, hasta que un recuerdo la iluminó.

¿Qué era lo que le había contado Andreu sobre aquella prueba que habían realizado con los restos de su abuelo? ¿No era la prueba del ADN? Sí, era eso, y los resultados eran fiables casi al cien por cien. ¿Funcionaría con ellos? ¿Cómo era posible que no se le hubiera ocurrido antes? ¿Sería viable averiguar de esa manera el parentesco entre ella y Andreu? Y sobre todo, ¿podría hacerlo sin que él se diera cuenta?

Al llegar a casa, averiguó en internet todo lo referente a pruebas de hermandad mediante el análisis de la huella genética. Decenas de laboratorios se ofrecían a realizarlas y entregarlas en un plazo relativamente corto. Lo haría. Ahora el único problema era haberse comprometido con Andreu a no encontrarse hasta que lo de él no se hubiese resuelto. Pero no podía esperar más tiempo.

En ese mismo momento, sobre Tita Sardá caía un aguacero de recriminaciones, con relámpagos mordaces de su padre y de su madre. Había manchado el honor de la familia Sardá de la forma más soez y humillante que jamás hubieran imaginado, dejándolos sin ninguna capacidad de maniobra. ¿Qué podían hacer con semejante material en manos de Andreu?

—Papá, no te lo tomes tan a pecho. No es tan grave —le dijo Tita, acercándose a él.

—No te me acerques —la retiró—. ¿Que no es tan grave? ¿No te das cuenta de lo que has hecho? ¿Sabes lo que nos puede pasar? Sí, sí que lo sabes, pero no te importa, ¿verdad?

—Papá, podemos ganar millones con lo que voy a proponerte.

—¿Todavía tienes cara…?

—Massimo… —Tita interrumpió a su padre y antes de continuar se aclaró la garganta—, el de la foto, es un conde italiano.

—Eso me tiene sin cuidado.

—No, papá. Déjame que te explique. Un conde con ideas geniales. Lo que quiero decirte es que tenemos un proyecto entre manos que nos puede dar mucho dinero… a largo plazo; casi tanto como Divinis Fragances.

La madre interrumpió la conversación:

—No te dejes liar, Pere.

—Escúchame bien —el padre señaló a Tita—. Si tengo que elegir entre tú y Andreu, quiero que sepas que me quedo con él. Por lo menos, tu marido me da beneficios.

La hija lo desafiaba con la mirada, sin inmutarse.

—Una cosa te digo, Tita, tu marido quiere quedarse con Borja y me parece que tú no tienes otra elección. ¿Qué dices a eso?

Tita permaneció en silencio, como si lo que acabara de oír no fuera con ella.

—Trataré de negociar el porcentaje de las acciones, es lo único que puedo hacer; tal vez consiga rebajarle su demanda a la mitad.

—Y yo, ¿no te importo? —la hija fingió voz de pena.

—Eres una desvergonzada. ¿Pretendes que te aplauda? ¿Que me sienta orgulloso del numerito que has montado?

—Papá… amo a Massimo como nunca he amado a nadie. Tú y tus negocios me empujaron a casarme… sin estar enamorada.

—Mientes. Querías demostrarles a tus amigas que habías atrapado a Andreu. No culpes ahora a tu padre —replicó la madre.

—Piénsalo, papá. Un gimnasio para las que más tienen… y más se aburren. Las mujeres "objeto", las que no saben qué hacer con el dinero de sus maridos —por un instante, Pere Sardá pensó que no era tan mala idea, y continuó escuchándola en silencio, imaginando cómo sería unir los perfumes con ese centro—.

En una sede como para olvidarse del mundo, papá; lo más sibarita de Barcelona… con cirujanos plásticos, embellecimientos a la carta, en fin, el culto al cuerpo en su máxima expresión; cuando quieras te enseñamos planos y costes. Massimo es un *crack* en la materia.

—¿No dices nada de tu hijo? —interrumpió la madre.

—Mamá, Borja ya es mayor y es un chico. Estará mejor con su padre. La verdad es que nunca nos hemos entendido.

—Eres la peor madre que he conocido, Tita. Me avergüenzo de ti.

La reunión fue interrumpida por una llamada. Era Andreu, metiéndole prisas al padre de Tita. Necesitaba que agilizara su respuesta cuanto antes. Quería tenerlo todo solucionado, a más tardar, a finales de año.

Sólo acabar de hablar con su suegro, Andreu recibió una llamada de Aurora. Necesitaba verlo con urgencia, le dijo. Lo echaba muchísimo de menos. ¿Podrían verse esa tarde en el apartamento del Born?

Andreu, que, dadas las delicadas circunstancias de su separación, hubiera preferido evitar el encuentro por temor a que su suegro empleara las mismas cartas que él, acabó aceptando la propuesta amorosa. En días tan negros no podía negarse a tanta alegría.

Ella había llegado a la hora y lo esperaba en el mismo banco en que, dos años atrás, su madre se había sentado a espiar a Joan.

Nada más verlo, su corazón salió al encuentro, aunque esperó hasta que los ojos de él la invitaron a seguirlo. Abrieron la puerta como desconocidos… la cerraron como amantes.

Aquella tarde, el salón, encogido por la oscuridad otoñal, traspapelaba su memoria. El piano exhalaba el perfume exagerado a rosas de Soledad, y unas notas de piano, perdidas en el aire, les confirmaban que no estaban solos. Ya se habían acostumbrado a esa compañía.

No pudieron esperar.

Se amaron con la premura del amor atascado. Sin apenas desnudarse. El abrigo de ella entreabierto… Su pecho calcinado de deseo… La falda levantada… La blusa remangada… Los zapatos puestos… Y las medias rasgadas…

La gabardina de él recibiendo aquella lluvia fina de suspiros… Su traje sin arrugas… Su piel ardiendo… Sus manos sedientas levantando el amado cuerpo… aquella levedad apasionada; su sexo, una lanza implorante… la tortura frenética a punto de ceder. El fuego en su vientre… la sed. El sexo de ella florecido de rocío… el vértice de una savia retenida… El volcán… lava brotando… arrasando… uniéndose… quemando… Borbotones de éxtasis… La eternidad en un instante.

Andreu se había quedado dormido sobre el pecho de Aurora mientras ésta le acariciaba la cabeza. Así estaba mucho mejor, pensó ella. Renunciaba definitivamente a hablarle de su preocupación; suficientes inquietudes tenía él como para sumarle la suya. Ahora, lo único que necesitaba era tomar unos pocos cabellos y arrancárselos con mucha delicadeza para que no se diera cuenta. Mientras lo hacía,

Andreu se despertó.

—¿Qué haces?

Aurora se avergonzó.

—¿Te aprovechas de mi indefensión?

—Loco… —no quería mentirle, pero no le quedaba más remedio—. Sólo quería tener algo tuyo.

—Pero ¿no ves que me tienes todo?

—Seré antigua, pero quería guardar un mechón de tu pelo… Hasta que vivas conmigo.

—Pues no se hable más. Aquí tienes —reclinó su cabeza sobre el vientre de Aurora—, coge lo que quieras; mi pelo es todo tuyo.

Andreu se metió en su falda y esta vez volvieron a amarse a fuego lento, con hervores pausados, hasta fundirse.

El tren, procedente de Roma, acababa de detenerse en los andenes dormidos de la estación de Francia. Soledad Urdaneta volvía a respirar el aire marino y espeso de aquella Barcelona silenciosa. Regresaba hermosa, elegante y altiva, pero esta vez no venía sola. Su recién estrenado marido la acompañaba. Al sentir la ciudad, una tristeza sin futuro le sobrevino de golpe, apagándole el alma. ¿Por qué el destino se empeñaba en acercarla de nuevo a su imposible? ¿Cómo iba a sobrevivir sabiéndose tan cerca de su pianista inolvidable?

Venía para quedarse en la ciudad que cuatro años atrás la había matado; donde sus propios ojos habían comprobado que Joan ya no era suyo. Lejos quedaba su familia, los cerros, las nieblas, los verdes, su molino de viento, las tardes tan lejanas de su feliz niñez. Su adolescencia de amor perdido... Sólo traía, en su equipaje del alma, aquel fantasma que, muy a su pesar, la acompañaba día y noche.

Durante su luna de miel, y Dios era testigo, había hecho hasta lo imposible por enamorarse de Jaume Villamarí, y casi lo había conseguido, aunque la sombra de Joan se proyectara detrás de su marido. Para poder sobrevivir a los encuentros íntimos, imaginaba que quien la poseía era su Joan, y no Jaume; esa era la única manera de dejarse querer. De ello se había confesado repetidas veces en todas las ciudades visitadas, hasta en el mismo Vaticano, pero como no la entendieron, la perdonaron.

Ahora era cuando empezaba en realidad su vida de casada, y su verdadero propósito de enmienda. La luna se había quedado sin miel y entraban en la etapa de crear el gran panal.

Su madre, con las mejores intenciones, la había ilustrado en el arte de ser buena esposa, y ella iba a tratar de serlo… mientras su intención no la traicionara.

Su condición social, después de lo ocurrido en Bogotá aquel 9 de abril de 1948, había cambiado radicalmente. Ahora los hoteles de lujo quedaban para el recuerdo.

Los primeros días en la Ciudad Condal, Jaume y Soledad se instalaron en la pensión Layetana, un hotelito de medio pelo situado en la plaza Berenguer, en plena Via Laietana. De allí huyeron a los pocos días al recibir, mientras cenaban, un escupitajo lanzado por un niño desde el balcón del piso superior, que vino a caer en el plato de sopa que tomaba Soledad.

Se dieron prisa en pasarse cuanto antes al ático del paseo de Colom, y terminaron viviendo en él sin haber conseguido acondicionarlo por completo. De ser servida por un séquito de muchachas en Bogotá, había pasado a trajinar en su piso como cualquiera de ellas. Tener una chica de servicio era un lujo que no se podían permitir de ninguna manera. Aunque eso era lo de menos. Lo que más la entristecía era ver aquella Barcelona, de bandera y cruz obligadas, tan sometida. Las expresiones de amor y calidez entre parejas brillaban por su ausencia. Parecía que el nacionalcatolicismo impuesto por Franco buscara reprimir lo más espontáneo de los seres humanos. Actuaba con saña contra toda expresión de libertad y espontaneidad, amedrentando el orgullo catalán; pisoteando su pasado, su lenguaje y su cultura; imponiéndoles, a fuerza de botas y uniforme, un idioma que no era el suyo. Un comportamiento humillante para muchos, que se veían obligados a luchar en sus hogares por mantener lo que les pertenecía y aquella dictadura quería arrebatarles: su propia historia.

Soledad quería pertenecer a todo aquello… pero se sentía más extranjera que los propios catalanes en su tierra.

Lo primero que hizo para sobrevivir a su destierro fue volver a su canto. Encontró su sitio como solista en las misas domingueras de la iglesia de la Mercè, a pocos metros de su casa. Allí conoció a Clemencia Rivadeneira, una bogotana que, como ella, se había casado con un catalán y llevaba cinco años en la ciudad. Sólo verse, se hicieron amigas íntimas. Ella sería la única persona, en toda su vida, a quien confiaría sus secretos de amor y frustración. Encontrarla había sido lo mejor que le había pasado desde su llegada. Era hablar con una igual sobre desarraigo y soledad. La diferencia estaba en que Clemencia se sentía inmensamente feliz con su marido, y ambos esperaban ansiosos la llegada de su primer hijo.

Por el contrario, no había día en que Soledad Urdaneta no soñara con encontrarse en cualquier calle a Joan Dolgut. Era insoportable pero inevitable no hacerlo. A pesar del sufrimiento que le causaba aquel pensamiento repetitivo, fantaseaba citándose a solas con él en cualquier pensión, y que Dios la perdonara, para amarlo hasta morir, aunque estuviera prohibido por el clero… y por Franco.

Sólo traspasar la portería del edificio, un remordimiento volvía a centrarla, y al llegar a su casa se acercaba a Jaume, esforzándose en regalarle lo mejor de sí misma.

Pasados algunos meses, se dio cuenta de que el canto sería insuficiente para distraer sus carencias y consiguió empleo como bordadora de velos de novia en su propia casa. Los hacía por encargo y, como volcaba en ellos todo su amor negado, aquellos tocados eran los más primorosos que jamás se habían visto en la ciudad. Nunca le faltaban pedidos, y gracias a ellos algunas veces pudieron darse pequeños lujos, como ir al Liceu, aunque sólo fuera al gallinero.

La vida con Jaume Villamarí era sencilla, pero demasiado seria para una mujer de su edad. La diferencia de años se notaba en los gustos y en la rutina. A diferencia de su marido, Soledad necesitaba sentir la brisa, los árboles, el cielo, la tierra, el mar… Salir, dar paseos, dejarse abrazar por la naturaleza; sentirse viva, aunque sólo fuera externamente.

El encierro que mantenía Jaume la oprimía hasta el punto de producirle ahogos que amenazaban con dejarla sin aliento. Acostumbrada como había estado a los espacios abiertos y a respirar aquel perfume a rosas que el molino de viento esparcía en el jardín de *Moulin de Rêves*, su marido se vio obligado a mantener en la mesilla de noche y para casos de emergencia una botella de agua de rosas con la que solía resucitar a su mujer cuando le entraban los ahogos.

En aquel piso fúnebre, de paredes enchapadas en caoba y puertas con vidrios emplomados, su sonambulismo se agudizó. Todas las noches, antes de dormir, Jaume Villamarí echaba doble cerrojo a la entrada principal, evitando con ello las peligrosas escapadas sin conciencia de su mujer.

No la culpaba. ¿Cómo debía sentirse ella, si ni él mismo se hallaba en su propia ciudad? Había regresado, escapando de la violencia que lentamente empezaba a apoderarse de Bogotá, convencido de encontrar algo de la Barcelona que había dejado; pero ni tan siquiera sus amigos eran los mismos. La mitad habían desaparecido. Algunos habían ido a parar a México, Argentina y Francia, mientras que otros habían acabado fusilados por pertenecer al gremio textil. Aquella guerra civil no sólo había matado a personas; había acabado con la ilusión de ser de un pueblo. Su Cataluña estaba malherida... ya no respondía como antes.

Había creído ingenuamente que le resultaría fácil recuperar lo perdido al marchar, pero la posguerra había dejado en estado crítico a toda la industria. Ahora aquello pertenecía a desconocidos que lo miraban de reojo y obstaculizaban cualquier movimiento. El sueño de volver a crear lo que su padre había perdido se extinguía. Lentamente, de día en día, los ahorros se le iban esfumando. Del pequeño negocio de telas que todavía funcionaba en Colombia, recibía mensualmente una cantidad de pesos que, al cambio en pesetas, se convertía en una verdadera miseria.

Con el correr de los meses, Jaume Villamarí se marchitó. Ni siquiera cumplía con algo tan elemental como proveer de lo necesario a su familia. Se sentía avergonzado de saberse "mantenido" por las labores de su mujer, y aunque colaboraba en lo que podía, sentía que aquello no era suficiente. Él era quien se encargaba de conseguirle los encajes más finos en las tiendas, pues si algo sabía era descubrir en las partidas de géneros las que de verdad valían la pena. Pero hasta allí llegaba. Lo demás era el resultado de la maestría y el amor que Soledad ponía a su trabajo. Alguna vez Jaume le había dicho que lo hacía con tal delicadeza que parecía que estuviera bordando su propio velo de novia. "No creas que estás tan equivocado", le había contestado ella como si nada.

Pero las frustraciones económicas no eran para Jaume lo más grave. Tras cuatro años de matrimonio, no había sido capaz de dejar embarazada a Soledad. Mientras sus amigos empezaban a tener hijos adolescentes, él envejecía sin descendencia. Aunque su mujer nunca se lo había mencionado, intuía que su instinto maternal necesitaba florecer; sentir en su vientre el pálpito de la vida. Estaba convencido de que un hijo les llenaría ese agujero de tristeza que reinaba en el hogar, regalándoles un motivo para luchar. Sabía que lo de hacer el amor se había ido espaciando, pero no tenía muy claro el porqué. Desnudarse y hacerlo era un hábito casi religioso que ambos realizaban alguna que otra noche, con muy poca frecuencia. Y no era porque él no deseara a su mujer; Dios sabía cuánto la amaba. El problema, si había alguno, era que a veces percibía en ella cierta reticencia y no quería importunarla con sus reclamos carnales. La veía tan angelical y frágil que le parecía que, haciéndolo mucho, podía romperse. Estaba convencido de que buena parte de ese comportamiento obedecía a la forma tan respetuosa en la que se había desarrollado su noviazgo. En asuntos de cama, Soledad era infranqueable. Daba lo que quería… cuando quería.

Una tarde de mayo, cuando estaban en vísperas de celebrar su aniversario de bodas, Jaume quiso acompañar a su mujer a entregar un finísimo bordado en el paseo de Gràcia.

Había estado tanto tiempo encerrado y sin ver a nadie que el recorrido le servía para refrescar ilusiones añejas. Por un instante se sintió capaz de hacer feliz a Soledad y hacerse feliz a sí mismo. La gente reía y seguía viviendo a pesar de las frustraciones y las limitaciones. Aquel oleaje humano chocaba contra ellos, y no sólo no le molestaba, sino que lo hacía sentir bien.

Después de dejar el velo en un suntuoso piso, continuaron bajando sin saber muy bien adónde iban. Atravesaron la plaza de Catalunya, esquivando corrillos y loteros, hasta llegar a la calle Pelai. Delante de la fachada de los almacenes El Siglo, se detuvieron.

—Nunca me pides nada, Soledad.

—Porque no quiero nada.

—¿Entramos? Quiero regalarte algo…

—Lo que quisiera no puedes dármelo.

—¿Qué es lo que quisieras?

Soledad se arrepintió de haber dicho aquello y cambió de tema.

—No deberías gastar dinero en mí.

—Déjame que, por lo menos, eso lo decida yo. Sabes lo mal que me siento sin poder darte lo que mereces.

—Hay cosas que no se pueden comprar ni con todo el oro del mundo, Jaume. Tú me das tu amor, y eso ya es suficiente.

—Pero tú vivías como una reina… y yo no he cumplido lo que le prometí a tu padre. No paras de trabajar.

—¿Quién te ha dicho que el trabajo envilece?

Mientras hablaban, una descarga eléctrica en el corazón dejó a Soledad sin sangre en las mejillas. Le había parecido ver a Joan Dolgut dentro de la tienda.

—¿Te encuentras bien, cariño? —Jaume la había visto empalidecer hasta quedar transparente.

Soledad no respondió.

—¿Te ha vuelto el ahogo?

Soledad no quería marchar. Haciendo un esfuerzo, le contestó:

—Es sólo un pequeño mareo... tal vez fue la caminata.

—¿Quieres que nos marchemos?

—No, por favor... Entremos —quería comprobar si aquel hombre delgado, de rizos dorados, era quien ella imaginaba.

Entraron.

Jaume la rodeó con su brazo, protegiéndola, mientras el corazón de Soledad se le salía por los ojos. Buscaba entre los desconocidos el rostro que creía haber reconocido. De pronto, su agitación interior estalló en un viento galopante y repentino que hizo volar cuanto artículo reposaba en las estanterías. Un torbellino de emociones contenidas la rodeaba, paralizándola.

Era.

El hombre que llevaba colgado de su brazo a una mujer era su pianista de olas. Su rostro mantenía intactos los rasgos juveniles, pero los años habían dibujado un halo de naufragio en su mirada. Aquellos ojos marítimos se habían detenido sobre ella... extendiendo sus redes rotas. La había reconocido.

Era.

Aquella mujer, abrazada por un desconocido, era su niña del aire. Joan volvía a sumergirse en su mirada líquida...

enlutada… sin resolver. Sus ojos silenciados, ¿le estaban diciendo que aún lo amaba? Sí.

Aquel instante fugaz volvía a ser tan intenso y eterno como el primero. Se les había pegado el alma. No podían desprenderse, aunque ni siquiera se habían tocado.

Uno delante de otro, uno acompañado de otro, se quedaron aparcados los dos… los cuatro, a la orilla de sus propias tristezas.

No se dieron cuenta. Ni Trini, ni Jaume intuyeron que aquel tropezón casual significaba volver a abrir la herida incurable de un amor que desconocían.

—Vamos —le dijo Jaume a Soledad.

—Vamos —le dijo Trini a Joan.

Pero no se movieron. Los pies de Soledad y Joan habían echado raíces en el suelo. Se entrelazaban como juncos hambrientos, formando un nudo indisoluble. No podían irse, no podían separarse… otra vez, no. ¿Por qué su historia estaba hecha de despedidas?

Trini arrancó a su marido… Jaume arrancó a su mujer… Mientras se los llevaban, se mantuvieron unidos por los ojos, con desesperación, con impotencia, hasta perderse en medio de la gente.

Una hora más tarde, volvieron a encontrarse en la segunda planta; esta vez estaban solos… esperaban a sus parejas. Trini se entretenía con una vendedora, mientras Jaume aguardaba el paquete de la compra.

Se acercaron… con miedo y sin tiempo.

—Hola…

—Hola…

Lo que se dijeron después quedó en el secreto de sus almas. Para evitar el dolor de la despedida, no se dijeron adiós, sino hasta pronto.

Esa noche, en la oscuridad de su habitación, Soledad encontró la llave de la puerta y escapó mientras su marido dormía. En pleno episodio de sonambulismo, corría al encuentro de su sueño… La madrugada la sorprendió en el rompeolas, descalza y tiritando de soledad y frío.

La vida de casados de Joan y Trini era como la vida de la mayoría de las familias de la posguerra. Poco dinero, mucho trabajar, mala comida, escasa diversión, algún cine censurado, misa los domingos y fiestas de guardar, discusiones, silencios, y ver crecer a su hijo. Al año exacto de casarse, Trini había dado a luz a un niño al que le habían puesto el nombre de Andreu.

Aquel bebé se había convertido para ella en su razón de vivir. En él volcó todas sus ilusiones y frustraciones. Sentía que ese niño era más suyo que de su marido, pues era sabido que antes de caminar ya había un lenguaje entre ambos que Joan no compartía. Desde que lo vistió con su primer trajecito, le habló de que un día sería un príncipe. Con los primeros vocablos, le enseñó la palabra "dinero"; él debía ser lo que su padre y ella no habían sido. Para ser respetado por todos, debía tener.

Al niño, todo aquel mundo fantasioso lo fascinaba. Su madre era una hada madrina que lo llevaba a viajar por un universo suntuoso, mucho más interesante que el triste mundo de su barrio. Su entusiasmo era su escudo, que lo salvaba de aquella pobreza. Su padre era un ser melancólico. Un perdedor sin futuro. Ella cantaba, él hacía llorar las teclas de su piano. Ella lo sacaba a ver otros mundos. El suyo acababa en el silencio.

El trabajo de Joan en el taller de la calle Pallars era monótono y triste. No pasaba de cortar, lijar, pulir y brillar. El agujero por donde se le escapaba la pena de Soledad lo rellenaba con el aserrín que iba produciendo. En su casa, pasaba como ánima en pena; carecía del ímpetu y la alegría que, como padre, hubiera querido regalarle a su hijo. Se iba secando entre las cáscaras de unos pianos sin nacer.

Todos los días del año, el primer pensamiento de la mañana era para su niña del aire... El último, también. Cuanto más trataba de borrar de su memoria aquel rostro inmaculado, éste más se repintaba.

Por eso, al verla abrazada a aquel hombre en el almacén de la calle Pelai, había enloquecido de celos.

Esa noche, con los ojos de ella todavía enredados en sus sueños y la pesadilla de saberla durmiendo en brazos de otro, se despegó de su cama y salió a la calle. Las escasas farolas del Born proyectaron en todas las esquinas su inconmensurable soledad. Detrás de sus pasos vagabundos, un eco errante perseguía sus miserias, rompiendo el silencio dormido de las casas.

Su silueta afilada rasgó en dos la niebla de esa noche huérfana de luna; lentamente, se fue perdiendo en ella, respirándola... hasta fundirse en la negrura.

La noche de la desaparición de su mujer, Jaume Villa-marí dormía profundamente. Así que, al despertarse en la mañana y no encontrarla a su lado, dedujo que se había levantado como todos los días a preparar el desayuno. La buscó en la cocina, en las habitaciones y en el pasillo, hasta que descubrió la puerta del recibidor abierta de par en par. Entonces se temió lo peor.

La vio llegar distante y llorosa. Traía, pegada a su camisón, la humedad trasnochada de los muelles del puerto, y respiraba como sorbiendo el aire a cucharadas. Lo de caminar dormida empezaba a convertirse en un verdadero problema que requería atención médica.

No le preguntó nada, y ella nada le dijo, porque no se acordaba. Sabía que su mujer se avergonzaba de aquellos episodios en los que perdía por completo la conciencia. Soledad no recordaba lo que había pasado aquella noche; ni siquiera sabía qué hacía regresando a su casa, descalza y en camisón, cuando estaba segura de no haber salido.

Los días siguientes fueron muy difíciles para Soledad Urdaneta. Le costó mucho acostumbrarse otra vez a la idea de vivir sin su pianista de olas. Quería arrancarlo de su corazón, no tanto por ella, que se sentía ya muerta desde hacía mucho, sino por respeto a Jaume y a la mujer que debía ser la esposa de Joan. No podían arrastrar en su desgracia a dos personas inocentes.

Para distraer sus pesadumbres, intensificó sus cantos y sus idas a la iglesia y, sin saber por qué motivo, una mañana empezó a bordar un velo que nadie le había encargado. De todos los que hacía, éste poseía una belleza especial. Cada hilo que trabajaba se convertía en una lágrima de cristal; había encontrado el camino para liberar su amor y expandirlo hasta el infinito... de puntada en puntada. En ese velo quedaban cosidos sus recuerdos, sus tristezas y su cuento de hadas, que no hacía daño a nadie más que a ella.

A punta de bordar, empezó a no pensar. Era como mirar sin ver. Se dejaba llevar por la corriente de sus horas, carentes de acontecimientos trascendentes. Aunque alguna vez había vuelto a la calle Pelai buscando lo que no tenía, con la única intención de contemplarlo de lejos, no lo había encontrado. Cuando había dejado de sentirse hasta por fuera, un día le volvieron los mareos, pero esta vez el agua de rosas que le aplicó Jaume no surtió efecto.

El médico lo confirmó: estaba encinta.

Su vientre la contradecía... Estaba viva.

Los meses que precedieron al parto, Soledad se dedicó en cuerpo y alma a crear el ajuar más delicado y tierno que jamás había pasado por sus manos. El velo inacabado se terminó durmiendo en el último cajón de su cómoda, dando paso a camisitas, sábanas, fundas y pañales, todo llevaba el sello de su amor de madre. Un hijo. Iba a tener un hijo. Sin conocerlo, ya lo amaba. Era el regalo más hermoso que había recibido nunca. Llevaba una vida dentro; ella, que se creía tan muerta, la iba creando con su propia sangre.

Había un ser pequeño e indefenso que, para poder vivir, necesitaba de su vida.

Y nació Aurora. En el helado amanecer de un 22 de febrero, la vio abrir sus ojos; dos gotas de tinta que se diluyeron en sus lágrimas de madre principiante. Llegó trayendo bajo su tierno brazo el pan de la ilusión. Lo que Soledad había perdido en el amor a un hombre ahora lo ganaba en el amor a su hija. Era aquel ser tan pequeño quien le traía la comida que ella ansiaba: Amor.

Empezó a vivir para ella, por ella y en ella. No dejaba de sorprenderse de las maravillas genéticas. Gastaba horas enteras observándola, descubriendo en cada rincón su propia imagen. En su rostro, el óvalo de los Mallarino; en su mirada, los ojos de los Urdaneta. Por más que buscaba algún vestigio de Jaume, no lo encontraba. La niña era Urdaneta Mallarino hasta en la vuelta de la oreja.

Cuando por primera vez sus manitas la tocaron, supo que aquellos dedos estaban hechos para acariciar sinfonías. Eran largos y sedosos. Comunicó a sus padres que eran abuelos, enviándoles una foto de estudio con el sello de la casa fotográfica marcado en alto relieve, en la que aparecía la pequeña Aurora envuelta en su bata bordada de bautizo, sobre un nido de tafetanes tornasolados.

Con el nacimiento de Aurora Villamarí, el sol entró de lleno al ático del paseo de Colom.

Los años fueron cayendo sin grandes sobresaltos. Soledad seguía bordando y cantando, y Jaume había encontrado empleo como encargado de géneros de una tienda de la calle Casp, volviendo a sentirse un hombre a carta cabal. La niña crecía hermosa y feliz entre la protección de su padre y la veneración de su madre. Al igual que ésta, poseía el don de la levedad que obnubilaba a cuantos la conocían; todo a su alrededor parecía suspenderse en un estado de ingravidez que rozaba lo sobrenatural. Cuando empezó a tocar el piano, su liviandad la trasladó a los arpegios, convirtiendo su casa en una casa de aire, donde nada pesaba más que aquellas notas. El día de su primera comunión sería recordado para siempre por los vecinos del edificio. Desde cada ventana, piso por piso, vieron pasar un descomunal regalo, vestido en papel dorado y rematado por un lazo azul eléctrico; tan grande era que no cupo por la puerta principal. Era el piano Steinway que el abuelo materno enviaba a Aurora desde Colombia. A partir de ese instante, y hasta antes de abandonar el ático para casarse, el vecindario siempre estaría acompañado por su música. Había sido un regalo aprovechado por todos.

Joan Dolgut recibió la noticia del segundo embarazo de Trini entre la alegría por el acontecimiento y la tristeza por no saber ser mejor padre de lo que podía. Su hijo se distanciaba cada vez más de él y, en las pocas ocasiones que tenían para compartir, notaba un desprecio de ricachón que no se correspondía ni con su edad, ni mucho menos con su condición social. Parecía odiar todo lo que él representaba. Cuando lo oía tocar el piano, corría por el pasillo, tapándose las orejas, evidenciándole cuánto detestaba sus sonatas. Si quería hablarle, empezaba a producir sonidos con la lengua que hacían inaudibles sus palabras. Cada vez que lo besaba se limpiaba sus besos con las mangas de la camisa.

Por más que trataba de inculcar en su hijo sus propios valores, éste más se rebelaba. Sólo atendía a su madre, a quien había llegado a convencer de que en verdad tenía un padre que no lo quería.

Por eso, cuando Trini dio a luz a una niña muerta y una hemorragia sin piedad terminó llevándosela el mismo día, Joan no supo qué hacer.

Los remordimientos por no haberle dado todo el amor que merecía, ni haber sabido ser feliz con ella, lo hundieron en una depresión sin precedentes.

Quedaba joven, viudo, con un hijo que no lo amaba y emocionalmente más desprotegido y solo que siempre.

Fueron años difíciles, en los que palió el resto de la infancia de Andreu como pudo. Con grandes esfuerzos, ambos aprendieron a sobrellevarse sin mezclarse, respetando a la fuerza unas diferencias, insalvables para Andreu, que esperaba el momento menos traumático para huir de aquella vida gris.

Cuando su hijo lo abandonó en plena adolescencia, se encerró aún más en sí mismo, huyendo de la gente; manteniendo su celibato de viudo, sin modificar un ápice su rutina.

La amargura acabó por sepultar su casa en el silencio, y aunque ocasionalmente se veía con algún amigo, nadie sabía por qué, siendo aún tan joven, no le interesaba ninguna mujer. "No hay peor castigo para un hombre que tener que comer solo —le había dicho el tendero de La Boquería al entregarle, como todos los sábados, el bacalao para la comida—. El que come solo muere solo, Joan".

Pero además de solo, todos sus pasos eran eslabones de soledades que acabaron siendo sus cadenas.

En ellos, los recuerdos de Soledad lo acompañaban con un dolor que había dejado de doler hacía ya mucho; como una cicatriz que sólo se sentía en los inviernos, o cuando veía florecer el amor en otros. Podía estarse horas y horas caminando por el parque de la Ciutadella, observando cómo se amaban las parejas... amando en ellos a su niña del aire.

Tras la muerte de Franco había vuelto el amor. Los jóvenes se besaban por la calle con hambre y sin miedo. La democracia regalaba la libertad de ser y de sentir, y el amor se beneficiaba de ello aireándose a los cuatro vientos.El tiempo comenzaba a resbalar por la humanidad de Joan, apergaminándole la piel, ralentizándole los pasos, deshojándole la cabeza en la que goteaban las décadas marcándolo de manchas, encogiéndole la mirada, alargándole las orejas… y las cejas. Sus dedos vivían con el temor premonitorio de una artrosis que dominaba a punta de preludios y conciertos diarios.

No sabía por qué vivía, ni siquiera sabía si aquello que hacía se podía llamar vivir.

Sus idas y venidas a Poble Nou estaban a punto de acabar. Su tiempo de carpintero caducaba. Los futbolines sin jugadores, los xilófonos sin alma, los pianos vestidos de frac sin camisa, los ataúdes sin muertos… todo se iba quedando atrás en el paisaje.

Seguía la vida de su hijo a través de periódicos y noticias. Así se enteró de sus éxitos empresariales y se alegró por él. Su boda le pareció un triunfo de la ambición sobre el amor, y le entristeció darse cuenta de que su hijo nunca sabría lo que era ese milagro.

Aunque el amor le había arrebatado toda su vida, por volverlo a vivir la habría vuelto a dar. De eso tal vez su hijo nunca entendería. Siempre lo veía sonreír con aquel aire triunfal que le recordaba a aquellos huéspedes de hotel de lujo, tan lejanos en su memoria.

El día que la vecina le enseñó a su nieto en la revista *Hola*, se le escurrieron las lágrimas. Cuanto más viejo se hacía, más vulnerable a las emociones se sentía.

A veces le llegaba la imagen de su madre abrazándolo y se mezclaba con la mano de su padre dándole su último adiós. Lo de Soledad era lo más duro. Habían caído tantas páginas de años sobre la imagen de su amada que poco a poco la perdía y había tenido que irla reinventando. Si veía unas pestañas tupidas y rizadas en alguna tendera, las capturaba para su Soledad desaparecida. Si una nube de humo le inspiraba el color de sus ojos, lo atrapaba en el aire para ella; si el tacto de una seda, su piel; si el manto de una Virgen, su larga cabellera; si una pluma de pavo real, su delicado peso. Se convirtió en ladrón de sensaciones, sentires y tactos ajenos para volver a crear con ellos su amor perdido.

Una tarde crepuscular, de esas en que no se espera ni siquiera lo inesperado, mientras caminaba por los anticuarios de la calle Palla, algo en una vitrina lo obligó a detenerse. Parecía llamarlo con su sonrisa abierta e inmóvil. Debía llevar bastante tiempo olvidado, pues un polvo compacto lo cubría, opacando por completo su brillantez: un Bösendorfer de media cola, muy antiguo; un ejemplar único. Se estuvo un buen rato contemplándolo… ¿Era o no era? Entró al establecimiento y una campanita anunció al dueño su presencia.

—¿Puedo? —preguntó Joan, avanzando hacia el piano.

—Adelante.

Joan se acercó al instrumento. Su lacado impecable de goma a muñeca, sus molduras en pan de oro, sus dos metros… Acarició la tapa de abeto de la Selva Negra, las teclas de marfil y ébano y se detuvo en la nota fa. El anticuario le aclaró:

—Como puede ver, es una joya; un auténtico Bösendorfer de finales del xv, de esos que ya no se encuentran. Lo traje de Francia. Dicen que sobrevivió a las guerras en un restaurante de playa. La dueña se desprendió de él con verdadero dolor, necesitaba el dinero —el hombre, viendo que podía hacer negocio, le pasó una gamuza, dejándolo reluciente—. Tómese su tiempo…

Joan lo observaba con verdadera veneración; estaba intacto. Una vez lo repasó palmo a palmo, se inclinó para hacer la última y definitiva comprobación. Allí estaba. En una de las patas encontró la pequeña marca, hecha con su navaja antes de marcharse a Colombia, por si no volvía a verlo. ¡Era el piano de *madame* Tetou! Lo había esperado hasta ahora. Tenía que ser suyo como fuera; lo había acompañado en los únicos momentos de alegría; había sido su cómplice de amor. Sobre él, sus manos y las de Soledad se habían comprometido… ¡Cuántos años perdidos! Nada se había cumplido, pero el piano seguía siendo el mismo. Era lo único que permanecía de su historia de amor fracasado. Lo quería; quería tenerlo consigo, aunque tuviera que empeñar hasta su muerte.

—¿Cuánto vale?

Al darse cuenta del interés de Joan, el dueño dobló el precio descaradamente.

—Doce millones… Piense que es una pieza única. Le puedo asegurar que, mucho antes de su última dueña, perteneció a una princesa. Tengo un certificado que da fe de lo que digo.

A Joan no le importaba a quién había pertenecido antes. Lo único valioso era que había compartido su historia de amor en Cannes.

No sabía si sus ahorros de toda la vida le darían para tal lujo, pero lo intentaría.

—¿Me permite probarlo?

—Estará desafinado. Debe hacer mucho tiempo que nadie lo toca.

Cuando Joan puso sus manos sobre él y empezó a tocar, el piano lo reconoció templando sus cuerdas. El mecanismo renacía joven y brillante. De inmediato, el sonido se creció como un torrente desbocado hasta alcanzar la calle. El anticuario quedó sorprendido ante la maestría del viejo.

—Ese piano es para usted, señor… Lo esperaba. Nunca había escuchado nada semejante; el pianista y su instrumento convertidos en un solo ser. ¡Verdaderamente magistral!

Joan se levantó.

—Demasiado costoso para mí.

—Le aseguro que llegaremos a un acuerdo.

—¿Me lo guardará?

—Si no tarda… —el anticuario empleó su técnica infalible—: Hay otro comprador interesado: un museo.

—Volveré esta misma tarde.

Joan Dolgut caminó tan rápido como sus años le permitían, hasta llegar a su casa. Sentía una alegría tan fresca que, por un momento, se sintió adolescente. Buscó la libreta de sus ahorros sagrados. En total tenía quince millones de pesetas; le alcanzaba, pero el capricho era su ruina. ¿Y si lograba sacarlo por menos? Haría lo que pudiera. No iba a sacrificar su única felicidad por un dinero que no sabía si algún día gastaría. Qué más daba, pensó. Total, cada vez comía menos y precisaba menos. Tenía una pensión que le daba para comprar su pan diario y su pescado de los sábados.

Lo compraría.

La muerte de Jaume Villamarí fue repentina. Un ataque al corazón le sobrevino durmiendo en plena siesta de Domingo de Ramos. Tardaron en darse cuenta de su muerte, pues lo creyeron descansando, dada la placidez de su cara y la relajación de su cuerpo. Había quedado sereno, hundido en su sillón de orejeras.

A sus cincuenta años, Soledad Urdaneta se vestía de luto por fuera… y por dentro. La muerte de su marido le dolió en el alma. Habían compartido tantos años que había terminado amándolo de veras, con un amor de hermana. A pesar de vivir sumergida en la apatía de la rutina matrimonial, sabía que en el cuarto de al lado estaba él; su compañero taciturno, de cafés negros y silencios.

No supo si en su irremediable desgana amorosa él había intuido alguna vez sus amores contrariados; lo cierto es que nunca le insistió más de la cuenta y nunca preguntó. Había sido un caballero íntegro que la había respetado hasta la muerte. ¡Y de qué manera! Después del nacimiento de Aurora, tras las continuas negativas y los muchos intentos fallidos, su marido había renunciado sin protestar a buscarla entre las sábanas. Incluso había aceptado el traslado de Soledad a otra habitación, sin pedirle explicaciones de ninguna clase. Aquello supuso un gran alivio para ella, pues sin las obligaciones del lecho, había podido amarlo de la única manera que había sido capaz: con amor fraternal. Aunque no por eso dejaron de sentirse siempre un matrimonio de lo más normal.

Después del fallecimiento, Soledad se encontró de cara con la ausencia presente del muerto. Lo sentía en todos los rincones. Oía sus ronquidos nocturnos, sus toses mañaneras, el ruido producido por la lectura del diario, sus pantuflas arrastrándose sobre el *parquet*, el chorro de su orina cayendo, la cadena, el grifo abierto, sus gargarismos vespertinos, la luz del escritorio al atardecer y el rasgado de la pluma sobre el papel de los cientos de cartas que escribía y nunca enviaba. Entonces supo que su ánima penaba y decidió rezar por ella. Durante cinco años cumplió un duelo riguroso de misas y rosarios, sin más compañía que la de su hija. Una vez superada la pérdida, y cuando estaba a punto de sacarse el negro de su vida, otra noticia la obligó a mantenerlo diez años más. Sus padres fallecían, uno tras otro, de muerte natural.

Viajó a Bogotá para asistir al sepelio, y al regresar a la casa de Chapinero, envuelta todavía en el dolor de la doble pérdida, otro dolor la aguardaba escondido en la caja fuerte de su padre. Y éste le dolió más que todos.

Entre documentos caducos y joyas, descansaba un fajo de cartas sin abrir. Iban dirigidas a ella y todas pertenecían a Joan Dolgut.

¿Por qué le habían hecho eso?

La sensación de haber sido una muñeca hueca en manos de su padre la encolerizó. Se quedó inmóvil, con las cartas apretadas contra el pecho, viendo desfilar entre las sombras los espectros de su pasado. Llegó la oscuridad y con ella sus gritos interiores. ¿Qué había sido de sus días de inocencia, cuando creía que todos eran buenos? La habían matado a sus catorce años pero nadie lo había notado, porque su muerte había sido de ese tipo de muerte que pasa desapercibida. Era una muerte engañosa, que le había dejado dar a luz incluso a su hija, ir envejeciendo y moverse con naturalidad.

Había tenido que querer a quien no quería, vivir como no quería. Esa había sido su vida, cantar para no llorar, bordar para no morir.

Podría haberse ahorrado aquel dolor que le había matado su juventud y su vida sólo con leer aquellas cartas.

¿Cómo podían haber sido tan mezquinos? ¿Cómo se habían atrevido a robarle su vida? ¿Dónde estaba el amor que decían tenerle, si la habían condenado a una vida sin amor?

Ni su padre, ni su madre, ni Pubenza; ninguno de ellos merecía el perdón. Habían decidido por ella su infelicidad.

Regresó a Barcelona, y sólo cuando el avión emprendió el vuelo decidió leerlas.

Lloró como nunca en su vida lo había hecho. Las primeras cartas de Joan desbordaban amor; las segundas, le reprochaban su silencio; las terceras, suplicaban; las cuartas, lloraban de impotencia. Todas llevaban una sonata inédita.

Había otras, fechadas ocho años más tarde, en las que se le advertía más maduro. En ellas le pedía perdón por no haberse enterado a tiempo de que lo había buscado a través de un anuncio, y le reiteraba cuánto la amaba. Le hablaba de su fatídico viaje a Bogotá en plena guerra, de la expulsión organizada por Benjamín Urdaneta, de las penurias de su regreso a una Barcelona destrozada, de su desolación... De su padre desaparecido. De su intento de suicidio. De su empleo como pianista del Ritz. Le contaba de Trini y de su imposibilidad de amarla. Del esfuerzo que hacía por seguir viviendo. En sus palabras podía sentirse su pasión, la desesperación de su amor y su infinito sufrimiento.

¡Cuántas penas se habrían ahorrado de haberlas leído en su momento!

Ahora ya era tarde para todo. Había vivido una ausencia, y otra, y otra… Tantas ausencias de siglos bajo su almohada de sueños inconclusos, que en medio de ellas se había perdido. Había olvidado cómo se amaba, porque en todo ese tiempo su corazón había quedado guardado en un cajón. La amnesia apática de la costumbre había llegado a rodear su inconsciente, apartándola de todo… incluso de su alegría.

No se quitaría el luto nunca. Su negro duelo no era por sus padres. Era por ella y por Joan.

Tuvo que regalar por unas pocas pesetas su piano de pared, para darle cabida a su querido Bösendorfer. Joan Dolgut finalmente llegó a un acuerdo con el anticuario, logrando una sustancial rebaja al precio inicial. En medio del salón, la solemnidad del piano brillaba con luz propia, contagiando de belleza los sencillos muebles que lo rodeaban. Un aristócrata entre la plebe. Joan contemplaba a su viejo amigo con una emoción que rozaba las lágrimas. Lo tocaría… ¡Claro que lo tocaría!, pero siendo fiel al juramento hecho con su amada.

Le arrancaría la tecla fa, la que representaba el amor. Si no había conseguido vivir con su niña del aire, esa pieza no tenía por qué estar en el teclado.

Antes de hacerlo, sucumbió a la tentación de interpretar *Tristesse*, dejándose inundar por los recuerdos. Su corazón, como un potro salvaje, galopó enloquecido sobre su memoria. Volvía a estar en Cannes, en la playa de Juan-les-Pins, y Soledad sonreía, lo miraba, lo amaba…

Aunque su cuerpo se hubiese marchitado, los sueños permanecían. ¿Qué felicidad más grande podía existir, ahora que no le quedaba nada, que la de resucitar recuerdos?

Joan Dolgut agotó la tarde enredado en su música. Tocó y tocó hasta que sus dedos se cansaron y su memoria se agotó. Después de un largo silencio, volvió sus ojos sobre el piano, buscando el mecanismo para liberar la tecla. "Lo siento, amigo mío. Te dolerá, pero sobrevivirás; como yo —le dijo al retirarla—. Ahora podrás entenderme; ya somos iguales".

El piano mantuvo impasible su sonrisa desdentada.

En las manos de Joan, la pieza de marfil parecía un diente arrancado de raíz. Respondiendo a una corazonada inexplicable, le dio la vuelta. Una inscripción en tinta negra brotaba de la madera y concluía en un pequeño corazón con dos nombres y una fecha:

> *Aquí estoy. Nunca me fui.*
> *Antes de ti, no era.*
> *Después de ti...*
> *sólo nos queda el somos.*
>
> JOAN Y SOLEDAD
> *Julio de 1939*

¿Cómo era posible que, sesenta años después, la voz de Soledad le hablara? Había permanecido todo ese tiempo escondida en el piano... Esperándolo. Trayéndole de nuevo su frustración. ¿Qué había sido de su niña del aire? ¿Dónde estaría? ¿Viviría? ¿Por qué el destino se empeñaba en devolverle el alma cuando ya su cuerpo se había acostumbrado a vivir sin ella?

Durante algunos minutos pensó en devolver la nota a su lugar, pero al final desistió de hacerlo.

El fa volvería al teclado el día que regresara el amor. Tal vez él no viviría para verlo, pero su piano sí. Con sus siglos de supervivencia ya había demostrado su inmortalidad. Como si fuese un tesoro, Joan envolvió la tecla y la escondió.

Soledad Urdaneta hizo lo mismo con las cartas. Las guardó como reliquia bajo llave, en un oscuro rincón de su mueble de persianas. Después, y sin saber por qué, desempolvó del último cajón el velo interrumpido. Seguiría bordando aquel manto de novia sin dueña.

Andreu volvía a reunirse con su suegro, y esta vez sabía que tenía las de ganar. Si Pere Sardá lo llamaba tan pronto, con seguridad quería resolver el tema cuanto antes. Era el tipo de persona que anteponía los negocios a los sentimientos, y más, si con ello iba a evitar un escándalo.

Se saludaron sin preámbulos y entraron en materia.

—Mi hija no tiene inconveniente en cederte la custodia y hasta la patria potestad de Borja. Puedes quedártelo.

—¿Qué pasa con las acciones? ¿No crees que antes que hablar de mi hijo deberíamos hablar de negocios?

—De eso hablamos: Borja entra dentro del pacto. No pienses que ha sido fácil convencer a Tita —Pere miró a Andreu por encima de las gafas, buscando intimidarlo.

—¿Y mis acciones?

—No puedo darte lo que me pides. El cincuenta por ciento es imposible.

—Entonces no hay trato. Sabes que si me pongo en marcha…

—No quiero que acabemos mal. Eres el padre de mi nieto y te quiero en la empresa.

—Pues empieza por darme lo que te pido. Sabes de sobra que, conmigo a la cabeza, Divinis Fragances seguirá creciendo.

—Andreu, cuando te hablé del sueldo no bromeaba. Te propongo el veinticinco por ciento y el triple de tu salario.

¿Qué me dices?

Andreu lo sopesó durante unos segundos.

—El treinta y cinco por ciento y no hablemos más.

El padre de Tita quería acabar. Conocía de sobras a Andreu y sabía que, si le daba la gana, podía presionarlo hasta hacerse con el cincuenta por ciento de la empresa. Por eso aceptó al instante.

—Hecho… —se dieron la mano como si acabaran de cerrar el mejor de los negocios—. A cambio, y para la tranquilidad de la familia, el día del traspaso de las acciones y las firmas, me entregarás todo el material que comprometa a mi hija, incluido el máster de aquel video y las fotografías.

—No se hable más, Pere.

Mientras su padre cerraba el trato con su marido, Tita Sardá retozaba entre los brazos de Massimo di Luca. Celebraban la inminente ruptura de su matrimonio.

—*Diavoletta del mio cuore*…

—Te dije que al final lo conseguiría…

—Y lo has hecho todo por mí.

—No sabes cuánto me ha costado.

—¿Qué pasará con tu hijo?

—Vivirá con su padre —Tita lo miró desconsolada.

—Lo siento, *carissima*.

—Lo hago por amor a ti.

—*Lo so, amore*... *Anche se*, considerando nuestras locuras... —Massimo empezó a desnudarla con los dientes—. *Ahi, Diavoletta mia*... *voglio mangiarti tutta... intera*...

—Hazlo, *amore*.

—*Adesso no*...

—¿Por qué me haces sufrir?

—Porque sé cuánto te gusta. Dime... ¿Le has hablado a tu padre de nuestro proyecto?

Tita jadeaba desnuda a la espera de las caricias de su amante.

—*Rispondi, mia cara* —Massimo introdujo su dedo en el sexo de Tita y empezó a moverlo despacio.

—No puedo concentrarme.

—*Rispondi*... —el dedo del italiano buscaba frenéticamente la respuesta en el punto G—. *Rispondi*... —la obtuvo en los jadeos de su amada.

—Sí, sí... Siiiiiiiiii.

Tras su orgasmo, Tita se desmadejó sobre la cama, pero Massimo no se dio por vencido y continuó:

—¿Cuándo empezaremos las obras?

El cuerpo de Tita volvió a templarse.

—No puedo... —jadeaba otra vez. El índice de su amante la tenía atrapada; era un martirio enloquecedor—. No pue... do... ha... blar.

—*Quando?*

En pleno orgasmo, Tita le gritó.

—¡Yaaaaaaaaaaaaaaaaaa!

Massimo se abalanzó sobre ella y la cabalgó enloquecido. La noticia le produjo el mayor éxtasis que jamás había sentido. Alcanzaron el clímax bañados en champán y júbilo por lo que venía.

En medio de la alegría, una inquietud le impidió a Tita disfrutar de su sobremesa de amor. Cuando el gimnasio se pusiera en marcha, tendría que vigilar a su amante. Era tan guapo y sensual, tan salvaje y exquisito cuando quería, que sería objeto de deseo de las muchas frustradas que harían vida allí. Le tocaría competir, vivir en pie de guerra... Tal vez un paso por el quirófano antes de la inauguración la pondría a ella, a la inigualable Tita Sardá, por encima de todas. Miró su imagen reflejada en el espejo. De momento, estaba radiante. Massimo, que la observaba embelesado, se lo confirmó:

—*Bellissima...* —volvía a atraparla en sus abrazos.

Hacía pocos días que Aurora Villamarí vivía con su hija en el ático del paseo de Colom. La despedida de su marido, a pesar de ser muy civilizada, le partió el alma. Se sentía culpable de haberle producido tanta tristeza, pues en el último momento Mariano se había roto, suplicándoles que se quedaran; prometiendo toda serie de imposibles.

La primera cena, tras la separación, resultó tensa y cargada de cinismos. Un compañero de oficina de Mariano, abandonado por su mujer para irse con otro, le había llenado la cabeza de dudas. Delante de Mar, el todavía marido de Aurora insinuó que apelaría al juez, ya que no estaba conforme en cómo se había dado "el mutuo acuerdo". Empezaba a sospechar que su mujer no se había ido sólo por aburrimiento, sino por un motivo imperdonable: la infidelidad. Estaba convencido de que tarde o temprano el amante anónimo saldría de su escondite. Había sido engañado y eso no se iba a quedar así. De ninguna manera permitiría que su hija viviera con un hombre que no era su padre. ¿Qué se habían creído? Podía ser de todo menos imbécil.

Al acabar la cena, mientras regresaba con su hija al piso del paseo de Colom, Aurora decidió acelerar el papeleo y mantenerse alejada de Andreu, por lo menos hasta que los trámites estuvieran en marcha y fuese imposible modificarlos. Temía que su marido le quitase a su niña.

Pasó los días haciendo algunas reformas caseras, con la ilusión de saberse libre para ser feliz. Compró adornos de Navidad; desempolvó las figuritas de porcelana del pesebre de su madre con las que tantos diciembres había jugado; realizó guirnaldas de papel con su hija. Ensayaron a cuatro manos algunos villancicos colombianos en el Steinway que, desde su regreso, volvía a sonar. El piso de su infancia renacía en su alegría enamorada, y Mar se sentía dichosa rescatando las reliquias de su abuela, probándose cuantos trajes antiguos encontraba, adivinando su pasado, entre los álbumes y fotos.

—Mamá, ¿por qué se quiso morir la abuela, si te tenía a ti, si nos tenía a nosotras?

—Aún no he conseguido averiguarlo. Tal vez la movió el temor a que los separaran de nuevo, o la vergüenza de sentirse demasiado vieja para amar.

—Pero si ambos eran libres de hacer lo que quisieran.

—Nadie es libre del todo, princesa.

—Porque no saben serlo, mamá.

—Porque desde que nacieron los encadenaron, hija...

—Y ellos no se rebelaron. Yo no dejaría que me impusieran nada a la fuerza.

—Ya lo sé. Sólo hay que verte.

—Mamá —Mar se excitó—. ¿Y si tenían algún secreto? En las novelas de amor siempre hay alguno.

—Esto no es una novela, hija.

—Pero es amor, y en el amor hay secretos, mamá. No sé... cartas, fotos...

—Me gustaría tanto encontrar las cartas de las que me habló la prima Pubenza... No sé qué se hizo de ellas. Es imposible que tu abuela las tirara.

—¿Y si te ayudo a buscarlas?

Ullada se sabía de memoria todas las cartas de Joan. Las noches se deslizaban lentas entre las palabras de Dolgut a Soledad y las escritas por él a Aurora. Estaba tan obsesionado con ella que se había fabricado un calendario con casillas en las que día a día tachaba, calculaba y medía hasta los segundos que faltaban para las fiestas decembrinas. Si ella no lo llamaba, aprovecharía la ocasión para hacerlo él, con la disculpa de felicitarle las Navidades. Tal vez así conseguiría invitarla a tomar un expreso en el café de la Ópera y pasearse por los puestos de la feria de Santa Llúcia, a respirar abetos y musgos entre las luces navideñas, algo que siempre había anhelado hacer del brazo de alguna mujer que no fuese su madre.

Últimamente andaba despistado con el comportamiento de su "novia secreta"; hacía tiempo que no la veía salir de su casa de Les Corts, y no tenía claro si era por su propia voluntad o porque el marido sospechaba de ella y la tenía encerrada. A la jefatura le llegaban constantes denuncias de mujeres que alegaban recibir malos tratos de su cónyuge. Por eso, una noche estuvo a punto de emplear su chapa de inspector para introducirse en el piso de Aurora y comprobarlo, pero, como siempre le ocurría con sus arrebatos sentimentales, a última hora logró contenerse.

Había empezado una terapia con un grupo de tímidos para desinhibirse y estar a punto cuando Aurora lo llamara, o cuando él se lanzara definitivamente a su conquista. Lo del viaje con Andreu parecía que había sido un trámite familiar aislado que sólo se había quedado en eso, pues no le constaba que Aurora continuara con la relación. De todas formas, por si acaso, él ya la había perdonado.

Además, la terapia le había servido para tomar una decisión. Si para conseguir a Aurora debía renunciar a las cartas de Joan Dolgut, que eran como su reliquia, estaba dispuesto a hacerlo. Como también estaba dispuesto a pelear por ella, y a entregarle el informe del forense y la foto que guardaba en el cristal de su mesita de noche.

Revisó el buzón del correo como todas las mañanas, pero el sobre que esperaba seguía sin llegar. Aurora Villamarí comenzaba a impacientarse. Hacía muchos días que, siguiendo al pie de la letra las instrucciones, había enviado las muestras de cabello de Andreu y de ella a la dirección que aparecía en internet. A pesar de que el laboratorio le había asegurado que al cabo de quince días tendría los resultados, éstos no llegaban.

Llamó a un número telefónico para reclamar, pero una serie continua de grabaciones acabó por desesperarla y finalmente colgó. Necesitaba cuanto antes saber qué había salido en las pruebas del ADN. Cuando estaba a punto de volver a marcar, escuchó el timbre de la puerta. ¿Quién podía ser, si llovía a cántaros? Respondió al citófono preguntando con insistencia quién era, pero nadie contestó; entonces decidió bajar. Delante de la puerta, escurriendo agua y con el vestido pegado a sus huesos, una anciana la observaba.

—¡Santo cielo! —Aurora abrió.

Clemencia Rivadeneira se abrazó a ella, tiritando de frío.

—Estás temblando.

Los dientes de la vieja castañeteaban enloquecidos.

—Vamos… —Aurora se sacó su chaqueta y se la puso sobre los hombros mientras subían—. Debes estar hambrienta.

La anciana la miraba perdida en sus lejanías. Parecía que en cualquier momento iba a morir. La hija de Soledad corrió a prepararle una bañera caliente y, sin esperar a que se llenara, la desnudó y la metió en ella. La ropa estaba hecha jirones. Se la veía famélica y más ausente que nunca. Necesitaba entrar en calor cuanto antes.

Corrió a la cocina y como pudo le preparó un caldo instantáneo. Tenía que beber algo caliente. Al tomarlo, los labios de Clemencia lentamente perdieron el morado de muerte, abriéndose en una pregunta:

—¿Y Soledad…?

—Ahora yo vivo aquí. ¿Te acuerdas de que Soledad murió?

—Tú eres Soledad. No me mientas.

—¡Ay!, Clemencia, viejita linda. Qué bueno que apareciste. ¿Qué quieres comer?… Ya sabes que eres una consentida. Dime, ¿qué quieres?

La anciana sonrió, pícara.

—¿Puedo pedir lo que quiera?

—Lo que quieras.

—¿Qué tal una… sobrebarriga con papas chorreadas?

—Hummm… echaba de menos cocinar para ti.

Aurora buscó en el armario de su madre un vestido de lana para Clemencia y, después de secarla, peinarla y perfumarla, se lo puso. Luego se la llevó a la cocina y empezó a cocinar delante de ella. Los vapores del sofrito y el perfume de la mejorana, el cilantro, el comino y las demás especias hicieron florecer los recuerdos de Clemencia. La sobrebarriga era, de todos sus favoritos, el plato más querido. Sin preguntarle nada, empezó a hablar.

—¿Qué haces viviendo aquí, Aurorita?

—Me separé de Mariano.

—Sabía que lo harías.

—¿Por qué?

—Los ancianos sabemos leer en los ojos tristes. Hace tiempo que sé que estás enamorada, y no precisamente de tu marido. Esos eran los mismos ojos que tenía tu madre cuando hablaba de Joan... —la miró con ternura—. ¿Quién es él?

—El hijo de Joan Dolgut, Clemencia. Por eso te he preguntado tantas veces si podríamos ser hermanos.

—Tu madre me dijo que siempre lo sospechó.

—¿Por qué?

—Porque veía en ti a Joan. Siempre me dijo que tu devoción al piano sólo podía venir de él.

—Pero ¿cómo es posible que no lo supiera de veras?

—Tu madre sufría de episodios de sonambulismo. Después de ellos, nunca se acordaba de lo que vivía. El mismo día en que se encontró con Joan... —Clemencia le preguntó entonces a Aurora—: ¿Recuerdas que te conté que se encontraron en los almacenes El Siglo, aquellos que quedaban en la calle Pelai? —Aurora asintió—. Pues ese mismo día, bueno, en la noche, ella salió dormida, y me dijo que cuando despertó regresaba del mar, del rompeolas donde Joan solía ir cuando era niño. Allí lo había buscado ella una vez, siendo soltera.

Aurora apagó el fuego de la cazuela y sirvió en dos platos la sobrebarriga y las papas bañadas con el sofrito, mientras Clemencia continuaba:

—Me contó que después de quince días empezaron los mareos y el médico confirmó su embarazo. Piensa que llevaba casada con Jaume cinco años y no lograba quedar encinta.

—¿Pero cómo puede ser posible que no se diera cuenta de algo tan especial para ella?

Clemencia saboreó el primer bocado.

—El sonambulismo es así, mija. Yo la acompañé una vez en pleno trance de medianoche y te juro que cocinó, habló y rio conmigo, y a la mañana siguiente, cuando se lo conté, me acusó de mentirosa.

—¿Pero ellos… no volvieron a encontrarse?

—Nunca más, Aurorita. Y eso que tu madre visitó muchas veces el rompeolas… y los almacenes aquellos.

—Pobrecita, ¡cuánto debió sufrir!

—Volcó todo su amor en ti…

—Por eso luchó tanto porque aprendieras a tocar el piano.

—Y no sabes lo que le costaba pedirle a tu abuelo el dinero para pagar tus clases. Lo que recibía de los bordados no le alcanzaba. Tuviste los mejores profesores.

Aurora la interrumpió. Quería retomar el tema que más le preocupaba:

—Y después, cuando volvieron a encontrarse, ¿mi madre no te dijo si Joan le había confirmado lo que pasó la noche del rompeolas?

—Si lo habló con él, no me lo dijo. Centró todas sus energías en la boda, que debía celebrarse el día de su cumpleaños.

—¿Te dijo por qué?

—No, pero parecía que tenía prisa.

Aurora vio que el plato de Clemencia se acababa y temió que, con el último trozo, se fueran sus recuerdos.

—¿Un poco más?

—Como de todas maneras he de morirme, mejor que sea de llenura que de olvido. ¡Qué carajo! Ponme otro trozo —recibió la sobrebarriga que Aurora le ofreció—. Tu madre murió feliz.

—Se le veía en el rostro, Clemencia. Pero ¿por qué morir cuando por fin podían vivir juntos?

—No lo sé, mi niña. Soledad me contó muchas cosas, pero me temo que no todas. O tal vez sea más sencillo de lo que creemos; nos hemos acostumbrado a buscarle explicación a todo.

Mientras Clemencia pronunciaba la última frase, el timbre del citófono sonó.

—¿Quién es? —preguntó Aurora.

Una voz masculina contestó:

—Correo certificado.

El corazón de Aurora Villamarí dio un vuelco. Tenía que ser lo que esperaba. Corrió escaleras abajo gritándole a Clemencia que no tardaba.

Estampó una firma temblorosa y recibió el sobre. Era de ANSWER, el instituto de pruebas de parentesco mediante el ADN.

No pudo abrirlo inmediatamente. Venía en un sobre plástico imposible de rasgar. Atravesó el recibidor, gritando:

—¡Clemencia, ya no hace falta que me digas si soy hermana de Andreu! —le mostró el sobre—. Aquí está la respuesta.

Cogió las tijeras de la cocina y cortó un extremo del plástico. Con las manos temblorosas, extrajo la carpeta que contenía el informe y leyó:

COMPARACIÓN DE PERFILES DE ADN

Aplicada la técnica PCR *y cotejada la reacción en cadena producida por cada uno de los elementos analizados, los laboratorios* ANSWER *certifican que entre las dos muestras*
NO EXISTE NINGÚN TIPO DE CONCORDANCIA.

Por tanto, queda desestimado, con un margen del 99,99 %, la consanguinidad entre las partes.

Aurora rompió a llorar. Clemencia, que no entendía nada de nada, quiso consolarla.

—¿Qué te pasa, mija?

—Lloro de felicidad, Clemencia. No sabes cuántos meses he vivido sintiéndome mal. ¡Andreu y yo no somos hermanos! ¿Sabes lo que eso significa para mí?

—No entiendo nada. ¿Cómo puede una carta confirmar algo tan delicado y serio?

—No te preocupes en entender. ¿Verdad que quisiste ser madrina en la boda de mi madre? ¿Qué te parecería serlo en la mía? Bueno, cuando sea el momento —le aclaró.

—¡Ay!, mi niña, qué feliz hubiese sido Soledad viéndote así.

—Nos ve, Clemencia. Mi madre está en ti, en mí; en mi alegría. Sin ella no hubiera conocido a Andreu. Su muerte me trajo de regalo la vida.

De repente, Aurora se quedó mirándola, intrigada.

—¿Cómo es posible que ahora te acuerdes de tantas cosas?… —preguntó.

La viejita la miró sonriendo.

—Tú y tus manos milagrosas. Ve, Aurorita… —señaló el teléfono—. Llama a la residencia. Ahora, ya no me necesitas y yo quiero descansar. Me hace falta estar entre mis viejos.

El día de su partida, Andreu no se molestó siquiera en despedirse de su mujer. Lo organizó todo a través de su suegro para no coincidir. Le repugnaba tanto haber estado casado con aquella víbora que, simplemente, no podía verla. Cuando abandonó su magnífica torre de la avenida Pearson, lo hizo portando una satisfacción sin límites. No había querido pelear aquella casa, no porque no pudiera habérsela quedado, sino porque toda ella, aunque la hubiera vaciado de arriba abajo, seguiría gritándole lo que había sido; era tan ostentosa que avergonzaba. Además, sus paredes seguirían exudando Allure, el perfume de Tita que ahora no soportaba.

Se iba a vivir con su hijo al Born, al modesto apartamento de su padre, pudiendo pagar un hotel de cinco estrellas; hacía parte de su nueva vida y de sus valores recién adquiridos en los cuales quería reforzarse. Ahora sentía el mundo de un modo distinto. Siempre había esperado que la gente cambiara a su alrededor; que fueran los surtidores de su bienestar, todos a su servicio. Y a sus cincuenta y seis años de pronto descubría que, cambiando él, su entorno se transformaba. Nunca nadie le había dicho que el único capaz de liberarlo de esa cárcel de apariencias, en la que se ahogaba lentamente, era él mismo. Reconociendo sus equivocaciones, se había redimido; sin culpabilidades ni miedos. Él, como tantos, había sido víctima de condicionamientos equivocados y falsos oropeles. Ahora, la piel de su alma había cambiado. Era un ser humano. Sentía que razón y emoción hacían parte de su todo; se entrelazaban armoniosos, produciéndole una paz interior indescriptible. Tenía otras ilusiones y ninguna partía del eje que lo había movido durante toda su vida: la ambición.

Le esperaba su futuro, junto a la mujer que se lo había enseñado todo… Pero eso sería más adelante. De momento, tenía una asignatura pendiente: su hijo. Quería amarlo de una forma que nunca lo había hecho: dedicándole tiempo. Quería conocerlo de verdad y que él lo conociera. Saltar el muro de silencio que los separaba. Quería reconstruir todo su pasado ante sus ojos. Que supiera que sí tenía apellido. Que era un Dolgut, como su padre, y que podía sentirse orgulloso de serlo. Le hablaría de su abuelo, de su pasión por el piano, de su amor frustrado de juventud: Soledad Urdaneta. De Trini y su origen humilde. De su bisabuelo, que entregó su vida luchando por la libertad. Ahora ya no tenía prisa. Su vida entraba en otro tempo, el tempo de saborear, segundo a segundo, lo más refinado de la vida; aquello que era imposible adquirir de otra manera que no fuera el auténtico amor.

Dejaría que las cosas fluyeran. Aurora seguiría impartiendo sus clases de piano a Borja y un día le confesaría a su hijo que se había enamorado de su profesora. Lo haría partícipe de sus planes.

Quería regalarle a Aurora la posibilidad de demostrar ante un gran escenario lo que ya era: una gran concertista. Empezarían por el Palau de la Música y el Liceu, y luego saltarían a otras ciudades hasta abarcar los cinco continentes, interpretando composiciones inéditas. Necesitaba salvar a su padre del olvido, dando a conocer al mundo entero sus sonatas.

Por eso había luchado tanto por hacerse con las acciones de Divinis Fragances. Quería ese dinero para ponerlo al servicio de quienes más amaba y colocarlos en el lugar que se merecían. Lo iba a emplear en estimular a su hijo a ser lo que quería ser, sin obstaculizarle el camino; al contrario, allanándoselo.

Y como lo de proporcionar bienestar a otros no estaba reñido con su propio bienestar, también iba a utilizarlo en vivir bien. Construirían una casa sencilla pero confortable, amplia y luminosa, con un salón en cuyo centro brillara el piano de su padre. Con pocos elementos, en eso Aurora era mucho más sabia que él, pero que en cada uno de ellos se adivinara el alma de los dos, o mejor de los cuatro, porque serían una gran familia. Se demostraría a sí mismo que la ostentación más lujosa estaba en la austeridad. Vendería su colección de coches suntuosos y se compraría uno que cupiera en todas partes. Conseguiría una casita en la montaña, para vivir la vejez rodeado de pinos y eucaliptos. Viviría lo que nunca había soñado vivir, porque, en verdad, a lo que estaba asistiendo al marchar de la avenida Pearson era a su renacer.

El sonido de su móvil interrumpió sus pensamientos. Era Aurora, y su voz resplandecía.

—Andreu, necesito verte… Quiero contarte algo. ¿Dónde estás?

—Adivina… estoy llegando al Born con Borja. Venimos cargados de maletas.

—¿Le has hablado de su abuelo?

—No. Quiero hacerlo cuando entremos.

—Entonces, te llamo más tarde. Por nada del mundo querría que te perdieras ese instante maravilloso.

—Te llamaré en cuanto pueda… Mientras, ¿qué te parece si comemos mañana juntos —bajó la voz— y lo celebramos?

—Te amo… No te imaginas cuánto.

—Y yo…

Ya era diciembre y el inspector Ullada no recibía aún la tan esperada llamada de Aurora. Cuando los temas de la jefatura se lo permitían, merodeaba por el barrio de Les Corts, buscando el encuentro casual con la pianista para aplicar las técnicas de desinhibición aprendidas en la terapia, pero éste no se producía. Una noche, mientras bebía una cerveza en la barra del bar situado en los bajos del edificio de Aurora, vio entrar a Mariano Pla. Al sentirlo cerca, decidió abordarlo.

—¿Señor Pla?

—Yo mismo.

—¿Se acuerda de mí?

Mariano se quedó pensando.

—¿Usted no era el inspector que llevó el caso de mi suegra?

—Así es.

—¿Vive por aquí?

—Más o menos. Llevo casos que atañen a este distrito. Por cierto, ¿qué tal su mujer?

—No sé… —le contestó, cabizbajo.

—No lo entiendo.

Mariano tenía ganas de hablar. Se sentía solo y herido.

—Me dejó por otro. Ya sabe… ahora está de moda eso de abandonar a los maridos que se portan bien.

—Lo siento…

Ullada se encendió por dentro. Así que era eso. Aurora "los" había abandonado para irse con otro, y él sabía que ese otro era Andreu, una rata adinerada y sin valores. No. Eso no se quedaría así; de ninguna manera.

Iba a armar la que fuera con tal de que ella no se saliera con la suya. Del amor al odio había sólo un paso, y ahora su corazón acababa de darlo. Él, tan bondadoso, que había decidido perdonarle el desliz siempre y cuando hubiera vuelto a él… ahora era humillado; lo que había hecho merecía su castigo.

—¿Quiere que lo ayude a investigar sobre el asunto?

—No tengo dinero. Una investigación vale lo suyo, ¿no?

—Sería sin ningún compromiso. Usted me cae bien. Hay cosas que no se le pueden hacer a un hombre y con las que todos deberíamos solidarizarnos.

—Eso mismo me dijo un amigo… ¿Está usted casado?

—No, gracias a Dios no he tenido tiempo.

—Mejor. Las mujeres terminan por golpearte donde más te duele.

—Se arrepentirá… Ya lo verá. Eso no "nos" lo puede hacer. Mariano miró al inspector agradecido, pensando que todavía quedaba gente buena.

—Lo invito a una cerveza.

Ullada aceptó, dando un repaso a la vestimenta del marido de Aurora, que llevaba un chándal con el escudo del Barça.

—Por lo que veo, usted es de los míos. Yo también soy culé. ¿Brindamos?

El inspector Ullada y Mariano Pla sellaron su encuentro chocando sus vasos espumosos.

Hacía casi tres semanas que no se encontraban, y tanto Aurora como Andreu rebosaban de ansiedad y alegría.

A pesar del invierno, y después de interminables días de lluvia y frío, el cielo barcelonés les regalaba un azul repintado y brillante, barrido por una brisa nueva. Para contradecir al tiempo, los termómetros marcaban los veinticinco grados.

Andreu pensó que la temperatura era ideal para comer en alguna terracita de Sitges, mirando el mar. No habría nadie, y tendrían la playa entera para ellos. Reservó en el restaurante que quedaba al final del paseo, junto a la iglesia.

Recogió a Aurora en su Ferrari rojo y, tras un beso eterno en el que se entregaron el alma, arrancó.

—Te tengo un regalo —le dijo Aurora.

—¿Qué es?

—Es una sorpresa —sacó de su bolso un CD sin carátula ni rótulos y lo introdujo en el equipo de sonido. Las notas de un piano, tocado con maestría, se volatilizaron en el coche. Andreu las escuchaba fascinado.

—¿Quién es?

—Son las sonatas de tu padre… interpretadas por tu hijo.

—¿Cómo lo has hecho?

—Ha sido un trabajo de muchos días.

—¿Y cómo es que Borja no me ha dicho nada?

—Cree que son para mí. Tu hijo ya vuela solo. Es un gran pianista.

—Gracias a ti…

—Yo no he hecho nada. Todo estaba allí, sólo hacía falta que alguien lo creyera; hubiese florecido de todas formas, aunque sus raíces hubieran permanecido en una piedra. Lleva los genes de tu padre en cada una de sus células. Será un gran compositor.

—¿Cómo lo sabes?

—Me ha enseñado algunas de sus creaciones.

—¡Tengo tanto por descubrir!

En el camino, Aurora le contó de la desaparición de Clemencia y de su sorpresiva aparición. De las revelaciones que ésta le había hecho al sabor de las comidas colombianas. Le confesó con cierta vergüenza de la sospecha que la había acompañado durante meses sobre su parentesco filial; del porqué de arrancarle aquellos cabellos y del informe del ADN que finalmente negaba cualquier consanguinidad.

—¿Cómo no me dijiste nada? Podríamos haberlo sufrido juntos, haberlo descubierto entre los dos. Eso es el amor, Aurora. Acompañar en todos los momentos. ¿No es lo que tú me enseñaste?… Debiste pasarlo muy mal.

—Ni te lo imaginas. Mientras me iba enamorando de ti, mis sospechas iban creciendo a la par... fue durísimo. Pero tenía mis razones. Tus manos y las mías... ¿No te parecen idénticas? —Aurora acercó su mano a la de Andreu y éste la cogió y la llevó hasta sus labios para besarla.

—Los dedos largos no son una exclusividad de los Dolgut, señorita Villamarí.

Ambos rieron.

La brisa despeinaba los cabellos de Aurora, convirtiéndola en un ángel de alas negras. Andreu la observaba embelesado. Desde que se había separado, su belleza serena había crecido.

—¿En qué piensas? —le dijo ella.

—En lo afortunado que soy.

—Que somos —Aurora completó la frase. De pronto, una sombra la asaltó—. Andreu, tengo miedo de que Mariano me quite a Mar.

—No lo hará, cariño. Tu hija está en una edad en que necesita más de su madre. Él tiene que entenderlo.

Para distraerla, Andreu sacó el tema de las fiestas que se acercaban; planearon cómo y dónde pasarían las Navidades. Hablaron y hablaron... hasta que llegaron.

Tal como Andreu supuso, todo Sitges se rendía a sus pies. Los comedores estaban vacíos, y los escasos veleros que se adivinaban a lo lejos eran cisnes deslizándose sobre un azul inmóvil.

—Una de las cosas más difíciles es mirar —le dijo Aurora, dirigiendo sus ojos al horizonte.

—¿Qué quieres decir?

—Mirar sin juzgar. ¿Ves esos veleros? Si empezáramos a colgarles todo lo que pensamos sobre ellos, quién los conduce, de qué modelo son, a qué país pertenecen… ya dejaríamos de disfrutar del simple hecho de verlos posados en el mar. Cuando miramos con libertad, lo que miramos siempre será nuevo. Lo mismo ocurre con nosotros.

—¿Hablas de las proyecciones que hacemos de las cosas… y de las personas?

—Sí. Las opiniones, los juicios y los valores atrapan. He aprendido tanto de ti…

—¡Qué dices! Soy yo quien aprendí de ti —Andreu la acarició con ternura.

—Yo te juzgué antes de conocerte.

—Me lo merecía.

—Te equivocas. Nadie merece ser juzgado a priori. Y, además, todos tenemos derecho a equivocarnos y a rectificar.

—Lo estamos haciendo ahora. Al separarnos de nuestros respectivos cónyuges.

—Sí, pero no sé hasta qué punto les hemos hecho daño a otros con nuestra separación.

—Aurora, no podemos arreglarles la vida a los demás. Ellos tendrán que ocuparse de su bienestar. Tal como estábamos, éramos cuatro infelices.

—Tienes razón. Pero no puedo evitar sentirme culpable.

—Nadie tiene la culpa. Además, ¿se puede considerar culpa el querer ser feliz? Mira lo que les pasó a nuestros padres. Ni fueron felices, ni pudieron hacer felices a quienes los acompañaban.

—Sigo sin comprender por qué se quitaron la vida.

—Lo averiguaremos, mi amor. La verdad siempre brilla… aunque a veces permanezca a oscuras.

Pasaron una tarde dorada de risas y silencios, mientras las horas caían sobre ellos sin romperlos ni mancharlos. Las campanadas de la iglesia celebraban su alegría. Ahora se conocían a fondo; el camino estaba allanado y el futuro brillaba. Se bebieron dos botellas de Moët Chandon a su salud, la de sus padres y la de sus hijos. A la salud de lo que estaban a punto de vivir.

Se empacharon de mariscos entre carcajadas burbujeantes y charlas profundas, chupándose las palabras como si fueran manjares. Caminaron descalzos por la arena como niños libres, y terminaron acariciando un atardecer que se derretía perezoso sobre el cielo, envueltos en una tibieza inesperada. Antes de que el sol se ocultara, decidieron regresar.

—Ven, sube —Andreu abrió la puerta del coche—. Quiero que veas el mar desde el cielo.

—¿Qué dices?

—Te lo enseñaré. Hay un sitio donde parece que subes un escalón al cielo; desde allí, el mar es infinitamente más hermoso.

El Ferrari cogió las costas del Garraf. Tomaban el camino más largo, pero el más bello. Cuando llevaban unos pocos kilómetros de un paisaje marino indescriptible, Andreu señaló hacia el horizonte.

—¿Ves aquellos copos blancos? —Aurora asintió—. Son palomas.

—¿Cómo pueden ser palomas?

—Son palomas de mar. Se forman con la espuma de las olas.

—Son preciosas...

—Si no te hubiera traído por aquí, te las habrías perdido. Te las regalo todas, para que te bañes en espuma.

Aurora lo besó.

—Queda prohibido distraer al conductor, señorita... o te advierto que no respondo.

Aurora puso su mano sobre el pecho de Andreu. Lo deseaba.

Las sonatas crecían en aquel silencio enamorado; se mezclaban en el aire azul de un Mediterráneo a punto de dormir. En el horizonte, sólo las gaviotas parecían despedirlos con sus pañuelos de plumas. Aurora reclinó la cabeza sobre el hombro de Andreu. Ya se lo habían dicho todo. Llevaban el cansancio del amor unido... nada pesaba. El coche había cogido velocidad, se deslizaba sobre el asfalto sin esfuerzo.

Algunas estrellas comenzaban a brillar antes de hora, y una luna distraída colgaba de un cielo todavía vestido de crepúsculo.

De repente, en una curva cerrada, un camión que había invadido el carril contrario los sorprendió de frente, y sin darles tiempo a reaccionar, los empujó al precipicio.

El piano de Borja continuó sonando en la caída. Entre las rocas, el Ferrari se despeñaba lento, arrancando a su paso bloques de piedra que lo seguían en una marcha angustiosa, rebotando sobre la vía del tren, hasta finalizar su vuelo rojo en el mar.

No se dieron cuenta. Andreu y Aurora emprendieron su vuelo abrazados y dormidos. El primer impacto contra la valla les cerró los ojos. Mientras caían, una sensación de bienestar y ligereza los arropó.

Aurora se veía diminuta, protegida entre los brazos de su madre... Desenvolviendo el gran regalo del abuelo... Interpretando al piano *Tristesse* entre aplausos y reverencias en el teatro del colegio... De pronto había crecido y tenía en sus brazos a una niña pequeñita, y ella lloraba y reía de felicidad... Sintiendo aquel cuerpecito tibio, carne de su carne... Sentía el agua... flotaba con su pequeña Mar en la bañera, vapor cálido, balbuceos, ma, ma, ma, ma... Y Mar cantaba para ella, las dos sentadas frente al piano tocando a cuatro manos villancicos... Su madre, hermosa, con el velo de novia más largo que había visto nunca... Ella lo llevaba, la marcha nupcial... Y al final del trayecto, el novio... Andreu abría sus brazos, la esperaba... La llamaba... El piano abierto... las manos de él interpretando la sonata más bella... en su cuerpo... El amor... el amor...

Andreu cantaba con su madre una zarzuela... ¿tenía cinco años? Jugando solo... Su padre triste, las notas afligidas de un piano... Las Ramblas, hacía frío... Cuántos coches elegantes, los abrigos, los puros, el aliento de su madre... Sus besos, su alegría... Su muerte, el llanto... Cogido de la mano de su padre, el teleférico… La mano de su padre, el Tibidabo… La mano de su padre, el Cacaolat caliente… La mano de su padre, los lujos de otros… La rabia de él… Sus lujos propios… Su hijo en sus brazos, dormido, siempre dormido… Su padre en sus brazos, dormido… Dolor, soledad… El amor, por fin el amor… Las manos de Aurora en su cuerpo… En el piano… Acariciando su pelo… Sobre su pecho… Su gesto leve poniendo en orden sus cabellos… El cuerpo desnudo de Aurora temblando en sus brazos… El amor… El amor…

El tren de las siete pasó muy cerca. Tan cerca que el conductor pudo notificar del brutal accidente a la policía.

El coche se ahogaba con su música en el mar. Andreu y Aurora habían salido disparados por el impacto y descansaban abrazados junto a la vía del tren.

No fue nada fácil. El rescate lo efectuaron los bomberos, y una unidad móvil de emergencia se encargó de la valoración de los heridos. Los cuerpos mantenían sus signos vitales en un hilo. A primera vista ambos sufrían múltiples fracturas y conmoción cerebral. Sería necesario un TAC craneal y de las cervicales, antes de explorarlos en profundidad.

En medio de su extrema gravedad, sus rostros reflejaban una paz inmaculada. Parecían dormir un sueño profundo.

Fueron evacuados en helicóptero hasta el hospital de la Vall d'Hebron, donde entraron entubados y con suero.

Mar se enteró del accidente a medianoche y corrió con su padre a la clínica. Cuando llegaron, Aurora aún no había salido del quirófano, donde un equipo de médicos luchaba por salvarle la vida. Trataban de parar una hemorragia interna; tenía el bazo destrozado, la cadera fracturada, cuatro costillas rotas y el TAC revelaba concusión cerebral. El diagnóstico era de pronóstico reservado. Estaba en coma profundo.

En otra sala, Andreu también se debatía entre la vida y la muerte. Desde su ingreso, llevaba tres paradas cardiorrespiratorias y el pulso era imperceptible. Sufría derrame pleural y una contusión renal grave, aparte de múltiples fracturas en brazos y piernas. Al igual que Aurora, el TAC craneal mostraba claramente un sangrado interno producido posiblemente por el choque de la cabeza contra el parabrisas.

Borja, acompañado de su abuelo, aguardaba en la sala de espera a que alguien les informara.

Lo primero que hizo Pere Sardá tras conocer el parte médico fue hacer uso de sus influencias; la medicina privada tenía que obrar el milagro de sacar a Andreu de su coma profundo. Al cabo de pocas horas el equipo del hospital de la Vall d'Hebron aceptaba el delicado traslado de Andreu a la clínica Teknon.

Durante los siguientes diez días, ni Borja ni Mar abandonaron los respectivos centros hospitalarios, demostrando una entereza de acero. Pasaron las Navidades pegados a las puertas de la UCI, rogando para que sus padres recuperaran la conciencia. Las visitas estaban restringidas, pero los pocos minutos que los dejaban acompañarlos los aprovechaban para darles amor. Ahora Borja sabía cuánto quería a su padre. Tenía que salvarse para poder demostrárselo.

Pese a los ruegos de Mariano, que insistía en llevársela al piso de Les Corts, Mar había preferido permanecer fiel a su madre, manteniendo todas sus cosas en el piso del paseo de Colom. Esperaba que regresara de su sueño; si accedía a irse con su padre, daba por hecho que su madre no volvería. No podía darse por vencida; le hablaría.

Esa mañana la dejaron verla temprano. El rostro de su madre mantenía una serenidad de santa, a pesar de los tubos, las sondas y las agujas. Los brazos amoratados descansaban inertes.

—Pobrecita. Cómo te han puesto —Mar besó sus párpados cerrados y extendió sus cabellos sobre la almohada—. ¿Te duele, mamá? —el ronroneo del respirador le contestó—. Allí donde estás, ¿hay sueños? —sin querer, Mar se apoyó sobre una cánula y un pitido la sobresaltó—. Tienes que volver pronto, mamá. No quiero irme con papá, y si tardas, me llevará con él —la pantalla marcaba con su sonido un ritmo monocorde—. Si te mueres, ¿quién me enseñará a ser mayor? ¿No ves que tengo que crecer? No puedes irte sin mí, mamá. Te quiero… Te quiero mucho… Prometiste que estarías conmigo siempre. Me lo prometiste… Me lo prometiste… —Mar rompió a llorar. Una enfermera la rodeó con su brazo, invitándola a salir.

Hasta la jefatura del número 43 de la Via Laietana llegó el caso del accidente del Ferrari rojo. Se habló de un posible intento de suicidio doble, ya que los despeñaderos de las costas del Garraf tenían fama de ser los preferidos por los suicidas más refinados. El conductor del camión se había dado a la fuga, sin dejar rastro de su culpabilidad.

Cuando Ullada se enteró de que quienes viajaban en aquel coche eran Andreu Dolgut y Aurora Villamarí, lo primero que hizo fue preguntar por el estado de salud de su amada. La rabia ahora daba paso a un solo deseo: que se salvara. No podía ser verdad lo que le decían en el hospital; no podía estar en coma.

Cuando trasladaron a Aurora de la Unidad de Cuidados Intensivos a una habitación, Ullada decidió visitarla.

Una ligera mejoría había permitido retirarle la ventilación mecánica; a pesar de ello, su estado vital se mantenía estático. Las heridas superficiales iban cicatrizando, pero el torso y parte de su cadera seguían enyesados. Aunque su palidez era marmórea, su cuerpo resplandecía de manera sobrenatural entre las sábanas. Ullada pasó un largo rato observándola y no pudo evitar emocionarse. ¿Qué tenía aquella mujer que era imposible no amarla? ¿Cómo podía haber pensado hacerle daño a semejante ángel? No fue capaz de hablarle. Tenía rotas las palabras. Se pasó un largo rato acariciando con la mirada su rostro dormido. Nunca la había tenido así, tan íntima, tan entregada a él.

La puerta se abrió y, como pudo, el inspector se secó las lágrimas. Era Mariano.

—Inspector… ¿Usted por aquí?

Ullada le mintió: —He venido por otro caso y en la lista de internos me enteré… Lo siento… Debe haber sido muy duro para usted.

Una voz derrotada le contestó.

—Iba… con su amante. ¿Sabe?, al final, mis sospechas no eran infundadas.

Ullada desvió la conversación:

—¿Qué dicen los médicos?

—No aseguran nada. Podría salir del coma en cualquier momento… pero también podría quedarse así para siempre.

—¿Y su hija?, ¿cómo está?

—Imagínese… No quiere moverse del piso de la abuela. Dice que está esperando a que su madre despierte… y yo no quiero desilusionarla. Me da tanta pena…

—Se pondrá bien… Ya lo verá.

Ullada se despidió arrastrando un sentimiento de culpabilidad. ¿Y si no despertaba? ¿Y si moría? No, no podía irse sin que supiera lo que él sabía. Tenía algo que le pertenecía.

Huyendo de los ruegos de su abuelo, Borja continuó viviendo en el Born. Hacía más de un mes que su padre estaba en coma profundo, y aunque se mantenía estable, aparte de sus fracturas no había progresos. Los especialistas más doctos coincidían en afirmar que nada se podía hacer, salvo esperar.

El padre de Tita se iba desesperando; necesitaba que su yerno volviera en sí para que su empresa no sufriera una debacle monumental. Por fin se daba cuenta de cómo dependía de él la estabilidad empresarial. No se dio por vencido hasta que no estuvo seguro de agotar todos los recursos. Llegó a ponerse en contacto con los centros neurológicos más prestigiosos de Norteamérica, que después de estudiar el caso tampoco pudieron garantizarle nada.

A pesar de las sondas, las cánulas y los sueros, Andreu parecía dormir plácidamente. Tenía la mejor *suite* de la clínica y un equipo de enfermeras y fisioterapeutas para él solo que lo atendían día y noche, manteniendo su cuerpo en el mejor estado posible. Todo corría a cargo de su suegro.

Su todavía mujer ni se había acercado a visitarlo ni pensaba hacerlo. El accidente retrasaba todos sus planes. Su padre andaba obsesionado por recuperar a Andreu al precio que fuera, y no estaba para gimnasios.

Una tarde, tras regresar del colegio, Borja sintió que ya estaba preparado para tocar el Bösendorfer de su abuelo. No lo había hecho antes por respeto a su memoria. Ahora ya sabía cómo era y se sentía orgulloso de él. Había ido leyendo cada noche su viejo cuaderno, y se identificaba con todos sus deseos juveniles. Las composiciones musicales que aparecían entre sus páginas eran tan delicadas que, sólo leyéndolas, la música sonaba en su cabeza. Las tocaría; de esta manera, él y su abuelo se unirían. Al levantar la tapa que cubría las teclas, reconoció aquel perfume a rosas que su abuelo había descrito tan bien en su cuaderno. ¿Sería el aroma de "la niña del aire"? ¿Por qué le faltaba una tecla al piano? Se asomó por el orificio y lo que vio al final lo sorprendió. ¿Qué era aquello blanco que se adivinaba al fondo del asta del apagador? ¿Era un papel doblado?

Levantó la tabla armónica y la caja de resonancia quedó al descubierto. Sí. Entre el mecanismo del teclado, una carta lo esperaba.

La desató con cuidado y la desplegó. Era una nota de su abuelo dirigida a él, en la que le dejaba en herencia su Bösendorfer y le pedía que respetase su último deseo: la nota fa debía regresar al piano el día en que él, su único nieto, encontrara el amor.

Borja trató de tocar el instrumento sin la tecla, pero no pudo. Por un instante se sintió tentado de correr a buscarla, pero finalmente desistió. Si su abuelo quería aquello, lo cumpliría aunque tardara toda la vida en conseguirlo, pues si algo le parecía imposible era llegar a enamorarse. El amor que había visto en sus padres —si a eso se le podía llamar amor— no lo atraía en lo más mínimo.

El inspector Ullada acumulaba un rosario de noches insomnes. Un presagio funerario se le había metido en el cuerpo. La visión de aquella Aurora desaparecida de la vida de los despiertos lo atormentaba. Quería que volviera en sí, que se salvara, y no sabía para qué, pues si algo había hecho el accidente era confirmar su relación con Andreu. Estaba entre dos desazones. Si moría, él no podría perdonarse el haberle quitado el derecho a tener lo que le pertenecía; si vivía, tampoco podría perdonarse haberla perdido en brazos de otro. Cabía otra posibilidad que aún no había contemplado y que el desvarío de la madrugada le ofrecía: que Andreu muriera y Aurora viviera.

Si esto sucedía, volvía a tener el camino libre.

Se recriminó.

Pero ¿qué estaba pensando? ¿Qué tipo de amor era ése? No. Él quería ser diferente. Su amor no iba a ser como el de los demás mortales; no podía ser egoísta. Aunque se quedara masticando su imposible, no iba a poseerla a la fuerza; la amaba demasiado para hacerle daño. Dignificaría el amor. La amaría sin futuro. Tras su último pensamiento, el sueño atascado se liberó.

Empezó por ir a Vall d'Hebron dos tardes a la semana y, pasado un mes, intensificó sus visitas. Pronto se acostumbró al pitido de las máquinas, al olor higiénico de los suelos y a la luz cansada de los fluorescentes de la habitación de Aurora. Todos los días, arreglándoselas como podía para no faltar a su cita, aparecía con una rosa roja, y tras acercar una silla a la cama y saludarla como si pudiera verlo, le leía con toda la intensidad de sus sentimientos las cartas escritas por Joan. Una por día. Treinta por mes… sin agotarse. Cuanto más le leía, más se convencía de ser el autor de aquellas frases tan vehementes.

Aurora parecía dormir el sueño de los muertos. A medida que los meses pasaban, sus posibilidades de recuperación se alejaban. Sin embargo, Mar seguía convencida de que un día su madre despertaría; seguía visitándola todas las tardes, cuando salía del colegio. Ella era quien, ayudada por la enfermera, la bañaba, peinaba y daba masajes para activarle la circulación y estimularle las articulaciones. Todos los días le contaba lo que hacía en clase, dando por hecho que la escuchaba. "Ya sé que me dirás que…"; "No me riñas, mamá, te prometo que mañana te traeré el examen de mates…"; "Sigo yendo a casa de la abuela…"; "La vecina del tercero te manda saludos…"; "Papá se enfadó conmigo porque…"; "Tú me habrías dejado…"; "En el festival de fin de curso haremos el musical de *La bella y la bestia*…"; "¡Adivinaste! Sí, yo seré la bella…".

Borja buscaba en internet información sobre el coma y la conciencia, tras haber presenciado en la televisión el conmovedor testimonio de una mujer que decía haber permanecido en coma durante cuatro años y haber sido consciente de todo cuanto había oído. En uno de los portales que investigó se referían a la música como un estimulador neurológico en los bebés, como eficaz herramienta para combatir el estrés, como inductora natural del sueño, como potenciadora del aprendizaje en niños con problemas de concentración, como relajante muscular… La música era una auténtica medicina para el alma. Si el oído era el primer sentido que se formaba en el vientre materno, también debía ser el último en perderse. Una idea le iluminó el alma.

El piano. Necesitaba tocar para su padre las sonatas del abuelo. Pero ¿cómo iba a hacerlo, si el piano que quería tocar era el Bösendorfer? ¿Cómo trasladar el instrumento hasta la clínica? ¿De qué manera podría conseguir el permiso del centro hospitalario?

Su abuelo... Necesitaba convencer a su otro abuelo.

Pere Sardá recibió a su nieto con alegría. Le preocupaba mucho aquel muchacho sin padre ni madre que se ocuparan de él, aunque reconocía que su madurez no se correspondía con la de un joven de dieciséis años.

—Abuelo... ¿Por qué no me dijiste que mi padre iba acompañado el día del accidente?

—No tenías edad para saberlo, ¿quién te lo dijo?

—Vosotros, los adultos, no sabéis nada de los jóvenes. En la clínica, lo supe en la clínica.

—¿Te dijeron quién es ella?

—No.

—Mejor.

—Parece que se dieron cuenta de que habían metido la pata. ¿Quién es?

—No te lo diré.

—Tengo derecho a saberlo.

—Es, o era, una pobre infeliz. Debía ser un ligue sin importancia. No valía nada.

—¿Por qué descalificas tan fácilmente a las personas?

—A mí no me hables así, jovencito.

Borja se levantó.

—Venía a decirte algo importante... algo que tal vez ayude a papá a recuperar la conciencia, pero...

—No te vayas.

—Dime quién era.

—Se llama Aurora…

—¿Aurora? —Borja pensó en su profesora de piano, que nunca se despidió y a la que nunca volvió a ver—. Aurora… ¿qué, abuelo?

—Villa… algo. Has de entender que no me acuerde. Tu padre era el importante para mí.

—¿Qué pasó con ella?

—Estaba malherida… ¿Adónde vas?

—A Vall d'Hebron.

—¿Y lo que querías decirme?

—Te llamaré.

—¿Quién es ella? ¿La conoces?

Desde la puerta, Borja le contestó con los ojos encharcados en lágrimas.

—Es la mejor mujer que he conocido en mi vida.

Aparcó la moto enfrente del edificio y cuando se acercaba a la puerta la vio. Llevaba unos tejanos desteñidos y un suéter rojo que le hacía juego con sus mejillas sonrosadas. Un estremecimiento atronador le bajó por el cuello y se instaló en su vientre. El revoloteo frenético de cientos de mariposas en el estómago lo obligó a detenerse. ¿Qué era lo que sentía?

La chica venía directamente hacia él.

"Que levante los ojos…

"¿Caminas… o vuelas?

"Despacio… No quiero que pases de largo… No quiero dejar de mirarte…

"¿Y si te digo hola? ¿Cómo podré conocerte si no me atrevo a hablarte?

"(Carraspeo.) No puedo… No me sale la voz".

Delante de él, justo antes de pasar de largo, unos ojos retintos clavaron su luz en su alma. Quedaba herido de felicidad.

Un solo segundo… una eternidad.

Se fue alejando.

"¿Y si te giras? Si vuelves a mirarme…".

La chica se giró y con un gesto instintivo, tal vez heredado, retiró la larga melena de su cara para volver a clavar sus ojos en los de él.

Otro segundo… otra eternidad.

La vio perderse entre la gente. Su cabellera negra se elevaba con la brisa venida de ninguna parte.

La boca del metro se la había tragado.

Borja se quedó paralizado delante del hospital, sosteniendo su casco bajo el brazo sin saber qué hacer. Sin entender muy bien el terremoto interior que lo había sacudido. Cuando logró tranquilizar a medias su corazón, se dirigió a la recepción. La imagen de la chica quedaba impresa en su retina de la misma forma en que le había quedado el sol un atardecer rabioso de verano, cuando aún no contaba los cinco años.

La encargada de admisiones del centro le indicó el número de habitación, y después de tomar el ascensor y equivocarse tres veces de piso, llegó. La enfermera jefe le advirtió que la paciente se encontraba en coma profundo desde hacía meses.

La vio enmarcada entre pantallas de picos y curvas monocordes, en una atmósfera de soledades encogidas. Su profesora parecía una bella durmiente esperando el beso milagroso. Sus brazos descansaban a lado y lado de su cuerpo, cansados de suero y pinchazos.

Una ternura infinita lo invadió y el muchacho no pudo contener las lágrimas.

Menos mal que nadie lo veía.

Estuvo largo rato contemplándola, sin casi atreverse a respirar por respeto a su sueño. Cuando estaba a punto de marcharse, una enfermera entró.

—No tengas miedo. Si tienes algo que decirle, díselo. No podemos saber si oye, pero, por si acaso…

Borja se sentía ridículo. ¿Y si alguien entraba y lo encontraba hablando?

Miró a lado y lado, estaba solo.

Empezó por contarle qué había pasado con su padre, dando por hecho que nadie le había dicho nada. Le contó con detalle cómo estaba; su traslado a la clínica Teknon, los primeros días tras el accidente y su estado actual.

—Mi padre está tan solo como tú… tan dormido… Los médicos no pueden hacer nada… Aurora, tengo miedo de su corazón. Se ve cansado… Si volviera a fallar, entonces lo perdería… lo perderíamos… No sé por qué el abuelo se lo llevó de aquí. Hubierais querido permanecer juntos, ¿verdad?

Una enfermera le advirtió que al cabo de pocos minutos acabarían las visitas. Borja tomó la mano inerte de su profesora entre las suyas.

—Aurora… vuelve. Te echo de menos.

Se hizo de noche sobre el hospital. En la habitación de Aurora todo estaba en silencio, menos su mente…

"Tengo que despertar. ¿Por qué me pesan tanto los párpados? Que alguien me quite esta losa que me impide abrirlos.

"Andreu… No te vayas. No te mueras… Espérame…

"Tengo que levantarme… Tengo que ir con él… ¡QUE ALGUIEN ME AYUDE!

"Mar, ¿estás aquí? Háblame… hijita… háblame. Si supieras cuánto ansío abrazarte, mi niña preciosa. Acércate… que pueda olerte, que pueda sentirte, dame un beso, niña mía… Tócame… Mar… ¡MAAAAR! ¿ES QUE NADIE ME ESCUCHA?".

La habitación se durmió. Aurora se había ido de nuevo.

El verano volvía sobre Barcelona con su luz dorada y sus verdes recién estrenados. Por las calles se respiraba un olor anticipado a pólvora, y en las esquinas las floristerías lucían sus flores agonizantes de sed. Todo invitaba a la celebración. En las vitrinas de las pastelerías se exhibían apetitosas cocas, y la gente corría de un lado a otro, inquieta. Esa noche se celebraba la verbena de Sant Joan, y decenas de casetas improvisadas atendían las colas que se hacían para proveerse de cohetes, petardos y pirotecnias. El inspector Ullada sabía que esa noche habría trabajo en la jefatura, por eso decidió pasarse por el hospital antes del anochecer.

Llegó con su rosa roja y la última carta de Joan; había dejado para el final la que más le gustaba. Antes de entrar, le preguntó a la enfermera si estaba la hija de Aurora.

—No se preocupe, inspector. Acaba de irse.

Las enfermeras le habían cogido cariño, y aunque entendían muy poco el porqué de sus visitas, creían que de algo servían.

—¿Alguna novedad?

—Ninguna.

El inspector dejó la rosa sobre la mesilla después de aspirar su aroma.

—Si pudieras olerla... Aurora, ésta dicen que es del país de tu madre. Y me lo creo. Aquí las rosas ya no huelen. No las dejan ser. Las cortan antes de que les nazca el perfume...

Aproximó la silla al lecho.

—Hoy te leeré la última carta. Para mí, la más bella.

Mi niña del aire:

Me encuentro en un silencio doloroso.

Me pesan las horas más de lo que mi alma puede soportar. ¿Por qué no me contestas? Quiero pensar que es que mis cartas no te llegan. Que esta maldita guerra se las está tragando, que los barcos que te llevan mis frases naufragan en medio del océano, que un rayo las calcina... quiero pensar cualquier cosa, menos que no quieres contestarlas.

Me perdí. Sin ti ya no me reconozco. ¿Cómo es posible que el amor nos haga y nos deshaga a su antojo? ¿Cómo es posible quedar hecho cenizas, sin acabar de arder? A veces siento miedo de no poder seguir. Si por lo menos me enviaras una sola palabra. Si me dijeras: "No me he ido, estoy contigo".

Tu rostro se pasea por mis noches cansadas; lo siento flotar entre mis párpados sin ojos.

¿Qué dedo me señaló para ser yo el elegido de este amor imposible?

Me siento más lejano de mí que de ti. Vago por esta ausencia tuya con mi cuerpo vaciado y cuando pienso que no existo, mis ojos se mueren de sed...

Cuánto deseo volver a verte.

Esta soledad es como un lodo espeso que me ahoga. Ya no sé si vivía antes de ti o si empecé a morir apenas verte. Se me junta el vivir y el morir en un solo acto.

No sabes cuántas sonatas he inventado soñando el día en que vuelva a verte. Me atropellan. Todas las hago pensándote.

Nunca me preguntaste por qué te llamo mi niña del aire. ¿Sabes de alguien que viva sin él?

¿Todavía llevas el anillo que te hice?

¿Todavía sigues pensando que nos reuniremos algún día?

Dime que sí. Que todavía piensas que viviremos juntos hasta más allá del penúltimo sueño...

Joan

—"Dime que sí. Que todavía piensas que viviremos juntos hasta más allá del penúltimo sueño...".
—Ullada volvió a repetir el final de la carta, con los ojos cerrados y la voz en un susurro.

Después permaneció en silencio un largo rato. Finalmente, volvió a hablar:

—Aurora... Ya casi estoy en paz contigo. Te he leído las cartas, que nunca debí haber cogido del armario de tu madre. Perdóname, no quería robarlas... Siempre pensé en devolvértelas, pero cuando leí la primera, me fue imposible hacerlo. Soy un romántico incurable que ha pretendido vivir el amor a través de los amores ajenos. ¿Sabes por qué? Porque nunca pude vivirlo… ninguna mujer me amó… Me hubiera hecho tan feliz que tú me amaras, Aurora. Sólo ahora, viéndote dormida, me atrevo a decírtelo… Tranquila, entendí que eres mucho para mí.

El inspector sacó de un sobre la foto que guardaba en su mesilla de noche.—Te he traído algo que te pertenece —prosiguió—. La foto de tu madre y Joan. Era de un negativo que también tomé del armario de tu madre. La retocaron, ¿sabes? En la tienda creyeron que eran mis padres. Te la he puesto en un portarretratos. La dejo aquí… junto a las cartas. Aurora, gracias por tantos meses en los que me he sentido vivo. Gracias por tocar el piano para mí… Por haberme hecho sentir importante para alguien. Cuando despiertes, llámame. Todavía tengo algo para ti. Una buena razón para seguir viviendo…

En la habitación 330 de la clínica Teknon se había disparado la alarma. Andreu se les iba. Las enfermeras corrían. En los monitores, una línea verde marcaba que el corazón se había agotado. Borja se mantenía lívido, poseído de temor junto a la cama de su padre.

—¡SÁLVENLO! —les gritó, enloquecido—. Papá, no puedes irte. No puedes…

Un grupo de médicos entró dando órdenes; los auxiliares llegaron con máquinas de reanimación y jeringas. El cuerpo de Andreu fue recibiendo las descargas eléctricas, terribles corrientazos sobre su pecho; una, dos, tres veces… Nada. El cuerpo se tensaba y caía luego desmadejado. La voz de un médico concluyó:

—No hay más que hacer.

—No te rindas. Papá, ¡te quiero!…

El personal médico se apartó de la cama, retirando los equipos. El rostro de Andreu había empalidecido.

—Ha muerto —dijo uno de ellos.

—¡NOO! PAPÁ, NO ME DEJES, NO NOS DEJES. AURORA TE ESTÁ ESPERANDO… DILE A TU CORAZÓN QUE NO SE PARE. ¡PAPAAÁ!…

Sobre la habitación, un helaje de muerte se alzaba triunfal.

—Lo siento… —dijo uno de los médicos—. Lo hemos intentado todo…

De pronto, cuando las enfermeras estaban a punto de desconectar los tubos, una débil señal en la pantalla se desperezó.

La mortal línea verde volvía a ondular tímida.

Los años se le iban yendo a Soledad Urdaneta en sus trabajos manuales y en sus sueños. Desde su regreso de Bogotá, tras la muerte de sus padres y las lecturas de las cartas de Joan, se la pasaba viviendo de supuestos. Suponía que algún día encontraría a su pianista de olas, suponía que él estaría libre para amarla; suponía que aún la recordaría, suponía que todavía vivía. Entre tantos supuestos, el tul terminó resucitando del cajón del olvido. Desde que decidió reemprender el bordado de su velo de novia, no se tomó ni un solo día de descanso. No sabía adónde la llevaba su desvarío, pero no le importaba.

Lo bordaba dejando en libertad el caudal de su amor, con aquel arrebato juvenil que aún la sonrojaba. No era la anciana Soledad quien lo hacía, era aquella niña enamorada en Cannes. Cada puntada de seda que caía sobre el tul era un segundo perdido; cada flor, un minuto; cada ramillete, un año sin su Joan… En aquel velo estaban bordadas todas sus lágrimas, sus besos por dar, sus noches por compartir, sus días por vivir. Por eso irradiaba la luz de los diamantes. A pesar de que cosía día y noche, cuantas más puntadas daba, más metros de tul le faltaban por bordar. El velo se alargaba sin medida sobre el suelo, ocupando íntegramente la sala y el pasillo.

Cuando por fin decidió ir en busca de Joan, el velo dejó de crecer.

Aquella tarde de encuentro, Joan Dolgut y Soledad Urdaneta salieron de la panadería La Espiga del Sol con un
pan humeante bajo el brazo… el pan de la alegría. Después
de reconocerse con el alma, llevaban en sus semblantes la
timidez de dos niños enamorados.

Habían olvidado cómo decirse las palabras no dichas y
algo se les atragantaba en la garganta. Era su corazón, su
cuerpo en su cuello, su alma enamorada, sus lágrimas, su
risa que pugnaba por salir.

Se acababa la espera interminable, las hojas muertas y la
angustiosa soledad destiempada. Desaparecían las mañanas
de nieblas ausentes, las noches tupidas de sueños espec-
trales, la nada del vivir sin sentido, el terror a la muerte, el
combate frontal con la memoria, la lucha interminable del
olvido…

Todo resucitaba por la gracia divina de tenerse.

No habían pasado de nombrarse, pero se sentían. Aquel
silencio de pasos cansados era la música más hermosa jamás
escuchada. Eran sus pasos juntos sobre el asfalto de la vida.
Nadie podía detenerlos. La mano de Joan buscó tímida la
de Soledad. La rozó, apenas un suspiro. Ella le respondió
abriendo sus dedos, despacio, caricias en el alma… Entrelazaron sus manos lentamente, con temor a romperse…
Temblaban.

Llegaron hasta el banco donde, días atrás, Soledad se
había sentado a observar la rutina de Joan antes de atreverse
a abordarlo.

Se buscaron los ojos inundados de lágrimas…

¿Qué iban a decirse, si les sobraban las palabras? Aquel
contacto de sus manos era tan sublime que, pronunciando
algo, lo hubiesen manchado.

¿Sería verdad lo que les estaba ocurriendo? Joan miró a su alrededor. Sí. Su barrio seguía con el rutinario ajetreo del anochecer, pero ahora era distinto: él no estaba solo.

Joan recogió con su índice la lágrima que resbalaba por la mejilla de Soledad.

Su niña del aire estaba hermosa. Volvía a verla entre los velos de su vestido de fiesta, y sus cabellos negros enmarcaban su rostro rociado de frescura. Volvía a tener catorce años.

Soledad lo miró. Su pianista de olas vaciaba su mirada salitrada sobre su alma. Los rizos dorados se despeinaban con la brisa de sus giros, bailaban en la playa de Cannes... Volvía a tener dieciséis años.

El dolor de las articulaciones devolvió a Joan a sus ochenta y dos años. Sintió el frío del anochecer rompiendo sus huesos.

¿Adónde iban a ir? Sabían que, si permanecían más tiempo en la calle, enfermarían; pero ni Joan se atrevía a invitarla a subir a su piso, ni ella esperaba que lo hiciera.

—¿Qué te parece un suizo con churros? —le propuso él antes de helarse—. Conozco un sitio en la calle Petritxol donde los hacen de maravilla.

—Hace mucho que no puedo tomar chocolate... ni churros.

—¿Y si nos olvidamos que no puedes?

Soledad sonrió.

—Tienes razón... ¿por qué no? —se sentía haciendo una pilatuna. Joan la ayudó a levantarse y caminaron hasta la calle Comerç, donde tomaron un taxi.

—Mejor alejarse de la lengua de los vecinos... —le dijo él mientras le abría la puerta.

Dentro del coche, el corazón de Soledad saltaba desordenado del paso al galope, del trote al descabalgue, produciéndole una agitación imposible de aguantar.

—Me matará este encuentro —lo dijo para sí, pero él la oyó.

—Si no nos mató el primero...

—¿Estás seguro de que no nos mató? Yo ya no sé cómo manejar este corazón. No sabe comportarse delante tuyo.

—Te queda terminantemente prohibido morirte, ¿me oyes? Díselo a él.

Ambos rieron. Ambos se sonrojaron. El taxista los observaba desde el retrovisor, conmovido.

—Estás preciosa.

—¿Hace cuánto que no te revisas los ojos? —Soledad lo miró con tímida coquetería.

—Nunca los he tenido mejor. Jamás te había visto tan guapa.

—Mentiroso.

El taxi llegó a la plaza de Catalunya y tomó el lateral de las Ramblas, dejándolos frente a la calle Portaferrissa. La noche estaba alegre, y en la acera un violinista intentaba arrancarle al instrumento una vieja sonata.

—¿Te acuerdas? —Joan se detuvo al escucharla.

—Cómo olvidarla... *Tristesse*.

Volvieron a cogerse de las manos y continuaron hasta llegar a una puerta estrecha. La cafetería estaba llena de estudiantes y humo, pero una mesita al fondo los esperaba.

No sólo no tomaron los churros ni el chocolate, sino que además no se levantaron hasta que los echaron a la calle, eso sí, con mucha amabilidad por respeto a su edad. Les faltaría toda la vida para ponerse al día. Era imposible resumir sesenta y seis años en tres horas.

Cuando salieron, la noche helaba. Tenían que separarse, pero no podían. Caminaron encogidos de frío por las calles hasta llegar a la plaza de Sant Felip Neri, aquel rincón que Joan sentía tan suyo. El lugar estaba completamente vacío. En el centro de la plaza, el gorjeo de la fuente rompía el silencio de sus pasos.

—¡Qué lugar más bello! —exclamó Soledad—. Nunca había estado aquí.

—Es la plaza más hermosa que conozco. ¿Ves esa pared agujereada? —señaló la fachada de la iglesia.

—Aquí asesinaron a personas como mi padre, que creían en la libertad. Esas marcas fueron dejadas por la metralla.

—Cuánto debiste sufrir con su desaparición.

—Después de perderte, ése fue mi otro dolor… Ven, hay algo que siempre quise hacer.

Joan la acercó hasta la pila de piedra y, tomando unas gotas de agua en sus dedos, las dejó caer sobre la frente de Soledad.

—Soledad Urdaneta, por el poder que me otorga el amor, yo te bautizo mía para siempre, en el nombre del Padre, del Hijo y del Espíritu Santo…

Soledad acabó la frase:

—Amén.

—¿Quieres casarte conmigo?

Soledad lo miró empapada de agua y lágrimas. La emoción le impedía contestar.

—Mi niña del aire… y del agua…

—Te amo, Joan Dolgut. Con toda mi alma vieja… y con mi corazón cansado.

Joan acercó sus labios para besarla.

—Debo saber a vieja —le dijo ella.

—A vino… —la corrigió él antes de besarla—. Gran reserva…

Juntaron sus bocas en la sencilla eternidad de un beso… El beso les supo a uvas maceradas y a frescas ciruelas, a manzanas jugosas y a chocolate derretido, a cerezas maduras y a helado de frambuesa… Les supo a todos los manjares de la tierra… a gloria… a vida. Alimentaba sus almas desnutridas… les devolvía los años perdidos.

Empezó a llover sobre su beso, pero ellos continuaron hasta que el agua les empapó los huesos. Se sentían adolescentes, libres, locos de amor en esa noche líquida… ¿Y si caminaban bajo la lluvia? ¿Y si cantaban? ¿Y si despertaban a todo el vecindario y les decían lo felices que eran?

—¿Bailamos? —aunque sus huesos crujían desvencijados, Joan agarró por la cintura a Soledad y empezó a cantarle al oído una canción.

—No sé si me acuerdo —le dijo ella colgándose de su cuello.

—Sólo déjate ir.

Ella cerró los ojos y se dejó llevar. La voz de Joan se había convertido en una orquesta; las gotas de lluvia, en un solo de piano.

Aquella noche, ninguno de los dos durmió; ambos, imaginando por separado, su vida juntos. La música seguía bailando sobre sus sueños despiertos.

Se hicieron un solo ser. Se encontraban en las mañanas en el piso del Born y se separaban en la noche, escondiéndose de los vecinos, sobre todo de Conchita Marededeu, que no dejaba de controlar las entradas y salidas de todo el vecindario.

Pronto descubrieron que una de las maravillas del amor era compartir la mesa y sorprender al otro con delicias autóctonas. A veces era Soledad quien aparecía con bolsas de mercado y se encargaba de echarlo de la cocina a punta de besos, para luego agasajarlo con un ajiaco, un sancocho o unas empanaditas de pipián. Otras, era él quien la sorprendía con una escudella *i carn d'olla* o alguna *botifarra amb mongetes*, que le quedaba para chuparse los dedos. Cuando el dinero se lo permitía, invitaban a La Fonda Antioqueña a Clemencia Rivadeneira, a quien habían nombrado madrina de su boda; allí, Joan se envició en serio a la bandeja paisa, uno de los platos predilectos de Clemencia y Soledad.

Con el transcurso de los días fueron rellenando las lagunas de su pasado y, en medio de arrumacos tímidos, se les iban las horas contándose sus vidas. Así supieron, por boca del dolido, todos sus sufrimientos. Joan le contó de la conversación con el padre de ella en el hotel Carlton; ella, de su encierro forzoso en la habitación; él, de sus cartas desesperadas, de su angustia y de su espera; ella, de su foto, su soledad y su abandono; él, de su terrible travesía oceánica hasta Colombia; ella, del miedo a su padre; él, del Niño Sulay, de Nueva York, de su viaje como polizón de barco; ella, de sus días vacíos, de la pérdida de su prima Pubenza, del temor al convento; él, de su encierro en Cartagena, de su huida, del viaje por el río Magdalena, del joven que conoció en el trayecto y que mucho tiempo después había visto convertido en Nobel; ella, de sus esfuerzos por alejar los pretendientes que todas las semanas su padre le llevaba; él, de su llegada a Bogotá, del frío de la calle, y de la expulsión sufrida, de su visión imborrable de haberla visto mientras lo llevaban esposado como a un ladrón. Le resumió su regreso; su dolor, sus luchas por conseguir empleo, su frustración de saberla perdida de nuevo; su boda con Trini, el nacimiento de su hijo, su encuentro en los almacenes El Siglo, su desazón, sus celos, su huida nocturna. El nacimiento de su niña muerta, su viudez, el abandono de Andreu, sus largos años escondido entre el aserrín y las virutas de madera… y su infinita soledad. Y por último, le habló del reencuentro con su Bösendorfer, el piano de *madame* Tetou, y del maravilloso descubrimiento de su escrito en el reverso de la tecla fa.

—Parece que ojeamos el álbum de nuestra vida… Joan, ¿te has preguntado alguna vez qué vendrá después de nosotros?

—Un atardecer maravilloso. La calma en movimiento. El misterio de tocar el fondo para luego flotar en la nada, que es el todo…

—¿Adónde irán los recuerdos de lo que vivimos juntos?

—¿Has presenciado alguna vez la muerte de una rosa? El choque silencioso de sus pétalos, gotas de seda y lágrimas estrellándose en la tierra… y luego, el brote verde y otra vez la misma rosa en otra rosa. Nada desaparece, mi niña del aire. Ni siquiera nosotros, cuando ya no estemos.

—¿Tienes miedo a morir?

—Creo que ya estuve muerto casi toda mi vida… Ahora la única alternativa que nos queda es vivir… ¿Y tú?, ¿tienes miedo?

—Ahora que te he encontrado, ya no. Me daba miedo morir sin haberte visto de nuevo.

Joan la miró enamorado.

—A lo único que tengo miedo es a romperme en tus brazos. Mis huesos se desmoronan…

—Prometo no abrazarte tan fuerte.

—Ni se te ocurra. Será el dolor más dulce… —Joan la abrazó.

—¿Y si dejamos de hablar de la muerte y hablamos de la vida?

Joan Dolgut se puso de pie.

—Espérame con los ojos cerrados —le dijo mientras traía de la habitación algo y lo escondía en el teclado del piano.

Cogió a Soledad de la mano y la llevó hasta el instrumento, cubriéndole los ojos. Al abrir la tapa, algo brillaba en el agujero de la tecla. Era un anillo.

—Éste sí es de verdad. Siempre supe que un día te lo daría.

—Es precioso.

—Espera.

Joan tocó la escala musical con los dedos de Soledad, y al llegar al fa, le puso el sencillo solitario.

—¿Y la tecla? ¿No crees que ya va siendo hora de regresarla al piano, Joan?

—Aún no. Lo haré después de la boda. Son cosas de viejo… Necesito estar seguro de que no estoy viviendo un sueño.

—Ay, mi pianista de olas… ¿Qué quieres que haga para convencerte?

—Empecemos a preparar la boda.

Los petardos estallaban en las calles. Fuera, todo eran gritos y alegría. Los fuegos artificiales florecían en el cielo, bañando con sus cascadas de luz toda la ciudad. Por las ventanas de la habitación de Aurora Villamarí se colaban los ecos de una felicidad ajena. Mar estaba con ella. Había rogado que le dejaran pasar la noche de Sant Joan junto a su madre, y en el hospital habían accedido. Sentían una enorme pena por aquella chica que no se daba por vencida.

—Mamá, estoy aquí. No sabes cuánto te necesito… ¿Qué va a ser de mí, sin ti? —le peinó los cabellos con sus dedos—. Mis amigas me dicen que no estás viva, pero si no lo estás, ¿cómo es que sigues viviendo? ¿Dónde te has metido, mamá? ¿Qué sueño te tiene atrapada?

Aurora sentía el perfume limpio de su hija. Su tacto suave. ¿Por qué no podía abrir los ojos? "SIGUE, HIJA. TÓCAME CON TUS MANOS MÁGICAS".

Mar acariciaba sus brazos.

—Mamá, hoy llamé a la Teknon. Pregunté por tu amigo Andreu; está muy grave, mamá. Dicen que sufrió una parada cardíaca, ha vuelto a Cuidados Intensivos.

"¡ANDREU!… ¡NOOO!… NO TE MUERAS, ESPÉRAME…" MAR, HIJITA, AYÚDAME".

A Mar le pareció sentir en su mano el leve movimiento de un dedo.

—¡Mamá! ¿Te estás moviendo?, ¿estás despertando? "SIGUE HABLÁNDOME, MAR… NO ME DEJES IR, NO QUIERO DORMIR MÁS… NO QUIERO IRME…".

—Ven, mamá… Sujétate a mí… Agárrate con fuerza… Como yo lo hice a ti cuando aún no era nada y tú me lo dabas todo… Ahora soy yo tu cordón… Yo te sostengo… Mamá, no tengas miedo… Empújate… Rompe la oscuridad, mamá… Nada, como cuando naciste… Yo te ayudo… Sal… Te espera la vida, mamá… Te espero yo…

La mano de Aurora se asía débil. Mar la sentía.

—Sigue, mamita. Lo estás consiguiendo, respira… Te quiero, mamá. Te quiero mucho…

"YA VENGO, NIÑA MÍA".

—Maaar…

Mar oyó la voz de su madre. Había vuelto. Se acercó a su rostro y la inundó de besos y lágrimas. Las gotas cayeron sobre sus párpados cerrados.

—Mar… Mi niña valiente.

Los ojos de Aurora se abrieron con dolor. Una espada de luz hiriente lastimó sus retinas. Fuera, los disparos continuos de la pólvora explosionaban en rosetones rojos, iluminando la estancia.

Mar abrió las cortinas.

—Mira, mamá… hasta el cielo celebra feliz tu regreso.

—No me dejes dormir... —la mano de Aurora apretó la de su hija.

—No te dejaré. Ya has dormido todo lo que tenías que dormir en tu vida, mamá. ¡Tengo tanto que contarte!

Las enfermeras oyeron la voz de la chica y creyeron, como siempre, que hablaba sola. Sólo unos minutos después se dieron cuenta del milagro, y llamaron al equipo de médicos y al neurólogo de guardia, quienes le hicieron una revisión exhaustiva a la enferma. No había daños cerebrales, la conciencia era absoluta y la atrofia muscular era importante. La recuperación sería lenta. Haría falta mucha fisioterapia, más paciencia, todo el amor, y tal vez dentro de un mes volvería a caminar; ahora no había marcha atrás. Se pondría bien.

Borja acariciaba al fin la tecla suelta del Bösendorfer, después de buscarla desesperadamente. Su abuelo la había escondido debajo del piano, bajo el suelo de madera, y le había costado mucho encontrarla. Estaba envuelta en un paño rojo como si fuese un tesoro, y el mensaje escrito en ella le tocó el alma:

Aquí estoy. Nunca me fui.
Antes de ti, no era.
Después de ti...
sólo nos queda el somos.

JOAN Y SOLEDAD
Julio de 1939

Tras leerlo, pensó en la chica del suéter rojo y los vaqueros; no podía quitarse la imagen de su cabeza. Se repitió la primera frase. "Aquí estoy. Nunca me fui"… Era verdad. Estaba con él. El recuerdo de aquella niña hermosa no se iba; es más, con los días cogía más fuerza. ¿Podría ser verdad eso de que existía el amor a primera vista? Aquel rostro fresco y puro no lo dejaba pensar, ni estudiar, ni dormir, ni comer. Si sus amigos llegaban a enterarse de que andaba tan colado por una desconocida, le harían la vida imposible. Tanto su piano como lo de la chica eran sus secretos más secretísimos. No quería que lo tildaran de cursi.

El abuelo, en su carta, le había dicho:

A este piano sólo podrá salvarlo el amor…

Cuando sientas que el alma te aletee por el cuerpo buscando una salida, cuando el corazón cabalgue en tu garganta y te ahogue de alegría, cuando te invada la certeza de estar vivo y de ser especial, es que has encontrado el amor. Entonces, no tardes. Vuelve aquí y busca bajo el piano, entre las tablas del parquet, la tecla que le falta; el fa, la nota del amor. Pónsela… y toca para mí Tristesse de Chopin. Yo estaré para siempre contigo.

Mi herencia es el amor.

¿Y si trataba de ponerla? ¿Sería amor lo que estaba sintiendo? Sí. Tenía todos los síntomas. ¿Por qué no le había hablado? ¿Y si no la volvía a ver? Si la tecla regresaba al piano, ¿la chica regresaría a él? Pero qué tontería se le acababa de ocurrir. ¿Y si el abuelo tenía razón, que piano y amor eran uno?

Borja apartó las herramientas, se puso en pie y, levantando la tapa de la caja de resonancia, empezó a trabajar.

Después de estudiar el mecanismo de enganche, luchó y luchó durante algunos minutos hasta que, finalmente, la tecla quedó colocada en su sitio. Entonces la probó... Fa-fafa- fa-fa... El sonido vibraba nítido. Se sentó delante del piano y tocó la escala completa: do-re-mi-fa-sol-la-si-do...

Una extraña alegría lo embargó de pies a cabeza. Era algo nuevo.

Él, que casi nunca había sentido el amor de sus padres; él, que sólo había tenido montañas de cosas y cosas; él, que había estado tan lleno de vacío, ahora que no tenía nada se sentía pleno. Tocando aquel piano tenía la grata sensación de sentirse abrazado por alguien; amado y protegido como nunca. Sus manos se deslizaban sobre las teclas, poseídas de fuerza y armonía. No eran ellas quienes interpretaban la melodía, era la fuerza suave de un sentimiento antiguo, heredado, que invadía el salón. Su abuelo estaba con él, estaba en él; lo sentía.

Se dejó llevar. Del piano salía la melodía perfumada de rosas, se evaporaba en el aire... Era *Tristesse* de Chopin. Jamás la había tocado, pero sus dedos la conocían de memoria; como si nunca en la vida hubieran hecho nada más que eso. No tenía ninguna explicación... ¡y qué más daba! ¿Por qué a todo había que buscarle alguna?

La música crecía en sus dedos derramándose entera. Era tan hermosa que no pudo contener su emoción.

¿Tocaba en memoria de su abuelo?, ¿o era su abuelo quien tocaba para él?

Estaba preparado. Ahora necesitaba tocar para su padre, aunque eso fuera lo último que hiciera. Desde su paro respiratorio, los médicos no le daban esperanzas; su estado se deterioraba lentamente. Además, la infección producida por la traqueotomía le había debilitado aún más los pulmones, y su frágil cuerpo empezaba a llagarse de permanecer tanto tiempo en cama.

Llamó a Pere Sardá.

—Abuelo, ya estoy preparado para pedirte lo que quería hace tiempo. ¿Puedo ir?

—Ya sabes que no tienes que llamarme para venir, Borja. Me tienes siempre y puedes contar conmigo para lo que sea. ¿Qué haces allá? Vente y cena con nosotros. Tu abuela y yo te echamos de menos.

Después de cenar, Borja se quedó a solas con el abuelo y le contó el plan. Aunque al padre de Tita le pareció un auténtico imposible lo que su nieto quería hacer, no se atrevió a desilusionarlo. Sentía tanta pena por él y sus circunstancias que le daría gusto.

—Claro que lo haremos. Por cierto, un día hablaremos de tu futuro. Te quiero en la empresa, muchacho. Estoy seguro de que saldrás como tu padre. Tenemos que hablar de tus estudios. ¿Cuántos años te quedan de colegio?

—Abuelo… No te enfades. Quiero ser pianista; mi padre ya lo había entendido.

—Bueno, aún eres muy joven para saberlo. Ése puede ser un *hobby*, pero no una profesión, Borja —Pere abrazó a su nieto—. No te preocupes. Ya verás como la madurez te llevará a esa conclusión.

Aurora necesitaba salir cuánto antes para ir donde Andreu, pero los médicos todavía no se lo permitían. El trabajo de fisioterapia y los ejercicios que hacía progresaban, pero no lo suficiente como para valerse por sí misma. El agujero en el que le habían practicado la traqueotomía iba cicatrizando, y su estado general era bueno. Ya se había trasladado al piso del paseo de Colom, donde su hija no la desamparaba día y noche. Los cuidados amorosos de Mar eran su mejor medicina. Durante los meses pasados en el hospital, su hija se había convertido en una hermosa mujer. Era sensata, madura y de una sensibilidad que rozaba el cielo. Cantaba como los ángeles y su voz tenía la fuerza doble de romper los cristales y recomponer el alma.

A veces, Aurora se perdía entre recuerdos de cosas que no sabía si habían sucedido de verdad; eran pequeños *flashes*; una voz leyéndole una carta, muchas cartas, todas hermosas... ¿Quién era la niña del aire?, ¿Joan Dolgut había estado con ella?, ¿o era Andreu?. ¿Y Borja?, ¿la había visitado Borja en el hospital? Le había parecido tenerlo cerca de su cama, ¿y el inspector Ullada? ¿Por qué se acordaba ahora de él? ¿Y aquella foto sobre la mesilla de noche en el hospital?... ¿Y las cartas?, ¿de dónde habían salido?

El médico le dijo que iría recordando cosas aisladas, piezas sueltas que lentamente formarían un todo. Pero, mientras tanto, le producía mucha angustia no saber a ciencia cierta dónde había estado y lo que había pasado durante esos seis meses de sueño.

—Mar, no puedo esperar más. Mañana es 24 de julio.

—Pero si todavía no caminas… Además, el médico dijo que tenías muy bajas las defensas.

—Tengo que ir.

—Lo amas mucho, ¿verdad? No hace falta que me contestes, mamita. Lo sé. Nunca te vi tan feliz como aquel día que te ibas con él.

—Perdóname. Debería habértelo dicho.

—Me lo dijiste… con tus ojos. Estabas delante del espejo, arreglándote. Tú, que nunca te preocupaste por verte guapa, me miraste buscando mi aprobación…

Aurora extendió los brazos.

—Ven, acércate —la besó.

—Mamá, mereces ser feliz. ¡Te he visto toda la vida tan triste!

Pere Sardá tuvo que hablar con el director de la clínica y emplear todas sus influencias para darle gusto a su nieto.

A primera hora de la mañana, unos transportistas se personaron en el número 15 del paseo del Born y, bajo la atenta mirada del vecindario, bajaron el piano del piso de Joan Dolgut.

Conchita Marededeu preguntó al conductor del vehículo:

—¿Adónde se lo llevan?

—A la clínica.

—¿Pero es que se han vuelto locos? Es un piano, no una persona.

—¡Ay, señora! Me parece que la loca es usted.

Borja iba detrás. Cuando lo vio, Conchita Marededeu lo cogió por el brazo.

—¡Virgen de Montserrat!, pero si eres Andreu.

—No, señora. Soy su hijo, vivo en el piso de mi abuelo.

—Ya sabía yo que no podían ser fantasmas.

—Lo siento, señora, debo irme —Borja se colocó el casco.

—Conchita, llámame Conchita —le gritó cuando arrancó la moto.

En la clínica habilitaron un salón para el concierto. Desinfectaron el piano y vistieron a Borja con bata, gorro y zapatillas desechables; todo cuanto estaba en el salón había sido esterilizado previamente. Al igual que su nieto, Pere Sardá también cubría sus ropas con la bata que le habían suministrado, y el equipo completo aguardaba la camilla que debía transportar al enfermo.

Primero llegaron los equipos de reanimación, con todos los elementos a punto por si hacía falta. Luego, Borja decidió ensayar. Sacó una de las partituras que había encontrado en el cuaderno gris del abuelo y comprobó, con un sencillo ejercicio, que el piano se mantenía afinado.

Al cabo de algunos minutos, la puerta se abrió y aparecieron varios enfermeros portando la camilla, los sueros y cuantos equipos rodeaban a Andreu.

Delante de su hijo, su cuerpo consumido casi no se reconocía. Había perdido veinte kilos y su piel sin vida se adhería a los huesos cada vez más pronunciados. Entre tubos, sondas y cables, parecía una marioneta desvalida y triste.

Cuando lo tuvieron todo controlado, el jefe de neurología miró al hijo del enfermo.

—Cuando quieras.

Por primera vez, Borja sintió un intenso miedo a fracasar. ¿Y si nada de aquello servía? ¿Y si lo que creía firmemente se desmoronaba? ¿Y si su padre no despertaba jamás?

De tanto silencio, el ruido del monitor que controlaba los signos vitales del enfermo acabó taladrando los oídos.

—Vamos, hijo, empieza —apremió el abuelo.

Pero Borja no podía. Necesitaba de su otro abuelo.

—¿A qué esperas, Borja? —insistió de nuevo Pere.

Lo que iba a dar no era sólo un recital; era la medicina que su ingenuidad de adolescente había inventado para salvar a su padre de la muerte. Y sus dedos se le habían entumecido de pavor.

Silencio.

Silencio.

Silencio.

Pasaron muchos silencios, hasta que sus manos recuperaron la fuerza. Entonces, se oyó la primera nota.

La composición era magistral, y el pianista, un artista consagrado. Los acordes crecían y se elevaban. Era una pieza imponente y de una delicadeza extrema. Necesitaba del virtuosismo interpretativo para lograr su brillantez, pero la tenía… La melodía resplandecía en el lugar, rebosaba, se desbordaba por los pasillos, se sentía en toda la clínica; se colaba en las salas de cirugía, en las de parto; vagaba por la recepción se metía en la cafetería, en urgencias. Todos se veían regalados por aquella música maravillosa.

En el salón, una gran expectativa y los ojos puestos en Andreu. Médicos, enfermeras, enfermeros, el abuelo… todos haciendo fuerza para que se produjera lo imposible: que el hijo resucitara al padre con su música.

Borja miraba al padre… Nada.

La pieza llegaba a su fin; la alargaba.

Seguía tocando… Ningún signo… Nada.

Los dedos insistían… Su padre dormía… dormía… dormía…

El piano se silenció de golpe y Borja se echó a llorar.

En un instante eterno, todo volvió a enmudecer, y una realidad cayó sobre ellos como una losa. No había servido.

La puerta del salón chirrió y todos se volvieron. En una silla de ruedas, una mujer era empujada por otra; ambas vestidas con el material estéril que acababan de proporcionarles a la entrada.

Pere Sardá se puso en pie.

—Señorita, me temo que se ha equivocado de lugar.

—No, abuelo —Borja corrió a su encuentro. La había reconocido—. Aurora...

—Sssssst... —su profesora le indicó con los dedos que guardara silencio y lo abrazó.

Borja no había reparado en la chica que empujaba la silla. Al levantar la vista, el corazón volvió a acelerarse como el primer día, dando bandazos en su pecho, subiendo hasta su cabeza, escapando por sus sienes. ¿Era la chica del suéter rojo? El pelo escondido dentro de la cofia no lo dejaba acabar de reconocerla; pero su alma, algo dentro de él, le decía que sí... que era ella.

—Mar, acércame al piano —pidió Aurora en voz baja.

Pero la muchacha no se movió. Temblaba. ¿Era o no era el chico que había visto aquella tarde, saliendo del hospital? Y si era... ¿quién era? ¿Por qué lo conocía su madre?

Al ver a la chica inmóvil, una enfermera se encargó de llevar a Aurora hasta el piano.

—Borja, ven. Tocaremos juntos.

—No funcionó, Aurora. Traté de despertarlo con el piano, pero no funcionó.

—Sssssst... —volvió a silenciarlo con un gesto—. Sólo has de tocar el piano con todo tu amor. Que no seas tú quien lo haga, sino él. Acuérdate... el piano es amor.

Aurora cerró los ojos.

Borja cerró los ojos.

Nadie entendía nada, pero todos querían que pasara algo.

—No podré —susurró Borja.

—Podrás.

—Nunca hemos tocado juntos.

—Tu padre espera... ¿Empezamos?

Volvió a hacerse el silencio, pero esta vez, una fuerza delicada se imponía. Un aliento evanescente, delgado como hilo de seda, ataba los anhelos escondidos de quienes se encontraban en la sala, llenándolos de paz. Pasara lo que pasara, se había unido la fe.

La primera nota fue tan leve que nadie se atrevió a respirar. Luego vinieron dos acordes, tres, una cascada, a una mano, a dos, a cuatro...

Sobre la sala llovían las gotas de *Tristesse*, suaves, tan suaves que parecía que el piano era de viento; soplos avivando una brasa dormida; notas; una chispa, una luz; llamas danzando perezosas, separadas, unidas; un gran fuego, un incendio de calor, de vida.

"AURORA...".

Andreu observaba su cuerpo desnudo sobre el piano.

"AURORA...".

Sus manos acariciaban aquella piel amada.

"AURORA...".

Nota y quejido eran uno.

"AURORA... AURORA...".

El piano continuaba cantando.

"AURORA… AURORA… AURORA…".

Él y ella… un solo cuerpo… en su beso más íntimo…

"AURORA…".

La pieza llegaba a su fin, y volvía a empezar. Pero esta vez sólo Borja la tocaba. Mar acercó a su madre hasta la cama de Andreu y la ayudó a ponerse de pie.

Su cuerpo se inclinó sobre él y le besó la frente. Durante largos minutos, se dedicó a amarlo con los ojos; luego, empezó a hablarle:

—"Si pudiera sumergirme en tu silencio… sin suplicarte, ni pedirte… sin llorarte… aceptando que te vas…

"Si pudiera admitir que no volveré a tenerte entre mis brazos, a reír entre tus labios… a nadar en tus ojos…

"Si sólo pudiera decirte adiós, si te dejara marchar… No puedo… Me dueles demasiado… Te me llevas la vida… Andreu, amor mío…

"Ven, entierra tu cabeza en mi regazo… No te vayas todavía… no, sin despedirte…

"¿Te estás muriendo porque no quieres vivir? ¿O es que ese laberinto oscuro te ha llevado al olvido?… Si me dejaras entrar en tu ausencia y recordarte que eres… que aún sigues siendo… que estoy aquí… que estamos…

"¿Te habrás perdido en ti mismo? ¿Quién si no tú podrá salvarte?

"No permitas que tu alma te olvide, porque si se niega a ti, me está negando también a mí…

"Sigo esperándote, no me dejes rendirme… No te rindas… ¿Has olvidado que te espero?… A nuestro amor todavía le falta derramarse…

Aurora lanzó sus ojos encharcados a la ventana. Sus palabras resbalaban por el rostro de Andreu cayendo en el abismo del silencio.

—¿Sabes, amor mío?, fuera hace un sol maravilloso… ¡Ojalá pudieras verlo!…

"Nos hemos perdido una primavera… No nos perdamos la vida".

La melodía de Chopin crecía en su tristeza, se adelgazaba… y llegaba a su fin.
Aurora lloraba sobre el cuerpo de Andreu.
Borja se aproximó a su padre.
—Papá… por lo que más quieras, despierta…

Los médicos se acercaron a Andreu y con la cabeza indicaron que nada podía hacerse… Continuaba inconsciente. El concierto había acabado.
Siguiendo instrucciones, los enfermeros arrastraron la camilla hacia el exterior.

Un silencio sombrío permaneció en la sala. El abuelo de Borja no se atrevió a romperlo. Aurora bajó la cabeza… estaba rota. El muchacho lloraba como un niño. Mar no sabía a quién consolar.

La camilla se alejaba por el pasillo con su ruido monocorde. De repente, el sonido cesó.

—¿Pasa algo, doctor? —preguntó Pere Sardá.

Alrededor de la camilla se empezaba a formar un gran revuelo. Los enfermeros acercaban los equipos. El neurólogo se abrió pasó entre ellos.

Los párpados de Andreu parecían moverse… Sí, se movían. Abría los ojos muy despacio; parecía que miraba sin ver. Se notaba visiblemente desorientado, pero sus ojos estaban vivos. Los médicos se apresuraron a comprobar si las pupilas respondían a la luz… respondieron.

Al ver los esfuerzos que hacía Aurora por ponerse de pie y correr por el pasillo hasta la camilla, Borja empujó su silla de ruedas y la acercó hasta su padre, ayudándola a levantarse.

Andreu clavó sus ojos transparentes en la hermosa mujer que lo observaba. Un interrogante esperaba su respuesta. Nada.

Borja rompió el silencio:

—Papá… te quiero…

Una lágrima se deslizó por la mejilla de Andreu.

Pere Sardá se acercó al lecho, conmovido. Andreu lo miró con extrañeza; no sabía quién era.

El día anterior a la boda y a primera hora de la mañana, Joan Dolgut había pasado por las Ramblas, donde lo esperaba su amigo florista con el delicado ramo de novia de rosas virginias recién cortadas y las trescientas rosas beso-rojo que le había encargado expresamente de Colombia.

Llegó hasta el Born borracho de perfume, ahogado entre las flores, y como pudo, esquivando las miradas de asombro, las metió en su piso. Un viejo de ochenta y dos años cargando tantas rosas rojas daba mucho que hablar.

Miró el reloj de la sala: faltaban dos horas para que su niña del aire apareciera.

El chaqué blanco ya había llegado del sastre y colgaba de una percha en el pomo del armario de la habitación principal. En el suelo, los zapatos de charol níveo esperaban su estreno.

Una vez llenó los jarrones de rosas y los distribuyó por toda la casa, empezó a deshojar las muchas docenas que aún le sobraban, hasta quedarse con todos sus pétalos.

Sobre la cama matrimonial recién comprada, extendió las sábanas de lino blanco aún por estrenar, y espolvoreó sobre ellas, con su pulso trémulo, los cientos de pétalos rojos que acababa de deshojar. Comprobó que la vela verde-esperanza estuviera en la mesa de noche, la roja-pasión en la ventana y la blanca-pureza en la cómoda, frente a la Virgen de los imposibles, para que le hiciera el milagrito que ella sabía; ritual de viejo que por primera vez ponía en práctica.

La cama se había convertido en un lecho de rosas. Antes de cerrar, dio un repaso a toda la habitación desde la puerta, con un temor juvenil adelantado. No sabía si sería capaz, si la osadía que llevaba muerta entre sus piernas sabría resucitar para la ocasión. Decidió distraer el pensamiento, temiendo que el propio miedo acabara por matarla definitivamente.

Ahora sólo faltaba que llegara la tarta de novios, pues la botella de Codorníu ya estaba enfriándose.

Probó de nuevo el tocadiscos. La aguja cayó sobre la Marcha nupcial de Mendelssohn y no pudo evitar emocionarse. Desde que había vuelto con Soledad, no paraba de llorar lágrimas de dicha. Llorar por amor, a su edad, era más de lo que le podía pedir a la vida.

Entretanto, en el ático del paseo de Colom, Soledad Urdaneta no paraba de doblar los metros y metros del primoroso velo que durante años había bordado. La tarea se prolongaba debido a su longitud, y aunque lo doblaba y doblaba, el final parecía no llegar. Sobre la cama matrimonial se extendía el regalo de sus amigas costureras: un hermoso vestido de novia, que la noche anterior había vuelto a probarse con los nervios propios de una novia novata, y la corona de azahares que sostendría el gran velo.

La maleta, con su pequeño ajuar, ya estaba hecha. Con los últimos ahorros se había comprado un pijama largo de satén, el que había soñado llevar cuando era joven en la primera noche de amor con Joan Dolgut, y su batín a juego. Se miraba al espejo y no entendía cómo su pianista de olas la encontraba aún hermosa. ¿Sería capaz de desnudarse en su presencia? Sólo pensarlo, sus mejillas se encendieron de vergüenza. El rubor era lo único que le quedaba de su antigua belleza; lo demás se lo había llevado el tiempo. Prefirió dejar de mirarse para no deprimirse; al fin y al cabo, no era con sus ojos con los que tenía que verse, sino con los de él.

Los minutos no pasaban. Cuanto más observaba el reloj, más se inquietaba... Todavía faltaba una hora para que la recogiera el taxista que la llevaría al Born, y mientras, los nervios iban comiéndole el cuerpo a mordiscos. Los sentía en el pecho, los pulmones y la cabeza. O se serenaba, o no alcanzaría a llegar hasta la casa de Joan.

Cuando lo tuvo todo a punto, se preparó una bañera con todos los menjurjes comprados en la perfumería: sales relajantes, geles exfoliantes y un chorrito de aceite de rosas para perfumar íntegramente el cuerpo con su esencia. En el agua, se relajó y empezó a soñar...

¿Qué pasaría si su cuerpo fuese líquido? Ella, toda agua calmando la sed de su Joan, si se bebieran íntegros y desaparecieran en un lago inmenso de lágrimas alegres. Flotando en la nada acuosa, revueltos y disueltos... ¿Así sería esa eternidad tan desconocida? Agua... ¿Un mar sin nombre, sin dueños, sin edad, sin tiempo, sin recuerdos? Se sumergió pensándolo; se sentía feliz.

Joan y ella, unidos para siempre en la eternidad de la nada.

Volvió al presente...

¿Qué pasaría si Joan quería tocarla? ¿Si buscaba su cuerpo? A sus ochenta años, ¿podría sentir sus caricias? ¿Su piel estaría viva...?

Cuando Soledad Urdaneta cruzó el portón del número 15 del Born, las notas maravillosas de un piano acudieron a su encuentro. No tuvo que subir su equipaje, pues tal y como estaba previsto, el taxista se encargó de hacerlo. En la puerta la esperaba Joan con una rosa, un beso y sus partituras. Durante todo el día, no paró de interpretar todas las sonatas que había compuesto para ella en Cannes. Le dolían los dedos como nunca, pero no pensaba dejar de tocar hasta que entrara la noche. Era su regalo de bodas. Soledad lo observaba conmovida.

—¿Nos emborrachamos un poquito? —le dijo él con picardía, cuando el atardecer cayó sobre la sala. Ella sonrió, socarrona—. ¿Un anisado?

Joan trajo la botella de Anís del Mono que llevaba guardada más de cincuenta años en el armario.

—Ojalá esté bueno.

—Dicen que, cuanto más viejo, más sabe —le dijo ella, mirándolo traviesa—. ¿No enciendes la luz?

—Esta noche prefiero las velas…

Soledad sintió un cosquilleo en el cuerpo. Los ojos de Joan la miraban distinto, ¿sería deseo aquella luz que le venía de dentro? Y lo que ella sentía, ¿qué era?

—¿Cenamos? —preguntó Joan.

—No tengo hambre.

—Entonces… ¿otra copita?

Soledad sintió el calor del anís en sus mejillas y empezó a abanicarse.

—¡Uy, cómo me estoy poniendo!… Si me viera mi padre —rio, nerviosa.

—Estás tan bella.

Joan se sentó en el sofá, junto a ella, y deslizó la mano sobre su cuello. Su piel era tersa y joven. La miró a los ojos.

En sus manos, su niña del aire temblaba. La levantó en sus brazos y, tal como había imaginado, su cuerpo no pesaba. Tenía la levedad de la brisa.

—Estás loco… —Soledad reía nerviosa—. ¿Qué haces?

—Te llevo a la alcoba nupcial.

La puerta de la habitación cedió y el aroma de los cientos de rosas los recibió triunfal. Joan colocó sobre el lecho perfumado de pétalos a su niña del aire. La luz de las velas los acogía con dulzura, regalándoles dos rostros jóvenes hirviendo de deseo… El amor les devolvía la pasión de la juventud.

—No sé hacerlo… —le dijo ella.

—Yo tampoco.

—Espera… —Soledad buscó el pijama que había comprado y se metió al baño. Cuando salió, Joan la esperaba entre las sábanas —. Necesito otro anís…

—¡Dios! Eres un ángel… —la vio acercarse con su cabello suelto; su cabellera negra enmarcaba sus transparencias… Dos botones sonrosados se adivinaban entre el corpiño del camisón. Su boca húmeda de miedo se entreabría.

—Joan…

—Mi niña hermosa… —empezó a acariciarla por encima de la ropa sin detenerse.

El tacto del satén tocado produjo en su cuerpo un dulce cosquilleo. Bajo el camisón estaba desnuda y, por primera vez en su vida, sentía el aleteo de la vida entre sus piernas. Su pianista de olas le provocaba un oleaje de humedades en los rincones más recónditos de su ser.

Joan le cogió la mano y la llevó a su pecho.

—Tócame… —le dijo lujurioso—. Haz conmigo lo que quieras. Soledad lo fue desnudando lentamente… besando palmo a palmo su cuerpo. No sabía, pero no necesitaba saber. Era como bailar, sólo había que dejarse llevar por la melodía… y el cuerpo de su pianista era música. Al llegar al vientre, se detuvo. No se atrevía a cruzar aquella zona. Nunca la había tocado, ni siquiera de casada. Joan volvió a coger su mano y la guio hasta su fuerza… Aquel poderío varonil se levantaba vivo, palpitaba entre sus manos, crecía triunfal entre sus dedos… hervía…

Era un milagro.

Las manos firmes de Joan levantaban su pijama… la recorrían con avidez tranquila; sus muslos de miel… su vientre fino… sus caderas anhelantes y el vello suave de su pubis… caricias ensortijadas… Y entre la selva… escondidos… unos labios húmedos… sus dedos de pianista rozando su rocío.

Joan la miró. Los pétalos rojos se habían enredado entre sus cabellos, se habían pegado a su cuerpo de virgen cristalina… era una diosa primaveral.

Quedaron desnudos, vestidos con la pasión de las rosas y la luz tamizada de las velas… sus pechos reventaban de pasión.

Sobre ella, Joan era el dios de la vida… venía a resucitarla con su espada en alto.

Antes de hundirle su amor, con toda la delicadeza de su fuerza, Joan volvió a mirarla.

—Te amo, Soledad Urdaneta… más allá del último sueño.

—Del penúltimo… —lo corrigió ella, suspirando de amor.

Sus piernas se abrieron sin reparos, en una ceremonia de recibimiento. El alma de Joan entraba… la tocaba… la hería de placer… y coronaba su amor.

Ahora Soledad sabía lo que era alcanzar las estrellas. A sus ochenta años… había tenido su primer orgasmo.

Se quedaron dormidos en el lecho de flores, con el sabor del anís en los labios y el del amor en sus entrañas. Abandonados a la suerte de sus sueños… El cuerpo de Soledad se había encogido en un ovillo bajo el abrazo protector de Joan.

De madrugada, la suave brisa del amanecer entró por la ventana, despeinando los pétalos que empezaron a aletear sobre sus cuerpos lánguidos.

—La vida es sueño… —murmuró Joan, dormido.

—Y los sueños… vida son —concluyó Soledad, adormilada.

Joan volvió a abrazarla. Sus manos recorrieron con fluidez un territorio que ahora conocía de memoria… ríos y selvas, montes y montañas; el cuerpo de su amada.

—Mía… —le dijo al oído.

Soledad volvió a posar su mano sobre el vientre de Joan, buscando a tientas la respuesta.

—Se murió de dicha… —le susurró él, alegre.

—Ssssst… sólo duerme —replicó ella, besándolo en la boca.

Se acariciaron sin esperar nada. Sus cuerpos ya lo habían sentido todo. No durmieron más. Les quedaba el amanecer y unas pocas horas antes de la ceremonia. Volvieron a repasar con las yemas de sus dedos cada rincón. Joan terminó creando su propio piano en el cuerpo de Soledad. Una vertiente, un abismo, un mar, humedad salada… Soledad aprendió a deslizarse sobre el cuerpo de su hombre. En pocas horas, se había convertido en una amante sabia. Sus cuerpos se entrelazaron en un nudo amoroso, esperando el alba.

—¿Tienes hambre? —preguntó Soledad.

—Tendré hambre de ti eternamente... —le contestó él.

—¿Cómo nos pudimos perder toda la vida?

—Nos esperaba un sueño.

Se ducharon juntos. Ella lo enjabonó como si fuese un niño: orejas, axilas, pecho, vientre... Su piel dormida despertaba con el roce; las nalgas, las piernas, los pies; sus manos de mujer usurpaban curiosas todos los rincones. Él le lanzaba buches de agua sobre la cara; niño y adolescente. Enjabonaba con lujuria sus senos erguidos, su talle, su cintura. Su niña del aire era de agua fresca, se la bebía; sus manos resbalaban, su cuerpo se escurría, una sirena esquiva por culpa del jabón...

Ese 24 de julio, el sol entró festivo, lanzando serpentinas de oro en todos los rincones. El piso resplandecía de vida. Comenzaron a prepararse en silencio, obedeciendo a una liturgia sagrada que les salía del alma... era el día más importante de sus vidas.

Joan ayudó a vestir a Soledad, abrochando una a una la columna de perlas que cerraba el elaborado traje de peau de soie con incrustaciones de encaje. Ella ajustó el cuello de la camisa de Joan, abrochó los tirantes a su pantalón, cerró su chaleco, dio una lazada al plastrón y lo ayudó con el chaqué. Él fue extendiendo sobre la habitación, el pasillo y el salón las cascadas infinitas de tul bordado, antes de colocarlo sobre la cabeza de Soledad. Por último, la coronó con la diadema de azahares.

—Mi virgen blanca...

Soledad cortó una rosa de su ramo y se la puso en el ojal mientras decía:

—Mi pianista de olas. Aún estás a tiempo de arrepentirte...

—¿Puedo besar a la novia?

Soledad le devolvió en su beso todos los besos retenidos.

—¿Has olvidado que es tu cumpleaños? Ven, te tengo un regalo...

Joan la acercó al piano y se sentó. Sus dedos desenvolvieron una a una las notas de *Tristesse*. En cuatro minutos de música estaba contenida toda su historia de amor.

Cuando la pieza acabó, se miraron con ojos remotos, en un silencio inmaculado que atravesó todas sus vidas y los dejó a las puertas de su primera y única ilusión juvenil.

Soledad vio en Joan al hermoso camarero de traje blanco.

Joan vio en ella a su niña del aire... convertida en novia.

—Ya es la hora... —le dijo ella.

—¿Vamos?

La *Marcha nupcial* empezó a sonar.

Joan le prestó su brazo y Soledad se colgó de él. En su mano llevaba el ramo de novia. Sus pasos, castigados por los años, los llevaron despacio a la cocina; cerraron la puerta tras de sí. Todas las ventanas y los agujeros habían sido sellados.

Sin titubear, las manos de Joan y Soledad entrelazadas, abrieron la puerta del horno; después, empuñaron la llave del gas y la fueron girando hasta llegar al tope. Un vaho ácido empezó a emanar de la cocina.

Joan ayudó a Soledad a acostarse sobre el suelo, y después de componer su velo, se echó a su lado.

—Me regalas tu vida… —le dijo ella, antes de dormir.

—Te equivocas… Te regalo mi sueño.

Se abrazaron fuerte, muy fuerte, para que nadie los separara nunca más.

Sus ojos se cerraron y una sonrisa se dibujó en sus labios.

Los aplausos y las flores llovían sobre el joven pianista. El Palau de la Música Catalana estaba a reventar, y todo el teatro en pie aclamaba en ovación cerrada el virtuosismo de Joan Dolgut Sardá.

En primera fila, Andreu, Aurora y Mar lo miraban con devoción y orgullo.

Era la primera vez que Borja se presentaba ante el gran público y, además, estrenando un nombre y apellido del cual se sentía profundamente orgulloso: el de su abuelo. Durante todos sus años había vivido incómodo con el suyo, pero sólo fue consciente de ello el día en que empezó a preparar su debut.

Aquella noche, las sonatas de su abuelo habían brillado como nunca. Desde el escenario, Borja buscaba desesperadamente los ojos de Mar, pero los focos lo encandilaban. Los aplausos pedían, exigían, rogaban...

Desapareció, y después de unos minutos volvió a salir portando en sus manos una partitura. El público calló.

Tristesse de Chopin se alzó solemne sobre todos. Andreu y Aurora estrecharon sus manos. Soledad y Joan estaban allí.

Al fondo, en el palco de los Sardá y acompañada por su padre, Tita observaba de lejos a su hijo. Hacía seis meses que Massimo di Luca había desaparecido de su vida en brazos de una alumna ejemplar, más joven, más guapa y mucho más rica que ella. A pesar de todo, la construcción del gimnasio seguía avanzando, y esperaba inaugurarlo en medio año. Se había vuelto a operar y su cara había perdido toda expresión. Parecía sorprendida, desilusionada, alegre y triste, todo y nada al mismo tiempo. Después del abandono, Tita había buscado acercarse a su hijo de mil maneras, pero había fracasado. En aquel concierto veía su última oportunidad.

Cuando todo acabó, lo esperó a la salida.

—Borja…

—Joan… me llamo Joan… Dolgut. Por si no lo sabías —subrayó su hijo—. Mi padre sí tenía apellido.

—Hijo…

—Lo siento, debo irme.

—Perdóname.

—Perdónate a ti, mamá. Primero, perdónate a ti.

—Has estado maravilloso.

—Adiós, mamá.

Al llegar al piso del paseo de Colom, Aurora y Mar encontraron un sobre en el suelo. Lo habían metido por debajo de la puerta mientras ellas asistían al concierto. Aurora lo recogió, venía acompañado de una tarjeta:

Querida Aurora:
Siento mucho haber retenido tanto tiempo algo que le perte-
nece. Espero que algún día pueda perdonarme. No me odie.

Ullada

Aurora extrajo del sobre una carpeta: era el informe del forense que contenía el resultado de la autopsia de su madre. Fue hasta la sala y se dejó caer en el sofá. Mar insistió en acompañarla, pero ella le rogó que la dejara sola.

Evocó la imagen de Joan y su madre estirados en el suelo y se le revolvió el corazón; estaba convencida de que leyéndolo aflorarían dolores aún sin resolver.

Lo abrió temerosa, y del interior saltó una polaroid de los novios, tal como los habían encontrado en la cocina. Permaneció largo rato observándolos; parecían dormidos. La placidez de sus rostros, el color sonrosado de sus mejillas y la sonrisa en sus labios contradecían su muerte. Aquel abrazo delicado los había atado para siempre.

La primera página contenía los datos generales. La fecha del análisis, el nombre de su madre, su sexo, la edad… Cada casilla estaba pulcramente rellenada a máquina con la información más rutinaria. Después venía la fecha del fallecimiento y las circunstancias aparentes que lo habían provocado. Más adelante se detallaban uno a uno los fenómenos cadavéricos, que en este caso parecían haberse detenido en el instante mismo de la defunción; asombrosamente, el cuerpo no había experimentado ningún tipo de cambio después de la muerte. Un exhaustivo análisis corroboraba la ausencia de cicatrices y traumatismos externos, y destacaba el color sonrosado de su piel; esa apariencia de vida, característica de las personas que fallecían intoxicadas por inhalación de monóxido de carbono.

En la página siguiente, varios histogramas y siluetas marcaban, uno a uno, los pasos seguidos en la exploración interna. Cada imagen explicaba visualmente los detalles descubiertos.

En la silueta frontal, algo llamó poderosamente su atención. Sobre el pecho, dibujado en líneas gruesas, un corazón inmenso ocupaba la totalidad del tórax y ahogaba por completo los pulmones, que terminaban literalmente pegados al contorno exterior del cuerpo.

—Ven a ver esto —le dijo el médico forense a su ayudante, mientras abría la cavidad torácica.

—¡Dios mío! —exclamó, sorprendido—. A esta mujer no le cabía el corazón en el cuerpo… ¿cómo pudo vivir así?

El médico pulsó el botón de la grabadora y continuó:

—Una vez efectuada la apertura de la caja torácica, se observa asombrosa hipertrofia del corazón, que colapsa prácticamente la totalidad de los pulmones.

El forense continuó con la exploración anatómica del cuerpo. Aquella anciana tenía algo que a él se le escapaba. Su apariencia tranquila y feliz y su expresión de júbilo amoroso no coincidían con lo que llevaba en su interior. Con el corazón en esas condiciones, era imposible que respirara; hacía mucho tiempo que debería haber muerto asfixiada.

Procedió a analizar el enorme saco pericárdico; la gran retención de líquido era la causante del desproporcionado aumento del corazón y del desplazamiento y la atrofia pulmonar. Al abrirlo, un intenso perfume inundó la habitación.

¿Qué era aquello? El olor casi le impedía respirar, era exquisito... El líquido seroso y transparente olía a... ¡ROSAS! Era como si un inmenso jardín acabara de florecer en la sala.

Los auxiliares y todo el personal, intrigados por el espléndido aroma, se dirigieron al lugar. ¿De dónde procedía aquel perfume? La autopsia se interrumpió durante algunas horas, buscando la causa del inexplicable fenómeno. El líquido seroso era agua de rosas; en toda la historia del hospital no existían evidencias de nada parecido.

La ayudante encargada de examinar palmo a palmo las ropas de la anciana entró con un papel doblado en muchas partes. Entre el sujetador de la difunta, fijado con un imperdible, había encontrado la nota de un cardiólogo; estaba dirigida a Soledad Urdaneta y en ella le comunicaba, en tono cálido y definitivo, que nada podía hacerse. Los resultados del TAC confirmaban sus sospechas. Lo que habían descubierto estaba muy avanzado y no existía cura posible. Con suerte, le quedaban pocas semanas de vida. La nota estaba fechada quince días antes de su fallecimiento.

—Murió de amor —le dijo el médico a su ayudante—. Lástima que no podamos escribirlo en el informe.

Bañada en lágrimas, Aurora acabó de leer la carta del cardiólogo. Al fin sabía por qué su madre se había ido así... sin despedirse. Ahora lo entendía todo.

Las obras de la nueva casa estaban a punto de finalizar, y en dos semanas Andreu y Aurora se irían a vivir juntos. Los pisos del paseo de Colom y del Born seguirían abiertos, por expreso deseo de sus hijos.

En el piso de Joan Dolgut, Borja construía dos cometas siguiendo paso a paso las instrucciones encontradas en el cuaderno gris del abuelo. Ya nadie hacía cometas de una forma tan artesanal. La sala estaba inundada de papeles, moldes, tijeras, palos de madera, telas y pegamentos.

Había creado una plantilla a escala, imitando un pequeño modelo encontrado en un libro de papiroflexia, y tras muchos días de trabajo, de equivocaciones y aciertos, ahora emergían de sus manos dos pájaros blancos de alas majestuosas.

El informe del tiempo anunciaba un viento de poniente, seco y cálido, que prometía una tarde de vuelos.

Al terminar, lo dejó todo a punto y corrió a ducharse. Miró por la ventana. A pesar de lo avanzado de la tarde, el calor era sofocante. El verano calcinaba el asfalto y el cielo parecía incendiarse en arreboles intensos. Se vestiría de blanco.

Llamó un taxi, que tardó una eternidad en llegar, y le pidió al chofer que le dejara a las puertas del cementerio de Montjuïc. Al llegar a la necrópolis, un cortejo de ángeles de piedra goteando soledades lo recibió. La atmósfera dormida de las tumbas lo intimidó. Era la primera vez que ponía los pies en un lugar así, y más que miedo, lo que su piel sintió fue un gran respeto.

¿Sabría encontrar la tumba?

¿Por qué había elegido aquel lugar tan fúnebre?

Pensó en ella. ¿Sentiría lo mismo que él?

Avanzó entre los nichos y las lápidas y levantó la vista. El cielo era una hoguera ardiendo. Llamaradas naranjas cortaban con sus lenguas los azules cansados, duplicando su belleza en el mar.

¡Qué paradoja! Ahora que no podían ver, los muertos tenían las mejores vistas de Barcelona.

Siguió las indicaciones de su padre hasta alcanzar la cima. Allí estaba.

Frente a la tumba de Joan y Soledad, vestida de lino inmaculado, lo esperaba Mar. Ese día, por expreso deseo de Andreu, cientos de rosas virginias cubrían el mármol negro.

Lo vio venir arrastrando la cola de las cometas y salió a su encuentro con los brazos abiertos.

—Corre... —le dijo ella, señalando el cielo—. El sol empieza a ponerse...

Sobre la tumba, las rosas se elevaban con el viento.

El mar vestía su tafetán azul de gala.

—¿Estás preparada?

Ella asintió. Delante de la losa doble, Borja y Mar lanzaron las cometas al viento.

Los pájaros se fueron elevando, con sus alas abiertas...

El viento reclamaba y ellos daban.

Las piolas se tensaban. Quedaban metros y metros de hilo… toda la vida.

Un cielo reventado de rojos acogía el vuelo de las aves… sin perturbarlas.

Las cometas subían rectas…

Colocaron sus mensajes escritos en la cuerda, sus sueños más íntimos.

Los papeles escalaban… subían… remontaban… y coronaban.

—Se cumplirán —le dijo él.

GRACIAS

María, me preguntaste por qué en la dedicatoria de este libro no salías ni tú, ni tu hermana Ángela. Te respondo: se lo debía a tu padre.

No alcanzas a imaginar lo feliz que fui viéndote arrebatarle a tu hermana el manuscrito. Tu dedo marcando cada palabra para no saltarte ni un renglón; aquel mano a mano de las dos por saber quién adelantaba a quién, hasta llegar al final; la fascinación que desplegaste por la historia. Claro que esta novela también está dedicada a ti. Gracias, princesa.

Y también va dedicada a tu hermana, Ángela. Ese inmenso océano de sensibilidad, fuerza y delicadeza, a quien debo la maravillosa portada de este libro. Gracias, mi niña grande, por leerme y emocionarte con mis palabras; por sufrir y alegrarte con los estados de ánimo de los personajes. Por creerte todo lo que escribí y vivirlo con tanta intensidad. Eres el pulso que marca el palpitar de mi escritura.

Quiero agradecer a Teresa Soler y a Ángel Cequier las noches que compartimos. Además de buenos amigos, son maravillosos médicos, y me aconsejaron y aportaron su sabiduría, sin cortarle alas a la imaginación.

A Helena Jorquera, que sin conocerme me regaló una clase de piano.

A Ramón Eguiguren, pianista de vocación, por escucharme y decirme que sí, que todo lo soñado se podía.

A mi queridísimo hermano Richard, por abrirme su privilegiado cerebro y dejarme hurgar en la biblioteca de su conocimiento.

A mis queridísimos hermanos Soco, Xime y Marquis a quienes siempre siento, a pesar de la distancia.

A mi queridísimo Andrés, sobrino entrañable, de quien recibo tanto amor… Y a Isabel.

A mi Joaquín, por regalarme sus recuerdos de infancia y sus pasos recorridos.

A mi queridísima hermana Patri, por cuidarme y acompañarme con su amor cuando, por la pérdida de nuestro padre, me rompí.

Y por último, a mi queridísima hermana Cili por estar siempre… siempre.